Wolfgang Hohlbein • Dieter Winkler
Die Kriegerin der Himmelsscheibe

PIPER

Zu diesem Buch

Das Unheil kündigt sich am Horizont an. Ein Unwetter treibt auf das Land zu und bedroht Siedlungen, Äcker und Wälder. Nur mithilfe der Himmelsscheibe gelänge es der Heilerin Arri, den Menschen etwas Hoffnung zu geben. Denn der Scheibe wird eine geheime Macht zugesprochen, die über das Wohl der Sippe entscheiden könnte. Doch niemand weiß, wo sich die kostbare Bronzescheibe befindet. Dann gerät Arri in den schrecklichen Verdacht, das Wasser des Lebens vergiftet zu haben, um ihren Mann Dragosz und den Ältestenrat zu töten. Flucht ist ihr einziger Ausweg. Allein der Wunsch, ihren neugeborenen Sohn zu retten, treibt Arri voran – da fällt sie ihren Feinden in die Hände, die die Himmelsscheibe und ihr Geheimnis um jeden Preis an sich bringen wollen …

Wolfgang Hohlbein, Jahrgang 1953, war Industriekaufmann, bevor er 1982 mit seinem Debüt »Märchenmond« einen Autorenwettbewerb gewann. Seitdem schreibt er einen Erfolgsroman nach dem anderen und gilt als der Großmeister der deutschen Phantastik. Titel wie »Die Tochter der Himmelsscheibe«, »Das Avalon-Projekt« sowie der »Enwor«-Zyklus sind bei Piper Bestseller. Zuletzt erschienen »Die Kriegerin der Himmelsscheibe« sowie sein Schlüsselwerk »Infinity. Der Turm«. Wolfgang Hohlbein lebt mit seiner Familie und vielen Haustieren in der Nähe von Düsseldorf.
Weiteres zum Autor: www.hohlbein.net
Dieter Winkler, geboren 1956 in Berlin, arbeitete als Chefredakteur für mehrere Computerzeitschriften. Der zweifache Familienvater veröffentlichte über 30 Bücher, unter anderem zur Welt von Wolfgang Hohlbeins »Enwor«, sowie zahlreiche Hörspiele und den preisgekrönten Roman »Die Stunde des Drachen«.

Wolfgang Hohlbein • Dieter Winkler

DIE KRIEGERIN DER HIMMELS-SCHEIBE

Roman

Piper München Zürich

Entdecke die Welt der Piper Fantasy:

Piper-Fantasy.de

Von Wolfgang Hohlbein liegen bei Piper vor:
Die Rückkehr der Zauberer
Das Avalon-Projekt
Das Druidentor
Die Tochter der Himmelsscheibe
Unheil
Die Kriegerin der Himmelsscheibe
Infinity. Der Turm

FSC www.fsc.org
MIX
Papier aus verantwortungsvollen Quellen
FSC® C083411

Ungekürzte Taschenbuchausgabe
Januar 2012

Umschlagkonzeption: semper smile, München
Umschlaggestaltung: www.guter-punkt.de
Umschlagabbildung: Guter Punkt unter Verwendung von Motiven von shutterstock; Himmelsscheibe von Nebra (Fotograf Juraj Lipták); Copyright Landesamt für Denkmalpflege und Archäologie Sachsen-Anhalt
Satz: Satz für Satz. Barbara Reischmann, Leutkirch
Papier: Pamo Super von Arctic Paper Mochenwangen GmbH, Deutschland
Druck und Bindung: CPI – Clausen & Bosse, Leck
Printed in Germany ISBN 978-3-492-26847-9

TEIL 1

1 Arri war so gut wie tot. Und das wusste sie auch.

Das Gemurmel der Männer, die über ihr Schicksal bestimmten, das Plätschern der Wellen, die die Pfähle der Holzkonstruktion umspielten, auf der ihre Hütten ruhten, das leise Seufzen und Knarren des Einbaums, auf den man den Herrscher der Raker für die letzte Reise gebettet hatte – all dies vermischte sich auf eine entsetzliche Weise mit dem fernen Totengesang der Klageweiber. Sie versuchte das Gewicht auf die rechte Seite zu verlagern, um ihre schmerzhaft verkrampften Nackenmuskeln zu entlasten. Aber das ließen die Fesseln nicht zu, mit denen man sie hier festgezurrt hatte. Trotz des Stechens im Nacken verdrehte sie so weit wie möglich den Kopf, um zu dem schwarzen Einbaum hinabzublicken, den Taru im zerrissenen Widerschein der nächtlichen Uferfeuer an einem Pfahl angebunden hatte.

Niemals würde sie den Blick vergessen, mit dem er sie gemustert hatte, bevor er sich von ihr abwandte. Dieses Gesicht, das dem seines Vaters so sehr ähnelte: schmal war es, mit einem kraftvollen Kinn und energischen Wangenknochen; dann der nackte Oberkörper, auf dem Wassertropfen perlten, wie sie es auch an Dragosz so geliebt hatte, die wie zum Schlag erhobene rechte Faust – er war in diesem Augenblick so sehr das Abbild seines Vaters gewesen, dass sie hätte schreien können.

Doch dann dieser Blick. Der Hass. Die Abscheu. Das Verlangen, die junge Frau seines Vaters an den Haaren zu packen und ins Wasser hinabzuziehen, sie zu ersticken, zu vernichten, sie *aus ... zu ... löschen*. Es lag ein Versprechen in diesem Blick, und es bestand nur aus einer einzigen Drohung: *Bald, Arianrhod. Schon sehr bald werde ich kommen und dich töten*!

»Taru!«

Arri zuckte bei der Erinnerung an den Ausruf zusammen, mit dem Abdurezak den Jungen zur Räson gebracht hatte. Sie schämte sich ihrer Gefühle. Sie schämte sich auch dafür, dass sie zu schwach gewesen war, das Unglück aufzuhalten. Letztlich schämte sie sich sogar, überhaupt geboren worden zu sein.

Und jetzt saß sie hier allein mit ihrer Scham und ihrem Entsetzen, gefesselt, jedoch weniger durch die Stricke, die man ihr angelegt hatte, als durch ihre eigenen Gedanken. Nur ganz langsam begriff sie, dass ein neuer Tag begann, der erste Tag ohne Dragosz, also ohne den Mann, mit dem sie den Rest ihres Lebens hatte verbringen wollen – und sie begriff, dass dieser Tag für die Welt um sie herum nicht anders beginnen würde als schon unzählige Tage zuvor.

Sie öffnete den Mund zu einem verzweifelten Schrei – und schloss ihn dann wieder, ohne dass auch nur ein einziger Laut über ihre Lippen gekommen wäre. Alles war so sinnlos geworden. Sie und die Welt – das passte nun nicht mehr zusammen.

Wie der kalte Atem des Todes hingen zerrissene Nebelschwaden über dem Wasser, durchdrungen vom schwachen Rosarot der Morgenröte. Auch dieser Morgen würde sich durch nichts davon abhalten lassen, so zu werden, wie es ihm bestimmt war: schön, heiß und strahlend. Im Licht der gemächlich aufgehenden Sonne drängten sich Arri Einzelheiten auf, die die anscheinend endlos währende Nacht verborgen gehalten hatte. Sie wollte nichts sehen, wollte auch gar nicht zu dem Einbaum hinüberblicken, der sanft auf den Wellen schaukelte. Mit aller Gewalt zwang sie ihren Blick darum zu Boden. Sie hatte dieses Boot schon immer gehasst: weil es das Symbol für Dragosz' Tod war.

Doch je mehr sie versuchte, den Einbaum aus ihren Gedanken zu verdrängen, umso mehr Macht schien er über sie zu gewinnen. Sie war sich schmerzhaft bewusst, dass er in seiner Art einmalig war, nicht vergleichbar mit den anderen Booten, die ein Stück weiter auf den rauen Ufergrund gezogen worden waren. Er wirkte breiter als üblich und gerade so lang, dass ein hochgewachsener Mann darin liegen konnte. Überdies war er statt aus Buchenholz aus einem wuchtigen Eichenstamm geschlagen worden, jenem Holz also, von dem es hieß, es überdauere die Ewigkeit.

Alle im Dorf hatten gewusst, warum Dragosz selbst mit Hand angelegt hatte, als die Männer den gedrungenen Einbaum im Frühjahr ausgebrannt und behauen hatten. Er sollte ihm einmal für die letzte Reise über den Frykr dienen – aber doch nicht schon jetzt, und nicht nach einem so erbärmlichen Tod! Dragosz war der beste Herrscher, den sich die Raker nur hatten wünschen können! Er hatte sein Volk aus Hunger und Not herausgeführt, und er wollte mit Arris Unterstützung eine Weihestätte für die Himmelsscheibe errichten: größer und mächtiger sogar als das sagenumwobene Goseg – damit sie alle zusammen auch künftig in Frieden und Wohlstand leben konnten. Und er war doch ihr Leben! Er verkörperte all das, was sie sich für ihre Zukunft ersehnt hatte.

Wie hatte das nur alles geschehen können? Mit Kyrill hatte sie ihrem Mann in einer Uferhütte den ersehnten Nachfolger geschenkt, das äußere Zeichen ihrer Liebe, die ihr altes Wissen und Dragosz' Tatkraft in einer Person miteinander verschmolz.

Sie hatte geglaubt, ihr gemeinsames Glück in dem schon fast vollständig errichteten Pfahldorf sei damit fest begründet. Doch jetzt war ihr Leben zerstört, und niemals wieder würde die Sonne für sie scheinen, die Freude nie wieder in ihr Herz einkehren.

Aber was war mit ihrem Sohn? Was sollte nach Dragosz' Tod nur aus ihm werden?

Arri schluchzte auf, als sie an das kleine Bündel dachte, das sie gestern noch in den Armen gehalten hatte. Und dann schluchzte sie noch einmal, als ihr bewusst wurde, dass es vielleicht das letzte Mal gewesen war, dass sie Kyrill an ihre Brust gedrückt hatte. Ihr Schluchzen hallte ungewöhnlich laut über den Steg, bevor es vom Nebel wie von einem gierigen Raubtier verschluckt wurde. Wie sehr sie Kyrill schon jetzt vermisste!

Kyrill und Dragosz. Ihren Sohn und ihren Mann.

Dragosz, seine Stärke, seine Lebendigkeit! In allen wichtigen Lebensfragen hatte sie sich mit ihm besprochen, und das hätte sie auch jetzt getan, bei der Frage nach Kyrills Schicksal. Es war ihr Sohn gewesen, den ihr der Schmiedegehilfe Rar so grob aus den Armen gerissen hatte, als wollte er ihn schon im nächsten Augenblick ins Schmiedefeuer werfen. Alles fühlte sich so entsetzlich sinnlos an. Dragosz hatte immer Rat gewusst oder sie darin ermutigt, selbst eine Lösung zu finden. Sie waren einander die wunderbarste Ergänzung gewesen: Sie, die von ihrer Mutter Lea in Dingen unterrichtet worden war, für die die Raker noch nicht einmal Worte hatten, und Dragosz, der große Visionen umzusetzen verstand und auf dem Weg dorthin alle

Hindernisse aus dem Weg räumte: die einen mit guten Worten, die anderen allerdings … mit Gewalt.

In dem schmerzlichen Augenblick ihrer größten Trauer war es die niederschmetternde Heimtücke des Schicksals gewesen, die sie fast mehr erschüttern konnte, als Dragosz in der Totenbarke aufgebahrt zu sehen. Der Herrscher der Raker war ein Krieger, und wenn es ihm schon nicht vergönnt war, alt und ehrenhaft inmitten seiner Sippe den letzten Atemzug zu tun, dann hätte ihm doch zumindest der Tod auf dem Schlachtfeld bestimmt sein sollen. Aber wie ein tollwütiger Hund mit Schaum auf den Lippen zu verrecken, das war ja noch schlimmer als alles andere, das hatte er nicht verdient!

Sie beugte sich noch ein Stück weiter vor, die Beinfesseln schnitten sich wie schartige Bronzeklingen in ihre Haut ein. Der Schmerz war jedoch auch fast so etwas wie ein Freund, nur dazu da, sie ins Leben zurückzuholen. Aber statt ihn zu beachten, wanderte ihr Blick über den Toten, über die ebenmäßigen Gesichtszüge des Mannes, der sie bei ihrer ersten Begegnung vor einem angriffslustigen Wolf gerettet hatte, und der ihr seitdem immer beigestanden hatte, auch in der schweren Zeit, als ihr die Raker mit unverhohlener Verachtung begegnet waren.

Nun wurde ihr Liebster zum letzten Mal vom Licht der Morgensonne liebkost. Es schnürte ihr fast das Herz ab, ihn in seiner vollen Kriegermontur auf einem von schlichtem Leinen bedeckten Podest aufgebahrt zu sehen. Sein Gesicht war blass, fast fahl, die Ringe unter seinen Augen wirkten so, als wären sie mit Asche nachgezogen worden, und um seinen Mund, der von einem einsamen Lichtstrahl umspielt wurde, lag ein bitterer Zug. Es sah aus, als sei der Herrscher der Raker lediglich in einen tiefen Erschöpfungsschlaf gefallen.

Einen Schlaf allerdings, aus dem er nie wieder erwachen würde.

Arri streckte die Hände vor, als sie ihren Liebsten so daliegen sah, und nun schnitten sich auch die Lederriemen, mit denen Taru die Handgelenke seiner verhassten Stiefmutter zusammengezurrt hatte, schmerzhaft tief in ihre Haut ein. Sie hätte nichts lieber getan, als Dragosz noch einmal zu berühren, ihm das lange Haar zurückzustreichen und seine Wange zu streicheln – so, wie sie es gewohnt war, wenn er sich von einem langen, harten Tag erschöpft zu ihr gesellt hatte – aufs Lager. Ihr das jetzt, nach seinem Tod, zu verwehren, fühlte sich so fürchterlich an, dass es ihr den Atem verschlug.

Die aufgebrachten Männer und Frauen, die sie im wilden Fackellicht hierher geschleift hatten, hätten sie am liebsten gleich an Ort an Stelle wie eine räudige Katze ersäuft; und vielleicht wäre es auch besser gewesen, wenn Arri ihr Leben schon in der Nacht ausgehaucht hätte, wenn sie gefühlt hätte, wie das Wasser in ihre Lungen drang, und wie ihr dann die Sinne geschwunden wären. Es wäre so viel besser gewesen, als die nicht enden wollende Demütigung der Fesselung zu ertragen. Dabei waren es gar nicht die harten Stricke, die ihr zu schaffen machten, obwohl sie ihre Haut wund scheuerten und in ihr Fleisch einschnitten. Sie hatte in ihrem kurzen Leben schon schlimmere Schmerzen ertragen.

Aber sie konnte sich an nichts erinnern, das schlimmer gewesen wäre als dies: Menschen, die sich vor Schmerzen krümmten, die sich erbrachen, die Schaum vor dem Mund hatten, die am Strand zusammenbrachen oder in verzweifelter Hoffnung auf die Hütte der Heiler zutaumelten. Ihren Schmerz zu spüren, ihre Wut und ihre Empörung, um dann zu begreifen, dass ja sie es war, der man die Schuld für die Katastrophe geben konnte. Noch jetzt spürte sie das Brennen auf der Kopfhaut – voller Brutalität hatte der kraftstrotzende Schmiedegehilfe Rar sie an den Haaren gepackt und hierher geschleift. Und noch jetzt glühten ihre Wangen von den harten Ohrfeigen der Frauen, die eine Wahrheit aus ihr hatten herausprügeln wollen, eine Wahrheit, die es doch gar nicht gab, nicht geben konnte.

Und dann hatten sie sie in ihrem Elend liegen lassen.

Irgendwann waren ihre Tränen schließlich versiegt, und sie war in etwas hinübergeglitten, das gar nicht weit von dem Todesschlaf entfernt schien, in den Dragosz schon seit gestern Abend versunken war. Erst das Plätschern von Wasser hatte sie wieder aus ihrer Erstarrung gerissen, und als sie dann den Kopf gehoben hatte, war ihr das große Feuer am Ufer aufgefallen, in dessen flackerndem Licht einige Männer damit beschäftigt waren, alles für die Todeszeremonie vorzubereiten. Mit brennenden Augen hatte sie beobachtet, wie Taru mit nacktem Oberkörper ins Wasser gestiegen war, um das Totenschiff mit einem rohen Tau hinter sich herzuziehen und es dann unmittelbar unter ihr zu vertäuen. Es schien endlos zu dauern, bis der Junge damit fertig war und sich unter dem wehklagenden Gesang der alten Weiber von seinem Vater verabschiedet hatte. Arri hatte – zur Untätigkeit verbannt – mit ansehen müssen, wie er zum Schluss mit übertriebener Sorgfalt noch den schlichten Umhang gerichtet hatte, bevor er ihr einen letzten hasserfüllten Blick zuwarf und dann zur Zeremonienhütte hinüberschwamm.

Fast gewaltsam riss sie den Blick von Dragosz' Gesicht los, von den ebenmäßigen und doch so wild wirkenden Zügen, die sie von Anfang an angezogen hatten. Erst da begriff sie, was ihr insgeheim schon längst aufgefallen war: Sein Umhang war in Unordnung geraten und halb verrutscht. Sie biss sich so heftig auf die Unterlippe, dass sie augenblicklich das Blut schmeckte. Fast sah es so aus, als hätte Dragosz mitten in der Nacht noch einmal seine mächtigen Muskeln angespannt, um sich hochzustemmen, als habe er sich in dem Einbaum aufrichten wollen, bevor ihn das Gift übermannt und er endgültig in sich zusammengebrochen war.

Arri zog ihre zitternden Hände so weit wie möglich zurück. Die Feuchtigkeit war mit dem Nebel gekommen, der sich in der Nacht über den See gelegt hatte, war in sie hineingekrochen und hatte die Hitze vertrieben, die sie zuvor erfasst hatte. Doch das spielte jetzt keine Rolle mehr. Mit dem Pulsschlag ihres hämmernden Herzens stieg etwas ganz Neues in ihr hoch, das die Hitze zurückbrachte: eine verrückte Hoffnung, alles könnte doch ganz anders sein, als sie geglaubt hatte. Was denn, wenn Dragosz tatsächlich noch nicht tot gewesen war, wenn sie sich geirrt und nur geglaubt hatte zu sehen, wie sein Blick brach und wie mit dem schmalen Speichelfaden, der sein Kinn hinablief, auch die letzte Lebenskraft aus ihm entwich?

Das Zittern ihrer Hände verstärkte sich, während ihr beängstigende Gedanken durch den Kopf schossen. Dragosz war gestern Abend in ihren Armen gestorben, und hätte man sie nicht mit Gewalt weggezogen, so würde sie seinen Kopf jetzt noch immer in ihrem Schoß halten und sein verschwitztes Haar streicheln.

Das war jedoch etwas, das sie nie wieder tun würde. Obwohl sie dies nicht zum ersten Mal dachte, erschien es ihr plötzlich so schmerzhaft und unfassbar, dass sie einen erstickten Laut von sich gab und ein weiteres Stück in sich zusammensackte.

Dragosz war tot, war unwiederbringlich von ihr gegangen. In dieser Nacht war kein Leben mehr in ihm gewesen, er hatte tot dagelegen – in dem Einbaum, hingestreckt von einem heimtückischen Gift, das seinen Körper hatte verkrampfen lassen und ihm den Schaum auf die Lippen getrieben hatte. Er hatte keinen Atemzug mehr tun können, hatte nicht die Hand nach ihr ausstrecken, sie nicht anlächeln und sie auch nicht mit einem scharfen Wort zurechtweisen können …

Das Gefühl des Verlustes wurde übermächtig. Von ihrer Unterlippe lösten sich ein paar Blutstropfen und platschten leise vor ihr aufs Holz. Plötzlich hatte sie das Gefühl, keine Luft mehr zu bekommen. Was würde sie nicht alles dafür geben, Dragosz noch einmal in die Arme nehmen zu können, um das heiße, pulsierende Leben zu spüren, das ihn bis gestern wie selbstverständlich durchströmt hatte!

»Dieser Abend wird etwas ganz Besonderes«, hatte Dragosz kurz vor dem Fest zu ihr gesagt. »Wir feiern nicht nur den Bau des Pfahldorfs, sondern auch den Beginn eines neuen Lebens. Und gleich am nächsten Morgen werde ich die Himmelsscheibe aus ihrem Versteck holen, und wir wollen zusammen mit Abdurezak versuchen, ihr Geheimnis zu ergründen. Ich verspreche dir, dass die Zeit des Leidens und der Entbehrungen damit endgültig vorbei sein wird!«

Die Zeit des Leidens und der Entbehrungen sollte vorbei sein? *Nein, Dragosz,* dachte sie jetzt, sie fängt doch gerade erst an.

Und das nur, weil sie gescheitert war. Dabei hatte sie alles versucht, um Dragosz wiederzubeleben. Sie hatte das geheime Wissen ihrer Mutter angewendet, um das Gift aus seinem Körper zu zwingen – aber es hatte nichts genützt. Sie hatte als seine Frau versagt, und ebenso als Heilerin – und jetzt würde sie auch noch als Mutter versagen.

»Warum nur, Dragosz?«, flüsterte sie. »Warum bist du nur von mir gegangen?«

Taru hatte ihn hier im Totenschiff aufgebahrt, auf dem Wasser, noch bevor das Licht des Mondes mit den Wellen zu spielen begonnen hatte. Doch dann waren dunkle Wolken aufgezogen und hatten den frischen Wind mit sich gebracht, der Arris Haar zerzauste und sie frösteln ließ. Es hatte nicht länger gedauert, als einen Holzeimer an einem Seil in einen Brunnen hinabzulassen und Wasser zu schöpfen; aber lang genug, um all dies wieder durcheinanderzubringen, was Taru so sorgfältig in Ordnung zu bringen versucht hatte.

Dabei war nichts in Ordnung. Überhaupt nichts.

Dragosz war tot, sein halbwüchsiger Sohn von Hass zerfressen.

Und das Dorf von einer fürchterlichen Katastrophe getroffen, und dies war ausgerechnet während des ausgelassenen Fests geschehen, mit dem sie die geglückte Neugründung der Siedlung am See hatten feiern wollen, den friedlichen Neubeginn nach einer zermürbend harten Zeit der Kämpfe und Hungersnächte. Eine heitere, ausgelassene Stimmung war das gewesen. Der Geruch von Gebratenem war verlockend durchs Pfahldorf gezogen, die Kinder hatten fröhlich herumgetobt, die harten Züge der älteren Männer und Frauen, in die sich die Strapazen der langen Wanderung eingegraben hatten, hatten schon angefangen sich zu entspannen. Vom Ufer her war Musik über den See gezogen, das eintönige Schlagen auf fellbespannten Trommeln, der lang gezogene, manchmal fröhlich überkippende Gesang, später untermalt von hellen Flötenklängen, dem Geklapper von Knochenratschen und Schildkrötenrasseln. Und dann hatte es natürlich auch das Stampfen der Tänzer gegeben, die das Uferfeuer umtanzten.

Krüge waren herumgereicht worden, die großen für das einfache Volk, während Dragosz und dem Rat die kleinen kostbaren Krüge gereicht wurden, die die Raker aus ihrer weit entfernten Heimat mitgebracht hatten. Die Stimmung erreichte ihren Höhepunkt, der Rhythmus der Musik wurde lauter, fordernder, die Luft vibrierte vor Anspannung und Aufregung, Gelächter und Geschnatter vermischten sich zu einem ohrenbetäubenden Lärm, der die Männer anspornte, alles aus ihren Instrumenten herauszuholen und die ausgelassene Menge doch noch zu übertönen. Überall waren fröhliche Gesichter zu sehen gewesen, am Ufer, wo von drei großen Feuerstellen Qualm und der Duft gebratenen Fleisches aufstiegen, auf den Stegen des Pfahldorfs und in den Hütten, wo gesungen und getanzt wurde, und selbst in der Zeremonienhütte, wo die Ältesten zusammenhockten und Rauchkraut inhalierten.

Arri hatte zum ersten Mal das Gefühl gehabt, wirklich angekommen zu sein. Die Erinnerung an ihre Mutter und das Dorf der Flussleute war genauso verblasst wie die Gewissheit, als letzter Abkömmling einer untergegangen Kultur etwas ganz Besonderes zu sein. Dragosz und die ausgelassenen Menschen um sie herum waren ihr so nah erschienen, als hätte sie schon immer zu ihnen gehört. Es waren nur flüchtige Berührungen gewesen, die sie mit ihrem Liebsten hatte austauschen können. Aber auch sein Lächeln hatte zum ersten Mal seit langer Zeit befreit gewirkt, und dann hatte er sie gepackt und in den Kreis der Tanzenden gestoßen, die das Hauptfeuer umtanzten. Er selbst hatte nicht mitgetanzt, aber am Rand gestanden und beobachtet, wie sie ihren Rhythmus dem der anderen Tänzer anpasste, während ein gelöstes Lächeln seine Züge umspielt hatte.

Bis die Kinder gekommen waren.

Sie hatten die Krüge in ihren Händen gehalten. Ihre Augen glänzten, ihre Bewegungen wirkten angespannt, denn man hatte ihnen eingeschärft, nur keinen Schluck der leicht alkoholischen Flüssigkeit zu verschütten, die von Arri und ihren Helfern mit allerlei Kräutern und geschabten Pilzen verfeinert worden war. Dragosz hatte sich zu ihnen umgedreht und ihnen mit einer befehlenden Handbewegung Einhalt geboten.

»Wo wollt ihr hin?«, hatte er gefragt.

»Zum Kreis der Tänzer«, hatte ein hochgewachsener Junge mit fester Stimme geantwortet. »Wir wollen ihnen von dem Trunk bringen, der den Göttern zu Ehren gebraut wurde.«

Dragosz hatte ernsthaft genickt und angeordnet, dass jeder einen Schluck des Opfertranks zu sich nehmen sollte. Damit hatte das Unglück seinen Lauf genommen. Die Kinder reichten die Krüge herum, die Musik setzte aus und die Tanzenden kamen zur Ruhe. Es wurde genippt, getrunken, und Dragosz bekam den schönsten der kleinen Krüge gereicht, die sie aus dem Land seiner Vorväter mitgebracht hatten. Auch er setzte ihn an die Lippen und trank einen kräftigen Schluck von diesem ganz besonderen Wasser, und dabei sah er zu ihr hinüber, mit einem Lächeln in den Augen … das sich veränderte, nur allzu bald, und einem Erschrecken Platz machte, das sie sogleich entsetzte. Und dann brach auch schon ein Mann neben Arri zusammen, und ein anderer taumelte stöhnend davon …

Jetzt bäumte sich Arri in ihren Fesseln auf, als könne sie damit die Erinnerung abschütteln. *Wie hat das alles nur passieren können?*, hämmerte es in ihrem Kopf. *Wie hat das Gift in die Zeremonienkrüge gelangen können? Wer hat das Wasser geschöpft, wer hat den sorgfältig zubereiteten Opfertrank vergiftet, wer hat Dragosz getötet und die anderen, die sich gleich ihm in Krämpfen gewunden hatten?*

Wer hatte ihr Leben zerstört?

Das Entsetzen über den schrecklichen Verlust war so groß, dass es den Hass und die Wut überdeckte, die tief in ihrer Seele auf eine Gelegenheit zum Ausbruch lauerten. Doch das würde sich sehr schnell ändern. Die Zeit würde kommen, in der all ihre Empörung, all ihr Schmerz explodierte und jeden anderen Gedanken hinwegwischte, bis auf den einen: die zu strafen, die ihr und den anderen dies angetan hatten.

Sie würde jeden töten, der in den feigen Mord verstrickt war. Die Zeit der Rache würde kommen.

Arris Blick wanderte an dem schweren Bronzeschwert entlang, das man ihrem Mann für die Reise in die Ewigkeit mitgegeben hatte. Es war eine aufwendig gefertigte Waffe mit einer zweischneidigen Klinge, schwerer und ausladender als die wenigen anderen Schwerter, die die Raker in ihrem Besitz hatten. Der Griff war mit den gezackten Ornamenten des Kriegsgottes Wurgar verziert, der Knauf ein offener Kreis: das Zeichen für die Kraft, die Wurgar der Hand des Kämpfers verleihen konnte, wenn er ihm wohlgesonnen war.

Es war eine hervorragende Waffe, und doch nichts gegen das von ihrer Mutter geerbte Schwert, das Arri sorgfältig in einer nahegelegenen Höhle verborgen hielt, damit man es ihr nicht stahl. Aber darauf kam es nicht an. Dragosz' Schwert wäre die richtige Waffe, um ihren Liebsten zu rächen.

Der Gedanke an Rache zerstob jedoch, als Arris Blick auf die Fingerknöchel der Hand fiel, mit denen der Tote die schwere Waffe umklammerte. Sie traten so weiß und spitz hervor, als würden sie den Griff im Todeskampf fest umklammern, um sich auf einen letzten Kampf vorzubereiten. Wenn es doch nur so wäre! Wenn sich Dragosz noch einmal erheben würde, hier und jetzt, und nicht erst im Reich der Toten! Wenn er sie mit einem Lächeln begrüßte, oder auch mit einem grimmigen Blick, wenn er sich hochzöge, um der verdammten Todesbarke einen Tritt zu verpassen! Wenn er auf die Planken spränge, um ihre Fesseln mit einem Schwerthieb zu zertrennen, damit sie dann gemeinsam ans Ufer stürmen konnten, denjenigen entgegen, die ihren Herrscher hatten tot sehen wollen …

Es war eine so kindische und lächerliche Vorstellung, dass es ihr fast das Herz zerriss. Dragosz war tot, und er würde niemals wieder etwas umklammern, weder ihren Arm, um sie an sich heranzuziehen, noch den Griff einer Waffe. Und schon gar nicht würde er aufspringen, um gemeinsam mit ihr seine Feinde zu bekämpfen.

Erst ganz langsam begriff sie, was überhaupt geschehen war. Sie hatte geglaubt, dass gestern der schlimmste Tag ihres Lebens gewesen sei, schlimmer noch als der Tag, an dem ihre Mutter blutüberströmt in ihren Armen das Leben ausgehaucht hatte. Die Zeremonie des Opfertrunks, die Tonkrüge, die sie hatten herumgehen lassen, auf dass sich jeder mit dem Wasser die Lippen benetzte. Die Mächtigsten unter ihnen hatten einen kräftigen Schluck aus den geweihten Krügen der Ygdra zu nehmen … Die Männer und Frauen, plötzlich der Schaum vor dem Mund, und kurz darauf hatten sie sich in Krämpfen gewunden… Das Chaos, die Schreie, das Stöhnen; Dragosz, der auf sie zugetaumelt war, von einem Grauen erfüllt, das sie noch nie zuvor in seinen Augen gesehen hatte …

Das war entsetzlich gewesen. Alles, was sie sich hier an diesem abgelegenen See zusammen aufgebaut hatten, in der neuen Heimat der Raker, all das, was sie sich an gemeinsamer Zukunft mit Dragosz und ihrem gerade erst geborenen Sohn erträumt hatte, alles, was sie vorgehabt hatten, um mithilfe der Himmelsscheibe die Hungersnot in der Zeit großer Dürre einzudämmen – mit einem Schlag hatte das Schicksal es hinweggewischt.

Doch das, was sie jetzt durchmachte, war erst der Auftakt zu etwas noch viel Schlimmerem. Zu begreifen, dass sie selbst es war, die versagt hatte. Zu begreifen, dass sie den wichtigsten Menschen in ihrem Leben verloren hatte, obwohl sie ihn doch eigentlich hätte retten können. Zu wissen, dass zahlreiche Männer und Frauen gestorben waren und andere um ihr Leben gerungen hatten, ohne dass sie dem

Einhalt geboten hatte, wie es ihre Pflicht als Heilerin gewesen war. Ja, sie hatte schon versucht zu lindern und zu helfen, sie hatte all das geheime Wissen aufgeboten, das ihre Mutter ihr hinterlassen hatte. In aller Eile hatten sie und Isana einen Entgiftungstrank zu brauen versucht, etwas, das die Eingeweide reinigt und alles Giftige von innen herausspült. Wenn sie nur die richtigen Kräuter zur Hand gehabt hätte, wenn sie in den letzten Tagen nur nicht so nachlässig gewesen wäre, ihrer Pflicht nachzugehen, wenn sie sich nur weniger um Kyrill, ihren Sohn gekümmert hätte, wenn sie …

Sie riss die Hände hoch und hämmerte sich mit den zusammengebundenen Fäusten gegen die rechte Schläfe, als könne sie diese Nachlässigkeit damit ungeschehen machen. Ein Windzug fegte wie zur Antwort über das feuchte Holz, auf dem sie seit Anbeginn der Nacht hockte. Und irgendwo in der Ferne donnerte es, als zöge dort ein Gewitter auf. Das Gemurmel der alten Männer, die sich in der großen Zeremonienhütte am Nachbarsteg versammelt hatten, verstummte, um dann umso lauter wieder einzusetzen. Arri ließ die Hände sinken und starrte in den Himmel. Keine Spur von einem Gewitter, und doch, sie war sicher: Das war ein Donnerschlag gewesen. Ein Zeichen der Götter womöglich, die im Gegensatz zum Ältestenrat schon längst ihr Urteil über sie gesprochen hatten?

Wie zur Antwort krächzte in diesem Augenblick direkt über Arri ein Vogel. Es war ein so schauerlicher Laut, dass sie erschrocken die Hände sinken ließ und den Kopf nach oben riss. Ein großer schwarzer Vogel flog über sie hinweg, und für die Dauer eines Lidschlags sah es so aus, als blicke er aus dunklen tückischen Augen auf sie herab: so höhnisch, kalt und grausam, als labe er sich an ihrem Schmerz. Arri hatte das Gefühl, von einer kalten Hand gestreift zu werden. Aber dann flog der schwarze Vogel auch schon auf die offene Fläche des Sees zu, und als er das jetzt kräftigere Rot der Morgensonne erreichte, sah es aus, als würde er mit seinem dunklen Gefieder in einen Strom von Blut eintauchen. Arri starrte ihm ungläubig hinterher. Es gab hier viele Vögel, die meisten waren klein und bunt, und auch einige Reiher und Schwäne, aber keine Krähen – und erst recht keine Raben. Dies hier aber war der größte und widerlichste Rabe, den sie jemals gesehen hatte.

Jetzt war sie sich sicher, dass die Götter ihr Urteil gefällt hatten. Von Lea wusste sie, dass es Raben gab, die mehr waren als nur große Vögel, dass sie mächtig waren, manchmal auch weise, zumeist aber hart und grausam: Boten der Götter, die im Vorfeld eines großen Unglücks geschickt wurden, vielleicht, um die Menschen zu warnen, vielleicht aber auch nur, um sie zu verhöhnen.

Mit einem Schaudern wandte sich Arri wieder ab und blickte zu dem Mann hinab, mit dem sie seit zwei Sonnenwenden das Lager geteilt hatte, und der nun tot und aufgebahrt unter ihr lag. Ein einzelner Sonnenstrahl tastete sich durch das Schilf und glitt mit einer fast zärtlich wirkenden Geste über Dragosz' Gesicht. Fast schien es ihr, als blinzele er, durch die Helligkeit geweckt, und ihr Herz krampfte sich schmerzhaft zusammen.

Was, wenn er nun doch die Augen aufschlug, sie mit kaltem Blick musterte, um sich dann von seinem Totenlager zu erheben? Was, wenn er das kostbare Schwert, das zur Vorbereitung für einen letzten Kampf in der Ewigkeit neben ihm lag, noch fester packte? Was, wenn er sie damit enthaupten wollte – zur Strafe dafür, dass sie so schrecklich versagt hatte?

Eine Träne lief ihr über die Wange, ganz langsam und fast zögernd. Während dann Sonnenstrahl auf Sonnenstrahl durch das Schilf brach und mit seinen Ausläufern über Dragosz' Gesicht und Körper glitt, streckte sie allmählich die Hand aus und beugte sich ein Stück weiter vor, zwischen Angst und Hoffnung zerrissen.

Da … da zuckte ein Mundwinkel … Da rührte sich ein Finger … Da … streckte sich ein Arm …

Dann brach das Gemurmel der alten Männer in der Zeremonienhütte ab.

2 Zakaan spürte ein Kribbeln in den Fingerspitzen, ein Gefühl an der Wahrnehmungsgrenze, so zart und sacht, dass er es fast nicht bemerkt hätte. Lange Zeit hatte er auf diesen Augenblick gewartet, viel zu lange schon, und obwohl er oft genug versucht hatte, in die Szene, die ihn jetzt erwartete, hineinzutauchen, war ihm doch so, als entglitte ihm nun alles, als verflüchtige sich mit jedem Atemzug ein Stück seiner Sicherheit.

Wie schon unzählige Male zuvor saß er am Feuer, und doch war alles ganz anders als sonst. Es war nicht Tag, es war nicht Nacht, es war die Zeit dazwischen, die Zeit im Nirgendwo, in der der Mond gerade noch als fahle gelbe Sichel sichtbar war und sich die Sonne doch schon zaghaft vorschob, um die Welt in das gleiche Blutrot zu tauchen, das ein Kind sah, bevor es Ygdra aus dem Schoß seiner Mutter als Neugeborenes in die Welt entließ. Und Ygdra war es auch, die ihm als Göttin der Fruchtbarkeit das *Fleisch der Göttin* angeboten hatte. Doch dazu hatte er erst einmal die ganze Nacht über mit großer Sorgfalt alle notwendigen Rituale vollziehen müssen, um sich dann im Licht der blutigen Morgensonne ganz der geheimen Pilzmischung der Göttin hingeben zu können.

Zakaan tat dies mit aller Vorsicht, und auch nur dann, wenn er es als wirklich notwendig empfand. Der Pilzgenuss konnte schlimme Folgen haben, zu Krämpfen führen, zu dauerhaften Wahnvorstellungen, oder sogar tödlich enden. Doch dieses Wagnis musste er eingehen. Es gab so vieles, was er zu klären hatte, und so viele Antworten, die ihm *Ragok der Bezwinger* vollkommen zu Recht abverlangte, um zu entscheiden, wie es im Kampf um Urutark weitergehen sollte.

Und ganz nebenbei wäre er auch bereit, sein eigenes, ohnehin schon viel zu lange währendes Leben zu opfern, wenn sein Volk dadurch nur endlich zur Ruhe kam. Und vielleicht auch nur, wenn es irgendwie weiterging, wenn wieder gesunde Kinder geboren wurden und zumindest die Chance hatten, in einer Welt aufzuwachsen, die lebenswert war und so fest gefügt, dass sie auch das Erwachsenenalter erreichen konnten. Es durfte so nicht mehr weitergehen, es musste sich etwas ändern, und zwar ganz schnell!

Ragok sah es ganz genau so. Bei ihrer Ankunft hier vor zwei Tagen hatte der Herrscher des zusammengeschmolzenen Haufens nach oben geblickt und gesagt: »Siehst du das da oben, alter Freund? Es sieht ganz danach aus, als würdest du dort nach langer Zeit endlich wieder Steine für einen Kreis der Ygdra finden. Dies ist ein gutes Omen. Ygdra wird dir dabei helfen, den Beistand der Stammväter zu erflehen. Und wenn du es richtig anstellst, wird sie dir zeigen, wo wir die Himmelsscheibe finden können, um mit ihrer Hilfe den Sieg zu erringen!«

Zakaan hatte nur genickt, während sich Ragok weiter umgesehen hatte, um zu entscheiden, wo sie für die nächsten Nächte lagern und vielleicht sogar ein paar einfache Hütten errichten konnten. Es war beschlossene Sache, mit allen weiteren Schritten auf die Rückkehr der Kundschafter zu warten, die sowohl nach Urutark als auch nach Arianrhod und der Himmelsscheibe Ausschau halten sollten. Und fast noch wichtiger für eine glückliche Wendung ihres Schicksals war, dass er sich selbst mit dem Geist der Stammväter verband und mit ihnen um das künftige Schicksal seines Volkes rang, bevor sie sich auf das Abenteuer einer Auseinandersetzung mit Dragosz einließen.

»Also geh nach oben, lass dir von allen verfügbaren Männern und Frauen helfen, und baut einen Steinkreis«, befahl Ragok. »Und lasst euch nicht zu viel Zeit damit. In den nächsten Tagen stehen große Entscheidungen an.«

Zakaan war der Aufforderung gefolgt, so gut es ging. Sie hatten bereits etliche Findlinge zusammengetragen, den Steinkreis selbst aber mit den wenigen helfenden Händen, die ihnen zur Verfügung standen, noch nicht errichten können. Es fehlte ihnen an allem, an Trommeln, Rasseln und Pfeifen, an der farbenfrohen Kleidung, die auf ihren heimatlichen Webstühlen gefertigt wurde: mit den Bronzeknöpfen und den Vasennadeln, mit denen die weiten Obergewänder der Tänzer zusammengehalten wurden, die sich bei Drehbewegungen so sehr aufblähten, als würden sie jeden Augenblick von einem Windzug davongetragen werden. Vor allem aber mangelte es ihnen an Menschen, die zupacken konnten und sich in den Dienst des Ritus stellten. Die meisten Männer und Frauen waren damit beschäftigt, das zusammenzutragen, was fürs Überleben notwendig war: Nahrung und Baumaterial für die einfachen Hütten, die eigentlich eher Zelte waren: auf die Schnelle mit allem errichtet, was sich in der unmittelbaren Umgebung auftreiben ließ.

»Wir müssen siegen«, hatte Ragok zu ihm gesagt und ihn an der Schulter gepackt, als wolle er ihn durchschütteln. »Verstehst du das? Wir müssen einfach siegen!«

Es lagen gleichzeitig Schwäche und Stärke in seiner Stimme, und ein unduldsamer Unterton, der Zakaan hatte erschaudern lassen.

»Ich werde meinen Sohn Lexz mit ein paar Männern losschicken. Sie sollen nach Urutark Ausschau halten – und nach meinem Bruder.« Das letzte Wort spie Ragok aus, und es lag der ganze Hass darin, den er seinem jüngeren Bruder Dragosz gegenüber empfand.

»Und sie müssen auch nach der Himmelsscheibe Ausschau halten«, gab Zakaan zu bedenken. »Die Stammväter haben mir aufgetragen, nach ihr zu suchen – und nach der Frau, die sie jetzt in ihrem Besitz haben soll ...«

Ragok hatte ihn wieder losgelassen, und als sich der Schamane an den hasserfüllten Blick seines Herrschers erinnerte, fand er in die Wirklichkeit zurück.

Er atmete tief durch. Wie hatte das alles nur geschehen können? War es wirklich richtig gewesen, trotz der Dürre so lange in der alten Heimat auszuharren, statt mit Dragosz' Leuten gemeinsam aufzubrechen?

Er wusste es nicht. Damals, nach dem heftigen Streit zwischen Ragok und Dragosz, war ihm alles ganz anders erschienen. Sie hatten geglaubt, einfach ein Stück weiter nach Westen ziehen zu müssen, um in Urutark wieder an ihr altes Leben anzuknüpfen.

Was für eine Fehleinschätzung. Erst auf der Wanderung war ihnen dann klar geworden, wie gut ihr altes Leben gewesen war – und wie unerreichbar fern es war. Statt sich wie in letzter Zeit auf ein wechselhaftes Jagdglück und das Sammeln von Beeren, Früchten und Pilzen verlassen zu müssen, hatten sie damals hauptsächlich von dem leben können, was die üppigen Felder abwarfen, und was die Fischer im Fluss und in den nahegelegenen Seen fingen. Statt auf harter Erde zu nächtigen, hatten sie in gut gebauten Langhäusern gewohnt. Statt vor Durst fast wahnsinnig zu werden, hatten sie immer genug Trinkwasser in der Nähe gehabt.

Und nicht nur das. Die meisten Kinder, die geboren wurden, hatten die ersten gefährlichen Wochen überlebt, und nur wenige Mütter waren bei der Geburt gestorben. Die Gemeinschaft war ständig gewachsen, hatte neuartige Webstühle mit immer mehr Webgewichten gebaut, auf denen sich ihre Kleidung schneller als je zuvor hatte herstellen lassen. In ihrer geräumigen Schmiede hatten sie Waffen und Werkzeuge aus Bronze hergestellt, sowie Ringe, Rasiermesser, Halsschmuck, Gürtelschnallen und allerlei Kleinodien. Ihre Keramik war reich verziert gewesen, und ein begehrtes Handelsgut, das sie gegen Bronzebarren oder Erz hatten eintauschen können.

Eine glückliche Zeit. Und jetzt? Jetzt blieb ihm nichts anderes übrig, als sich für die große wichtige Aufgabe zu sammeln, die vor ihm lag. Und sich dafür auch auf die Kraft zu besinnen, die ihm die erschöpften, vom Schicksal geschundenen Menschen seines Volkes gaben, die zum ersten Mal seit Langem ein halbwegs bequemes Nachtlager gefunden hatten.

Das Lager lag ein gutes Stück unter ihm, klug gewählt an einer Stelle, an der ein Felshang Schutz auf der einen Seite versprach, und auf der anderen verdeckte ein üppig zugewucherter Hang die Sicht auf sie selbst; zudem sprudelte ganz in der Nähe beständig frisches Wasser aus einer Quelle – ein Luxus, der ihnen während der großen Wanderung nicht ein einziges Mal vergönnt gewesen war. Zakaan wusste, dass sich die anderen auf den weichen Waldboden gebettet hatten, und dass sie dort besser und länger schlafen würden als auf dem harten ausgetrockneten Untergrund, mit dem sie in letzter Zeit viel zu oft hatten vorlieb nehmen müssen. Doch er ahnte auch, dass Ragok bereits lange wach war und zu ihm nach oben starrte, um sich dann durch den kunstvoll gerichteten Bart zu fahren, den Kopf zu schütteln und in die Richtung zu blicken, in der sie alle miteinander Urutark vermuteten. Er spürte die Nähe seines Herrschers und die der anderen Menschen, *seiner* Menschen, *seines* Volkes, für das er sich viel verantwortlicher fühlte, als es irgendein anderer je vermocht hätte – Ragok selbst einmal ausgenommen.

Er wusste und spürte dies alles – und doch war es ihm so fern, dass es ihm seltsam fremd vorkam.

Die Wirklichkeit war inzwischen jedenfalls eine andere: das sachte Kribbeln in seinen Fingern, die von Rauchkraut satt geschwängerte Luft, das rituelle Murmeln der drei Männer, die versuchten, die bösen Geister auch ohne das bunte Treiben von Tänzern und Trommlern zu vertreiben, die feierliche, gelöste Stimmung, die ihn ergriff, nachdem er sich durch das Fleisch der Götter in einen Zustand der

Empfängnis versetzt hatte. Und der Mond, der als Sichel so groß und deutlich sichtbar über dem Tal hing, als wäre er nicht viel ferner als einen Pfeilschuss.

Mit der Sonne, die ein Stück weiter weg über den Bäumen aufgehen würde, war es etwas anderes. Obwohl es wieder ein heißer Tag werden würde, wärmte sie noch nicht. Und doch brodelten schon jetzt die Kräfte des Feuers in ihr, mit dem sie über die Welt gekommen war, als würde sie sie bis zum letzten Winkel ausbrennen wollen. Die Sonne war ein Gott mit zwei Gesichtern. *Lebensspender* nannten ihn die Menschen, wenn er ihnen die notwendige Wärme schenkte, *Verderber* flüsterten sie dagegen hinter vorgehaltener Hand, wenn sie mit unbarmherziger Kraft auf die Wiesen und Äcker niederbrannte, bis alles verdorrt und vertrocknet war.

Ein Schwarm Vögel stob über die Bäume hinweg, und Zakaan spürte den Freiheitsdrang, der sie erfasst hatte. Doch statt in den Himmel hinaufzusehen, in dessen Unendlichkeit der Schwarm entschwand, sah er auf die Erde hinab. Sie war feucht und satt, nicht so hart und ausgetrocknet wie der Boden, über den sie sich viel zu lange vorwärtsgequält hatten. Langsam und vorsichtig senkte er die Hände. Er spürte seine Arme kaum. Sie waren so schwer, als wären sie mit Steinen gefüllt, und doch hatte er keine Mühe, sie langsam und vorsichtig zu bewegen.

Als seine Fingerkuppen die weiche, von Tannennadeln spärlich bedeckte Erde berührten, verstärkte sich das Kribbeln. Zakaan stöhnte auf. Das Murmeln der Männer, die um ihn herum saßen, wurde lauter und dabei so eindringlich, als spürten sie, wie nahe er dem Übergang war. In Ermangelung von Trommeln begannen sie jetzt auf den Boden zu klopfen und mit den Füßen aufzustampfen.

Zakaans Augen fielen ihm von selbst zu, seine Empfindungen verengten sich weiter, blendeten alles aus, was um ihn herum geschah. Er war nicht müde und nicht wach, er war in Trance – und auch wieder nicht. Er saß auf dem alten Fuchsfell, das er seit seiner Jugend besaß, und saß doch nicht darauf ... weil er sich ganz leicht mit den Fingerspitzen hochdrückte, weil er sich ablöste aus der Wirklichkeit, weil er schon fast schwebte ...

... und in etwas eintauchte, das er lange nicht gesehen hatte. Grünes, durchbrochenes Licht, das Summen von Insekten ...

Es war eine andere Welt, die er in Gedanken betrat, eine Welt, die aus Erinnerungen bestand, aus vielfältigen Eindrücken, die er im Lauf seines langen Lebens gesammelt hatte – und aus den Ahnungen dessen, was gerade andernorts geschah, oder vielleicht auch erst geschehen würde. Er glitt über eine sonnendurchflutete Lichtung hinweg, spürte die Wärme so angenehm auf seiner Haut, wie das auch früher gewesen war, bevor die schlimme Hitze gekommen war und das Land versengt hatte. Seine Körperempfindungen waren die eines jungen Mannes, leicht und befreit, und seine Augen schienen wieder in der Lage zu sein, die ganze Farbenvielfalt einzufangen, die ihn umgab. *So ist das also, wenn man jung ist,* dachte er erstaunt …

Er spürte, wie ihn ein Luftzug erfasste und ein Stück hochtrieb, und er musste sich zusammenreißen, um sich nicht ganz diesem wunderbar schwebenden Gefühl zu ergeben. Es war nicht das erste Mal, dass ihn ein Trancezustand weit weg entführte und auf eine Reise mitnahm, von der er am liebsten nicht mehr in die Wirklichkeit zurückgekehrt wäre.

Aber diesmal war es anders. Auf der einen Seite lockte da die Leichtigkeit, die ihn in unbekannte, verlockende Gefilde mit sich nehmen wollte, und auf der anderen Seite gab es etwas Düsteres, das wie eine dunkle Gewitterwolke an seiner Wahrnehmung zerrte.

Er konzentrierte sich auf seine Atmung, auf das ruhige Ein und Aus, gleichmäßig und befreit von allen anderen Gedanken – und sank langsam wieder hinab. Seine Aufmerksamkeit richtete sich auf die unmittelbare Umgebung … und plötzlich wurde sein Atem flach und hektisch, seine Kehle verkrampfte sich schmerzhaft …

Er kam so hart auf dem Boden auf, dass seine Gelenke knackten. Sein tatsächliches Alter hatte ihn wieder eingefangen, und mit ihm das Gebrechen und all die kleineren und größeren Einschränkungen, die es mit sich brachte. Es war ein fürchterliches Gefühl, sich nach der Befreiung nun wieder uralt zu fühlen, und es war nicht nur der hämmernde Schmerz in seinem Kopf und die schmerzenden Knie, die ihn gemahnten, vorsichtig zu sein, sondern auch das Wissen, dass er sich nicht übernehmen durfte, wollte er nicht einen Zusammenbruch herausfordern.

Es war die Gestalt, die am Rande der Lichtung stand, und fast mit dem Waldrand verschmolz. Ein Mädchen, oder vielmehr eine junge Frau, eine Gestalt, die sich nicht wirklich mit Blicken einfangen ließ, und andererseits doch so überaus gegenwärtig war, dass er ihre körperliche Anwesenheit wie eine düstere Ausstrahlung spürte. Zakaan wusste, dass er sich nicht wirklich hier befand, sondern körperlos in diese andere Zwischenwelt hinübergeglitten war, wie in einem düsteren Traum, der den Schlaf zur Qual werden lassen konnte.

Die Gestalt schien einen Schritt vorzutreten, das Licht floh vor ihr, und gleichzeitig wirkte es, als verschmelze die Gestalt noch mehr mit dem Wald, und das alles geschah gleichzeitig, unfassbar selbst für ihn, der sich schon so oft im Land der Schatten befunden hatte.

»Wer bist du?«, fragte er, oder vielmehr: Er dachte es, allerdings auf eine so kraftvolle Art, dass seine Gedanken wie ein Luftzug von ihm wegströmten und Grashalme und Blumen zum Erzittern brachten.

»Das weißt du«, antwortete die Gestalt. »Und wenn du ehrlich zu dir selbst bist, wirst du feststellen, dass du das schon immer gewusst hast. Selbst damals, als du noch zu jung warst, um einen Krug aufzuheben und zu begreifen, dass die Welt um dich herum aus mehr besteht als nur aus dem, was dir deine Augen zeigen und was deine Ohren an dich herantragen.«

Ihre Stimme klang mädchenhaft zart, und doch gewaltig. Das konnte doch nicht sein … der Verdacht, der sich in Zakaan regte, war so schrecklich, dass er ihn gleich wieder wegschob.

»Du suchst mich«, fuhr die mädchenhafte Gestalt fort. »Und du hattest mich sogar damals schon gesucht.«

Zakaan zögerte. Es war die Wahrheit, die er suchte, und das Land seiner Ahnen. Es waren fruchtbare Felder, die er suchte, Gewässer, die sie mit frischem Wasser und mit Fischen versorgten, Wiesen, auf denen sie Schafe und Rinder grasen lassen konnten. Es war ein einfaches sesshaftes Leben, das er suchte, nicht für sich, sondern für sein Volk: für die Kinder, die hoffentlich in großer Zahl geboren wurden, sobald sie erst einmal wieder sesshaft geworden waren.

Doch das alles hatte nichts mit der Gestalt zu tun, die ihm jetzt gegenüberstand. Sie meinte etwas anderes.

»Ich habe dich vielleicht gefunden«, sagte Zakaan. »Aber ich habe dich nicht gesucht.«

Die Gestalt nickte. »Ja. Du warst schon immer sehr geschickt darin, Ausflüchte zu finden, Schamane. Dabei weißt du doch seit einer ganzen Zeit, dass wir uns eines Tages wieder begegnen würden.«

»Wieder begegnen ...« Zakaan fühlte, wie ihn der ferne Hauch der Vergangenheit streifte. Er sah sich selbst am Fluss stehen, er betrachtete den Strom, der erst viele, viele Sommer später versiegen sollte, in einer Zeit, die länger von diesem Augenblick entfernt war als eine gewöhnliche Lebensspanne. Damals war noch alles friedlich gewesen – friedlich und einfach. Nicht weit entfernt vom Fluss hatten Schafe gegrast, von der Wiese daneben war das Blöken der Kälber zu ihm herübergeweht, und vom Dorf her Kindergeschrei und das Lachen der Frauen, die auf dem Dorfplatz gesessen hatten, um ihren alltäglichen Verrichtungen nachzugehen. »Ich glaube nicht, dass wir uns schon einmal begegnet sind.«

»Du glaubst es nicht nur«, hauchte die mädchenhafte Gestalt, »du weißt es sogar.«

Zakaan kniff die Augen zusammen. Ja. Sie hatte auf der gegenüberliegenden Seite des Ufers gesessen, doch damals war sie ihm nicht mädchenhaft erschienen, damals war sie eine erwachsene Frau für ihn gewesen.

Plötzlich erschien wieder alles so nah, dass er das Gefühl hatte, ganz und gar in die Vergangenheit einzutauchen. Er spürte die sanft wärmende Sonne auf seiner Haut, hörte das Zirpen der Grillen und das leise Rascheln der Blätter und Zweige in der lauen Brise, die über das fruchtbare Land strich, und all die unbekümmerten Laute des träge dahinlaufenden Dorflebens. Es war damals eine so unbeschwerte Stimmung gewesen, dass er jetzt laut hätte aufschreien können.

Was, ihr Götter, hatte er nur verloren? Die Unbeschwertheit der Jugend war Stück für Stück unter der Last des Lebens weggebrochen, und sie war durch Ernsthaftigkeit ersetzt worden, durch den Willen zur Macht, das brennende Verlangen, seinem Volk zu helfen, wo und wie auch immer das möglich sein mochte. Und jetzt war er alt, fast gebrochen durch das Leid, das seinem Volk wie eine Strafe auferlegt worden war. Wenn es ihm nicht gelang, endlich das Richtige zu tun, würde er bis zu seinem Lebensende mit ansehen müssen, wie alles verloren ging, was von den Generationen vor ihm aufgebaut worden war.

Er verschluckte den Schrei, der sich aus seiner Kehle drängen wollte. Es war schrecklich, den Verlust der kindlichen Unbekümmertheit so schlagartig vor Augen geführt zu bekommen, und es war unglaublich, dass er nun wieder einer Erscheinung begegnete, die ihn damals, als Kind, so aufgeschreckt hatte.

Aber all das spielte keine Rolle. Es ging nur darum, alles zu tun, was er tun konnte, um seinem Volk zu helfen.

»Du hast mich gesucht«, wiederholte die mädchenhafte Gestalt.

»Nein, das habe ich nicht«, widersprach Zakaan. »Du bist gekommen, ohne dass ich dich gerufen hätte.« Er zögerte, bevor er die nächste Frage aussprach. »Was wolltest du damals von mir?«

»Das Gleiche wie jetzt«, antwortete die Gestalt.

Zakaan nickte. Es war genau die Art von Antwort, mit der er hatte rechnen müssen.

»Schickt dich Ygdra?«

Die Gestalt antwortete nicht, und eigentlich war das Antwort genug.

Nein, Ygdra, die Göttin der Fruchtbarkeit und des Lebens hatte sie nicht geschickt. Das hätte sie auch gar nicht gekonnt, denn dieses Wesen da vor ihm stand nicht auf der Seite des Lebens.

Sondern auf der Seite des Todes.

»Bist du gekommen, um mich zu holen?«

Das Licht veränderte sich, und mit ihm die Gestalt und alles um ihn herum. Es war eine erstickende Düsterkeit, die damit einkehrte, und Zakaan hatte das Gefühl, als streife ihn die kalte Hand des Todes.

»Ich hole dich nicht«, antwortete das mädchenhaft zarte Wesen endlich. »Und ich kann dir auch nicht sagen, wann die Zeit für dich gekommen ist.«

Zakaan nickte, er fühlte sich auf eine fast absurde Art erleichtert, denn schließlich hatte er schon längst mit seinem Leben abgeschlossen. Zumindest hatte er das geglaubt. Aber vielleicht stimmte es auch nicht.

»Ich bin aus einem ganz anderen Grund hier«, fuhr die Gestalt fort.

Zakaan nickte abermals. Es gab viele Wesen, die die Welt der Toten bevölkerten, und etliche von ihnen waren so unvorstellbar grässlich, dass sie noch nicht einmal einen Namen hatten. Andere wiederum waren von lichter, kaum wahrnehmbarer Gestalt. Ganz anders als dieses Mädchen, das etwas gleichermaßen Zartes wie Unnachgiebiges besaß. Zakaan war sich jetzt sicher, wen er da vor sich hatte: ein Wesen, das die Altvorderen *Todessyre* genannt hatten.

»Du musst dich entscheiden, ob du stark genug bist, dich der Wahrheit zu stellen«, fuhr die Todessyre fort.

Stark genug? Zakaan hätte beinahe laut aufgelacht. Er war Zeit seines Lebens stark genug gewesen, jede Art von Wahrheit zu ertragen. Aber er hatte oft damit gerungen, wie viel er davon an sein Volk weitergegeben konnte.

»Was weißt du?«, fragte er, und seine Stimme hatte plötzlich wieder die alte Stärke und Kraft, die in alten Zeiten sogar das rituelle Trommeln am Dorffeuer übertönen konnte, wenn er es darauf angelegt hatte. »Kannst du mir sagen, ob wir wirklich Urutark vor uns haben? Ob unsere Reise dort endet?«

»Eure Reise wird nicht dort enden, wo ihr Urutark vermutet«, antwortete die Todessyre rätselhaft. »Sondern dort, wo eure Ahnen beheimatet waren.«

»Ich weiß schon lange, dass wir dorthin müssen«, sagte Zakaan ungeduldig. »Aber niemand hat mir bislang genau sagen können, wo Urutark wirklich zu finden ist!«

Die Todessyre nickte. »Das liegt in der Natur der Wahrheit. Aber auch in diesem Punkt weißt du schon längst, was dir den Weg weisen wird: die Himmelsscheibe.«

Zakaan hatte erneut das Gefühl, als streife ihn eine kalte Hand. »Die Himmelsscheibe, von der uns Dragosz nach seiner ersten Reise in den Westen berichtet hat?«

»Kennst du sonst noch eine Scheibe, die den Himmel in das Metall zu bannen vermag?«

Zakaan runzelte die Stirn. »Natürlich nicht. Aber warum sollte gerade die Himmelsscheibe über das Wohl und Wehe unseres Volkes entscheiden?«

»Ich soll dir mehr sagen, als du schon selbst weißt?« Die Todessyre schüttelte den Kopf. »Das kann ich nicht. Und das weißt du auch ganz genau. Ich kann dir nicht mehr sagen, als du selbst tief in deinem Herzen schon weißt – oder zumindest erahnst.«

Ja. Das war das Wesen all dessen, was ihn erwartete, wenn er vom *Fleisch der Götter* geleitet ins Schattenreich geglitten war.

»Die Himmelsscheibe«, fuhr er dennoch fort, »soll aus Bronze und Gold bestehen. Doch unsere Vorfahren kannten das Geheimnis der Metallherstellung noch nicht. Wie kann sie uns also von ihnen hinterlassen worden sein?«

»Das, was dir deine Vorfahren hinterlassen haben, trägst du um den Hals«, antwortete die Todessyre. »Es ist der Rentierknochen, auf dem die alten Jäger das Geheimnis der jährlichen Rentierwanderungen eingeritzt haben.«

Zakaans Hand fuhr unwillkürlich zum Hals und tastete nach dem flachen Knochen, auf dem die Altvorderen mit scharfen Steinen die für sie überlebenswichtigen Kenntnisse in Form von Zeichen eingeritzt hatten. »Die Himmelsscheibe ist für uns also das, was für unsere Stammväter dieser abgewetzte Rentierknochen war?«

Er bekam keine Antwort. Aber er wusste sie ja selbst. »Die Himmelsscheibe soll uns präzise sagen können, wann wir säen müssen, und wann wir die Ernte einzufahren haben«, sagte er. »Zumindest ist es das, was uns Dragosz darüber berichtet hat. Aber wie kann sie uns helfen, unseren Platz auf dieser Welt zu finden?«

Die Todessyre lachte hell auf. »Du stellst dir eine Frage und gibst dir selbst die Antwort darauf. Und du merkst es noch nicht einmal.«

Zakaan starrte sie verblüfft an. Er selbst sollte sich die Antwort gegeben haben? Aber das war doch unmöglich.

»Dragosz«, setzte er an, um sich von einer anderen Richtung an das scheue Wild der Wahrheit anzupirschen, »hat Lea getroffen, die ihm vom Geheimnis der Himmelsscheibe berichtete.«

»Das stimmt«, bestätigte die Todessyre. »Dragosz hat die Ahnen getroffen.«

»Nicht die Ahnen«, widersprach Zakaan. »Sondern Lea, die Hüterin der Himmelsscheibe. Und ihre Tochter Arianrhod.«

»Doch: die Ahnen«, beharrte die Todessyre. »Du hast die Ahnen gerufen, damit sie dir helfen. Und die Ahnen haben dich erhört.«

Das wäre eine gute Nachricht gewesen, hätte sie nur irgendeinen Sinn ergeben. Aber das tat sie nicht. Zumindest nicht in Zakaans Ohren.

»Die Stammväter sind mir immer wohlgesonnen gewesen«, antwortete er deshalb möglichst unbestimmt. »Und dafür bin ich ihnen dankbar.«

»Es ist gut, dass du ihnen dankbar bist.« Durch die Todessyre ging ein leichtes Sirren, das wie ein Zeichen von Ungeduld wirkte. »Aber es ist nicht gut, dass du sie nicht erkennst, wenn sie sich in anderer Form zeigen, als du erwartest.«

»Als ich erwarte?« Zakaan dachte angestrengt nach, aber immer, wenn er einen Gedanken – oder zumindest eine Idee – zu fassen glaubte, entwischte er ihm wieder. Es war sinnlos. Er musste es anders versuchen. »Dragosz hat uns alles erzählt, was er von Lea und der Himmelsscheibe wusste.«

»Und er hat euch auch von ihrer Tochter erzählt«, sagte die Todessyre. »Er hat euch alles Wichtige über sie berichtet – ohne selbst auch nur zu ahnen, dass er dir damit das Wissen in die Hand gegeben hat, um dein Volk zu retten – jetzt.«

Zakaan spürte eine Woge heißen Zornes in sich hochsteigen. »Ich kenne diese Lea nicht und weiß von ihrer Tochter kaum mehr als den Namen. Was also sollte mir das weiterhelfen?«

Als er auch diesmal wieder keine Antwort bekam, fügte er lauter hinzu: »Ich verstehe nicht, was du damit sagen willst! Arianrhod ist für uns eine Fremde, sie hat nichts mit unserem Volk und unseren Ahnen zu tun! Wie sollte uns dann ausgerechnet diese Fremde helfen, unser Volk vor dem Untergang zu bewahren?«

»Bedauerlich«, sagte die Todessyre, und es klang beinahe so, als spucke sie das Wort voller Verachtung aus. »Erst näherst du dich der Wahrheit – und dann entfernst du dich wieder Stück für Stück von ihr. Du hast nicht im Geringsten verstanden, was dir die Ahnen sagen wollen. Du hast immer noch nicht begriffen, dass es ausgerechnet Arianrhod sein wird, die über euer aller Schicksal entscheidet.«

Zakaan ballte die Hand zur Faust. »Dann sag es mir!«, verlangte er. »Sag mir, was ich wissen muss, um mein Volk zu schützen!«

Die Todessyre schien sich ein weiteres Stück zurückzuziehen, und

Zakaan spürte, dass er schon im Begriff war, sie zu verlieren. Er musste sich zusammenreißen. Wut war etwas, das einem im Kampf helfen konnte, aber nicht hier und nicht jetzt.

Er atmete tief ein und aus und versuchte seinen Mittelpunkt zu finden. Es gelang ihm allerdings nur sehr unvollkommen. Doch immerhin spürte er, wie ihn die Wut mit jedem Atemzug ein Stück mehr verließ, und wie eine Ruhe in ihn einzuströmen begann. »Bitte«, flüsterte er. »Bleib bei mir. Rede mit mir!«

Das rätselhafte Wesen aber schwieg. Doch dann, gerade als Zakaan schon die Hoffnung aufgeben wollte, schärften sich die Umrisse der Todessyre wieder. Und dann sagte sie einen Satz, der Zakaan fast mehr erschütterte als alles zuvor: »Arianrhod ist der Schlüssel zu allem.«

»Arianrhod?«, echote er ungläubig. »Aber wie kann das sein?«

Die Todessyre schien zu zögern, und Zakaan wartete darauf, dass sie fortfuhr. Seine Geduld wurde belohnt.

»Es wird so sein, wie es die Urväter bestimmt haben«, verkündete die Todessyre. »Und du wirst dabei sein, wenn du auf dem Pfad der Wahrhaftigkeit bleibst.«

»Die Urväter …« Zakaan versuchte, irgendeinen Sinn in den Worten der Todessyre zu finden, »Der Pfad der Wahrhaftigkeit …«

»Du wirst erleben, dass Arianrhod das Schwert in die Hand nimmt, um über ihre Feinde zu kommen«, fuhr die Todessyre fort, »und sie wird euch damit bei eurem Kampf unterstützen, wenn ihr die Zeichen rechtzeitig zu sehen bereit seid«, ihre Stimme erstarb zu einem Flüstern, »aber wenn ihr die Zeichen nicht richtig zu deuten versteht, dann werdet ihr untergehen.«

Zakaan fühlte sich benommen, seine Gedanken und Empfindungen drohten abzudriften. Als er erst ein Stampfen und Klopfen hörte und dann ein Gemurmel vernahm, durchzuckte ihn ein jäher Schrecken. Er begriff, dass er dabei war, den Kontakt mit der Todessyre zu verlieren – und damit auch die Aussicht, die Antworten auf die weiteren drängenden Fragen zu erhalten, die in ihm brannten.

»Bleib hier«, bat er. »Bitte, bleib bei mir! Hilf mir, das zu verstehen, was mir die Stammväter sagen wollen!«

»Das werde ich«, antwortete die Todessyre. Die Geräusche um

Zakaan herum schienen anzuschwellen, die Vögel sangen lauter, die Insekten summten deutlicher, und auch die Blumen und Pflanzen erstrahlten plötzlich in frischem Glanz. »Aber nur, wenn du dich wahrhaftig daran erinnerst, was du hörtest, als du mich zum ersten Mal gesehen hast.«

»Gehört?« Als er am Fluss gestanden hatte, als kleiner Junge, und zu der Fremden hinübergeblickt hatte, die ihm dort erschienen war?

Er versuchte all die wieder erstarkten Eindrücke um sich herum zurückzudrängen, die übertrieben kräftigen Farben und das überbordende Leben. Er war ja nicht wirklich hier, er saß auf einem alten Fuchsfell auf einer Anhöhe über einem Lager mit einem Häuflein verlorener Menschen zusammen, und er war in eine Trance gefallen – dieses unwirkliche Reich irgendwo zwischen der Welt der Menschen und der der Götter würde ihn nicht daran hindern, in eine Vergangenheit zurückzureisen, die er schon vergessen geglaubt hatte.

Aber so sehr er sich auch darum bemühte, es wollte ihm doch nicht gelingen, wieder in diese frühere Erinnerung zurückzufinden. Es gelang ihm nicht, die Sorgen und Ängste abzustreifen, die ihn wie eine Geisel gefangen nahmen. Zumindest anfangs. Doch dann überfielen ihn die Bilder der Vergangenheit, die er gerufen hatte, mit ungestümer Kraft, und er spürte auch wieder die Leichtigkeit und Lebendigkeit in sich, die ihn als kleinen Jungen vorangetragen hatten.

Damals, als er gerade allein durch die Wiesen hatte laufen dürfen … als er zu einem Ausflug zum Fluss aufgebrochen war … Er erinnerte sich wieder, als wäre es gestern passiert …

Die Todessyre hatte auf der anderen Seite des Flusses gestanden, ein lichtes Wesen, das ihm wie hingezaubert erschienen war, ohne dass er auch nur im Entferntesten etwas von dem Geheimnis ihrer Existenz geahnt hätte. Und nun hatte ihm das gleiche Wesen aufgetragen, auf die Geräusche zu achten, die er damals gehört hatte …

Die alltäglichen kleinen Laute aus dem Dorf und den Weiden waren zu ihm herübergeweht, das Rauschen des Windes und auch das Plätschern der Wellen … aber nichts anderes …

Oder doch … Er erinnerte sich daran, dass jemand seinen Namen gerufen hatte. Nicht seine Mutter war das gewesen, sondern eine schwache, helle Stimme: die seines Bruders.

»Ja«, er nickte, »da war Abdur. Er hätte das Dorf gar nicht verlassen dürfen, dazu war er noch viel zu klein.«

Er versank in seine frühe Kindheitserinnerung. »Zakaan!«, hörte er seinen Bruder rufen. »Wo bist du?«

Zakaan riss den Blick von der Fremden auf der anderen Seite des Ufers los und sprang auf, um dem kleinen Abdur entgegenzublicken, der mit zwar ungelenken, aber zielsicheren Bewegungen herangewackelt kam. »Zakaan! Zakaan! Ich hab Angst um dich!«

Zakaan schüttelte den Kopf. »Geh zurück!«, verlangte er. »Wenn dich Onkel Woratz hier sieht, gibt es Ärger.«

Abdur gehorchte nicht, sondern beschleunigte ganz im Gegenteil seine Schritte noch einmal. Seine kleinen nackten Füße blieben irgendwo hängen, dann stieß er einen hellen, schrillen Schrei aus, streckte die Hände vor und fiel in die größte Schlammpfütze, die sich zwischen ihm und dem Fluss befand.

»Obrrraoh«, gurgelte er, als er wieder aufsprang und jede Menge Brackwasser ausspuckte. »Ich hatte einen schlimmen Traum! Da war jemand. Ein Mädchen. Das stand am Fluss und sah zu dir herüber … und es wollte deinen Tod!«

»Nein, Abdurezak«, flüsterte er, plötzlich wieder zwischen ferner Vergangenheit und einer viel zu nahen Gegenwart hin und her gerissen. »Sie wollte doch nicht meinen Tod. Sie hat mir nur gezeigt, was mit mir passieren könnte, wenn ich nicht den richtigen Weg einschlage.«

Das Gesicht vor ihm schien zu flackern, und als es dann wieder eine feste Gestalt annahm, glaubte Zakaan tatsächlich in die alten, traurigen Augen Abdurezaks zu blicken, der sein Bruder gewesen war – und den man in seiner Kindheit Abdur gerufen hatte.

»Ich muss mit Dragosz gehen«, sagte Abdurezak. »Ich habe keine andere Wahl. Ich habe ihm die Treue geschworen. Er ist unser Herrscher.«

Zakaan starrte seinen Bruder wortlos an. Sie standen wieder am Fluss, wie vor einer Ewigkeit schon. Aber jetzt war es nicht mehr der kleine Abdur, der für ein Gespräch auf Leben und Tod zu ihm gekommen war, sondern der vom Alter gebeugte Erwachsene, den man schon seit Ewigkeiten nur noch Abdurezak nannte.

»Dragosz ist nach den alten Gesetzen unser Herrscher«, antwortete Zakaan heiser. »Aber nach den alten Gesetzen hätte er seinem Bruder niemals die Frau nehmen dürfen.«

Abdurezak nickte. »Das ist richtig. Und es ist fürchterlich, was Dragosz getan hat. Es ändert aber nichts daran, dass ich mit Dragosz und Surkija gehen werde.«

Zakaan starrte ihn eine ganze Zeit wortlos an. Er und sein Bruder hatten sich noch nie für längere Zeit getrennt. Und jetzt wollte ihn Abdurezak verlassen, und das vielleicht für immer?

»Du gehst mit den Abtrünnigen?«, fragte Zakaan. »Ist es wirklich das, was du willst?«

»Abtrünnige ...« Abdurezak schüttelte den Kopf. »Das ist ein merkwürdiges Wort für diejenigen, die ihrem Herrscher folgen.«

»Nicht merkwürdig ist es«, schnappte Zakaan. »Es ist sogar das einzig richtige, das einzig treffende Wort. Oder wie nennst du diejenigen, die einem Rechtsbrecher folgen?«

»Ich nenne Dragosz keinen Rechtsbrecher, und uns selbst nicht Abtrünnige«, sagte Abdurezak traurig. »Und das, obwohl ich deine Sicht der Dinge verstehen kann.«

»Und warum teilst du sie dann nicht?«, fragte Zakaan bitter.

»Weil ich sie nicht teilen kann«, antwortete Abdurezak rasch. »Denn ich urteile nicht aus der Sicht des Schamanen, sondern aus der des Ältestenrates. Und in diesem Fall unterscheiden sich unsere beiden Einstellungen so sehr wie die eines Fuchses und eines Hahns, der sein Gelege verteidigen muss.«

Zakaans Gesicht verdunkelte sich. »Sind dir denn Ehre und Anstand nichts mehr wert, Bruder?«

»Doch«, antwortete Abdurezak. »Sie sind mir vielleicht sogar mehr wert, als du erahnen magst. Aber zu allererst geht es mir um das Schicksal unseres Volkes. Unseres gemeinsamen Volkes, Zakaan! Und so beschwöre ich dich: Sprich noch einmal mit Ragok. Mach ihm klar, dass er sein Leben – und das all derjenigen, die in Treue zu ihm stehen – gefährdet, wenn er nicht mit uns zu der großen Wanderung aufbricht!«

Zakaan wich ein Stück vor diesen Worten zurück. »Das kann ich nicht«, flüsterte er dann. »Und du weißt es! Ragok würde eher sterben, als seinem verräterischen Bruder zu folgen!«

»Und dafür lieber seinen Tod in Kauf nehmen? Und den der ihm anvertrauten Menschen?« Abdurezak schüttelte den Kopf. »Das kann nicht sein. Das darf nicht sein!«

»Und doch ist es so …« Zakaan machte eine wegwerfende Handbewegung. »Aber noch sind wir nicht tot. Die Stammväter werden mir einen Weg weisen, wie wir die Dürre überstehen können.«

»Mach dir doch nichts vor!« Abdurezak deutete auf den Fluss hinter Zakaan, auf dessen anderer Seite vor Ewigkeiten eine Todessyre gestanden hatte. »Dort fließt schon lange kein Wasser mehr. Die Wiesen und Felder sind ausgetrocknet. Und es gibt kaum noch jagbares Wild. Wie lange, glaubst du, werdet ihr das noch überstehen können, Bruder?«

»Eine Ewigkeit, wenn es sein muss, Bruder«, antwortete Zakaan. »Denn die Götter sind mit uns.«

Abdurezak starrte ihn schweigend an, sein Gesicht verfinsterte sich zunehmend. »Du selbst hast uns vorhergesagt, dass wir das Land unserer Vorväter finden müssen, wenn wir die Dürre überstehen wollen.«

Zakaan nickte. »Ja, das habe ich«, sagte er mit erstickter Stimme. »Aber das entbindet mich nicht des Eides, den ich Dragosz' Bruder gegenüber geleistet habe. Ich werde Ragok folgen. Und wenn es sein muss, auch in den Tod, und sogar darüber hinaus.«

Abdurezak starrte ihn schweigend an. »So soll also ein tödlicher Zwist unter zwei anderen Brüdern dafür sorgen, dass auch wir uns nach all der Zeit entzweien?«

Zakaan hätte darauf geantwortet, wenn er es gekonnt hätte. Aber die Worte blieben ihm im Hals stecken.

»Alles, was ich tun konnte, war, hier und jetzt einen offenen Kampf zu verhindern«, fuhr Abdurezak fort. »Alles, was ich tun kann, ist, die verfeindeten Parteien zu trennen. Für alles andere musst du selbst sorgen.«

Zakaan rang um Worte. »Dann leb wohl, Bruder«, sagte er schließlich. »Und lass uns darauf hoffen, dass wir uns bei der nächsten Begegnung nicht mit dem Schwert in der Hand gegenüberstehen!«

Abdurezak schüttelte den Kopf. »Niemals! Niemals werde ich zulassen, dass sich Brüder und Schwestern mit dem Schwert bekämpfen!«

»Nein«, flüsterte Zakaan. »Auch ich werde das niemals zulassen!«

Es war nicht mehr das Gesicht Abdurezaks, in das er starrte. Es war das der Todessyre. Und zum ersten Mal zeichnete sich so etwas wie ein zufriedenes Lächeln auf ihren Zügen ab. »Die Vergangenheit«, sagte sie, »die Zukunft. Die Gegenwart. All das vermischt sich.«

»Ja.« Zakaan hätte genickt, wenn er es noch gekonnt hätte. Aber das war nicht der Fall. Sein Körper fühlte sich nicht mehr einfach nur schrecklich alt an, sondern uralt, wie der eines Mannes, der längst seine eigene Lebensspanne überlebt hatte. Er wusste, was diese Empfindung bedeutete, ebenso wie die Schwäche und die Verwirrung, die mit ihr Hand in Hand gingen. Das Fleisch der Götter forderte seinen Tribut. Es saugte seine Lebenskraft aus. Jeder Atemzug, den er länger in Trance verharrte, würde ihn dem endgültigen Zusammenbruch näherbringen.

Also musste er die Trance abbrechen. Sofort. Sonst war er verloren.

Und dennoch zögerte er. Zakaan hätte sich auf das Trommeln und Murmeln seiner Begleiter konzentrieren können, auf das gleichmäßige An- und Abschwellen ihrer rituellen Begleitung, er hätte versuchen können, sich mit ihrer Hilfe von der Trance zu lösen, um wieder in die Leichtigkeit zurückzukehren. Aber das wollte er nicht. Es wäre ein Fehler gewesen. Es gab noch so vieles, was er in Erfahrung bringen musste.

»Deine Ahnen sind auch die Ahnen deiner Gegner«, fuhr die Todessyre fort, als bemerke sie gar nicht, dass er nahe daran war, ihr ins Reich des Todes zu folgen. »Und das ist es, was du endlich begreifen musst!«

»Was …«, brachte Zakaan mühsam hervor. Er spürte, wie er nach vorne zu sacken drohte, und riss sich mit äußerster Willensanstrengung zusammen. »Was muss ich begreifen?«

»Dragosz ist nicht dein Gegner«, sagte die Todessyre. »Und schon gar nicht dein Bruder.«

»Natürlich nicht.« Warum auch sollte Abdurezak sein Feind sein? Nur, weil er zu Dragosz hielt? Das war kein Grund, so etwas wie Feindschaft für ihn zu empfinden.

»Dragosz war wie ein Sohn für dich«, fuhr die Todessyre fort. »Und das war er auch für Abdurezak.«

Es dauerte eine Weile, bis Zakaan die Worte verstand. »Was heißt das?«, fragte er mit brüchiger Stimme. »Warum spricht du in der Vergangenheit? Warum sagst du, dass Dragosz wie ein Sohn für uns *war*? Das ist er doch immer noch!«

Das Licht schien vor ihm zu fliehen, und die blühenden Blumen ließen die Köpfe hängen, das Zwitschern der Vögel klang plötzlich nicht mehr fröhlich, sondern bedrohlich. Tod, dachte Zakaan entsetzt. Das bedeutet: Tod! Deswegen war ihm auch die Todessyre erschienen. Nicht, um ihn mit sich ins Totenreich zu nehmen – sondern weil sie von dort eine schaurige Botschaft für ihn mitbrachte.

»Soll das etwa heißen ...« Seine Stimme versagte, und die zarte, mädchenhafte Gestalt sowie der ganze Wald begannen vor seinen Augen zu flackern, »soll das etwa heißen, dass ...«

»Dragosz tot ist?« Die Todessyre nickte. »Allerdings. Er ist gestorben, weil die Ahnen seinen Tod erzwingen mussten. Dragosz hätte sonst alles zerstört und alles vernichtet, was die lange Ahnenkette vor ihm aufgebaut hat.«

Zakaan spürte, wie ein bitterer Kloß in seiner Kehle hochstieg. Der Ort, von dem aus er in dieses Zwischenreich hinübergeglitten war, war kein Halt mehr für ihn, nichts, wohin er wieder zurückkehren wollte. Zumindest nicht, wenn es stimmte, dass Dragosz tot war.

»Was redest du da von den Stammvätern?«, fragte er scharf. »Die Stammväter weisen uns den rechten Weg. Sie verderben doch nicht die ihren!«

»Ja«, sagte die Todessyre, »aber die Ahnen weisen all ihren Nachfahren den Weg. Und jetzt ist ein Punkt gekommen, wo sich die Linien im Streit kreuzen. Und an dem derjenige weichen muss, der Schuld auf sich geladen hat.«

Zakaan wartete darauf, dass die Todessyre weitersprach. Aber das tat sie nicht. So blieb ihm nichts anderes übrig, als selbst weiterzudenken und weiterzuempfinden – ganz für sich allein, und mit all der Last seines Alters und seines Wissens.

»Die Linien von Ragok und Dragosz haben sich bereits im Streit gekreuzt«, sagte er schließlich, als die Stille beinah unerträglich geworden war. »Und jetzt könnte es zu einem schlimmen Kampf zwischen uns und unseren Brüdern und Schwestern kommen. Ist es das, was du meinst?«

»Ja. Und nein.« Die Stimme der Todessyre war kaum noch zu verstehen. »Der Ursprung des Streits liegt viel länger zurück. Es begann in einer Zeit, als die Werkzeuge aus Knochen und Steinen bestanden.«

Eine sanfte Bö nahm ihre Stimme mit und zerriss sie in kleine Fetzen, sodass Zakaan Mühe hatte, den Sinn zu erfassen.

»Steine und Knochen.« Er nickte. Ja, hauptsächlich daraus hatten die Ahnen ihre Werkzeuge gefertigt. Kupfer oder gar Bronze hatten sie noch nicht gekannt. »Aber welcher Streit kann damals begonnen haben – und heute neu aufleben?«

»Dragosz hielt das Werkzeug in der Hand«, antwortete die Todessyre rätselhaft. »Aber mit seinem Tod ist es ihm entglitten.«

»Welches Werkzeug?«, fragte Zakaan alarmiert. Und als die Todessyre nicht gleich antwortete, setze er nach. »Ein Werkzeug aus Stein und Knochen?«

»Nein.« Durch die Todessyre ging ein Flackern, und es sah aus, als werde sich das luftige Wesen schon im nächsten Augenblick vollkommen auflösen. »Es besteht aus Kupfer, Zinn und Gold. Und es enthält die ganze Weisheit Urutarks.«

Zakaan schwankte. Es hätte nicht viel gefehlt, und er hätte das Gleichgewicht verloren. »Die Himmelsscheibe«, flüsterte er. »Du meinst also, dass letztlich die Himmelsscheibe Dragosz zum Verhängnis geworden ist …«

»Nicht die Scheibe selbst ist Dragosz zum Verhängnis geworden«, berichtigte ihn die Todessyre. »Sondern sein Verlangen nach der Heilerin Surkija, dem Weib seines Bruders. Er hat die Frau begehrt und sich die Heilerin genommen – und damit den Bruch einer Gemeinschaft heraufbeschworen, die zuvor fester gefügt war als Zinn und Kupfer, wenn sie zur Bronze verschmolzen sind.«

»Aber welches Geheimnis hütet die Himmelsscheibe nun wirklich? Und was hat das mit Dragosz zu tun?«

Die Todessyre schien ein Stück in sich zusammenzuschrumpfen. Zakaan merkte es kaum. Er war so aufgewühlt wie schon lange nicht mehr.

»Dragosz verbindet alles miteinander«, sagte das rätselhafte Wesen. »Er verbindet die Vergangenheit und die Zukunft. Er verbindet auch die verschiedenen Blutlinien. Und er öffnet das Tor zum Leben.«

»Aber ich denke, Dragosz ist tot!«, erwiderte der Schamane.

Durch das rätselhafte Wesen – das ihm vielleicht auf eigenen Wunsch hin erschienen war, vielleicht aber von den Stammvätern geschickt worden sein mochte, um ihn auf irgendetwas längst Vergessenes aufmerksam zu machen – ging erst ein Zittern, und dann flackerte es auf und glitt so schnell in den Wald zurück, dass es nur noch als vager Umriss zu erkennen war.

»Aber was bedeutet es, dass Dragosz die Blutlinien miteinander verbindet?« Zakaans Stimme überschlug sich jetzt fast. »Was hat das zu bedeuten? Sag es mir! Ich muss es wissen!«

Es war ganz verkehrt, eine Todessyre anzuschreien, falsch und töricht. Aber Zakaan konnte die Worte nicht mehr zurückholen, die ihm wie ohne sein Zutun entschlüpft waren, und erst recht konnte er die Erregung nicht verbergen, die ihn gepackt hatte.

»Du hast Ragoks ältesten Sohn in den Tod geschickt«, wirbelten die Worte der Todessyre fast unverständlich heran. »Lexz soll Ragoks Rache vollziehen. Doch das ist der falsche Weg. Das ist immer der falsche Weg. Rache führt nie zu etwas. Dadurch kann niemand sein Lebensglück erzwingen, und schon gar nicht wird Lexz in der Lage sein, Nakur dadurch wieder zum Leben zu erwecken. Sondern ganz im Gegenteil: Wenn er nicht aufpasst, wohin er seinen Fuß setzt, wird er seinem Bruder schon sehr bald ins Totenreich nachfolgen.«

Die Stimme war kaum verständlich, ihr Sinn dafür umso mehr.

»Lexz ist in Gefahr?« Der Schamane hatte das Gefühl, nun komplett den Halt zu verlieren. Lexz war nicht nur Ragoks einzig verbliebener Sohn, er war viel, viel mehr. Zakaan ahnte schon seit Langem, dass Lexz gewaltige Prüfungen bevorstanden und er sie vielleicht nicht bestünde. Aber das alles spielte im Augenblick keine Rolle.

Wenn Ragok die Vergangenheit war, dann war sein Sohn Lexz die Zukunft. Und wenn es etwas noch Wichtigeres gab, als der Vergangenheit treu ergeben zu sein, dann, der Zukunft alle Tore zu öffnen.

»Lexz ist in Gefahr«, bestätigte die Todessyre. »Er ist sogar in großer Gefahr. Denn das Geheimnis, das er aufdecken will, vernichtet all die, die sich ihm öffnen.«

Die Worte brannten sich fast Zakaan ein. Sie klangen widersinnig, kaum verständlich. Aber sie berührten den Schamanen tief in seinem Innersten …

»Sag mir, wie ich ihm helfen kann!«

Nun geschah genau das, was er befürchtet hatte: Die Todessyre zog sich so schnell zurück, wie sie gekommen war. Aber sie verschwand nicht einfach, sie verschmolz mit dem Wald – und riss dabei ihre ganze Umgebung mit in einen Strudel, der alles aufsaugte, die Wiese, die Sträucher, den Himmel. Zakaan schlug die Hände vors Gesicht, unfähig mit anzusehen, wie sich die geheime Welt auflöste, in die er mit Hilfe des Rauchkrauts und der geheimen Pilzmischung eingetaucht war.

Und Zakaan schrie auf, als er begriff, was das für Lexz bedeutete …

3 Lexz war wütend. Es war eine Wut, die sich tief aus dem Inneren speiste, aus der Quelle der Kraft, die den Krieger ausmacht und ihn befähigt, jede Form von Schmerz und Qual auszuhalten und an dem Ziel festzuhalten, das, einmal gesteckt, ihn immer weiter antrieb: bis er entweder dieses Ziel erreicht hatte oder tot war.

Seine Füße flogen geradezu über den Waldboden, trampelten über Insekten und Ameisen, knickten Halme, rissen dünne Zweige ab. Seine Hände wischten dürres Geäst beiseite, verscheuchten Schmetterlinge und Mücken und rissen eine Schneise in Ranken und Gestrüpp, wo immer das nötig war. Sein Herz schlug hart und gleichmäßig. Von seiner Stirn stoben Schweißperlen davon.

Die Schmach über das, was Dragosz seinem Vater angetan hatte, saß tief. Es war ein Schmerz wie der einer alten Verletzung, den man noch so oft bis an den Rand der Wahrnehmung verdrängen konnte, und der doch immer wieder hervorbrach: und dies meist dann, wenn man ihn am wenigsten erwartete.

Sein Vater war ein harter Mann, der ihn und alle anderen so heftig antrieb, als hänge ihrer aller Leben davon ab, dass jeder Einzelne jeden Tag Höchstleistungen vollbrachte. Lexz hatte ihn oft verdammt und alles versucht, um seinen übertriebenen Anforderungen so weit wie möglich zu entgehen – was meist vergebens gewesen war, denn Ragok war nicht nur unerbittlich, er besaß auch das Geschick, jede noch so kleine Verfehlung oder Nachlässigkeit zu bemerken. Jetzt aber begann er zu begreifen, dass die *Alte Geierkralle*, wie ihn einige Frauen hinter seinem Rücken nannten, recht gehabt hatte.

Die Dürre, die sie gezwungen hatte, ihre einst fruchtbaren Wiesen und Wälder zu verlassen, weil ihre Ernte vertrocknet und jeder Bach versiegt war, schien wie ein Fluch über sie gekommen zu sein. Sie hatten alles versucht, um in ihrer Heimat zu bleiben. Aber nachdem auch noch das letzte kümmerliche Bächlein ausgetrocknet war, die letzten saftlosen Beeren verzehrt und nicht nur der letzte Höhlenlöwe, der letzte Hase, sondern sogar auch noch das letzte Eichhörnchen erlegt worden war, wie er sich voller Ingrimm erinnerte, war ihnen gar nichts anderes übrig geblieben, als nach Westen aufzubrechen, dorthin, wohin ihnen die Stammväter den Weg gewiesen hatten.

Lexz keuchte laut auf, als er sich an die Feuerwalze erinnerte, in die sie zu Beginn ihrer Wanderung hineingelaufen waren. Er sprang über einen Stein, der ihm im Weg lag, duckte sich unter einem ausladenden Zweig hinweg und schlug so hart mit der flachen Hand gegen den Stamm einer ausladenden Ulme, dass ein scharfer Schmerz durch seinen Unterarm jagte.

In den ersten drei Tagen waren sie gut vorangekommen, aber dann war es nicht nur ein ständiger Brandgeruch gewesen, der ihm von Ferne in die Nase gestiegen war, sondern auch beißender Rauch. Sie hatten versucht, ihn so gut es ging zu umgehen, und Lexz erinnerte sich daran, wie auch damals schon eine Mutter neben ihrem fünfjährigen Kind zusammengebrochen war und sich nicht mehr rührte, als der Schamane sie an der Schulter gepackt hatte …

Das war der Anfang vom Untergang gewesen.

Lexz duckte sich unter einem ausladenden Zweig hinweg, und zwei, drei kleine bunte Vögel stoben auf und flatterten unter wildem Geschnatter davon, von einer großen schweren Amsel gefolgt …

Der Anblick des schwarzen Vogels traf Lexz wie ein Messerstich. Er erinnerte ihn schmerzhaft an die Vögel, die am vierten Tag ihrer

Wanderung über ihren Köpfen hinweggezogen waren: wie die Vorboten eines von den Göttern verhängten Strafgerichts. Zum Schluss waren es schwarze Vögel gewesen, dick und sattgefressen, die ihren Weg gekreuzt hatten, *Raben*, wie der Schamane erklärt hatte. Und als er dann einen mit einem Pfeil vom Himmel hatte holen wollen, war plötzlich der Schamane neben ihm gewesen.

»Tu das nicht«, hatte Zakaan befohlen. »Raben sind Unglücksvögel.«

»Dann ist es doch umso besser, wenn ich sie töte«, hatte Lexz widersprochen, und einen Pfeil auf die Sehne des kostbaren Bogens gelegt, den er damals noch besessen hatte.

»Bei Ygdra, nein!« Der Schamane war ihm regelrecht in den Arm gefallen. »Wer einen Raben tötet, wird seines Lebens nie wieder froh werden!«

Lexz hatte das für übertrieben gehalten, zumal ein paar fettgefressene Vögel vielleicht verhindert hätten, dass nach der jungen Mutter auch noch andere an Entkräftung zusammenbrachen – aber er hatte es nicht gewagt, Zakaan zu widersprechen. Der Schamane stand den Göttern näher als irgendein anderer – sein Wort galt.

Dass die Raben tatsächlich gefiederte Unglücksboten waren, hatte er erst begriffen, als es fast zu spät gewesen war. Dabei war zunächst etwas geschehen, was er sich die ganze Zeit über gewünscht hatte, nachdem ihre Felder und Äcker verdorrt und ihre Teiche ausgetrocknet waren: Das Wild war zu ihnen gekommen, ohne dass sie sich hatten anstrengen müssen. Wie in der wilden Phantasie eines verzweifelten Jägers, der die Spuren von Rehen oder Wildpferden bereits seit Tagen vergeblich verfolgte, hatten sie plötzlich ein Hufgetrappel gehört, das direkt auf sie zuzuhalten schien. Ragok und der Schamane hatten sich mit ein paar schnellen Sätzen verständigt, während sich Lexz, Larkar und die anderen jungen Männer darauf vorbereitet hatten, schnelle Beute zu machen.

Als sein Vater zu ihnen herübergekommen war, hatte ihm Lexz jedoch bereits angesehen, dass etwas nicht stimmte.

»Wir ziehen weiter«, hatte Ragok kurz und knapp befohlen, »aber erst einmal ein Stück in Richtung Süden, in Richtung der Berge. Wir müssen von dem Feuer weg.«

Er hatte nicht viel erklären müssen, denn sie alle hatten gespürt, dass sich die wabernde Hitze wie eine Faust um sie zu schließen begann. In aller Eile waren sie aufgebrochen, mitsamt der wenigen Wasservorräte und Habseligkeiten, die ihnen geblieben waren.

Und obwohl sie kaum Rücksicht auf die Alten und die Kinder genommen hatten, waren sie nicht schnell genug gewesen. Dem Hufgetrappel folgten die ersten versprengten Gruppen von Wildpferden und Rehen, dann kamen Füchse, Dachse und ein riesiger zotteliger Bär, der geifernd und knurrend auf sie zutrabte, kurz vor ihnen aber abschwenkte und wie die meisten anderen Tiere in Richtung des ausgetrockneten Flussbetts davonlief, ohne dass sie ihn verfolgen durften – weil Jagdglück und Feuertod unweigerlich aufeinandergefolgt wären.

Es waren keine großen Rudel gewesen, die ihnen entgegenkommen waren – was ja auch kaum ein Wunder gewesen war, schließlich hatten sie im Bereich mehrerer Tagesreisen alles leergejagt. Aber sie waren voller Panik. Rauch verdunkelte den Horizont, und in der Luft hatte ein ganz merkwürdiger Geruch gelegen: zunächst streng, dann fast beißend, und zum Schluss war da etwas, das alles andere überlagert hatte. Kurz darauf wehte der Wind einen dichten, dicken, schwarzen Qualm heran, wahrscheinlich den Vorboten von etwas viel Schlimmerem, das sie hatte keuchen und verzweifelt nach Luft schnappen lassen.

Sie hatten versucht, ihm mit einem abermaligen Richtungswechsel zu entgehen, und jeder Gedanke ans Jagen oder an ihren beißenden Hunger war wie weggeblasen. Sie wollten jetzt nur fort von dem Flächenbrand, der sich mit atemberaubender Geschwindigkeit auf sie zubewegt hatte. Doch vergeblich. Schon bald hatten die Flammen sie so einzukesseln begonnen, als wollten sie die Götter an Ort und Stelle für Dragosz' Frevel bestrafen.

Aber vielleicht wollten sie ja nicht nur das. Vielleicht wollten sie ja auch gleich alle Raker auslöschen, weil ihnen die wenigen kargen Opfergaben nicht gereicht hatten, die sie ihnen in letzter Zeit dargeboten hatten.

Lexz' Erinnerung brach in sich zusammen, als ihn ein einzelner Lichtstrahl traf, harmlos, verglichen mit allem, was ihn an grellem Licht in der letzten Zeit gepeinigt hatte, und doch hell genug, um die

Schatten der Vergangenheit zu vertreiben. Dem einzelnen Lichtstrahl folgten weitere, als er eine Lichtung erreichte, die so voller Leben war, dass es schon fast eine Unverschämtheit bedeutete. Bunte Schmetterlinge stoben auf, Bienen schwirrten zwischen farbenprächtigen Blüten umher, irgendetwas huschte auch zwischen seinen Beinen davon, und überall war ein Summen, Rascheln und Schwirren. Ehe er sich versah, stob ein Heer gieriger Mücken von einem Baum auf, der reich mit im Sonnenlicht glänzenden Früchten beladen war, und jagte auf ihn zu, um ihn gierig zu umschwirren und den einen oder anderen Angriff auf ihn zu starten.

Lexz verzichtete darauf, die Mücken beiseite zu wischen, rannte stattdessen weiter über die saftige Wiese und spürte die kühle, regennasse Luft auf seiner Haut. Er konnte einfach nicht glauben, dass sich ihre Strapazen doch gelohnt haben sollten. Am Ende, als bis auf Zakaan kaum noch jemand daran geglaubt hatte, hatten die Stammväter wohl doch recht behalten, und alles, was ihnen der Schamane über das gelobte Land im Westen berichtet hatte, erwies sich eher als Untertreibung statt als Prahlerei.

Wahrlich, es war eine Wunderwelt, in die er hier eintauchte, ein Ort, wie er ihn sich zusammen mit seinem Waffenbruder Larkar und den anderen jungen Männern immer wieder voller Sehnsucht ausgemalt hatte, wenn sie hungernd und verschwitzt eine viel zu heiße Nacht auf einer leergebrannten Wiese verbracht hatten.

Und ob er es wollte oder nicht, schon wieder stieg Bitterkeit in ihm auf. Im Angesicht der blühenden Natur um ihn herum musste er erneut an die Zeit der schweren Prüfungen denken, die nun hinter ihnen lag. Dass die große Wanderung schon nach ein paar Tagen fast in der fürchterlichen Feuersbrunst geendet hätte, die wie ein unbarmherziges Strafgericht über sein Volk gekommen war, hatte selbst den immer fröhlichen Larkar schließlich zunehmend einsilbig gemacht. Und nun das! Wie recht hatte doch der Schamane mit seinen Ermahnungen gehabt, sorgfältig auf alle Zeichen der Götter zu achten, auf alles, was ihnen Wind, Wolken, Sonne und auch die Erde unter ihren Füßen sagen konnten, und dies sorgfältig mit dem abzuwägen, was die Ahnen von ihnen verlangten: das gelobte Land Urutark im reichen, satten und grünen Westen zu suchen.

Er hatte Dragosz verflucht, als sie bei ihrer Wanderung immer wieder durch Qualm und Rauch gezogen waren, bis sie geglaubt hatten, ersticken zu müssen. Er hatte seinen Namen hasserfüllt hervorgestoßen, als sein jüngerer Bruder Nakur vor Schwäche gestolpert war und sich nicht mehr hatte erheben können. Und er hatte vor Schmerz und Zorn gewimmert, als jener jämmerlich verendet war, obwohl sein Vater und er ihn tagelang durch eine Albtraumlandschaft getragen hatten, bis sie selbst die Kräfte verlassen hatten.

Dragosz!

Verdammnis über die Seele des Mannes, der ihm seinen Bruder genommen hatte!

Sein jüngerer Bruder war nicht der Erste gewesen, der auf ihrer großen Wanderung einen jämmerlichen Tod gestorben war, und schon gar nicht der Letzte. Die Umstände waren einfach gegen sie gewesen, und das vielleicht nur, weil sie viel zu viele Tage gezögert hatten, Dragosz zu folgen, und stattdessen ihr altes Leben hatten bewahren wollen. Dafür waren sie von den Göttern bestraft worden, als seien sie die Sünder, und nicht der, der die Werte ihrer Gemeinschaft in den Dreck getreten hatte.

Tagelang hatten sie verkohlte Tierkadaver vorgefunden, verbrannte Siedlungen und entstellte Leichen – aber nichts Essbares und nur selten brackiges, kaum genießbares Wasser. Als sie dann Tage später mit dem ersten Grün auch auf die ersten lebenden Menschen gestoßen waren, war schließlich das entbrannt, was ihr Leben von da an bestimmen sollte: der Kampf um jagdbares Wild, um Fischgründe und Kornkammern. Hitze und Dürre waren ihnen dabei wie ein mordlüsternes Bruderpaar gefolgt, und so sehr es sie auch beschämen mochte: Im Überlebenskampf waren sie selbst zu Mördern und Totschlägern geworden.

Sie waren keine Eroberer, die kamen, um zu verheeren und zu töten: Aber es war ihnen seit dem letzten Sommer kaum etwas anderes übrig geblieben, als sich wie Barbaren zu verhalten, wenn sie ihre Familien schützen wollten. Der Winter war hart gewesen, und von den drei Frauen, die Kinder zur Welt gebracht hatten, waren zwei gestorben. Von den Kindern aber hatte kein einziges überlebt.

Wachsende Wut, brodelnder Hass, das war die einzige Reaktion, die Dragosz dafür verdient hatte. Er hatte seinem Vater alles genommen, und damit auch allen, die zu ihm gehalten hatten. Als Jüngstgeborener war es sein Recht gewesen, die Führung über sein Volk zu übernehmen – doch seinem mehr als zehn Sommer älteren Bruder hätte ein Platz an seiner Seite gebührt. Schlimmer noch, es hatte eine alte Verabredung zwischen Ragok und Dragosz gegeben, die Raker gemeinsam in bessere Zeiten zu führen. Dragosz hatte diese Verabredung wie einen alten, trockenen Zweig gebrochen. Er war zu keiner gemeinsamen Lösung durch eine Vermittlung des Ältestenrates und des Schamanen bereit gewesen. Er hatte noch nicht einmal zu verstehen versucht, warum sein Vater und ein Großteil ihres gemeinsamen Volkes nicht mit ihm ziehen wollten. Er war auch zu keiner Geste der Demut oder gar der Einsicht bereit gewesen. Und damit hatte er indirekt sogar das Todesurteil über seinen Neffen Nakur gefällt, den einzigen Bruder von Lexz, mit dem er sich stärker verbunden gefühlt hatte als mit jedem anderen Menschen.

Dafür verdiente er die härteste Strafe, die die Stammväter für diese Fälle vorgesehen hatten.

Den Opfertod.

Ein Zweig peitschte in Lexz' Gesicht, dann riss der Ausläufer eines Astes einen blutigen Streifen in seine Wange, und nur wenige Schritte weiter drohten sich seine Füße in einem Dornengebüsch zu verfangen. Keuchend hielt er an. Der Bereich des Waldes, in den er gerade wie besinnungslos gelaufen war, wirkte dichter und dunkler als der Teil, den er vor der Lichtung durchquert hatte. Das war gar nicht gut. Immer wieder hatte der Schamane von ihm verlangt, er solle sich nicht von seiner Wut zu etwas hinreißen lassen, was er später bereuen konnte.

Es wurde Zeit, dass er zur Besinnung kam. Schließlich war er hier nicht allein. Vor zwei Tagen hatte er mit Larkar am Feuer gesessen und darüber gesprochen, welche Route sie wählen sollten, um die Gegend zu erkunden, in der Dragosz zusammen mit seiner Horde Abtrünniger eine neue Heimat gefunden haben sollte. Larkar und er waren nicht nur gleich alt, sie waren auch unzertrennlich: Larkar, der Speerträger, und Lexz, der Bogenschütze. Wie oft sie sich schon gegenseitig das Leben gerettet hatten, hätte Lexz gar nicht mehr sagen können.

Beim letzten Mal war es Larkar gewesen, der Lexz in einem Kampf gegen mehrere Männer beigesprungen war. Er hatte einen von ihnen mit seinem Speer aufgespießt und einem anderen den Ellbogen so heftig ins Gesicht gestoßen, dass er blutüberströmt zurückgetaumelt war. Lexz hatte aus den Augenwinkeln gesehen, wie ein dritter Mann mit gezogenem Schwert von hinten angegriffen hatte, und er hatte versucht, dazwischenzugehen: aber zu spät. Der Kerl hatte Larkar das Schwert in den Leib rammen wollen, und als dieser im allerletzten Augenblick noch zurücksprang, hatte jener wenigstens einen vernichtenden Streich gegen seine Beine geführt.

Seitdem humpelte Larkar.

Und das war auch der Grund, warum er jetzt nicht an seiner Seite war.

»Verdammt!« Lexz fuhr herum und starrte so weit zurück, wie er es konnte – was nicht sehr weit war, denn die Bäume standen hier dicht und ihre Äste und Zweige bildeten ein natürliches Spalier, das er zwar mühelos hatte durchbrechen können, das ihm jetzt aber die freie Sicht nahm.

Niemand war zu sehen, natürlich nicht. Der dicke Torgon war zwar wesentlich schneller, als seine Körperfülle vermuten ließ, und Sedak und Ekarna konnten es im Laufen auf freier Strecke durchaus mit ihm aufnehmen – aber schließlich bestimmte Larkar, der humpelnde Speerträger, das Tempo der Gruppe.

»Larkar!«, rief Lexz so laut, dass es ihn beinahe selbst erschreckt hätte, »wo bist du?«

Irgendwo raschelte es, als ein Tier davonstürmte, als habe es Angst, er könne es mit seiner Stimme erlegen. Und von den Zweigen einiger nahe stehender Bäume stob etwas auf, das fast wie eine Schar Fledermäuse aussah. Ärgerlich ballte Lexz die Faust. Vorzulaufen war schon ein Fehler gewesen, und quer durch den Wald den Namen seines Freundes zu rufen, als könne hier kein anderer unterwegs sein als sie selbst, das war ein zweiter und wahrscheinlich sogar noch größerer Fehler gewesen.

Was, wenn Dragosz' Leute gehört hatten, wie er einen der üblichen Raker-Namen in das Dickicht hineinbrüllte? Dann wussten sie nicht nur, dass hier jemand außer ihnen im Wald unterwegs war, sondern gleich auch noch, dass es Raker waren – und den Rest konnten sie sich dann denken. Großartig.

Torgon, der von seinem Vater zu so etwas wie seinem Aufpasser bestimmt worden war, würde ihm die Ohren dafür langziehen. Und das zu Recht. Dragosz und seine Leute durften auf keinen Fall wissen, dass sie ihnen auf den Fersen waren. Lexz konnte sich lebhaft vorstellen, was geschehen würde, wenn sein Vater davon erfuhr.

Aber vielleicht hatte ihn ja niemand gehört. Dann würde ihn Torgon nur für seinen unbeherrschten Waldlauf schelten. Und Lexz würde das einmal mehr über sich ergehen lassen und sich dabei zum wiederholten Mal fragen, wie es der Dicke trotz größter Hungersnot bis auf den heutigen Tag geschafft hatte, seine Leibesfülle fast auf dem alten Stand zu halten – und ob er nicht mit einer entsprechenden Anspielung von seinem Leichtsinn ablenken konnte.

Lexz' Wut war noch nicht ganz verraucht, das konnte sie auch gar nicht sein, dafür saß sie viel zu tief. Aber immerhin hatte er sich weit genug beruhigt, um seine Erregung wieder einigermaßen im Griff zu haben. Eigentlich hätte er den anderen entgegenlaufen müssen, aber das hätte bedeutet, Fehler zugeben zu müssen, die ja vielleicht doch vollkommen bedeutungslos waren. Und es war gegen seine Natur. Besser, er wartete hier ab, bis die anderen zu ihm aufgeschlossen hatten, und versuchte in der Zwischenzeit herauszubekommen, ob sie überhaupt noch in der richtigen Richtung unterwegs waren: Dann konnte er immerhin behaupten, er wäre vorausgelaufen, um den kürzesten Weg aus dem Urwald heraus zu finden.

Er legte den Kopf in den Nacken und starrte nach oben. Ganz so, wie er erwartet hatte: Der Himmel war von hier aus kaum zu sehen, und damit auch nicht die Sonne, an deren Stand sie sich im freien Gelände zuverlässig hatten orientieren können. Sie mussten weiter nach Norden, in die Richtung, in der irgendwann einmal das große Meer kam, da waren sie sich sicher. Irgendwo zwischen ihnen und dem Meer musste dann die Seenplatte beginnen, zu der Dragosz in der Hoffnung geflohen war, ihnen damit dauerhaft entgehen zu können. Aber da kannte er Ragok schlecht. Die *Alte Geierkralle* würde ihre Klauen in sein Fleisch schlagen und ihn für das büßen lassen, was er mit dem Verrat an seinem eigenen Volk ausgelöst hatte: den Tod so vieler Menschen während der Wanderung.

Und auch den seines jüngsten Sohnes!

Der Blick nach oben gab Lexz' Wut neue Nahrung. Regen, das war alles, was sie gebraucht hätten. Der Schamane hatte alles getan, was er hatte tun können, jeden Zauber beschworen, jeden Flehspruch tausendmal gesprochen, sich selbst gegeißelt, bis sein Rücken eine einzige blutige Masse war. Anschließend hatte Zakaan die großzügigen Opfergaben der Gemeinschaft in aller Feierlichkeit dem heiligen Feuer übergeben, und sie alle zusammen hatten die Göttin der Fruchtbarkeit angefleht, sie doch endlich zu erlösen. Sie hatten das Feuer umtanzt, in dem ihr letztes Schwein als Opfergabe an Asad und Ygdra in sich zusammenschmolz. Das Fett war ins Feuer getropft, das brennende Fleisch hatte seinen starken Geruch verströmt, und sie waren fast wahnsinnig vor Hunger geworden …

Und während dieser ganzen Zeit waren die Regenwolken hierhin gezogen, und hatten ihre schwere Last über diesem Teil des Landes abgeliefert? Hatte die mächtige Göttin der Fruchtbarkeit von Anfang an nichts anderes vorgehabt, als den Haufen verzweifelter, hungernder Menschen zu verhöhnen, die sie inständig um das lebenspendende Nass angefleht hatten?

Lexz ballte die Hände so heftig zu Fäusten, dass die Knöchel weiß hervorstachen. Dragosz. Es war alles Dragosz' Schuld. Er hatte etwas Schreckliches getan, und Asad hatte sein Volk für diesen Frevel bestraft.

Aber warum hatten die Götter dann nicht gleich Dragosz und die Abtrünnigen zerschmettert, die sich auf seine Seite geschlagen hatten? Diese eine Frage hatte Lexz seinem Vater so oft hingeschleudert, bis er eine Antwort bekommen hatte: »Weil sie uns prüfen wollen, mein Sohn. Weil nicht sie es sein werden, die Dragosz richten, sondern wir. Wir werden Dragosz und seine Brut finden, und sie werden die Strafe erhalten, die sie verdienen. Und das nicht nur für Dragosz' Verrat – sondern für jeden einzelnen Toten, den wir auf der großen Wanderung zu beklagen hatten.«

»Und für Nakurs Tod!«

»Ja.« Ragoks Stimme hatte wie das Knurren eines angreifenden

Höhlenlöwen geklungen. »Er wird für Nakurs Tod bezahlen – da kannst du sicher sein! Wir werden ihn und seine Brut aus Urutark vertreiben. Und dann werden wir dort leben und das Gesetz unserer Stammväter erfüllen. Und noch unsere Kindeskinder werden von der großen Wanderung in das Land der Vorväter erzählen. Unsere Heldentaten werden auf ewig leben!«

Das hatte Ragok der Bezwinger gesagt, ohne wissen zu können, ob Dragosz Urutark tatsächlich vor ihnen erreicht hatte – und ohne das üppige Grün und die wild wuchernden Pflanzen und Triebe hier zu sehen, die Lexz wie blanker Hohn erschienen, je tiefer er in den Urwald eindrang. Ragok konnte sagen, was er wollte, er konnte von künftigen Heldentaten erzählen, über die ihre Nachfahren einmal schwärmen mochten – das alles war doch nur eine billige Entschuldigung für die unfassbare Ungerechtigkeit, die ihnen widerfuhr! Nicht Ragok hatte den alten Schwur zwischen den Brüdern gebrochen, sondern Dragosz, der alte Bock, der seine Hände nicht von der Auserwählten seines Bruders hatte lassen können.

Ragok und Surkija waren einander seit Ewigkeiten versprochen gewesen, der wagemutige junge Krieger und die Tochter der Heilerin. Doch dann hatte sich Dragosz an Surkija herangemacht und sie so lange umgarnt, bis sie seinem Werben schließlich nachgegeben hatte. Wie hatte er nur glauben können, dass die Götter diesen Frevel so einfach hinnahmen?

Lexz' Hand öffnete und schloss sich mehrmals hintereinander, wie im Krampf. Die Blätter und Nadeln der Bäume hier waren satt und grün, ganz anders als in den übrigen Teilen des Landes, durch das ihr beschwerlicher Weg sie geführt hatte, wo jeder einzelne Baum, jeder Strauch und jede Pflanze Spuren der großen Dürre aufwies, wenn nicht ohnehin schon alles verdorrt und vertrocknet war. Der Anblick wurde von Atemzug zu Atemzug unerträglicher für ihn. Heftige Wellen der Wut und Empörung stiegen erneut in ihm auf und drohten jeden Gedanken an Mäßigung und Besonnenheit mit sich zu reißen. Urutark. Das Land ihrer Ahnen. Dragosz hatte seinen Getreuen geschworen, sie dorthin zu führen: und damit in ein sattes, unbeschwertes Leben. Wenn das stimmte, was der Kundschafter ihnen erzählt hatte, dann musste er es tatsächlich gefunden haben. Was für eine Ungerechtigkeit! Warum taten ihnen die Götter das nur an?

»He!«, hörte er eine Stimme hinter sich. »Warte auf uns!«

Lexz zuckte zusammen und drehte sich dann um. In seiner Empörung war er so schnell gelaufen, dass die anderen offensichtlich alle Mühe hatten, zu ihm aufzuschließen. Drei Männer und eine Frau hatte ihm sein Vater mitgegeben, eine kleine, aber schlagkräftige Truppe, die kampferprobt und durch die Strapazen der letzten Zeit abgehärtet war. Auch wenn er zuerst am liebsten allein losgezogen wäre, um Dragosz' Lager auszukundschaften, war er jetzt mehr als froh, die alten Freunde zu sehen, mit denen zusammen er schon mehr als eine gefährliche Situation gemeistert hatte.

Als Erster tauchte der dicke Torgon auf, wie sie alle mit schwarz angemalten Augen und bedrohlich wirkender Kriegsbemalung. Er walzte wie ein Auerochse durchs Unterholz, schlug beiseite, was er mit seinen fleischigen Händen erreichen konnte, und knallte mit dem Kopf das weg, was übrig blieb. Kurz dahinter brach Ekarna durch das Gebüsch, dünn wie eine Bohnenstange und mit ungewöhnlich langen Zähnen, die sie schon mehr als einmal in das Fleisch eines Gegners geschlagen hatte, was Lexz innerlich erschauern ließ – dies hätte er allerdings niemals zugegeben. Im Zweifelsfall hätte er sich lieber mit Torgon als mit *der Raubkatze* angelegt, wie man sie hinter ihrem Rücken nannte.

Wer die beiden auf seiner Spur durchs Unterholz brechen sah, konnte meinen, dass es ein einfältiges Waldläuferpaar sein mochte, das sich von jeder Höhlenhyäne austricksen ließ. Dies wäre aber ein fataler Fehler gewesen. Ekarna hatte das Zeug zur Heilerin, was viel bedeutete, denn die Heilerinnen konnten es im Wissen um die menschliche Natur und die Geheimnisse des Lebens mit jedem Schamanen aufnehmen. Torgon dagegen war bislang nicht nur im Zweikampf unbesiegt geblieben, sondern hatte mit seinem scharfen Verstand auch schon mehr als einmal einen Ausweg aus einer scheinbar hoffnungslosen Situation gewusst.

Das Wichtige für seinen Vater aber war: Die beiden zeigten sich ihm treu ergeben. Und sie würden ihr Leben opfern, wenn Lexz in eine ernsthafte Bedrängnis geraten sollte. Genau das hatten sie auch geschworen, bevor der Schamane begonnen hatte, ihnen die traditionelle Bemalung derer aufzutragen, die für ihr Volk in den Kampf zogen. Während er ihnen die schwarze Farbe um die Augen herum aufgemalt hatte, die Ruß zwar ähnelte, aber viel süßlicher roch, hatte Torgon gespottet, dass Larkar nun überhaupt nicht mehr wie ein Mensch aussah. Das war auch nicht ganz falsch. Nach seiner schweren Verletzung hatte sich *der Speer* die rechte Hälfte seines Schädels kahl geschoren und seine Haare in einer feierlichen Zeremonie den Göttern geopfert. Anschließend hatte ihm der Schamane einen eigentümlichen Ohrenschmuck angelegt. Dadurch sah Larkar auf eine merkwürdige Weise fremd und bedrohlich aus.

Das gab Torgon aber noch nicht das Recht, über Larkar herzuziehen. Wäre der Schamane nicht gewesen, wären er und Lexz wohl in einen heftigen Streit darüber geraten, während Larkar nur abgewunken und sich ein Stück von ihnen entfernt hatte.

»Lass ihn«, hatte er anschließend zu Lexz gesagt. »Der Dicke weiß es nicht besser. Er ist dem Tod noch nie so nahe gewesen wie ich. Das verändert alles.«

Ja, dachte Lexz bitter. *Er ist fast gestorben, nur weil er mir das Leben retten wollte. Und wie danke ich es ihm? Indem ich ihn im Stich lasse.*

Ein paar Tropfen benetzten sein Gesicht, und als er aufsah, wurde ihm bewusst, dass sich der Himmel erneut verdunkelt hatte. Vorhin hatten sie Donnergrollen gehört, und irgendwo in der Ferne hatten auch Blitze den Himmel zerrissen: Es war das Zeichen, dass die Götter in Aufruhr waren. Als Kind hatte er die unbeherrschte Kraft ihrer Schöpfer gefürchtet, die Blitz und Donner auf sie herabschleuderten, als wollten sie Menschen und Tiere wieder auslöschen, die sie einmal aus einer Laune heraus aus Lehm und Dreck erschaffen hatten. Doch dann begann er zu begreifen, dass Zakaan vielleicht doch recht hatte: »Sie verwüsten mit Unwettern Landstriche, aber sie spenden mit ihnen auch Leben«, glaubte er die tiefe, knarrende Stimme des Schamanen zu hören. »Tod und Leben sind oft nur eine Handspanne voneinander entfernt. Es obliegt den Menschen, das Beste daraus zu machen.«

Lexz sah das etwas anders, und er zweifelte mittlerweile auch daran, dass Weisheit in all dem lag, was die Götter taten. Aber zumindest jetzt waren sie ihnen wohlgesonnen. Es war kein trockenes und damit brandgefährliches Gewitter, das dort aufzog. Nein, dieses Gewitter war von Ygdra gesegnet. Wenn das Unwetter tatsächlich zu ihnen herüberzog, würde der Himmel alle Schleusen öffnen und das Land unter Wasser setzen.

Als er seinen Blick wieder senkte, waren Torgon und Ekarna schon herangekommen, und in der Ferne glaubte er Larkar zu sehen, der an Sedaks Seite so schnell wie möglich zu ihnen aufschloss.

Lexz setzte dazu an, erneut nach seinem Freund zu rufen, brach dann aber schnell wieder ab und starrte stattdessen dorthin, wo er ihn eben noch zu sehen geglaubt hatte.

Da war es wieder: ein Farnstrauch, der erzitterte, Zweige, die wegknickten, und ein dunkler Schatten, der durchs Unterholz drängte.

»Larkar?«, flüsterte Lexz.

Irgendetwas stimmte da nicht. Larkar bewegte sich doch … anders. Vorsichtiger, wenn es sein musste, zielgerichteter, wenn es nur darum ging, jemanden schnell einzuholen, der ohnehin schon eine Bresche durch den Wald geschlagen hatte. Und außerdem hatte er die Bewegung nicht in der Schneise wahrgenommen, die erst er selbst und dann vor allem Torgon in den Wald geschlagen hatte, sondern weiter rechts, inmitten dicht stehender Tannen und Fichten.

»Ich weiß ja nicht, wen du in mir siehst, alter Weggefährte.« Torgon tippte auf den schweren Bronzehammer, der in seinem Rindsledergürtel steckte, warf einen Blick in die Runde und wandte sich erst dann Lexz zu. »Aber ich bin Torgon der Hammer. Nicht Larkar der Speer.«

Lexz nickte flüchtig. »Ich weiß. Das ist ja nicht zu übersehen. Aber wo sind Larkar und Sedak?«

»Irgendwo hinter uns«, antwortete Ekarna anstelle des Dicken. Sie wischte sich mit der Hand über den Mund und machte »Bah!« Dann spuckte sie Lexz ein fingernagelgroßes Insekt vor die Füße.

Torgon blickte stirnrunzelnd auf den Boden. »Wie kann man Essen nur so einfach wegspucken?«, fragte er missmutig und wischte sich etwas von der schwarzen Farbe aus dem Gesicht, die von seiner Augenbemalung herabgelaufen war. Dann schüttelte er zur Bekräftigung ein weiteres Mal den Kopf. »Und noch dazu, da diese kleinen Viecher wahre Leckerbissen sind!«

Ekarna beachtete ihn gar nicht. »Ich habe gerade einen Schrei gehört«, der Blick ihrer graugrünen Raubtieraugen bohrte sich in Lexz' Augen, »es klang fast nach deiner Stimme. Und ich glaube, auch den Namen Larkar verstanden zu haben.«

Lexz zuckte unbehaglich mit den Schultern. »Ich habe nichts gehört.«

»Nein«, stellte Torgon fest, »weil du selbst der Schreihals warst, nicht wahr?« Plötzlich ließ er die rechte Hand vorschnellen – Lexz dachte schon, er wollte ihm einen Schubser verpassen. Doch stattdessen riss er einen Zweig heran, packte mit der anderen zu – und hielt etwas Zappelndes, Grünes zwischen den Fingern, von dem Lexz gar nicht so genau wissen wollte, was es war.

Ein paar Augenblicke später hätte er es auch nicht mehr sagen können. Denn da war das zappelnde Etwas schon zwischen Torgons fleischigen Lippen verschwunden.

»Man schreit nicht in fremden Wäldern herum«, fuhr Torgon schmatzend fort, schluckte krampfhaft und hustete kurz auf, als bekäme er sonst die Kehle nicht frei von seiner merkwürdigen Zwischenmahlzeit. »Schon gar nicht, wenn Dragosz' Leute in der Nähe sein könnten.«

»Oder irgendeine Fremde, die eine Himmelsscheibe durch die Gegend schleppt«, ergänzte Ekarna.

»Genau«, schmatzte Torgon. »Ich möchte mal wissen, warum unser Schamane uns eigentlich diese Arianrhod suchen lässt. Selbst wenn sie hier irgendwo wäre, würde sie uns wohl kaum freudig entgegenlaufen, sobald sie uns hört.« Er warf Lexz einen bezeichnenden Blick zu. »Wobei du ja dafür gesorgt hast, dass man uns nicht überhören kann.«

Lexz hatte gerade den Mund geöffnet, um zu sagen, dass er jemanden an einer besonders wenig einsichtigen Stelle des Waldes hatte herumschleichen sehen. Aber … vielleicht hatte er sich ja auch getäuscht. Oder es war tatsächlich Larkar gewesen, der zusammen mit Sedak irgendetwas entdeckt hatte, das sie aus der Nähe erkunden wollten.

Jedenfalls wäre es unklug gewesen, Torgon jetzt davon zu erzählen. Das hätte das Feuer seiner Empörung über Lexz' unbedachtes Verhalten nur vollends entfacht. Auf der anderen Seite ... vielleicht wäre es der dritte Fehler, wenn er seine Beobachtung jetzt verschwieg. Denn wenn er sich nicht getäuscht hatte, und tatsächlich ein Fremder dort gewesen war ...

Bevor er eine Entscheidung treffen konnte, berührten ihn die ersten Tropfen des Regens, der sich die ganze Zeit über schon angekündigt hatte, und Torgon wandte sich ab und sah zurück in die Richtung, aus der sie gerade gekommen waren.

»Geht es jetzt endlich los?«, fragte Ekarna hoffnungsfroh und leckte sich einen Tropfen von den Lippen, kaum dass sie sich neben Torgon gegen einen Baum gelehnt hatte.

»Sieht ganz danach aus«, brummte Torgon. Er wandte sich wieder um, und Lexz schien es, als zögere er. Hatte er vielleicht auch etwas entdeckt ... und war sich jetzt – genauso wie Lexz – unsicher, was für eine Art Leben sich in den Tiefen des Waldes verbergen mochte?

Torgon atmete tief aus und schüttelte den Kopf, als wolle er damit zugleich einen störenden Gedanken wegschütteln. »Regen ist ein gutes Zeichen. Der Schamane hat behauptet, dass die Luft voller Feuchtigkeit sein wird, sobald wir uns Urutark nähern.«

»Jedes Kind weiß, was uns Zakaan prophezeit hat.« Lexz ließ die Bäume nicht aus den Augen, zwischen denen er vorhin die Bewegung wahrgenommen zu haben glaubte. »Also lasst uns keine Zeit verschwenden. Suchen wir die beiden anderen – und dann nichts wie raus aus diesem Wald.« Er zögerte kurz, bevor er weitersprach. »Hier gefällt es mir nicht.«

»Mir auch nicht«, pflichtete ihm Ekarna bei. »Im Dickicht kann sich alles Mögliche verbergen. Und damit meine ich nicht unbedingt eine Fremde mit einer Himmelsscheibe.«

»Über die zu reden ohnehin nicht lohnt, weil sie sich bestimmt bei Dragosz findet, und nicht hier.« Torgon sah sich in allen Richtungen um. »Immerhin müssen wir Larkar nicht entgegengehen. Der klebt doch sowieso immer an Lexz' Fersen. Er wird gleich hier sein.«

»Der klebt überhaupt nicht an meinen Fersen«, empörte sich Lexz.

»Nur, weil wir beide schon so manchen Kampf gemeinsam ausgefochten haben …«

»Aber seit eurem letzten Kampf humpelt er doch ein bisschen, dein alter Kampfgefährte«, flüsterte Ekarna. »Und da fragt man sich, warum er uns überhaupt begleitet.«

Lexz spürte, wie erneut eine Welle puren Zorns in ihm hochstieg. »Willst du damit etwa sagen, dass Larkar ein Krüppel ist, Raubkatze?«

»Nenn mich nicht Raubkatze!«

»Warum denn nicht?«, gab Lexz zurück. »Das ist doch dein Beiname. So wie der Beiname von Larkar *der Speer* ist, und nicht *der Krüppel* …« Er trat einen Schritt auf das Mädchen zu. »Ich hoffe, das ist dir klar.«

Ekarna erwiderte seinen Blick, und wenn ihre Augen vor Empörung oder Wut gefunkelt hätten, so hätte Lexz das verstanden. Aber es war viel schlimmer. Ihre Augen waren voller Trauer. »Viele gute Männer sind gestorben, und damit sind die alten Regeln auch nicht mehr gültig«, sagte sie so leise, dass er sie kaum verstehen konnte. »Und nur deshalb hat Ragok der Bezwinger zugestimmt, dass Frauen und Krüppel auf einen Erkundungsgang mitgehen können. Aus keinem anderen Grund.«

Lexz öffnete den Mund, um ihr eine wütende Bemerkung entgegenzuschleudern – und schloss ihn dann wieder. Ekarna hatte ja recht. Sie hatten viele Opfer bringen müssen, und zahlreiche gute Männer und Frauen waren gestorben, nicht nur sein über alles geliebter Bruder. Jetzt durften sie nicht mehr wählerisch sein. In den alten Zeiten wäre es undenkbar gewesen, eine Frau auf einen Spähtrupp mitzunehmen – oder auch jemanden, der eine frische Verletzung noch nicht ausgeheilt hatte.

»Und wenn dir so viel an Larkar, dem Speer, liegt«, fuhr Ekarna unbarmherzig fort, »dann solltest du demnächst auf ihn warten, statt wie ein angestochener Auerochse durch den Wald zu stürmen.«

Auch damit hatte sie recht, und diesmal spürte Lexz, wie seine Wut vollends zusammenbrach und etwas anderem Platz machte, für das er keine Worte hatte.

»Ich weiß nicht«, murmelte Torgon. »Ich kenne diese Gegend ja nicht – und ich bin auch keine Wälder mehr gewöhnt, in denen es vor Leben nur so wimmelt. Aber …«

Ekarna löste ihren Blick von Lexz und atmete tief durch, bevor sie sich umwandte und in die Richtung starrte, in die auch Torgon blickte. »Hast du etwas gesehen?«

»Ja. Nein.« Voller Unbehagen zuckte Torgon mit den Schultern. »Natürlich habe ich etwas gesehen. Der ganze Wald ist ja voller Leben.«

»Du weißt genau, was ich meine«, fauchte die Raubkatze. »Unbedingt müssen wir die Siedlung der Verräter erreichen, bevor uns das Unwetter daran hindern kann.«

»Meinst du denn, es wird tatsächlich noch eines geben?«, fragte Torgon.

Ekarnas Blick wanderte sehnsüchtig nach oben. »Ich wünschte mir, der Regen wäre nicht so schnell vor uns geflohen. Er soll wiederkommen. Ich bin schon lange nicht mehr bis auf die Knochen nass geworden.«

Torgon nickte bedächtig. »Ja, das klingt ganz nach dir. Wahrscheinlich würdest du es noch genießen, wenn man dich in einem See versenkte.«

»Für eine Weile bestimmt«, gab Ekarna zu. »Aber ich habe keine Lust, mit Fischen um die Wette zu schwimmen.«

»Ich auch nicht.« Torgon leckte sich über die fleischigen Lippen. »Fische sind zum Essen da, für nichts anderes.«

Lexz winkte ab, als Ekarna auf Torgons Worte reagieren wollte. »Wir werden Essen im Überfluss haben, und das schon bald.« Er kniff die Augen zusammen. Was, bei Wurgar, war dort hinten los? Knackten da nicht schon wieder ein paar Zweige? »Wir werden erst einmal Dragosz zermalmen«, stieß er hervor. »Wo auch immer wir ihm oder seinen Männern auch begegnen mögen. Das wird die Götter schon besänftigen!«

Ekarna zuckte mit den Schultern. »Ich weiß nicht, ob wir den Kampf mit Dragosz wirklich schon jetzt aufnehmen sollten, so erschöpft und ausgelaugt, wie die meisten von uns sind …«, sie ließ ihren Blick über Torgon schweifen, »na ja, vielleicht nicht alle von uns, aber eben doch die meisten …«

Torgon sah einem farbenfrohen Schmetterling hinterher, als überlege er, ob der für eine weitere kleine Zwischenmahlzeit tauge, und grinste dann. »Du bist ja bloß neidisch.«

»Unsinn«, widersprach Ekarna. »Ich glaube nur, dass wir nichts übereilen sollten. Wenn wir hier auf üppiges, reiches Land stoßen, dann sollten wir es erst einmal in Besitz nehmen – und später sehen, dass wir wieder zu Kräften kommen, bevor wir über Dragosz herfallen.«

»Üppiges, reiches Land lässt sich nicht so einfach in Besitz nehmen.« Torgon stieß einen kleinen Seufzer aus, als der Schmetterling aus seiner Sicht verschwand. »Es gibt immer irgendjemanden, der Ansprüche daran stellt. Und den muss man erst davon überzeugen, dass man selbst die besseren Argumente hat.« Er klopfte auf den Bronzehammer, der aus seinem gut gespickten Waffengürtel hervorstach, als warte er nur darauf, hervorgezogen zu werden, um auf dem Kopf eines Feindes zerschmettert zu werden.

»Es gibt kein besseres Argument als Hunger.« Ekarna blinzelte Torgon zu. »Oder willst du mir da etwa widersprechen, Dickerchen?«

»Ja, macht euch nur alle lustig über mich«, gab Torgon mürrisch zurück. »Nur weil ich Dinge esse, die kein anderer von euch herunterbekommt.«

»Gegen Insektenlarven und Regenwürmer habe ich ja gar nichts mehr einzuwenden«, bemerkte Ekarna. »Aber gerösteter Krötendung, das ist doch wirklich ekelhaft.«

»Einem knurrenden Magen ist jede Mahlzeit willkommen«, meinte Torgon lakonisch. »Außerdem macht es die Mischung. Oder was hältst du von einer feinen Suppe aus zerstoßenen Vogelhirnen, Rattenschwänzen und Augäpfeln?«

Lexz hatte den immer gleichen Streit zwischen den beiden jetzt nicht verfolgt und war stattdessen ein paar Schritte vorgetreten und drückte ein paar ausladende Zweige auseinander. Er war ein guter Späher und normalerweise durch nichts zu verwirren. Warum wollte es ihm bloß jetzt nicht gelingen, das mit den Augen zu erfassen, was da ein gutes Stück weit entfernt von ihnen geschah? Zakaan hatte ihm beigebracht, wie man Bewegungen durch einen geheimen

Ahnen-Zauber verbergen konnte: Und auch, wenn Lexz das selbst noch nie wirklich gelungen war, so bezweifelte er doch nicht, dass es möglich sein musste.

Was nun, wenn sich da jemand an sie heranschlich, der mit seinen Ahnen im engsten Bunde stand – und dadurch tatsächlich in der Lage war, sich selbst seinem wachsamen Blick zu entziehen?

»Gegen Augäpfel habe ich ja gar nichts«, sagte Ekarna. »Aber Rattenschwänze …«

»Hört doch endlich mal damit auf«, unterbrach sie Lexz ärgerlich. »Ich fürchte, wir haben andere Sorgen, als uns um unseren Speiseplan Gedanken machen zu müssen …« Er brach ab, als er ein Geräusch zu hören glaubte, das diesmal näher wirkte. Er wirbelte in die Richtung herum, aus der sie gekommen waren.

»Das ist doch ekelhaft, was du alles in dich hineinstopfst«, begehrte Ekarna gerade auf, ohne auf Lexz' Worte einzugehen. »Und alles nur um dick und fett zu bleiben …«

»Während andere verhungern?« Torgon nickte ernsthaft. »Aber verstehst du das denn nicht? In der Not muss man versuchen alles herunterzuwürgen, was irgendwie nahrhaft ist, und wenn sich der Magen noch so sehr dagegen sträubt.« Torgon mustere Ekarna mit einem anzüglichen Blick. »Wer das nicht tut, ist selbst schuld, wenn er vor Entkräftung so dürr wie ein dünner Fichtenstamm wird und irgendwann auseinanderbricht.«

»Also, hör mal, das ist ja wohl eine Frechheit, du Vielfraß! Wer auf aufgeblasenen Füßen durch die Welt stampft und mit jedem Schritt einen Fettklecks hinterlässt, sollte den Mund lieber nur beim Essen und nicht beim Sprechen voll nehmen!«

Da war es wieder. Ein leises Knacken, als breche ein Zweig, gefolgt von einem Geräusch, das klang, als werde Gestrüpp unter einem Fuß zusammengedrückt. Ekarna bemerkte es jetzt offensichtlich auch. Sie reagierte sofort und legte Torgon einen Finger auf die Lippen, als der zu einer Antwort ansetzen wollte.

»Wo sind die anderen?«, flüsterte Lexz. »Wo, bei Wurgar, ist Larkar?«

Torgon kniff die Augen zusammen, was seine Augenbrauen nach unten wandern und ihn wie ein zu groß geratenes Kind aussehen ließ. Und Ekarnas Hand strich kurz über seine rundliche Wange, bevor sie ihm eine leichte Ohrfeige versetzte und sich von ihm abwandte. Die angespannte Stellung, die sie einnahm, erinnerte Lexz nicht im Geringsten an einen dürren Fichtenstamm, der gleich auseinanderbricht, sondern eher an eine sprungbereite Raubkatze, die gerade Witterung aufnimmt. »Larkar und Sedak waren kurz hinter uns«, hauchte sie.

Torgon hatte die Hand zur Wange hochgenommen, und jetzt wirkte er noch mehr als zuvor wie ein Kind, und zwar wie eines, das gerade von seiner Mutter abgestraft worden war. »Wir hätten auf sie warten müssen«, bemerkte er unnötigerweise. »Es ist nicht klug, sich hier zu trennen. Wie ich Dragosz kenne …«

Er brach ab, denn jetzt knackte es erneut, diesmal aber noch näher und auch lauter. Lexz lief ein kalter Schauer über den Rücken. Torgon hatte leider nur zu sehr recht. Sich zu trennen, war immer ein Risiko – dies aber zu tun, nur weil einen die Wut übermannte, war ein ganz unverzeihlicher Fehler. Er konnte nur hoffen, dass Larkar deswegen nicht in Gefahr geraten war.

»Da schleicht sich jemand an uns heran«, flüsterte Ekarna. »Und ich wüsste nur allzu gern, ob das Larkar und Sedak sind.«

»Das sind sie natürlich nicht.« Torgon ließ die Hand auf den Griff seines Bronzehammers sinken und starrte aus zusammengekniffenen Augen ins Halbdunkel. »Die müssten sich doch nicht wie Diebe durchs Gebüsch drücken.«

»Es sei denn, sie hätten einen besonderen Grund dafür«, flüsterte Lexz. »Und das würdet ihr auch wissen, wenn ihr zusammengeblieben wärt.«

»Da hast du allerdings recht«, gab Torgon leise zurück. »Aber du musstest ja unbedingt losrennen, als wolltest du einen Wettbewerb gewinnen. Was ist da eigentlich in dich gefahren? Du weißt doch, was dir dein Vater immer wieder eingeprägt hat …«

Ekarna legte ihm die Hand auf den Unterarm. »Still, ihr Quassler. Streiten können wir später.« Sie zog die Steinaxt aus dem Gürtel, die sie so selbstverständlich begleitete wie Lexz das Bronzeschwert, das er auf dem Rücken trug. Auch Torgon zog jetzt eine Waffe, ein schartiges Schwert mit aufwendig gefertigtem Griff, dem man ansah, dass es sein Träger schon in mancher Auseinandersetzung auf den Schädel eines Gegners hatte krachen lassen.

Lexz wunderte sich ein wenig, dass er gerade diese Waffe wählte und nicht seinen gefürchteten Hammer, dem er auch seinen Kampfnamen *der Hammer* verdankte. Aber er sagte nichts dazu. »Wartet hier auf mich«, befahl er stattdessen, und ohne sich auf eine weitere Diskussion einzulassen, schlich er sich vorsichtig zu dem Pfad zurück, den sie selbst ins Unterholz getrampelt hatten. Torgon hatte natürlich recht. Es war unverantwortlicher Leichtsinn gewesen, wie ein wildgewordener Bulle durch den Wald zu trampeln, ein Leichtsinn, für den er eine wesentlich heftigere Ohrfeige verdient hatte als die, die *der Hammer* gerade für seine freche Bemerkung kassiert hatte. Wenn Larkar und Sedak deswegen in Gefahr geraten waren, oder schlimmer noch: wenn sie in einen Hinterhalt geraten waren, so würde er sich ewig Vorwürfe machen.

Und sein Vater würde ihm den Kopf abreißen.

Irgendwo tief in seinem Innersten gab es etwas, das Lexz unbarmherzig vorantreiben würde, solange auch nur noch ein Atemzug Leben in ihm war. In das Herz seines Vaters hatte sich nach dem Verrat seines Bruders die Bitterkeit eingenistet, und nach Nakurs Tod war etwas viel Schlimmeres daraus geworden: der unbändige Wunsch nach Rache und Vergeltung, und sei es auch durch eine bestialische Bluttat. Lexz hätte nie zuvor geglaubt, dass er einmal genau so empfinden könnte. Aber der Tod seines Bruders hatte alles geändert.

»Rache ist ein schlechter Ratgeber«, hatte Zakaan immer wieder zu beschwichtigen versucht. »Sie vergiftet jeden Gedanken – und lässt einen schlimme Dinge tun.«

Ja, alter Mann, dachte Lexz hasserfüllt. *Sie lässt einen schlimme Dinge tun. Zum Beispiel, den Bruder seines Vaters zu töten. Und das so grausam und so schnell wie nur möglich.*

Er brannte darauf, es dem Verräter heimzuzahlen. Erst danach konnte er wieder richtig leben und sich anderen Dingen widmen. Er wollte sich eine Frau nehmen und Kinder zeugen, er wollte seine eigene kleine Welt zimmern, und er wollte in Frieden leben. Und genau das hatte Dragosz ihm und Nakur verwehrt, indem er sie beide gezwungen hatte, bei ihrem Vater in der alten Heimat zu bleiben, bis es für die Flucht aus Dürre und Hungersnot fast zu spät gewesen war.

Eine Woge kalten Hasses stieg in ihm hoch, als er erneut ein Geräusch hörte, und diesmal blieb es nicht dabei, diesmal sah er etwas zu seiner Rechten, eine huschende Bewegung, die gleich darauf wieder vom Graugrün ihrer Umgebung aufgesogen wurde. Ein Mensch? Oder war es vielleicht doch etwas anderes, ein Raubtier, ein Höhlenlöwe möglicherweise, der auf leichte Beute aus war?

Er wusste es nicht, aber alles in ihm reagierte auf die Gefahr, und plötzlich lag das Schwert in seiner Hand, und er duckte sich hinter eine mächtige Eiche, die ihn mit weit ausladenden Zweigen und einem dichten Meer sattgrüner Blätter schützte. Er musste nicht erst zurücksehen, um zu wissen, dass ihm seine beiden Gefährten folgten. Gut, dass er jetzt nicht allein war. Irgendetwas ging hier vor, das er nicht erfassen konnte, noch nicht ... aber er war sich sicher, dass er es bald wissen würde, und dass es ihm gewiss nicht gefiele.

Ein merkwürdiger Geruch lag plötzlich in der Luft, nicht nur der nach feuchter Erde und sprießenden Gewächsen, sondern etwas Muffiges und gleichzeitig leicht Süßliches, das ihn unweigerlich an den Bären denken ließ, den er im letzten Winter im tiefsten Schlaf überrascht hatte. Der Bär war dann erwacht, bevor er und seine Begleiter ihm den Schädel einschlagen konnten.

Wenn es hier tatsächlich einer der zottligen, mannshohen Bären war, der auf Nahrungssuche durch die Wälder tappte, dann würde sich das sehr schnell herausstellen: Bären pflegten sich nicht wie eine Kriegermeute anzuschleichen, sondern plötzlich loszupoltern. Und selbst wenn es sich um ein ungewöhnlich großes Exemplar handeln sollte, würde es ihnen doch kaum ernsthaft gefährlich werden können, denn mit drei ausgewachsenen und zu allem entschlossenen Menschen legte sich ein einzelner Bär nur dann an, wenn man ihm die Möglichkeit zum Rückzug nahm.

Ekarna holte ihn auf ihre leichtfüßige Art ein, kaum dass er ein paar weitere Schritte tiefer ins Unterholz eingedrungen war. »Das gefällt mir nicht«, flüsterte sie ihm ins Ohr.

Er nickte, sein Blick wanderte über seine Umgebung und versuchte den Schatten etwas Handfestes zu entreißen, hinter den Ranken und dem Geäst, den Büschen und Gräsern etwas zu erkennen, was ihnen gefährlich werden konnte. Der Wind, der die Regentropfen mit sich gebracht hatte, gaukelte ihnen ein Huschen im Unterholz vor, und in das Flattern der Blätter und das Biegen dünner Zweige konnte man alles Mögliche hineindeuten, auch Krieger, die sich ihren Blicken geschickt zu entziehen versuchten.

»Siehst du etwas?«, fragte er.

Ekarna antworte nicht, sondern schlich mit schlagbereiter Streitaxt an ihm vorbei, spähte nach rechts und links – und zuckte dann mit den Schultern. Das war ungewöhnlich. Normalerweise wusste sie sehr genau, was um sie herum geschah, doch nun erlebte Lexz sie zum ersten Mal unsicher.

Er warf einen Blick zurück. Torgon war ein Stück hinter ihnen zurückgeblieben und starrte gerade in die Richtung einiger mächtiger Ulmen, die sich aus einer Senke heraus weit über das übrige Blätterdach hinausreckten. Seine angespannte Haltung verriet, dass er dort etwas entdeckt zu haben glaubte.

Lexz' Sinne waren so angespannt wie die eines Raubtiers, und der Griff, mit dem er das Schwert hielt, schien wild und entschlossen. In seiner Anspannung hätte er keine Angst empfinden dürfen, aber das Gegenteil war der Fall. Etwas stieg in ihm auf, etwas Ungutes, die Vorahnung, dass dort, wohin sich nun Torgon bewegte, etwas Unfassbares lauerte, nur um über sie herzufallen und sie niederzumachen, so wie es das vielleicht bereits vorher mit ihren beiden verschwundenen Gefährten getan hatte.

»Das gefällt mir nicht«, wiederholte Ekarna, und dann, etwas lauter: »Ganz und gar nicht.«

Und damit stürmte sie auch schon auf eine Stelle zu, an der verschiedenste Büsche und Farne ein wildes Durcheinander bildeten, als wollten sie sich in üppigem Wuchern überbieten. Lexz konnte nicht erkennen, was sie aufgeschreckt haben mochte, aber er wollte ihr hinterher – und wäre auch sofort losgelaufen, wenn Torgon nicht in diesem Augenblick einen Kampfschrei ausgestoßen hätte und mit erhobenem Schwert auf die Senke zugestürzt wäre, an die er sich zuvor angeschlichen hatte.

Lexz' Schwert zuckte in die Richtung herum, in die Torgon auf einen für ihn unsichtbaren Feind zulief, und dann wieder zurück in

Ekarnas Richtung. Doch noch immer konnte er nichts erkennen, was die Reaktion der beiden gerechtfertigt hätte, schon gar nicht einen Angreifer.

Er hätte etwas tun müssen, sich entscheiden müssen, ob er Ekarna folgte oder Torgon, doch stattdessen blieb er nur unschlüssig stehen und ließ zu, dass ihm die Angst das Rückgrat hochkribbelte und ihm den Atem nahm. Das war neu und erschreckend für ihn: Bislang hatte er immer gewusst, gegen wen oder was er kämpfte, und nie war ein Zögern in ihm gewesen, wenn es darum ging, die richtigen Dinge zu tun.

Ekarna stieß einen schrillen Kampfschrei aus und sprang über einen zugewucherten Graben, und da, endlich, sah Lexz, was sie aufgeschreckt hatte: Es war eine Gestalt, die plötzlich hinter einem Baum hervorsprang, und eine weitere, die aus der anderen Richtung heraneilte, ein großes *Etwas* in dunklem Gewand, das eher einer viel zu groß geratenen Fledermaus ähnelte als einem Menschen. Der Geruch, den er zuvor schon wahrgenommen hatte, stob ihm nun in einer Wolke entgegen und drohte ihm den Atem zu nehmen; er war süßsäuerlich und leicht muffig. Die Gestalt drehte sich zu Ekarna herum, das Gewand verrutschte etwas …

Und Lexz blickte nicht in das Gesicht eines Menschen, sondern eines Dämons. Geschwungene Augenbrauen, die viel zu buschig waren, ein riesiger Mund, eine verzerrte Fratze, und irgendetwas, das dort herabhing, wo eigentlich die Ohren hätten sitzen müssen.

Das war keiner von Dragosz' Männern, ganz gewiss nicht. Ekarna schien über den Anblick genauso erschrocken zu sein wie er selbst, aber sie reagierte trotzdem blitzschnell und ohne jedes Zögern. Als die Gestalt ausholte, um mit etwas auf sie einzuschlagen, das eher wie eine große, schwarze Stange aussah als wie ein gewöhnlicher Knüppel, tauchte sie unter der Schlagwaffe hinweg und machte einen schnellen Ausweichschritt, der sie in den Rücken ihres Angreifers brachte. Dieser reagierte allerdings auf eine Art und Weise, wie Lexz sie noch nie gesehen hatte: Er sprang hoch und nach vorn. Sein Gewand bäumte sich auf, als der Wind daruntergriff, und Lexz erwartete beinahe, dass er nicht wieder auf dem Boden aufsetzen, sondern nun endgültig abheben und sich wie ein riesiger schwarzer Vogel in die Lüfte erheben würde.

Lexz zögerte nicht mehr länger, er sprang los, riss sein Schwert schlagbereit hoch und war mit ein paar Sätzen an der Stelle, an der Ekarna gerade eben noch gewesen war – und damit um den Hauch eines Augenblicks zu spät.

Ekarna führte mit der zweiten Gestalt, die sie unglücklicherweise selbst aufgestöbert hatte, einen wilden Tanz auf, und diesmal hatte sie nicht so viel Glück wie beim ersten Mal. Etwas Kupferfarbenes fuhr auf sie zu, eine Streitaxt ungewöhnlicher Form und Machart, oder etwas, das die Dämonen aus dem Zwischenreich mit in die Welt gebracht hatten. Ekarna taumelte zurück, als die Axt sie streifte und ihr fast das Ohr abgerissen hätte. Sie schrie auf, vielleicht vor Schmerz, oder auch nur vor Empörung, und sprang in die Gestalt hinein, die bereits zum zweiten, vernichtenden Schlag ausholte.

Lexz wartete nicht ab, wie der ungleiche Kampf ausgehen würde, sondern stürzte sich seinerseits mit einem Schrei auf den ersten Angreifer, der sich inzwischen wieder gefangen hatte und Ekarna von hinten die Stange über den Kopf ziehen wollte. Als er jedoch Lexz bemerkte, reagierte er erneut ganz anders, als es in einem herkömmlichen Kampf üblich war: Er sprang zur Seite, wehrte Lexz' Schwerthieb mit seiner Stange fast spielerisch ab, wandte sich dann um und rannte davon.

Lexz sah ihm verblüfft nach und wäre ihm sicherlich gefolgt, wenn die ganze Lage nicht so unübersichtlich gewesen wäre. Er wusste nicht, wer oder was das war, was ihnen hier aufgelauert hatte, und ob außer den beiden, die vor ihnen Reißaus genommen hatten, nicht zusätzlich noch ein ganzer Trupp von diesen Ungeheuern im Wald lauern mochte. Wenn dies hier irgendetwas mit Dragosz zu tun hatte, dann konnten sie sich allerdings noch auf einiges gefasst machen.

Wie zur Bestätigung dieses Gedankenfetzens ertönte ein markerschütternder Schrei hinter ihm. Er fuhr herum und starrte in die Richtung, aus der der Schrei gekommen war.

Torgon stand mitten in der Senke und schwankte leicht. Das Schwert, das er in der rechten Hand hielt, baumelte kraftlos herab, und seine gefährlichste Waffe, der Bronzehammer, steckte immer noch in seinem Gürtel, ganz so, als sei er zu kraftlos, um ihn hervorzuziehen und mit ihm unter ihre Feinde zu fahren. Lexz glaubte schon, er sei schwer getroffen – doch als Torgon zurücktaumelte, das Schwert mit zitternden Händen in seinen Gürtel steckte und sich gehetzt umsah, entdeckte er weder Blut noch sonst etwas, das auf eine Verletzung hindeutete.

Torgon war nicht getroffen worden. Stattdessen war er wohl auf etwas gestoßen, hatte etwas entdeckt, das ihn vollkommen erschüttert haben musste. Lexz warf einen raschen Blick zu Ekarna hinüber, aber schon aus den Augenwinkeln erkannte er, dass sie den zwar kurzen, aber heftigen Kampf tatsächlich für sich entschieden hatte. Einer der Angreifer war bereits verschwunden, der andere brach torkelnd durch das Unterholz, wohl von nichts anderem als dem Wunsch beseelt, der menschlichen Raubkatze zu entkommen, mit der er sich leichtsinnigerweise angelegt hatte.

Ekarna hatte offensichtlich vorgehabt, ihn zu verfolgen, doch Torgons Schrei hatte sie ebenso wie Lexz erschrocken herumfahren lassen. Jetzt tauschten sie einen schnellen Blick, nickten sich als Zeichen eines stillen Einverständnisses kurz zu und liefen auf die Senke zu.

Torgon kam ihnen entgegen. Er winkte ab. Sein Gesicht war kalkweiß und sein Blick von Entsetzen gezeichnet, aber seine Stimme klang erstaunlich gefasst, als er sagte: »Geht dort besser nicht hin. Wir können ihnen ohnehin nicht mehr helfen.«

Lexz sparte sich jede Frage, drängte ihn kurzerhand beiseite und überwand mit einem mulmigen Gefühl den kurzen Abstand, der ihn noch von der Senke trennte.

Seine Vorahnung hatte ihn nicht getrogen. Der Anblick, der sich ihm nun bot, hätte auch weitaus weniger empfindlichen Naturen den Magen umgedreht.

4

Arri riss den Kopf hoch, als sie die Schritte hörte, die auf sie zuhielten, das Trampeln leichter Füße, die über die Planken huschten, gefolgt von den schwerfälligen Schritten der Männer des Ältestenrates. Und erst da begriff sie, dass sie fast in einen Dämmerschlaf hinweggeglitten war, der irgendwo zwischen Trance und Tod angesiedelt sein mochte.

»Da sitzt sie!«, rief Taru, der wie selbstverständlich die Führung übernommen hatte. »Da sitzt sie neben meinem Vater, als wäre nichts geschehen! Dabei hat sie ihn heimtückisch vergiftet!«

Verzweifelt zerrte Arri an ihren Fesseln. Sie hatte niemanden vergiftet, schon gar nicht Dragosz, warum begriffen sie das nicht? Mit einer torkelnden Bewegung kam sie hoch, wollte auf Taru zueilen, um ihn in die Schranken zu verweisen. Aber das war nicht möglich. Abdurezak hatte ihre Fußgelenke noch vor Anbruch der Nacht mit einem Hanfseil zusammengebunden. So geriet sie ins Torkeln, als sich das Seil anspannte, und stürzte hart und ungeschickt zu Boden. Ihre Schläfe schlug auf den erst im letzten Sommer geschlagenen Planken auf, ein-, zweimal, bevor es ihr gelang, den Kopf wieder hochzureißen und vom feuchten Holz wegzudrehen.

»Lass das sein, mein Junge«, hörte sie in ihrer Benommenheit Abdurezak mit scharfer Stimme sagen. »Es steht dir nicht an, mit ihr zu sprechen.«

Aus glasigen Augen sah sie nun, wie Taru noch zwei, drei Schritte weiter lief, als wolle er sich über den Befehl des Ältesten hinwegsetzen und auf sie eintreten. Doch dann hielt er in angespannter und lauernder Haltung an, von einem Fuß auf den anderen wippend, als bereite er sich auf einen Kampf vor, und starrte zu ihr hinab. In seinen Augen funkelte blanker Hass, und seine Hand strich sicherlich nicht nur zufällig über den Griff des scharf geschliffenen Knochenmessers, das in einer Schlaufe seines Hirschledergürtels steckte. Taru hatte Arri nur Spott und Verachtung entgegengebracht, und sie konnte sich vorstellen, wie sehr er diese Lage jetzt genoss. »Was willst du mit dem Kind?«, hatte er seinem Vater entgegengeschleudert, als Dragosz sie mit ins Sommerlager der Raker gebracht hatte. »Soll sie etwa meine neue Mutter werden?«

Was für ein lächerlicher Gedanke. Wie hätte sie denn Taru die Mutter ersetzen können, sie war ja kaum älter als er! Stattdessen hatte sie sich wie eine ältere Schwester gefühlt, die sich um ihren kleineren Bruder sorgte, nicht mehr und nicht weniger. Aber auch das war bei Taru auf Widerstand gestoßen: Mehr als ein Mal hatte er unverhohlen gedroht, sie solle sich aus seinem Leben heraushalten, sonst werde sie etwas erleben.

Und genau jetzt, in ihrer tiefsten Trauer, war der Zeitpunkt für Tarus Rache gekommen. In seinen Augen las sie nicht nur Fassungslosigkeit angesichts der Katastrophe, die ihm den Vater genommen hatte, sondern auch noch etwas anderes: brodelnden, tief empfundenen Hass, der sich in einer Gewalttat entladen wollte.

Abdurezak schien das genauso zu sehen. Statt sich um sie zu kümmern, wie es zweifellos zunächst seine Absicht gewesen war, legte er Taru in einer beruhigenden Geste die Hand auf die Schulter und flüsterte ihm etwas ins Ohr. Der Junge reagierte darauf, wie es für einen Jungen seines Alters – und für ihn im Besonderen – ganz üblich war: mit Trotz. Sein Kopf fuhr zu Abdurezak herum.

»Nein«, zischte er. »Das tue ich nicht.«

Abdurezak antwortete gar nicht darauf. Er sah Taru nur an. Alles verspannte sich in dem muskulösen Jungen, und einen flüchtigen Augenblick lang sah es fast so aus, als werde er den alten Mann packen und ins Wasser stoßen. Doch dann trat er einen raschen Schritt zur Seite und lehnte sich an das Geländer aus roh zurechtgezimmerten Ästen.

Abdurezak trat mit einer erstaunlich schnellen und sicheren Bewegung an ihm vorbei. Auf seinem verwitterten Gesicht zuckte kein Muskel, als er seine dichten weißen Haare zurückstrich, bevor er sich zu ihr hinabbeugte.

»Diese Nacht konnte ich dir gewähren, Arianrhod«, flüsterte er ihr zu. »Mehr nicht.«

Arri sah verwirrt zu ihm auf. Aus der Totenwacht war sie noch immer nicht vollkommen in die Wirklichkeit zurückgekehrt, und fast schien es ihr, als griffe jetzt Dragosz nach ihr, um sie zurückzuhalten und sie zu sich herabzuziehen in den Einbaum, um sie auf die einsame Reise über den Frykr mitzunehmen: hinab ins Reich der Toten.

»Du musst Abschied nehmen«, fuhr Abdurezak fort. »Hier und jetzt.«

Arri schüttelte den Kopf. Ein Gespinst aus Selbstvorwürfen, Verzweiflung und Trauer hielt sie wie ein engmaschiges Netz gefangen, in das sie sich nur umso tiefer verstrickte, je verzweifelter sie sich daraus zu befreien versuchte. Aber sie wusste, was sie auf keinen Fall wollte: hier und jetzt von dem Mann Abschied nehmen, der ihr das Leben bedeutet hatte.

»Ich will dich nicht in deiner Trauer stören«, sagte Abdurezak so leise, dass seine Worte im Rascheln seines Gewandes beinahe untergingen. »Aber ich fürchte, wir müssen Dragosz jetzt für seine letzte Reise vorbereiten, auf dass er seinen Ahnen reinen Herzens gegenübertreten kann. Und dabei störst du, Arianrhod, du, deren Vorfahren weit entfernt von uns lebten und Geheimnisse hatten, die uns nun zu verderben drohen.«

Arri riss den Kopf hoch. Bis auf Taru gab es niemanden, der sie bei ihrem alten Namen Arianrhod nannte. Aber nicht das war es, was sie aufschreckte. »Ich störe?«, fragte sie fassungslos.

Der alte Mann nickte, und die Trauer in seinen Augen schien dabei stärker zu sein als alles Entsetzen über das, was gestern geschehen war. »Ja. Ich fürchte, du bist fehl am Platz, wenn wir Dragosz für die Reise über den Frykr vorbereiten.«

»Ich bin fehl am Platz?« Arris Herz raste, als sie zu dem alten Mann hochsah, für den sie bislang nichts anderes als Hochachtung empfunden hatte. »Aus welchem Grund sollte gerade mein Platz nicht an der Seite meines Mannes sein?«

Abdurezak richtete sich langsam auf, und jetzt sah er auch zu dem Einbaum hinüber – und wie es Arri schien, versenkte sich sein Blick in den des toten Kriegers. Seit sie ihre alte Heimat verlassen hatten, um das gelobte Land ihrer Ahnen zu suchen, waren Abdurezak und Dragosz fast so etwas wie Vater und Sohn gewesen. Der Schmerz, den der alte Mann über seinen Tod empfand, mochte kaum weniger brennend sein als der ihre.

»Warum sollte denn gerade ich dabei stören?«, wiederholte sie störrisch. »Ich bin doch seine Frau!«

Abdurezak schüttelte traurig den Kopf. »Nein. Das bist du nicht mehr. Wir haben die Totenzeremonie durchgeführt. Ich selbst habe aus den Eingeweiden eines frisch getöteten Speerreihers Dragosz' Schicksal gelesen.«

»Wie …?«, fragte Arri ängstlich. »Und was hast du dort gelesen?«

Beschwichtigend hob Abdurezak die Hand. »Beruhige dich, Kind. Dragosz' Reise über den Frykr und hinab ins Reich der Toten, sie wird glücken, und er wird dort auf ewig als großer Krieger geehrt werden. Dort wird er sich erneut mit Surkija vermählen. Dir selbst ist aber ein anderes Schicksal zugedacht.«

»Mit Surkija vermählen?« Zuerst verstand Arri überhaupt nicht, was der alte Mann damit meinte. Doch dann tröpfelte der Sinn seiner Worte langsam in ihre Seele. »Aber das ist doch nicht möglich! Ich bin jetzt seine Frau! Wir beide sind für die Ewigkeit bestimmt!«

»Nein.« Wieder schüttelte der alte Mann den Kopf, und eine ehrliche Trauer lag in seinen Zügen. »Surkija ist Dragosz' Gefährtin für die Ewigkeit. Es war ein großes Unglück, dass sie bei der Geburt von Dragosz' zweitem Sohn starb, zumal das Kind ihren Tod nur um wenige Wochen überlebte. Doch jetzt wird Dragosz die beiden wiedersehen. Sie werden sich als Familie wiedervereinen, das habe ich in den Eingeweiden des Vogels ganz deutlich erkennen können.«

Vogeleingeweide. Lächerlich. Was hatten die mit ihr und Dragosz zu tun?

»Du weißt, was das bedeutet?«, setzte Abdurezak nach.

»Nein, das weiß ich nicht«, flüsterte Arri zwar, aber eigentlich hätte sie sagen müssen: »Nein, das will ich nicht wissen.«

»Das bedeutet, dass wir dir hiermit den Rang als rechtmäßige Frau von Dragosz, unserem Herrscher, für immer und alle Zeiten aberkennen«, fuhr Abdurezak unbarmherzig fort. »Das Gleiche gilt auch für deinen Rang als Heilerin.«

Heilerin? Das kümmerte sie gar nicht. Alles, was sie im Augenblick interessierte, war Dragosz!

»Das könnt ihr nicht tun!« Die letzten Worte schrie sie fast heraus. »Ich soll nicht mehr seine Frau sein? Und das sagst ausgerechnet du, der in der Zeremonie der Ehe die heiligen Worte gesprochen hat?«

Abdurezak nickte traurig. »Ja, das sage ausgerechnet ich. Weil ich auch der Einzige bin, der das wieder trennen kann, was ich im Namen der Götter zusammengefügt habe.«

»Das ist doch gar nicht möglich«, stammelte Arri. »Niemand kann uns auseinanderbringen.«

Abdurezaks rechte Augenbraue wanderte nach oben. »Noch nicht einmal der Tod?«

»Ganz sicher nicht der Tod«, Arri deutete mit den gefesselten Händen auf das Boot, »wo auch immer Dragosz ist, ich werde nicht aufhören, ihn zu ehren und zu lieben.«

»Aber nicht mehr als seine Frau«, sagte Abdurezak sanft. »Seine Frau ist Surkija.«

»Surkija ist tot!«, begehrte Arri auf.

»Ja. Und das bist du auch bald.« Als sich Abdurezak bei diesen Worten straffte, huschte ein Schatten über sein von Falten und Runzeln überzogenes Gesicht. »Du wirst die nächsten Schritte alleine gehen müssen. Der Bund mit Dragosz ist getrennt. Endgültig. So sei es.«

»Nein«, wimmerte Arri. »Ich bin seine Frau.«

»Du wirst fortan … nichts mehr sein«, beschied sie der Alte. Über sein Gesicht lief eine Welle des Unmuts, und plötzlich sah er noch älter aus, als er ohnehin schon war: fast wie eine Totenfratze. »Jedes weitere Wort dazu wäre Verschwendung«, sagte er nun grob. »Es ist entschieden. Wenn wir die Fesseln lösen, wirst du dich als freie Frau erheben.«

Arri war jetzt völlig verwirrt. »Als freie Frau?«, wiederholte sie. »Aber … ich dachte …

»Du wirst dich ohne Fesseln erheben, und dann werden wir dir den Prozess machen.«

Arri hatte geglaubt, dass es nicht noch schlimmer kommen konnte. Aber das stimmte nicht. Dass sie ihr den Prozess machen wollten, dass sie sie bestraft sehen wollten – damit hatte sie ja schon gerechnet. Aber ihr nach dem lebenden Dragosz auch noch den toten Dragosz zu nehmen, das war … unfassbar.

Und alles zusammen war mehr, als sie ertragen konnte.

»Ich … ich verstehe das nicht«, murmelte sie. »Von mir aus richtet mich. Schlagt mich tot, steinigt mich, verbrennt mich bei lebendigem Leib. Aber *das* … das könnt ihr doch nicht tun … ihr könnt mir doch nicht Dragosz nehmen!«

»Wir nehmen dir nur das, was du dir selbst schon genommen hast«, berichtigte sie Abdurezak, und dabei schwang eine Traurigkeit in seiner Stimme mit, die sie fast noch mehr traf als seine Worte zuvor.

»Was soll das heißen?«, fragte sie atemlos.

»Das weißt du ganz genau.« Abdurezak runzelte die Stirn, als sein Blick auf einen Blutstropfen fiel, der von Arris zerbissener Lippe hinabrann. »Aber warum? Warum hast du es nur getan?«

»Aber was denn?«, flüsterte Arri. »Was soll ich getan haben?«

»Das weißt du selbst sehr genau«, antwortete der Alte.

Arri antwortete nicht, sondern kauerte sich stattdessen so weit wie möglich zusammen und starrte auf den See hinaus. Der Tag war nun vollends erwacht. Das Sonnenlicht spiegelte sich gleißend auf dem Wasser, ein Vogelschwarm stob vom Ufer auf und glitt wie selbstvergessen über den See. Über dem Schilf begannen die ersten Mücken zu tanzen. Gestern noch war es ihr vollkommen selbstverständlich erschienen, dass Tag auf Tag folgte und das Leben jedes Mal an dem gleichen Punkt begann, an dem es am Abend zuvor Abschied genommen hatte.

Jetzt war das anders. Zum ersten Mal in ihrem Leben begriff sie wirklich, dass nichts, aber auch gar nichts selbstverständlich war. Man konnte sich gestritten oder geliebt haben, man konnte am Feuer gedöst oder auf der Jagd gewesen sein, man konnte mit Fremden um Ware gefeilscht haben oder in eine Rauferei verwickelt gewesen sein – immer und überall konnte alles enden.

Und wenn man Pech hatte, dann verlor man das Liebste in seinem Leben.

»Du weißt genau, was ich meine«, wiederholte der Alte.

Arri nickte. Natürlich wusste sie es. Es war ihre Aufgabe gewesen, über den Opfertrank zu wachen, während er verfeinert und später in Krüge abgefüllt wurde. Sie war keine Fremde mehr im Dorf, aber sie gehörte auch nicht wirklich zu der uralten Gemeinschaft der Raker. Dragosz' Volk hatte ihr von Anfang an misstraut, und zwar nicht nur, weil sie eine Fremde war, sondern auch, weil sie als Heilerin aus einer anderen Kultur über ein manchmal unverständlich anmutendes Geheimwissen verfügte. Wäre sie nicht von Anfang an Dragosz' Gefährtin gewesen, so hätte man sie wahrscheinlich schon am ersten Tag mit Schimpf und Schande vertrieben.

Fast gewaltsam riss Arri den Blick von der friedlichen Spätsommerstimmung los, die über dem See lag. Sie ahnte, dass sie diesen Anblick nie wieder zu Gesicht bekommen würde. Man würde sie ans

Ufer bringen, dorthin, wo unter mächtigen Bäumen Gericht gehalten wurde. Oberster Gerichtsherr war Dragosz gewesen, doch auch er hatte kein Urteil gegen den Ältestenrat fällen können.

Und diesmal konnte er sie nicht in Schutz nehmen.

»Kind«, begann Abdurezak, und sie sah verwundert zu ihm hoch. Ihre Welt verengte sich dabei vollkommen auf das Gesicht des alten Mannes. Die Fältchen um seine Augen kündeten davon, dass er gerne und viel lachte, aber um seine Mundwinkel hatten sich auch tiefe Kerben eingegraben, die von Kummer und Leid kündeten.

»Du hast getötet«, fuhr Abdurezak fort. »Und nicht nur deinen Mann. Die gute alte Amara, der kränkliche Joguw, der erst vor Kurzem seine Frau verloren hat, und der kleine Prytio – sie alle sind in der Nacht qualvoll gestorben.«

»Das ist …« Arris Stimme brach ab, dann fing sie sich wieder. »Das ist schlimm.«

»Ja, mein Kind. Schlimm.« Abdurezak seufzte. »Und so vollkommen unnötig. Hatten wir nicht schon eine Zeit schwerster Entbehrungen hinter uns? Hat es nicht gereicht, dass viele von uns auf der großen Wanderung an Hunger und Entbehrungen gestorben sind?«

»Doch«, antwortete Arri. »Das hat gereicht. Ich und Dragosz … wir wollten euch ein besseres Leben schenken. Mit der neuen Weihestätte kann man die richtige Zeit für Aussaat und Ernte viel besser bestimmen als bislang. Und außerdem …«

»Diese Weihestätte ist gestern Abend gestorben, mein Kind«, sagte Abdurezak leise, »zusammen mit Dragosz.«

Arri nickte langsam. Es war ihr gleich. Ihre Welt war nach Dragosz' Tod eng und kalt geworden. Was interessierte sie da noch die Weihestätte, was die Himmelsscheibe? »Was habt ihr mit mir vor?«, fragte sie schließlich.

»Darauf gibt es nur eine Antwort.« Abdurezak richtete sich wieder auf und wandte sich zu dem zweitältesten Mitglied des Ältestenrates um. Der Mann war mittlerweile hinter ihm herangekommen. »Sie will wissen, was mit ihr geschehen wird. Und ich denke, sie hat auch ein Recht, es zu erfahren.«

Arri sah auf. Sie hatte vergessen, wo sie war. Während sie mit Abdurezak gesprochen hatte, war die Wirklichkeit Stück für Stück weggebrochen. Erst jetzt wurde sie sich wieder der Schmerzen an ihren wundgescheuerten Gelenken bewusst, und auch der Morgensonne, die ihr Gesicht nicht liebkoste, sondern mit ihren harten Strahlen attackierte, als wolle sie sie mit ihrer zunehmenden Hitze wegbrennen.

Ihr Blick fiel auf das Boot, in dem Dragosz lag. Ihr Dragosz, ihr Geliebter, der Mann, dem sie überall hin gefolgt wäre, bis auf den höchsten Berg, und wenn es hätte sein müssen, auch auf den Meeresgrund. Dragosz sah nun nicht mehr aus, als schliefe er. Im harten Licht der gnadenlosen Sonne schien es ihr eher so, als werde er jeden Augenblick blinzeln, tief durchatmen, sich keuchend aufrichten – um dann Abdurezak zu fragen, was der Unsinn denn eigentlich sollte, den er aus den Gedärmen eines Vogels herausgelesen haben wollte.

»Wenn sie unbedingt zu meinem Vater will, dann lasst sie doch«, hörte sie eine gehässige Stimme hinter sich sagen. »Schmeißt sie doch einfach ins Wasser – so, wie sie ist!«

Fast widerwillig löste Arri den Blick von Dragosz. Taru, richtig. Es befand sich nicht nur der alte Mann auf dem Steg, der sie mit seinen bitteren Worten gequält hatte, sondern auch der Junge, der sie mehr hasste als irgendetwas sonst auf der Welt.

Abdurezak murmelte ein paar Silben, die Taru mit einem halblauten Fluch beantwortete. Dragosz aber rührte sich nicht. Er blinzelte nicht, er atmete nicht tief durch, er rührte sich überhaupt nicht.

Er war tot.

Arri wandte endgültig den Blick von Dragosz ab. Es war, als wäre ihr Geliebter gerade zum zweiten Mal gestorben, als hätte Abdurezak ihr endgültig den Mann genommen. Und Arri begriff endgültig, dass auch sie selbst tot war, gestorben in dem Augenblick, in dem Dragosz seinen letzten Atemzug getan hatte.

Taru machte erneut eine hämische Bemerkung, aber diesmal verzichtete Abdurezak darauf, ihn zurechtzuweisen. Vielleicht gab er Dragosz' Sohn ja insgeheim recht.

Aber nicht das war es, was Arris Aufmerksamkeit auf sich zog. Es war ein hagerer alter Mann mit tief gefurchtem Gesicht und einem Gebiss, das löchriger als ein Sieb schien. Der Alte hatte sich an Abdurezak vorbeigedrängt und starrte jetzt aus müden, blutunterlaufenen

Augen auf sie herab. Dabei nickte er so langsam, dass die Bewegung kaum wahrnehmbar war.

»Rechte hat nur der, der auch das Recht hat, seine Rechte einzuklagen«, sagte er mit einer Stimme, die so rau klang, als würden Uferkiesel miteinander verrieben.

Arri musste sich erst räuspern, bevor sie ein »Was?« herausbrachte.

»Du hast keine Rechte mehr, weil du nicht das Recht hast, sie einzuklagen«, fuhr der Hagere fort, und während Abdurezak einen tiefen Seufzer ausstieß, fiel Arri wieder ein, wie man den Alten hinter seinem Rücken nannte: den Schwätzer. Auch seinen richtigen Namen hätte sie wissen müssen, aber er wollte ihr beim besten Willen nicht einfallen: Vielleicht auch einfach deshalb nicht, weil *Schwätzer* so gut zu ihm passte.

»Es hat inzwischen nicht nur drei, sondern fünf Tote gegeben«, stieß der Alte anklagend hervor. »Karan, der Halbwaise, und der kleine Juri, sie haben den Morgen nicht überlebt. Und noch immer winden sich zahllose andere in Krämpfen. Willst du denn nicht dein Gewissen erleichtern und uns endlich verraten, mit welchen bösen Kräutern du den Opfertrank versetzt hast?«

Arri zog es vor, nicht darauf zu antworten. Sie hatte nichts getan. Warum also sollte sie sich verteidigen?

»Gib zu, dass du eine Drude bist«, fuhr der Schwätzer fort, »dass du mit den bösen Geistern ein finsteres Bündnis geschmiedet hast, um uns alle zu verderben!«

Müde schüttelte Arri den Kopf. »Ich bin keine Drude. Und ich verwende auch keine *bösen* Kräuter …«

Der Schwätzer schnitt ihr mit einer ärgerlichen Handbewegung das Wort ab. »Spar dir deine dummen Ausflüchte. Ob giftige Kräuter, verdorbene Pilze oder die galligen Eingeweide eines tollwütigen Tieres – es bleibt sich letztlich gleich, womit du das Wasser entweiht hast.«

»Ich habe gar nichts getan. Nur die üblichen Wurzeln hineingerieben, ganz so, wie es euer Brauch verlangt …«

Arri brach ab, als sich Taru von dem Geländer abstieß und sich neben dem Schwätzer in einer typischen Dragosz-Pose aufbaute, was bei ihm aber eher anmaßend als kraftvoll wirkte. »Du sollst Kaarg nicht unterbrechen!«, stieß er erregt hervor. »Oder hat dir vielleicht jemand das Wort erteilt?«

Kaarg, der Schwätzer, zuckte zusammen, und Abdurezak stieß erneut einen tiefen Seufzer aus, bevor er sich zu dem Jungen umwandte und ihn ruhig musterte. »Ich habe Verständnis für deine Erregung«, sagte er schließlich. »Aber andererseits erinnere ich mich auch nicht, dass wir *dir* das Wort erteilt hätten.«

»Ja, aber, ich, äh …« Taru verhaspelte sich und sah unsicher zu seinem toten Vater hinüber, und in diesem Augenblick tat er Arri fast leid. Doch dann straffte sich der Junge, und in dieser Entschlossenheit sah er seinem Vater mit einem Mal sehr ähnlich. »Wir brauchen einen neuen Herrscher, Abdurezak. Willst du das werden?«

»Rede keinen Unsinn«, antworte Kaarg. »Abdurezak ist unser Oberhaupt, bis ein neuer Herrscher bestimmt wird – und keinen Tag länger.« Er zögerte kurz, bevor er fortfuhr: »Vielleicht sogar ein paar Tage weniger, denn schließlich kann niemand wissen, wann Abdurezak die Reise über den Frykr antritt. Aber keine Sorge. Dann bin ich auch noch da.«

Genauso, wie es Dragosz in einer solchen Situation gemacht hätte, stemmte Taru die Hände in die Hüften und legte den Kopf schief. »Dann bin ich doch dafür, dass wir ganz schnell einen neuen Herrscher bestimmen«, sagte er leise. »Einen, der nicht schon mit eineinhalb Beinen im Grab steht.«

Der Schwätzer hob den Kopf und ließ ihn dann ganz langsam wieder sinken. Danach riss er den Mund auf, entblößte damit seine drei letzten, schon halb verfaulten Zähne, und gähnte herzhaft. »Entschuldigung.« Er wischte sich mit dem Handrücken einen Speichelfaden aus dem Mundwinkel. »Es war eine lange Nacht für einen alten Mann, der nur noch gelegentlich aus seinem Grab hervorkrabbelt.«

Wütend kniff Taru die Lippen zusammen. »Vielleicht hilft dir ja ein kühles Bad dabei, deine Lebensgeister wiederzufinden«, zischte er dann. »Soll ich dir vielleicht dabei helfen?«

Abdurezak trat an Kaarg vorbei und sah Taru ganz genauso an, wie eine Mutter ein widerspenstiges Kleinkind ansieht. »Du wirst niemandem helfen«, sagte er scharf. »Und wage es nicht noch einmal, ein Mitglied des Ältestenrats zu bedrohen!«

»Und warum nicht?«, gab Taru patzig zurück. »Weil ich dann auch vergiftet werde?«

»Hüte deine Zunge, Knabe«, sagte der Schwätzer. »Die Giftmischerin wird gerichtet ...«

»Was ich auch hoffen will.« Taru wollte an Abdurezak vorbeitreten, besann sich dann aber doch eines Besseren. »Warum werfen wir sie nicht einfach ins Wasser? Gefesselt ist sie schon, da kann es nicht lange dauern, bis sie ertrinkt. Und ich finde, das ist für jemanden, der das ganze Dorf mit einem Gifttrunk auslöschen wollte, ein gerechter Tod!«

»Ist das die Anklage, die du gegen sie erheben willst?« Abdurezak nickte, als wollte er damit gleich seine eigene Frage beantworten. »Das scheint mir allerdings gerecht zu sein. Dein Vater wurde ermordet, also vertrittst du auch die Anklage.«

Es war eine Leichengrube abscheulichster Art, die sich vor ihren Füßen auftat. Ekarna schlug die Hand vor den Mund und gab ein würgendes Geräusch von sich, und Lexz spürte, wie etwas Galliges in ihm nach oben drängte. Sie alle waren den Anblick des Todes gewöhnt, der immer und überall zuschlagen konnte, sie alle nahmen regelmäßig Tiere aus, was ein gleichermaßen widerliches wie anstrengendes Handwerk war, oder kümmerten sich um Schwerverletzte mit zerschmetterten Gliedmaßen – wie erst vor Kurzem, als eine der Frauen auf der Suche nach etwas Essbarem von einem Gesteinshagel getroffen worden war und mit zerschmetterten Gliedmaßen in einer Lache dunkel geronnenen Blutes so lange dagelegen hatte, bis sie sie endlich gefunden hatten. Aber das hier war ... etwas anderes.

»Bei Asad«, keuchte Torgon. Er hatte eine Hand gegen einen Baum gedrückt, als müsse er Halt suchen. »Was ist hier geschehen?«

Seine Frage war mehr als berechtigt. Lexz zwang sich, genau hinzusehen, und er suchte nach Worten, um das zu beschreiben, was er sah – doch es wollte ihm nicht gelingen.

»Warum ... warum muss man denn die Haut abziehen?«, fragte

Ekarna fassungslos. »Ich meine nicht so wie bei Opfertieren. Sondern so … wie hier?«

»Du meinst, bei lebendigem Leib.« Torgon atmete so laut und schwer, als wäre er von einem Berglöwen hierhin gehetzt worden. »Ja. Das frage ich mich auch. Oder auch nicht.«

Ekarna trat einen Schritt zurück und schlug das Dreieck, das Abwehrzeichen gegen jegliche Art bösen Zaubers.

»Was meinst du damit?«, fragte Lexz.

»Was?« Torgon richtete sich ein wenig auf. »Dass ich mich auch frage, was dies hier ist, und auch wieder nicht?«

Lexz nickte benommen. Der Gestank, Torgons wirres Gerede, und das, was er da vor sich sah … er hatte das Gefühl, als drehe sich alles um ihn, und sein Magen gleich mit.

»Das heißt eben, dass ich es nicht genau weiß.« Er winkte ungeduldig ab, als Lexz ihm einen ungeduldigen Blick zuwarf. »Es sind alte Geschichten. Verrückte Geschichten. Geschichten, die man besser nicht glaubt, wenn man nicht selbst verrückt werden will.«

»Das hilft uns weiter«, murrte Ekarna gereizt. »Alte Geschichten – aber über was denn? Kannst du uns das wenigstens sagen?«

»Na, über die Zeit …« Torgon rang sichtlich nach Worten, »über die Zeit, als die Menschen noch nicht in Höhlen lebten, oder gar in Häusern.«

»Wo sollen sie denn sonst gelebt haben?« Lexz starrte auf seine Hände und sah, dass sie ganz sacht und leicht zitterten – so wie Gras in einem unregelmäßigen Luftzug. »Vielleicht in den Bäumen?«

»Vielleicht, ja«, gab Torgon zurück. »Aber es heißt, dass es damals viel heißer war.«

»Als in letzter Zeit?« Ekarna wischte sich eine Haarsträhne aus dem verschwitzten Gesicht. »Kann ich mir nicht vorstellen.«

»Vielleicht nicht wie in letzter Zeit«, gab Torgon zu. »Aber stellt euch ein weites Land vor, angenehm warm, mit genügend Wasserstellen und reichlich Nahrung.«

»Bitte nicht ausgerechnet jetzt vom Essen sprechen«, würgte Ekarna. »Mir ist so übel. Und ich glaube auch nicht, dass uns irgendwelche alten Geschichten weiterhelfen werden.«

»Doch, natürlich. In alten Geschichten steckt die Weisheit von Generationen …« Torgon brach ab und machte mit der Hand eine Geste des Erschreckens, als Ekarna seine Antwort mit einer ärgerlichen Bewegung beiseitewischte und einen todesmutigen Schritt nach vorne tat. »Nein, Ekarna. Bleib von der Grube fern. Siehst du nicht, wie da die Käfer und Würmer krabbeln? Wie sie aus …«

»Aus den Augenhöhlen krauchen, ja.« Ekarna machte einen weiteren Schritt auf die Grube zu, und dann noch einen und noch einen – bevor sie direkt am Rand stehen blieb und trotz des Gestanks ganz tief die Luft einsog und kurz darauf wieder angewidert ausstieß. »Meint ihr, dass das Menschen waren?«, fragte sie schließlich.

»Was?« Auch Lexz wollte einen Schritt nach vorne machen, besann sich dann aber anders und blieb stehen, wo er war. »Wer sollte es denn sonst gewesen sein?«

»Ich weiß nicht.« Ekarna ging in die Hocke und beugte sich ein Stück vor. Unwillkürlich hielt Lexz die Luft an. »Der gleiche modrige Gestank geht von der Grube aus wie von den beiden Kerlen, die mich angegriffen haben. Und wenn ihr mich fragt: Die sahen so gar nicht wie Menschen aus.« Sie deutete nach vorn. »Seht ihr? Das Schulterstück, dort. Es ist doch ganz anders geformt als bei Menschen. Fast … fast …«

»Wie ein Flügelansatz«, beendete Torgon ihren Satz. »Das ist es ja, was ich euch die ganze Zeit über sagen wollte.«

Ein Flügelansatz! Beinahe hätte Lexz laut aufgelacht, als Torgon dieses Wort in den Mund genommen hatte. Das Lachen verging ihm allerdings, als Ekarna aus der Hocke hochkam, Torgon mit einem Blick musterte, der von vornherein jede Gegenwehr im Keim erstickte, und sagte: »Dann wollen wir uns das doch mal aus der Nähe ansehen.«

Vorsichtig streckte sie den rechten Fuß aus, fand Halt und begann mit kleinen vorsichtigen Schritten in die Senke hinabzuklettern.

Nein, Senke war eigentlich nicht das richtige Wort. Eher war es eine Grube. Eine Grube, dachte er angewidert, und vollgestopft mit Leichenteilen. Sein Blick versuchte sich an Einzelheiten festzuhalten, aber das wollte ihm nicht gelingen. Zersplitterte Knochen und offene Wunden waren die eine Sache. Aber diese Leichenteile, die sich in unterschiedlichen Stadien der Verwesung befanden, das war mehr, als er ertragen konnte. Schwarze, aufgeplatzte Beulen, Eiter, geronnenes Blut, schwärende Wunden, abgerissene Gliedmaßen, zerschmetterte Gesichter, angefressene Augenhöhlen, und über all dem auch noch ein Gewimmel von schwarzen Käfern, Schmeißfliegen und Maden, die sich überall dort hineinbohrten, wo sie Nahrung zu finden hofften. Das Schlimmste aber war das, was aus Augen, Mund und Ohren herauskroch, das, was die Haut wölbte oder aufplatzen ließ – dieses ganze Gewimmel, das die Leichen in immerwährender Bewegung hielt.

Torgon starrte mit offenem Mund in Ekarnas Richtung, und er hätte wohl schon längst etwas gesagt, wäre er durch den grausamen Anblick nicht genau so gelähmt gewesen wie Lexz.

»Das ist ja ekelhaft«, sagte Ekarna. »Nur gut, dass ich nicht barfuß unterwegs bin.«

Lexz starrte dorthin, wohin ein Zug großer roter Ameisen unterwegs war: an den Rand der Grube, in die Ekarna gerade die Bärenfellsohle ihres linken Schuhs versenkte. Sofort machten sich einige der Ameisen daran, das aus mittlerweile zerschlissenem Hirschfell zusammengenähte Oberleder hochzuklettern. Das aber war noch Ekarnas kleinstes Problem. Viel schwerer wog, dass der Schuh in etwas versank, das auf den ersten Blick hätte Schlamm sein können, in Wirklichkeit aber etwas war, das sich Lexz gar nicht vorstellen wollte.

»Vorsicht, du versinkst da in …«, sagte Torgon unnötigerweise.

»Ich weiß«, antwortete Ekarna gepresst. »Fragt sich nur, wie tief.«

Lexz hielt die Luft an, als Ekarna das Gewicht vorsichtig auf das linke Bein verlagerte. Irgendetwas blubberte neben ihr, dann zerplatzte etwas Grüngelbliches und besprenkelte das Hirschleder. Mehrere Ameisen wurden davon getroffen; sie verloren den Halt und rutschten ab. Ungläubig beobachtete Lexz, wie sich diese Ameisen wanden und ihre dünnen Beinchen zitterten, bevor sie in den Schleim fielen und mit kleinen schmatzenden Geräuschen von ihm aufgesogen wurden.

Das war aber erst der Anfang. All das weiche Zeug unter Ekarna begann zu blubbern und sich zu bewegen. Dicke Blasen wölbten sich, bis sie platzten, und Lexz stieg ein unangenehm scharfer Geruch in die Nase, der noch schlimmer war als der muffige süßliche Gestank, der aus der Grube heraufstieg.

»Ich glaube, du solltest da ganz schnell wieder rauskommen«, drängte Torgon.

Ekarna hörte jedoch nicht auf ihn. Sie beugte sich vor und streckte die Hand aus, als wolle sie nach etwas greifen. »Das hier könnte ein Flügel sein«, sagte sie. »Ein großer schwarzer Flügel.«

»Ja«, presste Torgon hervor. »Es könnte aber auch ein Umhang sein – so einer, wie ihn deine Angreifer getragen haben.«

»Glaub ich nicht.« Ungeachtet der Tatsache, dass ihr linker Fuß immer tiefer in dem blubbernden, sabbernden Schleim versank, beugte sich Ekarna so weit vor, dass sie das Gleichgewicht fast ganz verlor. »Ich will nur mal sehen, ob es etwas Lebendiges war – oder tatsächlich nur ein Stück toter Stoff.«

Oder vielleicht Sedak, dachte Lexz voller Panik. Oder Larkar!

»Komm jetzt da raus!« Torgon schrie fast. »Du versinkst gleich ganz. Und irgendwas stimmt mit diesem Zeug auch nicht. Das saugt dich auf!«

Und nicht nur das. Das hier war eine Falle, eine verfluchte Falle ...

Lexz sah sich nach allen Seiten um. Er spürte, wie sich seine Nackenhaare aufrichteten. Die Gefahr war körperlich spürbar, sie zog sich wie ein Netz um sie zusammen. Und mehr noch. Lexz hatte plötzlich das Gefühl, Larkar und Sedak müsse etwas Schreckliches passiert sein. Was nun, wenn sie gleich ihnen in einen Hinterhalt geraten waren, man sie überfallen und in diese schreckliche Falle gedrängt hatte?

Auch Ekarna wirkte inzwischen mehr als nur ein wenig besorgt. Sie runzelte die Stirn und starrte auf die glitschige Stelle, in der sie ihren Fellschuh abgesetzt hatte. »Das gefällt mir nicht«, sagte sie, und wie es ihre Art war, wiederholte sie den Satz noch einmal: »Das gefällt mir ganz und gar nicht!«

Sie versuchte den Fuß wieder herauszuziehen. Aber das war nicht mehr möglich. Ein Zittern und Beben ging durch den Schleim, als wäre er etwas durch und durch Lebendiges, und fast sah es so aus, als bilde sich allmählich etwas Festes in ihm – und wollte nach ihrem Knöchel greifen.

Lexz sprang aus dem Stand nach vorn, war schon bei Ekarna, und noch ehe er selbst richtig begriff, was er vorhatte, war er auch bereits in die Hocke gegangen, streckte die Arme unter ihren Achseln durch und verschränkte sie vor ihrer Brust. Er spürte ihre Brustwarzen, die so hart und steif waren wie bei einer Frau, die plötzlich mit kaltem Wasser übergossen wurde – oder die durch ihren Liebhaber erregt wurde. Dann spürte er sie auch wieder nicht, zu sehr war seine Aufmerksamkeit darauf gerichtet, einen möglichst festen Stand zu haben und seine ganze Kraft für den Augenblick aufzusparen, in dem er Ekarna herausziehen konnte.

Sie spannte sich auf ihre Raubkatzenart an, und Lexz spürte seinerseits, wie er von starken Armen gepackt wurde, als Torgon herangekommen war.

»Und … jetzt!«, schrie Torgon.

Sie waren so eingespielt, dass ihre Kraft tatsächlich wie die eines einzigen Wesens mit sechs Armen und sechs Beinen explodierte. Ekarna kam auch ein Stück hoch, glitt dann aber wieder – wie von einem starken Mann in die andere Richtung gezogen – ein Stück zurück, und Lexz und Torgon verdoppelten ihre Anstrengungen, während sich Ekarna wand und bog und dann den linken Fuß mit einem Ruck hervorzog.

Ein fürchterliches Geräusch antwortete ihr, fast so etwas wie ein Aufschrei, eingeleitet von einem bedrohlich klingenden Blubbern, dem eine Explosion mit solcher Wucht folgte, als würde ein falsch unterfüttertes Schmiedefeuer hochgehen, und grünlichgelber Schleim spritzte in einer Riesenfontäne hinauf, begleitet von mehreren kleineren Eruptionen und Spritzern, die ihre ekelhafte Ladung in alle Richtungen verteilten.

Ekarna keuchte und schrie auf, bevor sie endlich freikam, und Lexz und Torgon torkelten mit ihr rückwärts, ein paar Schritte weit, ehe sie alle drei das Gleichgewicht verloren. Lexz stürzte auf Torgon, und Ekarna auf ihn, und Lexz hatte plötzlich einen spitzen Ellbogen im Gesicht, bevor sich die Raubkatze über ihm hinwegdrehte und mit einem keuchenden Laut neben ihm ins Gras fiel.

Lexz blieb erst einmal dort liegen, wo er war: auf dem dicken Torgon. Dass diese Lage nur für ihn selbst bequem war, begriff er aber erst, als das Fett unter ihm zu schwabbeln begann.

»Bei allen verfluchten Sumpfgeistern«, keuchte Torgon. »Fang bloß nicht an, es dir auf mir bequem zu machen!«

»Was ist denn?«

Torgon packte Lexz an der Schulter und zerrte an ihm herum. »Sieh zu, dass du von mir runterkommst«, stieß Torgon gepresst hervor, und Lexz tat es Ekarna nach, ließ sich auf die andere Seite gleiten und fiel auf den feuchten Boden, der aber trotzdem ausreichend Widerstand bot.

Als er dann wieder hochsah, flogen mehrere Schmeißfliegen von seinem Gesicht auf, und da erst bemerkte er das Brennen auf seinen Wangen, seinem Hals und seinen Händen, also überall dort, wo sein Körper nicht von der Kleidung geschützt war. Das musste das Zeug sein, das von der Grube hochgespritzt war, als sie Ekarna aus ihr herausgerissen hatten.

Lexz wollte aufstehen, aber es gelang ihm nicht. Ihm war schwindlig, und sein Atem ging nicht so gleichmäßig, wie er es eigentlich sollte, sondern hart und heftig. Was war bloß mit ihm los? Er fühlte sich benommen, fast wie berauscht.

»Reiß dich doch zusammen«, herrschte ihn Torgon an.

»Was?«, fragte Lexz.

»Reiß dich zusammen«, wiederholte die Stimme, und da erst begriff er, dass es gar nicht Torgon gewesen war, der ihn angefahren hatte, sondern Zakaan. Die Stimme in seinem Kopf, die immer da war, wenn er etwas falsch machte – und das auch dann, wenn der Schamane in Wirklichkeit eine Tagesreise entfernt im Lager zurückgeblieben war, so wie es auch jetzt der Fall war.

Lexz hatte immer einen leichten Druck auf den Schläfen verspürt, wenn der Schamane zu ihm gesprochen hatte, und sein Atem war niemals so selbstverständlich geflossen, wie es Zakaan von ihm verlangt hatte. Dabei hatte er immer das Gefühl gehabt, schon im Ansatz etwas falsch zu machen – so wie ein Jäger, der sich mit dem Wind an eine Beute anzuschleichen versucht, statt den Wind für sich arbeiten zu lassen.

Wenn Zakaan von ihm verlangte, sich auf etwas wirklich Wichtiges zu konzentrieren, waren seine Gedanken abgeschweift. Wenn er erwartete, dass Lexz ruhig war, hatte sein Herz besonders laut zu pochen begonnen, und wenn er ihm geraten hatte, seine ganze Kraft in seine Hände und Augen zu schicken, um in einem bevorstehenden

Kampf gewappnet zu sein, dann hatte er nur mit Mühe ein Zittern unterdrücken können, das von seinem ganzen Körper Besitz ergreifen wollte.

Und wenn er von ihm verlangt hatte, alles aus reinem Herzen aufzunehmen, was ihm der Schamane beibrachte, dann hatte Lexz nie das Gefühl gehabt, seinen Ansprüchen wirklich gerecht zu werden.

Er war ein unwürdiger Schüler des großen Schamanen, und seinem Vater ein unwürdiger Sohn, nicht wert, jemals seine Nachfolge anzutreten. Dieses Wissen hatte er so tief in seinem Herzen vergraben, dass er meist selbst vergaß, wie nutzlos und unwürdig er eigentlich war.

Dazu allerdings war er jetzt nicht mehr imstande. Er hätte schneller, geschickter und beherrschter sein müssen als alle anderen jungen Männer seines Volkes. Doch dazu hätte er seinen Atem mit dem Atem der Götter verbinden müssen – und das vermochte er nicht. Nicht ein einziges Mal hatte er es wirklich geschafft. Immer, wenn er geglaubt hatte, sein Atem schwinge nun im gleichen Rhythmus wie der der Götter, war irgendetwas passiert, das ihn abgelenkt hatte. Meist war es etwas vollkommen Lächerliches und Nutzloses gewesen. Ein Krampf in seiner Wade zum Beispiel. Oder eine Mücke, die über sein Kinn spazierte und in seine Lippe biss, sodass er sie mit einer schnellen Bewegung tötete, statt sich zu beherrschen.

Das Schlimmste daran war, dass alle anderen scheinbar mühelos genau das schafften, was ihm noch nicht einmal mit größter Anstrengung gelang. Doch keiner wagte ihn darauf anzusprechen – bis auf Zakaan natürlich, der ihn öfter schalt als ihn die Läuse zwicken konnten.

Nur mit Mühe gelang es Lexz, sich von den sinnlosen Gedanken zu lösen und in die Wirklichkeit zurückzufinden.

Das war allerdings gar keine Erleichterung. Voller Unbehagen sah er Ekarna und Torgon zu, wie sie ein paar Schritte zurück in Richtung Grube gingen, und dann wieder stehen blieben, unschlüssig und in einer Haltung, die wenigstens Unsicherheit verriet, vielleicht sogar Angst. Was auch kein Wunder war. Das Blubbern und Glucksen wurde zunehmend lauter, und da war inzwischen noch etwas anderes hinzugekommen, eine Art schmatzendes Geräusch, das sich mit jedem Schritt veränderte, den die beiden auf die Grube zumachten, und in dem etwas … Hämisches mitschwang. Die beiden blieben wie auf ein geheimes Kommando gleichzeitig stehen, sahen sich unschlüssig an, und dann drehte sich Torgon zu ihm um und warf ihm einen besorgten Blick zu.

»Weg da!«, hätte ihnen Lexz am liebsten zugerufen. »Diese Grube ist ein Ort voller Verderben. Begreift ihr das denn nicht?«

»Was ist?«, fragte Torgon, während er das Kunststück versuchte, gleichzeitig mit der linken Hand den rechten Handrücken und mit der rechten den linken Handrücken zu kratzen. Es gelang ihm sogar. Und sah so aus, als wäre er gerade dabei, den Verstand zu verlieren. »Kommst du?«

»Ich … ich …«, stammelte Lexz, und eine Woge der Übelkeit ergriff ihn so, dass er sich vorbeugte und in dem Versuch, sich nicht zu übergeben, keuchte.

»Geht es dir nicht gut?«, fragte Torgon. »Ist alles mit dir in Ordnung?«

Sein Gesicht schien zu verschwimmen und machte Zakaans alten, zerfurchten Gesichtszügen Platz, um sich dann wieder zu festigen. Lexz blinzelte. Er wusste auch nicht, was mit ihm los war. Es ging ihm nicht gut, das war klar, und sein Körper reagierte nicht so, wie er es sollte. Aber das war auch nichts Neues für ihn. Hunger und Durst, Verletzungen und Entbehrungen, all das hatte ihm schon oft so zugesetzt, dass er seine letzten Kräfte hatte freisetzen müssen, um nicht einfach aufzugeben und sich dem Schatten der Todesnacht anzuvertrauen, wie es so viele andere seines Volkes schon getan hatten.

Aber warum ließ ihn die Stimme des Schamanen jetzt nicht los?

Noch bevor er diesen Gedanken jedoch richtig fassen konnte, glaubte er die mahnende Stimme des Alten erneut zu hören: »Reiß dich zusammen, Lexz, Sohn des Ragok, Ahne derer, die das Geschlecht der Raker begründet haben.«

Lexz nickte. Er war ja bereit sich zusammenzureißen. Aber er wusste nicht, was er jetzt tun sollte. Zu der Sorge um Larkar und Sedak, die beiden Gefährten, die sie verloren hatten, weil er vor Wut immer tiefer in den dichten Wald hineingelaufen war, gesellte sich nun auch noch die Angst um Torgon und Ekarna.

Sie sollten doch nicht dahin gehen – nicht zu dieser schleimigen, ekelhaften Grube, die Ekarna gerade fast verschlungen hatte!

»Du weißt alles, was du wissen musst«, bedrängte ihn die alte knarzige Stimme des Schamanen. »Ich habe dir doch alles beigebracht. Und nun hilf deinen Gefährten – und dir selbst!«

Lexz stieß keuchend die Luft aus und richtete sich ruckhaft wieder auf. »Weg da! Dieses Zeug, das uns besudelt hat …«, begann er, aber da fuhr der Dicke schon herum und starrte alarmiert auf die Grube, als hätte er dort etwas wahrgenommen, was nicht in Lexz' Blickfeld war.

»Was ist?«, fragte Lexz besorgt, während er sich mit beiden Händen abstützte und – vergeblich – versuchte, wieder hochzukommen.

Ekarna hob die Hand, um ihn zum Schweigen zu bewegen. Ihr Gesicht richtete sich nach wie vor auf den blubbernden Tümpel, ihr Kinn war leicht angehoben, ihr ganzer Körper sprungbereit; und in diesem Augenblick hatte sie vielleicht mehr von einer Raubkatze an sich, die gerade Witterung aufgenommen hatte, als je zuvor.

»Großer Gott, was ist das bloß für ein Gestank?«, ächzte Torgon. »Und was ist …?«

Er verstummte, sog zwischen den Zähnen scharf die Luft ein und verzog dann angewidert das Gesicht. »Das ist ja ekelhaft!«

»Nun«, sagte Ekarna, während sie zu Lexz' Entsetzen einen weiteren Schritt vorwärts machte. »Das ist doch jetzt nichts Neues mehr. Aber ich will auch endlich wissen, was hier los ist!«

Lexz hatte schon Sorge, sie werde blindlings losstürzen, ein Verhalten, das er ihr durchaus zutraute. Doch offensichtlich siegte ihre Erfahrung über ihr Temperament, und aus einem ersten raschen Schritt wurde ein deutlich vorsichtigerer zweiter, bevor sie dann wieder lauernd stehen blieb und das scharf geschliffene Bronzeschwert mit der breiten Klinge zog.

Lexz wollte nichts weiter als aufstehen und seinen Gefährten hinterherlaufen. Aber sein Körper versagte ihm den Dienst. Er fühlte sich fast wie bei den Zeremonien, in denen Trinkgefäße mit berauschenden Substanzen herumgereicht werden: benommen und auf eine Weise außer Gefecht gesetzt, die vielleicht im Schutz der Gemeinschaft statthaft war, aber nicht, wenn man sich als Kundschafter in einer gefährlichen Situation wiederfand.

»Es ist völlig sinnlos, dagegen anzukämpfen«, sagte der Schamane.

Lexz blinzelte. Er sah Ekarna und Torgon, er spürte ihre Anspannung, er bemerkte auch die Waffen in ihren Händen, und er wusste, dass sie sich auf den Kampf vorbereiteten, den sie würden führen müssen. Aber da war auch noch etwas anderes.

Ein alter Mann, der ihm gegenübersaß und ihn über das prasselnde Feuer hinweg anstarrte, um das herum sie ihre Gespräche zu führen pflegten.

»Kampf bedeutet doch immer auch zu riskieren, dass man verliert«, fuhr der Schamane fort, und jetzt glaubte Lexz sogar die Hitze des Feuers wahrzunehmen und die Funken zu spüren, die von den Holzscheiten und dem Geäst aufstoben und in seine Wangen bissen.

Es waren aber gar keine Funken, es war das ekelhafte Zeug, mit dem er besudelt worden war: etwas, das er gleichzeitig wusste und auch wieder nicht. Und auch etwas, das im Augenblick keine Rolle spielte.

»Du musst sicherstellen, dass du diesen Kampf gewinnst«, fuhr der Schamane endlich fort. »Wenn du ihn verlierst, wirst nämlich nicht nur du sterben, sondern auch dein Volk.«

»Ja.«

Er richtete sich mit einem Ruck auf, da wurde ihm schwindlig, sein Herz klopfte bis zum Hals, und bunte Flecken tanzten vor seinen Augen.

»Lexz, Vorsicht!«, schrie Ekarna.

»Was?« Träge drehte er sich zu Ekarna um, und die Umgebung verschwamm vor seinen Augen. Ihm war schrecklich übel, und wahrscheinlich wäre er in das Schattenreich der Bewusstlosigkeit abgeglitten, wenn er nicht eben gerade Bewegungen zwischen den Bäumen wahrgenommen hätte, ein Huschen und Schleichen, als werde der Wald plötzlich lebendig – oder als stiegen nun die Sumpfgeister aus dem feuchten Boden auf, angelockt von ihrem Leid und der vorlauten Bemerkung, mit der Torgon sie herausgefordert hatte.

Lexz kam torkelnd hoch, seine Hand fuhr zur Waffe und seine Augen versuchten das geisterhafte Treiben einzufangen …

Es schien endlos zu dauern, bis Abdurezak, Taru und Kaarg endlich verschwunden waren, um sie wieder allein ihrem Schicksal zu überlassen. Taru sollte ihr den Prozess machen? Das war doch lächerlich. Es gab wohl niemanden unter den Rakern, der sie mehr hasste als Dragosz' Sohn. Sie konnte sich lebhaft vorstellen, was er ihr entgegenschleudern mochte, und wie er versuchen würde, alles in den Dreck zu ziehen, wie er ihr unterstellen würde, dass sie von Anfang an nichts anderes vorgehabt hatte als alle Raker zu vergiften …

Es dauerte eine ganze Weile, bis sie begriff, dass der Totengesang der Klageweiber verebbt war. Das Geräusch der zirpenden Grillen und das Plätschern der Wellen hallte unangenehm laut in ihren Ohren wider. Es dauerte eine ganze Weile, bis Arri es wieder als das wahrnahm, was es in Wahrheit war: den ewigen und immerwährenden Gesang des Sees, der sie eingeladen hatte, in Frieden und Ruhe an ihm zu leben.

Immer wieder hatte sie ihren Liebsten betrachtet, jetzt aber riss sie den Blick von ihm los. Es war so schrecklich, ihn dort liegen zu sehen und zu glauben, er könne sich jederzeit wieder erheben. Und es war Unfug. Es war das Spiel der Wellen, die das Totenboot schaukelten, und das Licht der Morgensonne, das winzige Bewegungen vorgaukelte, wo gar keine waren.

Fast gewaltsam hob sie den Kopf und sah zum Ufer hinüber. Von der Stelle aus, an der Rar sie auf dem noch frisch riechenden Holz des lang geschwungenen Stegs, der zu dem neuen Pfahldorf gehörte, abgesetzt hatte, konnte sie nur einen kleinen Teil des Ufers einsehen. Sie stieß einen zittrigen Seufzer aus. Alles wirkte auf schreckliche Weise unverändert: die kleine, halb eingefallene Anlegestelle, die ihnen die alten Seebewohner hinterlassen hatten, zwei der von ihnen in aller Eile errichteten Hütten, die ihnen damals wie ein großer Luxus erschienen waren und jetzt nur noch schäbig wirkten, und dahinter der kleine Ausschnitt eines fruchtbaren Ackers, den sie erst vor Kurzem wieder urbar gemacht hatten.

Sie erinnerte sich noch genau daran, wie es gewesen war, als sie mit Dragosz und den Kundschaftern zum ersten Mal das Ufer abgeschritten hatte, immer darauf gefasst, dass gleich jemand käme, um seine Ansprüche auf den See und die alte Siedlung geltend zu machen. Sie hatte all dies hier als ein reines Wunder empfunden. Eine frische Brise war über das Wasser gestrichen, nicht zu warm und nicht zu kalt, Vögel hatten sich träge vom Wind tragen lassen, und surrende Libellen waren dagewesen, die wie die Mücken, Fliegen und andere Insekten vom reich gedeckten Tisch des Seeufers lebten.

Es war ein unbeschwerter, glücklicher Augenblick gewesen; und trotzdem hatte eine Art böse Vorahnung in ihr mitgeschwungen. Sie hatte gelernt, auf ihre Vorahnungen zu achten, und wahrscheinlich verdankte sie ihnen schon mehr als einmal ihr Leben. Aber diesmal suchte ihre Hand die von Dragosz, um sie fest zu drücken, und als sie ihn anlächelte, schalt sie sich innerlich eine Närrin, dass sie sich im Anblick eines großen Glücks schon wieder Sorgen zu machen anfing.

Das Wunder des Sees hatte sie beide überwältigt. Sie waren wie zwei kleine Kinder durch das ufernahe Wasser getobt und hatten die schwirrenden, summenden und brummenden Insekten und all die blühenden Pflanzen und grünen Triebe staunend wahrgenommen, die ihnen nach der Zeit der Entbehrung in ihrer Üppigkeit ebenso wie ein Wunder vorgekommen waren wie die vom Ufer aus ansteigenden brachliegenden Äcker, auf denen wildes Korn und andere Pflanzen trieben. Außer ihnen war keine Menschenseele zu sehen, und darin hatte vielleicht sogar das größte Wunder von allen gelegen. Was war nur geschehen, dass die ursprünglichen Seebewohner diese unfassbar schöne und reiche Gegend verlassen hatten?

Dieses Rätsel hatten sie weder an diesem noch am nächsten Tag lösen können, als sie erneut zum See aufgebrochen waren, um einen geeigneten Platz für ihre eigene Siedlung auszusuchen. Staunend hatten sie dort immer wieder neue kleinere und größere Wunder entdeckt, bis sie sich liebestrunken in eine schmale Bucht verirrt hatten …

Schon in früheren Zeiten hatten Menschen um und mit dem See gelebt, natürlich, und überall hatten sie die Hinterlassenschaften aus verschiedenen Epochen gefunden: einen im Wasser vermoderten Einbaum, mehrere Feuerstellen, Steinwerkzeug, Pfeilspitzen und Lederriemen, verbogenen Kupferschmuck, angeschlagene Trichterbecher und allen möglichen Unrat, der im Schlick gelegen hatte. Dragosz hatten natürlich am meisten die morschen Pfähle im See beeindruckt, die verfaulenden Planken und auch die Überreste von Hütten auf dem Seegrund, die so aussahen, als hätte eine riesige Faust so lange auf sie eingeschlagen, bis sie unter der rohen Gewalt schlicht und einfach in sich zusammengebrochen waren.

Angriffe, Kämpfe, Tod und Verderben – alles dies war die Sprache, die Dragosz während der großen Wanderung gezwungen war zu sprechen. Und wenn er sich mit seinen Getreuen beriet, hatten sie manchmal das Gefühl, es ginge ihm in Wirklichkeit gar nicht darum, einen friedlichen Platz für sich und sein Volk zu finden, sondern er wolle vielmehr auf ewig Krieg führen.

»Wir werden ein Pfahldorf bauen«, hatte er entschieden. »Das lässt sich wesentlich besser gegen Angreifer verteidigen. Außerdem kann sich dann niemand unbemerkt an uns anschleichen.«

»Aber warum?«, hatte sie gefragt. »Warum sollte uns überhaupt jemand angreifen?«

Dragosz hatte sie nur ruhig angesehen, und Arri erinnerte sich noch heute daran, dass er dann ganz leise gesagt hatte: »Begreifst du denn nicht, wie unglaublich wertvoll der See und seine Umgebung ist? Hast du nicht gesehen, wie weit sich die Felder einst erstreckt haben, und das auf bestem Ackerboden? Und sind dir die Überreste der Koppeln ganz entgangen, auf denen man Vieh gehalten hat?«

»Natürlich habe ich all das auch gesehen«, hatte sie genauso leise zurückgeben. »Und deswegen habe ich geglaubt, dies hier sei Urutark – das Land eurer Prophezeiung.«

»Vielleicht ist es das ja auch«, antwortete Dragosz leise, »aber nur, wenn wir es dazu machen.«

Arri hatte damals nicht verstanden, warum er dabei nicht fröhlich oder zumindest hoffnungsvoll ausgesehen hatte. Sein Blick hatte sich aber ganz im Gegenteil getrübt, und sie hatte das Gefühl gehabt, er blicke weit zurück – vielleicht in das Land seiner Ahnen, die ihm aufgetragen hatten, sein Volk aus Hungersnot und Dürre in ein reiches Land zu führen, in das Land der alten Prophezeiungen, eben nach Urutark.

»Dieser See und seine Umgebung – es ist Urutark«, so hatte er gesagt. »Und deswegen macht es mir Angst.«

Arri war zusammengezuckt. Sie erinnerte sich noch ganz genau daran. Dragosz und Angst? Das passte so wenig zusammen wie Sommer und Winter. Und das war auch nicht das Einzige, was sie erschreckte. Es war sein Gesichtsausdruck, und dann seine Stimme. Er sah plötzlich viel älter aus, und seine Stimme hatte geklungen wie die von Abdurezak, wenn er mit großer Besorgnis über die Gefahren eines lang anhaltenden Winter sprach, und über seine Sorge, dass sie alle zusammen verhungern könnten, wenn kein Wunder geschah.

Dragosz war in diesem Augenblick nicht mehr Dragosz gewesen, da war sie sich auch nach all der Zeit noch ganz sicher. In diesem Augenblick hatte sie in das Gesicht eines alten Mannes geblickt, in das eines Weisen, eines Ältesten – in das eines der Stammväter von Dragosz, der seinem Geschlecht in früherer Zeit aufgetragen hatte, das Volk der Raker aus allen Gefahren heraus in ein neues Land zu führen.

»Dies hier war schon immer ein reiches Land«, fuhr Dragosz in der gleichen ungewohnten Art fort. »Und wer viel hat, dem wird auch viel geneidet. Ich weiß nicht, warum hier zurzeit niemand wohnt. Aber ich habe im Schlick Skelette liegen sehen – und nicht weit entfernt die Überreste eines Steinbeils. Etwas, das einmal ein Speer gewesen sein könnte. Du weißt, was das heißt.«

»Du meinst, um das Land hier wäre früher gekämpft worden?«, fragte Arri unsicher, »und dass man auch uns angreifen könnte?«

»Nein.« Dragosz' Stimme klang ungewohnt ernst. »Ich meine es nicht nur. Ich weiß es ganz sicher.«

»Aber die Menschen hier … ich meine, die Menschen, die hier früher gelebt haben. Sie sind doch freiwillig gegangen?«

»Vielleicht. Vielleicht aber auch nicht.«

»Aber natürlich sind sie freiwillig gegangen«, beharrte Arri. »Sonst würden doch jetzt andere Menschen hier leben!«

Dragosz zuckte mit den Schultern. »Das … kann ich mir auch anders vorstellen.«

»Aber wie?«

Dragosz war einen Schritt zurückgetreten. Er hatte auf den See hinausgestarrt, der sich im Licht der untergehenden Sonne blutrot gefärbt hatte. Wie kraftvoll er dabei ausgesehen hatte, so stark und männlich – und doch auf seine ganz eigene Weise verletzlich.

Schließlich hatte er sich aber wieder zu ihr umgedreht.

»Und was ist, wenn sie zurückkommen?«, flüsterte Dragosz. Er hatte Arri hart an den Armen gepackt. »Was ist, wenn die alten Siedler zurückkommen? Und vielleicht sogar in Begleitung meines Bruders?«

»Aber … ich glaube nicht …«

»Du glaubst nicht, dass Ragok kommen wird.« Dragosz nickte. »Aber das wird er. Verlass dich darauf. Und dann wird es zu dem Kampf zwischen uns beiden kommen, den wir vielleicht schon früher hätten austragen müssen.«

Dann hatte er etwas getan, das Arri noch mehr erschüttert hatte als alles andere zuvor: Er hatte sich zu ihr hinabgebeugt und sie so ungestüm in die Arme genommen und gedrückt, als wolle er sich für die ganze Ewigkeit von ihr verabschieden.

5 Ekarnas Warnung kam zwar rechtzeitig, aber Lexz war einfach nicht schnell genug. Bevor er sein Schwert aus der ledernen Rückenhalterung reißen konnte, stieß Torgon schon ein markerschütterndes Brüllen aus, drehte sich wild herum und rannte auf irgendjemanden zu, den Lexz bislang nicht einmal bemerkt hatte. Als Lexz den Kopf in die andere Richtung riss, erkannte er gleich mehrere vollkommen … unmögliche Gestalten, die sich auf Ekarna stürzten.

Sumpfgeister? Wohl kaum. Es waren Menschen aus Fleisch und Blut, die sie angriffen. Und doch schien dieser Anblick so unglaublich, dass Lexz einen vollen Herzschlag lang einfach nur wie erstarrt zusah, bis er nach vorne sprang und noch in der unsicheren, torkelnden Bewegung seine Waffe endgültig hervorriss.

Ekarna wurde angegriffen, aber nicht von den Gestalten in den Kapuzen, den Dämonen, wie Torgon sie genannt hatte. Aus dem Wald brach eine Horde noch ganz anderer Angreifer hervor: Untersetzte Kerle mit wilden Bärten und noch wilderen Blicken. Die Männer trugen keine gewebte Kleidung, sondern steckten in grob zusammengenähten Bären- oder Wolfsfellen, die wie Überbleibsel aus einer anderen, längst vergangenen Welt aussahen. Dazu passte auch ihre Bewaffnung aus wuchtigen Holzkeulen und massiven Steinäxten, die sie drohend schwangen, während sie sich mit einem tierisch klingenden Gebrüll auf sie stürzten.

Höhlenmenschen.

Was, bei allen Göttern, taten denn Höhlenmenschen hier? Lexz war der Meinung gewesen, dass es sie schon seit vielen, vielen Generationen nicht mehr gab. Schließlich lebten sie in der Zeit von Webstühlen, Bronzewaffen und Langhäusern, und nicht in den harten alten Zeiten, als die Menschen den wilden Tieren noch die Höhlen streitig machen mussten, um sich vor den Naturgewalten zu schützen.

Die Zeit, die Lexz mit diesem nutzlosen Gedanken verschwendete, reichte Torgon, um mit seinem Hammer unter die Angreifer zu fahren. Und das keinen Augenblick zu früh, denn Ekarna war bereits getroffen und taumelte zurück. Bevor ihre Angreifer ihre Schwäche ausnutzen konnten, war Torgon unter ihnen. Mit ungestümer Wut warf er sich gleich zwei der ungepflegten Langbärte entgegen, ließ seinen Hammer auf den Arm des einen knallen, dass es ein fürchterlich dumpfes Geräusch gab und dem Kerl die Keule aus der Hand geprellt wurde, während er dem anderen aus der gleichen Drehung heraus den Ellbogen ins Gesicht stieß.

»Lasst Ekarna in Ruhe!«, brüllte er dabei. »Die steht unter meinem Schutz!«

Der Mann, den er mit dem Ellbogen erwischt hatte, spuckte zwar Blut, zeigte sich dadurch aber nicht sonderlich beeindruckt. Ohne Aufschrei, dafür aber mit der brutalen Kraft eines Bären, der durch einen Treffer bis aufs Äußerste gereizt war, sprang er vor – und packte mit beiden Händen Torgons Hammer. Lexz beobachtete ungläubig, wie er den Dicken an seinem eigenen Hammer so mühelos hin und her schwenkte, als hätte er einen Fuchs am Schwanz erwischt und würde ihn nun herumwirbeln, um ihn dann an einem Felsen zu zerschmettern.

»Nein!«, schrie Lexz.

Er war immer noch unsicher auf den Beinen, aber die Angst um seine beiden Gefährten verlieh ihm neue Kraft. Jetzt war er es, der wie ein leibhaftiger Dämon über sie kam. Sein aufwendig gefertigtes Bronzeschwert unterlief den kraftvollen, aber plumpen Keulenschlag eines Höhlenmenschen, der sich im letzten Augenblick dazwischenwerfen wollte, und erwischte den Kerl, der meinte, Torgon ungestraft herumschleudern zu dürfen. Seine Klinge ritzte die Schulter des Mannes auf und schrappte über seine Kehle, dann brüllte der Kerl auf und sprang zurück.

Wenn Lexz aber gedacht hatte, dass er jetzt aufgeben werde, dann sah er sich getäuscht. Der Bärtige hielt den Hammer weiterhin so fest umklammert, und das würde er wahrscheinlich selbst dann noch tun, wenn er schon tot war.

Torgons Augen quollen fast aus den Höhlen, als er sich mit beiden Füßen in den Boden stemmte, um seinen über alles geliebten Bronzehammer wieder an sich zu bringen. Er schien es einfach nicht fassen zu können, dass jemand stärker sein sollte als er selbst. Doch im Augenblick zumindest schien ihm der Angreifer überlegen zu sein. Er machte zwei, drei Schritte rückwärts und zog Torgon dabei wie ein kleines Kind mit sich.

Lexz setzte nach, um dieses lächerliche Schauspiel mit einem Schwertstreich zu beenden. Bevor er aber dazu kam, waren schon zwei andere Höhlenmenschen herangestürmt, um ihn mit vereinten Kräften anzugreifen. Sie waren untersetzt und einen halben Kopf kleiner als er, doch die Muskeln ihrer nackten Arme beeindruckten ihn; außerdem waren sie kampferfahren und schnell.

Obwohl sich Lexz dessen durchaus bewusst war, hätte er die beiden doch noch beinahe unterschätzt. Die Keule des Ersten rauschte so knapp an seinem Kopf vorbei, dass er fast sein Ohr eingebüßt hätte, und der Zweite setzte fast zeitgleich mit einem kraftvollen Schlag gegen seinen Waffenarm nach, dem er nicht mehr ganz ausweichen konnte. Die Keule erwischte ihn am Unterarm. Es war ein Gefühl, als hätte ihn der Huf eines Auerochsens getroffen – und die Waffe wäre ihm auch aus der Hand geprellt worden, wenn er nicht einen Teil der Schlagkraft in eine Drehbewegung aufgenommen hätte, die ihn ein Stück von seinen Angreifern entfernte.

Er drehte sich herum, vollendete die Drehbewegung mit einem kleinen Seitwärtsschritt und stand den beiden dann auch schon wieder in der leicht nach vorne gebeugten Kampfhaltung gegenüber, die ihm sein Vater in endlosen Übungsstunden eingehämmert hatte. Dass ihm das Schwert dabei doch noch fast aus der Hand geglitten wäre, weil sich seine Finger durch den pochenden Schmerz in seinem Unterarm nicht mehr mit voller Kraft zu einem festen Griff bewegen ließen, brauchten sie ja nicht zu wissen.

Um seine Schwäche zu überspielen, rang er sich ein breites Grinsen und ein einladendes Nicken ab. Die beiden Wuschelbärte tauschten einen überraschten Blick. Wahrscheinlich hatten sie ihr kleines Manöver schon öfter mit nachhaltigem Erfolg vollzogen und waren es nicht gewohnt, dass sich jemand so wenig davon beeindrucken ließ.

Lexz hätte beinahe laut aufgelacht. Keulen aus Eichen- oder Lärchenholz! Ihre Schlagkraft war zwar nicht zu unterschätzen, aber sie waren doch auch plump und unhandlich, und war der erste Schlag erst einmal danebengegangen, so waren sie denkbar ungeeignet, um einen geübten Schwertkämpfer damit in Bedrängnis zu bringen.

Als der eine Mann wie ein Höhlenlöwe knurrte, der im nächsten Augenblick sein Opfer anspringen will, und der andere sein Gesicht auf eine Art verzog, die Lexz unangenehm an ein siegessicheres Grinsen erinnerte, begriff er, dass er einen Fehler gemacht hatte.

Bevor er dazu kam zu überlegen, welche Art von Fehler es gewesen sein könnte, erahnte er auch schon eine Bewegung hinter sich, und gleichzeitig spürte er den heißen Atem eines gereizten Kämpfers in seinem Nacken. Er versuchte, nach vorn abzutauchen, um dann an den beiden anderen vorbeizuspringen und auf diese Weise in ihren Rücken zu kommen. Aber er brachte es nicht einmal ansatzweise fertig, seine Bewegung zu vollenden. Seine Oberarme wurden von einem Riesen gepackt, zumindest kam es ihm so vor, und zur gleichen Zeit wurde er auch schon nach hinten gerissen. Um ein Haar hätte er jetzt doch noch seine Waffe fallen gelassen, aber dann schleuderte ihn der Kerl von sich weg, auf die Grube zu.

Er kam auf dem Boden auf, riss das Schwert ganz an sich heran und rollte sich über den Boden. Noch bevor er die Bewegung vollendet hatte, erkannte er, dass er damit den anderen Idioten, die noch immer nicht von Torgon abgelassen hatten, zu nahe kam.

Weit weniger elegant als geplant kam er hoch. Er sah sich jetzt von mehreren Männern eingekreist, und aus den Augenwinkeln heraus bemerkte er, dass Torgon noch immer verzweifelt um seinen Hammer kämpfte und es dabei mit Ausweichschritten versuchte, die ihn wie einen tapsigen Bären wirken ließen, der seine Pfote versehentlich zu tief in eine Honigwabe versenkt hatte und sie nun wieder losbekommen wollte.

Nur, dass es in seinem Fall kein Honigtopf war, sondern ein Hammer, und er ihn auch nicht loswerden wollte, sondern ihn wieder in seinen Besitz zu bringen versuchte.

Lexz fuhr zu ihm herum, um ihm beizustehen, und begriff zugleich, dass die anderen darauf nur gewartet hatten. Johlend und Keulen oder Steinäxte schwingend setzten sie ihm nach, und was er ihnen an Beweglichkeit voraushatte, konnten sie in jedem Fall mit purer Körperkraft ausgleichen.

Sie würden ihn einfach überrennen.

Er sprang zur Seite, kam aber nicht weit; auch dieses Manöver hatte einer der Bärtigen vorausgesehen und schnitt ihm nun den Weg ab. Bevor er sich angemessen um ihn kümmern konnte, setzten die anderen nach. Mit wütenden Schlägen trieben sie Lexz zurück und immer weiter auf die Grube zu. Er hatte alle Mühe, den scharf geschliffenen Steinäxten und aus Hartholz geschnitzten Keulen auszuweichen. Er musste sich aus der Umklammerung befreien, aber sie ließen ihm keine Gelegenheit für einen Gegenangriff oder ein Ausweichmanöver. Immer wieder gelang es Lexz, unter einer der Waffen wegzutauchen oder rechtzeitig zur Seite zu springen. Aber dabei kam er auch mit jedem Schritt der Grube näher.

Er versuchte einen Ausfallschritt, erwischte einen der Bärtigen mit seiner Klinge und trat einem anderen die Steinaxt weg, die daraufhin in einem langgezogenen Bogen davonsauste und mit einem platschenden Geräusch inmitten der halb verwesten Leichenteile in der Grube aufschlug. Dafür handelte er sich einen harten Treffer im Nierenbereich ein.

Keuchend stieß er die Luft aus, wurde von einer bronzeharten Faust getroffen, die ihn an der Schulter erwischte, und taumelte zurück. Die Grube befand sich in seinem Rücken! Er musste hier fort, bevor er einen Schritt zu weit zurücktaumelte und in den fürchterlich blubbernden Leichenpfuhl fiel.

Doch es war hoffnungslos. Die Angreifer heulten wie ein Wolfsrudel auf, und er begriff, dass sie ihn jetzt genau dort hatten, wo sie ihn von Anfang an hatten haben wollen. Mit der Grube im Rücken hatte er kaum mehr eine Chance, dem nächsten Angriff mit einer schnellen Ausweichbewegung zu entgehen. Vor seinen Augen tanzten blutige Schleier, und die Luft brannte wie Feuer in seinen Lungen.

Aber sie hatten die Rechnung ohne Ekarna gemacht. Lexz sah aus den Augenwinkeln, wie sie den Mann beiseitestieß, mit dem sie gerade noch selbst beschäftigt gewesen war, und wie dann ein Rachekobold herangehetzt kam. Ihre tiefschwarz umränderten Augen blitzten voller Wut und Kampfeslust auf. Einer der Fellgekleideten fuhr herum und holte mit seiner Keule aus, und ein anderer tat es ihm mit seiner Steinaxt gleich. Lexz hielt unwillkürlich die Luft an und glaubte schon, mit ansehen zu müssen, wie die Raubkatze geradewegs in ihr Verderben lief.

Doch etwas anderes geschah. Ekarna sprang auf die beiden zu, in der Rechten ihr zwar kurzes, aber robustes Bronzeschwert, und in der Linken die Steinaxt, die im Vergleich zu denen ihrer Gegner nun plötzlich beinahe elegant wirkte. Ihr Schwert zuckte vor, und der Wuschelbart, der gerade erst seine gewaltige Keule auf sie hatte niedersausen lassen wollen, taumelte zurück.

Lexz hatte noch nicht einmal gesehen, dass Ekarnas Schwert vorgezuckt war. Dafür sah er umso genauer, dass jetzt auch von der Seite einer der Höhlenmenschen auf sie zustürmte. Zu seinem Entsetzen war er aber nicht mit einer Keule oder einer Axt bewaffnet, sondern mit einem Speer!

Ekarna musste dies auch gesehen haben. Sie reagierte vollkommen anders, als Lexz es erwartet hatte: Die Steinspitze des Speers sauste auf sie zu, und sie blieb einfach stehen – um dann im allerletzten Augenblick noch den Oberkörper so biegsam wie eine junge Esche zurückzubiegen. Der Speer rauschte an ihr vorbei, nein … Ekarna packte ihn mit beiden Händen und riss ihn an sich heran. Ihr Kopf schnellte vor, und Lexz sah ihre Zähne aufblitzen, als sie sie in den Hals des Höhlenmenschen schlug.

Der Mann brüllte vor Schmerz und Überraschung auf. Seine Hand fuhr nach oben, dorthin, wo augenblicklich Blut hervorsprudelte.

Alle – Lexz, Torgon und die Höhlenmenschen – erstarrten. Ekarna sprang zur Seite und wischte sich über den blutverschmierten Mund, während ihre grünen Augen blitzten. Dabei sah sie wegen ihrer kriegerischen Bemalung so aus, als wäre sie gerade der Unterwelt entstiegen, um sich aus der Welt der Lebenden neue Opfer zu holen.

Der Mann, den sie in den Hals gebissen hatte, rammte den Speer in den Boden, machte dann zwei, drei hilflose Schritte, drehte sich zu der Raubkatze um und zog eine Streitaxt hervor, machte wieder einen Schritt auf Ekarna zu … und brach dann ganz langsam und mit einem schrecklich gurgelnden Geräusch zusammen.

Aus seiner Halswunde pulste nun deutlich helleres Blut hervor, erst langsam, dann immer schneller.

Als wäre dies ein geheimes Signal, kam Bewegung in seine Kampfgefährten. Der Kerl, der Torgons Bronzehammer umklammert hielt, ließ ihn nun los, als wäre er plötzlich siedend heiß geworden, und stürzte zu dem Verletzten hin. Die anderen taten es ihm so schnell nach, dass Lexz zunächst gar nicht begriff, was hier eigentlich geschah.

Dann packten zwei der Männer den Verletzten, zogen ihn hoch und schleppten den nach wie vor heftig Blutenden mit sich fort. Seine Füße schleiften dabei wie die eines Toten über den Boden, aus seinem Mund aber kamen noch immer schreckliche gurgelnde Geräusche.

Lexz packte seine Waffe fester, als sich die anderen Männer zu ihnen umdrehten. Nein, nicht zu ihm, wie er sich schnell verbesserte. Einer von ihnen deutete auf Ekarna und sagte etwas in einer gutturalen Sprache, die trotz aller Fremdheit in Lexz' Ohren seltsam vertraut klang; vielleicht weil sie auf einer Art Ursprache beruhte, die allen anderen Sprachen zugrunde lag.

Die anderen nickten mit einer Ernsthaftigkeit, ja schon fast einer Ergriffenheit, die Lexz vollkommen unverständlich blieb. Dann richtete der Größte von ihnen seinen Blick plötzlich in weite Ferne, sah aus verengten Augen noch einmal zu Ekarna hinüber, machte eine drohende Handbewegung … und dann drehten sich die Männer um und verschwanden so schnell, wie sie gekommen waren.

Lexz starrte den Höhlenmenschen hinterher, die auf nackten Füßen fast lautlos über das Gras liefen und schon kurz darauf von den Bäumen verschluckt wurden. Sein Herz raste, auch sein Atem hatte sich nicht beruhigt. Als er zu Torgon hinüberblickte, sah er den Schweiß, der von der Stirn des Dicken perlte, und auch sein Atem ging schneller und lauter als sonst. Aber immerhin schien er unverletzt zu sein.

Lexz zögerte, bevor er sich zu Ekarna umdrehte. Er wusste nicht, was er zu sehen erwartet hatte. Aber bestimmt nicht, dass Ekarna seinen entsetzten Blick mit noch größerem Entsetzen in den Augen erwiderte. Sie hob die Hand, sah das Blut darauf, und schüttelte den Kopf. Dann wandte sie sich ab und schwankte auf die Grube zu.

»Nicht!«, schrie Lexz. Und sie blieb stehen.

»Ich weiß nicht, was mit dir los ist«, fuhr Lexz fort. »Aber tu jetzt nichts Unüberlegtes.«

»Ich wüsste nicht, was ich tun sollte«, antwortete Ekarna mit brüchiger Stimme.

»Aber hoffentlich weißt du, was du getan hast«, sagte Torgon. Er klang kaum weniger erschüttert als Ekarna selbst. »Ich verstehe das nicht.«

»Dass man mich die Raubkatze nennt.« Ekarna drehte den Kopf nur so weit, dass man ihr Profil sehen konnte. Sie wirkte … merkwürdig. Traurig. So, als hätte sie eher einen Kampf verloren, und nicht gewonnen. »Ihr wisst doch, warum man mir diesen Namen gegeben hat.« Sie wischte sich einen Blutfaden vom Kinn und wandte das Gesicht dann wieder ab. »Es heißt, ich hätte schon als kleines Kind jeden gebissen, der sich nicht schnell genug aus dem Staub gemacht hat.«

Lexz nickte. In einem anderen Zusammenhang wäre diese Äußerung für Torgon Anlass für einen gutmütigen Spott gewesen. Aber jetzt brachte der Dicke kein Wort raus – und Lexz hatte es endgültig die Sprache verschlagen.

Er wandte sich ab und blickte zu dem Wald hinüber, in dem die Höhlenmenschen gerade verschwunden waren. Er verstand weder, wo sie hergekommen sein mochten, noch, warum sie ihren Angriff nach Ekarnas Beißattacke so schlagartig abgebrochen hatten.

Aber irgendwie konnte er sich des unangenehmen Gefühls kaum erwehren, dass es gewiss nicht die letzte Begegnung mit den Bärtigen bleiben würde.

»Zakaan«, keuchte die alte Amara. »Ich will, dass Zakaan kommt!«

Isana biss sich auf die Unterlippe. Sie war ans Krankenlager der alten Frau gerufen worden, weil es hieß, dass diese im Sterben liege. In aller Eile hatte sie zusammengerafft, was sie für eine solche Situation für hilfreich hielt, und breitete dies nun auf einer Decke neben dem Lager der Kranken aus.

»Zakaan kann nicht kommen«, sagte Abdurezak begütigend. Er hatte sich neben Amara gehockt und hielt ihre Hand umklammert. »Aber ich bin ja da.«

Die alte Frau wand sich in Krämpfen, Schweiß stand auf ihrer Stirn. Ihr Gesicht wirkte fahl und eingefallen, doch ihr Blick war klar. »Zakaan ist bei Ragok, nicht wahr?«

Abdurezak nickte, und auf seinem Gesicht lag ein Schmerz, den er wohl selbst dann nicht hätte verleugnen können, wenn er es versucht hätte. Isana sah kurz zu ihm hoch und dann wieder zu der alten Frau. Vermutlich war Abdurezak ein paar Jahre älter als Amara, doch sie waren damals noch gemeinsam aufgewachsen. Isana spürte eine tiefe, wortlose Verbindung zwischen ihnen und begriff, dass sie gerade dabei waren, voneinander Abschied zu nehmen.

Rasch wandte sich die junge Heilerin wieder den Gegenständen zu, die sie mitgebracht hatte: Eine Schale mit Heilwasser, eine Holzschale mit getrockneten Kräutern, Tongefäße mit Ölen und Harzen – und auch die von Surkija geweihte Hasenpfote sowie ein Bernsteinauge, dem magische Heilkräfte innewohnten. Im Dämmerlicht der Hütte schien alles zu verschwimmen, und der schlechte Geruch, den die Kranke verbreitete, schürte den leisen Brechreiz, der sie schon beim Betreten der Hütte überkommen hatte, sodass sie überhaupt keinen klaren Gedanken mehr fassen konnte.

Vielleicht war es am besten, wenn sie erst einmal für Licht und frische Luft sorgte.

»Was ist nun mit dem Kümmelsud«, fragte Abdurezak, und sie begriff, dass er diese Frage nicht zum ersten Mal gestellt hatte.

»Habe ich schon …«, Isana brach jedoch ab, als sie merkte, dass sie sich vor lauter Aufregung verhaspelte. »Ich habe einen großen Topf Kümmelsud gekocht, und an alle Kranken verteilen lassen.«

Eigentlich stimmte das nicht so ganz. Es war Arri gewesen, die den Sud aufgesetzt hatte, und Isana hatte ihn nur verlängert und neu aufgekocht. Aber solche Feinheiten interessierten Abdurezak wohl kaum.

»Aber du hast hier keinen …?« Als Isana den Kopf schüttelte, fuhr Abdurezak fort: »Dann eile dich. Hol Kümmelsud für Amara.«

Isana sprang sofort auf. Doch sie zögerte wieder, als Amara ein »Nein!« hervorpresste.

»Keinen … Sud mehr«, fügte Amara kaum hörbar hinzu. Ein erneuter Krampfanfall schüttelte sie und schnitt ihr die Worte ab, die sie offensichtlich noch hatte hinzufügen wollen.

Isana sah Abdurezak fragend an, doch als dieser den Kopf schüttelte, hockte sie sich wieder hin. Sie war ratlos. Seitdem man Arri weggeführt hatte, war sie es gewesen, die als ihre Gehilfin zu den Kranken gerufen wurde. Eigentlich war sie sicher gewesen, dass sie dieser Aufgabe gewachsen war, schließlich hatte sie sich von Arri all das abgeguckt, was ihr Surkija zuvor nicht hatte beibringen können.

Aber jetzt fühlte sie sich zwischen all den Kranken, denen sie Linderung verschaffen sollte, hin und her gerissen. Der Kümmelsud war die eine Sache. Aber was sollte sie tun, wenn er seine Heilkräfte nicht weit genug entfaltete? Wann war es richtig, ein magisches Ritual auszuführen, und wann, auf eine der Substanzen zurückzugreifen, denen man heilende Wirkung zusprach?

»Zakaan … ist bei Ragok«, stieß Amara hervor. »Und Ragok und Dragosz sind Feinde. Sie müssen sich wieder vertragen, Abdurezak, hörst du?« Die alte Frau richtete sich in ihrem Lager auf, und Abdurezak beeilte sich, sie zu unterstützen. »Versprich mir, dass du dafür sorgst, dass sie sich wieder vertragen?«

Ihre Stimme wirkte jetzt genauso klar wie ihr Blick, und die Krämpfe blieben gerade einmal für eine Weile aus.

Isana sah, wie es in Abdurezaks Gesicht arbeitete. Offensichtlich hatte er es bislang vermieden, Amara zu sagen, wem der Klagegesang der alten Weiber gegolten hatte. Offensichtlich glaubte sie noch immer, Dragosz sei am Leben. Und so wie es aussah, wollte ihr Abdurezak auch nicht verraten, was mit Arris Mann geschehen war.

Isana konnte dies nur zu gut verstehen. Warum eine Sterbende mit quälenden Wahrheiten konfrontieren?

»Ich werde alles tun, was nötig ist, damit wir uns wieder vereinen«, sagte Abdurezak. »Ragok und Zakaan sind auf dem Weg hierher, das spüre ich. Und wenn sie kommen ...«

»Kein Krieg!«, jammerte die Alte. »Kein Kampf! Versprich mir das!«

Abdurezak zögerte kaum merklich, dann nickte er: »Ich werde es nicht zu einem Bruderkampf kommen lassen«, versprach er.

Die Stimme der Sterbenden sank zu etwas herab, das kaum mehr als ein Wimmern war. »Und was ist mit der Himmelsscheibe? Hat Arianrhod sie dir gegeben, wie sie es dir versprach?«

Die letzten Worte waren kaum mehr verständlich gewesen, aber Isana erschreckte sich so, dass sie das Bernsteinauge fallen ließ, das sie gerade in der Hand gehalten hatte.

Die Himmelsscheibe? Arri sollte sie Abdurezak versprochen haben? Aber wenn das so war ... hatte sie dann nicht einen schrecklichen Fehler begangen?

»Du phantasierst«, sagte Abdurezak begütigend. »Arianrhod hat mir gar nichts gegeben. Und das wollte sie auch nie.«

»Aber du und Dragosz ...«

Abdurezak schüttelte wieder und wieder den Kopf. »Das können wir alles besprechen, wenn du wieder gesund bist.«

»Nein«, stöhnte Amara. »Ich werde nicht mehr gesund.« Sie ließ sich auf ihr Lager zurücksinken. »Ich gehe zu den Urahnen. Aber ich will ihnen in Frieden gegenübertreten ... und nicht mit Furcht im Herzen.«

»Das wirst du«, Abdurezak wandte sich an Isana. »Geh schnell, und hol die Dillpaste!«

»Aber soll ich nicht lieber«, Isana hielt Abdurezak das Bernsteinauge hin, »ein beruhigendes Ritual ausführen? Ich glaube nämlich kaum, dass Dill ...«

»Tu, was man dir aufträgt«, sagte Abdurezak barsch. »Und nun geh, Isana!«

»Isana«, brachte Amara hervor, und Isana wollte sich ihr schon zuwenden. »Aber warum ist denn Isana hier?« Sie brach ab, als sie von einem Hustenkrampf geschüttelt wurde, und fuhr danach mühsam fort: »Warum ist denn Arianrhod nicht bei mir? Warum hat sie nur diese Kleine geschickt?«

Diese Kleine? Isana hätte beinahe laut aufgeschrien. Sie war doch mehr als nur *diese Kleine*!

Mit einem enttäuschten Laut wandte sie sich ab und eilte aus der Hütte.

Arri spürte, dass die Müdigkeit wie eine Feuchtigkeit in ihr hochkroch, die nach einem heftigen Regenguss Einzug in die Kleidung hielt. Trotzdem wäre sie nicht in der Lage gewesen, auch nur für einen Moment die Augen zu schließen. Wenn Dragosz noch leben würde … Der Tag nach dem Fest hatte der erste Tag eines neuen Lebens sein sollen. Um das zu besiegeln, hatten sie sich heute beide mit Abdurezak treffen wollen, um endlich die Dinge zu besprechen, die sie viel zu lange schon vor sich hergeschoben hatten. Wahrscheinlich hätte Dragosz sie gerade jetzt am Arm berührt und gesagt: »Komm nun. Abdurezak wartet bestimmt schon auf uns.«

Am Abend vor dem Fest hatte ihr Dragosz gestanden, dass er Abdurezak von der Himmelsscheibe erzählt hatte. Arri hatte das zuerst als Vertrauensbruch betrachtet, aber Dragosz hatte ihr klargemacht, dass sie gar keine andere Chance hatten, als den Ältesten in das Geheimnis der Scheibe einzuweihen.

»Du brauchst dich nicht aufzuregen«, hatte Dragosz sie zu beruhigen versucht. »Er wusste ohnehin schon davon.«

»Von der Himmelsscheibe?« Arri hatte betroffen den Kopf geschüttelt. »Aber wie denn?«

»Von seinem Bruder«, hatte Dragosz erklärt. »Von Zakaan.« Als sie das nicht verstanden hatte, hatte er erklärt, dass er dem Schamanen alles erzählt hatte, was Arris Mutter einst Dragosz anvertraut hatte. Dabei waren Dinge gewesen, die selbst Arri nicht gewusst hatte.

Und jetzt war das alles so unwichtig. Die Himmelsscheibe, das Heiligtum, das sie mit den Monolithen hatten aufbauen wollen – war nichts weiter als feuchter Schnee, der vom Wind weggewirbelt wurde.

Ihr Blick wanderte wieder zu Dragosz, und dort blieb er haften. Sie fiel in einen Zustand zwischen Wachen und Schlaf, in denen Szenen aus ihrem gemeinsamen Leben mit ihrem Liebsten ineinander verschmolzen und sie mit sich trugen. Vielleicht war sie in diesem Augenblick dem Tod sogar näher als dem Leben, vielleicht war es auch nur ein Zustand, in den man kurz vor einem Zusammenbruch hineingleitet, bevor die sanften Schatten der Ohnmacht sie in einen gnädigen Schlaf mitnahmen.

Bis sie das Plätschern von Wasser hörte.

Dann ging alles so schnell, dass ihr gar keine Zeit zum Reagieren blieb.

Es war wohl weniger das Plätschern, das sie aus ihrem Dämmerzustand riss, obwohl es gleichermaßen kraftvoll und bedrohlich klang, wie ihr erst mit einiger Verspätung bewusst wurde. Vielmehr war es ein leise gezischter Befehl, und dann die Erschütterung der Holzplanken unter ihr, die sie aufrüttelten. Sie versuchte die Benommenheit wegzublinzeln und richtete sich aus ihrer so in sich versunkenen Haltung auf …

Und sah, wie sich jemand mit nacktem Oberkörper aus dem See heraus hochzog und zu ihr kam.

Sie schreckte so fürchterlich zusammen, dass ein scharfer Schmerz augenblicklich durch ihren Nacken jagte. Es war Dragosz, der sich da zu ihr nach oben zog und sie dabei so unverschämt lebendig angrinste, als wäre jeder Gedanke an seinen Tod nur ein lächerlicher Spuk gewesen.

»Damit hast du wohl nicht gerechnet, du verdammte Drude, oder?«

Arris Herz machte einen gefährlichen Hüpfer, und bevor es wieder zu schlagen begann, jagten die unterschiedlichsten Gedanken durch ihren Kopf. Keiner von ihnen ergab aber irgendeinen Sinn.

Dragosz zog sich nun gänzlich hoch und schüttelte seinen Kopf. Unzählige Tropfen sprangen von seiner langen Mähne, und nicht wenige davon landeten auf Arris Gesicht.

Sie war fassungslos. Das war nicht Dragosz, natürlich nicht. Die Ähnlichkeit mit ihrem Liebsten verschwand endgültig, als sie in diese kalten, triumphierenden Augen blickte.

So hatte Dragosz sie nie angesehen. Aber Taru.

»Was …«, sie musste sich räuspern, »was willst du?«

Tarus Grinsen wurde noch breiter, und da erkannte Arri, dass Dragosz' Sohn nicht allein gekommen war. Ein zweiter junger Mann zog sich zu ihr hoch. Er hatte beeindruckende Muskeln und brutale Gesichtszüge: eine Mischung, die Arri noch nie gefallen hatte.

»Rar«, hauchte sie.

Der Schmiedegehilfe nickte, grinste aber nicht. Er starrte sie nur finster an, und in seinem Blick lag ein Versprechen, von dessen Inhalt Arri gar nichts wissen wollte.

»Ganz allein hier?« Taru hatte sich vollständig aus dem Wasser gezogen, und jetzt richtete er sich auf und starrte auf sie hinab. »Das ist aber gar nicht klug von dir.«

»Ganz genau.« Rar nickte, als er sich neben Taru aufbaute. »Gar nicht klug.«

Arri war noch immer nicht ganz in die Wirklichkeit zurückgekehrt. Doch immerhin begriff sie, dass die beiden nicht im Auftrag des Ältestenrates gekommen waren, um sie zu holen. Sie hatten etwas ganz anderes vor.

»Taru«, sagte sie. »Eines musst du mir glauben: Ich habe deinem Vater nichts getan!«

»Ach so.« Taru stieß Rar in die Seite. »Hast du das gehört? Sie hat meinem Vater nichts getan.«

»Aha.« Rar trat einen Schritt vor, Arri aber drehte sich so weit wie möglich von dem groben Schmiedegehilfen weg. »Und warum liegt er da tot in dem schwarzen Einbaum?«

Arri spannte sich an und wartete darauf, dass Rar noch ein kleines Stück näher kam. Aber leider tat er ihr nicht den Gefallen.

»Jaaaa«, sagte Taru gedehnt. Er strich sich mit einer langsamen Geste die nassen Haare zurück, auch das war eine von Dragosz' typischen Gesten. »Ich weiß nicht … Es ist ja nicht erst seit gestern. Die Drude vergiftet schon seit ewigen Zeiten das Essen meines Vaters.«

»Das ist nicht wahr!«, wehrte sich Arri. »Ich habe deinem Vater nie etwas getan.«

»Na gut, wenn das so ist.« Taru ließ den Fuß vorschnellen und trat ihr so hart in die Seite, dass ihr die Luft aus den Lungen wich. »Ich hab doch selbst gesehen, wie du Pilze gesammelt hast«, seine Stimme klang plötzlich ganz schrill, »und anschließend hast du sie klein geschabt und ins Essen meines Vaters gestreut! Damit hast du seine Sinne verwirrt und ihn gefügig gemacht, bis er gar nicht mehr er selbst war!«

»Wie kannst du es nur wagen, so etwas zu behaupten«, erwiderte Arri. »Ich habe deinen Vater geliebt!« Und das tue ich noch immer, fügte sie in Gedanken hinzu.

Aber das musste Taru nicht wissen.

»Du warst doch schon früher eine Giftmischerin«, sagte Taru scharf. »Und du hast nur auf den passenden Zeitpunkt für den entscheidenden Schlag gewartet: der kam mit unserem Fest, mit dem wir unser neues, besseres Leben feiern wollten!«

Das war eine solch unglaubliche Unterstellung, dass Arri spürte, wie ihr vor lauter Empörung das Blut in den Kopf schoss. »Ich bin Heilerin, falls du das vergessen haben solltest«, stieß sie hervor. »Und alles, was ich getan habe, war, deinem Vater zu helfen, wenn er Schmerzen hatte!«

»Mein Vater und Schmerzen?«, fauchte Taru. »Wovon sprichst du, Drude? Mein Vater hatte niemals Schmerzen!«

Er holte erneut aus, um ihr einen zweiten Fußtritt zu versetzen. Aber diesmal war sie darauf vorbereitet. Im allerletzten Augenblick rutschte sie ein Stück zur Seite und ließ ihre zusammengebundenen Hände mit der ganzen Kraft ihrer Empörung auf seine Zehen niedersausen.

Taru stieß einen überraschten Laut aus und hüpfte zurück. »Na warte«, seine Stimme zitterte vor Zorn. »Das sollst du mir büßen!«

Er riss den Bronzedolch hervor, der gestern noch in Dragosz' Gürtel gesteckt hatte, wie sich Arri voller Schmerz erinnerte. Pure Mordlust blitzte in seinen Augen.

»Erstech mich doch«, sagte Arri ganz leise und mit einem so drohenden Unterton, dass Taru mitten in der Bewegung erstarrte. »Mach mich doch hier gleich an Ort und Stelle nieder. Vielleicht versteht Abdurezak das ja. Vielleicht findet er es auch gut. Aber wenn nicht …«

Taru zögerte. Er wusste ganz genau, was Arri andeutete: Wenn er sie hier niederstach, würde man ihr nicht mehr den Prozess machen können – aber ihm würde man ihn machen können, weil ein Mord etwas war, das die Raker unter keinen Umständen duldeten.

Rar hingegen begriff wieder einmal gar nichts. »Nun mach doch schon«, sagte er ungeduldig. »Stich die Drude ab. Das will sie doch sogar selbst. Dann haben wir es endlich hinter uns!«

Taru zögerte. »Nein«, er rammte den Dolch so unbeherrscht in den Gürtel zurück, dass sich die Klinge in sein Gewand schnitt. »Ich denke ja gar nicht daran.« Er gab Rar einen Wink. »Hilf ihr auf die Füße. Wir verschwinden.«

Rar wirkte zuerst verwirrt, doch dann nickte er.

»Wag es nicht, mich anzufassen«, fauchte ihm Arri entgegen. »Geh zurück in die Schmiede und lass dich hier niemals wieder blicken.«

»Ach was«, knurrte Rar. »Du hast mir gar nichts zu sagen …«

»Und der Ältestenrat auch nicht?«, gab Arri zurück. Sie deutete mit dem Kopf in die Richtung, in der die Ältesten die ganze Nacht über in einer Hütte beratschlagt hatten, was nun zu tun sei – und in der Abdurezak und Kaarg auch wieder verschwunden waren, nachdem sie ihr den kleinen Besuch abgestattet hatten. »Abdurezak wird sicherlich gleich noch einmal nach mir sehen wollen. Und was meinst du, was passiert, wenn er dich hier erwischt?«

»Gar nichts wird passieren«, sagte Taru böse. »Schließlich hat Abdurezak selbst gesagt, dass ich dir den Prozess machen soll.«

»Aber doch nicht so, wie du das jetzt vorhast«, widersprach Arri. »Das hast du ja auch sicher nicht mit dem Ältestenrat abgesprochen, oder?« Bevor Taru etwas dazu sagen konnte, fügte Arri hinzu: »Aber das kannst du ja gleich selber mit ihnen klären.« Mit dem Kopf machte sie eine Bewegung in Richtung Ufer. »Wenn ich mich nicht täusche, kommt er da schon.«

Taru fuhr herum und starrte ans Ufer zurück. »Irgendjemand scheint da tatsächlich zu kommen«, flüsterte er.

»Die Drude hat wohl wieder einen ihrer Zauber ausgesprochen«, sagte Rar ärgerlich. »Aber das lass ich ihr nicht durchgehen.« Mit zwei Schritten war er bei Arri und bückte sich herunter, um sie zu packen und zu sich hochzuziehen.

Arri hatte genau das erwartet. In ihrem Herzen kämpften Trauer und Empörung miteinander, und fast hätte sie alles mit sich geschehen lassen. Aber dann siegte ihr angeborener Kampfeswille.

Ihr Kopf zuckte mit der Geschwindigkeit einer angreifenden Schlange vor, und ihre Zähne gruben sich in Rars Hand. Der kräftige Junge schrie auf und hieb mit der anderen Hand nach Arris Kopf. Aber sie hatte nicht vor, sich schlagen zu lassen. Gerade noch rechtzeitig ließ sie wieder los und bog den Kopf zum zweiten Mal schlangengleich, jetzt aber in genau die andere Richtung.

Rar stolperte an ihr vorbei. Es hätte nicht viel gefehlt und er wäre ins Wasser gestürzt. Keuchend hielt er sich am Geländer fest und fuhr dann wieder zu Arri herum. »Verfluchte Drude«, zischte er. »Das wirst du mir büßen!«

Lexz betrachtete zum wiederholten Mal seine Hände. Sie zitterten nur ganz leicht: wie Farnwedel, die sich in einem lauen Sommerwind wiegen. Das wäre nicht weiter schlimm gewesen, wenn er dem Zittern hätte Einhalt gebieten können.

Aber das vermochte er nicht.

Hier, auf der kleinen sonnendurchfluteten Lichtung, zur der sie hingestolpert waren, bevor sie sich ins knöchelhohe Gras hatten fallen lassen, war das leise Blubbern und Gluckern aus der Grube kaum noch zu hören. Aber es schien noch da zu sein. Irgendetwas war dort in der Grube, etwas, das eigentlich tot sein sollte, und doch auf unvorstellbare Weise lebendig schien: etwas, das die ganze Zeit über auf ein leichtsinniges Opfer gewartet hatte, voller Gier und Lust zu töten, was auch immer so unvorsichtig sein würde, ihm zu nahe zu kommen. Lexz wusste, dass er sich darum kümmern musste, dass er nachsehen musste, was in dieser Grube vor sich ging, gleichgültig wie schrecklich es auch sein mochte.

Aber er konnte es nicht. Er war wie gelähmt.

Seine Gedanken drehten sich um die zwei Überfälle, die sie nur mit Mühe und Not überstanden hatten, und die ihn nun mehr erschütterten, als er zunächst hatte wahrhaben wollen. Vielleicht lag es an dem, was Ekarna getan hatte, vielleicht aber auch an der Grube, an der beide Kämpfe stattgefunden hatten.

Zwei Kämpfe? Waren es denn wirklich zwei Kämpfe gewesen? Lexz konnte es gar nicht fassen. Missgestaltete Kreaturen in Umhängen, die mit Stangen auf sie eingedroschen hatten, und dann Höhlenmenschen, die mit einer Wucht auf sie losgegangen waren, als hätten sie eine ganze Mammutherde vor sich gehabt.

»Alles in Ordnung?«, fragte jemand.

Er sah auf. Zuerst glaubte er, es sei Ekarna, die da vor ihm stand, aber dann erkannte er seinen Irrtum. Das Mädchen, das, fast gänzlich von Zweigen und Blättern verborgen, am Rand der Baumgruppe stand, die gerade noch Torgon Schutz geboten hatte, schien viel kleiner als Ekarna zu sein, und fast noch zierlicher. Es hatte leicht schräg stehende Augen, in denen eine bange Frage zu lesen war, und sein Mund war leicht geöffnet, so wie bei jemandem, der gerade etwas Schreckliches gesehen hat.

Lexz wusste, dass er die Kleine kannte, aber kam nicht darauf, woher. Vielleicht aus einem Traum … oder aus den alten Geschichten über Todessyren, die einem Krieger in der Gestalt zierlicher Mädchen erschienen, bevor sie im Kampf erschlagen wurden …

»Alles in Ordnung?«, wiederholte das Mädchen.

Seine Stimme klang wie die eines Menschen, und doch auch wieder nicht; sie war ein wenig tiefer und gleichzeitig schriller – vollkommen unmöglich, dass sie zu einem menschlichen Wesen gehörte.

»Was ist …?«, stammelte er, und ein eiskalter Schauer rann ihm über den Rücken.

Das Mädchen nickte, als hätte es damit seine Frage beantwortet. Dann drehte es sich um und war schon kurz darauf zwischen den Bäumen verschwunden.

Vielleicht war es ja tatsächlich eine Traumerscheinung …

Oder doch eine Todessyre …

Zakaan taumelte hoch. Die Geschichten über die Todessyre waren uralt, gingen in die Zeit zurück, als die Menschen noch in Höhlen lebten und Eis und Schnee selbst im Sommer kaum zurückgingen. Man erzählte sich, dass damals noch andere Menschen hier gelebt hatten, die zu keinem ihrer Völker gehört hatten: bärtige, grobe Gesellen, die unglaublich stark gewesen sein mussten und viel besser geeignet gewesen waren als sie, der Kälte und dem Schnee zu trotzen. Aber dann war etwas geschehen, das die Höhlenjäger wie eine dunkle Wolke immer weiter zurückgedrängt hatte, bis sie keinen Lebensraum mehr gefunden hatten.

Die Todessyre hatte sie berührt.

Zakaan kannte diese Geschichten weit besser als jeder andere seines Volkes, denn sie wurden ausschließlich von Schamane zu Schamane weitergereicht. Es war auch gut so, dass kein anderer sie erfuhr. Denn sie waren unverständlich und grausam. Und sie endeten damit, dass eine ganze Menschenrasse untergegangen war.

Partuk, einer der Männer, die ihm bei der Zeremonie beigestanden hatten, packte ihn am Arm und stützte ihn.

»Was ist mit dir?«, flüsterte er.

»Lexz …« Der Schamane schüttelte den Kopf. »Lexz ist in Gefahr.«

Der alte Krieger beobachtete ihn aufmerksam. Zakaan streifte seine Hand ab und wandte sich mit unsicheren Bewegungen ab. Er konnte jetzt keinen Menschen ertragen, schon gar nicht diesen Partuk mit seinem Augenleiden, das ihn ständig blinzeln ließ – und das umso schlimmer wurde, desto aufgeregter er war.

Und jetzt schien er ziemlich aufgeregt zu sein.

Als Partuk wieder etwas sagen wollte, hob Zakaan die Hand. »Ich muss nachdenken.«

Er ging ein paar Schritte, nur fort von dem Platz, von dem aus er in die andere Welt eingetaucht war.

Lexz war in Gefahr, das traf zu. Aber das war noch nicht alles. Es waren dunkle Wolken, die über ihrer aller Schicksal aufzogen. Dass ihm die Todessyre erschienen war, mochte auch mit seinem bevorstehenden Tod zu tun haben. Er ahnte schon seit Langem, dass seine Zeit gekommen war. Es war nichts, was ihn wirklich beunruhigen konnte.

Da gab es ganz andere Sachen.

Mit einer wackligen Bewegung ließ er sich nieder, mitten unter zwei Bäumen, die ihn mit ihrem dichten, im Wind raschelnden Blätterdach schützten. Vor seinen Augen tanzten schwarze Punkte, und nur allmählich gelang es ihm, seinen Atem halbwegs zu beruhigen und seine Gedanken auf das zu konzentrieren, was wirklich wichtig schien.

Es hieß, dass die bärtigen Höhlenjäger nicht durch äußere Gewalt vernichtet worden seien. Damals gab es wenig Streit zwischen den verschiedenen Menschengruppen, dazu waren sie zahlenmäßig einfach zu klein und zu sehr mit ihrem eigenen Überleben in einer feindlichen Umgebung beschäftigt. Eher war es etwas gewesen, das sie von innen heraus zerfressen hatte. Über Generationen hatten sie sich tapfer gegen diese so wenig greifbare Gefahr gewehrt, von der Zakaan allenfalls eine ganz undeutliche Vorstellung hatte, und am Ende doch verloren.

»Die Vergangenheit«, murmelte Zakaan. »Die Vergangenheit und die Zukunft … Alles ist noch viel inniger miteinander verwoben, als ich gedacht hatte.«

»Ja«, sagte Partuk. »In den alten Geschichten steckt mehr Weisheit, als man meinen sollte.«

Der Schamane sah überrascht hoch. Er hatte gar nicht bemerkt, dass ihm Partuk gefolgt war. Es war schon bedenklich, dass er sich nicht mehr auf seine Sinne verlassen konnte.

»Das ist zwar nicht gerade das, was ich gemeint hatte«, antwortete er. »Aber du hast recht. In den alten Geschichten steckt sehr viel Weisheit.«

Partuk ließ sich neben ihm nieder, und unter dem Gewicht seines Körpers knackten dünne Zweige weg. Zakaan musste daran denken, dass brechende Knochen ein ganz ähnliches Geräusch machten. Wie kam er bloß auf solche Gedanken?

»Und warum bekümmert dich das so, Schamane?«

Ja, was bekümmerte ihn eigentlich so? Partuk hatte eine merkwürdige Art, Fragen zu stellen. Aber meist legte er mit ihnen eine Wunde frei, die noch nicht verschorft war.

»Hat es nur mit Lexz zu tun?«, fragte Partuk weiter, »oder mit uns allen?«

Zakaan gab ein unbestimmt brummendes Geräusch von sich, starrte vor sich auf den gesunden braunschwarzen Boden, über den die Käfer krabbelten und Ameisen mit ihrer Beute entlangzogen, so wie sie es schon immer getan hatten und auch noch tun würden, wenn ihrer aller Gebeine längst vermodert waren. Fast gewaltsam riss er sich von diesem Anblick los und wandte sich wieder Partuk zu: »Nun, was meinst du?«

»Ich?« Partuk wirkte überrascht, aber dann nickte der alte Krieger. »Du fragst mich wohl, weil meine Augen weit mehr gesehen haben als die der meisten von uns.«

Es waren nicht gerade die Augen, auf die der Schamane zu sprechen kommen wollte – ganz gewiss nicht. Wann immer es nur ging, mied er Partuks Blick. Das ständige Augenzucken stimmte ihn ganz unruhig.

Diesen Gedanken behielt er aber besser für sich. Stattdessen sagte er laut: »Ich frage dich, weil du die Geschichte unseres Volkes besser kennst als jeder andere – mich einmal ausgenommen. Du hast Ragok und Dragosz zusammen aufwachsen sehen und weißt, dass sie einst unzertrennlich waren …«

»Allerdings. Sie waren wie zwei Wölfe, die gemeinsam jagen und jede Beute, die einer von ihnen reißt, teilen.« Partuk nickte grimmig. »So lebensfroh wie Dragosz und so finster wie Ragok – das war etwas Einmaliges. Warum nur haben die Götter das, was doch eigentlich unzertrennlich war, getrennt?«

»Ich bin mir nicht sicher«, sagte Zakaan eher zu sich selbst als zu dem alten Krieger, »dass dies die Götter gewesen sind.«

»Surkija war seit Menschengedenken Ragok versprochen«, sagte Partuk heftig. Er richtete sich ein Stück auf und massierte seine Finger, bis es dabei knackte und knirschte, als würde er sie gleich zerbrechen. »Warum hat Dragosz das nur nicht hingenommen? Warum hat er sich nicht eine andere Frau gesucht – vielleicht sogar von einem anderen Stamm oder einem anderen Volk, die Tochter eines Herrschers oder eines Schmieds? Warum musste er sich ausgerechnet an unserer Heilerin vergreifen?«

»Wenn es jemandem zu wohl ist, so vergiftet er seine eigene Wasserstelle«, murmelte der Schamane.

»Du meinst, Dragosz war es zu wohl?« Partuk schüttelte den Kopf. »Das glaube ich nicht. Ich war dabei, als er und Ragok von dem schrecklichen Jagdunfall hörte, bei dem ihr Vater ums Leben kam. Da war kein Platz für Übermut, als man Kubilay mit den Füßen voran ins Dorf getragen hatte.«

»Ja, ich erinnere mich …«

Kubilay, der Vater dieses ungleichen Brüderpaars Dragosz und Ragok, das war ein harter Mann gewesen. Zakaan kannte ihn seit frühester Jugend, und sooft er auch mit ihm aneinandergeraten war, so sehr hatte er sich ihm doch auch verbunden gefühlt. Ihn mit zerschmettertem Schädel zu sehen, es war so schrecklich gewesen. Zakaan war an seinen alten Weggefährten herangetreten und hatte die Wärme gespürt, die der gerade erst Verstorbene nach wie vor ausstrahlte. Die rechte Faust Kubilays hielt den Schaft eines abgebrochenen Speers so fest umklammert, als wolle er ihn ins Reich der Toten mitnehmen.

»Und ich erinnere mich an den feierlichen Schwur von Dragosz und Ragok, als hätten sie ihn erst gestern gesprochen«, sagte Partuk bedrückt. »Sie haben sich geschworen, gemeinsam über ihr Volk zu wachen und das Erbe ihres Vaters zum Wohle aller gemeinsam auszuüben.«

»Ja«, gab ihm Zakaan recht. »Es war ein großer Augenblick. Einem Schwur, der am Lager eines gerade Gestorbenen gesprochen wird, wohnt eine ganz besondere Kraft inne.«

»Und alle haben diesen Schwur als das genommen, was er war: ein feierliches Versprechen, das niemals gebrochen werden darf, wenn nicht über uns alle ein Unglück kommen soll.« Partuk schüttelte sich. »Du hast ihn als Schamanen im Namen der Stammväter angenommen und feierlich den Göttern übergeben. Hast du denn nicht geahnt, was kurz darauf geschehen würde?«

Geahnt? Partuk hatte eine wahrhaft merkwürdige Art, Fragen zu stellen. Natürlich hatte er geahnt, dass es nicht gut gehen würde. Dragosz war als der jüngste Sohn Kubilays der legitime Nachfolger des Herrschers der Raker, und er war damals jung gewesen, stark und aufbrausend, alles andere als ein Schwächling, der die unterstützende Hand seines älteren Bruders brauchte, um seine Herrschaft ausüben zu können. Hätte sich Dragosz in Ruhe mit ihm beraten, so hätte ihm Zakaan nicht dazu geraten, die gerade erworbene Macht unter keinen Umständen zu teilen. In wichtigen Fragen konnte es immer nur einen Einzelnen geben, der eine Entscheidung traf.

»Ich habe Dragosz und Ragok ermahnt, einen Streit niemals öffentlich auszutragen«, erinnerte sich der Schamane. »Ich habe ihnen geraten, sich verschiedene Bereiche zu suchen, damit dort jeder für sich die notwendigen Entscheidungen treffen kann.«

»Ja.« Partuk nickte. »Ragok sollte sich um den Handel kümmern, und um die Fischerei. Dragosz um die Felder, um die Jagd, um das Dorf und um alle wichtigen Streitfälle. Aber Dragosz ist ein Hitzkopf. Ich habe schon damals befürchtet, dass er seinen Bruder nicht einfach gewähren ließe. Aber was dann passiert ist …«

Er beendete den letzten Teil seines Satzes nicht, doch der Schamane wusste auch so, was Partuk meinte. »Ja, das hat auch mich überrascht.«

Partuk machte eine ärgerliche Handbewegung. »Nur gut, dass ihr Vater nicht noch miterlebt hat, wie Ragok kurz darauf Dragosz mit Surkija im Heu erwischte«, seine Stimme zitterte vor Empörung, »und wie sich seine Söhne daraufhin an die Gurgel gingen! Wer weiß, was passiert wäre, wenn du nicht dazwischengegangen wärst!«

»Gewiss nichts, was den Göttern gefallen hätte.« Der Schamane versuchte die Erinnerung zurückzudrängen, aber das wollte ihm nicht gelingen. Ja, es hätte nicht viel gefehlt, dann wäre es zwischen Dragosz und Ragok zu einer tätlichen Auseinandersetzung gekommen. Er war dazwischengegangen, hatte sich Ragok in den Arm geworfen und ihn abgedrängt, weniger durch pure Muskelkraft als durch die Autorität, die ihm seine Stellung verlieh.

Ragoks Gesicht war hassverzerrt gewesen, und Dragosz, eben noch schuldbewusst und zerknirscht, hatte begonnen sich auf eine ganz fürchterliche Art aufzuregen – auf eine Art, die ihn dazu bringen konnte, Dinge zu tun, die er sich später selbst nicht mehr verzieh.

»Nein!«

Surkijas Schrei hallte noch heute in Zakaan wider. Dieses Entsetzen. Dieses Wissen, dass sie es war, die einen tödlichen Streit unter den Brüdern ausgelöst hatte. Sie, die makellose Heilerin, die immer allen hatte helfen können, nur am Ende nicht sich selbst.

»Ja.« Zakaan musste sich fast gewaltsam zusammenreißen, um in die Gegenwart zurückzufinden, die zu einer langen Kette unglücklicher Vorfälle – von dem Bruderzwist ausgehend bis ins Hier und Heute – reichte. »Und genau das ist der Punkt.« Er nahm einen dürren Zweig auf und brach ihn in der Mitte durch. »Das ist mit unserem Volk passiert. Es wurde in zwei Teile zerbrochen. Aber ohne den jeweils anderen Teil kann keiner von ihnen auf Dauer bestehen – oder sogar den Ort finden, von dem aus unsere Stammväter vor vielen, vielen Generationen aufgebrochen sind, um der Kälte und dem ewigen Eis zu entgehen. Und zu dem sie nun zurückkehren müssen, um der Hitze zu entkommen, die ihre neue Heimat ausgedörrt hat.«

»Dort, wo die Gebeine unser Väter und Mütter liegen«, zitierte Partuk, »dort haben die Götter mächtige Steinkreise errichtet, größer und prächtiger als alles, was sich von Menschenhand erschaffen ließe. Und diesen Ort, den Ort unseres Ursprungs, müssen wir wiederfinden – oder wir werden untergehen.«

Der Schamane nickte. Er hatte das selbst immer und immer wieder gesagt. Es war die tiefe Überzeugung von ihnen allen, dass sie den Ort wiederfinden mussten, an dem man ihre Stammesväter zu Grabe getragen hatte.

Aber das ist noch nicht alles, dachte er. Die Todessyre war ihm als Zeichen dafür erschienen, dass ihr Volk dem Untergang geweiht war – so wie einst die Höhlenjäger. Nur, dass es diesmal nicht wie bei den Höhlenjägern viele Generationen bis zum Untergang dauerte, sondern viel, viel schneller gehen würde.

Aber nicht, wenn er es verhindern konnte.

»Ich brauche jetzt meine Ruhe, Partuk«, fuhr Zakaan fort. »Ich muss mich mit dem Geist der Ahnen verbinden.«

Partuk starrte auf den zerbrochenen Zweig in Zakaans Händen, nickte dann fast widerwillig und erhob sich, um ohne ein weiteres Wort zu gehen. Zakaan starrte ihm nach, ohne ihn wirklich zu sehen.

Das, was er vorhatte, würde seine ganze Kraft fordern. Und dabei war er so müde, so unendlich müde. Wie sollte er es nur schaffen, über die auseinandergebrochenen Hälften seines Volkes zu wachen, wenn es ihm noch nicht einmal gelang, Lexz zu beschützen?

»Lexz, ich gebe dich nicht auf«, murmelte er vor sich hin. »Ich weiß, dass du in großer Gefahr bist. Aber ich werde einen Weg finden, dir zu helfen!«

Es war nicht besonders klug, jemanden mit aller Kraft zu beißen, wenn man selbst gefesselt war. Arri begriff das spätestens in dem Augenblick, als Rar erneut ausholte.

Diesmal war sie eine Spur zu langsam. Die schwielige Hand des Jungen streifte nur ihr Gesicht. Trotzdem hatte sie das Gefühl, es träfe sie ein Bronzehammer. Ihr Kopf wurde zurückgeschleudert. Bunte Flecken tanzten vor ihren Augen, und dann verschwand die Welt wie hinter einem Dunstschleier.

Als sie wieder zu sich kam, stand Rar noch immer drohend vor ihr. Sie erwartete, dass er sie gleich ein weiteres Mal schlüge. Aber Rar dachte gar nicht daran. Statt auf sie hinabzustarren, blickte er in Richtung Ufer.

»Da hinten tut sich tatsächlich etwas«, hörte sie Taru sagen. »Wenn ich das richtig sehe, kommt Kaarg dort gerade angewackelt.«

»Den brauche ich bloß mit dem Blasebalg anzublasen, dann fliegt er hundert Schritte weit«, murrte Rar.

»Unterstehe dich, so etwas auch nur zu denken!« Taru fuhr zu ihm herum und schenkte ihm einen bösen Blick. »Alle Mitglieder des Ältestenrates stehen unter meinem ganz persönlichen Schutz. Sie verdienen den höchsten Respekt.«

Rar starrte ihn entgeistert an, dann verzog er das Gesicht zu einem breiten Grinsen. »Klar. Die alten Männer müssen dich ja als Herrscher bestätigten.«

Taru schüttelte den Kopf. »Nein, Rar, du Kindskopf. Manche Entscheidungen der Ältesten mögen uns vielleicht nicht passen. Aber das ändert noch nichts daran, dass sie das sind, was sie sind: das Bindeglied zu den Stammvätern. Das bringen sie ebenso mit ein wie die große Weisheit ihrer Erfahrungen. Ohne einen Ältestenrat ist keine Gemeinschaft auf Dauer überlebensfähig.«

Rar wirkte ein wenig verunsichert. »Du redest schon genauso wie dein Vater.«

Taru nickte. »Allerdings. Ich bin ja auch sein Nachfolger. Das ist dir doch klar, oder?«

»Aber natürlich«, beeilte sich Rar zu bestätigen. »Du bist sein Nachfolger. Und Kyrill ist ...«

Mit einer ärgerlichen Handbewegung brachte ihn Taru zum Schweigen. »Kyrill ist ein Nichts und Niemand. Ich bin der einzige legitime Sohn von Dragosz.«

Rars Schlag hatte Arris Sinne getrübt, aber jetzt schreckte sie aus der dumpfen Benommenheit auf. Kyrill sollte ein Nichts und Niemand sein? Ihr Sohn nichts weiter als ein Stein auf dem Spielfeld der Macht, den Taru so einfach beiseiteschieben zu können glaubte? Das würde sie nicht zulassen, niemals!

»Und jetzt müssen wir hier weg«, fuhr Taru fort. »Und das sofort.«

Rar nickte und bückte sich hinab, um Arri wie ein Reisigbündel aufzunehmen. Taru fiel ihm in den Arm. »Wir können nicht über den direkten Weg zurück. Wir müssen über den See.«

Jetzt wirkte Rar endgültig verwirrt. »Aber die Drude kann doch nicht mit ihren Fesseln schwimmen!«

»Ja, das ist wahr.« Taru wirkte gehetzt. Vom Ufer erscholl lautes Gerede herüber, es konnte also nicht mehr lange dauern, bis man sie hier bemerkte. »Ab ins Wasser«, befahl Taru. »Sie dürfen uns hier nicht sehen.«

Manchmal wirkte Rar zwar ausgesprochen begriffsstutzig, diesmal aber reagierte er sofort. Mit einer schnellen Bewegung ließ er sich ins Wasser gleiten. »Wir brauchen ein Boot für die Drude ...«

»Denk nicht mal daran«, sagte Taru scharf. »Das Totenboot meines Vaters ist unantastbar. Wir werden es auf keinen Fall anrühren ...«

Sein Blick wanderte hinaus bis zu dem verzweigten Geflecht der Stege, und dann schien er einen Entschluss getroffen zu haben. »Da hinten, das ist ein Boot. Los jetzt. Komm wieder raus aus dem Wasser, und dann nichts wie weg hier!«

6

Einsamkeit und Zurückgezogenheit waren eine Notwendigkeit für jeden Schamanen, wenn er sich der Welt der Geister und Götter öffnen wollte. Zakaan hielt nicht viel von den Geisterbeschwörungen, wie sie bei anderen Völkern praktiziert wurden, und auch nichts von Tier- oder gar Menschenopfern, von denen so manch ein Reisender erzählt hatte. Wenn es notwendig war, dann las er die

Zukunft aus den Eingeweiden eines frisch getöteten Vogels, oder hantierte mit den Tinkturen und Pülverchen, die seine Vorväter ersonnen hatten, um die Aufnahmefähigkeit des Geistes herzustellen – oder auch, um die Leistungsfähigkeit zu steigern.

Im Großen und Ganzen hielt sich der Schamane aber lieber an sich selbst. Die Versenkung war seiner Meinung nach die beste Methode, um mit den Toten und den Lebendigen in Kontakt zu treten. Dabei nutzte er alles, was eine Versenkung unterstützen konnte. Steinkreise waren die besten Orte, um in sich zu gehen, aber Plätze an Quellen oder unter Bäumen, die einem wohlgesonnen schienen, konnten sich ebenso gut dafür eignen. Und die Bäume, unter denen er Schutz gesucht hatte, waren ihm durchaus wohlgesonnen. Er spürte ihre Freundlichkeit, ihre Sanftheit und gleichzeitig die Beharrlichkeit ihres Alters, das bereits viele Menschenleben währte.

Nachdem Partuks Schritte verklungen waren, schloss Zakaan die Augen und konzentrierte sich ganz auf seine Atmung. Es war ihm immer leicht gefallen, den Atem nach und nach in sich einströmen zu lassen und ihm die nötige Zeit zu geben, sich bis in den letzten Winkel seines Körpers auszubreiten, bevor er ihn langsam wieder ausstieß. Diesmal fühlte sich jedoch alles anders an. Schon das Einatmen bereitete ihm Mühe. Ihm schien, sein Körper wolle den Odem der Götter gar nicht erst annehmen.

Es dauerte eine Weile, bis er begriff, dass der Widerstand gar nicht von außen kam, sondern von innen, also aus ihm selbst. Es war, als stemme sich in ihm etwas dagegen, das frei fließen zu lassen, was ihn dem Willen der Götter näher bringen konnte.

Es waren Bilder. In einem anderen Zusammenhang hatte er sie immer wieder gesehen, aber niemals zuvor so unruhig und zerrissen: Szenen aus dem früheren Leben seiner Stammväter. Sie hockten um ein Feuer herum, beratschlagten sich, sie waren mit Speeren und Steinäxten unterwegs auf der Jagd, sie standen im Steinkreis und sprachen feierlich die Worte, mit denen sie einen der ihren aus dem Leben entließen, auf dass er im Reich der Toten ein ruhiges und reiches Leben führen möge …

Männer und Frauen in gewebten Kleidern, in Gewändern, die mit Nadeln oder einem Dorn zusammengehalten wurden, manche mit

Bronzearmbändern oder Ketten aus Bernstein oder mit fein gearbeitetem Kupferblech geschmückt …

Die Bilder liefen übereinander, vermischten sich, sein Atem wurde noch unruhiger als zuvor, und dann sah er wieder, wie Männer und Frauen einen Toten auf seinem letzten Weg verabschiedeten, hörte den Totengesang der Klageweiber, das langsame Schlagen der Trommeln, und dann lag da der Tote, aufgebahrt …

Jetzt war alles ganz anders. Zakaan konnte es spüren, schmecken und riechen. Es war so eindringlich wie selten zuvor. Er tauchte in eine ganz andere Welt ein, besuchte auf der Reise durch die Welt der Stammväter einen anderen Ort, eine andere Zeit, etwas, das er bislang noch nicht einmal entfernt gestreift hatte.

Kalt.

Es war das Gefühl von Kälte, das ihn als Erstes zu überwältigen drohte. Sie kam gleichermaßen von außen wie von innen. Sie war allumfassend, drohte ihn zu überwältigen, und es bedurfte seiner ganzen Anstrengung, diese Empfindung zurückzudrängen und sich anderen Eindrücken zu öffnen.

Die Luft war klar. Umso stärker roch der leicht süßliche Geruch des Todes, den er wahrnahm, und der nach einer Mischung aus Kräutern und anderen Substanzen, die er nicht einordnen konnte, duftete. Er glaubte den leicht bitteren Geschmack von Schierlingskraut und Tollkirsche auf seiner Zunge wahrzunehmen.

Seine Umgebung wirkte zunächst verschwommen, und erst langsam schälten sich Konturen aus dem Grauweiß heraus. Er hatte eine Begräbnisszene vor sich, schwebte so auf sie zu, als sei sein Geist vollkommen losgelöst von seinem Körper. Ganz langsam nur begriff er, dass man hier einen Mann bestattete – dies aber auf eine Art, wie er sie noch nie zuvor gesehen hatte.

Die Hände des Toten lagen gefaltet auf seinem Bauch, dabei umklammerten die gelblich fahlen Finger seiner rechten Hand eine Steinaxt. Der Atem des Schamanen stockte ganz, als er die Steinplatten gewahrte, mit denen das passgenaue Grab des Toten in die Erde eingelassen worden war. Ihm wurde bewusst, dass er keine Kleidung trug, die auf einem Webstuhl entstanden war, sondern in ein schwarzes, grob zusammengenähtes, an einigen Stellen abgeschabtes Wolfsfell gekleidet war, das seine mächtigen Oberarme trotz der Kälte frei ließ.

Offensichtlich war es ein Eiszeitjäger. Ein Mann, der in einer Höhle gelebt hatte, nicht in einem Haus, ein Mann, der sich ganz der Jagd verschrieben hatte, nicht dem Ackerbau.

Zakaan war weit zurückgereist diesmal, und das gefiel ihm nicht. Er spürte, dass er besser nicht hier sein sollte. Der Tote mochte ein Vorfahre von ihm sein. Seine Wirklichkeit wurde jedoch von einer ganz anderen Umgebung geprägt als seine eigene, also von Umständen, die der Schamane nicht einmal ansatzweise verstehen konnte.

Mit ruhigen Atemzügen und einer Rückbesinnung auf seine eigene Wirklichkeit versuchte sich Zakaan gegen das zu wehren, was er hier wahrnahm. Aber das wollte ihm nicht gelingen. Die Trance hatte ihn nicht nur wesentlich weiter zurückgeführt als jemals zuvor, sie gab ihm auch das Gefühl, einen Ort erreicht zu haben, an dem der Tod allgegenwärtig schien.

Nicht nur einen beliebigen Ort, sondern einen Steinkreis. Die ungewöhnlich großen Monolithen waren von einer dünnen weißen Schicht bedeckt, was ihnen etwas ungewohnt Lichtes und Leichtes gab, so als wären sie weniger massiv, als sie es eigentlich sein sollten. Aber das war noch nicht alles: Der Schatten eines riesigen Vogels fiel auf das Grab, und als Zakaan erschrocken in seine Richtung blickte, glaubte er in die kalten Augen einer riesigen Krähe zu blicken, die anklagend auf ihn hinabstarrte.

Schaudernd riss sich Zakaan von diesem Anblick los und starrte nach vorn.

Die Männer und Frauen, die das frisch angelegte Grab umstanden, trugen Rentierfellmäntel und Biberkappen. Sie sahen müde und erschöpft aus, und man sah ihnen die Strapazen an, in einer Umgebung überleben zu müssen, die eigentlich nicht für Menschen gemacht war.

Der Kreis schließt sich, dachte der Schamane. Diese Menschen hier hatten fast den Kampf gegen die Kälte und das Eis verloren, so wie er selbst und Ragok denjenigen gegen die Hitze und das Feuer. Vielleicht war er an diesen Ort zurückgekehrt, weil es damals eine Zeit gewesen war, zu der alles hätte enden können, wenn sich mutige Männer und Frauen nicht gegen ihr Schicksal aufgelehnt hätten.

Genauso wie jetzt.

Einige der Menschen konnten sich kaum auf den Beinen halten, so erschöpft waren sie. Ihre Kleidung mochte zwar zweckmäßig und warm sein, aber sie machte auch einen erbärmlichen Eindruck: abgewetzt, an vielen Stellen kahl gescheuert. Als Schmuck trugen einige von ihnen allenfalls eine Kette aus Rentierzähnen oder mühsam bearbeiteten Knochenperlen, jedoch nichts aus Kupfer oder Bronze. Und trotzdem hatten sie sich die Mühe gemacht, in dem frostharten Boden ein Grab auszuheben und es mit Steinen auszukleiden. Das zeugte von großem Respekt gegenüber dem Toten.

Vielleicht war es ein Mann wie Ragok gewesen. Jemand, der es verstand, auch unter den widrigsten Umständen immer noch einen Weg zu finden, auf dem es weiterging.

Das war vielleicht auch eine Erklärung für die ungute Stimmung unter den Eiszeitjägern, die hier zusammengekommen waren, um ihrem verstorbenen Stammesfürsten die letzte Ehre zu erweisen: Sie wussten nicht, wie es jetzt weitergehen sollte.

Zakaan versuchte die Eindrücke beiseitezuschieben, die ihn schon zu überwältigen drohten, um in seinen ganz eigenen Atemrhythmus zurückzufinden. Seitdem er ein kleines Kind gewesen war, war ihm das immer gelungen. Auch diesmal würde er es schaffen, dessen war er sich ganz sicher. Und trotzdem …

Einer der Eiszeitjäger drehte sich zu ihm um – und schien ihn zu sehen. Zakaan erschrak. So etwas hatte es noch nie zuvor gegeben.

Der Eiszeitjäger runzelte die buschigen Augenbrauen. Sein Blick begegnete dem Zakaans, und in seinen dunklen, fast schwarzen Augen funkelte etwas, das dem Schamanen gar nicht gefiel.

»Was tust du hier?«, fragte der Mann.

Zwar sprach er nicht seine Sprache, aber die Worte waren dem Schamanen verständlich. Langsam, ganz langsam nur kroch ein so eiskalter Hauch seinen Rücken hinauf, dass er jetzt nicht nur Kälte empfand, sondern sein Körper auch anfing zu zittern. Die Atemluft, die er ausstieß, bildete eisgraue Dunstwolken, die sich kaum auflösen wollten.

Was geschah hier?

Der Mann machte einen Schritt auf ihn zu. Zakaan hörte ganz

deutlich das Gemurmel der Männer und Frauen um ihn herum, er hörte auch, wie der kalte Wind über das Land pfiff und sich in die Kleidung und in jede ungeschützte Körperstelle biss – und spürte sie dann selbst, die kalte Hand der Götter, die nichts und niemanden verschonte. Schon oft hatte der Schamane in Trance etwas vor sich gesehen, und zwar so klar, als wäre es tatsächlich vorhanden. Und schon oft war er in eine frühere Epoche eingetaucht, hatte seinen Ahnen bei alltäglichen Arbeiten zugesehen, oder Zeremonien beigewohnt. Doch niemals war er mehr als ein heimlicher Beobachter gewesen, und niemals hatte er wirklich sicher sein können, ob das, was er zu sehen glaubte, in der Vergangenheit auch wirklich passiert war.

Das aber schien ihm jetzt ganz anders.

»Was du hier tust, habe ich gefragt …«, rief der Eiszeitjäger. »Und warum sitzt du unter dem Lebensbaum?«

Zakaan schluckte hart. Er war so verwirrt wie selten zuvor in seinem Leben. »Wo bin ich?«, fragte er.

Der Eiszeitjäger blieb stehen, und Zakaan sah den Frost, der sich mit kleinen Eisklümpchen in seinem dunklen Bart festgebissen hatte. Aber er sah auch, wie die Hand des Mannes zu seinem Gürtel fuhr – der aus Rentierleder gefertigt war, auf eine grobe und doch sehr sorgfältige Art. Im Gürtel steckte eine Axt und daneben ein Steinmesser, wie es Zakaan schon seit Ewigkeiten nicht mehr gesehen hatte: aus einer Feuersteinknolle geschlagen, glatt geschliffen und poliert – und damit eine starke Waffe, die einem modernen Messer aus Bronze in der Gefährlichkeit kaum nachstand.

Allmählich wurde Zakaan unbehaglich zumute. Stand dieser Mann da wirklich vor ihm, oder war er nur ein Geschöpf der Trance? War es vielleicht jemand, der hier zufällig vorbeigekommen war und ihn nun zurückführte, in die Gegenwart, ohne dass Zakaan sich ganz aus seiner eiszeitlichen Versenkung reißen konnte?

Vermutlich wäre es ganz einfach herauszufinden: Er brauchte nur aufzustehen und den Mann zu berühren.

Sein Gegenüber schien ganz ähnliche Gedanken zu haben. Statt eine seiner Waffen zu ziehen, trat er noch einen Schritt näher an Zakaan heran und berührte ihn an der Schulter. Der Schamane spürte die Berührung ganz genauso, wie man eine Berührung spüren sollte.

Aber nicht eine Berührung in Trance.

»Die Todessyre«, murmelte Zakaan.

Anders konnte er es sich nicht erklären. Durch die Begegnung mit der Todessyre war irgendetwas geschehen, das alles durcheinandergebracht hatte.

»Was?«, murmelte der Eiszeitjäger. »Was machst du hier, alter Mann? Und was trägst du für eine lächerliche Kleidung?«

Zakaan sah an sich herunter. Ja. Seine Kleidung war gewebt, der Rock ebenso wie das Oberteil, und obwohl es nicht mehr lange dauern konnte, bevor das alles auseinanderfiel, sah man ihm doch die gute Qualität noch an. Allerdings war es keine winterfeste Kleidung, sie schien allenfalls geeignet, kühle Herbstnächte ohne Unterkühlung zu überstehen. Was den Schamanen aber noch mehr erschreckte, war die dünne Schneedecke, auf der er hockte.

Hier ging etwas ganz und gar Unvorstellbares vor sich.

»Ich habe noch nie zuvor einen so alten Menschen wie dich gesehen«, stellte der Eiszeitjäger fest. »Und auch noch nie einen, der so merkwürdig gekleidet gewesen wäre. Von welchem Stamm bist du? Etwa von den Leuten, die hinter den Bergen leben?«

Zakaan schüttelte den Kopf. »Ich bin von keinem Stamm aus deiner … Umgebung. Ich bin …« Er zögerte, das Wort auszusprechen. Er wusste nicht, wie dieser Jäger darauf reagieren würde, wenn er ihm sagte, dass er ein Schamane war.

Das Murmeln im Hintergrund veränderte sich, wurde erst leiser und schwoll dann wieder an. Das war auch so eine Merkwürdigkeit. Nur dieser eine Mann hatte ihn entdeckt, und nur er sprach mit ihm – ohne dass irgendjemand sonst davon Kenntnis nahm.

»Die Stammväter haben mich gerufen«, sagte der Schamane.

Das Misstrauen in den Augen des Eiszeitjägers verschwand nicht vollständig. Aber es machte etwas anderem Platz: einer Art Respekt.

»Die Stammväter haben uns alle gerufen«, sagte er, »um Uaert bei seinem Übertritt ins Reich der Götter angemessen zu begleiten.« Sein Gesichtsausdruck veränderte sich, und Zakaan begriff mit einiger Verspätung, dass er ihn gerade anlächelte. »Gut, dass du dem Ruf deiner Ahnen gefolgt bist, alter Mann. Dann ist noch nicht alles verloren.«

Noch nicht alles verloren? Zakaan war sich dessen nicht so sicher.

Tief in seinem Herzen wusste er, dass sie gerade an einem ähnlichen Punkt standen wie jemand, der einen steilen Hang hinaufkletterte. Ein einziger Fehltritt konnte den Tod bedeuten.

»Ich sehe, dass du das Richtige denkst«, fuhr der Mann fort.

Das Richtige … denken? Aber wie konnte dieser Eiszeitjäger denn wissen, was wer dachte?

»Wer bist du?«, fragte Zakaan.

Der Mann wischte sich ein paar Eiskristalle aus dem Bart. »Ich bin der Schamane unseres Stammes. Derjenige, der in den Geist der Vergangenheit eintaucht, in das Land unserer Urväter.«

»Der Schamane …« Zakaan schüttelte den Kopf. Der Mann sah gar nicht wie ein Schamane aus. Aber das spielte keine Rolle. Es war die innere Einstellung, die einen Schamanen ausmachte, nicht sein Aussehen.

Was ihn aber viel mehr erschreckte, war die Vorstellung, dass dieser Mann von seinen Urvätern sprach. Er selbst verkörperte für Zakaan eine Vergangenheit, die für ihn unvorstellbar weit zurücklag. Dass es aber auch für diesen Schamanen wieder eine Vergangenheit geben konnte, die von ihm aus ebenfalls so weit zurücklag – das ließ ihn schwindeln.

»Unser Schicksal wird sich in den nächsten Tagen entscheiden«, fuhr der eiszeitliche Schamane fort. »Hier gibt es kein Wild mehr, das wir jagen könnten, und keine Wurzeln, die wir ausgraben könnten, und überhaupt nichts, was wir sammeln könnten. Wir müssen unser Land verlassen, wenn wir wollen, dass unsere Kinder eine Zukunft haben.«

Das also war es … Zakaan spürte den Sog der Zeit, den er schon seit Langem wahrgenommen hatte. Ihnen ging es ganz ähnlich. Sie hatten zwar nach einer Weile harter Entbehrungen eine Gegend erreicht, die ihnen üppig Nahrung bot. Aber das änderte nichts daran, dass er spürte, wie sich alles um sie herum zusammenzog, wie sich die Entwicklungen überschlügen und schreckliche Dinge nach oben drückten …

Die möglicherweise ihren Ursprung in einer wesentlich früheren Epoche hatten. Vielleicht in der, in die ihn die Trance dieses Mal geführt hatte.

»Wir müssen in das Land unserer Vorväter zurück«, murmelte er.

Der eiszeitliche Schamane nickte. »Ich weiß. Ihr müsst hierher. Aber ihr seid dreigeteilt.«

»Dreigeteilt?«, gab Zakaan verwundert zurück.

Der andere nickte abermals. »Dann aber hob Wurgar seinen Hammer und ließ ihn auf das Volk niedersausen. Und das Volk zerbrach in drei Teile. Ein Teil nur blieb im alten Land, ein anderer Teil zog nach Norden, einer nach Osten.«

Er sprach das so ruhig aus, als wäre es das Selbstverständlichste von der Welt. Und – das war es ja auch. Der Eiszeit-Schamane sprach nicht von den Rakern, die sich zurzeit in zwei Teile geteilt hatten, einer angeführt von Ragok, der andere von Dragosz. Er sprach von einer anderen, von einer wesentlich tiefgreifenderen Trennung, die viel, viel früher stattgefunden haben musste.

»Unsere alten Geschichten«, sagte Zakaan selbstvergessen. »Sie erzählen, dass wir einst aus dem Westen kamen, aus dem Land der Stammväter. Und dass wir dorthin auch wieder zurück müssen.«

»Das müsst ihr«, antwortete der Eiszeit-Schamane, »wenn ihr nicht in alle Winde zerstreut werden wollt, bis ihr untergeht.«

»Und die nächsten Tage …«, begann Zakaan.

»Die nächsten Tage werden darüber entscheiden, ob ihr fortbesteht oder nicht«, sagte der eiszeitliche Schamane. »Gewaltige Prüfungen kommen auf euch zu, und Schreckliches wird euch widerfahren.«

Zakaan nickte. Es war nichts Neues für ihn, und wenn er auch nicht wusste, welcher Art die Prüfungen sein würden, denen sie sich stellen mussten, so hatte er es doch Ragok, Lexz und allen anderen immer wieder eingehämmert.

»Aber wie finden wir das Land unserer Väter?«, fragte er.

»Das weißt du doch schon längst«, sagte der Mann aus der fernen Vergangenheit. »Und dein Bruder weiß noch mehr darüber. Geh zu ihm und löse gemeinsam mit ihm das Rätsel eures Ursprungs.«

»Ja, das werde ich tun«, flüsterte Zakaan. »Aber was hat das mit der Himmelsscheibe zu tun? Warum deuten alle Zeichen darauf hin, dass wir sie finden und richtig deuten müssen, um nach Urutark zu kommen?«

»Genau das müsst ihr herausfinden«, sagte der Eiszeit-Schamane. »Und nun geh und suche deinen Bruder!«

Zakaan erschauerte. Es waren nicht so sehr die Worte des Eiszeitjägers, die ihn berührten, als vielmehr die feierliche Art, in der er sie aussprach.

Ihm war kalt, und er wusste, dass er es in der bitteren Kälte nicht mehr lange aushalten würde. Aber das spielte jetzt keine Rolle. Sein Blick wanderte nach oben, zur Krone der mächtigen Eiche, unter der er saß: dem Lebensbaum, wie ihn der Jäger genannt hatte.

»Bruder«, sagte er. »Abdurezak. Wo bist du? Ich vermisse dich so!«

Der Lebensbaum war nicht kahl, er trug ein dichtes Blätterdach, auf dem eine pulvrige, aber dichte Schneeschicht lag. Es war also nicht Winter, sondern allenfalls Herbst. Und trotzdem war es so schrecklich kalt ...

Dennoch durchzuckte den Schamanen ein heißer Schrecken, als er das sah, was hinter dem Baum aufragte: ein riesiger, grauschwarzer Stein, von Menschenhand behauen und vollkommen schneefrei. Er ragte aufrecht in den Himmel.

Und er war nicht der einzige, der dies tat, wie er mit einem raschen Blick in die Runde feststellte. Sie waren von Monolithen geradezu umzingelt, von so riesigen Steinen, dass sie wie die Zähne eines unvorstellbar großen Riesen aussahen.

Er befand sich in einem riesigen Steinkreis.

»Urutark«, murmelte er. »Das muss Urutark sein – die Heimat meiner Väter!«

»Kannst du erkennen, wer da am Steg steht?«, fragte Taru vom Wasser aus. Er war hinabgestiegen, um den Einbaum loszubinden, der hier in einer abgelegenen Ecke so einladend angebunden war, als warte er nur auf sie. Arri hoffte nur, dass er ein Loch hatte und absaufen würde, sobald sich die beiden Dummköpfe dort hineingesetzt hatten. Dann würde ihnen nichts anderes übrig bleiben, als ihren lächerlichen Fluchtplan aufzugeben.

Das Schlimme war allerdings, dass sie zur Untätigkeit verurteilt war. Der Schmiedegehilfe hatte sie unsanft an der Hüttenwand abgesetzt, und sie hatte eine ganze Weile gebraucht, bevor sie auch nur eine halbwegs bequeme Position hatte einnehmen können, bei der sie nicht das Gefühl hatte, sich selbst die Rippen in die Lungen zu bohren. Jetzt bekam sie endlich wieder einigermaßen Luft. Aber als sie den Mund geöffnet hatte, um nach Hilfe zu schreien, hatte Taru sie nur angesehen, ganz knapp mit dem Kopf geschüttelt und gesagt: »Tu das besser nicht. Mit durchschnittener Kehle schreit es sich schlecht.«

Da hatte er leider recht. Mit ihrem eigenen Leben hatte Arri längst abgeschlossen. Aber nicht mit dem ihres Sohnes.

Taru hatte einen Fehler gemacht, als er so abfällig über Kyrill gesprochen hatte. Einen sehr großen Fehler. Wenn Arri ein Messer in die Hand bekam, dann sollte sich Taru besser um seine eigene Kehle Sorgen machen.

Mit durchschnittener Kehle würde es ihm schwerfallen, Dragosz' Nachfolge anzutreten.

Im Augenblick war es aber geradezu lächerlich, sich in solche Phantasien hineinzusteigern. Alles, was sie tun konnte, war, auf eine Gelegenheit zur Flucht zu warten. Und sich in der Zwischenzeit so weit zurückzunehmen, dass ihr der Einfaltspinsel Rar nicht noch jeden einzelnen Zahn lockerschlug – oder sogar Schlimmeres.

Rar drückte sich so eng an ihr vorbei, dass sein Gewand sie berührte. Ganz, ganz kurz war sie versucht, vorzuschnellen und ihm ins Bein zu beißen. Aber das würde ihre Chance auf eine Flucht wohl kaum verbessern.

Ein Stück hinter der lehmverputzten Hütte, in deren Schatten er sich gedrückt hatte, steckte Rar die Nase hervor … und zuckte sofort wieder zurück.

»Bei Moron«, stöhnte er auf. »Das darf doch wohl nicht wahr sein!«

»Was darf denn nicht wahr sein?«, entfuhr es Arri. »Hast du dir aus lauter Blödheit die Zunge abgebissen, oder warum antwortest du nicht«, setzte sie nach, als Rar lediglich ein unterdrücktes Stöhnen hervorbrachte.

Sie verfluchte sich dafür, dass sie nicht einfach den Mund hatte halten können, und erwartete, dafür einen Fußtritt zu kassieren. Aber Rar reagierte auf ihre vorlaute Bemerkung überhaupt nicht.

»Was macht der denn bloß hier?«, murmelte er nach einer Weile. »Ich dachte, der verhandelt mit den Leuten von Goseg!«

Taru ließ von dem Einbaum ab und sah auf. »Wer verhandelt mit den Leuten von Goseg?«

»Na, Kenan, Isanas Vater«, antwortete Rar unglücklich. »Er will Erz kaufen – und alles andere, was nötig ist, um die Schmiede wieder in Betrieb zu nehmen.«

»Kenan?«, wunderte sich Taru. Er richtete sich auf, darauf bedacht, den Sichtschutz der Hütte nicht zu verlassen. »Bist du sicher, dass da Kenan aufgetaucht ist? Und dass es nicht zufällig Kaarg ist, oder Abdurezak oder sonst jemand vom Ältestenrat?«

Unglücklich schüttelte Rar den Kopf. »Nein. Leider bin ich mir sicher.«

Arri sah zu dem Schmiedegehilfen hoch, und sie konnte sich ein schadenfrohes Lächeln nicht verkneifen, als sie sah, wie die schiere Panik in Rars Augen aufflackerte. Kenan war ein hochgeachteter Mann, der zu gelegentlichen Wutanfällen neigte, bei denen dann die Schmiedehämmer tief flogen.

»Kenan sucht mich«, stieß Rar hervor. Er drehte sich wie wild zu Taru herum. »Oder dich.« Dann machte er wieder eine Drehung in die andere Richtung. »Oder Abdurezak. Oder wen auch immer.«

»Ganz ruhig«, versuchte ihn Taru zu beruhigen. »Für uns ist es doch nur ein Vorteil, wenn niemand vom Ältestenrat auftaucht. Vielleicht merkt Kenan ja nicht einmal, dass Arianrhod verschwunden ist.«

»Ja … aber«, Rar verschluckte sich fast. »Der geht jetzt auf den Steg … Das ist doch … Oh …«

»Was, oh?« Taru drückte sich an Rar vorbei und starrte selbst in die Richtung des Stegs, auf dem Arri gerade noch gesessen hatte. »Ja, du hast recht.« Taru knirschte mit den Zähnen. »Das ist Kenan. Und jetzt geht er wieder. Ich hoffe nur …«

Rar tippte Taru an die Stirn. »Der weiß doch wahrscheinlich noch nicht einmal, was passiert ist!«, sagte er ganz aufgeregt. »Aber er will gleich zur Schmiede. Und wenn ich dann nicht da bin …«

Sein Blick fiel auf Arri. »Findest du das vielleicht lustig?«, fragte er und riss die Faust nach oben.

Im Augenblick fand Arri überhaupt nichts lustig. Schon gar nicht, dass Rar erstarrte, als Taru hervorstieß: »Der dreht um und geht weg. Aber dafür sehe ich da Kaarg … und Isana …«

»Die hinterhältige Tochter des Schmieds, ja?« Rar schüttelte den Kopf, und nun endlich ließ er die Faust sinken. »Egal. Ich muss sofort nach Hause, in die Schmiede. Wenn Kenan merkt, dass ich nicht da war – der reißt mir doch den Kopf ab!«

Ein Windstoß fuhr über das mit Sand und Kies bedeckte Ufer, wirbelte Laub auf und brachte Isanas Haare durcheinander. Sie bemerkte es jedoch kaum. Ihre ganze Aufmerksamkeit war auf den alten Mann gerichtet, in dessen Gesicht sich so tiefe Furchen eingegraben hatten wie in einen Acker, der mit dem Pflug bearbeitet worden war.

»Ich soll wirklich als Heilerin bestätigt werden?«, fragte Isana. Sie war so aufgeregt, dass sie fast wie ein kleines Kind von einem Fuß auf den anderen gehüpft wäre. »Aber wozu denn? Und warum gerade jetzt? Und weshalb so schnell?«

»Ob schnell oder nicht, mein Kind«, sagte Kaarg. »Eines steht fest: Du wirst die Heilerin sein. Und wozu und warum?« Er stieß einen tiefen Seufzer aus. »Ich wünschte mir, Surkija würde noch leben.«

Isana nickte. Ja, Surkija war eine gute Heilerin – und Dragosz eine gute Frau gewesen. Aber sie war früh gestorben und hatte damit Arri den Weg frei gemacht – und das sowohl als Heilerin als auch als die Frau an seiner Seite.

»Surkija hätte nicht nach dem Wozu und Warum gefragt«, fuhr Kaarg fort. »Sie hätte ihre Sachen zusammengesucht und den Menschen geholfen, die ihrer Hilfe bedurft hätten, statt hier bloß rumzuhüpfen und Löcher in die Luft zu starren.«

»Ohh«, machte Isana.

»Ja«, antwortete der Schwätzer grimmig. »Sie hätte auch nicht Ach und Och gemacht.«

»Habe ich doch auch nicht«, widersprach Isana. »Ich habe Ohh gemacht. Und nicht Ach und Och.«

»Kind, Kind, Kind!« Kaarg wandte sich ab und ging auf das Feuer des Lebens zu, das nach wie vor am Ufer brannte und nicht im Pfahldorf – was schließlich auch viel zu gefährlich gewesen wäre, denn sollten Funken auf die bislang nur unvollkommen mit Lehm und Schilf verkleideten Holzhütten überspringen, würde die ganze auf Pfählen errichtete Siedlung noch wie eine riesige Fackel in Flammen aufgehen.

»Du bist fast so etwas wie Surkijas Tochter gewesen ...«, fuhr der Schwätzer fort.

»Ihre Nichte«, berichtigte ihn Isana.

»Ob Nichte oder Tochter«, winkte der Alte ab, »das ist ganz gleich. Jedenfalls fließt Heilerinnenblut in deinen Adern. Und Surkija hat dir alles beigebracht, was du wissen musst, um den Menschen zu helfen.«

»Das mag ja sein«, sagte Isana. »Aber Arianrhod hat nicht umsonst die Stellung der Heilerin zugesprochen bekommen.«

»Für die du auch schon einmal im Gespräch gewesen bist.« Kaarg winkte ab. »Aber lassen wir das. Ich weiß, dass du Arianrhod immer unterstützt hast. Warum, das wissen die Götter. Doch nun ist die Zeit gekommen, da du selbst zur Heilerin berufen wirst. Und dafür musst du dich natürlich von der Drude lossagen.«

Isanas Gedanken überschlugen sich. Es gab so vieles, was sie jetzt hätte sagen können. Und das meiste davon wäre ganz schrecklich.

»Der Ältestenrat betraut dich erst einmal vorläufig mit dieser Aufgabe. Aber ich sehe keinen Grund, warum das später nicht so bleiben sollte – vorausgesetzt natürlich, du sagst dich von Arianrhod, dieser falschen Schlange, wirklich los«, plapperte Kaarg auf seine übliche geschwätzige Art weiter. »Und ihr da geht mir gefälligst aus dem Weg.«

Er fuchtelte mit den Händen herum, um die beiden Dorfhunde zu vertreiben, die sich wie wild um einen stinkenden Fischkopf balgten. Wie auf ein geheimes Kommando ließen die Hunde gleichzeitig von dem Fischkopf ab, wandten sich zu Kaarg um und knurrten ihn an. Ihre Zähne erinnerten Isana unangenehm an die von Wölfen, während ihre Schwänze eher wie Fuchsschweife aussahen. Isana kannte die beiden gut, schließlich hatten sie und Arri sie oft genug mit Essensresten versorgt, die den meisten anderen viel zu schade erschienen wären, um sie an räudige Köter zu verfüttern, wie sie sie immer wieder nannten.

»He!« Kaarg fuchtelte noch stärker mit den Händen herum, was die rotbraunen, stämmigen Kläffer nur noch mehr anstachelte zu zeigen, was an wölfischem Ursprung in ihnen steckte.

Die beiden Dorfhunde wichen zähnefletschend zurück, dabei wedelten aber ihre Schwänze, was ihre Drohgebärde als plumpe Lüge enttarnte. Isana war mit einem leichtfüßigen Satz bei dem nicht mehr richtig appetitlich aussehenden Fischkopf, nahm ihn zwischen Daumen und Zeigefinger auf und schleuderte ihn in Richtung Ufer.

Die Hunde reagierten darauf, wie Hunde eben reagieren: Wild kläffend stürmten sie in langen Sätzen aufs Ufer zu und verfolgten den Fischkopf, als könnte dieser, wenn er mit Wasser in Berührung kam, plötzlich wegschwimmen.

Die drei Männer, die am Ufer saßen und aus dem Schilfgeflecht Reusen zu flechten versuchten, fanden das nicht sehr lustig. Einer der Hunde rannte in eine halbfertige Reuse hinein und riss sie und den Mann, der sie festzuhalten versuchte, ein Stück mit sich, bis es dem Fischer zu bunt wurde und er dem Hund mit der flachen Hand auf den Rücken schlug. Die Wirkung war vielleicht nicht ganz so, wie er es sich erträumt hatte, aber immerhin kam er frei: Der Hund zerriss jaulend die Reuse und stürmte mit dem Korbgeflecht ins Wasser, dass es nur so spritzte.

Kaarg stemmte seine Hände in die Hüften und lachte auf eine lächerlich gackernde Art. Der Fischer fuhr herum und drohte mit der Faust.

»Was erdreistet du dich, du dummes Gör, die Köter auf uns zu hetzen?«

Kaarg hörte auf zu lachen – wofür ihm Isana wirklich dankbar war – und setzte eine grimmige Miene auf. Gleichgültig, ob der Fischer gemerkt hatte, dass Isana schuld daran war, dass sich die Hunde wie toll verhalten hatten, oder ob er Kaarg für den Verursacher des Missgeschicks hielt: Er hätte es niemals gewagt, jemanden aus dem Ältestenrat zu beschimpfen.

Schuldbewusst schrumpfte Isana ein Stück in sich zusammen. »Das tut mir leid …«

»Das tut dir leid?« Der Fischer hielt die Überreste der Reuse hoch. »Kannst du mir vielleicht sagen, welcher Fisch sich darin noch verfangen soll?«

Die beiden anderen Männer hatten ebenfalls von ihrer Arbeit abgelassen, und während die Hunde ein gutes Stück weiter so ausgelassen und wild kläffend im ufernahen Wasser herumtollten, als hätten sie von vergorenen Trauben genascht, blickten sie nun ebenfalls drohend zu Isana hinüber.

»Ich weiß nicht«, sagte sie kleinlaut.

»Aber dass du uns den Schaden ersetzen musst, das weißt du schon, oder?«, fragte einer der anderen Männer.

»Oder willst du etwa, dass wir deinem Vater davon erzählen?«, setzte der Erste nach.

Isana wand sich. Als Schmied war ihr Vater der wichtigste Mann nach Abdurezak, und er war nicht nur deshalb hoch angesehen, weil er sein Handwerk besser beherrschte als jemals einer vor ihm, sondern auch, weil er ein Mann von Ehre war.

Außerdem glaubte er, seine Tochter so hart erziehen zu müssen als sei sie ein Junge, und noch dazu ein besonders schwieriger. Entsprechend ahndete er jede noch so kleine Verfehlung, die von ihrer Seite kam, entsprechend hart.

»Ach ja.« Kaarg stemmte die Hände in die Hüften, und Isana befürchtete schon, er bliese nun auch noch ins gleiche Horn wie die Fischer. »Soll euch Kenan vielleicht Reusen aus Bronze schmieden?«

Der Fischer wirkte verblüfft. »Wäre das denn möglich?«

Kaarg schüttelte den Kopf. »Nein, das geht nicht. Genauso wenig, wie Reusen aus Schilf zu flechten. Oder zumindest nicht so, wie ihr es macht.«

Der Fischer sperrte den Mund auf und kratzte sich am Kopf, was ihn nicht unbedingt wie einen Ausbund an Geist erscheinen ließ. »Aber wie soll es denn sonst gehen?«

»Reusen müssen aus besonders haltbarem Stoff geflochten werden«, antwortete Kaarg auf seine wie immer rechthaberische Art. »Und man muss sie für jede Fischart eigens anfertigen, damit sie sich auch wirklich in den Maschen verfangen können. Denn im Grunde sind das ja nur Fischfallen. Aber hier im See wird das schwerlich gelingen … ich glaube, ihr solltet es lieber weiter mit Angeln versuchen.«

Der Fischer hörte auf, sich am Kopf zu kratzen. »Aber Dragosz hat doch gesagt, wir könnten mit Reusen und Netzen viel mehr Fische fangen.«

»Ja«, sagte Kaarg. »Das hat er. Aber wie wollt ihr denn haltbare Netze fertigen, wenn ihr noch nicht einmal eine Reuse herstellen könnt, die einem übermütigen Hund standhält?«

Die Augen des Fischers verengten sich, dann starrte er Isana so böse an, dass sie unwillkürlich einen Schritt zurückwich. »Du hast den Hund auf uns gehetzt. Du musst so oder so den Schaden ersetzen.«

Isana öffnete den Mund, um zu widersprechen. Aber Kaarg legte beruhigend die Hand auf ihren Arm und schüttelte ganz leicht den Kopf, bevor er sich an den Fischer wandte. »Ich will dir deine Frechheit noch einmal durchgehen lassen, da du es nicht besser wissen kannst.«

»Meine Frechheit?« Ungläubig schüttelte der Mann den Kopf. »Warum sagst du das? Nicht ich bin es doch, der sich etwas herausgenommen hat, sondern«, und er deutete mit dem Zeigefinger anklagend auf Isana, »diese Göre da!«

Kaarg der Schwätzer schüttelte ganz langsam den Kopf. »Nein, mein Freund. Das ist keine Göre. Das ist die neue Heilerin.«

Dem Fischer verschlug es die Sprache, sein Blick irrte zwischen Kaarg und Isana hin und her. »Die neue Heilerin«, krächzte er schließlich.

Isana nickte. »Hast du was dagegen?«

»Aber nein, natürlich nicht«, überschlug sich der Mann. »Ich dachte nur ...«

»Dass es länger dauert, bis sich der Ältestenrat dafür entscheidet, wer demnächst die wichtige Aufgabe der Heilerin unserer Gemeinschaft übernimmt.« Kaarg nickte. »Du hast ja recht, mein Freund. Sonst würden wir uns dafür auch mehr Zeit lassen. Aber nicht jetzt, da so viele von uns der Hilfe einer Heilerin bedürfen.«

Er wartete gar nicht erst die Reaktion der Fischer ab, sondern wandte sich weg, um weiter in Richtung des Hauptfeuers zu gehen. Isana dagegen genoss den Anblick der drei Fischer, die sie allesamt anstarrten, als sähen sie sie zum ersten Mal.

So ist das also, wenn man die Heilerin ist, dachte sie. Trotz aller widrigen Umstände durchfuhr sie ein heißes Triumphgefühl.

Das aber nur ein paar Augenblicke anhielt. Dann fiel ihr Blick auf die Hunde, die nach wie vor wild im Wasser umhertobten, und wanderte ein Stück weiter zu den Frauen, die die zerschlissenen Wickelröcke, Gewänder und Mäntel wuschen, die noch auf dem Webstuhl in ihrer alten Heimat gewebt worden waren, bis er schließlich an der unübersichtlichen Ecke des Pfahldorfs hängen blieb, wo sich zwei Stege kreuzten …

Sie glaubte ihren Augen nicht zu trauen. Da schleppten zwei Männer – im Schatten der Hütten nur schemenhaft zu erkennen – ein zusammengeschnürtes, heftig hin und her zappelndes Bündel in ihrer Mitte.

»Arri«, hauchte sie. »Bist du das?«

Sie schüttelte den Kopf. Das kann doch nicht sein, dachte sie, als die Männer anhielten und das Bündel absetzen, das nun gänzlich mit den Schatten zu verschmelzen schien. Und trotzdem … Wen sollten sie da sonst mit sich schleppen? Es konnte einfach niemand anderes als Arri sein!

»Arri«, flüsterte sie. »Was … was tun sie denn mit dir?«

7

Ohne Zweifel war ein Einbaum nicht dazu gedacht, drei Personen aufzunehmen. Das hatten auch Taru und sein einfältiger Gehilfe Rar einsehen müssen. Zuerst hatte Taru Rar ins Wasser gestoßen, dann Arri so ungestüm in den Einbaum gezerrt, dass das Boot erst tief ins Wasser eingesunken war, um sich schließlich auf die Seite zu legen und kräftig Wasser aufzunehmen, bevor es den beiden Jungs gelungen war, das Gefährt wieder auszubalancieren. Eigentlich hatte Taru mitfahren wollen, es dann aber doch gelassen, weil er nicht mehr an Bord gekommen wäre, ohne das Boot erneut in eine gefährliche Schräglage zu bringen.

»Schneller!«, rief Rar, der beim Schwimmen ein erstaunliches Tempo vorlegte. »Wir müssen …«, er tauchte ins Wasser ein und kam prustend wieder hoch, »unbedingt … vor Kenan … in der Schmiede sein.«

»Dann lass mich doch nicht allein mit dem Einbaum«, schimpfte Taru. »Der schwimmt ja nicht von selbst.«

Arri starrte zum Ufer hinüber. Sie glaubte, dort irgendetwas gehört zu haben, was das Prusten der beiden Jungen und die platschenden Geräusche übertönte, mit denen sie das Wasser mehr schlugen als dass sie es durchpflügten.

»Nur gut … dass Ragok darauf bestanden hat … wir alle mögen das Schwimmen lernen«, brachte Rar hervor. Er ließ sich ein Stück zurückfallen und klinkte sich auf die andere Seite des Einbaums ein, sodass die beiden Jungen das kleine Boot jetzt gemeinsam mit sich fortbewegen konnten.

Arri ließ das Ufer in der Zwischenzeit nicht aus dem Auge. Sie hörte aufgeregtes Hundegebell, und jetzt schrie auch irgendjemand etwas; es klang aufgeregt und vorwurfsvoll.

Tarus dunkler Schopf tauchte vor ihren Augen immer wieder auf und versperrte ihr den Blick. Aber sie glaubte, Frauen bei der Wäsche im Uferschlick stehen zu sehen, und ein Stück weiter eine Gruppe von Fischern. Doch da drückte Taru das Boot mit seinem Paddel in eine scharfe Kurve, und sie verlor den Blick aufs Ufer und war nicht mehr in der Lage, ihn zurückzugewinnen, so sehr sie sich in ihren Fesseln auch wand.

»Die haben die Hunde auf uns gehetzt!«, schrie Rar. »Hörst du das nicht?«

»Doch«, gab Taru knapp zurück. »Ich sehe sie sogar.«

»Verdammt«, jammerte Rar. Jetzt begann er so kräftig an dem Einbaum zu zerren, dass sich das Boot in eine scharfe Kurve legte, »Kenan hat uns gesehen … und jagt uns!«

»Blödmann«, prustete Taru. »Du musst bloß Kurs halten. Wenn du so weitermachst, ziehst du den Einbaum noch unter Wasser.«

»Ja, und? Das wäre doch gar nicht mal so schlecht! Dann wären wir Arianrhod wenigstens los!«

Taru antwortete diesmal nicht, und Arri wurde kräftig durchgeschaukelt, als Rar den Kurs mit purer Körperkraft erneut änderte. Kurz darauf verklang das Bellen der Hunde, und das Boot schnitt ruhig und in gleichmäßiger Fahrt durchs Wasser, als die beiden Jungen zunehmend in einen gemeinsamen Rhythmus fanden.

Jetzt sah Arri auch, worauf sie zuhielten: auf den Fluss, der den See speiste.

Das ergab auch Sinn. Die Schmiede lag in der aufgegebenen alten Siedlung unterhalb der Hügel, und der Fluss führte genau daran vorbei. Die Frage war nur, was die beiden dann mit ihr vorhaben mochten.

Als hätte sie die Frage laut ausgesprochen, sagte Taru plötzlich: »Wir müssen Arri irgendwo verstecken … Und dann gehst du zur Schmiede … und siehst zu, dass du da alles in Ordnung bringst.«

»Ja, das mache ich ganz bestimmt«, antwortete Rar. »Ich weiß bloß nicht … wann ich da wieder wegkomme.«

Taru antwortete nicht darauf, sondern schien sich ganz auf das gewiss anstrengende Ziehen des Bootes zu konzentrieren. Arri fand es ausgesprochen gut, dass sich die beiden dabei zunehmend verausgabten.

Schließlich erreichten sie die zerklüftete Flussmündung, die von vielen kleinen Bächen und Verzweigungen zerfurcht war. Die alten Seesiedler hatten hier einmal Stege angelegt, von denen jedoch zum Teil nicht mehr als ein paar verrottete Pfosten übrig geblieben waren, die anklagend aus dem Wasser ragten. Arri ließ ihren Blick über das Ufer schweifen. Sie war überrascht, hier bereits frische Spuren einer Bearbeitung erkennen zu können. Dragosz' Leute hatten offensichtlich nicht viel Zeit verstreichen lassen, um dieses Gebiet wieder in Besitz zu nehmen. Wahrscheinlich ließen sich hier besonders leicht Fische mit Lanzen und Knochenharpunen stechen oder auf andere Art fangen.

»Das Ganze kann natürlich nur gelingen, wenn man uns nicht gesehen hat«, sagte Taru, während er das Boot an Land zog.

»Aber die Hunde«, erinnerte ihn Rar, der dem Heck des Einbaums einen letzten kräftigen Schubs gab, der es ins feuchte Gras gleiten ließ, »sie haben doch die Hunde auf uns gehetzt! Also müssen sie uns doch auch gesehen haben!«

Taru schüttelte den Kopf, trat ans Boot, griff Arri am Arm und zerrte sie hoch und über den Rand des Bootes hinweg. Arri versuchte, die Bewegung zu unterstützen – was mit gefesselten Armen und Beinen alles andere als einfach war. Und doch wäre sie fast über die Bordwand gestürzt und in den Schlick gefallen.

»Warum schlagen wir ihr nicht einfach den Schädel ein«, fragte Rar, »und drücken sie dann in den Schlamm?«

»Weil sie dann irgendwann hochkommt und in den See treibt«, sagte Taru. »Und wenn uns vielleicht doch jemand gesehen hat – dann wird es schwierig für mich, den Platz als Nachfolger meines Vaters einzunehmen.« Er maß Rar mit einem nachdenklichen Blick. »Und dich werden sie dann wahrscheinlich auch gleich gefesselt neben der Drude versenken.«

Rar kratzte sich am Kopf. »Ach so«, sagte er. Dann stutzte er allerdings. »Aber warum nur mich? Und nicht dich auch?«

»Weil ich Dragosz' Sohn bin, und du nicht«, sagte Taru.

»Du magst ja Dragosz' Sohn sein«, sagte Arri. »Aber das ändert doch nichts daran, dass du dumm wie Bohnenstroh bist.«

Arri konnte gar nicht so schnell sehen, wie Taru ausholte und ihr eine schallende Ohrfeige verabreichte. Ihr Kopf ruckte herum, und dann biss sie die Zähne zusammen, um nicht laut aufzustöhnen. »Ihr seid solche Feiglinge, ihr beiden«, stieß sie hervor, als sich Taru schon wieder abgewandt hatte. »Mehr als eine gefesselte Frau schlagen, das könnt ihr wohl nicht.«

Taru drehte sich herum, seine Augen blitzten hasserfüllt auf. Er hatte die Faust zum Schlag erhoben, und es sah so aus, als wolle er diesmal wirklich auf Arri losgehen. Aber jetzt war es ausgerechnet Rar, der ihm in den Arm fiel und sagte: »Was soll das denn? Eine gefesselte Frau zu schlagen, das ist wirklich keine Heldentat.«

Rar hätte Arri mit diesem Satz nicht mehr überraschen können, als wenn er auf sie zugegangen wäre, um ihre Fessel durchzuschneiden. Taru schien das genauso zu sehen. »Arri ist doch gar keine Frau«, fuhr er Rar an. »Sie ist eine Drude!«

Rar starrte ihn vollkommen verblüfft an. Taru versetzte ihm einen kleinen Klaps auf den Hinterkopf, und Rar antwortete irgendetwas darauf. In Tarus Erwiderung lag mehr als nur eine Spur von Ungeduld. Arri achtete nicht länger auf den Wortlaut der beiden, sondern mehr auf den Tonfall. Und der klang so, als würden sie sich gleich beide gegenseitig an die Gurgel gehen.

Umso besser für sie. Nach langer Zeit hatte sie nun zum ersten Mal wieder festen Boden unter den Füßen, und auch wenn der feucht und modrig war und ihre nackten Füße in ihm einsackten, so war das nach der schrecklichen Bootsfahrt doch eine Wohltat. So gut es ging, setzte sie einen Fuß vor den anderen – was ihr allenfalls Trippelschritte erlaubte – und entfernte sich so weit wie möglich unbemerkt von den beiden in Richtung einer kleinen Brücke, die zwei winzige Inseln miteinander verband. Sie wäre mit Sicherheit noch etwas schneller vorangekommen, wenn sie wie ein Häschen gehoppelt wäre. Aber das wäre ihr nicht nur lächerlich erschienen, sondern auch viel zu laut und auffällig gewesen.

»Du hältst dich also für was Besseres als mich!«, brüllte Rar gerade, und Taru konterte mit: »Nein. Ich weiß sehr gut, dass ich auch wirklich etwas Besseres bin. Und ehe du dich versiehst, werde ich der Herrscher der Raker sein – und sollten Ragok und seine Leute hier auftauchen, dann bin ich auch der Herrscher aller Raker!«

Vorausgesetzt, du tötest vorher meinen Sohn, du Schweinekerl, dachte Arri.

Der Gedanke gab ihr neue Kraft. Zu ihrem Glück gehörte es, dass direkt vor ihr ein paar dichte in sich verfilzte Büsche standen, die ihr genug Sichtschutz geben würden, um sich in aller Ruhe von ihren Fesseln zu befreien – vorausgesetzt natürlich, man ließe ihr diese Zeit.

Danach sah es aber im Augenblick allerdings nicht unbedingt aus.

»Wo ist jetzt die Drude?«, hörte sie Rar aufbrüllen, und Taru antwortete nicht weniger leise: »Hast du sie etwa laufen lassen, du Dummkopf?«

Rars Antwort darauf endete mit einem erstickten Keuchen, und Arri konnte sich lebhaft vorstellen, dass ihm Taru gerade einen heftigen Klaps auf den Kopf versetzt hatte. Aber das war noch nicht alles. Von der anderen Seite her, also von dort, wo die flache Uferböschung in den schroff zu den Hügeln ansteigenden Bereich überging, erklang ein lauter Schrei. Arris Kopf fuhr herum. Sie wusste, dass die Männer oft tagelang auf ausgedehnten Jagdausflügen unterwegs waren, weil die Felder noch nicht genug abwarfen. Vielleicht brachen sie gerade wieder zu einem dieser Züge auf, und vielleicht hatte sich dabei jemand verletzt …

Es war ein müßiger Gedanke, denn dem ersten Schrei folgte ein zweiter, und dieser klang so verzweifelt, dass sich Arri instinktiv ganz weit in den Busch hineindrückte, hinter dem sie Schutz gesucht hatte. Ihr Blick irrte über den Boden. Sie brauchte einen scharfkantigen Stein, mit dem sie die rauen Stricke, mit denen man sie gefesselt hatte, aufritzen konnte. Und dann musste sie hier unbedingt schnell weg, am besten in Richtung Steinbruch, zu ihrem Geheimversteck, in dem das Schwert lag. Und wenn sie erst einmal …

»Ich finde ihre Spuren nicht«, fluchte Rar, und Taru zischte böse: »Vielleicht noch ein bisschen lauter. Das hilft beim Anschleichen.«

Da. Kein Feuerstein, aber etwas ähnlich Hartes. Arri drehte sich in die Richtung ihres Fundes und hangelte mit beiden Händen danach. Als sie es endlich in den Händen hielt, glaubte sie ganz in der Nähe ein Geräusch zu hören – und sie erstarrte mitten in der Bewegung, als ein Vogel nicht weit entfernt von ihr aufflatterte und sich mit schnellen Schwingbewegungen in den Himmel hinaufschraubte.

Es war gar nicht so leicht, den Stein so zu verkeilen, dass sie mit dem Strick, der um ihr Handgelenk festgezurrt war, darüberschaben konnte. Als der Stein endlich fest genug saß, war von Taru und Rar überhaupt nichts mehr zu hören. Sie konnte von Glück sagen, dass das Gras hier am See von zahlreichen Tieren niedergetrampelt war, die dieses flache Gelände offensichtlich als Tränke benutzten – sonst hätten die beiden wohl kaum ihre Fährte verloren.

Ihr Atem ging schnell und hektisch, und sie war aufgeregt, aber diesmal aus einem ganz anderen Grund als zuvor. Weder auf dem Steg, noch bei der abenteuerlichen Fahrt im Einbaum war ihr ernsthaft der Gedanke an Flucht gekommen. Jetzt sah das allerdings ganz anders aus. Sie *hatte* die Gelegenheit, und sie würde sie auch nutzen – und dafür sorgen, dass Taru niemals Kyrill in die Finger bekam.

Ihre Verzweiflung ließ sie schneller und mit mehr Kraft arbeiten, als es vielleicht gut war. Mehr als einmal rutschte sie von dem Strick ab und ritzte sich das Handgelenk. Und schließlich lief Blut den Strick hinab und tropfte vor ihr auf den Boden. Sie hatte Angst. Dragosz, die schrecklichen Ereignisse am See – das spielte jetzt alles keine Rolle. Sie musste fliehen und Taru und Rar loswerden, alles Weitere würde sich weisen.

Da! Faser nach Faser ging auf, und sie verdoppelte ihre Anstrengung, um den verfluchten Strick loszuwerden. Doch die letzten Fasern widersetzten sich ihren Anstrengungen noch, und so musste sie all ihre Kraft und ihr ganzes Geschick aufwenden, um …

»So wird das nichts«, sagte eine Stimme über ihr.

Arri schrak zusammen, riss gleichzeitig den Kopf und die immer noch zusammengebunden Hände nach oben, dazu bereit, den Stein als Schlagwaffe einzusetzen.

Es hätte ihr wohl nicht viel genutzt. Der Mann, der da über ihr stand, sah fürchterlich aus: Die eine Seite seiner Haare war lang, die andere so kurz, als sei sie gerade erst vollständig geschoren worden. Seine dunklen Augen waren von noch tieferem Schwarz umrahmt, und in der Nase und dem rechten Ohr hatte jemand kleine Schmuckstücke eingebracht, wie Arri sie noch nie zuvor gesehen hatte. Er wippte ungeduldig auf dem rechten Fuß, war verschwitzt und hatte einen wirren Blick, der nur kurz auf ihr ruhte, bevor er unruhig über die Umgebung schweifte.

Arri verfluchte sich für ihren Leichtsinn. Sie hätte sich nicht so lange auf den dummen Strick konzentrieren sollen.

»Ich hoffe, ich tue jetzt nichts Falsches.« Der Mann zog ein Bronzemesser, woraufhin Arri ein zweites Mal erschrak: Es sah fast so aus wie die Waffe, die Taru heute Morgen bei sich getragen hatte.

Der Mann beugte sich zu ihr hinab, und bevor Arri noch recht wusste, wie ihr geschah, schnitt er ihr die Fesseln endgültig ab. »Du bist nicht zufällig eine Drude, was?«

»Wie?« Arri starrte zu dem Mann empor, der nicht auf eine Antwort gewartet hatte, sondern sich einmal im Kreis drehte, bevor er sich dann wieder ihr zuwandte.

»Na, Druden sagt man nicht gerade das Beste nach«, plapperte der Fremde weiter drauflos, »und sie gefesselt im Wald auszusetzen, das wäre das Mindeste, was man ihnen antun könnte …«

Arri kam mit einer torkelnden Bewegung hoch. Sie hatte keine Ahnung, wovon dieser Kerl da redete – aber allein das Wort Drude beunruhigte sie schon. »Was willst du von mir?«, fauchte sie.

Etwas an ihrem Blick – und vielleicht auch an der Art, wie sie den Stein hielt – musste ihn erschreckt haben, denn er wich zurück.

»Ich will gar nichts von dir«, stieß er hervor. »Außer, du kannst mir sagen, wo Sedak geblieben ist.«

»Sedak?« Arri schüttelte den Kopf. »Ich kenne keinen Mann dieses Namens. Aber ich muss weg …«

»Ja, ich auch. Aber nicht ohne Sedak.« Er musterte Arri. »Und du hast wirklich niemanden gesehen? Keinen Mann mit schwarz gezeichneten Augen, der hier vorbeigehetzt ist?«

Arri fuhr sich mit der Hand durch die Haare, eine Bewegung, die zu ihr gehörte und auf die sie nun schon viel zu lange hatte verzichten müssen. »Nein. Ich habe überhaupt niemanden gesehen. Bis auf Taru natürlich, und Rar.«

Der Mann packte sie am Handgelenk – und ließ sie dann erschrocken wieder los, als sie vor Schmerz zusammenzuckte, weil er dabei ihre frischen Schnittwunden zusammengepresst hatte. »Taru? Du meinst doch nicht etwa Dragosz' Sohn?«

Arri stolperte zurück, bis sie mit dem Rücken in einem Dornenbusch hängen blieb. Natürlich. Alles passte zusammen. Wäre sie nicht so abgelenkt gewesen, sie hätte gleich bemerken müssen, dass der Fremde nicht nur die gleiche Sprache sprach wie sie, sondern dass er auch die Worte genau in der gleichen Art aussprach wie Dragosz, Taru und all die anderen Dorfbewohner. Das konnte doch nichts anderes bedeuten, als dass auch er ein Raker war.

»Du …«, stammelte sie, »du gehörst zu Ragoks Männern!«

Die Augen des Fremden verengten sich, sein Mund wurde zu einem fest zusammengekniffenen Strich. Hätte Arri weiter ausweichen können, dann hätte sie es jetzt getan. Aber der Busch hinter ihr hielt sie in einem nicht minder festen Griff als das kurz zuvor noch Rar getan hatte. Und als sie jetzt die Hand hob, mit der sie den Stein nach wie vor umklammert hielt, hörte sie, wie Stoff riss.

Das hatte ihr gerade noch gefehlt.

»Ja!« Der Fremde kam weiter auf sie zu. In seinen Augen funkelte jetzt etwas, das Wut sein konnte, oder aber auch kalter Hass. »Ich gehöre zu den Männern, die zu Ragok gehalten haben, nachdem ihn sein schändlicher Bruder entehrt hat. Und du musst zu denen gehören, die Dragosz während seines Zugs nach Westen aufgegriffen hat.«

Aufgegriffen hat! Was für eine abfällige Art, das auszusprechen. Aber nichts war unwichtiger, als sich jetzt darum Gedanken zu machen.

»Wenn du weiter so rumbrüllst, werden Taru und Rar gleich hier sein.« Sie machte einen befreienden Schritt nach vorn, zumindest wollte sie das, aber die Dornen hatten sich so in ihr Gewand gebissen, dass es an allen Ecken knirschte. Na wunderbar.

»Ja.« Der Fremde senkte seine Stimme so weit, dass Arri Mühe hatte, die nächsten Worte überhaupt zu verstehen. »Du hast recht. Wir müssen leise sein. Aber sag mir eines: Bist du meine Feindin?«

Seine Feindin? Arri konnte nicht anders, als in das offene Gesicht des Fremden zu sehen. Er war jung, kaum älter als Taru. Aber quer über seine Stirn verlief eine Narbe, und um seinen Mund und seine Augen hatten sich bereits feine Furchen eingegraben, die davon kündeten, dass er harte Zeiten hinter sich hatte. Seine Kleidung bestand aus dem gleichen fein gewebten Stoff, wie ihn die anderen Raker trugen, unter denen Arri in der letzten Zeit gelebt hatte. Aber sie war deutlich zerschlissen und mit frisch wirkendem Blut und Dreck verschmiert.

»Warum sollte ich deine Feindin sein?«, fragte Arri. »Ich kenne dich ja gar nicht.«

»Nein, das tust du nicht«, antwortete der Mann grimmig. »Aber du wirst Geschichten von mir und den meinen gehört haben.«

»Um das beurteilen zu können, müsste ich erst einmal deinen Namen wissen.«

Der Fremde nickte. »Also gut.« Er klopfte sich gegen die Brust. »Ich bin Larkar der Speer.« Bitter verzog er das Gesicht. »Nur leider ist mir mein Speer abhanden gekommen. Wir sind in einen Hinterhalt geraten. Waren das deine Leute?«

»Meine Leute?« Arri deutete auf den Strick, der an ihrem rechten Handgelenk herabhing. »Sieht das denn so aus, als wäre hier jemand in der Nähe, der zu meinen Leuten zählt?«

Larkar schüttelte den Kopf. »Nein. Und wenn es Taru war, der dich in diese Lage gebracht hat, dann bist du nicht unbedingt mein Feind.«

»Das war er, ja«, versicherte ihm Arri, obwohl dies nur bedingt stimmte.

»Und wie stehst du zu Dragosz?«, fragte Larkar.

Das war ein Stich, der Arri mitten ins Herz traf. Sie öffnete den Mund, setzte zu einer Antwort an, und schloss ihn dann wieder.

»Dragosz ist …«, sagte sie schließlich.

Sie kam jedoch nicht mehr dazu, den Satz zu beenden. Etwas zischte, und ein Pfeil sauste so nah an Larkars Gesicht vorbei, dass Arri im ersten Augenblick glaubte, er hätte ihm die Nasenspitze abgerissen.

Larkar reagierte blitzschnell. Statt sich einfach umzudrehen und davonzulaufen, was er ohne Zweifel hätte tun können, sprang er auf Arri zu, packte sie bei beiden Armen und riss sie an sich heran. Der Stoff in Arris Rücken hatte kaum Zeit zu knirschen, da riss er schon an etlichen Stellen. Dann war sie frei.

»Lauf«, zischte ihr Larkar zu.

Arri hätte dieser Aufforderung gar nicht bedurft, um loszulaufen. Sie hätte schreien können vor lauter Wut über die Ungerechtigkeit, die ihr nun aufzwang, vor irgendjemandem davonzulaufen, mit dem sie doch gar keinen Streit hatte. Sie musste diesen Larkar erst ganz schnell loswerden und sich dann erst einmal irgendwo verstecken.

Larkar lief merkwürdig. Eigentlich war es gar kein richtiges Laufen, sondern eher ein unrhythmisches Hüpfen. Der Mann war angeschlagen, entweder durch einen Kampf, der erst ein paar Stunden zurückliegen konnte, oder einer alten Verletzung wegen.

»Arri!«, schrie jemand, als sie die Hügel erreichte und zwischen eine Baumgruppe eintauchte. »Bleib stehen! Du kommst ohnehin nicht weit!«

»Das ist doch …«, Larkar blieb so abrupt stehen, dass Arri beinahe in ihn hineingelaufen wäre, »Taru!«

Arri stöhnte auf. Jetzt fehlte es noch, dass sich die beiden wie alte Freunde begrüßten und dann gemeinsame Jagd auf sie machten. Sie sprang an Larkar vorbei, umrundete einen moosbewachsenen Findling und duckte sich in seinen Schatten. Ihr Atem ging rasselnd. Sie musste zu Luft kommen, und dann nichts wie weg hier.

»Larkar!«, hörte sie Taru rufen, was nicht gerade erfreut klang. »Was tust du denn hier? Ich dachte, deine Beine sind längst irgendwo verrottet und dein Schädel von der Sonne verdorrt!«

Das klang nicht gerade nach Freundschaft. Arri richtete sich in ihrem Versteck ein wenig auf und spähte zurück. Larkar stand da – und wahrscheinlich lieferten er und Taru sich gerade ein Blickduell.

»Ich habe dich gesucht, Taru«, sagte Larkar, »dich und deinen verräterischen Vater. Und wie es aussieht, habe ich euch jetzt gefunden!«

»Ach, Larkar«, antwortete Taru abfällig. »So, wie es aussieht, kannst du dich kaum noch auf den Beinen halten. Das ist ja auch kein Wunder. Du hättest mit uns kommen können. Aber nein, du musstest ja bei der alten Geierkralle bleiben ...«

»Nenn ihn nicht so!«, brüllte Larkar. »Ragok ist ein Mann von Ehre – was man von deinem Vater ja nun wirklich nicht sagen kann.«

»Mein Vater war ein großer Mann«, sagte Taru kalt. »Aber nun ist er tot. Und ich bin sein Nachfolger.«

»Du sein Nachfolger?«, fragte Larkar rasch, aber Arri sah aus ihrem Versteck, wie sehr ihn die Nachricht von Dragosz' Tod getroffen haben mochte. »Das bist du nicht«, fuhr er beharrlich fort. »Ragok wird die Geschicke unseres Volkes lenken ...«

»Und du bist sein Kundschafter, ja?«, unterbrach ihn Taru. Mit einem Mal klang seine Stimme so kraftvoll und überheblich wie die von Dragosz, wenn er sich ein Wortgefecht mit einem fremden Händler geliefert hatte, der für seine Waren zu viel verlangt haben mochte. »Dann bin ich mal gespannt darauf, wie viele Männer er aufbieten kann, um mich zu überzeugen, dass ich mein Haupt vor ihm beuge.«

Auch das war ein Dragosz-Satz, und Arri sah, wie sich Larkar anspannte. Doch dann bemerkte er irgendetwas außerhalb von Arris Blickfeld und duckte sich. Und zwar keinen Augenblick zu früh: Ein Pfeil sauste über ihn hinweg und schlug hinter ihm in den Stamm einer Esche ein.

»Hast du dir gleich auch noch deine eigenen Feinde mitgebracht?«, fragte Taru höhnisch.

Larkar antwortete ihm nicht. Im Zickzack lief er los, ungleichmäßig und humpelnd, aber dennoch erstaunlich schnell. Arri stöhnte auf, als sie begriff, dass er den Findling ansteuerte, hinter dem auch sie Schutz gesucht hatte.

Sie wollte schon aufspringen, um davonzulaufen, besann sich dann aber im letzten Augenblick eines Besseren. Hinter dem Stein war sie vor Pfeilen einigermaßen sicher. Und da sie nicht die geringste Ahnung hatte, wer hier mit Pfeil und Bogen unterwegs war – und ob es nicht vielleicht eine ganze Horde sein mochte, die es nur darauf anlegte, jeden abzuschießen, der ihr zu nahe kam – war es besser, erst einmal abzuwarten, was nun geschah.

Larkar erreichte den Findling mit einem letzten Satz. Dabei wirkte er nicht sehr überrascht, sie hier vorzufinden. »Dragosz ist tot?«, fragte er sofort, während er sich neben Arri in den Schutz des Steins sinken ließ.

»Ja«, stieß Arri hervor. »Er ist tot. Und damit du es nur weißt: Er war mein Mann!«

Überrascht stieß Larkar die Luft aus. »Dein Mann? Aber Surkija …?«

Arri starrte ihn wortlos an. Was wollte dieser humpelnde Speerträger, der seinen Speer verloren hatte, eigentlich von ihr? Sie hatte ihn noch nie zuvor gesehen, und er überfiel sie gleich mit den unangenehmsten Fragen.

»Ich werde jetzt bestimmt nicht mit dir über Surkija sprechen«, sie schnitt ihm mit einer ärgerlichen Handbewegung die Entgegnung ab, die ihm sichtbar auf der Zunge gelegen hatte. Und das Ende des Stricks, das immer noch an ihrem Handgelenk hing, fuhr wie eine Peitsche an seinem Gesicht vorbei, »und auch über sonst nichts. Ich will nur hier weg.«

Larkar nickte. »Ja, ich will hier auch weg. Doch vorher muss ich noch ein paar Dinge wissen.«

»Aber warum?«

»Warum?« Taru wäre in einer Situation wie dieser vor Wut explodiert, aber Larkar verhielt sich da ganz anders. Eher wirkte er traurig. »Du hast keine Ahnung davon, was wir hinter uns haben, oder?«

Arri zuckte mit den Achseln. »Nein.«

»Und erst recht weißt du nicht, was vor uns liegt.« Larkar nickte, ohne eine Bestätigung von ihr abzuwarten. »Die Vergangenheit und die Zukunft sind miteinander verwoben. Und dabei spielt Surkija eine große Rolle.«

»Ja, das kann ich mir vorstellen«, sagte Arri, und plötzlich sah sie das Bild ihrer Mutter vor sich.

Lea: kraftvoll und energisch, immer in der Lage, alle Probleme zu lösen. Sie hatte Arri das Gefühl vermittelt, für immer und ewig bei ihr zu sein – und sie zu beschützen.

Und vielleicht war sie das ja auch. Vielleicht war sie sogar gerade jetzt bei ihr. Arri hatte jedenfalls das Gefühl, als wäre sie ihr ganz nah, und als rate sie ihr, in diesem Augenblick hier zu verharren und vor diesem ernsthaften jungen Krieger, der so schrecklich erschöpft wirkte, dass es ihr Heilerinnenherz rührte, nicht wegzulaufen.

Aber über Surkija sprechen? Ausgerechnet über die Frau, die ihr Dragosz noch im Tod wegnehmen wollte?

»Was genau ist denn mit Surkija geschehen?«, wollte Larkar wissen. »Warum war sie nicht mehr an Dragosz' Seite?«

»Du meinst die Frau, wegen der sich Ragok und Dragosz so erbittert gestritten haben, dass sie darüber das Wohl ihres Volkes vergaßen und es ins Unglück stürzten?« Arri lachte rau auf, doch es lag nichts Fröhliches in ihrer Stimme, sondern nur Bitterkeit. »Nein! Verstehst du denn nicht? Surkija ist gestorben, noch bevor Dragosz die alte Heimat mit den Seinen ganz verlassen hatte! Alles war umsonst. Der ganze Bruderzwist. So sinnlos.«

Larkar starrte sie an – und ganz allmählich veränderte sich die Farbe seines Gesichts. »Ich kann das nicht glauben. Dragosz ist tot – und Surkija auch? Aber wie ist das geschehen?«

Arri zuckte mit den Schultern. »Von Surkijas Tod habe ich verschiedene Geschichten gehört. Die einen behaupten, eine Schlange habe sie gebissen. Andere sagen, es wäre ein Fieber gewesen, ausgelöst durch verdorbenes Wasser. Jedenfalls hat sie sich selbst nicht heilen können. Nach drei Tagen ist sie gestorben.«

»Ja, aber das ...«, Larkar schüttelte den Kopf, »warum ist Dragosz dann nicht zurückgekehrt?«

»Um was zu tun?« Arri schüttelte den Kopf. Sie hätte Larkar noch viel erzählen können. Zum Beispiel von ihm und ihrer Mutter. Lea hatte Dragosz schon lange gekannt, und es waren mehr als nur Worte gewesen, die sie ausgetauscht hatten. Dragosz mochte Surkija aufrichtig geliebt haben: Aber er war nicht immer treu gewesen.

Das alles spielte jetzt aber keine Rolle mehr.

»Um was zu tun?«, wiederholte Arri. »Hätte Dragosz etwa vor seinen Bruder treten und sagen sollen: Tut mir leid. Ich habe unser Volk auseinandergerissen, dich betrogen und dann durch Unachtsamkeit die Frau getötet, die du geliebt hast?«

Larkar starrte sie fassungslos an. »Und nach Surkija hat Dragosz dich zur Frau genommen?« Er schüttelte den Kopf. »Ich weiß nicht, woran Dragosz gestorben sein mag. Aber ich weiß doch, welches Glück er gehabt hat, nach Surkija eine Frau wie dich zu finden.«

Arri hatte eigentlich noch etwas hinzufügen wollen, aber Larkars Worte verschlugen ihr die Sprache. Und schlimmer noch, sie ließen sie die volle Wucht des Verlustes spüren, den sie gerade erst erlitten hatte.

»Du hast Tränen in den Augen.« Larkar nickte. »Das verstehe ich. Dragosz ist wohl noch nicht lange tot … und du hast ihn geliebt.« Er löste den Blick von ihr und starrte nach oben in den Himmel. Sein schmales, hageres Gesicht kündete von den Entbehrungen, die er erlitten hatte. Hunger und Schmerz, das war es, was sich in sein Gesicht eingebrannt hatte – und zwar in deutlich stärkerem Maße als bei den Menschen, die mit Dragosz gezogen waren.

Arri konnte nicht verhindern, dass sie laut aufschluchzte. Ihre Gefühle verwirrten sich vollkommen. Dragosz' Tod – aber auch das, was er Ragok und denjenigen angetan hatte, die den Bruderverrat nicht einfach hatten hinnehmen wollen. All das war so schrecklich.

Jetzt wandte sich Larkar ihr nicht mehr zu. Er war wohl mit seinen eigenen Gedanken beschäftigt, und da konnte ihn Arri nur zu gut verstehen. Denn es waren eine Menge Neuigkeiten, die er da gerade erfahren hatte – und das während einer Flucht vor einer Meute, die ihn und seinen Weggefährten offensichtlich schon seit geraumer Zeit jagte und gerade erst aufs Wildeste Pfeile verschossen hatte.

Als sich Arri endgültig abwenden wollte, um nach einem Fluchtweg Ausschau zu halten, drehte sich Larkar wieder zu ihr um. »Dann bist du eine von uns, obwohl ich dich noch gar nicht kenne.«

»Von uns?«, fragte Arri überrascht.

Larkar nickte ernsthaft. »Von uns Rakern.«

Arri brauchte eine Weile, um zu begreifen, was er damit meinte. »Eigentlich bin ich keine von euch«, sagte sie. »Meine Mutter stammt aus einem Land, das in den Fluten vor der Küste des großen Meeres im Norden längst versunken ist.«

»Und dein Vater?«

»Mein Vater?« Verwirrt schüttelte Arri den Kopf. »Ich weiß nichts von ihm. Ich bin in einem kleinen Dorf an einem friedlichen Fluss aufgewachsen …«

Lexz schüttelte den Kopf. »Es kommt nicht darauf an, wo du aufgewachsen bist. Sondern darauf, für wen dein Herz schlägt.«

Ja, dachte Arri. Genauso war es wohl. Und als sie das dachte, hatte sie einmal mehr das Gefühl, ihrer Mutter ganz nah zu sein.

Das war seltsam. In ihrem Schmerz hatte sie Lea fast vergessen. Warum nur fühlte sie sich ausgerechnet in der Anwesenheit dieses fremden Kriegers Lea so nah?

»Unser Volk steht vor einer großen Prüfung«, sagte Larkar, als sie nicht antwortete. »Unser Schamane hat uns vorausgesagt, dass sich in den nächsten Tagen entscheiden könnte, ob wir weiterleben werden oder nicht. Ob uns auch künftig ein Leben in Frieden und Wohlstand beschieden sein wird, oder ob wir jämmerlich untergehen werden.«

Arri schreckte aus ihren Gedanken hoch. »Ich verstehe das nicht«, bekannte sie. »Welcher Schamane denn?«

»Hat dir denn Dragosz gar nichts von ihm erzählt?«

Arri schüttelte den Kopf. »Wir haben einen Ältestenrat, ja. Aber keinen Schamanen.«

»Ja«, bestätigte Larkar. »Ihr habt keinen Schamanen, weil Zakaan bei uns geblieben ist und nur sein Bruder Abdurezak mit Dragosz ging.« Er stockte, bevor er fortfuhr, und ließ seinen Blick erneut über ihre Umgebung schweifen. Offensichtlich rechnete er jederzeit mit einem weiteren Angriff. »Zakaan ist der wahrscheinlich größte und weiseste aller Schamanen, die jemals in der Mitte unseres Volkes gelebt haben. Er sieht Dinge, die kein anderer zu sehen vermag, und versteht Zusammenhänge, die kein anderer begreifen kann. Und er hat eine sehr kluge Art, mit Ragok umzugehen – der in diesen harten Zeiten zu allzu harten Entscheidungen neigt.«

»Ja«, sagte Arri. »Du hast recht. Dragosz hat mir kaum etwas von ihm erzählt.«

»Und das aus gutem Grund«, sagte Larkar. »Denn Zakaan hat seinen Untergang vorhergesagt und ihn gewarnt, Surkija zur Frau zu nehmen – und dadurch den Bruch mit Ragok zu riskieren.« Erschöpft schloss er die Augen, und Arri begriff, dass er nun am Ende seiner

Kräfte war. Sie hatte in der letzten Zeit viel Leid und Elend gesehen, und wann immer möglich hatte sie zu helfen versucht.

»Du brauchst Ruhe«, stellte sie fest.

»Ruhe?« Es war fast ein Aufschrei. »Ich brauche vor allem etwas zu trinken. Meine Kehle ist vollkommen ausgedörrt.«

Arri zeigte hinter sich. »Dort ist der Fluss. Und da ist genug Wasser.«

»Ja. Und dazwischen sind Taru und die Dämonen.«

»Die Dämonen?«, echote Arri überrascht. »Welche Dämonen?«

Larkar winkte ab. »Das spielt im Augenblick keine Rolle. Ich muss wissen, wo ihr lagert. Habt ihr Urutark gefunden?«

Arri zögerte. Sie kannte nur Dragosz' Version des Bruderzwistes, aber auch diese hatte sie nicht wirklich zufriedengestellt, bei aller Liebe zu Dragosz nicht. Sie hatte keine Ahnung, was wirklich vorgefallen war – und was er getan hätte, wenn er auf die verloren gegangene Hälfte seines Volkes gestoßen wäre.

Ihr Zögern schien Larkar gar nicht zu gefallen. Er beugte sich vor, und Arri fürchtete schon fast, er wolle sie schlagen. »Ich muss wissen, ob da Urutark ist!«

Arri hielt seinem Blick stand und schüttelte den Kopf. »Woher soll ich das denn wissen? Ich bin doch noch nicht einmal von eurem Volk.«

»Aber …« Larkar brach ab und legte den Zeigefinger auf die Lippen. »Still. Da ist doch …«

»Die … Dämonen?«, fragte Arri leise.

Larkar zuckte mit den Schultern. »Ob es Dämonen sind, weiß ich nicht … aber … Vorsicht!«

Das letzte Wort zischte er. Doch es war zu spät. Arri hatte sich schon halb aufgerichtet und lugte nun hinter dem Felsen hervor – und erstarrte, als sie sich einem Mann gegenübersah. Nein, keinem Mann, sondern einem seltsam verkrümmt dastehenden Wesen, dessen Gesicht fast vollständig von einer Kapuze verdeckt wurde.

Der Missgestaltete hatte nicht in ihre Richtung geblickt. Aber jetzt sah er zu ihr hin. Sein Gesicht … irgendetwas stimmte mit seinem Gesicht nicht … buschige, geschwungene Augenbrauen, eine missgestaltete Nase über einem riesigen Mund, eine verzerrte Fratze und irgendetwas, das dort hinabhing, wo eigentlich die Ohren hätten sein müssen.

Arri wollte den Schrei unterdrücken, der aus ihr hervorzubrechen drohte. Aber es gelang ihr nicht ganz. Doch statt zurückzuspringen oder sonst irgendetwas Dummes zu tun, tat sie das einzig Richtige: Sie sprang vor, riss den Stein in ihrer Hand nach oben und ließ ihn mit voller Wucht in die fürchterlich missgestaltete Fratze hineinfallen.

Die Abwehrbewegung der Kreatur kam zu spät. Sie riss den Arm hoch, und Arri sah etwas Metallisches aufblitzen. Doch bevor sie die Waffe treffen konnte, taumelte der grauenvolle Angreifer schon zurück.

Der Stein hatte ihn unter dem Auge erwischt und eine tiefe Furche in die Haut geschlagen. Blut spritzte hervor, und dann noch etwas anderes. Arri musste vollkommen sinnloserweise daran denken, was Larkar gerade gesagt hatte: dass sich ihrer aller Schicksal in den nächsten Tagen entscheiden werde.

Sie taumelte an dem Verletzten vorbei und sah etwas, das sie fast noch mehr erschütterte als die Kreatur, die eben so plötzlich vor ihr gestanden hatte. Nur ein kleines Stück unter ihr war Taru durch das Gehölz gebrochen, vielleicht angelockt durch das Gespräch, das sie und Larkar geführt hatten.

Es hatte ihm kein Glück gebracht. Mehrere der Kapuzenkreaturen schienen ihn bereits erwartet zu haben, und jetzt drangen sie mit Stangen auf ihn ein.

Taru war schnell, das musste Arri ihm lassen, und er kämpfte genauso geschickt und rücksichtlos, wie ihm das Dragosz beigebracht hatte. Eine wuchtig geschlagene Stange sauste haarscharf an seinem Kopf vorbei, er tauchte darunter weg und stieß dem Angreifer den Fuß in die Magengrube, während er sich bereits umdrehte und der Kreatur, die ihm eben noch das Rückgrat hatte zerschmettern wollen, das Messer in den Hals stieß.

Der Getroffene jaulte auf wie ein Hund, dem man auf den Schwanz getreten hatte, und torkelte zurück, aber da war auch schon der nächste heran. Zu ihrem Erschrecken erkannte Arri, dass er mit einem Schwert statt mit einer Stange bewaffnet war.

Taru begriff die Gefahr im allerletzten Augenblick. Er tauchte nach links ab – und die Klinge schrammte an seiner Schulter vorbei. Arri konnte nicht erkennen, ob – und wenn ja, wie schwer er getroffen war. Doch sie ahnte, dass er der Übermacht nicht mehr lange würde standhalten können. Taru hatte kein Schwert mit sich geführt, als er bei ihr aufgetaucht war. Und das rächte sich jetzt.

Aber wo blieb Rar? War er etwa geflohen – oder lag er schon getroffen am Boden?

Arri blieb keine Zeit, diesen Gedanken weiterzuverfolgen. Mit einem Schrei setzte sie der Gestalt nach, die sie selbst verletzt hatte, packte die Stange, die sie nach wie vor umklammerte, und versuchte sie ihr zu entwinden.

Die Kreatur ließ das nicht zu, selbstverständlich nicht. Arri hatte sie überraschen können, aber jetzt hatte sie sich zu etwas verleiten lassen, das sie auf keinen Fall gewinnen konnte: einer reinen Kraftprobe.

Der Kapuzenmann scheuchte sie mit der Stange mühelos herum, und mehr als einmal verlor sie den Bodenkontakt und schwebte mehr als eine Handbreit über dem Boden, bevor sie wieder schmerzhaft aufsetzte und mit den nackten Füßen über Felsen scheuerte. Sie konnte nicht loslassen, denn dann hätte ihr der Angreifer sofort die Stange über den Kopf gezogen. Aber während ihr Gegner die Waffe immer heftiger schwang, Blut von seinem Gesicht spritzte und sie selbst besudelte, erlahmten ihre Bewegungen erschreckend schnell. Es konnte nicht mehr lange dauern …

Da war Larkar heran. Sein Schwert zuckte so schnell vor, dass Arri es erst wahrnahm, als es schon wieder zurückgezuckt war. Dem Missgestalteten schien es ähnlich zu ergehen. Sein Kopf ruckte zu Larkar heran, dann stieß er ein tiefes Grollen aus … und nun ließ er die Stange los, griff sich an den Hals und taumelte rückwärts.

Arri wäre gestürzt, wenn Larkar sie nicht mit einer Hand aufgefangen und in der gleichen Bewegung mit sich gerissen hätte.

»Was sollte das denn?«, zischte er ihr ins Ohr, während er ihr einen kräftigen Stoß in den Rücken versetzte, »wolltest du die Dämonen etwa im Alleingang fertigmachen?«

»Nein«, stieß Arri hervor. Verzweifelt versuchte sie, die Stange nicht zu verlieren, die sie in der rechten Hand hielt, und mit der anderen Hand wollte sie die Reste ihrer Kleidung zusammenhalten, die ihr bei dem Hin- und Hergeschwinge fast vollständig vom Leib gerissen worden waren. »Aber ich musste doch Taru helfen!«

Larkar versetzte ihr einen zweiten Schubser, und dieser wirkte nun gar nicht mehr freundlich, sondern ließ sie fast das Gleichgewicht verlieren. »Taru! Hast du den Verstand verloren?«

Ja, dachte Arri. Ich muss den Verstand verloren haben. Warum sonst habe ich mein Leben in Gefahr gebracht, nur um demjenigen zu helfen, der mir am liebsten den Schädel einschlüge?

Isana hatte Mühe, Kaarg einzuholen. Das lag zum einen daran, dass der Schwätzer seine Schritte auf eine ganz eigene und merkwürdige Weise beschleunigt hatte, die ihn so aussehen ließ, als zwinge er seine alten Knochen zu einem entenähnlichen Watschelgang, und auf der anderen Seite daran, dass sie mit ihren Gedanken ganz woanders war.

Wollte Arri fliehen? Hatte sie Verbündete, von denen sie, ihre engste Vertraute, nichts wusste? Oder ging da etwas ganz anderes vor sich?

Isana war so verwirrt, dass sie erst gar nicht bemerkte, dass Kaarg sie ansprach, als sie ihn gerade eingeholt hatte. »Ich hoffe, du bist mit allem vertraut, was nötig ist, um mit deiner Arbeit beginnen zu können«, sagte Kaarg mindestens zum zweiten Mal.

»Wie?« Isana hob beruhigend die Hand, als der alte Mann schon ungeduldig auffahren wollte. »Natürlich. Surkija hat mir von Kindesbeinen an alles gezeigt, was nötig ist, um Wunden zu heilen und Verletzungen zu lindern. Und seit zwei Sommern helfe ich ja auch schon Arianrhod …«

Sie brach ab, als sie begriff, wo sie war und wer ihre Worte hören konnte, wenn sie nicht aufpasste.

Ohne dass es ihr wirklich aufgefallen war, hatte sie den Platz zwischen den Hütten erreicht, auf dem das Feuer des Lebens brannte. Es war der Mittelpunkt ihrer Gemeinschaft, jener Ort, wo man zusammenkam, um Mahlzeiten zuzubereiten und Wichtiges wie Nebensächliches in bunt gemischten Gruppen zu besprechen. Hier, in der

Mitte ihrer Gemeinschaft, waren alle willkommen, Junge und Alte, Frauen und Männer, Bauern, Fischer und Jäger – oder was immer zum Arbeitsleben der Einzelnen gehörte.

Auch jetzt hockten wieder zahlreiche Frauen am Feuer, während sich die Männer ein Stück weiter entfernt in mehreren kleinen Gruppen zueinandergesetzt hatten.

Isana blieb neben Kaarg stehen und sah sich mit Unbehagen um. Alle Gespräche waren verstummt, als sie in die Nähe des Feuers gekommen waren, und etliche Augenpaare richteten sich auf sie.

Hier Arris Namen auszusprechen, war so ziemlich das Dümmste, was sie hatte tun können. Über mehr als ein Gesicht war ein Schatten gelaufen, als sie den Namen Arianrhod ausgesprochen hatte, wie sie mit einem heißen Schreck begriff.

Kaarg wollte wohl etwas sagen, aber zumindest diesmal war Isana schneller als der Schwätzer.

»Ich bin gekommen, um euch zu helfen«, sagte sie. »Ihr alle kennt mich als die Tochter des Schmieds. Doch die meisten werden sich auch daran erinnern, dass sich Surkija meiner wie einer Tochter angenommen und mir alles beigebracht hatte.«

Der einzige Mann, der am Feuer saß, war Furlar, der schon in ihrer alten Heimat die schönsten Töpferarbeiten angefertigt hatte. Er nahm die Finger von dem Gefäß, das aus braunem schweren Ton bestand, das er gerade erst zurechtgeformt hatte, und sagte auf seine langsame und bedächtige Art: »Du warst mit Arianrhod zusammen, als sie das Gift gemischt hat, um uns alle umzubringen.«

Die anderen murmelten zustimmend, und es klang auf eine Art beängstigend, dass es Isana fast die Luft abschnürte. Ihr Blick wanderte zu den beiden Frauen, die auf ihren Mahlsteinen Korn zu Mehl verarbeiteten, und blieb Hilfe suchend bei der alten Josa hängen, der sie früher oft zur Hand gegangen war. Die Hände der alten Frau ruhten auf dem Getreideteig, der aus den wild wachsenden Einkornpflanzen gemischt worden war, die auf den zahlreichen Äckern der alten Seesiedler gewachsen waren, und den sie gerade als Fladenbrot für die nächste Mahlzeit zubereitete.

Alles sah so friedlich und vertraut aus. Gleich würde Josa den Brotteig über den schon vorgeheizten Stein des Lehmofens legen, und

Furlar würde ein weiteres Gefäß vorbereiten, um sie dann später zusammen in dem Ofen zu brennen. Die anderen würden fortfahren, die Gewänder auszubessern, die zuvor im See gewaschen worden waren, oder aber die Beeren und Pilze zuzubereiten, die sie gesammelt hatten; und später, wenn die Fischer kamen, würden sie die wenigen Fische, die die Männer auf ihre umständliche Art dem See abgerungen hatten, für die Mahlzeit waschen. Es waren viele kleine und große Handgriffe, die hier am Feuer getätigt wurden, und sie alle waren notwendig, damit die Gemeinschaft einigermaßen gestärkt und gut vorbereitet in den Winter ging.

Isana hätte sich am liebsten zu den Frauen gesetzt und wie in ihrer Kindheit beim Körbeflechten geholfen oder Korn gemahlen, oder auch jede andere Hilfsarbeit übernommen, gleichgültig, um was es sich handelte.

»Was ist mit dir, Kind?«, fragte Josa nach einer Weile, und Isana fuhr wie ertappt zusammen.

»Es ist alles so … schrecklich.«

Wieder murmelten die Frauen ihre Zustimmung, aber Josa sagte mit ihrer rauen, kratzigen Stimme: »Wo warst du, als der kleine Prytio gestorben ist?«

Isana spürte, wie sich ihr die Kehle zuschnürte. »Ich habe doch geholfen, wo ich konnte«, murmelte sie. Unruhig nestelte sie an dem Feuersteinring herum, den ihr Kaarg zum Zeichen ihrer neuen Würde als Heilerin überreicht hatte. »Ich kann doch nicht überall sein!«

»Das ist keine Antwort«, sagte Josa. »Surkija hat nie jemanden alleine sterben lassen. Und schon gar kein Kind.«

»Nein … natürlich nicht«, antwortete Isana. Sie fühlte sich schrecklich hilflos. Eine Korbflechterin sah zu ihr hoch, und sie entdeckte den Vorwurf in ihren Augen. »Ich war bei der alten Amara«, beeilte sie sich zu antworten. »Ich habe ihr beigestanden, so gut ich es konnte.«

Josa seufzte und streifte die Finger an dem Stein ab, auf dem sie das Fladenbrot hatte vorbereiten wollen. »Ja, das glaube ich dir. Aber ein Kind oder eine alte Frau – da fällt doch wohl die Entscheidung nicht schwer, um wen du dich zu kümmern hast, nicht wahr?«

Isana beeilte sich zu nicken. Josa hatte ja recht.

»Die meisten Kinder erreichen nicht einmal das fünfte Lebensjahr«, sagte Josa. »Aber wir brauchen Kinder. Sie sind doch unsere Zukunft!«

Isana hätte sich am liebsten umgedreht und wäre davongelaufen. Aber sie zwang sich stehen zu bleiben und Josa offen anzublicken, auch wenn sie spürte, dass ihr Tränen in die Augen stiegen. »Du hast ja recht«, sagte sie leise. »Ich habe versucht zu helfen, so gut es ging. Leider war das nicht genug. Es sind gute Menschen gestorben …«

»Ja, und das alles nur wegen dieser Arianrhod«, sagte Furlar.

»Selbst Dragosz hat sie umgebracht, die Drude«, rief die Korbflechterin heftig und spie aus. »Ihren eigenen Mann! Wir sollten sie holen und hier ins Feuer werfen, damit sie bei lebendigem Leib verbrennt!«

Isana schreckte jetzt doch zurück. Mit ganz kurzen Bewegungen entwich sie ein Stück.

»Schluss jetzt mit dem Gerede«, sagte Kaarg barsch. »Die Drude hat die Nacht neben ihrem toten Mann verbracht, gefesselt und gut verschnürt. Und sobald Dragosz den langen Weg über den Frykr antritt, werden wir ihr den Prozess machen.«

Isana verschluckte sich fast. Arri war nicht mehr gefesselt, sondern auf der Flucht. Und offensichtlich war sie die Einzige, die das wusste; zumindest musste sie das vermuten, sonst hätte es wohl schon längst ein großes Geschrei gegeben. Sie hätte den anderen jetzt unbedingt ihre Beobachtungen mitteilen müssen, aber sie brachte kein Wort hervor.

»Du musst doch erfahren haben, was Arianrhod vorhatte«, sagte Furlar, der ihr Erschrecken wohl falsch deutete. »Schließlich hast du sie bei den Vorbereitungen für das Fest unterstützt.«

»Ja«, sagte Isana hitzig. »Genauso wie die meisten anderen von euch auch.«

»Von uns?« Furlar runzelte die Stirn und schüttelte bedächtig den Kopf. »Ich habe Arianrhod bestimmt nicht geholfen.«

»Nein?« Isana zog eine Augenbraue hoch. »Hast du nicht eigens für das Fest Krüge und Töpfe gefertigt? Tragen nicht sogar die Opferkrüge, in denen das vergiftete Wasser gereicht wurde, dein Zeichen?«

Furlar war alles andere als ein Hitzkopf, aber jetzt lief ein Schatten von Unmut, fast schon von Zorn, über sein Gesicht. »Was hat denn das eine mit dem anderen zu tun?«

»Nichts«, antwortete Isana rasch. »Genauso wenig wie mit den Beeren und Pilzen, die die Frauen gesammelt haben. Und auch nicht mit den einfachen Hilfshandlungen, mit denen ich und andere die Vorbereitungen für das Fest unterstützt haben.«

»Ja.« Furlar nickte. »Also war alles allein Arianrhods Werk. Dann müssen wir uns auch an sie halten, um die Toten zu rächen.«

Isana wand sich. Sich zu verteidigen, war die eine Sache, Arri anzuklagen aber eine ganz andere Sache.

»Wir werden Arianrhod schon ihrer gerechten Strafe zuführen, da könnt ihr sicher sein«, sagte Kaarg. In seinen müden alten Männeraugen lag plötzlich ein merkwürdiger Glanz. »Und seht zu, dass ihr das Tageslicht nutzt, um mit eurer Arbeit voranzukommen. Die Tage werden schon kürzer, und es ist noch viel zu tun, wenn wir den ersten Winter in Urutark überstehen wollen!«

Ja, dachte Isana, das ist wohl wahr. Der erste Winter würde der härteste werden, denn noch hatten sie keine Ernte einfahren, kein Obst trocknen, keine Fische räuchern, kein Fleisch pökeln – und keinen auf Kieselsteinen erhitzten Mehlbrei in Schafsdärme füllen können, damit er sich bis weit in die kalte Jahreszeit hinein hielt.

»Und du kommst jetzt mit mir«, fuhr Kaargs Stimme in ihre Gedanken hinein. »Wir holen Arri von dem Steg herunter. Und dann machen wir ihr den Prozess!«

8

Arri versetzte Larkar einen Schubser, der ihn in einer Wahnsinnsgeschwindigkeit den steilen schmalen Pfad hinunterschlittern ließ, der sich vor ihnen auftat. »Da runter jetzt«, zischte sie. »Und dort unten bleibst du gefälligst auch, hast du verstanden?«

Larkar hätte zunächst auch gar nichts anderes tun können, als dort zu bleiben, wo Arri ihn haben wollte. Kleinere und größere Steine rutschten nach, als er mit wild rudernden Armen auf dem Geröllbett hinabrutschte. Und dann folgte auch schon Arri, die auf der kleinen

Geröllawine ritt und mehr als einmal das Gefühl hatte, sie würde gleich von den Füßen gerissen werden.

»Vorsicht!«, schrie Larkar, kaum dass er unten angekommen war und sich umgedreht hatte, um ihr entgegenzustarren. »Da, der Ast!«

Arri hatte ihn schon selbst gesehen. Trotzdem hatte sie Mühe, dem ausladenden Ast einer verkrüppelten Eiche auszuweichen. Unter ihren Füßen polterten die Steine hinab und rissen sie mit sich. Sie konnte gerade noch rechtzeitig den Oberkörper so weit verbiegen, dass sie nicht mit voller Wucht mit dem Kopf gegen den Ast knallte.

»Upps«, machte sie, dann war sie aber auch schon unten angekommen.

Larkar sprang vor, fing sie auf, riss sie noch in der gleichen Bewegung aus der Rinne heraus und setzte sie auf einem Vorsprung ab. Zum Dank stieß ihn Arri mit einer Hand zurück und fauchte: »Was ist los, spinnst du?«

Der humpelnde Speerträger musterte sie mit einem ganz merkwürdigen Blick, während sie mit beiden Händen die Überreste ihres Wickelrocks, der sich gerade selbstständig machen wollte, zurückhielt. Die Dornen, die Flucht und nicht zuletzt dieser Teufelsritt hatten nicht nur ihren Rock zerfetzt, sondern auch die aufwendig gefertigte Leinenbluse eingerissen, die der ganze Stolz jeder Heilerin war.

»Vorsicht!«, schrie jetzt Arri, und Larkar begriff sofort, was sie meinte. Mit einem Satz war er aus der Rinne heraus, durch die nun immer größere Gesteinsbrocken donnerten, wobei einige auch bis auf Kniehöhe hochsprangen und unmittelbar neben ihr landeten.

Um ein Haar hätte Arri ihn erneut zurückgestoßen, doch dann begriff sie, dass der Vorsprung, auf dem sie nun beide standen, einfach nicht groß genug war, um auch noch auf Abstand zu gehen. Aber das spielte jetzt auch keine große Rolle mehr. Sie und Larkar waren gemeinsam geflohen, und die Idee, sich von ihm zu trennen und ihr Glück allein zu versuchen, war spätestens in dem Augenblick verflogen, als ein Pfeil sie erneut nur knapp verfehlte.

Arri raffte die Reste ihrer Bluse so gut es ging zusammen (was nicht besonders gut war, denn um sie wieder halbwegs zu flicken, brauchte sie mindestens einen halben Tag, und das auch nur, wenn sie eine Bronzenadel zur Verfügung hatte). Dann rückte sie so weit es ging von Larkar ab. Den Stock, den sie ihrem missgestalteten Gegner abgenommen hatte, hielt sie dabei so fest umklammert, dass Larkar hoffentlich begriff, wie wenig wehrlos sie war.

Der Speer packte sie dennoch am Handgelenk und zog sie an sich heran, und obwohl er das nicht besonders feinfühlig tat, war ihm Arri nach dem ersten Schreck äußerst dankbar dafür, denn ihr rechter Fuß hatte schon über dem Nichts gebaumelt.

»Nun komm doch endlich mal zur Ruhe!«, fauchte er.

»Zur Ruhe?« Arri hätte beinahe laut aufgelacht. Diese ganze Flucht war eine einzige Katastrophe, und wenn das in dieser Geschwindigkeit so weiterging, würde vor Einbruch der Dunkelheit nicht nur ihr Gewand in alle Einzelteile zerfallen, sondern sie auch so erschöpft und außer Atem sein, dass ihr die Aussicht auf ihren eigenen Tod eher wie eine Erlösung vorkäme.

»Du bist mir einige Erklärungen schuldig!«, schrie ihr Larkar ins Ohr.

Vielleicht sagte er das auch in ganz gewöhnlichem Tonfall, aber da sich sein Mund direkt neben ihrem Ohr befand, empfand sie es als unerträgliches Geschrei.

»Ich bin dir wirklich dankbar, dass ich jetzt nicht nur Taru und Rar fürchten muss«, antwortete Arri, »sondern es auch noch mit einer Horde leibhaftiger Dämonen zu tun habe.«

»Taru!«, stieß Larkar hervor.

Dabei klang seine Stimme so hasserfüllt, dass Arri ihn fragend ansah.

»Ich konnte Taru noch nie leiden«, stieß er gereizt hervor. »Er hat immer schon geglaubt, etwas Besonderes zu sein, nur weil er Dragosz' Sohn ist. Früher habe ich ihm noch ab und zu eine kleine Abreibung verabreicht, damit er nicht allzu übermütig wird.«

»Viel hat das nicht genutzt«, gab Arri leise zurück. »Ganz im Gegenteil. Er ist eher noch unangenehmer geworden.«

Larkar nickte, bevor er sie von der Seite aus musterte. »Und weshalb hast du Streit mit ihm?«

»Nun«, antwortete Arri ausweichend, »das ist eine lange Geschichte. Und ich erzähle dir sie auch wirklich gerne. Vorausgesetzt, ich habe mich zuvor noch in ein neues Gewand einkleiden können, und mir fliegen nicht andauernd Pfeile um die Ohren.«

Die Reise zur Begräbnisstätte seiner Urahnen hatte Zakaan vollkommen aus der Fassung gebracht. Er schloss die Augen, unfähig zu begreifen, was geschehen war. Konnte es denn wirklich sein, dass er aus der Trance heraus direkt nach Urutark gelangt war, in das Land seiner Stammväter, dorthin, wo sich einst aus einer wilden Horde ein Stamm gebildet hatte, und aus diesem dann das Volk, dem die Menschen angehörten, die er so liebte? Aber wie sollte das denn möglich sein?

»Nein!«

Er schreckte auf und streckte die Hand aus. Seine Finger zitterten und sein Herz schlug ihm bis zum Hals, als er dem Wort nachlauschte, das er selbst ausgestoßen hatte. Er fühlte sich so verloren und hilflos.

Dabei war sonst wieder alles so, wie es sein sollte. Da gab es keinen in Felle gekleideten Schamanen mehr, der Eiskristalle im Bart hatte, und der Boden unter ihm strahlte zwar nicht gerade Hitze aus, war aber immerhin auch nicht mit Schnee bedeckt. Er befand sich wieder in der Zeit, in die er gehörte. Es war ein warmer Tag nach einem viel zu heißen, alles versengenden Sommer, und kein von Schnee und Eis geprägter Übergang in die kalte Jahreszeit, wie ihn seine Urahnen Jahr für Jahr erlebt haben mochten.

Er musste sich beruhigen. Und er wusste auch, wie er das erreichen konnte. Zumindest ungefähr.

Der Odem der Götter verband alles miteinander: Menschen, Tiere und Pflanzen, Wasser, Feuer, Luft und die Erde, deren Atem in ihrem ganz eigenen Rhythmus floss. Viel Übung gehörte dazu, all diese verschiedenen Arten zu erspüren, mit denen sich alles Lebendige den Odem der Götter teilte. In den alten Zeiten, in denen der Schamane oft genug Zeit und Ruhe gehabt hatte, um sich ganz zu versenken, war er oft vollkommen in dem Gefühl aufgegangen, seinen Atem mit dem der ganzen Welt zu verbinden.

Genau das versuchte er, und zwar immer und immer wieder. Aber irgendetwas störte ihn. Es wollte ihm einfach nicht gelingen, in den richtigen Atemrhythmus zu kommen. Wenn er einatmete, hüpften seine Gedanken davon wie ein Kiesel, den man in einem flachen Winkel aufs Wasser warf, und beim Ausatmen stieß er die Luft zu flatterig aus, ungefähr so wie ein löchriger Blasebalg.

Schließlich musste er den Versuch abbrechen. Fast widerwillig öffnete er die Augen und legte den Kopf in den Nacken, um nach oben zu starren. Das Blätterdach der Bäume war so dicht, wie er es auch in Erinnerung hatte, aber die riesigen grauschwarzen Monolithen, die er zu sehen geglaubt hatte, gab es gar nicht. Er starrte in jede Richtung, schwenkte rasch den Kopf von rechts nach links und spürte, wie ihn ein starkes Schwindelgefühl ergriff. Die Baumkronen schienen sich um ihn zu drehen, und das Rascheln des Laubes verwirrte ihn ebenso wie das Gezänk von ein paar Rohrspatzen, die zwischen den Ästen umherjagten.

Das Entscheidende aber war, dass dort gar keine Monolithen waren, nirgendwo, weder in der direkten Umgebung noch irgendwo sonst in seinem Sichtfeld. Das einzig Dunkle waren die Schatten, die die Bäume warfen – aber bei genauerem Hinsehen hatten sie auch nicht die geringste Ähnlichkeit mit großen grauschwarzen Steinen.

Zakaan schüttelte den Kopf. Was war nur mit ihm los? Für gewöhnlich konnte er sehr gut zwischen der Wirklichkeit und dem unterscheiden, was er in einer Versenkung zu sehen glaubte. Diesmal jedoch war alles anders gewesen.

Dabei war er an einem guten Ort, an einem Ort, der von Lebensenergie nur so durchpulst wurde. Aber dies hier war nicht Urutark, ganz gewiss nicht.

Wie hatte er sich nur so täuschen können?

Weil der Wunsch diesmal so groß gewesen war, dass sich seine Wahrnehmung getrübt hatte. So einfach war das.

Erst hob er die Hände … und dann ließ er sie langsam wieder sinken. Sie zitterten, und das taten sie auch beim zweiten und beim dritten Mal. Aber allmählich fand er wieder Zugang zu sich selbst. In seinem Kopf herrschte nach wie vor ein Schwindelgefühl, das ihn wohl niedergerungen hätte, hätte er gestanden. Aber sein Atem fing wieder an zu fließen, ganz so wie er es wollte.

Die Kraft des Lebens ist in allem, das wusste er besser als jeder andere seines Volkes. Sie durchfließt auch alles, die Steine genauso wie das Gras, das Wasser ebenso wie den Wind, die Ameise wie auch das Urrind. Sich in den uralten Fluss der Lebensenergie hineinfallen zu lassen, sich über den Atem mit ihr zu verbinden, das war immer und überall seine Lösung gewesen.

Und es glückte auch jetzt wieder. Doch gleichzeitig begriff er, was ihn gestört hatte: Es waren die Bilder am Rande seiner Wahrnehmung. Bilder von Dingen, die er nicht verstand, schreckliche Bilder. Er sah Tote, verwesende Leichen, aufgedunsene Körper und einen Leichenpfuhl mit der Ansammlung unaussprechlichen Grauens.

Zwei, drei Züge lang drohte sein Atem wieder davonzuflattern, dann streckte er die Hände vor, legte die Fingerspitzen aufeinander und öffnete langsam die Hände. Sofort spürte er, wie Ruhe in sie einfloss und all das verdrängte, was seinen Geist mit den schrecklichen Bildern mitreißen wollte.

Diese Leichen … und Lexz und die anderen, die in einem unbekannten dichten Urwald unterwegs waren … all dies gehörte irgendwie zusammen …

Ob Lexz … tot war?

Der Schamane lauschte in sich hinein, doch er bekam keine Antwort. Aber er spürte noch deutlicher als zuvor, dass sie sich in Gefahr befanden, Torgon, Lexz, Ekarna und Sedak. Sie waren vom Weg abgekommen und drohten sich in etwas zu verstricken, was noch schlimmer sein konnte als der Tod.

Allmählich wurde es Zeit, dass er etwas unternahm. Er musste Lexz die Kraft des Lebens schicken. Und er konnte nur hoffen, dass der Junge auch in der Lage – und in der Stimmung – war, um sie zu empfangen.

Es war kühler geworden, der Wald finsterer, und wo immer es möglich war, folgten Lexz und seine Gefährten Wildpfaden oder hielten sich an Bäche, deren Ufer meist licht und aufgebrochen waren. Ihre Augen schienen dabei überall zu sein. Vögel, die aufflatterten, Kleintiere, die weghuschten, das Surren und Summen der Insekten: Der Wald barst vor prallem Leben.

Aber keine Spur von Larkar und Sedak.

Sie alle drei waren gut im Spurenlesen, und es schien mehr als unwahrscheinlich, dass ihnen auch nur das kleinste Anzeichen dafür entgehen mochte, dass hier in letzter Zeit jemand anderer als sie entlanggekommen war. Zwei–, dreimal entdeckten sie auch tatsächlich alte Spuren, die von Menschen kündeten, und eine ganze Zeit lang verfolgten sie einen Pfad, der nicht nur von Tieren, sondern ganz offensichtlich auch von Menschen plattgetrampelt worden war.

Aber dieser Pfad verlor sich dann zwischen Findlingen und kleinen und größeren Steinen, die jetzt zunehmend in den Wald eingestreut lagen. Danach hatten sie keine Spuren von Menschen mehr gefunden.

Noch nie zuvor in seinem Leben hatte sich Lexz so verloren gefühlt. Larkar war schon immer wie ein Bruder für ihn gewesen, und nach Nakurs Tod war das Band zwischen ihnen noch enger geworden. Wenn er ehrlich war, war Larkar sogar der Einzige, der ihm wirklich nahestand. Was, wenn er durch die eigene Unbeherrschtheit seinen Tod auf dem Gewissen hatte?

Das Gefühl des Verlustes wurde mit jedem Schritt, den sie zurücklegten, übermächtig. Aber es war nicht nur die Angst um Lexz, die sein Herz zusammendrückte, es war all das, was ihnen in den letzten Stunden passiert war – und die Gewissheit, dass auch noch die eine oder andere Überraschung auf sie wartete.

»Schritt für Schritt rennen wir tiefer in den Wald hinein, ohne eine Spur von Larkar und Sedak zu finden«, hatte Torgon geschimpft. »Das gefällt mir nicht. Wir sollten zurück zu Ragok, um ihm Bericht zu erstatten. Er muss doch unbedingt von den beiden Überfällen wissen! Es wäre gar nicht auszudenken, was es bedeutet, wenn Ragoks Lager angegriffen wird – oder auch nur Jäger oder Sammler, die er losgeschickt hat.«

»Das stimmt«, hatte Ekarna geantwortet. »Wir müssen so schnell wie möglich zu ihm. Aber nicht ohne unsere Gefährten!«

Genau.

Nicht ohne ihre Gefährten.

Und doch war dann alles anders gekommen.

Nach Stunden vergeblicher Suche hockten sie nun an einem Bach, erschöpft und jeder für sich in düstere Gedanken versunken. Die wenigen Sätze, die sie während ihrer zügigen und anstrengenden Suche gewechselt hatten, hatten sich alle ausnahmslos um die Geschehnisse an der Grube und um ihre vermissten Gefährten gedreht. Es waren schmerzhafte Gesprächsfetzen gewesen, die zu nichts geführt hatten, außer dazu, ihre Verzweiflung noch weiter zu schüren.

Inzwischen griff die Nacht mit dunklen Schatten nach ihnen, und jetzt weiterzumarschieren, das wäre ein unverzeihlicher Leichtsinn gewesen. Lexz hatte zwischendurch immer wieder das unangenehme Gefühl gehabt, beobachtet zu werden. Vielleicht waren es die Höhlenmenschen, die sie nach Ekarnas raubtierhaftem Eingreifen nicht vollständig aus den Augen gelassen hatten, vielleicht waren ihnen aber noch die Kapuzenmänner auf den Fersen. Das alles wirkte so ... verwirrend, um es ganz vorsichtig auszudrücken.

Und auf keinen Fall durften sie in ihrer Wachsamkeit nachlassen.

Jetzt hockten sie beieinander – und auch wieder nicht. Sie hatten eine leicht erhöhte Stelle am Bach gewählt, weil diese sich im Notfall leichter verteidigen ließe als jeder andere Ort, und jeder von ihnen behielt einen anderen Abschnitt im Auge. Zumindest tat Ekarna das, und auch Lexz bemühte sich, in seiner Wachsamkeit nicht nachzulassen. Torgon dagegen richtete seine Aufmerksamkeit auf etwas ganz anderes: nämlich auf das, was er zwischendurch eingesammelt hatte, um es jetzt zu verspeisen.

»Greift ruhig zu«, forderte er die beiden anderen auf.

Lexz warf einen flüchtigen Blick auf alles, was Torgon da vor ihnen auf dem Waldboden ausgebreitet hatte. Es waren Beeren dabei, Wildäpfel und farnähnliche Blätter von einer merkwürdigen Farbe, die fast einen Stich ins Rötliche hatte. Aber dazwischen zuckte und krabbelte es, und Lexz sah schnell wieder weg.

»Hier können wir nicht bleiben«, stellte Larkar fest.

Da konnte ihm Arri nur recht geben. Sie waren so in Eile gewesen, dass sie ihrer Umgebung etwas zu wenig Aufmerksamkeit geschenkt hatten. Die Schlucht schnitt scharf in den Hügel ein, auf den sie auf der Suche nach einem Versteck zugehalten hatten. Nicht weit entfernt von hier lag der Steinbruch, und dort befand sich auch die Höhle, in der sie ihr Schwert versteckt hatte. Nur hatte sie leider nicht die geringste Ahnung, wie sie dahin kommen sollte, ohne dass ihr Larkar an den Fersen klebte – und sie möglicherweise in Taru, Rar oder irgendwelche wild gewordenen Bogenschützen oder Dämonen hineinlief, die ihre Stangen schwangen.

»Wenn ich das richtig sehe, müssen wir den gleichen Weg, den wir gekommen sind, wieder zurück«, stellte Larkar gerade fest.

Das war eine sehr hilfreiche Bemerkung. Arri drehte sich einmal um die eigene Achse und schüttelte den Kopf. »Nein«, sagte sie, und fast hätte sie dabei mit der Hand nach oben gedeutet, in die Richtung des Pfades, den sie entdeckt zu haben glaubte. Doch dann besann sie sich rechtzeitig, dass ihre Bluse wohl vollends über ihre Schultern gerutscht wäre, und sie schüttelte nur noch einmal, und diesmal mit deutlich mehr Nachdruck, den Kopf. »Da müssen wir rauf. Und dann nach links. Wenn ich mich richtig erinnere, kommen wir dort wieder von den Hügeln runter.«

Larkar spähte in die angegebene Richtung und zuckte dann mit den Schultern. »Möglich. Also lass uns das versuchen.«

»Und dann?«, fragte Arri. »Versteh mich nicht falsch – aber unsere Wege werden sich trennen, sobald wir die Schlucht verlassen haben.«

»Ja.« Larkar drehte sich langsam um, darauf bedacht, ihr dabei nicht zu nahe zu kommen. »Und wo willst du hin?«

Das geht dich gar nichts an, dachte Arri, und offensichtlich konnte man ihr ihre Gedanken auch deutlich genug ansehen, denn Larkar zuckte abermals mit den Schultern. »Natürlich ist es deine Sache, was du tust. Aber wenn du willst, kannst du mit mir kommen.«

»In Ragoks Lager?« Arri schüttelte den Kopf. »Ich glaube nicht, dass das eine gute Idee ist.«

»Ja, vermutlich nicht.« Larkar seufzte und wandte sich wieder von ihr ab. »Es spielt ohnehin keine Rolle. So schnell werden wir nicht zurückkehren können. Zuerst müssen wir Sedak suchen.« Arri spürte, wie er sich anspannte. »Wir haben uns getrennt, um den Bogenschützen kein so leichtes Ziel zu bieten.«

»Aha.« Arri rückte noch ein weiteres kleines Stück von Larkar ab, und ihr rechter Fuß drohte abzugleiten, bevor sie ihn mit einer entschlossenen Bewegung wieder heranzog. »Und was sind das für Leute, die euch mit Pfeilen beschießen? Sind es die gleichen, die auch mit den Stangen auf uns losgegangen sind?«

»Du meinst … diese … diese Kapuzenmänner?«, fragte Larkar.

Arri entging nicht, dass er es vermied, das Wort Dämonen auszusprechen. Das war Arri nur recht. Bislang hatte sie sich geweigert, auch nur ernsthaft darüber nachzudenken, wem sie die schwarze Stange entrissen hatte. Oder woraus sie gefertigt war. Bronze? Das konnte doch nicht sein, genauso wenig wie Kupfer oder irgendetwas anderes.

Es sei denn, es bestand aus dem gleichen Material wie ihr Schwert …

Sie verwarf den Gedanken, als Larkar plötzlich sagte: »Eigentlich waren wir zu fünft. Aber wir sind durch … unglückliche Umstände getrennt worden.« Sein Gesicht verzog sich dabei, als hätte er in etwas Saures gebissen. »Also schlag mit der Stange bitte nicht gleich jedem den Schädel ein, auf den wir stoßen. Es könnten auch meine Gefährten sein.«

Arri nickte. »Ich werde versuchen, daran zu denken.« Sie deutete nach unten. »Und jetzt los. Dieser wunderschöne kleine Steinschlag, den wir ausgelöst haben, ist zur Ruhe gekommen. Also nichts wie weg hier. Bevor uns die Bogenschützen wieder aufstöbern!«

»Ich habe keinen Hunger«, antwortete Lexz, als Torgon nicht aufhörte ihn zu bedrängen und ihm eine Köstlichkeit nach der anderen anbot.

»Aber du musst doch etwas essen«, sagte Torgon, und Lexz glaubte, in dem nicht zu überhörenden Schmatzen jetzt auch ein leises Fipsen zu hören, das plötzlich abbrach. »Essen hält Geist und Seele zusammen«, fuhr Torgon genüsslich kauend fort. »Frag Zakaan.«

»Ja, ich fürchte, da hast du recht«, sagte Ekarna und klaubte einen Apfel hervor. »Wo hast du die eigentlich her? Ich habe gar keine Obstbäume gesehen?«

Lexz rückte ein Stück von den beiden ab. Er hatte seinen Durst an dem frischen Wasser gestillt, das der Bach mit sich führte. Das reichte fürs Erste. Dabei war es noch nicht einmal Torgons fragwürdiges Essverhalten, das ihn hatte abrücken lassen, sondern eher der Umstand, dass er den Namen des Schamanen erwähnt hatte.

Der Wind strich so sanft wie eine beruhigende Hand über ihn hinweg, aber Lexz hockte weiter in einer angespannten und verkrampften Haltung da. Er dachte an seinen toten Bruder Nakur, und außerdem dachte er an Larkar. Es wurde Zeit, dass das Sterben aufhörte.

Genau das Gleiche hatte auch Zakaan in letzter Zeit immer wieder gesagt. Kein Wunder, dass seine Gedanken jetzt zu dem alten Schamanen wanderten, der ihm immer eine Stütze gewesen war. Zakaan hatte ihm geholfen, wann immer er sich schwach und unsicher gefühlt hatte.

Und genau das tat er auch jetzt: sich schwach und unsicher fühlen.

»Einer Gefahr aus dem Weg gehen, das kann man doch erst, wenn man sie auch wirklich kennt«, glaubte er die Stimme Zakaans zu hören, als er sich endlich mit dem Rücken an einen Baum gelehnt hatte, um erst einmal etwas zur Ruhe zu kommen.

So gut es im verblassenden Sonnenlicht ging, sah er durch das dichte Unterholz hindurch und in die sich leicht im Wind wiegenden Gräser und Sträucher hinein. Der Anblick erinnerte ihn an eine andere, glücklichere Zeit. In ihrem Heimatdorf hatte er oft am Feuer gesessen, in dem funkensprühend die Opfergaben verbrannten, die sie ihm zuvor übergeben hatten – in den guten alten Zeiten, als sie noch genug hatten erübrigen können, um den Göttern ein angemessenes Opfer darbieten zu können …

Lexz versuchte die Augen offen zu halten und nach allem Ausschau zu halten, was verdächtig sein konnte. Aber das wollte ihm nicht gelingen. Es war Zakaans Stimme, die er jetzt hörte, und nicht mehr das Rauschen des Windes und das Rascheln der Blätter. Er hörte den leicht knarrenden, dumpfen Unterton, der vor allem dann die Worte des Schamanen begleitete, wenn er den jungen Kriegern etwas Wichtiges mit auf den Weg gab. Etwas nämlich, das ihnen helfen sollte, die Gefahren zu bestehen, die in der unbekannten Welt lauern mochten, in die sie sich auf der langen Wanderung und Suche nach Urutark aufmachten.

»Wann immer du nicht mehr weiterweißt, werde ich dir helfen können«, hatte Zakaan damals gesagt. »Ich werde in deinen Gedanken sein, wann immer du mich brauchst. Alles, was du dafür tun musst, ist, dich auf meine Stimme zu konzentrieren. Und auf deine Atmung.«

Lexz wusste, dass Zakaan recht hatte. Allein war man verloren. Es war das Wissen und die Weisheit der Ahnen, die einen stark machten. Das Wissen, das durch den Schamanen sprach, und für das man sich öffnen musste, wollte man in dieser Welt bestehen, in der doch alles drunter und drüber ging.

»Konzentriere dich auf deine Atmung«, hatte ihm Zakaan auch dann immer gesagt, wenn er allein mit ihm am erlöschenden Feuer gesessen hatte, nachdem die anderen bereits längst verschwunden waren und sich für eine weitere Nacht auf dem harten Untergrund einer fremden Welt gebettet hatten. »Dein Atem spendet dir die Kraft, die die Götter zum Beginn der Zeiten auf die Welt geblasen haben, als sie Menschen und Tiere erschufen. Dein Atem verbindet dich mit dem Atem der Tiere, die du jagst. Er verbindet dich mit den Menschen, die du liebst, und ebenso mit den Menschen, die du hasst. Vor allem verbindet er dich aber mit dem Atem der Götter.«

»Der Atem der Götter«, flüsterte Lexz. »Wir müssen uns auf den Atem der Götter besinnen.«

Aber ob das half, wenn man eine zarte mädchenhafte Erscheinung gesehen hatte, deren Anblick den eigenen Tod verkündete?

Torgon drehte sich zu ihm um und sah ihn stirnrunzelnd an. Lexz konnte in diesem Augenblick nichts anderes denken als: ob er überhaupt richtig atmen kann, so dick wie er ist? Und warum muss er eigentlich ständig irgendetwas in sich hineinstopfen?

»Zakaans kluge Ratschläge helfen uns hier nicht weiter.« Torgon schüttelte besorgt den Kopf. »Wir müssen selbst entscheiden, was jetzt zu tun ist.«

»Ja, das sehe ich auch so«, pflichtete ihm Ekarna bei, bevor Lexz etwas sagen konnte. Sie wandte ihren Kopf nach rechts. »Habt ihr das vorhin auch gesehen? An der Grube? Kurz bevor wir losgegangen sind?«

»Ja, ich habe jemanden gesehen«, sagte Torgon schmatzend. Er nahm etwas Undefinierbares auf, roch daran und biss dann herzhaft hinein. »Einen muskelbepackten Kerl mit wildem Bart und einem noch wilderen Funkeln in den Augen, der eine riesige Keule in der Hand hatte. Und dann war da noch einer, der mit einem Speer auf uns losgehen wollte. Aber dem hast du ja einen gehörigen Schrecken eingejagt, dadurch, dass du deine Zähne in ihn vergraben hast.«

Es war wohl mehr als nur ein Schrecken gewesen, dachte Lexz, sprach jedoch die Worte nicht aus. Seine ganze Aufmerksamkeit galt Ekarna.

Und dann sagte sie fast unhörbar genau den Satz, von dem er schon gefürchtet hatte, dass sie ihn sagen würde: »Nein, das meine ich nicht.«

»Aha«, machte Torgon. »Und welchen von unseren vielen anderen Angreifern meintest du dann?«

Ekarna zögerte. »Keinen der Angreifer«, sagte sie schließlich.

Nein, wisperte eine Stimme in Lexz' Gedanken, etwas viel Schlimmeres. Eine Todessyre.

Aber warum hatte Ekarna sie dann auch gesehen? Stand etwa auch ihr der Tod bevor? Waren sie denn beide todgeweiht?

»Was ist nun?«, drängte Torgon. »Wen hast du gesehen?«

Ekarna antwortete darauf etwas, das Lexz nur zu gut verstand. Denn wenn sie das Gleiche wie er gesehen hatte, ein zartes Mädchen, fast durchsichtig, das mit einer Stimme sprach, die keinem menschlichen Wesen gehören konnte, dann würde sie dies aus dem gleichen Grund verschweigen wie er selbst.

Weil es nichts war, über das man sprechen sollte.

»Ich weiß nicht, wen oder was ich gesehen habe«, sagte Ekarna. »Und ich weiß auch nicht, was uns getroffen hat … Dieses Zeug aus der Grube …«

»Meinst du, nachdem uns die Dämonen und bevor uns die Höhlenmenschen angegriffen haben?« Torgon spuckte etwas aus und verzog angewidert das Gesicht – was Lexz mehr als gut verstehen konnte. Denn das, was er ausgespuckt hatte, schlängelte sich nun davon. »Da wollte mich das kleine Mistvieh doch in den Mund beißen!« Er schüttelte den Kopf. »Wenn ich das richtig zähle, war das damit der dritte Angriff heute.«

Ekarna antwortete nicht, sondern stierte nur vor sich auf den Boden.

»Gut, ich habe verstanden.« Torgon sortierte etwas aus seinen Essvorräten aus und warf es davon. »Heute also kein Lebendfutter mehr.« Er wandte sich an Ekarna, und sein Gesichtsausdruck wirkte jetzt deutlich ernster als sein lockeres Gerede hatte vermuten lassen. »Du meinst etwas anderes. Und etwas, das auch nicht appetitlich ist.«

»Ja. Oder nein.« Ekarna zuckte mit den Schultern. »Ich will jetzt gar nicht über diese … Grube reden. Und das, was da hochgespritzt ist.«

»Schleim«, unterbrach sie Torgon. »Ekelhafter, gelbgrüner Schleim. Ich habe das Zeug schließlich ins Gesicht bekommen. Und überall, wo es mich getroffen hat, hat es gebrannt und gejuckt, als hätte mir jemand Brennnesseln ins Gesicht geschlagen. Was ist das?«

»Ich weiß es nicht«, wiederholt Ekarna. Ihre Stimme klang flach, der Blick ihrer grünen Augen flackerte. »Es ist … wie ein Zeichen der Götter …«

»Klar«, Torgon nickte, »all das sind Zeichen der Götter. Aber welcher Götter, Ekarna? Unserer – oder der unserer Feinde?«

Lexz fand, dass das eine sehr gute Frage war.

Wer hatte ihm die Todessyre geschickt? Vielleicht die Götter seiner Feinde?

»Das ist die falsche Frage«, glaubte er Zakaan antworten zu hören. »Dragosz' Leute sind nicht unsere Feinde. Sie gehören zu uns. Sie müssen sich aber erst wieder darauf besinnen.«

»So wie ich mich auf meinen Atem besinnen muss«, murmelte Lexz.

Ekarna warf ihm einen schrägen Blick zu, aber Torgon achtete gar nicht auf ihn. Er stellte Ekarna eine ganze Menge Fragen zu der Leichengrube, und das wohl hauptsächlich deshalb, weil Ekarna ersatzweise die Funktion einer Heilerin übernommen hatte und viele Dinge wusste, für die er und Lexz noch nicht einmal Worte hatten. Ekarna hatte jedoch keine schnelle Erklärung bereit und war offensichtlich mit ihren Gedanken auch ganz woanders – was Torgon jedoch nicht daran hinderte, immer wieder auf sein augenblickliches Lieblingsthema zurückzukehren.

Aufs Essen.

»Ganz still jetzt«, zischte Ekarna plötzlich.

Lexz sah überrascht hoch. »Habe ich zu laut geatmet?«

»Oder habe ich zu laut geschmatzt?«, ergänzte Torgon.

»Still, ihr Kindsköpfe.« Ekarna erhob sich mit einer geschmeidigen Bewegung. »Da ist irgendjemand.«

Lexz lauschte. Doch er hörte nur das Geräusch, mit dem Ekarna ihr Schwert zog, und das Rascheln von Torgons Kleidung, als er sich erhob. Lexz folgte seinem Beispiel.

Es war zwar noch nicht vollständig dunkel, aber es kündete sich bereits eine stockfinstere Nacht an. Und obwohl Lexz nichts hörte, nahm er doch etwas wahr. Er hätte nicht sagen können, was es war, vielleicht ein Geruch, oder etwas, das sanft und kaum merklich über seine Haut strich.

»Das gefällt mir nicht«, murmelte Ekarna, »das gefällt mir ganz und gar nicht.«

Lexz hätte ihr gern widersprochen. Aber das konnte er nicht.

»Wir sollten besser nicht hierbleiben«, flüsterte Torgon. »Vielleicht hätten wir doch lieber unser Lager in der Senke aufschlagen sollen, die wir vorhin …«

Ekarna hob den Arm, und ein schwacher Glanz schimmerte dort, wo sich das wenige verbliebene Licht auf ihrem Schwert widerspiegelte. Ihre langen Haare wirbelten auf, als sie eine schnelle Bewegung machte, und dann rief sie: »Lauft!«

Torgon und Lexz brauchten keine weitere Aufforderung mehr. Wie auf ein geheimes Kommando hin wandten sie sich alle in die gleiche Richtung und stürmten los.

Ein vielstimmiger Laut war die Antwort auf ihre Flucht, ein Grollen, ein Klappern, ein Schrillen, das Lexz durch Mark und Bein ging. Diesmal war es keine Wut, die ihn antrieb, diesmal war es die nackte Angst. Wie eine durchgehende Herde, die vor einer Feuersbrunst floh, so stürmten sie durch den Wald. Zweige peitschten in Lexz' Gesicht, dorniges Gestrüpp peitschte seine Beine. Er hörte Ekarna und Torgon dicht hinter sich, aber nicht nur sie. Da waren unzählige Füße, die über den Boden trampelten, so kam es ihm zumindest vor, und die schrecklichen Kriegslaute verfolgten sie und trieben sie an …

Er begriff die Gefahr erst, als es schon zu spät war. Wie selbstverständlich war er am Bach entlanggelaufen, denn nur dort konnte man im Dunkeln einigermaßen gut vorankommen. Aber genauso selbstverständlich hatten jene das vorhergesehen, die sie überfielen.

Ein Schemen tauchte vor ihm auf, Lexz riss sein Schwert empor. Er war bereit, sein Leben in einem Kampf so teuer wie möglich zu verkaufen.

Aber dazu kam es gar nicht mehr. Bevor er auch nur mehr als die Umrisse des Angreifers ausmachen konnte, der ihm in den Weg sprang, wurde er von einem fürchterlichen Schlag auf dem Hinterkopf getroffen. Er stolperte noch einen Schritt nach vorn, machte eine lächerlich fuchtelnde Bewegung mit seinem Schwert, drehte sich einmal um die eigene Achse und stürzte dann schwer zu Boden.

Augenblicklich wurde es um ihn herum dunkel.

Ihr Gewand zu flicken war einfacher, als Arri geglaubt hatte. Im Schutz eines Felsens hatte sie die Bluse ausgezogen und sie hastig begutachtet. Larkar hatte auf der anderen Seite gestanden, angeblich, um aufzupassen, dass nicht ausgerechnet in diesem für Arri so schwierigen Augenblick ein Angriff erfolgte. Aber Arri hatte, bevor sie mit Dragosz zusammengekommen war, auch schon so manche Erfahrungen gemacht, die ihren Glauben an die Aufrichtigkeit von Männern nachhaltig zerstört hatte.

Also hatte sie den eingerissenen Stoff der Bluse in aller Eile an zwei Stellen verknotet und hier und da etwas glatt gestrichen, bevor sie sie wieder schnell übergestreift hatte. Die Bluse war dreckig und blutbesudelt, und dennoch: Arri fühlte sich danach wieder so viel wohler.

Als sie den Schutz des Felsens verließ, hatte sie auch den Wickelrock wieder gerichtet (was bei diesem einfachen Kleidungsstück auch kein großes Kunststück bedeutete). Wenn sie jetzt auch noch einen kleinen Abstecher zum Fluss hätte machen können, um sich Blut und Dreck aus dem Gesicht und von den geschundenen Handgelenken zu waschen, dann hätte sie sich schon wieder beinahe wie ein Mensch gefühlt.

Aber das war nicht möglich, denn Larkar trieb sie zur Eile an. Nicht, dass das nötig gewesen wäre: Auch wenn sie sich gern noch gewaschen hätte, verspürte Arri eine so große Unruhe in sich, dass sie am liebsten auf eigene Faust losgestürzt wäre, um die Höhle zu suchen, in der sie ihre Schätze versteckt hatte.

»Was hast du jetzt eigentlich vor?«, fragte Larkar, als sie einen schmalen Pfad entlangstapften, der sie entgegen ihrer früheren Erwartung nicht hinab–, sondern noch ein gutes Stück hinaufführte. »Willst du dich jetzt allein durch die Wälder schlagen?«

»Nein«, brummte Arri unwillig.

»Aber was dann?«, bohrte Larkar nach. »Hast du irgendeinen Ort, zu dem du gehen kannst?«

Arri schüttelte den Kopf und versuchte ihre Schritte so weit zu beschleunigen, dass der hinkende Speer nicht mehr mitkam. Es gelang ihr anfangs auch ganz gut, doch dann hatte Lexz in seinen eigenen Rhythmus gefunden und schloss wieder zu ihr auf.

»Also«, fragte Lexz hartnäckig. »Wo willst du nun hin?«

Zu meinem Kind, dachte Arri. Bei dem Gedanken an Kyrill verkrampfte sich ihr Magen so sehr, dass sie sich zunächst vor Schmerzen krümmte.

»Vorsicht«, sagte Lexz. »Nicht, dass du noch mal ein paar Steine lostrittst. Ich habe keine Lust, hier wieder runterzurutschen.«

Die Bemerkung konnte zwar nicht ernst gemeint sein, aber sie erreichte doch ihren Zweck: Arri blieb stehen und sah zurück.

Von hier oben aus hätte man zum Fluss hinunterblicken können, wenn er nicht hinter dem dicken Grün von Baumwipfeln verschwunden wäre. Aber immerhin reichte der Blick ziemlich weit. Und was sie sah – oder besser gesagt: was sie nicht sah –, wirkte beruhigend.

Niemand war zu sehen. Kein Taru, kein Rar, und auch keine Gestalten in schwarzen Gewändern. Allerdings gab sie auch ein ziemlich gutes Ziel ab, falls jemand aus der Ferne sie mit einem Pfeil treffen wollte.

Sie drehte sich wieder um und eilte weiter. Larkar war schon weitergegangen, und gerade jetzt erreichte er eine Abzweigung, die hinter einer Baumgruppe lag, und verschwand mit ein paar humpelnden Schritten aus ihrem Sichtfeld.

Arri wollte ihm gerade nachgehen, als sie hörte, wie Larkar einen überraschten Laut ausstieß. Jetzt hielt sie nichts mehr. Sie packte ihre Stange fester und eilte los. In ihrer Phantasie sah sie Larkar schon in einen heftigen Kampf verstrickt, doch als sie die Baumgruppe erreichte und den abzweigenden Weg einschlug, bot sich ihr ein ganz anderes Bild.

Statt seine Waffe zu ziehen, hatte Larkar die Hände in die Hüften gestemmt und starrte in das Tal hinab, das sich vor ihnen auftat. Es war auch gar nicht unbewohnt. Mitten in der Talsohle befand sich ein reetgedecktes Langhaus, dessen Dach tief heruntergezogen und das selbst mit massiven Stämmen erbaut war, und dahinter standen ein paar deutlich kleinere Häuser mit Flechtwänden, die ebenfalls Reetdächer trugen. Einen überdachten Lehmbackofen gab es, einen Feuerplatz und daneben eine Mulde, in der allerlei Gerätschaften lagen.

Ein verlassenes Dorf, so nahe am See? Arri verstand das nicht. Ihr Blick versuchte dem, was sie da sah, jedes noch so kleine Detail zu entreißen. Sie kannte auch schon andere Ortschaften wie diese, hatte immer und immer wieder einzelne Langhäuser gesehen, die nur von wenigen Nebengebäuden umgeben waren, oder auch größere Dörfer, in denen mehrere Langhäuser standen, manchmal in offener Formation, manchmal aber auch wehrhaft geschlossen. In jedem dieser Häuser konnten ein paar Dutzend Menschen wohnen, und für gewöhnlich lebten sie dort im Winter mit ihrem Vieh. So vermochten sich Tier und Mensch gegenseitig so viel Wärme wie möglich zu spenden.

Das alles war auch gut und richtig so. Aber doch nicht hier, gar nicht weit vom See entfernt und ganz in der Nähe des Steinbruchs mit seinen Monolithen. Wie konnte es nur sein, dass Arri nichts von der Existenz dieses Dorfes wusste?

»Was ist das … hier?«, fragte Larkar.

Arri zuckte mit den Schultern. »Keine Ahnung. Ich war noch nie hier.«

Larkar hatte allerdings gar keine Antwort abgewartet, sondern war schon einmal losgehumpelt. Seine Bewegungen wirkten gleichermaßen eckig wie flüssig, jetzt aber vor allem sehr energisch. Obwohl ihm Arri gleich folgte, hatte sie große Mühe, ihn einzuholen.

»Du verschweigst mir etwas«, sagte Larkar, als sie auf gleicher Höhe mit ihm war.

»Warum sollte ich das?«, gab sie knapp zurück.

Larkar zuckte mit den Schultern. Die Haare auf seiner unverbrannten Seite flatterten im Wind, der ihnen vom Dorf aus scharf entgegenblies. »Das weiß ich nicht.«

Mehr sagte er nicht, aber in seinen Augen lag ein Funkeln, das Arri gar nicht gefiel.

Sie beschloss, keine Rücksicht mehr auf ihn zu nehmen. So leichtfüßig sie konnte stürmte sie los. Ihre Bewegungen wirkten dabei eine Spur eckiger und verkrampfter als sonst, was auch kein Wunder war, nachdem sie die ganze Nacht gefesselt auf dem Steg verbracht hatte. Aber im Gegensatz zu Larkar konnte sie kurzfristig noch ein wenig schneller werden.

Als sie den Rauch hinter dem Langhaus aufsteigen sah, begriff sie, dass dies nicht unbedingt eine gute Idee gewesen sein musste. Sie war wie selbstverständlich davon ausgegangen, dass das Dorf unbewohnt sein würde. Aber was nun, wenn das nicht zutraf?

»Warte auf mich«, rief ihr Larkar hinterher, und das hätte sie wahrscheinlich auch getan, wenn er es ihr nicht nachgerufen hätte. Sie war es langsam leid, sich bevormunden zu lassen.

Mit jedem Schritt, den sie dem Dorf mit wehendem Rock geradezu entgegenflog, fühlte sie sich unbehaglicher. Rauch. Ja. Sie hatte sich nicht getäuscht. Hinter dem Langhaus stieg tatsächlich eine dünne, kaum wahrnehmbare, fast weiße Säule auf, die vom Wind zerrissen wurde. Vielleicht war es Birkenholz, das da verbrannt wurde, denn sie meinte einen leicht süßlichen Geruch wahrzunehmen.

Ihre Augen jagten den Weg entlang, glitten über die kleineren Häuser hinweg und wieder zum Langhaus zurück. Sie nahm immer mehr Einzelheiten wahr, die ihr zunächst entgangen waren. Auf der linken Seite, gleich unterhalb eines recht steil ansteigenden Hanges, lag ein halb zerstörter hölzerner Eimer im Gras, und nicht weit davon entfernt ein zerschlissenes Seil. Das passte ins Bild. Auf dem Weg spross Unkraut, und dazwischen lag allerlei Unrat, Tonscherben, abgenagte Knochen, Vogelfedern, abgesplitterte Holzstücke, und mittendrin sogar ein paar Bronzenägel und etwas, das wie ein Armreif aussah.

Was mochte hier geschehen sein? Arri konnte sich nicht vorstellen, dass hier noch jemand wohnte, sonst hätte zumindest der Brunnen in einem deutlich besseren Zustand sein müssen. Aber es sah aus, als wären die Bewohner Hals über Kopf geflohen. Irgendetwas musste geschehen sein, dass sie sogar so wertvolle Gegenstände wie Schmuck und Nägel zurückgelassen hatten. Und noch merkwürdiger schien, dass in der Zwischenzeit niemand hier gewesen war, um zumindest die wertvollen Sachen einzusammeln.

Aber auch wenn das Dorf nicht mehr bewohnt wurde, bedeutete es ja noch nicht, dass es nicht vielleicht gerade jetzt von jemandem heimgesucht wurde, der ganz andere Interessen hatte, als ein paar wertvolle Bronzeteile einzusammeln. Wenn sie Pech hatte, dann waren es sogar die geheimnisvollen Bogenschützen.

Da, hinter dem Langhaus ... etwas bewegte sich, und sie erwartete, jeden Augenblick eine Gestalt hervortreten und mit Pfeil und Bogen auf sie anlegen zu sehen. Sie bremste so schnell ab, dass der Schotter unter ihren Füßen hochspritzte, und riss die Stange nach oben ...

Eine kleine, magere Wildkatze sauste hervor, jagte einem Blatt hinterher, bemerkte sie und schoss in die entgegengesetzte Richtung davon. Aber das erleichterte Auflachen blieb Arri im Hals stecken, als sie ein Geräusch aus dem Langhaus hörte und sich die Tür knarrend ein Stück bewegte.

»Jetzt bleib doch endlich stehen, verdammt«, sagte Larkar unnötigerweise, als er herangehumpelt kam. Schließlich hatte sie nicht vor, auch nur einen weiteren Schritt in dieses Gespensterdorf hinein zu machen.

Entsprechend gereizt drehte sie sich zu ihm um. Er sah wirklich sehr merkwürdig aus. Vom Ruß geschwärzte Augenringe, die ungewöhnliche Frisur und dann der Schmuck in seinen Ohren und in der Nase: So richtig gewöhnt hatte sie sich daran immer noch nicht. Dennoch durchströmte sie ein warmes Gefühl, als sie ihm entgegensah.

»Ich glaube, im Langhaus ... da ist jemand«, raunte sie ihm zu.

Larkar nickte. »Und dahinter hat einer ein Feuer entzündet. Das gefällt mir ganz und gar nicht.«

Bei diesen Worten überlief seine Züge ein ganz leichtes Lächeln, und als ihn Arri fast ärgerlich darauf aufmerksam machte, dass dies jetzt vielleicht etwas fehl am Platz wäre, sagte er: »*Das gefällt mir ganz und gar nicht*, das ist etwas, das die Raubkatze immer in solchen Augenblicken wie diesem sagt ...«

»Die Raubkatze?«

Larkar winkte ab. »Ekarna. Sie hat den Beinamen *die Raubkatze*, so wie Torgon *der Hammer* …«

Er brach ab und humpelte auf das Langhaus zu. »Vielleicht sind sie es ja.«

»Sie?« Arri konnte nicht verhindern, dass ihre kurze Frage wie ein erschreckter Ausruf klang. »Du meinst doch nicht …?«

Ohne auf sie zu achten, beschleunigte Larkar seine Schritte. Es war genauso, wie schon ein paarmal zuvor: Wenn es darauf ankam, bewegte er sich mit einer Eleganz, die im krassen Widerspruch zu der Verletzung stand, die ihn sonst langsamer machte. Arri zögerte. Hier stehen zu bleiben, wäre nämlich so ungefähr das Dümmste, was sie hätte tun können. Entweder, sie machte auf dem Absatz kehrt und ließ Larkar allein im Langhaus nach seinen Freunden suchen, oder sie begleitete ihn.

Der Speer hatte schon fast das Haus erreicht, als sie sich endlich zu einer Entscheidung durchrang und ihm folgte. Ohne sich nach ihr umzusehen bedeutete ihr Larkar mit einer Handbewegung, auf die andere Seite der Tür zu treten. Dann atmete er tief durch und machte einen letzten Schritt …

Und Arri sah aus den Augenwinkeln eine Bewegung … als sie dann herumfuhr, musste sie erfahren, dass es diesmal kein so mageres Kätzchen war, das vor ihr davonjagte, sondern etwas ganz anderes, etwas, das hinter dem Brunnen hervorkam …

Larkar stieß die Tür auf, bückte sich unter dem tief gezogenen Reetdach hinweg und trat in das Gebäude hinein. Arri nahm den muffigen Geruch wahr, der aus dem Haus hervorstieg: wie aus einer Gruft.

»Das ist doch …«, murmelte sie.

Ein Windstoß fuhr in das Ding, das hinter dem Brunnen aufgetaucht war, und es wirbelte hoch. Im allerersten Augenblick glaubte Arri, es sei ein riesiger schwarzer Vogel, und sie meinte, gierig funkelnde Augen zu sehen und Flügel, die sich ausbreiteten. Doch dann erkannte sie, dass es nur ein dunkles Kleidungsstück war, das vom Wind hochgewirbelt wurde, vielleicht einer der Mäntel, die die Entstellten bei ihrem Angriff getragen hatten.

Es bliebt ihr jedoch keine Zeit, erleichtert aufzuatmen: Sie fühlte sich von Larkar am Arm gepackt und ins Haus hineingerissen, und hätte sie nicht noch im letzten Augenblick den Kopf heruntergerissen, dann hätte sie sich das Gesicht an dem getrockneten Schilfrohr aufgerissen, aus dem das Reetdach zur besseren Wärmedämmung bis über den Türansatz hinausgezogen worden war. Irgendetwas in ihr wusste ganz genau, was gerade geschah. Aber ein anderer Teil reagierte panisch: Sie hätte die Eisenstange hochgerissen, hätte Larkar sie nicht gerade rechtzeitig wieder losgelassen.

»Was soll das?«, zischte sie. »Warum zerrst du mich hier rein? Ich kann selbst gehen.«

Larkar schüttelte den Kopf und deutete nach draußen. »Da ist jemand«, hauchte er fast unhörbar.

Ärgerlich schüttelte Arri den Kopf. »Nein. Nur ein Gewand oder ein Rock, der vom Wind hochgewirbelt wurde …«

Sie brach ab, als Larkar ihren Kopf ohne viel Feingefühl ergriff und in Richtung Tür drehte. Ihr wütender Protest kam nicht einmal über den Ansatz hinaus.

Es mochte ja sein, dass es tatsächlich ein Kleidungsstück gewesen war, das sie gesehen hatte. Aber jetzt glaubte sie zu erkennen, wie jemand vom Brunnen weglief und zwischen den Baumreihen unterhalb des Hanges verschwand.

Jemand? Klein, zierlich, fast zerbrechlich, mehr ein Schemen als ein Mensch, nicht fassbar … Arri schluckte hart, und dann war der Spuk auch schon verschwunden.

Trotzdem … irgendwie war ihr diese … diese Erscheinung seltsam bekannt, ja, fast vertraut vorgekommen. Was ging hier bloß vor?

»Hast du es jetzt auch gesehen?«, fragte Larkar.

»Ja.« Zischend stieß Arri die Luft aus. »»Aber wer …?«

Sie ließ den Satz zwar unbeendet, aber Larkar verstand sie auch so. »Ich habe keine Ahnung, wer das ist. Vielleicht einer der Bogenschützen.«

Arri starrte ihn verblüfft an. »Wie kommst du ausgerechnet darauf?«

»Weil das mit Sicherheit nicht Taru war«, antwortete Larkar. »Und keiner von den Kerlen, die uns mit den Stangen angegriffen haben.«

»Aber kann das überhaupt …?«

»Ein Mensch gewesen sein?« Larkar starrte sie an, und seine ohnehin schon dunklen Augen schienen plötzlich tiefschwarz zu werden. »Vielleicht ein Kind … oder …«

»Oder?«

Larkar winkte ab. »Nichts, nein.« Er schlug den Blick nach unten, und als er sie dann wieder ansah, versuchte er sich ein Lächeln abzuringen. Es misslang jedoch kläglich. »Ich weiß es wirklich nicht.«

»Das mag sein«, sagte Arri rasch. »Aber du vermutest doch etwas!«

Statt zu antworten starrte sie Larkar schon wieder auf die gleiche unheimliche Weise an wie eben. Sie legte ihm die Hand auf den Arm und sagte: »Dann später. Was sollen wir tun? Verschwinden wir oder sehen wir uns das Haus an?«

Es dauerte eine ganze Weile, bis sich der dunkelhaarige Krieger von dem lösen konnte, was seine Gedanken offensichtlich ganz und gar gefangen nehmen wollte. Er schüttelte den Kopf und schob sie sanft von sich. »Besser, du bleibst hier an der Tür und behältst den Dorfplatz im Auge, während ich mich hier drinnen ein bisschen umsehe.«

Der Vorschlag mochte ganz vernünftig sein – aber Arri zögerte, Larkars Aufforderung Folge zu leisten. Ihr Blick wanderte zum Brunnen, und dann den Weg hinab bis zur Feuerstelle. Alles war ruhig hier, sah man einmal davon ab, dass der Wind Blätter und Unrat aufwirbelte.

Fröstelnd zog sie sich ein Stück tiefer ins Haus zurück. So viele Bilder stoben in ihrem Kopf auf, als hätte der Wind auch ihre Gedanken durcheinandergewirbelt. Dragosz. Ihre Mutter. Kyrill. Isana. Alles Menschen, mit denen sie sich tief verbunden fühlte. Und dazwischen spukte auch immer noch Taru herum, wie ein böser Geist, der alles durcheinanderbringen wollte.

Sie hielt es hier nicht mehr länger aus. Mit einem letzten sichernden Blick zog sie sich aus dem Eingang zurück, ließ die Tür aber einen Spalt offen.

Als sie in den Raum hineintrat, begriff sie erst, wie groß so ein Langhaus war. Die kleinen Hütten, die sie am See erbaut hatten, waren im Vergleich zu diesem riesigen Gebäude winzig. In dem spärlichen Licht, das durch die Öffnungen drang, die man im Winter sorgfältig zu schließen pflegte, konnte sie sich immerhin einen raschen Überblick verschaffen.

Wie üblich gab es in dem Haus keine durch Wände abgetrennten Räume, sondern nur Verschläge an den Wänden, in denen man Rinder, Ziegen, Schafe und Schweine unterbringen konnte. Die Kochstelle befand sich zu ihrer Linken, die Treppe, die ins obere Stockwerk führte, auf der anderen Seite.

Larkar hockte auf dem Lehmboden und kramte in den Dingen herum, die dort lagen. Arri wäre ja zu ihm gestürzt, um zu fragen, was er dort vorgefunden hatte. Aber da hörte sie über sich ein Geräusch, und etwas rieselte zwischen den Bohlen des oberen Stockwerks hindurch.

»Raus hier!«, schrie sie.

Larkar sprang auf – und knickte gleich wieder ein; wahrscheinlich hatte er sein verletztes Bein falsch belastet. Arri war mit einem Satz bei ihm und wollte ihm schon hochhelfen, aber Larkar stieß sie zurück, in Richtung Tür.

»Schnell«, keuchte er. »Sie werden gleich hier sein!«

Es bedurfte keiner Erklärung, was er damit meinte. Über ihnen donnerten Schritte, und jetzt rieselte an vielen Stellen der Dreck durch die Decke. Arri meinte, Waffengeklirr zu hören und ein Kommando, das die Männer über ihr anspornte, die Falle zuschnappen zu lassen, in die sie sich zusammen mit dem fremden Krieger gerade eben selbst begeben hatte.

Ohne zu zaudern drehte sich Arri um und stürzte auf die Tür zu.

Sie wusste nicht, was sie erwartet hatte. Aber sicherlich nicht das, was da vor dem Haus auf sie lauerte.

9 Alles ist verloren. Das war der erste Gedanke, den Lexz hatte, als er wieder zu sich kam. Er lag genau dort am Boden, wo man ihn niedergestreckt hatte. Ein gutes Stück entfernt hörte er Kampfschreie und das dumpfe oder auch klirrende Geräusch, mit dem Waffen aufeinanderschlugen. Und er glaubte, die Stimme Ekarnas herauszuhören. Sie klang schrill und verzweifelt. In seiner Phantasie sah er seine beiden Gefährten in einen heftigen Kampf verstrickt, bereits mehrfach getroffen, blutend und verzweifelt, und kurz davor, ebenfalls zu Boden zu gehen.

Er musste ihnen helfen. Mit aller Gewalt versuchte er sich hochzustemmen, seine Arme wollten ihm jedoch nicht gehorchen. Zwar schmerzten sie nicht, aber mehr als die Hände zu Fäusten zu ballen und anschließend wieder zu spreizen, wollte ihm bei aller Anstrengung nicht gelingen.

»Nein!« Er schüttelte den Kopf. So durfte es doch nicht enden. Ekarna und Torgon wurden gerade von einer Übermacht überwältigt, und er lag hier wie ein Gefangener seines eigenes Körpers und konnte ihnen nicht zu Hilfe eilen?

Das durfte nicht sein.

Erneut strengte er sich an, atmete tief ein und drückte sich so gut es ging ab. Diesmal kam er tatsächlich ein kleines Stück nach oben, aber es war nur ein winziges, lächerliches Stückchen, und gleichzeitig durchpulste seinen Kopf und Nacken ein harter und hämmernder Schmerz.

»Verdammt noch mal!«

Lexz biss die Zähne so hart aufeinander, dass es wehtat, und verdoppelte gleichzeitig seine Anstrengungen. Der Erfolg war lächerlich. Das Pochen verstärkte sich, aber er kam nicht wesentlich weiter hoch als zuvor. Dafür begannen nun seine Finger zu kribbeln und ein brennender Schmerz breitete sich in seinen Armen aus.

Das konnte er nicht zulassen. Er spürte, wie ihn eine Mischung aus Wut und Verzweiflung durchpulste. Das war gut so. Er musste diese Kraft nutzen, um endlich hochzukommen.

Die Kampfgeräusche, die an sein Ohr drangen, waren erst heftiger geworden. Jetzt jedoch ließen sie nach. Er konnte Ekarna nicht mehr hören. Was, wenn sie bereits getroffen war, wenn sie ein Schlag niedergestreckt hatte …

Alles purzelte in ihm durcheinander, Gedanken und Gefühle, Selbstvorwürfe sowie die Angst, zu spät zu kommen. Und in all dem Durcheinander war noch etwas anderes: die knarzende alte Stimme des Schamanen, die sich mal wieder bemerkbar machte.

Diesmal nicht, dachte er. Der Schamane hatte doch gar nichts mit diesem Kampf zu tun. Es ging hier um Leben und Tod, darum, ob er seinen Gefährten beistehen konnte oder nicht. Von solchen Dingen verstand Zakaan nichts. Schließlich war er kein Krieger.

»Als ob ein Schamane nichts vom Kämpfen weiß«, glaubte er Zakaans Stimme zu hören. »Wir Schamanen haben die gleiche Aufgabe wie das Auge eines Orkans: mitten im Sturm die Ruhe zu bewahren. Das ist aber nicht ohne äußere und innere Kämpfe möglich.«

Wenn er gekonnt hätte, hätte sich Lexz mit beiden Fäusten gegen die Schläfen geschlagen, um diese Stimme zu vertreiben. Allmählich war er es leid. Irgendwann musste mit dieser ständigen Bevormundung durch einen alten Mann Schluss sein, einen Alten, der es auf irgendeine geheimnisvolle Weise immer wieder schaffte, in seinen Kopf einzudringen.

»Deine Gedanken verwirren sich schon wieder«, tadelte ihn der Schamane. »Besinne dich endlich auf das, was wirklich wichtig ist. Schöpfe die Kraft aus dir selbst! Sei wie das Auge des Wirbelsturms, nicht wie der Sturm selbst!«

»Ja, danke schön!« Lexz nahm Schwung und rollte sich herum. Seine Arme waren noch immer nicht wirklich einsatzfähig, und die brennenden Schmerzen wurden dadurch auch nicht gerade gelindert – aber er spürte immerhin, wie etwas Leben in seine Arme und Beine zurückkehrte.

»Wut kann helfen«, sagte der Schamane. »Aber du darfst dich nicht von ihr leiten lassen. Du musst den Dingen die Zeit lassen, die sie brauchen. Besinne dich stattdessen auf die Kraft, die in der Ruhe liegt.«

»Ja«, schimpfte Lexz. »Ich lasse den Angreifern die Zeit, Torgon und Ekarna in aller Ruhe zu erschlagen. Eine wirklich gute Idee.«

»Willst du ihnen denn tatsächlich in deinem jetzigen Zustand gegenübertreten?«, fragte der Schamane in seinem Kopf.

Nein, das wollte er natürlich nicht.

»Du würdest nichts weiter nützen, als deine Gefährten von ihrem eigenen Kampf abzulenken«, gab Zakaan zu bedenken. »Sie müssten dich beschützen. Das würde sie schwächen.«

»Unsinn«, murmelte Lexz. »Im Gegenteil, ich würde ihnen doch beistehen!«

Wenn er erwartet hatte, dass er jetzt eine Antwort bekam, sah er sich getäuscht. Die Stimme in seinem Kopf schwieg, als wolle sie ihm Gelegenheit bieten, selbst zu erkennen, dass er groben Unsinn redete.

Und das tat er. Was hatte sein Vater ihm immer wieder gesagt? Wenn man in einem Kampf nicht bestehen kann, dann sollte man ihm besser aus dem Weg gehen.

»Lass Ekarna und Torgon ihren Kampf austragen«, sagte Zakaan. »Und finde du zu dir selbst. Lass dir dazu all die Zeit, die du brauchst. Und gib deinen Gefährten die Chance, ohne dich zu bestehen.«

Lexz hörte Zakaans Stimme. Aber er war durch das, was von dem Kampf zu ihm hinüberdrang, abgelenkt. Und dabei begriff er seinen Irrtum.

An sein Ohr drangen nicht die Laute eines schnellen Gemetzels, begleitet von Schmerzensschreien oder sogar dem Geräusch berstender Knochen, sondern die eines sich lang hinziehenden Kampfes. Und der fand auch nicht nur an einem Ort statt, sondern zog sich am Bach entlang und entfernte sich dabei von ihm. Wahrscheinlich waren Ekarna und Torgon auf der Flucht und wurden dabei immer wieder angegriffen. Dazu passte auch, dass er zwischendurch nichts weiter hörte als ein fernes Rascheln, dann wieder Kampflaute, hin und wieder ein Wimmern und schließlich das Stampfen von Füßen auf dem Waldboden.

Erneut biss Lexz die Zähne zusammen, stützte die Hände auf – und schaffte es diesmal, sich hochzustemmen. Sein Herz hämmerte wie wild und seine Umgebung vollführte einen wilden Tanz um ihn.

»Sehr gut«, lobte ihn der Schamane. »Jetzt kannst du über deine nächsten Schritte entscheiden.«

Und das im wahrsten Sinne des Wortes, dachte Lexz, denn statt das

Gleichgewicht zu halten und die kurze Entfernung zu überwinden, die ihn noch vom Ufer trennte, stand er nur weiter unsicher und schwankend da.

So nicht, dachte er, und stolperte los … bis seine Knie nachgaben und er so schnell in sich zusammensackte, als wäre er niedergeschlagen worden.

»Nur der Dumme verschwendet seine Kraft in unnützen Handlungen«, bemerkte Zakaan überflüssigerweise.

Lexz ballte die rechte Faust so fest er konnte. Es war nicht besonders fest. Irgendetwas stimmte ganz und gar nicht mit ihm.

»Ich hoffe, du bist nicht dumm«, fuhr der Schamane fort, »und du besinnst dich endlich auf den immer gleichen Rat, den ich dir auch jetzt wieder gebe: Achte auf deinen Atem. Verbinde ihn mit dem Atem der Götter.«

»Ja, aber wie soll ich das denn tun?« Lexz hatte die Worte viel zu laut hervorgestoßen, und nun dämpfte er seine Stimme. »Ich schaffe es doch nicht. Ich habe das noch nie geschafft.«

»Nein«, widersprach ihm der Schamane. »Das stimmt nicht. Du glaubst nur, dass du es noch nie geschafft hast. In Wirklichkeit hast du es sogar immer und immer wieder geschafft. Oder, warum meinst du, überträgt dir dein Vater das Kommando über solche Männer und Frauen wie Torgon und Ekarna?«

Lexz schüttelte den Kopf. So hatte er das noch nie gesehen. Und obwohl er die Worte des Schamanen nicht einfach als zutreffend annehmen konnte, spürte er doch in der Tiefe seines Herzens, dass etwas Wahres daran war.

»Ich lasse gerade meine Freunde im Stich«, murmelte er.

»Weil du dich hast niederschlagen lassen?« Lexz glaubte, jetzt das alte, zerfurchte Gesicht des Schamanen vor sich zu sehen. Und es lag nicht nur Kummer darin, sondern auch Zuversicht. »Nein. So etwas geschieht, und so etwas wird auch immer wieder geschehen. Aber solange du nicht tot bist, geht es immer weiter. Es gibt keinen Tag, an dem nicht eine neue Herausforderung auf dich warten wird, ob im Großen oder Kleinen. Und nur, wenn du es schaffst, diese Herausforderungen auch anzunehmen, wirst du an Stärke gewinnen. Sonst bleibst du ein Hohlkopf.«

Ein Hohlkopf. Das saß. Aber vielleicht lag auch darin etwas Wahres.

»Eines Tages werde ich nicht mehr da sein«, sagte der Schamane. »Und dann musst du selbst in der Lage sein, zu dir zurückzufinden. Und zu den Weisheiten, die dir die Stammväter vermitteln können. Also fängst du am besten jetzt gleich damit an.«

»Was?«

Der Schamane antwortete nicht. Und Lexz begriff, dass er das auch nicht mehr tun würde – zumindest jetzt nicht, und vielleicht auch niemals wieder.

Plötzlich spürte Lexz eine Art des Verlustes, wie er ihn noch nie zuvor empfunden hatte, noch nicht einmal nach dem Tod seines Bruders. Er war allein. Torgon und Ekarna entfernten sich immer mehr von ihm, und das, was jetzt noch an sein Ohr drang, war viel zu fern, als dass er irgendeine Schlussfolgerung hätte daraus ziehen können.

Eine Falle war nur dann vollkommen, wenn sie kein Schlupfloch ließ. Das wusste Arri, und wenn es irgendeine andere Möglichkeit gegeben hätte, als das Haus durch den Vordereingang zu verlassen, dann hätte sie sie mit Sicherheit gewählt. Aber so blieb ihr wohl nichts anderes übrig, als die Tür aufzustoßen und aus dem Halbdunkel heraus auf den Weg hinauszuspringen …

Nein!, schrie irgendetwas in ihr, und sie bremste noch vor dem Ausgang ab, verhielt mitten in der Bewegung wie ein Reh, das von Jägern in eine Schlucht gehetzt worden ist und nun keinen Ausweg mehr sieht. Ihr Blick irrte im Raum umher, ihr Herzschlag überschlug sich fast, und sie wusste nicht, was sie tun sollte: durch die Tür stürzen oder wieder zurück in den Raum, sich mit Larkar beraten, oder einfach auf eigene Faust handeln …

Als hinter ihr die ersten Männer die Treppe hinunterpolterten und der Lehmboden unter ihr erzitterte, konnte sie gar nicht mehr anders … nun stieß sie die Tür doch auf und stürmte hindurch, ihre Stange zum Zuschlagen bereit.

Es wartete jedoch keine zweite Gruppe bewaffneter Männer auf sie, auf die sie hätte einschlagen können und müssen, es war niemand da – bis auf ein kleines mageres Kätzchen, das ihr den Weg versperrte und sie aus schielenden Augen anstarrte.

Arri versuchte, über das Kätzchen hinwegzuspringen. Aber sie war schon so nah. Ihr Fuß jagte auf die Katze zu, und das Schielen der Katze verstärkte sich noch, was Arri absurderweise überdeutlich und wie verlangsamt bemerkte. Und dann kreischte das kleine Wesen auf. Aus dem Kreischen wurde noch etwas anderes, Schlimmeres, als Arris Fuß das Kätzchen traf und wie ein altes Wollknäuel wegtrat.

Arri stolperte vorwärts. Es war nicht so sehr das Kätzchen, das sie zum Stolpern brachte, als vielmehr ihr eigener Schwung und die zum Schlag erhobene Stange, dies aber so heftig, dass sie lang hinschlug.

Es hatte nicht lange gedauert, bis Lexz begriffen hatte, wie er zu sich selbst finden konnte. Unterwegs pflegte sich der Schamane auf einen ruhigen Platz unter kräftigen alten Bäumen zurückzuziehen, sonst aber bevorzugte er einen Platz inmitten eines magischen Steinkreises. Wann immer Lexz versucht hatte, ihm das nachzumachen, war er gescheitert. Und das war auch kein Zufall.

Kein ruhiges Sitzen half ihm, zu sich zu finden, sondern Bewegung.

Lexz hatte eine unruhige Nacht hinter sich, in der er immer wieder aufgeschreckt war. Aber jetzt, gestärkt durch das frische Wasser des Baches und ein paar Beeren, die er in aller Eile von den Sträuchern am Wegesrand abgerissen hatte, war er in einen ruhigen und einigermaßen gleichmäßigen Lauf gefallen. Die teilweise Lähmung, die ihn in der Nacht so erschreckt hatte, war einem leicht tauben Gefühl in Armen und Beinen gewichen. Entgegen seiner Befürchtung musste er aber nicht schon bald wieder eine Rast einlegen, sondern fühlte sich ganz im Gegenteil mit jedem weiteren Schritt ein kleines Stück mehr von der Last befreit, die ihn niedergedrückt hatte.

Die frische Luft tat ihm gut und klärte seine Gedanken. Noch immer war er in großer Sorge um seine Gefährten. Doch jetzt war noch etwas anderes hinzugekommen: die Gewissheit, dass sie nicht tot waren.

Er war sicher, dass er es gespürt hätte, wenn Torgons und Ekarnas Lebensfaden gerissen wäre. Leider bezog sich dieses Gefühl aber nur auf die beiden, nicht auf Larkar und Sedak.

An einigen Stellen, die er passierte, waren regelrechte Breschen ins Unterholz geschlagen worden. Es waren Spuren des Kampfes, der hier mit heftiger Wucht ausgetragen worden war. Lexz stieß jedoch auf keinen Toten, und auch auf sonst nichts, was darauf hingedeutet hätte, dass irgendjemand während des Kampfes ernsthaft zu Schaden gekommen war.

Er hätte aufgeregt sein und seine Besorgnis hätte mit jedem Schritt zunehmen müssen, den er nicht auf seine Gefährten traf. Aber das Gegenteil war der Fall. Es schien so, als hätte sein gestriger Zusammenbruch erst das Tor zu ihm selbst aufgestoßen. Und als wäre damit auch eine Ruhe in ihn eingekehrt, die er zuvor so noch nie gespürt hatte.

»Dragosz«, murmelte er. Diesmal war kein Hass in seiner Stimme, nicht einmal Verachtung. Er sprach den Namen eher nachdenklich aus und verknüpfte mit ihm Erinnerungen, die lange – vielleicht allzu lange – in ihm verschüttet gewesen waren.

Es hatte eine Zeit gegeben, da hatten sich Dragosz und er sehr nahe gestanden. Lexz tauchte unter den tief hängenden Zweigen einer Weide durch, und während er das tat, erinnerte er sich daran, wie er einst zusammen mit Dragosz unter den Zweigen einer anderen Weide gesessen hatte.

»Die Himmelsscheibe«, hatte er Dragosz immer wieder gefragt. »Wie sieht sie aus?«

Dragosz hatte erst geseufzt und ihm dann Dinge anvertraut, die er nach seinen eigenen Worten bislang niemand anderem erzählt hatte. Lexz hatte aber weder damals noch heute begriffen, ob Dragosz die Himmelsscheibe jemals selbst zu Gesicht bekommen hatte, oder ob er sie etwa nur aus den Erzählungen der geheimnisvollen Lea kannte.

Während sich Lexz weiter am Bach entlang der Kampfspuren vorarbeitete, tauchte das Bild der Himmelsscheibe vor seinen Augen auf, so wie er sie sich immer vorgestellt hatte: eine große runde Scheibe aus Bronze, die den Himmel in all seiner unfassbaren Pracht darstellte. Und auf ihr waren die Sterne aufgetragen, funkelnd, aus wertvollem Gold gefertigt, und jeder für sich beeindruckend. Zusammen aber mit all den Kleinigkeiten, die jede Sternenposition ganz genau angaben, war die Scheibe ein Meisterwerk. Lexz sah sie so klar vor sich, dass er schon meinte, nur die Hand ausstrecken zu müssen, um die Finger über die kleinen Erhebungen des Goldbleches gleiten lassen zu können, die ein genialer Schmied auf der Scheibe angebracht hatte.

»Die Himmelsscheibe ist einmalig«, hatte Dragosz gesagt. »Es gibt nichts Vergleichbares auf der Welt.«

Lexz wusste das, und er wusste auch, dass die Himmelsscheibe alles andere als nur ein Schmuckstück war. Wer auch immer sie gefertigt haben mochte: Er hatte das größte Geheimnis der Raker in sie eingearbeitet.

Das Geheimnis ihrer Herkunft.

»Lea hat es mir erklärt«, hatte ihm Dragosz in der lauen Sommernacht unter einer alten Trauerweide anvertraut. »Die Himmelsscheibe gibt die Position an, von der unsere Stammväter einst aufgebrochen sind, um dem ewigen Schnee und Eis zu entkommen.«

Lexz war damals noch nicht in den Kreis der Erwachsenen aufgenommen worden. Aber das hieß nicht, dass er den Widerspruch in Dragosz' Worten nicht sofort bemerkt hatte.

»Wie soll das denn möglich sein?«, hatte er protestiert. »Diese Lea ist doch keine Rakerin. Wenn ein Schmied ihres Volkes die Himmelsscheibe gefertigt hat: Warum soll die Scheibe dann ausgerechnet zeigen, wo wir das Land unserer Urväter finden können? Warum zeigt es nicht den Standort der Heimat ihrer eigenen Ahnen an?«

Dragosz hatte ihn ganz ernst angesehen und dann gesagt: »Was ich dir jetzt anvertraue, darfst du niemals jemandem weitererzählen, hörst du?«

Er hatte genickt, und Dragosz hatte gesagt: »Die Stammväter von Leas Volk und dem unseren, es waren die gleichen.«

Arri wusste nicht, wie lange sie im Staub gelegen hatte. Aber sehr lange konnte es nicht gewesen sein, denn die dunklen Schatten einer Ohnmacht hatten sie nur gestreift, und die Männer aus dem Haus waren noch nicht da.

Mit einem wütenden Keuchen stand sie auf und angelte nach der Stange. Diese verfluchte Katze. Sie hatte alles erwartet, eine Gruppe von Männern, die auf sie zustürzten, um sie zu erschlagen, Bogenschützen, die sie mit einem Pfeilhagel eindeckten – aber eine kleine streunende Katze? Das war lächerlich.

Hinter ihr drangen Geräusche aus dem Haus, wie von einem Kampf, und zwei, drei hämmernde Herzschläge lang war sie versucht, herumzufahren und wieder ins Haus zurückzukehren, um Larkar beizustehen. Doch dann siegte die Vernunft – oder besser gesagt: ihre Sorge um Kyrill, den sie unbedingt vor Taru in Sicherheit bringen musste. Dann warf sie einen Blick in die Richtung, aus der sie das Tal betreten hatte.

»Nein«, stöhnte sie auf, als sie ausgerechnet Taru mit wutverzerrtem Gesicht heranstürmen sah, und kurz hinter ihm kam Rar, dessen Schritte so kraftvoll wie die eines Riesen wirkten, der ein ganzes Gebirge zum Erbeben zu bringen vermochte. »Nicht das auch noch!«

Sie drehte sich um und lief in die andere Richtung los, und dies keinen Augenblick zu früh. Die Tür hinter ihr flog mit lautem Krachen beiseite, und einer der Männer, die ihrer habhaft werden wollten, stürzte mit einem triumphierenden Aufschrei hindurch und rasierte sich an dem vorspringenden Schilfdach fast den Kopf ab, wie sie aus den Augenwinkeln heraus feststellte. Das verschaffte ihr allenfalls zwei Schritte Vorsprung, denn hinter dem ersten folgten schon weitere Männer.

»Bleib stehen, Drude!«, donnerte Rar hinter ihr her. »Oder ich schlage dir den Schädel ein!«

Arri warf einen Blick über die Schulter zurück. Taru war deutlich schneller als Rar, und er verschwendete seine Kraft auch nicht damit, ihr irgendwelche sinnlosen Drohungen hinterherzuschreien. Gerade nahm er die letzte Kurve des gewundenen, von den Hügeln hinabführenden Pfads, und würde gleich auf den Dorfplatz einbiegen.

Als sie zur Tür hinüberblickte, verrenkte sie sich fast den Hals und wäre um ein Haar wieder gestolpert. »Wenn du je vor einem Feind davonlaufen musst«, glaubte sie Dragosz' Stimme zu hören, »dann konzentriere dich auf jeden einzelnen deiner Schritte.«

Ja, ja, vielen Dank für diesen Ratschlag, dachte sie wütend. Dragosz hatte dabei wahrscheinlich nicht an schielende Katzen gedacht, die ihr in den Weg liefen, oder an seinen Sohn, der sie voller Hass im Herzen verfolgte.

Trotzdem. Sie musste ihre Kraft sparen und durfte sich nicht verzetteln …

So dachte sie. Und dann wurden all ihre Gedanken davongerissen, und dies ausgerechnet darum, weil sie wieder nach vorn blickte.

»Nein«, stöhnte sie auf.

Es reichte nicht, dass sie in dem Langhaus auf eine Gruppe von Männern gestoßen waren, die zu allem entschlossen schienen und nun zu ihrer Verfolgung ansetzten. Nein, im gleichen Augenblick tauchten auch Taru und Rar auf, die es offensichtlich geschafft hatten, ihre Fährte bis ins Dorf zu verfolgen … da erschien auch vor ihr eine Gruppe von zwei, drei – nein, gleich vier! – Männern.

Das durfte doch nicht wahr sein! So viel Pech konnte ein einzelner Mensch gar nicht haben!

Aber leider war es nur zu wahr. Diejenigen vor ihr, das waren Männer aus ihrem Dorf, die vor der großen Wanderung die Felder bewirtschaftet hatten, inzwischen aber ihre Zeit hauptsächlich mit der Jagd verbrachten.

Ergh, Quoal, Setar und Franwar. Sie kannte jedes einzelne ihrer Gesichter nur zu gut, dazu auch mindestens einen Großteil ihrer Lebensgeschichte und viele Einzelheiten, die nur eine Heilerin in Erfahrung bringen konnte. Noch vor zwei Tagen hätte sie es begrüßt, wenn sie auf Raker gestoßen wäre, und noch dazu, wenn sie Waffen trugen wie jene vier, die nun gerade von der anderen Seite des Dorfes aus den Weg entlangschritten. Jetzt war es ganz anders.

Einer der Männer trug ein Wildbret über den Schultern, ein anderer hielt einen toten Hasen an den langen Ohren gepackt und schwenkte ihn bei jedem Schritt müde hin und her. Es waren Jäger, die ihre Beute zurück zum Pfahldorf brachten. Und warum auch immer sie den Weg über dieses verlassene Dorf gewählt hatten, und warum auch immer sie ausgerechnet jetzt hier entlangkommen mussten – für Arri war es die denkbar schlechteste aller vorstellbaren Möglichkeiten.

Trotzdem hielt sie vorerst weiter auf die Männer zu. Dabei schweifte ihr Blick in aller Hast über die beiden Seiten des Tals und suchte einen Ausweg ohne böse Überraschung. Links ging es so steil nach oben, dass es fraglich schien, ob man da überhaupt hochklettern konnte, rechts dagegen wirkte es so zerklüftet, dass ein Aufstieg zwar kein Problem wäre, aber sehr viel Zeit kosten mochte – undenkbar, dass sie dort in ihrem angeschlagenen Zustand schnell genug vorankam, bevor der eine oder andere sie einholte.

Ja, Dragosz, dachte sie. Und was nun?

Augen zu und durch, hätte Dragosz vielleicht geantwortet, oder auch: Man muss wissen, wann man verloren hat.

»Schnappt euch die Drude!«, schrie Taru hinter ihr. »Lasst sie nicht entwischen.«

Franwar, der Mann, der den Hasen umklammert hielt, bewegte sich als Erster. Während die anderen Jäger sie noch mit einer Mischung aus ungläubigem Entsetzen und unverhohlenem Zorn anstarrten, warf er seine Beute bereits zu Boden und stürmte ihr entgegen.

Lexz tat es gut, immer weiter und weiter zu gehen und sich gleichzeitig von Erinnerungen treiben zu lassen, die bislang vollständig in ihm verschüttet gewesen waren. Das Leben im alten Dorf lag so lange zurück, dass es ihm wie eine vollkommen andere Welt erschien. Jeder Schritt, der ihn auf den Spuren seiner Gefährten weiter am Ufer entlangführte, lenkte ihn auch tiefer in die Vergangenheit zurück.

Es war ein so anderes Leben gewesen als jenes, das sie jetzt führten. Und es waren auch ganz andere Gefühle damit verknüpft. Dragosz war ihm immer wie ein strahlender Held erschienen, und die Art, wie er Problemen begegnete, hatte ihn beeindruckt. Es war die Mischung aus Leichtigkeit und Ernsthaftigkeit gewesen, die ihn angezogen hatte.

Sein eigener Vater hatte dagegen etwas zu viel der Ernsthaftigkeit mitbekommen. Es geschah selten, dass er sich einmal ein Lächeln abgerungen hatte, selbst in den guten alten Zeiten.

Dragosz hatte ihm so manches von seiner Reise in den Westen erzählt. Von Lea. Von dem Dorf, in dem sie lebte. Von dem Leben, das die Menschen dort führten. Aber auch von den Gefahren und Kämpfen. Von Goseg, dem alten Heiligtum, das unter dem strengen Regiment seines Hohepriesters zu neuer Blüte aufgestiegen war.

Goseg, das Dorf der Flussschiffer, Lea, die Himmelsscheibe – all das hatte seine Phantasie angeregt. Aber nicht nur das.

Er erreichte eine Stelle, an der der Bach in einem scharfen Bogen abknickte. Auf der anderen Seite stieg grauweißer, bröckeliger Fels auf, und hier hatte sich auch so etwas wie ein kleiner See herausgebildet.

Es war die richtige Stelle, um sich niederzusetzen. Lexz verspürte einen Anflug schlechten Gewissens, weil er den Spuren der Hetzjagd nicht weiter folgte, die hier gestern Nacht stattgefunden hatte. Aber noch deutlich spürte er, wie wichtig es jetzt war, sich hier an diesen Ort zu setzen.

Also ließ er sich am Ufer nieder und starrte ins Wasser. Da war noch eine andere Erinnerung in ihm, zart und zaghaft. Sein Blick wanderte über das leicht gekräuselte Wasser, das an einigen Stellen kleine Wirbel bildete, und er sah einen Schwarm winziger schwarzbrauner Fische, die an einer flachen Stelle gegen die Strömung ankämpften. Sehr lange war es her, dass er so etwas gesehen hatte. In ihrer Verzweiflung hatten sie während ihrer großen Wanderung auch brackiges und schmutziges Wasser getrunken. Dieses Wasser hier wirkte dagegen so klar und rein, wie Wasser nur sein konnte, und es sprudelte, gluckste und zischte dermaßen fröhlich, als gäbe es keine Schmerzen und kein Leid.

Lexz befand sich in einer ganz ungewohnten Stimmung. Sein Vater, die alte Geierkralle, war weit weg, und auch der Schamane spielte in diesem Augenblick keine Rolle mehr für ihn. Er genoss die frische Waldluft und das fröhliche Spiel des Wasserlaufs vor sich, und dann spürte er, wie sich sein Atem wie von selbst mit dem seiner Umgebung verband.

Dem Atem der Götter.

Etwas anderes konnte es nicht sein.

Dragosz hatte ihm von vielem erzählt, was er in der fremden Welt erlebt hatte. Vielleicht hatte er ihm sogar mehr berichtet als seinem eigenen Sohn Taru. Lexz hatte das alles aufgesogen wie ein ausgetrocknetes Stück Holz das Wasser. Aber da war auch etwas gewesen, das ihn noch mehr berührt hatte als alles andere.

Arri.

»Lea macht sich viele Gedanken um ihre Tochter«, hatte Dragosz gesagt. »Sie ist die einzige Überlebende ihres ganzen Volkes …«

»Das eigentlich ein Teil unseres Volkes ist«, hatte Lexz damals eingewandt.

Noch heute erinnerte sich Lexz an das kleine Lächeln, das Dragosz' Mundwinkel bei diesem Einwand umspielt hatte.

Dragosz hatte ihm recht gegeben. Aber mehr noch. Er hatte ihm mit wenigen Sätzen von dem fremden Mädchen erzählt, von der Tochter Leas, die Arianrhod hieß, von ihrer Mutter aber nur Arri genannt wurde.

Ja. Nur ein paar Sätze waren es gewesen.

Aber sie hatten sich in Lexz eingebrannt.

In mondhellen Nächten, wenn er wieder mal wach gelegen hatte, hatte er immer an dieses fremde Mädchen denken müssen. An Arri. Mit der Zeit war sie ihm so vertraut geworden, als wenn sie mit ihm im gleichen Dorf lebte.

Und merkwürdig: Während der großen Wanderung hatte er überhaupt nicht an sie gedacht. Doch jetzt, da er zum ersten Mal seit Langem wieder zu sich selbst fand, überkam ihn die Erinnerung an sie mit einer Wucht, der er nichts entgegenzusetzen hatte.

Arri war ihm zu einer Vertrauen geworden, mit der er alle Dinge hatte besprechen können, die ihm auf der Seele lagen. Sie war ihm so sehr ans Herz gewachsen, als wäre sie die Frau, die Ragok für ihn erwählt hatte.

Ihn überkam ein kaltes Frösteln, als er ins Wasser starrte. Es lag nicht an dem Wind, der aufgefrischt hatte und über kurz oder lang Regenwolken herantragen würde. Eher lag es daran, dass er ein Gesicht zu sehen glaubte, das sich auf der unruhigen Wasseroberfläche spiegelte.

Ein schmales Mädchengesicht, eingerahmt von hellen Haaren.

Arris Gesicht.

10

Arri konnte sich nicht daran erinnern, das Pochen ihres Herzens jemals zuvor so laut gehört zu haben. Sie hatte Angst, war verzweifelt. Vor allem aber war sie enttäuscht, dass ihre Flucht ein so jähes Ende genommen hatte. Wenn sie es nur noch geschafft hätte, ihr Schwert aus dem Versteck in der Höhle zu holen – dann hätte sie sich nicht mehr so leicht einfangen lassen!

Aber so kam alles viel schlimmer, als sie sich das hatte vorstellen können. Von Larkar war keine Spur zu sehen, was sie auf der einen Seite erleichterte, ihr andererseits aber auch einen scharfen Stich versetzte. Obwohl sie den Speerträger gerade erst kennengelernt hatte, schien er ihr doch schon so vertraut wie ein Bruder, auf dessen selbstverständliche Unterstützung man sich verließ.

Leider erwartete sie aber auch ein anderer, der ihr nur zu vertraut war. Taru. Und bei ihm konnte sie sicher sein, dass er schon wieder den nächsten Racheplan ausheckte.

Dragosz' Sohn grinste dann auch dreckig, als Franwar sie wie eine dreckige Diebin, die man auf frischer Tat geschnappt hatte, den Weg hinaufstieß. Dabei konnte sie nicht verhindern, dass ihr eine Träne die Wange hinablief. Mit einer ärgerlichen Handbewegung wollte sie sie wegwischen. Aber Franwar packte ihr Handgelenk und drückte es brutal herab. Wahrscheinlich hatte er geglaubt, sie wolle sich aus seinem Griff lösen.

»Verdammte Drude«, schimpfte einer der anderen Jäger. »Hast du noch nicht genug Unheil angerichtet? Musst du jetzt auch noch uns angreifen?«

Dieser ungerechte Vorwurf war ein weiterer Pfeil, der ihre Seele traf. Sie hatte überhaupt kein Unheil über irgendjemanden gebracht. Es war doch allein sie, der man beständig Unrecht angedeihen ließ!

»Das ist ja eine schöne Überraschung«, rief Taru, als sie auf das Langhaus zusteuerten, vor dem er wie ein Herrscher, dem man Tribut zollen musste, mit verschränkten Armen stand.

Dummerweise sah er dabei ziemlich kümmerlich aus. Jedenfalls im Vergleich zu dem ebenfalls noch recht jungen Mann, der eben gerade aus dem Haus getreten war. Er hatte langes, lockiges blondes Haar und weiche Gesichtszüge, die durch einen sorgfältig gestutzten Bart eher betont als verdeckt wurden. Gekleidet war er auf eine ganz und gar ungewöhnliche Art: in ein braunes Gewand aus aufwendig gefertigtem Stoff, das mit goldbestickten Borten verziert war. Etwas Ähnliches hatte Arri erst ein einziges Mal gesehen, und zwar im großen Heiligtum von Goseg, als man sie und ihre Mutter durch die

Holzpalisaden hindurch auf den inneren Kreis der Steinmonolithe geführt hatte, um sie Nor, dem greisen Hohepriester, vorzuführen.

Das war sehr, sehr lange her, und doch kehrten plötzlich Erinnerungsfetzen an jenes Gefängnis in ihr hoch, in das sie Nor hatte sperren lassen. Sie glaubte die muffige Luft des winzigen Raumes wieder zu riechen, in dem sie tagelang eingesperrt gewesen war – mit ungewissem Ausgang. Stand ihr jetzt ein ähnliches Schicksal bevor?

Der Mann, der er ihr entgegensah, hatte bis auf seine Kleidung allerdings überhaupt nichts von den Menschen, die sie in Goseg zu Gesicht bekommen hatte – und schon gar nichts von Nor. Sie erinnerte sich noch ziemlich gut daran, welchen Schreck sie bekommen hatte, als sie dem uralten Hohepriester vorgeführt worden war. Er hatte ein von Runzeln und Falten übersätes, aber vollkommen haarloses Gesicht gehabt, bei dem selbst die Augenbrauen fehlten und anstelle der Wimpern lediglich zwei Reihen kaum wahrnehmbarer, verkümmerter schwarzer Streifen zu erkennen waren. Arri hoffte inständig, diesem Mann nie wieder begegnen zu müssen.

Der Mann aber, der sie hier erwartete, sah dagegen jung und auf eine Art gut aus, die gewiss viele Frauen in seinen Bann zog. Das schien er auch durchaus selbst zu wissen und entsprechend einzusetzen. Der Blick seiner braunen Augen war fast freundlich auf Arri gerichtet, so als wäre sie ein lang erwarteter Besuch, den es respektvoll zu begrüßen galt. Rechts und links neben ihm hatten sich zwei langhaarige Männer aufgebaut, die über ihren dunklen Wickelgewändern schwarze Mäntel trugen. Kein Zweifel konnte bestehen: So kleideten sich nur Krieger Gosegs.

Im Gegensatz zu ihrem Herrn blickten die beiden Krieger allerdings alles andere als freundlich. Sie bemühten sich mit Erfolg um einen Gesichtsausdruck, den man durchaus als finster bezeichnen konnte.

Rar, der sich ein wenig hinter Taru aufgebaut hatte, versuchte es ihnen gleichzutun. Es musste wohl an seiner Art liegen, dass er dabei eher etwas dümmlich wirkte. Immerhin hatte er ohne Zweifel die breitesten Schultern und die stärksten Oberarme von allen.

»Gut gemacht, Männer«, sagte Taru, als ihr Franwar einen Stoß gab, der sie vorwärtstaumeln ließ. »Ich dachte schon, ich müsste der Drude bis zum Ende der Welt nachlaufen!«

Damit wollte er offensichtlich die gekonnt leichte Art nachahmen, mit der es Dragosz verstanden hatte, auch eine verfahrene Lage zu entspannen. Bei ihm klang der Satz allerdings eher so, als spräche ihn ein Fünfjähriger aus.

Der Mann mit den langen Lockenhaaren blickte nun Taru an, und ein Schatten huschte über sein Gesicht. »Du musst Dragosz' Sohn sein«, stellte er fest. »Dein Vater hat mir schon so manches von dir erzählt.«

Tarus Unterkiefer klappte herunter, dann rettete er sich in ein Lächeln, wie es Rar kaum dümmlicher hinbekommen hätte.

»Warum ist dein Vater nicht gekommen?«, fragte der Mann aus Goseg. Irgendwie sah er dabei wie ein großer Raubvogel aus, der eine Beute erspäht hatte und nun überlegte, wie er sie am besten packen konnte. »Warum schickt er dich?«

»Das ist, weil ...«, Rar deutete mit dem Zeigefinger auf Arri, »weil die da ...«

Taru hob die Hand, auch das war eine Bewegung, die er sich von seinem Vater etwas besser hätte abschauen müssen, damit sie nicht wie das ziellose Herumgefuchtele eines Kleinkinds aussah.

Rar brach mitten im Satz ab und Tarus Gesicht verfinsterte sich. »Ich bin wirklich Taru, der Sohn von Dragosz und sein legitimer Nachfolger. Und ich bin gekommen, um meinen Vater zu vertreten.«

Das war frech gelogen, denn Taru hatte gewiss nicht gewusst, dass sich sein Vater gerade hier mit einem Vertreter Gosegs hatte treffen wollen. In Wahrheit hatte er nichts anderes versucht, als die Frau seines toten Vaters erst zu entführen und dann umzubringen.

Der Fremde konnte aber davon nichts wissen. Trotzdem huschte ein Schatten über sein Gesicht. »Also stimmt es, was man sich erzählt. Dragosz ist tot.«

»Ja!« Rar spie das Wort beinahe aus. »Er ist tot, weil die da ...«

Taru wandte sich zu ihm um. »Schweig still.« Seine Stimme schallte zwar laut über den Platz, doch es schwang auch eine Art von Unsicherheit darin mit, die seinen Worten einen Großteil der erhofften Wirkung nahm. »Es steht dir nicht zu, einfach das Wort an dich zu reißen!«

Es hätte nur noch gefehlt, dass er dabei mit dem Fuß aufgestampft hätte, fand Arri.

Rar starrte Taru nur verblüfft an. Wahrscheinlich verstand er nicht einmal, was der andere von ihm wollte. Dass aus seinem Raufbruder nun plötzlich der Herrscher der Raker geworden sein sollte, das leuchtete ihm wohl genauso wenig ein wie Arri.

Aber das wird wohl auch die einzige Gemeinsamkeit, die wir jemals haben werden, dachte Arri.

»Die da«, der Mann aus Goseg wandte sich an Arri, »das musst wohl du sein. Wer bist du?«

»Ich«, Arri musste sich räuspern. »Ich bin Arianrhod. Die Heilerin ...«

»Du warst die Heilerin«, unterbrach sie Rar. »Jetzt bist du nichts weiter als ...«

»Halt die Klappe«, sagte Taru, ohne sich umzudrehen.

Wäre die Lage eine andere gewesen, hätte es Arri wahrscheinlich genossen zu sehen, wie das Gesicht des Schmiedegehilfen von unten herauf rot anlief.

»Die Heilerin«, fuhr Arri erhobenen Hauptes fort, »und Dragosz' Frau.«

Der Mann strich sich über den Bart und nickte leicht. »Ja, ich habe gehört, Dragosz' Frau sei sehr jung. Aber«, er lächelte auf eine merkwürdige Art, die freundlich wirkte und Arri dennoch einen kalten Schauer über den Rücken jagte, »ich hatte nicht gewusst, dass du so jung bist.«

»Nun«, antwortete Arri gedehnt, »du bist doch selbst kaum älter als ich. Findest du mich etwa zu jung?«

Der Unbekannte sah sie erst verblüfft an – und lachte dann auf. »Sieh an, eine Wildkatze, die selbst dann noch ihre Krallen ausfährt, wenn sie schon am Boden liegt.«

Er deutete eine leichte Kopfbewegung an. »Aber gestatte mir, dass ich mich erst einmal vorstelle. Ich bin der Hohepriester von Goseg, mein Name ist Amar.«

»Der Hohepriester von Goseg?«, fragte Arri überrascht. »Aber das kann nicht sein. Ich habe ihn ja schon kennengelernt. Er ist ein alter Mann …«

»Ein alter hässlicher Mann mit verschrobenen Ideen, sprich es ruhig aus«, unterbrach sie Amar ungerührt. »Nor ist tot. Und das schon seit zwei Sommern. Inzwischen hat sich in Goseg viel verändert.« Er schenkte Arri ein freundliches Lächeln. »Goseg war schon immer mächtig, selbst schon zu der Zeit, als die Menschen gerade begonnen hatten, die ersten Häuser zu bauen. Doch erst unter meiner Herrschaft ist es das bedeutendste Handelszentrum der ganzen Region geworden. Wir unterhalten Verbindungen zur ganzen Welt – zu den Stämmen in den Schneebergen, in die sich das ewige Eis zurückgezogen hat, und sogar zu den Völkern, die hinter den Bergen an einem großen Meer leben. Von dort beziehen wir Gewürze, Schmuck, Erze, Öle und vieles andere …«

»Ja«, antwortete Arri verwirrt. »Aber …«

Amar hob die Hand und winkte ab. »Kein Aber«, sagte er scharf. »Wir kontrollieren den Handel. Und damit kontrollieren wir praktisch alles zwischen dem Nordmeer und den Schneebergen.«

Arri nickte. Das mochte ja alles so stimmen, und wenn Dragosz noch lebte, wäre es jetzt auch an der Zeit gewesen, sich ein paar Gedanken zu dem zu machen, was ihr der Hohepriester hier eröffnete.

»Wir verlangen Tribut«, fuhr Amar unbekümmert fort, »und das von jedem, der in unserem Einflussgebiet siedelt.«

Taru gab ein leises ächzendes Geräusch von sich, doch als Amars Kopf in seine Richtung herumfuhr, war er nicht in der Lage, seinem Blick standzuhalten, geschweige denn, ihm eine halbwegs vernünftige Erwiderung entgegenzuschleudern.

Kindskopf, dachte Arri. So geht man nicht mit Männern um, die die alleinige Macht für sich beanspruchen.

Und das tat Amar ganz offensichtlich.

Ob er wirklich ein Hohepriester war oder nicht, das wagte Arri nicht zu beurteilen. Auf jeden Fall war er aber jemand, der trotz seiner freundlichen Art alles andere als zimperlich wirkte, wenn es um seine ureigensten Interessen ging.

»Dragosz hat sich am See der tausend Fische niedergelassen, ohne mich zu fragen«, sagte Amar leise. »Aber was ich dazu gesagt habe, wirst du als seine Frau wohl wissen …«

See der tausend Fische … das klang sehr schön. Alles andere aber nicht. Abgesehen davon begann Arri gerade zu begreifen, dass ihr Dragosz wohl die eine oder andere Kleinigkeit verschwiegen hatte.

Amar schien weiter auf eine Antwort zu warten. Als sie ihm die schuldig blieb, deutete er mit einer leichten Kopfbewegung in Tarus Richtung. »Stimmt denn das, was sie behaupten? Hast du Dragosz getötet?«

Arri hob die Hand ans Gesicht und wischte sich die Träne weg, die mittlerweile schon fast ihr Kinn erreicht hatte. »Nein«, sagte sie mit fester Stimme. »Ich habe weder Dragosz noch irgendjemand anderen getötet …«

»Das stimmt überhaupt nicht!«, brüllte Rar unbeherrscht dazwischen. »Sie hat versucht, uns alle zu vergiften!«

»Verdammt!« Taru trat einen Halbschritt zurück und stieß Rar den Ellbogen in die Rippen. »Wirst du endlich still sein, du Hornochse?«

»Aber warum denn?«, jammerte Rar. Er rieb sich die Seite. »Es stimmt doch. Sie hat das Wasser …«

Taru drehte sich zu ihm um und versetzte ihm einen Klaps auf den Hinterkopf. »Still jetzt, du Einfaltspinsel.«

Rar öffnete noch einmal den Mund, schnappte jetzt aber nur nach Luft. Er begann wohl langsam zu begreifen, dass sich das Verhältnis zwischen ihm und Taru grundlegend geändert hatte.

Aber dabei wird es nicht bleiben, schwor sich Arri. Kyrill ist Dragosz' Nachfolger. Und Taru kann dann das tun, was er am besten versteht: zusammen mit Rar und ein paar anderen Idioten Unsinn anstellen.

Es war Lexz schwer gefallen, sich von dem kleinen See loszureißen und dem gewundenen Pfad am Bach zu folgen. Er hatte sich Arri so nahe gefühlt. Und jetzt hatte er das verrückte Gefühl, sich mit jedem Schritt, den er hier entlanghetzte, weiter von ihr zu entfernen.

Das war verwirrend. Er kannte dieses Mädchen doch gar nicht – das inzwischen längst zur Frau herangewachsen sein musste. Aber sie erschien ihm in diesem Augenblick wirklicher als die Menschen, die er im Lager seines Vaters zurückgelassen hatte. In den letzten Jahren hatte er so manchem Mädchen beigewohnt, und manchmal war auch eines dabei gewesen, das ihm wirklich gefallen hatte. Aber niemals wäre es ihm in den Sinn gekommen, sich fest zu binden.

Weil es diese Unbekannte gab, von der ihm Dragosz nicht mehr als ein paar Sätze gesagt hatte.

Je weiter er jetzt dem zunehmend gewundenen Verlauf des Baches folgte, desto mehr verlor sich auch das Gefühl für die Unbekannte. Stattdessen gewann in ihm wieder etwas Altbekanntes die Oberhand: die Angst um seine Gefährten.

Die Spuren waren hier weniger heftig, als sie es noch vor dem See gewesen waren. Ein paar abgerissene Zweige, niedergetrampeltes Gras, zerdrücktes Gebüsch. Und trotzdem begann er sich mit zunehmender Besorgnis zu fragen, was hier eigentlich geschehen sein mochte. Ein Kampf war eine Sache, eine Flucht aber eine andere. Doch das sah hier weder nach dem einen, noch nach dem anderen aus. Oder vielleicht war es erst ein Kampf gewesen, und dann eine Flucht? Aber warum waren dann Ekarna und Torgon nicht in einem Bogen wieder zu ihm zurückgekehrt? Waren sie überhaupt noch am Leben?

Aufgeregtes Vogelgeschrei alarmierte ihn, und wie von selbst zog er seine Waffe und schlich in angespannter Wachsamkeit weiter. Der Pfad wurde breiter, der Boden trockener, und die Pflanzen sahen hier nicht mehr ganz so üppig aus wie eben noch. Das Nächste, was ihm auffiel, war das Laub, das dort lag … und von den Bäumen über ihm herabgeregnet war. Der Herbst schien nicht mehr fern, aber so viel Laub …

Dann stieß er auf den ersten Toten.

Es geschah so plötzlich, dass er zurücksprang und die Waffe nach oben riss. Zuerst hatte er nichts weiter als eine Hand gesehen, die aus einem Gebüsch herausragte. Als er dann jedoch ein Stück näher herantrat, erkannte er auch den Körper des Mannes, der hier niedergestreckt lag.

Seine erste Befürchtung, dass es sich um Torgon handeln könnte, zerstob sofort, als er sah, dass der Mann in Felle gekleidet war. Es war einer der Höhlenmenschen. Lexz hätte sich denken können, dass sie sich durch Ekarna nicht wirklich hatten vertreiben lassen. Sie mussten sie bis zu ihrem Nachtlager verfolgt haben, und dann hatte sie erst ihn niedergeschlagen und …

Ein Vogelschwarm stob auf, ganz nah, und dann glaubte Lexz das Geräusch von Schritten zu hören. Er fuhr herum.

Torgon torkelte zwischen den Bäumen hervor. Er sah fürchterlich aus.

Als wollten die Götter persönlich eingreifen, so verdunkelte sich auf einmal der Himmel. Wolken zogen auf, wie sie Arri noch nie zuvor gesehen hatte: dräuende, schwarzgraue, in sich verwirbelte Ungetüme, die von allen Seiten auf das Tal eindrangen, bis sie es ganz umschlossen hatten. Nur über dem Tal selbst schien der Himmel noch frei, lediglich ein paar lichte weiße Wolken blieben dort so unbeweglich stehen, als ginge direkt über ihnen noch nicht einmal ein laues Lüftchen.

»Da entlang«, sagte Rar mürrisch.

Er wollte Arri in die Richtung schubsen, in die Amar und Taru vorangegangen waren. Aber Arri tauchte unter seiner zupackenden Hand hinweg und machte einen so schnellen Schritt zur Seite, dass die Hand des Schmiedegehilfen einmal mehr ins Leere griff.

Es ging ihr nicht darum, sich mit Rar anzulegen. Sie konnte nur einfach den Himmel nicht aus den Augen lassen. Etwas Merkwürdiges geschah dort. Einzelne graue Finger griffen in den hellen Fleck über dem Tal, griffen gezielt dort hinein. Wie dichter, schwerer Rauch wirbelten Ausläufer der dunklen Wolken heran und drangen in die hellen Flecken hinein. Grau, weiß, schwarz, all das vermischte sich, und dann schoss plötzlich ein Vogelschwarm aus den dunklen Wolken hervor. Als würde er von einem kräftigen Wind nach unten gedrückt, so sauste er herab.

Krähen, dachte Arri, das sind Krähen.

Aber irgendetwas stimmte nicht mit ihnen. Krähen waren doch schwarz. Und auch in diesem Schwarm gab es pechschwarze Krähen, aber mindestens genauso viele waren eher von hellem Grau als von einem tiefen Schwarz, und hier und da glaubte Arri sogar weiße Streifen auf den schwarzen Flügeln aufblitzen zu sehen.

»Das ist merkwürdig«, murmelte Rar. »Vögel sollten sich nicht so verhalten.«

Arri wusste nicht, was sie mehr verblüffte: das, was sich da über ihnen am Himmel abspielte, oder Rars Bemerkung. Sie hatte ihm bislang nicht einmal zugetraut, auch nur ansatzweise über seinen eigenen Schatten hinausschauen zu können.

Die Krähen stiegen wieder hoch, glitten in einer langgestreckten Kurve über das Langhaus und drehten dann in Richtung See ab. Arri konnte sich des verrückten Gefühls nicht erwehren, dass sie etwas suchten. Voller Unbehagen musste sie an den großen Raben denken, der über sie hinweggeflogen war, als sie gefesselt am See gesessen hatte. Ob das in einem Zusammenhang stand?

»Was sind das für seltsame Vögel?«, fragte Rar.

»Krähen«, antwortete Arri ganz leise. »Aber merkwürdige Krähen. Und …«

»Jetzt kommen sie wieder zurück!«

Er hatte recht. Der Schwarm war in die dunklen Wolken eingetaucht, doch … als ob sie sie ausspucken wollten, schossen einzelne Vögel wieder daraus hervor. Es dauerte nicht lange, dann folgte auch der Rest.

Die Krähen flogen schneller als eben noch. Sie wirkten … geradezu aufgeregt.

Bislang hatte sich Arri noch nie Gedanken darum gemacht, ob Vögel etwas fühlten. Diesmal war es anders. Die drohenden Wolken umschlossen das Tal wie die Faust eines zornigen Gottes, der sie jederzeit schließen und sie damit erdrücken konnte. Und die Vögel waren die Sendboten eben jenes Gottes, und sie …

»Rar!« Das war Tarus Stimme. Dragosz' Sohn klang so, als bekäme er gleich einen Wutanfall. Und wenn Arri ehrlich war, dann konnte sie ihn sogar ein wenig verstehen.

»Ja.« Rar versetzte ihr einen schmerzhaften Schubser in die Seite. »Los, Drude! Auf jetzt zu Amar und Taru! Dein Zauber verfängt bei mir nicht!«

Arri riss sich von dem Anblick der Krähen los und stolperte gehorsam los. Eine Zeit der Prüfungen, dachte sie. Das alles waren Anzeichen für eine Zeit der Prüfungen. Aber was für Prüfungen, bei allen

Göttern, warteten denn jetzt noch auf sie? Was konnte man ihr noch nehmen?

Die Antwort kannte sie selbst: Kyrill. Ihr Kyrill zu nehmen, ihren neugeborenen Sohn zu töten, das würde allerdings die schlimmste Prüfung sein, die man ihr noch auferlegen konnte.

Aber dazu würde es nicht kommen. Nicht, solange ihr Herz noch schlug und ihre Hände noch die Kraft hatten, eine Waffe zu nehmen.

Trotzdem war sie voller Verzweiflung, als sie auf das fröhlich prasselnde Feuer hinter dem Langhaus zustolperte, an dem die anderen Männer standen. Tarus Gesicht hatte eine ungesunde Gesichtsfarbe, irgendetwas zwischen Leichenblass und Lindgrün. Amar wirkte dagegen ganz vergnügt.

Aber das war etwas, das Arri nur am Rande wahrnahm. Ihr Blick richtete sich auf die zwei Karren, die hinter dem Haus abgestellt waren, und ihre Gedanken überschlugen sich. Ochsenkarren, hier? Sie waren aus ebenmäßig bearbeiteten Holzbohlen gefertigt, als Deichsel dienten schlanke, fein geschliffene Stämme junger Bäume, an denen die Geschirre befestigt waren. Sie waren in deutlich besserem Zustand als der Karren, mit dem sie vor Ewigkeiten mit ihrer Mutter über das Land gezogen war, und wurden wie dieser jeweils von einem Ochsen gezogen.

Die Ochsen grasten ganz in der Nähe. Wenn es nach ihr gegangen wäre, hätte sich Rar gleich zu ihnen gesellen können.

»Warum kommst du nicht?«, fragte Taru. Es klang wie das gereizte Knurren eines Berglöwen. »Hast du immer noch nicht verstanden, worin deine Aufgabe besteht?«

»Doch, natürlich«, beeilte sich Rar zu sagen. »Aber die Drude hat ...«, er deutete nach oben, »sie hat dunkle Kreaturen zu Hilfe gerufen.«

Amar blickte von der Kiste auf, die einer seiner Männer gerade durchwühlt hatte, und blickte nun auch nach oben. Sein Blick verdüsterte sich. »Krähen. Kein gutes Zeichen. Wenn sie sich wie toll verhalten, schlägt das Wetter um.«

»Ich brauche keine Krähen dazu, um das zu sehen«, sagte Taru nervös. »Siehst du denn nicht die Wolken, die dort aufziehen?«

»Die ziehen nicht auf«, berichtigte ihn Amar, »die ziehen sich rund um das Tal zusammen. Das liegt an der besonderen Kessellage hier. Und das ist nebenbei bemerkt ein kleiner, aber nicht unwesentlicher Unterschied.«

»Es soll also an der Tallage liegen, dass über uns der Himmel erst so friedlich wie an einem schönen Sommertag aussieht, und sich dann rings herum dunkle Wolken auftürmen?« Taru schüttelte trotzig den Kopf, und seine Stimme, die ohnehin schon jede Festigkeit verloren hatte, klang nun plötzlich ganz kläglich. »Ich bin zwar kein Schamane«, fuhr er fort. »Aber dass da etwas nicht stimmt, sehe auch ich.«

»Die Götter wollen Arianrhod bestrafen«, mischte sich Rar ein. »Es kann gar nicht anders sein. Damals, als …«

»Damals?« Amar fuhr zu ihm herum und musterte ihn mit einem Blick, unter dem Rar regelrecht zusammenschrumpfte. »Als man dir erlaubt hatte, einfach das Wort an dich zu reißen?«

Rar blinzelte. »Was … ich …«

»Taru hat mir berichtet, du seist der neue Gehilfe eures Schmieds«, unterbrach ihn Amar. »Das ist nicht viel mehr als der Dreck unter meinem Fingernagel.«

Rar öffnete den Mund, schloss ihn dann jedoch wieder und starrte beschämt zu Boden.

»Aber tröste dich«, sagte Amar gut gelaunt. »Wenn du erst einmal selbst die unter allen Völkern so hochgeachtete Stellung des Schmieds bekleidest, kannst du gerne mitreden. Aber bis dahin hast du zu schweigen, wenn unsereins«, er zeigte erst auf sich, dann auf Taru, »miteinander redet.«

Arri nahm die Demütigung des Schmiedejungen nur am Rande wahr. Ihr Blick irrte über die Rückseite des Hauses, die vom Flackern des Feuers in ein unruhiges Licht getaucht wurde. Es sah genauso aus wie von vorne, mit dem gleichen Dach, das tief über die massive Holzwand aus Eichenbohlen gezogen war. Der einzige Unterschied war, dass es hier keine Tür gab.

Was aber war dann mit Larkar geschehen? Arri hatte bis jetzt angenommen, dass er noch im letzten Augenblick hatte entkommen können. Das wäre ihm aber nur möglich gewesen, wenn es irgendwo ein weiteres Schlupfloch in der Hauswand gegeben hätte, durch das er in die Freiheit hätte gelangen können.

»Auch du darfst mit uns reden«, wandte sich Amar deutlich freundlicher an Arri. »Aber wie ich deinem Blick entnehme, bist du an ganz anderen Dingen interessiert.«

»Was?« Arri zuckte zusammen und wandte sich zu dem jungen Hohepriester von Goseg um. »Was hätten wir denn zu besprechen?«

»Vielleicht das, was mit dem Mann geschah, der dich bei deiner dreisten Flucht unterstützt hat«, antwortete Amar. »Mein neuer Freund Taru hat mir davon erzählt. Und es scheint ihn sehr erzürnt zu haben, dass du dich ausgerechnet mit einem seiner ältesten Freunde verbündet hast.«

Arri hätte vor Wut aufschreien können. Amar hatte eine Art, das Wort an sich zu reißen, die sie nicht nur durcheinanderbrachte, sondern die auch deutlich werden ließ, wie wenig sie noch ausrichten konnte.

Aber es ging nicht darum, ob sie sich klein und hilflos fühlte. Eher darum, die Flucht fortzusetzen, die ein vorläufiges Ende gefunden hatte. Und dann Kyrill …

»Schade«, durchbrach Amar ihren Gedankengang. »Fast hätte ich geglaubt, du seist an einem aufrichtigen Gespräch mit mir interessiert. Aber deine Gedanken sind wohl bei diesem«, er sah Taru fragend an, und dieser beeilte sich zu antworten:

»Bei Larkar.«

»Bei Larkar, ja genau«, er seufzte. »Es heißt, er sei ein Speerträger ohne Speer. Und er humpele.« Er strich sich durch den Bart, eine Geste, die wohl genauso zu ihm gehörte wie die Art, mit seinen Worten das Gegenüber zu verunsichern. »Ist das auch der Mann, dem zuliebe du Dragosz getötet hast?«

Arri starrte ihn entgeistert an. Die Funken des Feuers zu ihrer Linken stoben auf, und als sie hinüberblickte, sah sie, wie zwei Männer in schwarzen Gewändern gebratene Rebhühner von einer Halterung nahmen, die ungewöhnlicherweise aus Metall gefertigt sein musste, sonst hätte sie doch unweigerlich Feuer gefangen.

»Willst du mir nun antworten«, hakte Amar nach, »oder schweigst du zum Zeichen, dass du deine Schuld anerkennst – und Larkar dein Komplize war?«

Arris Kopf ruckte wieder zu Amar herum. Sie und Larkar sollten sich also nicht nur schon länger kennen, sondern auch gemeinsam geplant haben, ihren Liebsten aus dem Weg zu räumen? Das war … einfach zu ungeheuerlich.

»Ja, natürlich, entschuldige«, sagte Amar, der ihren Blick zum Feuer wohl missgedeutet hatte. »Du musst hungrig sein. Selbstverständlich darfst du aber erst etwas essen, nachdem du deine abscheulichen Verbrechen gestanden hast.«

Arri schnappte nach Luft. Die Formulierung war so ungeheuerlich, dass es selbst ihr das Wort verschlug.

Ganz anders als Taru, der die Rolle des Kleinkinds offensichtlich konsequent weiterzuspielen gedachte.

»Ich fürchte, diese Einladung wird die Drude nicht annehmen können«, sagte er kühl. »Wir werden sie jetzt nämlich wieder in Fesseln legen und mit uns nehmen.« Er wandte sich an Rar. »Ruf Franwar und die anderen. Sag ihnen, dass wir aufbrechen.«

»Nicht ganz so hastig, mein Freund«, erwiderte Amar in fast gelangweiltem Ton. »Ich glaube, wir haben da noch das eine oder andere zu besprechen.«

»Ja, das denke ich auch.« Arris Blick war inzwischen weitergeschwenkt. Ihre Augen hatten die Spuren verfolgt, die die beiden Wagen in den Boden gedrückt hatten. Sie führten nicht nach vorne und um das Haus herum, sondern zu einem Weg zu ihrer Linken, der sanft anstieg und hinter einer Biegung verschwand. Wenn sie es schaffte, sich einen kleinen Vorsprung zu verschaffen, und wenn sie dort dann so schnell wie möglich hinauflief …

»Nun«, sagte sie, während sie sich dem ungewöhnlichen Hohepriester von Goseg wieder zuwandte. »Ich glaube tatsächlich, dass wir das eine oder andere zu besprechen haben.« Sie machte einen Schritt auf Taru zu, und es musste so viel Entschlossenheit und Abscheu in ihrem Blick funkeln, dass er beinahe wie ein kleiner Junge zurückgewichen wäre, der von seiner Mutter gescholten wird.

»Dieser kleine Aufrührer hier«, sie tippte so schnell auf Tarus

Brust, dass er ihre Hand nicht einfangen konnte, »hat sich nicht nur den Anordnungen des Ältestenrates widersetzt. Sondern er hat mich auch noch entführt. Er wollte mich im See versenken.«

»Aha«, machte Amar. Er sah jetzt nicht nur nachdenklich, sondern auch ein wenig ärgerlich aus. »Stimmt das, Taru, der du Dragosz' Sohn und sein Nachfolger bist?«

»Nun, ich ... ich habe bestimmt nicht ...« Taru warf Arri einen bösen Blick zu und wandte sich dann mit einer übertriebenen Geste von ihr ab und dem Hohepriester zu. »Nichts dergleichen habe ich getan!«

Amar legte den Kopf schief und wartete offensichtlich darauf, dass sich Dragosz' Sohn näher erklärte. Dass Taru dies aber nicht tat, überraschte Arri überhaupt nicht. Schließlich hätte es vorausgesetzt, dass ihm auf die Schnelle etwas Geistreiches hätte einfallen müssen.

»Dann sei doch bitte so nett, mir zu erklären, was du sonst getan hast«, bohrte Amar nach.

»Ja, aber ich ...«, Taru schüttelte den Kopf. »Das ist jetzt nicht der richtige Zeitpunkt für langwierige Erklärungen«, erklärte er mit erstaunlich fester Stimme.

Amar zog eine Augenbraue hoch. »Und du meinst, das hättest du zu bestimmen, und nicht ich?«

Taru zuckte zusammen. Für einen Augenblick strahlte er einen solchen Zorn und eine solche Angriffslust aus, dass Arri schon glaubte, er werde eine Dummheit begehen.

Wenn sie jedoch erwartete, Amar werde mit Wut darauf reagieren, oder auch in der abscheulichen Art Nors, der seine Gegenüber mit seinen Blicken fast aufgespießt hatte, um seine verkrümmten Hände dann zu heben und sie wie die Krallen eines Raubvogels auf die Lehnen seines aus Korb geflochtenen Stuhles zu schlagen, so sah sie sich getäuscht.

Dagegen stahl sich der lauernde Ausdruck einer Schlange, die auf die passende Gelegenheit zum Zuschnappen wartet, auf das Gesicht des neuen Hohepriesters.

Taru musste das auch bemerkt haben. Aber immerhin brachte er es irgendwie fertig, seinen schlichten Bemerkungen und haltlosen Unterstellungen keine weitere Dummheit hinzuzufügen. Aber weniger gut hatte er seinen Blick und seinen Körper unter Kontrolle.

Er machte einen zaghaften Schritt auf Arri zu, und dann noch einen und noch einen. Dabei lag in seinen Augen ein Flackern, das jede Frau in die Flucht geschlagen hätte. Arri fand, dass ihr im Augenblick gar nichts Besseres passieren konnte, und im Stillen dankte sie Amar dafür, dass er ihr mit seinen beharrlichen Nachfragen unwissentlich zu Hilfe kam.

Sie wich weiter zurück als sie es gemusst hätte, aber auch nicht so weit, dass irgendjemand hätte misstrauisch werden können. Die ganze Zeit über ließ sie Taru nicht aus den Augen. Dass ihre Erregung mit jeder Bewegung zunahm, brauchte sie dabei noch nicht einmal zu überspielen.

Dabei dachte sie jedoch gar nicht an eine mögliche Konfrontation, sondern an den Weg, in den sich die Spuren der beiden Holzkarren eingefressen hatten. Hier, hinter dem Haus, hielt sich nur eine Handvoll Männer auf. Die meisten von ihnen waren damit beschäftigt, die Wagen zu entladen oder die Mahlzeit vorzubereiten, zu der Amar sie eingeladen hatte. Die Einzigen, die sie die ganze Zeit über im Blick hatte, waren Taru und Amar – und Rar, aber der hatte sich schmollend zurückgezogen und sich im Schatten des langen Daches auf dem Boden niedergelassen.

Arri beschloss, das Wagnis einzugehen und ihre letzte Trumpfkarte auszuspielen. »Taru hat genau das getan, was ich gesagt habe«, begann sie. »Aber das aus gutem Grund. Denn es ist mein Sohn Kyrill, der Dragosz' Nachfolge antreten wird.«

»Dein Sohn?« Amar runzelte die Stirn. »Aber wie soll das geschehen? Er müsste doch noch ein kleines Kind sein.«

»Das ist richtig«, bestätigte Arri. »Aber bei uns Rakern ist die Erbfolge anders geregelt als bei den meisten anderen Völkern. Bei uns ist es der jüngste Sohn, dem die Nachfolge zufällt.«

»Ja, natürlich« Taru verschluckte sich fast, ein Speichelfaden lief sein Kinn herab. Mit einer ärgerlichen Bewegung wischte er ihn beiseite. »Mal ganz abgesehen davon, dass Kyrill ein dreckiger kleiner Bastard ist«, höhnte er, »ein nach Mama schreiender Winzling kann uns wohl kaum anführen!«

»Nun«, sagte Amar. Er gab den Männern, die die Rebhühner vom Feuer genommen hatten, ein fast unmerkliches Zeichen. »Das sind aber wirklich bedenkenswerte Argumente.«

Seine Männer trugen die gebratenen Vögel an ihm vorbei und verschwanden hinter dem Haus. Wahrscheinlich bereiteten sie dort alles für ein besonders reichhaltiges Essen vor. Umso besser. Je mehr Männer Amar wegschickte, umso größer war die Chance, dass ihr die Flucht gelang.

»Wie kommst du darauf, dass ein Sohn deines Vaters ein Bastard wäre!«, wandte sich Amar an Taru.

»Nun, nein, natürlich nicht«, sprudelte Taru hervor. Es sah aus, als bekäme er gar nicht mehr richtig Luft, und auf seinem Gesicht breiteten sich plötzlich rote Flecken aus. »Aber das, was Arianrhod von der Erbfolge sagt, stimmt nicht im Geringsten«, quetschte er mit dem letzten Rest seiner Beherrschung hervor. »Sie ist ja noch nicht einmal eine Rakerin!«

»Sondern was?«

»Sondern …« Taru atmete tief aus und blieb stehen. »Ich glaube, es ist besser, wir gehen jetzt«, seine Stimme zitterte, »unser Volk ist in tiefer Trauer über den Tod meines Vaters.«

»Ja«, sagte Amar. »Nach allem, was ich gehört habe, muss er ein ungewöhnlicher Mann gewesen sein.«

Taru blieb stehen und wandte sich überrascht zu dem Hohepriester um. »Du kennst ihn gar nicht?«

»Nicht persönlich …«

Es waren ganz kleine Bewegungen, mit denen sich Arri rückwärts bewegte. Sie hörte den beiden ungleichen jungen Männern zwar nicht richtig zu, aber sie achtete auf jede Regung von ihnen. Sobald einer auch nur im Geringsten erkennen ließe, dass er ihre Fluchtabsichten durchschaute, würde sie sich umdrehen und so schnell wie es nur möglich war den Hang hinauflaufen.

»Vielleicht ist es besser, ich rede einmal mit eurem Ältestenrat«, sagte Amar schließlich.

Arri erschrak. Es war nicht so sehr der Vorschlag Amars, der schon fast etwas von einem Befehl hatte, als vielmehr die Tatsache, dass sich das Gespräch seinem Ende zuneigte.

Sie machte noch einen Schritt rückwärts – und erstarrte, als ihr jemand auf die Schulter klopfte.

»Na, Drude«, säuselte ihr Rar ins Ohr. »Wohin des Wegs?«

Rar versuchte sie an der Hand zu packen. Aber Arri entwand sich seinem Griff, drehte sich um und stürmte los …

11 »Lexz!«, ächzte Torgon, während er auf ihn zuschwankte. »Wo warst du? Warum hast du uns nicht geholfen?«

Lexz taumelte zurück. Sein Blick war an Torgon vorbeigewandert und auf die junge Frau gefallen, die ihm auf den Fersen gewesen war, jetzt aber plötzlich stehen blieb. Er hatte natürlich Ekarna erwartet. Umso mehr überraschte es ihn, dort eine kleinere und vollkommen anders gekleidete Frau zu sehen.

Als sie die Hand vor den Mund schlug, schien die Luft zwischen den Zweigen zu flirren und ein sanfter, warmer Lufthauch zu ihm zu wehen. Lexz hatte das Gefühl, als verliere er den Halt unter den Füßen. Für die Dauer von drei endlosen, schweren Atemzügen starrte er die Fremde nur an, und plötzlich hatte er das Gefühl, niemals einen schöneren Menschen gesehen zu haben, niemals eine Frau, die vollendeter war, und niemals ein Wesen, dessen Gestalt mehr Liebreiz und Anmut ausstrahlte.

Aber das war noch nicht alles, was ihn in den Bann schlug. Auf der einen Seite saugte er jede Einzelheit von ihr auf, bemerkte jede noch so kleine Einzelheit, auf der anderen Seite hätte er sie nicht beschreiben können, wenn er es gemusst hätte. Das Einzige, das er aber mit Sicherheit sagen konnte, war, dass in ihren dunklen Augen eine Art Erkennen aufblitzte, und dass dieses Wunder ganz tief in seinem Innersten etwas berührte.

Die hübsche junge Frau musterte ihn mit nicht minder großer Überraschung. Sie griff nach dem Ring aus poliertem Feuerstein, den sie um den Hals trug, und drehte ihn in den Fingern. Lexz' Verwirrung steigerte sich noch weiter ins Unermessliche. Der Ring, die Kleidung … all das hatte Surkija getragen, als er sie zum letzten Mal gesehen hatte. Damals war sie mit Dragosz mitgegangen und hatte damit den Zwist besiegelt, der seinen Vater und Dragosz endgültig auseinandergebracht hatte.

Aber das dort war nicht Surkija. Und trotzdem kannte er diese Frau. Wenn er nur wüsste, woher …

Die Frau ließ den Ring durch die Finger gleiten, und dann fiel er herunter, wurde von dem Lederband aber festgehalten und bewegte sich über ihrem verrutschten Gewand hin und her. Lexz sah den Ansatz ihres blanken Busens hervorschimmern, ein Anblick, der eigentlich nichts Besonderes war in einer Zeit, in der sie alle mit zerschlissener Kleidung herumliefen, immer wieder irgendetwas verrutschte und man mehr zu sehen bekam, als eigentlich angemessen schien. Aber diesmal war es etwas anderes. Er starrte auf den hellen Brustansatz, und tief in ihm regte sich erneut etwas.

Vollkommen unpassend, und … die Frau bemerkte seinen Blick, aber wohl nicht nur diesen. Sie strich sich mit einer hastigen Geste die Haare aus dem Gesicht und drehte sich um. Als sie mit ein paar leichtfüßigen Schritten zwischen den Bäumen verschwand, wollte Lexz ihr folgen. Er musste wissen, wer diese Frau war. Sie kam ihm so bekannt vor. Und nicht nur das. Er spürte ein Verlangen in sich, das er nicht wahrhaben wollte, und noch viel stärker das Gefühl einer unendlichen Sehnsucht, wie er sie schon seit Ewigkeiten nicht mehr empfunden hatte …

… sah man einmal von dem merkwürdigen Erlebnis an dem Bachausläufer heute Morgen ab.

Lexz wollte an Torgon vorbei. Aber dieser packte ihn an den Schultern und drehte ihn zu sich herum. »Wo warst du?«, herrschte er ihn an. »Wir sind angegriffen worden!«

»Ja«, stieß Lexz hervor. »Und wer ist die Frau?«

Torgon winkte ab. »Irgendein Mädchen aus dem Dorf. Aber darum geht es jetzt nicht. Wo warst du denn? Warum hast du uns im Stich gelassen?«

»Weil ich auch angegriffen worden bin«, antwortete Lexz ungeduldig. »Und nun sag mir endlich, wer das Mädchen ist!«

»Aber wie …«, Torgon strich sich die wirren Haarsträhnen aus der Stirn, »wann bist du angegriffen worden? Wir haben gar nichts gehört. Du warst nur plötzlich weg.«

»Und da hast du gedacht, ich wäre mal wieder weggelaufen«, Lexz versuchte Torgons Hand abzustreifen, doch der Dicke hielt ihn weiter fest umklammert. »Lass uns gleich darüber reden. Ich muss erst dieser Frau hinterher.«

»Der Kleinen aus dem Dorf?«

»Ja, Arri …«

»Arri?« Torgon schüttelte verwirrt den Kopf. »Wen meinst du? Ich kenne keine Frau namens Arri.«

Natürlich nicht. Wie hatte er nur diesen Namen aussprechen können? Das Bild der Unbekannten. Die Verbundenheit, die er am See gespürt hatte. All das war doch reine Phantasie, pure Einbildung, die mit uralten Schwärmereien zu tun hatte, mit den Träumen eines kleinen Jungen, der sich die große Liebe ausgemalt hatte. Wie kam es nur, dass er dieses Gefühl jetzt mit der Unbekannten dort verband?

»Aber falls du dich auch nur im Entferntesten für das Schicksal von Ekarna interessierst«, fuhr Torgon anklagend fort, »die war gerade noch an meiner Seite. Sie muss also auch gleich hier sein. Und außerdem …«

Lexz hatte jetzt keine Zeit für langwierige Erklärungen.

»Schön, dass Ekarna wohlauf ist«, sagte er rasch. Er streifte Torgons Hand ohne viel Feingefühl ab und wollte schon losrennen, der Unbekannten hinterher, die er aus einer ihm selbst unverständlichen Eingebung heraus Arri genannt hatte.

Aber da hatte er die Rechnung ohne Torgon gemacht. Der Dicke packte ihn am Kragen und schleuderte ihn zu sich herum, bis sich ihre Gesichter so nahe waren, dass Lexz in seine weit aufgerissenen Augen starren konnte.

Er erschrak. Torgon sah schlecht aus, und das hatte er noch nicht einmal bemerkt. Soweit er feststellen konnte, war er zwar nicht verwundet – zumindest nicht ernsthaft –, aber auf seinem Hemd sah man frische Blutspitzer, und da war auch ein Funkeln in seinen Augen, das Lexz gar nicht gefiel.

»Du bist nie da, wenn man dich braucht«, sagte der Vertraute seines Vaters ärgerlich. Sie standen sich so nah, dass Lexz seinen schlechten Atem roch und die Schweißtropfen auf seiner Stirn sah, von denen einige rötlich schimmerten. Waren das auch Blutsprenkel? »Und jetzt bleibst du einfach mal hier, verdammt noch mal!«

Das war genau der Tonfall, den Lexz jetzt überhaupt nicht hören wollte. Kein Zweifel, er hatte von Anfang an große Fehler gemacht, und vielleicht hatten Larkar und Sedak das inzwischen sogar mit ihrem Leben bezahlt. Aber deswegen konnte er sich hier doch nicht von Torgon festnageln lassen!

»Die bärtigen Barbaren mit den riesigen Holzkeulen haben uns überfallen«, fuhr Torgon ärgerlich fort. »Wir hätten deine Unterstützung wirklich gut brauchen können!«

»Ja, aber ich …«, Lexz zerrte an Torgons Hand, aber diesmal schien der Dicke darauf vorbereitet zu sein, und offensichtlich war er nicht bereit, ihn so einfach davonkommen zu lassen, »ich habe … ich bin … nun lass mich doch endlich los!«

»Ich habe, ich bin!« Torgon schüttelte den Kopf. »Dein Vater hat dir unser Leben in die Hände gelegt! Nun verhalte dich endlich auch entsprechend!«

Lexz versuchte sich erneut aus dem festen Griff zu winden. »Ja, das tue ich doch. Ich muss jetzt aber … nur der Frau hinterher …«

»Der Frau hinterher?« Torgon ächzte auf seine typische Art. »Willst du schon wieder einfach davonrennen? Und dann auch noch wegen eines Dorfmädchens?«

»Nein, natürlich nicht«, widersprach Lexz heftig. »Ich bin ja gleich wieder da!«

»Wenn sich ein Fünfjähriger bei seiner Jungjäger-Prüfung so verhielte wie du jetzt gerade, dürfte er anschließend noch nicht einmal mehr die Waffen der anderen pflegen!«, brüllte ihm Torgon ins Ohr und verdrehte dabei seinen Arm so kräftig, dass ein scharfer Schmerz durch Lexz' Schulter fuhr.

»Aber was faselst du da von irgendeinem Dorfmädchen!«, empörte sich Lexz. »Du spinnst doch! Wir suchen wie wild nach einer Spur von Dragosz' Leuten – und dann taucht ein Mädchen auf, das mit ihm gezogen ist. Und du lässt es so einfach entkommen?«

»Ich lasse überhaupt niemanden entkommen«, hielt Torgon dagegen. »Aber erstmal geht es darum, dass du nicht wieder wie ein kleiner Rotzjunge wegrennst!«

»Du verstehst ja überhaupt nicht, worum es geht«, fuhr ihn Lexz an – und das, obwohl er dies selbst nicht begriff, wenn er ehrlich war. »Und jetzt lass mich endlich los!«

»Das werde ich nicht tun«, schimpfte Torgon. »Wir hätten gestern Abend unbedingt zusammenbleiben müssen. Zu dritt wären wir viel eher in der Lage gewesen, uns unserer Haut zu erwehren!«

»Ja!«, schrie Lexz. »Und jetzt lass los!«

»Einen Dreck werde ich tun!«, gab Torgon in der gleichen Lautstärke zurück. »Jedenfalls nicht, solange du dich nicht endlich zusammenreißt und die Ehre deines Vaters nicht weiter mit Füßen trittst!«

Seine Worte trafen Lexz heftig, und das wohl deshalb, weil viel mehr Wahrheit in ihnen lag, als er im Augenblick vertragen konnte. Nur mit Mühe und Not konnte er sich zusammenreißen und verhindern, dass ihm etwas sehr, sehr Dummes herausrutschte.

»Lass mich durch, bitte«, sagte er stattdessen in einem fast sanften Tonfall. »Ich bin gleich wieder da.«

Zu seiner Verblüffung gab ihn Torgon tatsächlich frei. »Du musst ja wissen, was du tust«, brüllte er hinter ihm her, als er schon losgespurtet war. »Aber erwarte nicht, dass ich das anschließend vor deinem Vater beschönige!«

Lexz hörte die Worte. Doch sie interessierten ihn im Augenblick überhaupt nicht.

Irgendein Dorfmädchen? Torgon war wohl verrückt geworden. Das war nicht irgendein Dorfmädchen. Das war die Liebe seines Lebens.

Mit einem Satz war er bei den Bäumen und tauchte ins Unterholz ein.

»Das ist dafür, dass du einfach hast fliehen wollen«, brüllte Taru und verpasste Arri eine so heftige Ohrfeige, dass ihr Kopf zur Seite flog. »Und wenn du das noch einmal tust, werde ich dich an Ort und Stelle töten!«

In seiner Stimme schwang so viel Hass mit, dass Arri auch nicht einen Augenblick lang an seinen Worten zweifelte. Sie fuhr sich mit dem Handrücken über den Mund, um sich davon zu überzeugen, dass ihre Lippen nicht aufgeplatzt waren, und sah Taru herausfordernd an.

»Ich dachte immer, du würdest deinem Vater Ehre machen wollen«, zischte sie. »Aber wie es aussieht, bist und bleibst du nicht mehr als ein kleiner, mieser Raufbold!«

Mit einem kurzen spitzen Aufschrei stürzte sich Taru auf sie. Doch statt sie zu schlagen – worauf Arri vorbereitet gewesen wäre –, krallte er sich in ihre Haare ein und zerrte sie mit sich. »Und wenn ich dich den ganzen Weg bis zum See zurück an den Haaren schleifen muss«, schrie er. »Du wirst mir nicht noch einmal entkommen!«

»Lass das sein«, donnerte Amar, und aus den Augenwinkeln sah Arri, dass er seinen Männern einen Wink gab.

Taru war nur ganz kurz abgelenkt, aber das reichte. Arri rammte ihm mit voller Wucht das rechte Knie zwischen die Beine. Taru stieß ein überraschtes Grunzen aus, ließ ihre Haare los und machte einen unbeholfen torkelnden Schritt zur Seite, bevor er mit einer schon fast lächerlich langsamen Bewegung in die Knie ging und die Hände viel zu spät schützend vor den Unterleib brachte.

Da waren auch schon zwei von Amars Kriegern herangekommen. Ihre Mäntel wehten ebenso wie ihre langen Haare, und Arri erwartete, dass sie ihre Waffen ziehen und sie auf der Stelle erschlagen würden. Mit einer Mischung aus ruhiger Gefasstheit und Angst starrte sie ihnen entgegen – und zuckte zusammen, als sie wie auf ein geheimes Kommando noch im letzten Augenblick die Richtung änderten, Taru unter die Arme griffen, um ihn hochzureißen und mit sich zu zerren.

»Tu das nie wieder«, sagte Amar mit Zorn in der Stimme. Und etwas leiser fuhr er fort: »Wenn du deine Unbeherrschtheit nicht in den Griff bekommst, wird deine Herrschaft nicht einmal ein paar Tage währen.«

Es dauerte eine Weile, bis Arri begriff, dass Amar gar nicht sie angesprochen hatte, sondern Taru, den die beiden Krieger jetzt wieder von sich stießen. Dragosz' Sohn taumelte ein paar Schritte weiter, bis er vor Amar in die Knie ging. Es war ein Bild des Jammers.

Aber auch Arri kam nicht ungeschoren davon.

»Solltest du jemals so etwas mit mir versuchen«, sagte Amar, während er sich zu ihr umwandte und sie mit einem Blick maß, aus dem jede Wärme verschwunden war, »schneide ich dir die Kehle durch.«

Es dauerte nicht lange, bis Lexz auf das Mädchen stieß. Es hockte an einem kleinen Seitenarm des im Sonnenlicht flirrenden Baches und kühlte die nackten Füße im frischen Wasser, das so unbekümmert und verschwenderisch über flache Kiesel und gefallenes Gezweig hinweggluckste, als hätte es in letzter Zeit nicht einmal im Entferntesten das Anzeichen für einen lebensbedrohenden Wassermangel gegeben. Auch hier fiel Lexz wieder auf, wie viel Laub die Bäume bereits verloren hatten. Dies allerdings aus einem ganz besonderen Grund.

Das Mädchen hockte mit ihrem Rock auf einem Bett aus rotgelben Blättern. Es sah so malerisch und verführerisch aus, dass Lexz' Herz einen kleinen Sprung machte.

»Ach, Lexz«, sagte sie, als er hinter ihr stehen geblieben war. Sie wandte ihm den Kopf zu und lächelte ihn an. »Willst du dich nicht zu mir setzen?«

Und ob Lexz das wollte! Trotzdem zögerte er. Es erschien alles ... so unwirklich. Als würde gerade ein alter, immer wieder geträumter Traum Realität werden, als wären die Grenzen zwischen dem täglichen Überlebenskampf und dem in unruhigen Nächten verspürten Verlangen nach Liebe plötzlich aufgehoben.

»Wer bist du?«, fragte er, und ehe er es sich versah, setzte er mit der entscheidenden Frage nach: »Bist du Arri?«

»Arri?« Über das Gesicht des Mädchens lief ein Schatten. »Wie kommst du gerade auf sie? Du kannst sie doch nicht einmal kennen!«

Diese Antwort verwirrte Lexz vollständig. Wenn das Mädchen nicht Arri war – und so verstand er ihre Worte –, dann kannte es aber trotzdem diesen Namen? Wie sollte das möglich sein? Arri war nicht von seinem Volk, sondern lebte irgendwo ganz anders. Wenn ihm Dragosz nicht von ihr und ihrer Mutter Lea erzählt hätte, hätte sich ihr Name auch niemals in seinem Kopf festgesetzt.

»Du stehst da und starrst mich an, als sei ich ein Gespenst«, schmollte das Mädchen.

»Wie ...?« Lexz schüttelte leicht den Kopf. »Entschuldige. Ich wollte dich nicht anstarren.«

»Dann ist es ja gut.« Das Mädchen klopfte einladend neben sich aufs Laub. »Und jetzt setz dich endlich zu mir.«

Lexz atmete tief ein, und erst als er ganz langsam wieder ausgeatmet hatte, wagte er es, der Einladung Folge zu leisten. Sein Herz klopfte viel zu laut und viel zu schnell, als er sich neben die Unbekannte setzte, die seine Seele dennoch so berührte, als kenne er sie schon ewig.

»Ich benehme mich wie ein Dummkopf«, rutschte es aus ihm heraus, obwohl er eigentlich etwas ganz anderes hatte sagen wollen.

Das Mädchen zuckte mit den Schultern. »Sagen wir mal: wie jemand, der in letzter Zeit ganz andere Dinge im Kopf hatte, als mit einem Mädchen am Bach zu sitzen. Wobei du wahrscheinlich in letzter Zeit beides nicht zu Gesicht bekommen hast.«

»Was?«

»Einen Bach – und ein Mädchen wie mich.« Sie sah ihn von der Seite an, und ihr Gesichtsausdruck erschien ihm wieder ein wenig vorwurfsvoll. »Eigentlich sollte ich dir ja böse sein. Warum fragst du nach Arri? Und warum erkennst du mich nicht?«

Das waren zwei Fragen, auf die er keine Antwort wusste. Er rettete sich in ein verlegenes Lächeln. Dass dabei sein Blick über den noch immer halb freigelegten Brustansatz des Mädchens glitt, trug nicht gerade dazu bei, dass sich seine Gedanken klärten.

»Wir sind gemeinsam aufgewachsen«, half das Mädchen nach. »Nur dass ich damals noch nicht die Heilerin war.«

»Du bist die Heilerin …?« Lexz schlug sich mit der flachen Hand gegen die Stirn. »Natürlich! Entschuldige! Du bist Isana – die Tochter von Kenan, dem Schmied.«

»Erstaunlich, dass dir das noch eingefallen ist«, schmollte Isana. »Ich dachte schon, du hättest mich ganz vergessen.«

»Aber nein, wie könnte ich …« Lexz rang sich ein verlegenes Lächeln ab. »Aber als ich dich das letzte Mal gesehen habe, warst du noch ein Kind. Jetzt bist du eine Frau«, er bekam einen roten Kopf, »und eine wunderschöne dazu!«

Isana lächelte nun auch. Aber sie rückte ein kleines Stück vor – und damit auch etwas von ihm ab – und beugte sich zu dem Bachausläufer hin, um mit der hohlen Hand etwas Wasser zu schöpfen und sich ihr Gesicht damit zu kühlen. »Das tut gut. Ich bin so weit gelaufen … und dann bin ich plötzlich auf Torgon gestoßen.«

»Das heißt, euer Dorf liegt ganz in der Nähe?«, fragte Lexz.

Er konnte noch immer nicht begreifen, dass er Isana nicht erkannt hatte. Ganz zweifellos hatte sie sich verändert, sie war schöner und fraulicher geworden. Aber wie blind musste er sein, dass er jemanden aus seinem Heimatdorf nicht erkannte, mit dem er doch aufgewachsen war! Da half auch kaum die Ausrede, dass sie außerhalb der Gemeinschaft in der abgelegenen Schmiede bei ihrem Vater groß geworden war.

Er hätte sie dennoch erkennen müssen.

Isana verfolgte vielleicht ganz ähnliche Gedanken, denn sie antwortete ihm nicht. Aber möglicherweise gab es ja auch noch einen anderen Grund für ihr Schweigen. Vielleicht wollte sie ihm einfach nicht verraten, wo Dragosz und die anderen gesiedelt hatten.

»Das Dorf«, sagte Lexz sanft. »Ihr wohnt doch in einem Dorf?«

Isana nahm eine schwarze Haarsträhne in den Mund und kaute darauf herum. Als sie den Blick bemerkte, mit dem er sie musterte, hörte sie sofort damit auf.

»Dorf ist vielleicht zu viel gesagt«, antwortete sie. »Wir richten uns erst ganz langsam in ein neues Leben ein.«

»Und wo ist das, wo ihr euch einrichtet?«, bohrte Lexz nach.

Isana zuckte mit den Schultern. »Bist du nicht im Streit mit Dragosz?«

»Weil ich dir diese Frage stelle?« Lexz brachte das Kunststück fertig, gleichzeitig zu nicken und den Kopf zu schütteln. »Nein. Ich will doch nicht herausbekommen, wo euer Dorf ist, um dann dort hinzuschleichen und Dragosz in der Nacht die Kehle durchzuschneiden, wenn du das meinst.«

Isana sah ihn ganz merkwürdig an. Sie schien etwas sagen zu wollen, blickte dann aber stumm ins Wasser.

»Es ergibt doch keinen Sinn, wenn wir uns bekämpfen«, sagte nun Lexz, und zu seiner eigenen Überraschung meinte er diese Worte in diesem Augenblick durchaus ernst. »Wir können nur überleben – sagt unser Schamane.«

»Zakaan?« Isana sah ihn wieder an und ein kleines Lächeln stahl sich auf ihre Züge. »Ja, Zakaan ist jemand, der die Menschen zusammenführt, nicht trennt.«

»Das kann man wirklich so sagen«, bestätigte Lexz. »Aber jetzt verrate mir wenigstens, ob ihr hier in der Nähe lebt.«

»Aber ja.« Isana ließ ihre Hände wieder durchs Wasser gleiten. Sie warf ihm einen scheuen Blick zu – und spritzte ihm dann mit einer schnellen Handbewegung Wasser ins Gesicht. »Arri wohnt hier auch – ganz nah!«

»Arri«, sagte Lexz unbehaglich, während er sich mit der Hand durch das benetzte Gesicht fuhr. »Ein seltener Name.«

Isana warf ihm einen ganz kurzen Seitenblick zu und platschte dann weiter im Wasser. »Du kennst Arri also?«

Lexz zögerte kaum merklich, bevor er den Kopf schüttelte. »Nein. Ich kenne sie nicht.«

»Und doch verwechselst du mich mit ihr?« Isanas Gesicht umwölkte sich, und mit einer schnellen Bewegung nahm sie die Hände aus dem Wasser und trocknete sie sich an ihrem Rock ab. »Findest du das nicht etwas merkwürdig?«

»Ja«, antwortete Lexz mit Unbehagen. »Vielleicht. Natürlich. Aber es ist …« Erneut fuhr er sich mit der Hand durchs Gesicht. Hätte er doch bloß Arris Namen nie genannt! »Dragosz hat mir einst von ihr erzählt. Von dem Mädchen, das ganz anders aussieht als alle anderen. Mit hellen Haaren und hochgewachsen, fast so groß wie ein Mann.«

»Während ich dunkle Haare habe und so klein bin wie alle Frauen unseres Volkes.« Isana nickte. Als sie Lexz jetzt zum zweiten Mal einen schnellen Seitenblick zuwarf, lag wenig Zuneigung darin.

Eigentlich gar keine, eher Zorn.

Lexz konnte sie ja verstehen.

»Und mich hast du ganz vergessen?«, fragte Isana. »Habe ich dir denn gar nichts bedeutet?«

»Doch«, sagte Lexz, diesmal etwas zu schnell, um wirklich überzeugend zu sein. Er fühlte sich zunehmend unbehaglich. »Ich …«

»Jetzt sag bloß nicht, du hättest mich nie vergessen«, erwiderte Isana beleidigt. »Das glaube ich dir nicht.«

Lexz zögerte. Welche Antwort er auch gab, es konnte nur die falsche sein. Es sei denn …

»Ich erinnere mich daran, wie wir uns am Fluss getroffen haben«, sagte er. »Nur du und ich. Die Tochter des strengen Schmieds und der Sohn des noch viel strengeren Ragok.«

»Na, ich glaube, da täuschst du dich«, sagte Isana. »Du kennst Kenan nicht so gut wie ich. Er ist nicht nur der beste Schmied, den man sich vorstellen kann – er ist leider auch der allerstrengste Vater.« Sie rutschte wieder ein Stück näher an Lexz heran. »Und leider bin ich nur ein Mädchen. Und er hat sich doch so sehr einen männlichen Nachfolger gewünscht.«

»Nun«, antwortete Lexz verlegen. »Ich finde das ... gar nicht so schlecht, dass du ein Mädchen bist.«

»Ich auch nicht. Sonst säße jetzt so ein plumper Kerl wie Rar neben dir.« Isana lachte glockenhell auf. »Weißt du noch, wie wir am Fluss herumgetollt sind?«

»Nachdem die anderen weg waren...« Lexz nickte. Und ob er sich erinnerte. Er und Isana waren sich damals ganz nahe gewesen.

»Zum Schluss haben wir uns geküsst«, flüsterte Isana. Und plötzlich klang sie ängstlich.

»Ja«, gab er ebenso leise zurück. »So wie sich Kinder küssen.«

»Dann sollte ich dir vielleicht auch zeigen, wie ich als Frau küsse«, sagte Isana und beugte sich zu ihm hinüber.

Alles geriet zunehmend außer Kontrolle. Taru hielt sich nach wie vor den Unterleib, seine Haltung war so verkrümmt wie die einer Trauerweide, die sich dem Leben spendenden Wasser zuneigt. Immer wieder durchliefen ihn Bewegungen, die ihn wie einen Zitteraal aussehen ließen. Dass er nichts lieber getan hätte, als sich gleich an Ort und Stelle für Arris Tritt zu revanchieren, war nur allzu offensichtlich. Aber die Umstände sprachen gegen ihn.

Amar nutzte die für Taru sowohl schmerzhafte wie demütigende Lage aus, indem er den Jungen mit einem wahren Wortschwall eindeckte, dem der andere einfach nicht gewachsen war. Der Tölpel merkte noch nicht einmal, dass er mit jeder halbherzigen oder dummen Antwort Schritt für Schritt an Boden verlor. Es fehlte nicht viel, und er hätte mit seiner Unbeherrschtheit Dragosz' Erbe mitsamt des ganzen Pfahldorfes und sämtlicher Bewohner aufs Spiel gesetzt. Dabei schien er noch nicht einmal zu merken, dass es Amar einzig und allein darum ging, den Machtbereich Gosegs auszuweiten – und dabei schon einmal vorzutasten, wie weit er mit Widerstand rechnen musste. Oder eben auch nicht.

Arri spürte eine Wut in sich, der sie keinen Ausdruck verleihen konnte, jedenfalls nicht sofort. Wenn Dragosz jetzt hier wäre, hätte er dieses aufgeblasene Großmaul Amar bestimmt in seine Schranken verwiesen. Aber Taru war nichts weiter als ein kleiner vor Schmerz wimmernder Junge, der gar nicht begriff, dass er, wenn er so weitermachte, sich und sein ganzes Volk Goseg auslieferte.

»Du bist jetzt endlich still!«, herrschte sie Taru schließlich an. »Und sagst kein Wort mehr!«

Taru fuhr zu ihr herum. »Ich soll still sein?« Seine Stimme schrillte wie die eines Kleinkinds, das sich den Kopf angeschlagen hat. »Ausgerechnet du sagst mir das?«, jammerte er. »Hast du denn immer noch nicht begriffen, dass wir dich und dein ekelhaftes Balg ersäufen werden?«

Arri setzte schon dazu an, dem Jammerlappen die passende Antwort zu geben. Aber das erwies sich als unnötig, da Amar es bereits übernahm.

»Ich möchte mich wirklich nicht in euren Familienzwist einmischen«, sagte er in einem Tonfall, der seinen Worten Hohn sprach. »Aber ich weiß wirklich nicht, ob es ratsam ist, die Frau deines Vaters deiner Obhut anzuvertrauen, mein lieber Taru. Vielleicht sollte ich sie besser nach Goseg mitnehmen.«

»Nach Goseg?«, fragten Arri und Taru zugleich, und in ihrer beider Stimmen schwang Entsetzen mit, wenn auch aus ganz unterschiedlichen Gründen.

Arri hatte Goseg in schlimmer Erinnerung. Die Zeit, die sie dort in einem Gefängnis verbracht hatte, das aus massiven Steinen gebaut war, gehörte zu der schlimmsten ihres Lebens. Und wenn sie dort jetzt wieder landete – dann hätte sie wohl kaum noch die Möglichkeit, irgendwie zu entkommen und Kyrill zu holen, um gemeinsam mit ihm ein neues Leben zu beginnen.

Amar lächelte auf seine überhebliche Art. »Wir werden ohnehin in Goseg Gericht über dich halten, Arri«, verkündete er mit größter

Selbstverständlichkeit. »Bis dahin wären wir bereit, dir Gastfreundschaft zu gewähren.«

»Gastfreundschaft?«, ächzte Taru. Er stellte sich wahrscheinlich etwas ganz anderes darunter vor als Amar. »Ich glaube nicht, dass das nötig ist. Wir können sehr gut auf sie aufpassen. Und wir werden ihr natürlich auch selbst den Prozess machen.«

Amars Augenbraue wanderte nach oben. »Und du wärest tatsächlich auch bereit, mit deinem eigenem Leben dafür zu bürgen, dass ihr kein Haar gekrümmt wird?«

»Kein Haar gekrümmt?« Es war kein Hass mehr, der jetzt in Tarus Augen aufblitzte, als er sich Arri zuwandte, sondern etwas noch viel Schlimmeres. »Ja, natürlich«, gab er sich selbst die Antwort. »Wir wollen dir doch nicht die Haare krümmen, nicht wahr, Drude?«, zischte er. »Wir werden uns schon etwas anderes für dich ausdenken!«

»Das kann ich mir vorstellen«, antwortete Arri. »Aber vielleicht solltest du das mit dem Denken lieber Rar überlassen. Das kann er nämlich deutlich besser!«

Rar als den Klügeren der beiden zu bezeichnen, war allerdings selbst nicht das Klügste – wie Arri in dem Augenblick wusste, als ihr die Worte entschlüpft waren. Aber sie konnte sie nun nicht mehr zurücknehmen.

In Tarus Augen blitzte denn auch die reinste Mordlust auf. Arri fürchtete schon, dass sie den Bogen überspannt hatte und er nun alle Rücksicht fallen ließ, um ihr auf der Stelle den Schädel einzuschlagen – selbst wenn ihn Amar unmittelbar danach zur Rechenschaft zöge, oder später der Ältestenrat.

Stattdessen richtete er sich zum ersten Mal, seitdem sie ihm den Tritt verpasst hatte, zu seiner vollen Größe auf und maß sie mit einem langen nachdenklichen Blick. Zu Arris Unbehagen hatte er kaum noch etwas von einem trotzigen Kind, das man mit einem kräftigen Tritt in den Unterleib zur Weißglut gereizt hatte. Vielmehr wirkte er nun wie ein Mann, der Mordpläne schmiedete.

Ich krieg dich schon noch, las Arri in seinem Blick. Und ich werde viel Spaß daran haben dich zu töten, ohne dass man mich später dafür belangen kann.

»Du wirst schon noch sehen, wem man das Denken überlassen

kann, Drude«, spottete er. »Allerdings bin ich mir nicht sicher, ob dir das gefallen wird.«

Arri blinzelte. Sie kam schlecht damit zurecht, dass sich Taru mal wie ein kleines Kind verhielt, und im nächsten Augenblick seinem Vater in Gestik und Wortwahl so sehr ähnelte, dass man meinen könnte, er hätte doch das Zeug für den ersten Mann unter den Rakern.

Taru schenkte ihr ein kaltes Lächeln und fuhr sich auf typische Dragosz-Art durch die Haare, bevor er sich wieder Amar zuwandte. Seine Körperhaltung wirkte noch immer etwas verkrümmt, aber diesmal verzichtete er darauf, die getroffene Stelle mit den Händen abzudecken.

»Keine Sorge, Amar, Hohepriester von Goseg«, sagte er steif. »Ich persönlich werde dafür sorgen, dass man Arianrhod keinen Schaden zufügt. Und natürlich werde ich auch dem Ältestenrat deinen Wunsch vortragen, dass wir in Goseg Gericht über sie sitzen.«

»Es ist kein Wunsch, Taru, Sohn des Dragosz«, berichtigte ihn Amar. »Es ist schon seit alters üblich, dass der Hohepriester in allen wesentlichen Streitfällen für die tributpflichtigen Dörfer und Stämme Recht spricht.«

»Tributpflichtig«, nahm Taru das Wort auf, aber jetzt fehlte es ihm dann doch an Mut und Erfahrung, um es so zu verwenden, wie Dragosz es getan hätte. »Das ist … eine Sache, über die wir noch sprechen müssen.«

Amar nickte fröhlich. »Selbstverständlich. Wir müssen ja noch die Einzelheiten aushandeln. Aber einige Dinge sind auch nicht verhandelbar. Wie zum Beispiel Gosegs Gerichtshoheit.«

Sein Blick ließ Taru los und wanderte nach oben. Arri konnte ihm das nicht verdenken. Es war ihr schon die ganze Zeit über aufgefallen, dass sich dort oben ganz merkwürdige Dinge abspielten. Aber bislang war sie nicht in der Lage gewesen, auch nur einen einzigen Gedanken daran zu verschwenden.

Das änderte sich jetzt. Die dunklen Wolkengebilde, die das Tal umschlossen, hatten sich weiter aufgetürmt, und die grauweißen Fetzen, die über dem Tal hingen, schienen sich nicht nur verdichtet zu haben: Sie hatten sich auch farblich verändert.

»In die Wolken fließt helles Blut«, murmelte Amar.

Besser hätte man es nicht ausdrücken können. In die Wolken über dem Tal war tatsächlich ein heller Rotton eingeflossen, wie das manchmal so ähnlich knapp vor Tagesanbruch der Fall war. Aber dies hier, jetzt … das sah ganz merkwürdig aus. Das Rot floss regelrecht von außen in die Wolken hinein und verwirbelte dort. Woher es aber kam, war nicht erkenntlich.

»Ein Kampf auf Leben und Tod«, murmelte der Hohepriester schaudernd. »Blut, das in Strömen fließt.«

Er riss seinen Blick wieder von den Wolken los und blinzelte, während er die Arme so fest verschränkte, als müsse er sich selbst festhalten. Arri hatte gar nicht gewusst, dass er auch anders als überheblich oder herablassend aussehen konnte. Aber genau das war jetzt der Fall. Er wirkte verunsichert, und die weichen Züge seines jugendlichen Gesichtes machten einen eckigeren und kantigeren Eindruck.

Bevor Arri dazu kam, weiter darüber nachzudenken, machte er ein paar Schritte auf sie zu. Erst kurz vor ihr blieb er stehen und maß sie mit einem Blick, als sähe er sie zum ersten Mal. »Weißt du etwas darüber, Drude?«, fragte er leise.

Es war das erste Mal, dass er sie Drude nannte. Arri konnte nicht behaupten, dass ihr das gefiel.

»Nein, ich weiß auch nicht, was hier gerade geschieht«, antwortete sie ruhig. »Wir haben in den letzten Jahren vieles gesehen, und oft hat sich der Himmel verändert, bevor das Wetter umschlug. Das jetzt wird wohl auch wieder etwas mit einem Wetterumschwung zu tun haben.«

»Nein.« Amar schüttelte entschieden den Kopf. »Das ist es nicht. Und du weißt es.«

»Da täuschst du dich«, widersprach Arri. »Ein roter Himmel kann manches bedeuten. Zum Beispiel ein Feuer …«

»Ein Feuer«, unterbrach sie Amar aufgebracht. »Willst du mir wirklich erzählen«, er deutete nach oben, ließ sie dabei aber nicht aus den Augen, »dies dort sei der Widerschein eines Feuers?«

Nein, das wollte sie natürlich nicht. Ihr Blick wanderte nach oben.

Amar hatte tatsächlich recht. Es sah aus, als flösse Blut in den Wolken. Arri erkannte das, und in einem anderen Fall wäre sie jetzt erschauert. Aber das konnte sie nicht mehr. Es war nur noch Leere in ihr, und das Wissen, dass hier gewaltige Dinge vor sich gingen, deren Hintergründe sie nicht im Geringsten verstand.

»Ich glaube nicht, dass wir so weiterkommen«, sagte Amar. »Es wird Zeit, dass sich die Toten darum kümmern.«

Taru riss schon den Mund auf, Arri aber schüttelte den Kopf. »Die Toten?«, fragte sie ungläubig.

»Ja.« Amar machte ein Zeichen, und die beiden Männer, die sich gerade ohne viel Feingefühl um Taru gekümmert hatten, eilten heran.

Amar trat in der Zwischenzeit ganz nah zu ihr hin. Erst aus der Nähe sah Arri, dass er wohl doch etwas älter war, als sie geglaubt hatte. Aber nicht das war es, was sie beunruhigte. In den Augen, die aus der Entfernung so harmlos und freundlich wirkten, schimmerte etwas tief Verborgenes, das sie nicht einordnen konnte. Dieser Mann schien ihr nicht nur ganz und gar außergewöhnlich, irgendetwas stimmte auch nicht mit ihm.

»Eine Drude ist eine Frau, die über geheimes Wissen verfügt«, sagte er. »Damit kann sie Menschen verderben. Sie kann ihnen aber auch helfen. Welche Art von Drude bist du?«

»Ich?« Arri schüttelte den Kopf. »Ich bin gar keine Drude.«

»Das«, sagte Amar, »ist die falsche Antwort.«

Ehe es sich Arri versah, stieß er sie von sich, in die Hände seiner Krieger.

Sie taumelte, griff haltsuchend instinktiv um sich und bekam ein Stück Stoff zu fassen. Im nächsten Augenblick packten sie auch schon Amars Männer und zerrten sie mit so wenig Feingefühl mit sich, dass sie es überhaupt nur mit schnellen Trippelschritten schaffte, mit ihnen mitzuhalten. Sie taten ihr dabei zwar nicht vorsätzlich weh oder versetzten ihr gar einen Knuff in die Seite, aber in seiner Bedeutung war ihr Verhalten dennoch unmissverständlich. Amar mochte rücksichtsvoller als Taru oder Rar sein, doch auch sein Langmut kannte Grenzen.

»Bringt sie ins Haus«, sagte Amar. »Sie und diesen Wurm, der sich von einer Frau in die Eingeweide treten lässt.«

Irgendwo im dichten Unterholz hinter ihnen knackte es mehrfach. Dies war ein kaum wahrnehmbares Geräusch, das sich nur durch die Wiederholung von der gewöhnlichen Geräuschkulisse eines Waldes abhob. Lexz wurde sich dessen erst bewusst, als ihn Isana unsanft beiseiteschob und über seine Schulter hinweg zum Wald hinüberblickte.

»Da war doch was«, murmelte sie.

Lexz schüttelte den Kopf und versuchte ihr mit einem Kuss den Mund zu verschließen. Aber sie drehte sich unter ihm weg und wich zur Seite aus. Blätter stoben auf, als sie sich in eine sitzende Position aufrichtete und fast ängstlich wisperte: »Ich bin mir aber ganz sicher. Da muss jemand sein!«

»Nein«, flüsterte Lexz. »Da ist niemand. Das sind nur die üblichen Geräusche in einem lebendigen Wald.«

Sein Herz klopfte noch schneller, als sie sich nun zu ihm hinüberbeugte, und er streckte die Arme aus, um sie wieder an sich zu ziehen. Sie ließ es zu, aber nur, um ihm einen leichten Kuss auf die Stirn zu drücken und zu flüstern: »Ich bin mir sicher, dass uns jemand zusieht.«

Lexz seufzte, und durch seinen Kopf schossen die abenteuerlichsten Gedanken. Auf keinen Fall wollte er sich den Zauber des Augenblicks rauben lassen. Alles in ihm begehrte diese Frau, die er zuerst für Arri gehalten hatte. Sie war so weich und anschmiegsam, so ganz und gar anders als die anderen Frauen, mit denen er bislang ein Lager geteilt hatte, gleichermaßen fordernd wie hingebungsvoll. Die Berührungen ihrer Hände, ihre Küsse, das Verlangen, das zur Antwort darauf in ihm wuchs …

»Hörst du denn nichts?«

Lexz schüttelte den Kopf. Er wollte diesem dummen Knacken nicht nachgehen, das ohnehin schon wieder aufgehört hatte. Er wollte lieber da weitermachen, wo sie gerade aufgehört hatten. Isana – allein sie war wichtig, sonst nichts … und außerdem hatte er in seinem Leben genug Geräusche in Wäldern gehört, um Bedrohliches von Alltäglichem unterscheiden zu können.

Doch damit hatte er hier keinen Erfolg. Isana verhielt sich wie ein junges Vögelchen, das aufgeschreckt war und nun nicht recht wusste, was es tun sollte. Die Hände, mit denen sie eben noch seinen Körper erkundet hatte, zitterten nun, während der Blick ihrer weit aufgerissenen Augen das Muster aus braunen und grünen Schatten und die ineinandergekrallten Umrisse hinter ihnen absuchte.

»Also gut«, murmelte Lexz. Bislang hatte er sich immer ganz gut auf seinen Instinkt verlassen können, der ihn zuverlässig gewarnt hätte, sofern es dafür wirklich einen Grund gab. Aber vielleicht war er eben ja einfach auch zu abgelenkt gewesen, um angemessen reagieren zu können.

Jetzt war er es, der Isana sanft von sich schob, um sich dann auf die Seite zu drehen. Der Wald hinter ihnen wirkte dicht ... und war es auch wieder nicht. Äste und Zweige schienen vielfach eng ineinander verwachsen, aber sie ließen dazwischen auch genug Platz, um hindurchzuschlüpfen.

»Was genau hast du gesehen?«, flüsterte Lexz.

Isana schien nicht genau zu wissen, was sie darauf sagen sollte, und so fuhr sie sich nur mit der Zungenspitze über die Lippen und reckte den Kopf, um in die Richtung zu blicken, aus der das Knacken erklungen war. »Eigentlich gar nichts«, bekannte sie.

Das beruhigte Lexz aber nicht, eher im Gegenteil.

Etwas stimmte tatsächlich nicht. Es waren nicht zu viele Geräusche, die an sein Ohr drangen, sondern zu wenige. Das leise Säuseln des Windes, das Rascheln der Pflanzen in der frischen Brise, das Murmeln und Glucksen des Wassers hinter sich – das war alles. Er hörte weder das Surren von Insekten noch das Huschen kleinerer Tiere, die sich ihren Weg durch das Gebüsch bahnten.

Und dann war da noch mehr. Das Sonnenlicht flirrte durch das Blätterdach, doch dazwischen gab es auch dunkle Stellen, fast schwarze, so als hätten Mardans Schattendämonen ihre dunklen Schleier über sie ausgebreitet. Wenn sich jemand hätte anschleichen wollen, dann hätte er dort genug Deckung gefunden.

Lexz erhob sich langsam, reckte sich wie nach einem langen Schlaf und drehte sich dabei um seine eigene Achse. Dabei ließ er seinen Blick prüfend über die Umgebung schweifen und räumte sich selbst ein, dass er schon wieder einen Fehler begangen hatte. *Überprüfe zuallererst deine Umgebung!*, hörte er Zakaans Stimme flüstern. *Nicht alles, was harmlos erscheint, muss auch harmlos sein.*

In der Tat wirkte alles recht harmlos hier. Aber er verstand jetzt, wie Isana darauf gekommen war, dass sie beobachtet wurde. Ihm erging es nicht anders. Es war das unangenehme Gefühl, angestarrt zu werden, ohne zu wissen von wem und von wo.

Er wandte sich wieder Isana zu, die aus angstrunden Augen zu ihm nach oben blickte. »Ich habe Hunger«, sagte er und blinzelte ihr in der Hoffnung zu, dass sie seine Worte dann richtig einordnen konnte. »Lass uns ein paar Beeren sammeln.«

»Ja.« Isana nickte eifrig, zupfte ihren Rock zurecht und stand auf. »Vorhin habe ich sogar ein paar Pilze gesehen …«

Lexz zögerte nicht mehr länger. Er griff nach Isanas Hand und zog sie fast unsanft zu sich hoch. Eben noch hatte sein Körper auf ihre Gegenwart ganz eindeutig angesprochen. Doch jetzt war er sich sowohl ihrer verführerischen Nähe bewusst, als auch der Gefahr, die sich spürbar um sie herum zusammenzog.

Isana stellte sich auf die Zehenspitzen und flüsterte ihm ins Ohr: »Vielleicht ein wildes Tier?«

Er schüttelte den Kopf. Möglicherweise hatte sie gleich wahrgenommen, was auch ihm aufgefallen war: Raubtiergeruch. Aber er hatte den Toten nicht vergessen, den er entdeckt hatte, kurz bevor er auf Torgon gestoßen war. Die Höhlenmenschen steckten in Fellen – und sie stanken. Ohne Zweifel war das ein Nachteil für sie, falls sie sich unbemerkt anschleichen wollten. Für ihn aber war es ein Vorteil.

»Lass uns nachsehen, was die anderen machen«, sagte er. »Unterwegs können wir ja nach etwas Essbarem Ausschau halten.«

Er bückte sich, um das Schwert aufzunehmen, das er mitsamt der Lederscheide neben sich abgelegt hatte, während er und Isana sich nähergekommen waren. Irgendetwas warnte ihn jedoch, und er packte die Waffe und riss sie mit einem Ruck aus der Lederscheide. Mit einem zischenden Laut fuhr das Schwert durch die Luft und machte einen scharfen Bogen über Isanas Kopf hinweg.

Sie stieß einen erschrockenen Laut aus und taumelte zurück. »Was soll das? Warum erschreckst du mich so?«

Lexz stieß ein nervöses Lachen aus. »Ich wollte nur sehen, ob ich das Schwert noch kraftvoll führen kann, nachdem …« Er brach ab, befestigte die Lederscheide zwar an seinem Rücken, steckte das einst von Isanas Vater Kenan gefertigte Bronzeschwert aber nicht mehr in die Scheide zurück.

Er war sicher, dass er etwas gesehen hatte. Ein Huschen. Die schnelle Bewegung einer Hand, die nach einer Waffe griff. Oder irgendetwas anderes, das auf einen bevorstehenden Angriff hindeutete.

»Lass uns verschwinden«, raunte er Isana ins Ohr.

Sie nickte, reckte sich abermals empor und küsste ihn auf den Mund. »Sei vorsichtig«, gab sie leise zurück. »Ich habe Angst. Wir müssen schnell zu deinen Freunden. Denn allein …«

»… haben wir keine Chance«, hatte sie vielleicht sagen wollen.

Lexz erriet den Sinn ihrer Worte im selben Augenblick, als er die Bewegung wahrnahm, die aus der graugrünen Dunkelheit hervorbrach.

Er packte Isana an der Schulter und riss sie zurück, um sie mit seinem Körper zu decken. Und das keinen Augenblick zu früh. Ganz kurz sah er eine dunkle Gestalt, die zwischen den Bäumen hervortrat, und erwartete, dass sie auf ihn zustürzen werde, um ihn mit einer Keule oder einer Steinaxt zu attackieren.

Aber es kam anders.

Er sah, wie ein Bogen gehoben wurde, und dann schnellte auch schon der Pfeil von der Sehne …

12

Amar war vorausgeeilt, und auch Taru war schon längst im Inneren des Hauses verschwunden, bevor man Arri endlich hineinführte und die schmale Stiege nach oben betreten ließ. Mit jedem Schritt, den sie hochstieg, fühlte sie sich unbehaglicher. Eine merkwürdig gedrückte und angespannte Stimmung herrschte in dem Langhaus, der sie sich selbst dann nicht hätte entziehen können, wenn ihr Amars Worte von vorhin nicht noch im Kopf herumgespukt wären.

»Das ist die falsche Antwort«, hatte Amar gesagt, als sie behauptet hatte, keine Drude zu sein.

Was meinte er damit bloß? Warum sollte das die falsche Antwort sein?

Und was, dachte Arri, ist eigentlich eine Drude?

Darunter mochte jeder etwas anderes verstehen, meist jedoch nichts Gutes. Für Arri war es vor allem ein Schimpfwort, mit dem man sie schon früher öfter bedacht hatte. Nun konnte sie es bald nicht mehr hören.

Die Stufen knarrten unter ihren Füßen, und der Mann, der hinter ihr ging, gab ihr mit einem klatschenden Klaps zu verstehen, dass sie ihre Schritte beschleunigen sollte. Dieser unfreundlichen Aufforderung hätte es nun wirklich nicht bedurft. Mit klopfendem Herzen eilte sie die letzten Stufen empor. Sie hatte nicht vergessen, dass sie Larkar in diesem Haus zurückgelassen hatte. Würde sie nun auch den Speerträger wiedersehen?

Und was war mit den Toten, von denen Amar gesprochen hatte?

Als sie oben angekommen war, wollte sie erst einmal stehen bleiben, um sich zu orientieren. Der mürrische Krieger hinter ihr ließ ihr jedoch nicht die Zeit, sondern stieß sie grob beiseite und betrat neben ihr den einzigen Raum, der sich hier oben unter dem runden Reetdach vor ihnen auftat.

Es war nicht so dunkel, wie sie es in einem fensterlosen Raum erwartet hätte. Mehrere Schalenlampen verbreiteten ein flackerndes, gemütliches Licht, das Arri an die besseren Zeiten in der Hütte ihrer Mutter erinnerte. Aber das war so lange her, dass es schon fast nicht mehr wirklich geschehen schien, und die Erinnerung daran war nicht mehr als ein scharfer, kurzer Stich, der schmerzte, weil sie unwiederbringlich das verloren hatte, was ihr seinerzeit als manchmal langweiliges und zu gemächlich voranschreitendes Leben erschienen war.

Sie brauchte eine Weile, um sich auf den unruhigen, schwachen Schein einzustellen und zu begreifen, dass hier irgendetwas ganz und gar nicht stimmte. Mehrere Krieger hatten sich unter den Dachschrägen auf den Boden gehockt. Sie starrten ihr auf eine unangenehme Art entgegen, fast so, als missbilligten sie, sie hier zu sehen. Dass ihre Waffen griffbereit neben ihnen lagen, verstärkte das Gefühl der Bedrohung noch, das ihr wie ein schlechter Geruch entgegenschlug.

Arri widmete den Männern einen allenfalls flüchtigen Blick. Viel mehr als Amars Krieger interessierte sie jedoch der Mann, der gefesselt ein Stück weiter hinten auf dem Boden hockte. Als er sie bemerkte, blinzelte er erschrocken, schüttelte dann den Kopf, als hätte er gehofft, sie hier nicht sehen zu müssen, und rang sich dann ein trauriges Lächeln ab.

»Larkar«, flüsterte sie.

Zwar wurde der Laut von dem Raum verschluckt, aber Larkar schien ihn trotzdem verstanden zu haben – vielleicht hatte er ihn auch von ihren Lippen abgelesen. Er nickte ganz leicht und zuckte dann mit den Schultern, wie um anzudeuten, dass er ihr keine große Hilfe sein könne.

Damit hatte Arri auch nicht gerechnet. Trotzdem war sie froh, den Speerträger hier lebend zu sehen. Immerhin hätte es auch sein können, dass er schon längst tot war.

Das allein reichte jedoch nicht, um ihr Herz zu wärmen. Ganz im Gegenteil: Sie hatte das Gefühl, kaum noch richtig durchatmen zu können. Die Luft war schwer und tranig – und legte sich auf ihre Gedanken. Das Schlimmste aber schien ihr, dass sie das Gefühl hatte, in eine Gruft getreten zu sein.

Und als erwarte sie hier etwas ganz Fürchterliches.

Dazu passte, dass Amar in einer merkwürdigen Haltung am anderen Ende des Raumes stand. Er hatte die Arme verschränkt und sah ihr auf eine mürrische Art entgegen, wie sie sie eher von Taru erwartet hatte. Von dem jedoch fehlte jede Spur. War er etwa noch unten im Haus? Oder hatte man ihn inzwischen an einen anderen Ort gebracht?

»Niemand hat das Recht, hier zu sein«, sagte Amar zur Begrüßung. »Niemand darf wissen, was du erfahren wirst.«

Arri starrte ihn wortlos an. Neben ihm bemerkte sie einen kostbaren Kupferkessel, der auf einem Holzschemel stand, und in der Dachschräge verschiedene Schalen und Tongefäße, die zumindest aus der Entfernung so aussahen, als seien sie mit Tinkturen, Salben und gestampften Substanzen gefüllt. Es sah fast so aus wie in der Hütte, die man ihr als Heilerin zugeteilt hatte, und in der sie neben Heilkräutern auch noch alles Mögliche andere aufbewahrte, das eine heilende Wirkung versprach. Aber was sollte eine solche Sammlung hier für einen Zweck erfüllen? Wen galt es zu heilen?

Hinter dem Hohepriester war etwas, das er mit seinem Körper zwar fast, aber nicht vollständig abdeckte. Arri hatte den flüchtigen Eindruck von etwas Lebendigem, das sich dort befand. Sie glaubte ein Knacken und Knirschen zu hören. Plötzlich hatte sie das Gefühl, als werde ihr Herz von einer eiskalten Hand zusammengedrückt.

»Wenn du auch nur ein Wort über das verlierst, was du hier erfahren wirst, musst du sterben«, sagte Amar ruhig. »Und es wird kein leichter Tod sein, das kann ich dir versprechen.«

Arri nickte nur benommen. Sie hätte jetzt kein einziges Wort herausgebracht.

Das schien der Hohepriester allerdings auch gar nicht erwartet zu haben. Er stieß die Luft wie jemand aus, der eine große körperliche Leistung vollbracht hatte, dann trat er einen Schritt zur Seite.

Arri stöhnte auf, als sie sah, was er verdeckt hatte.

Das Knacken und Knarren stammte von einem großen Korbstuhl, der an der ihr gegenüberliegenden Wand wie ein Thron aufgebaut war. Einen solchen Stuhl hatte sie schon früher einmal gesehen, mitten im Heiligtum von Goseg. Aber das, was in gekrümmter Haltung darin hockte, hatte sie damals nicht gesehen.

Es war kein Mensch, sondern ein Wurm, der da im Korbstuhl saß, ein riesiger, menschengroßer Wurm.

Einer von Amars Kriegern stieß sie vorwärts, und so stolperte sie auf den hässlichen Wurm zu. Man hatte ihn in ein kostbares Gewand gesteckt, und als wollte man ihn auch noch verhöhnen, lag dort, wo sich bei einem Menschen der Schoß befand, eine Scheibe aus Bronze, die ein begnadeter Schmied mit Goldblech belegt hatte.

Arri glaubte ihren Augen nicht zu trauen. War dies etwa die Himmelsscheibe, von der ihre Mutter immer gesprochen hatte? Aber wie sollte sie dann hierhin gekommen sein?

Als sie am Korbstuhl ankam, trat der Krieger hastig hinter ihr zurück. Fast hatte Arri das Gefühl, als fliehe er vor diesem riesigen Wurm, zu dem er sie hatte bringen müssen.

Wegen eines Geräusches vor sich schreckte sie aus ihren düsteren Gedanken auf. Sie wollte noch zurückspringen, aber es war zu spät. Der Wurm bewegte sich, er beugte sich ein Stück zu ihr vor.

»Arri.«

Es klang nicht nach einem menschlichen Laut, sondern eher wie das Geräusch von rissigem Holz, das aneinandergerieben wird.

Arri stöhnte auf, als sie dorthin blickte, wo bei einem Menschen das Gesicht gewesen wäre. Ja. Da waren schon Augen, da war ein Mund, und auch der Ansatz einer Nase. Aber sie war verrutscht, und der Mund nur ein kleines schiefes Loch.

»Eigentlich bin ich längst schon tot«, knarzte das schreckliche Wesen. »Aber ich nehme das einfach nicht hin.«

Als hätte es sich mit diesem Satz bereits verausgabt, schüttelte eine fürchterliche Bewegung das Wesen. Und Arri begriff ihren schrecklichen Irrtum. Das war kein Wurm und auch kein Dämon, wie es eine hartnäckig wispernde Stimme in ihrem Hinterkopf behauptet hatte: Es war doch ein Mensch.

Aber ein Mensch, der durch irgendetwas so grauenhaft missgestaltet worden war, dass er als solcher überhaupt nicht mehr erkennbar schien.

»Wer …« Arri schüttelte verzweifelt den Kopf. »Wer bist du?«

Eine knorrige, verkrüppelte Hand fuhr nach vorn. Arri hätte ausweichen können, und sie wollte es auch. Aber sie war wie gelähmt. Und als sie die Absicht des Missgestalteten begriff, war es längst zu spät.

Die Krallenhand griff nach ihr, packte ihr Handgelenk und hielt es mit erstaunlicher Kraft umklammert. Arri stöhnte gegen ihren Willen auf und wollte sich instinktiv aus dem Griff befreien, bis sie begriff, mit wem sie es hier zu tun hatte.

»Nor!«

Der Missgestaltete nickte, auch das war eine fürchterliche, unmenschlich wirkende Bewegung.

»Ja, ich bin Nor, der Hohepriester von Goseg«, bestätigte er. »Und ich habe dich gesucht, Arri. So lange schon gesucht.«

Der letzte Teil seiner Worte war kaum zu verstehen, dermaßen tief und rau war seine Stimme geworden. Aber trotzdem trafen die Silben Arri wie Faustschläge.

Jetzt, da sie wusste, wer es war, erkannte sie auch immer mehr Ähnlichkeiten. Nor war schon immer abgrundtief hässlich gewesen, und dazu noch vollkommen haarlos. Das, was die Veränderung in ihm hervorgerufen hatte, musste ihn schon sehr lange quälen. Aber in den letzten zwei Jahren hatte es ihn offenbar in etwas verwandelt, das ihn jede Ähnlichkeit mit dem Menschen, der er mal gewesen war, verlieren ließ.

»Ich dachte …« Sie schluckte krampfhaft. »Du seist …«

»Tot?« Nor nickte, aber endlich gab er ihr Handgelenk wieder frei. »Ja, das bin ich auch. Und solange ich tot bin, ist Amar der Hohepriester.«

Arri hatte inzwischen das Gefühl, überhaupt keine Luft mehr zu bekommen. Das war alles zu viel.

Nor klopfte mit seiner schrecklichen Krallenhand auf die Bronzescheibe, die auf seinem Schoß lag. Sie war tatsächlich aufwendig gefertigt und schien ein wahres Meisterwerk aus mehrfach getriebener und immer wieder aufs Neue gehärteter Bronze zu sein, wie auch ihre dunkle Färbung bewies. Auf der ebenen Fläche waren goldene Punkte angebracht, und ihre Seiten hatte man mit ebenfalls goldenen Barken geschmückt. Doch für Arri reichte ein flüchtiger Blick, um sie erkennen zu lassen, dass zwar alle Einzelheiten vorhanden waren, aber anders angeordnet erschienen als auf der Scheibe, die nach dem Tod ihrer Mutter in ihren Besitz gelangt war.

»Ich brauche die Himmelsscheibe, die seit ewigen Zeiten im Besitz der Deinen war«, knarrte Nor. »Ich muss wissen, wo das Land unserer Stammväter liegt.«

»Unserer Stammväter?«, wiederholte Arri verständnislos.

Nor holte rasselnd Atem und machte dabei ein Geräusch, das vielleicht auch ein Lachen hätte sein können. In Arris Ohren klang es einfach nur grauenvoll.

»Ja, unsere Stammväter«, die Augen Nors sahen wie zwei unterschiedlich große schwarze Kiesel aus, die man ohne viel Feingefühl in mürben Teig gedrückt hatte. Jetzt bohrte sich ihr Blick in den Arris. »In den Zeiten der großen Kälte ist ein Teil unseres Volkes nach Norden gezogen. Dazu gehörst du. Ein anderer Teil zog aber nach Osten«, ein verkrümmter Finger, der als solcher gar nicht richtig zu erkennen war, deutete auf Larkar, »dazu gehört dieser Einfaltspinsel. Der größere Teil aber blieb in der Nähe ihrer Stammväter – und erbaute Goseg.«

Arri starrte ihn wortlos an. Dragosz und sie, Amar und Larkar – sie alle hatten demnach die gleichen Vorfahren?

»Ich sehe, dass du zu verstehen beginnst«, sagte Nor auf seine raue, knarrende Weise. »Wir sind alle miteinander verwandt.«

Arri nickte. Das klang vollkommen verrückt. Aber tief in ihr spürte sie, dass jedes Wort wahr war. Da hatte es von Anfang an eine Verbundenheit mit den Rakern gegeben, die sie sich nie wirklich erklären konnte.

»Unsere Stammväter wurden von einer schrecklichen Krankheit heimgesucht«, sagte Nor. »Und die ist nun wieder ausgebrochen …«, der letzte Teil seines Satzes verlor sich in einem entsetzlich rasselnden Geräusch, und Nor kroch förmlich in seinen Stuhl hinein. Das Korbgeflecht knarrte protestierend, als er sich wand, nun wieder mehr ein Wurm als ein Mensch.

»Ich glaube …«, begann Amar von irgendwo hinter ihm. Aber der Wurm schüttelte den Kopf … und wurde wieder zum Menschen.

»Nein.« Die Stimme klang jetzt anders, zwar immer noch rasselnd, doch gleichzeitig wie das Heulen eines Windstoßes, der durch ein Baumloch fährt, »ich will es ihr selbst erklären.«

Nor richtete sich erneut in seinem Stuhl auf. Seine Krallen umklammerten die Lehnen und das schreckliche Sich-Winden kam zur Ruhe. »Unsere Stammväter haben ein Heilmittel gegen die Krankheit gefunden, die mich verstümmelte. Sie haben es dem Grab eines ihrer Stammesfürsten beigelegt.«

Arri starrte ihn verständnislos an. »Aber was hat das mit der Himmelsscheibe zu tun?«

»Die Himmelsscheibe zeigt eine bestimmte Sternenkonstellation«, presste Nor mühsam hervor. »Und die ist … so … nur von der Heimat unserer Stammväter aus erkennbar.«

Jetzt verstand Arri. »Du willst dir das Heilmittel aus dem Grab holen«, sagte sie aufgeregt. »Und du brauchst die Himmelsscheibe, um den Ort zu finden, wo man unseren gemeinsamen Vorfahren beigesetzt hat.«

Nor nickte fast unmerklich. »Die Himmelsscheibe – und die Hoffnung, dass sie mich wirklich dahin führt, wo ich ein Mittel finden werde, um mein Leben zu retten …« Seine Stimme erstarb fast.

»Aber nicht nur mein Leben, mein Kind. Sondern auch das vieler anderer.«

Die tiefschwarzen Augen schlossen sich ohne Vorwarnung, und dann gab Nor ein schnarchendes Geräusch von sich.

Arri rührte sich nicht von der Stelle. Die Angst vor dem uralten, kranken Mann war so gründlich erloschen, als hätte sie niemals existiert. An ihrer Stelle verspürte sie plötzlich eine mindestens ebenso große, schmerzende Leere.

»Und was erwartest du jetzt von mir?«, flüsterte sie.

»Das ist doch wohl offensichtlich«, sagte Amar hinter ihr. »Wir brauchen die Himmelsscheibe. Und das so schnell wie möglich.«

Arri drehte sich zu dem Hohepriester um. »Und wenn ich nun gar nicht weiß, wo sie ist?«

Amar starrte sie böse an. »Und wenn ich dir das nun nicht glaube?«

»Es ist aber wahr«, sagte Arri. »Frag Nor. Meine Mutter besaß die Himmelsscheibe nicht – wie sollte ich sie da haben?«

Ein Geräusch hinter ihr ließ sie beide zusammenzucken, und Arri wandte sich wieder zu dem uralten Mann um, der sich so grässlich verwandelt hatte.

Wie ein nasser Sack hing Nor in seinem Stuhl. Aber seine Augen waren zu schmalen Schlitzen geöffnet. »Sie spricht die Wahrheit.«

»Aber ich dachte ...«, sagte Amar verwirrt.

»Dass wir sie durch Arri finden könnten?« Nor nickte kaum merklich. »Das wird auch geschehen. Wenn sie sich auf sich selbst verlässt – und wenn sie den bereits Kranken helfen will ... und ihrem eigenen Volk ...« Seine Stimme sank wieder herab, und er brabbelte etwas, das kaum verständlich war. Aus dem winzigen schiefen Mund rann plötzlich ein Speichelfaden hinab.

Arri glaubte schon, er wäre jetzt vollständig verstummt. Doch dann fuhr Nor noch einmal hoch, und diesmal deutete sein verkrüppelter Finger auf sie selbst.

»Frag deine Mutter, Kind«, sagte er. »Vertrau dich ihrem Rat an. Sie wird dich leiten!«

»Aber«, wehrte Arri ab, »meine Mutter ist doch tot!«

Nor nickte. »Ja. Das ist sie. Genau wie ich.«

»Hier rauf!«, schrie Isana.

Sie griff nach Lexz' Arm und zerrte ihn mit erstaunlicher Kraft in die Richtung, in die der Hügel weiter anstieg, den sie schon zur Hälfte hochgelaufen waren. Wenn jetzt aber jemand mit Pfeil und Bogen auf sie anlegte, dann wären sie verloren. Was für ein Wahnsinn, hier über die Lichtung zu laufen, statt den Weg durchs Unterholz zu wählen.

Doch es ging gut. Zumindest, bis sie die Hügelkuppe erreicht hatten. Es war kein Pfeil, der sie stoppte, indem er sich in einen von ihnen beiden bohrte. Es war ein keulenschwingender, in dunkle Felle gekleideter Mann, der aus dem Gestrüpp brach und sich mit einem kämpferischen Aufschrei auf sie stürzte.

Lexz empfing ihn mit einem Schlag, in den er seine ganze Wut legte. Der Angreifer riss die Keule nach oben, doch er kam zu spät. Das Schwert von Isanas Vater fuhr in seinen Hals und spießte ihn regelrecht auf. Dem Bärtigen quollen beinahe die Augen aus dem Kopf, und dann platzten die ersten Äderchen in seinen Augäpfeln. Mit einem Aufschrei riss Lexz sein Schwert zurück. Aus dem Hals des Mannes pulste ihm eine Blutfontäne entgegen, und plötzlich war alles rotgesprenkelt. Der Bärtige gab einen schrecklichen Laut von sich, der Lexz durch Mark und Bein ging, und torkelte auf ihn zu. Immer mehr Blut sprudelte aus seinem Hals, und Lexz wurde über und über mit dem roten Lebenssaft besudelt.

Isana schrie auf. Lexz wollte sich zu ihr umdrehen. Aber er konnte es nicht. Er war wie gelähmt. Es war nicht der erste Mann, den er im Kampf tötete. Aber noch nie zuvor war es so schnell gegangen, und auf so widerliche Weise. Dabei kannte Lexz den Mann nicht, und sein Schicksal ging ihn auch nichts an. Aber das hier … so sollte niemand sterben.

Der Mann spuckte Blut. Dennoch brachte er irgendwie die rechte Hand hoch. Lexz wusste nicht, ob ihn ein fürchterlicher Instinkt dazu antrieb, denjenigen in den Tod mitnehmen zu wollen, der ihm das angetan hatte. Es spielte auch keine Rolle. Die Finger des Bärtigen öffneten sich, und Lexz sah, wie die Keule zu Boden fiel.

Dann schien es aber endlos zu dauern, bis sie auf den Boden prallte. Poliertes Eschenholz, dachte Lexz. Sauber poliertes Eschenholz.

Dann endlich schlug die Keule auf dem weichen Erdreich auf.

Der Mann, der sie in den Händen gehalten hatte, hielt sich nach wie vor auf den Füßen. Die Wunde in seinem Hals sprudelte in einem makaberen Rhythmus Blut hervor, doch er selbst tat jetzt einen Schritt nach vorn.

Isana schrie noch einmal, schrill und leidend, und nun, endlich, reagierte auch Lexz. Er brachte das blutige Schwert hoch und drehte sich herum.

Vielmehr wollte er dies tun. Aber da tauchte plötzlich wie aus dem Nichts ein zweiter Angreifer auf.

Nein! Lexz sah, wie sich Isana unter dem Griff des Mannes hinwegduckte, und er erkannte auch die Panik in ihren Augen. Er musste den Kerl aufhalten, sich dann Isana schnappen und gemeinsam mit ihr in die Richtung fliehen, in der er Torgon und Ekarna vermutete.

Es war nur so ein verrückter, flüchtiger Gedanke. Noch bevor er ihn zu Ende gedacht hatte, sprang ihn der Kerl an. Lexz wollte schon ausweichen, mit dem Schwert zuschlagen. Aber der Höhlenbewohner unterlief seine Bewegungen und warf ihn mit purer Körperkraft zurück.

Lexz verlor das Gleichgewicht und stürzte rückwärts in den Mann hinein, den er zuvor so brutal verletzt hatte. Er sah, wie sich der andere wieder umwandte, wie Isana wegzulaufen versuchte – und wie sie der Kerl dann packte, als sei sie ein kleines Kind, und sie sich über die Schulter warf. Isana strampelte wie wild mit den Füßen und hämmerte mit ihren Fäusten auf seinen Rücken ein. Doch er schien es noch nicht einmal zu bemerken.

Das durfte nicht geschehen! Lexz war auf keinen Fall bereit, sich die Frau seines Lebens nehmen zu lassen, kaum dass er sie gefunden hatte. Er stieß den Sterbenden beiseite, der sich noch mit letzter Kraft an ihn klammerte, und versetzte ihm einen brutalen Tritt, als der andere nicht loslassen wollte. Der Mann torkelte beiseite, machte eine unmögliche Kehrtwende – und war plötzlich wieder bei ihm. Mit einem würgenden Laut packte er sich die scharf geschliffene Schwertklinge, und bevor Lexz auch nur im Entferntesten begriff, was er vorhaben mochte, drehte er sie herum.

Lexz spürte, wie ihm der Schwertgriff aus den Fingern gedreht wurde. Der Mann umklammerte die Klinge mit beiden Händen, Blut quoll zwischen seinen Fingern hervor. Mit wahren Bärenkräften entwand er Lexz nun endgültig das Schwert. Lexz glaubte zu sehen, wie ihm dabei ein Daumen abgetrennt wurde. Der Kerl ließ sich davon jedoch nicht abhalten und torkelte mit einem gleichermaßen schrecklichen wie triumphierenden Laut samt Schwert davon. Erst nach ein paar Schritten bäumte er sich, immer noch das Schwert umklammernd, wie in einem letzten Triumph auf, dann quoll blutiger Schaum aus seinem Mund und er brach zusammen.

Lexz wollte ihm schon nachsetzen, aber da war bereits der nächste wütende und zähnefletschende Angreifer herangekommen. Lexz duckte sich gerade noch rechtzeitig. Die Keule, mit der ihm der in ein zerrissenes Fell Gekleidete das Gesicht zerschmettern wollte, fuhr mit einem hässlichen Geräusch neben seiner Schulter in die Zweige eines Baumes und rasierte sie ab.

Lexz kam dem zweiten Angriff des Mannes zuvor, indem er auf ihn zusprang und die Hände in sein verfilztes Haar krallte, um seinen Kopf nach vorn zu reißen. Im nächsten Augenblick krachte sein Knie mit solcher Gewalt in das Gesicht des Angreifers, dass er hören konnte, wie irgendetwas darin zerbrach. Der Kerl rang noch einmal mit einem fast komisch klingenden Laut nach Luft, verdrehte dann die Augen und fiel schließlich stocksteif nach hinten.

Lexz achtete gar nicht auf ihn. Seine Gedanken galten Isana, der er unbedingt zu Hilfe eilen musste. Aber er kam nicht weit. Mit einem Aufschrei taumelte er herum – und spürte einen Treffer in den Kniekehlen, der ihn vorwärtstaumeln ließ. Etwas streifte seine Schulter und machte aus seinem noch halbwegs kontrollierten Sturz einen Schlag, der ihn mit solcher Wucht auf den weichen Waldboden schmetterte, dass sich sein gellender Aufschrei in ein halb ersticktes Keuchen verwandelte, während ihm die Luft aus den Lungen gepresst wurde. Schmerz flackerte wie eine Folge kleiner gelber Blitze über seine Augen und ließ ihn fast blind werden. Im letzten Moment warf er sich noch herum, um dem vernichtenden Sturz die allerschlimmste Wucht zu nehmen.

Es war aber dennoch so schlimm, dass er beinahe das Bewusstsein verloren hätte. Hilflos rollte er über den Waldboden, der nicht nur mit weichem Laub, sondern auch mit spitzen Steinen und gefährlich zerbrochenen Ästen übersät war, überschlug sich drei-, vier- oder fünfmal, und wäre vermutlich noch weitergerollt, hätte nicht ein dorniger Busch seiner Schlitterpartie ein unsanftes Ende bereitet. Etwas schrammte über sein Gesicht und hinterließ eine dünne nasse Linie, die schon im nächsten Augenblick heftig brannte. Und abermals zuckten grelle Schmerzblitze über sein Blickfeld und hinterließen eine Spur aus wattiger Schwärze, die er vergeblich wegzublinzeln versuchte.

Als sich seine Sinne wieder klärten, war er allein. Die Höhlenmenschen waren verschwunden, und mit ihnen Isana. Das durfte doch alles nicht wahr sein! So sollte die Begegnung mit seiner Jugendliebe auf keinen Fall enden!

Erst nach dem dritten oder vierten Anlauf gelang es ihm, zitternd aufzustehen und einen Schritt zu machen. Er fühlte sich jedoch noch immer benommen und konnte nur schwankend auf den Beinen bleiben.

Was hast du getan, Lexz?, glaubte er die Stimme des Schamanen zu hören. Sie klang traurig, enttäuscht, doch es schwang auch etwas wie kaltes Entsetzen darin mit. Jetzt wird alles noch viel schlimmer. Ihr werdet ums nackte Überleben kämpfen müssen, du und deine Gefährten. Und am Ende, wenn ihr verwirrt und entkräftet seid, wird alles verloren sein – wenn du dich nicht endlich zusammenreißt!

Lexz stöhnte auf und hämmerte sich mit den blutverschmierten Fäusten gegen die Schläfen. Der Schmerz sollte ihn eigentlich zur Besinnung bringen. Aber er tat es nicht.

Das ist die Strafe dafür, dass du so unüberlegt gehandelt hast. Und vergiss niemals – aber auch wirklich niemals –, dass es etwas Wichtigeres gibt als diese Frau!

Etwas Wichtigeres? Lexz reckte sich, ballte die Hände zu Fäusten und drohte mit ihnen in den Himmel hinein. Er brüllte sich seine Wut und Enttäuschung aus der Kehle.

»Nein! Niemals! Ich werde dich nicht aufgeben, Arri!«

Arri?, wisperte eine Stimme in seinem Hinterkopf, und diesmal klang sie einmal nicht wie die des Schamanen. Warum Arri? Die Frau, um die es dir geht, heißt doch Isana!

Lexz stieß einen zweiten Schrei aus. Arri, Isana – die Namen wirbelten in seinem Kopf durcheinander. Er konnte nichts fassen, nichts festhalten. Er wusste nur, dass er die Frau retten musste, die er liebte.

Schwankend torkelte er weiter. Mein Schwert, dachte er, ich muss mir mein Schwert holen.

Der Gedanke daran war das Einzige, das ihm so etwas wie eine Orientierung gab. Er drehte sich auf dem Absatz um, wandte sich dem Bild des Grauens zu, das sich ihm dort bot, dem Toten zu, den er regelrecht abgeschlachtet hatte. Der Kopf des Toten war seltsam verdreht und seine aus den Höhlen gequollenen Augen schienen ihn anklagend anzustarren. Lexz versuchte, den Blick von diesem Gesicht zu wenden. Aber es wollte ihm nicht gelingen. Jemanden mit einem Schwerthieb auszuschalten, das war eine Sache, aber es war überflüssig und dumm gewesen, nach dem ersten Streich noch einmal zuzustechen.

Und fürchterlich war, was er damit angerichtet hatte. Die Blutlache, in der der Tote lag, war riesig, und sie war noch nicht einmal eingetrocknet. Es sah aus, als hätte er in einen See aus Blut eintauchen wollen. Und die Wunde, die er geschlagen hatte – sie klaffte auf, als wäre der Mann von einem wuchtigen Axthieb getroffen worden, und nicht von einem Schwertstreich. Es hätte wohl nicht viel gefehlt, und er hätte dem Mann den Kopf abgetrennt.

Lexz würgte. Zitternd und taumelnd wandte er sich ab, griff nach seinem Schwert und wischte sich die blutige Klinge an seinem Gewand ab. Hätte er sich in diesem Augenblick selbst sehen können, wahrscheinlich wäre er darüber erschrocken gewesen, wie wirr sein Blick flackerte.

Mit einem entschlossenen Ruck drehte er sich um und folgte der Spur der Höhlenmenschen, die Isana verschleppt hatten.

Wenn nur Torgon und Ekarna wieder an seiner Seite wären …

TEIL 2

13 In den letzten Nächten hatte Isana kaum Schlaf gefunden. Tausend Dinge gingen ihr im Kopf herum, und die wenigsten davon waren erfreulich. Immer wieder hatte sie das Bild vor Augen, wie Lexz den Mann oben auf dem Hügel, der sich nur mit einer Keule bewaffnet auf ihn gestürzt hatte, tötete.

Tötete? Nein. Er hatte ihn regelrecht abgeschlachtet. Obwohl Isana in diesem Augenblick ein gutes Stück hinter ihm gestanden hatte, war sie danach von oben bis unten mit Blut besprenkelt gewesen. Erst kurz zuvor hatte sie von Lexz eine ganz andere, weiche Seite kennengelernt. Und dann war er zu dieser Bestie geworden.

Es hätte nicht geschehen dürfen.

Wie so einiges andere auch nicht.

»Wohin willst du?«, fragte eine Stimme, und sie schrak zusammen.

Um ein Haar wäre ihr der feuchte Tonkrug aus den Händen geglitten, den sie im Fluss randvoll mit Wasser gefüllt hatte, um ihn zurück zur Schmiede zu tragen. Sie hatte nicht damit gerechnet, dabei auch nur einer einzigen Menschenseele zu begegnen.

Wenn man es richtig verstand, begegnete sie Furlar auch gar nicht. Der Töpfer hatte sich vor seiner Zweit-Werkstatt niedergelassen, wie er die baufällige Hütte der alten Seebewohner nannte, die er für sich in Anspruch genommen hatte. Nun lehnte er mit dem Rücken an einem alten Baumstumpf, vor sich allerlei Sachen, die er wohl gerade erst aus der Hütte geholt hatte.

»Furlar!«, entfuhr es Isana. »Warum musst du mich so erschrecken?«

»Erschrecken? Nun ja, das wollte ich eigentlich gar nicht«, antwortete der Töpfer auf seine ganz eigene Art. »Aber es stimmt schon: In letzter Zeit wirken alle so schreckhaft. Allmählich wird es Zeit, dass mal wieder Ruhe im Dorf einkehrt.«

»Ruhe!« Isana ging in die Hocke und stellte den Krug mit einem Ruck im feuchten Gras ab. Eigentlich hatte sie das nicht vorgehabt – aber besser, den Krug abzustellen, als zuzusehen, wie er ihr doch noch aus den Händen glitt und auf dem Boden aufschlug, um in unzählige Scherben zu zerbrechen. »Hast du eigentlich gar nicht mitbekommen, was in letzter Zeit alles passiert ist?«

Furlar schüttelte den Kopf. »Nein. Hätte ich alles mitbekommen, dann wüsste ich ja auch, warum du so weiß wie eine Gänsefeder bist, und die Ringe unter deinen Augen dafür so schwarz wie eine mondlose Nacht.«

Isana legte die Hände auf die Schläfen. Die Kälte, die ihre kühlen Fingerspitzen verströmten, tat gut. Aber sie konnte den pochenden Schmerz in ihrem Kopf nicht vollkommen vertreiben.

»Im Augenblick zerren alle an mir herum«, brach es aus ihr hervor. »Jeder meckert nur mit mir, überall soll ich helfen und heilen …«

Und außerdem sitzt Arri gefesselt in einer armseligen Hütte und wartet auf den Giftmord-Prozess, dachte sie.

Sie starrte an Furlar vorbei auf das Weidengeflecht der Hütte, das unter dem abgeplatzten Lehm zum Vorschein kam wie die Knochen bei einem Stück Wild, das man zerlegt. »Es wird Zeit, dass sich da etwas ändert«, murmelte sie ganz leise. Und dafür würde sie schon sorgen; und sie wusste sogar, wie. Aber dazu durfte sie sich nicht von einem alten Töpfer aufhalten lassen, der zusammen mit ihrem Vater irgendwelche ausgefallenen Waffen herstellen wollte.

Sie bückte sich nach dem Krug, um ihn aufzunehmen.

»Was soll sich denn ändern?«, fragte Furlar freundlich.

Isana erschrak. Sie musste aufpassen, dass sie sich nicht noch verplapperte, so müde und erschöpft wie sie war.

»Ich hoffe, dass sich alles wieder zum Besseren wendet«, antwortete sie also unbestimmt, während sie den Krug mit beiden Händen nahm und sich wieder aufrichtete.

»Und dass dann nicht alle an dir herumzerren und dich anmeckern?«

»Das auch«, sagte Isana mürrisch. »Es kann ja nicht sein, dass jeder meint, er sei der Wichtigste – und ich müsste mich nur um ihn kümmern!«

»Was hast du denn erwartet?«, fragte Furlar. Er griff nach den Kleinteilen, die er auf einer Wolldecke vor sich ausgebreitet hatte, und sortierte sie. »Du bist jetzt die Heilerin. Und in Zeiten wie diesen ist eine Heilerin heiß begehrt.«

»Deswegen könnten sie aber trotzdem ein bisschen freundlicher sein.« Isana wackelte mit dem Krug so heftig herum, dass ein bisschen Wasser überschwappte. Sie fühlte sich einfach furchtbar. Arri ging ihr nicht aus dem Kopf. Und Lexz erst recht nicht. Ganz zu schweigen von diesem schrecklichen Kampf auf dem Hügel. Warum hatte das nur alles so kommen müssen?

»Du bist in Gedanken ganz weit weg«, bemerkte Furlar. Er nahm ein Stück in die Hand, und jetzt erst fiel Isana auf, dass es golden blitzte und funkelte. »Das ist schlecht für eine Heilerin. Eine Heilerin muss immer ganz im Hier und Jetzt sein. Gerade in solchen Zeiten wie diesen.«

»Ja«, antwortete sie geistesabwesend. »Aber was hast du da? Gold?«

Furlar schenkte ihr ein breites Lächeln und nickte dann. »Goldblech, um genau zu sein. Sehr dünnes Goldblech. Ich habe noch nie zuvor eine so gute Arbeit gesehen.« Er drehte das Goldblech in den Händen, und es funkelte und glitzerte so prächtig, wie Isana es noch nie zuvor gesehen hatte. »Dünner als ein Ahornblatt. Und dabei ganz gleichmäßig gearbeitet.«

»Ja, das ist sehr schön«, bekannte Isana fast gegen ihren eigenen Willen. »Aber was wollt ihr damit anfangen? Ich dachte, ihr wolltet Steinwaffen in einem Ofen herstellen?«

»Steinwaffen in einem Ofen. Kind!« Fröhlich schüttelte Furlar den Kopf. »Dein Vater ist ein genialer Schmied. Aber manchmal kommt er schon auf sehr merkwürdige Ideen. Man kann Stein doch weder schmieden noch töpfern.«

»Aber er hat mir gesagt, dass das sehr wohl gehen könnte«, sagte Isana trotzig. »Nur dass er dazu deine Hilfe bräuchte.«

»Er hat darüber nachgedacht, das stimmt«, pflichtete ihr Furlar bei. »Aber ich glaube nicht, dass er das im Ernst meinte. Er ist einfach auf der Suche nach neuen Materialien, um daraus noch haltbarere Waffen herzustellen als die Bronzeschwerter.«

»Und stattdessen klopft er jetzt lieber das Gold so dünn, dass es zu nichts mehr zu gebrauchen ist?«, fragte Isana verwirrt.

»Nun, viel Gold hat er ja nicht«, antwortete Furlar. »Und erst recht kein anderes Erz, das er verwenden könnte. Also haben wir uns etwas Neues einfallen lassen.«

Isana war schon drauf und dran gewesen, sich zu verabschieden. Doch jetzt zwang sie ihre angeborene Neugierde dazu, dem, was Furlar angedeutet hatte, erst einmal auf den Grund zu gehen.

»Also?«, fragte sie und beugte sich so weit vor, dass beinahe schon wieder Wasser überschwappte. »Nun sag mir schon, welche großartige Idee ihr beiden diesmal habt!«

Furlars Grinsen verstärkte sich. Er war der erste Mensch seit Langem, den Isana so fröhlich und unbekümmert sah. Trotzdem – oder gerade deshalb – fühlte sie, wie sich alles in ihr verkrampfte.

»Wir verhalten uns nicht mehr wie Barbaren, die durch die ausgedörrte Steppe taumeln und sich über jedes stinkende Wasserloch hermachen, das sie am Wegesrand entdecken«, sagte Furlar auf seine ganz eigene blumige Art. »Wir sind wieder in die Zivilisation zurückgekehrt. Und dazu gehört es, dass wir auch wieder Handel treiben müssen. Wir brauchen Tauschgüter.«

»Das mag ja sein …«, begann Isana.

»Das mag nicht nur so sein, das ist sogar so«, stellte Furlar mit entschiedenem Ton fest. Er legte das Goldblättchen so sanft neben seinen Töpfersachen ab, als wäre es zerbrechlich. Vielleicht war es das ja auch. »Dort, wo wir herkommen, hatten wir den Handel im Umland unter Kontrolle. Hier ist das ganz anders.«

»Goseg«, sagte Isana.

»Ja«, bestätigte Furlar. »Goseg ist alt und mächtig. Es war schon immer ein wichtiges Handelszentrum. Doch jetzt umklammert es mit gieriger Faust alle Handelswege, die von Norden nach Süden oder von Osten nach Westen führen. Oder umgekehrt.«

Damit sagte er Isana zwar nicht unbedingt etwas Neues. Aber das musste sie ihm ja nicht auf die Nase binden.

»Ich frage mich, warum du mir das erzählst, wenn es dir doch um ein Goldblättchen geht«, stichelte sie.

Furlar hob die Hand und streckte Isana den Zeigefinger entgegen. »Ein Finger macht noch keine Hand. Und das Ergebnis einer Arbeit noch kein gutes Angebot.« Er ließ auch die anderen Finger folgen. »Nur, wenn man die Sache groß angeht und alle anderen Finger auch noch dazunimmt, wird man auch von jemandem wie Amar ernst genommen.«

»Amar?«

»Der neue Hohepriester von Goseg«, antwortete Furlar. »Ein ganz scharfer Hund, wie man sich erzählt. Er herrscht über das Land, als gehöre es ihm.«

Isana nickte. Das alles war ihr nicht unbekannt. Aber noch immer verstand sie die Sache mit dem Goldblättchen nicht. »Also«, setzte sie nach. »Was habt ihr beiden euch ausgedacht? Wollt ihr den Hohepriester von Goseg vielleicht übers Ohr hauen?«

»Aber nein«, antwortete Furlar ernsthaft. »Wir hauen überhaupt niemanden übers Ohr. Wir haben einfach eine sehr gute Idee. Und das Beste daran ist, dass niemand sie uns so einfach nachmachen kann.«

Er beugte sich nach vorn und griff nach einem seiner schönsten Krüge. »Was hältst du von diesem guten Stück?«

Isana legte den Kopf schief und betrachtete den Krug. Er war nicht so plump wie die meisten Töpferwaren, die sie unterwegs bei anderen Völkern gesehen hatte, sondern schien etwas ganz Besonderes zu sein. Der Boden war gut gearbeitet und gab dem Krug damit eine gute Standfestigkeit, auch auf unebenem Boden. Ansonsten sah er zart, fast zerbrechlich aus. In der bauchigen Mitte war er mit Jagdszenen verziert, detailgetreu nachempfunden und von einer Leichtigkeit, die die Seele berührte.

»Zweifellos ein Meisterwerk«, stellte sie fest.

Furlar nickte. »Du sagst es. Es hat mich Jahre gekostet – und so viel Schweiß, dass man einen ganzen See damit füllen könnte, bis ich so etwas herstellen konnte. Meine Töpferwaren sind einmalig und im ganzen Umkreis berühmt.«

»Ja«, sagte Isana ungeduldig. »Da sagst du mir nichts Neues. Auf was willst du hinaus?«

»Auf das hier«, jammerte Furlar. Er ergriff etwas, das ein wenig abseits stand und Isana noch gar nicht aufgefallen war. »Neumodischer Schund! Irgendwo an einem großen Meer gefertigt, wo immer die Sonne scheint und den Menschen die Früchte in den Mund fallen, und wo die Felder das ganze Jahr reiche Ernte ausspucken, ohne dass sich irgendeiner den Rücken dafür krumm buckeln muss!«

Isana starrte auf das, was ihr Furlar entgegenhielt. Es hatte eine entfernte Ähnlichkeit mit seinem Krug. Aber statt eingeritzter und anschließend gebrannter Jagdszenen waren es hier farbige Darstellungen in einer fremden Art: Männer mit Speeren, die sich zum Wurf reckten und bis auf einen Lendenschutz nackt waren. Die Körper wirkten muskulös und waren bis in die allerkleinsten Einzelheiten liebevoll nachgebildet.

Isana verschluckte sich fast, als sie das sah. Die Darstellung hatte nicht nur etwas ganz und gar Ungewöhnliches, das sie erst einmal zurückschrecken ließ, sondern übte auch eine Anziehungskraft auf sie aus, der sie sich nicht entziehen konnte.

»Was ist das?«, brachte sie mühsam hervor.

»Scheußlich, nicht wahr?« Furlar verzog das Gesicht, als hätte er auf etwas Saures gebissen. »Man nennt das Amphore. Dieses Ding kommt von fürchterlich weit her und hat einen fürchterlich großen Wert.«

»Aber warum …?«

»Warum man es vom Ende der Welt zu uns bringt?« Furlars Gesicht verzog sich noch mehr. »Das ist doch wohl offensichtlich, oder? Weil man damit viel Gewinn machen kann.« Er klopfte gegen die Amphore. Wie zu erwarten gewesen war, klang sie hohl. »Diese Dinge werden von den Meerleuten bis oben hin mit Gewürzen vollgestopft, bevor man sie auf die Reise schickt. Und Goseg handelt dann mit beidem. Mit den Gewürzen wie auch mit diesen … Amphoren.«

»Ah ja.« Isana hätte sich am Kopf gekratzt, hätte sie das gekonnt. »Und was habt ihr jetzt vor? Wollt ihr etwas in eure dünnen Goldplättchen einpacken, und dies dann Goseg zum Tausch anbieten?«

»Aber nein«, empörte sich Furlar. »Das nun wirklich nicht. Hier wird gar nichts eingepackt!«

»Sondern?«

Ohne viel Feingefühl stellte Furlar die Amphore wieder ab. »Wir haben eine ganz andere Idee«, sagte er in schwärmerischem Tonfall. »Wir werden aus diesen Goldplättchen Ornamente formen. Und die sollen dann in meine Krüge eingebrannt werden. Danach können wir Goseg Goldkrüge anbieten! Und diese Amphorenhändler mögen sehen, wo sie bleiben!«

»Goldplättchen? Ornamente? Tonkrüge?« Isana schüttelte den

Kopf. »Was soll das denn? Das klappt doch niemals. Und wahrscheinlich sieht das … naja, nicht ganz so großartig aus.«

»Du hast ja keine Ahnung!« Furlar wirkte nicht beleidigt, im Gegenteil. Er kicherte wie ein kleines Mädchen. »Das sieht sogar richtig, richtig gut aus. Und wir haben etwas zum Handeln, was unseren Stand gegenüber Goseg sehr verbessern wird.«

Isana starrte ihn wortlos an. »Ich hoffe nur, der neue Hohepriester haut euch die Krüge nicht um die Ohren, wenn ihr ihm damit kommt.«

»Ganz im Gegenteil«, versicherte ihr Furlar. »Er wird uns die Krüge sogar aus den Händen reißen. Und dein Vater kann dann so viel Erz und Kupferbarren dafür eintauschen, dass die Schmiede wieder mit voller Kraft zu betreiben ist. Und meinen Namen wird man selbst im Land der Amphorenhändler rühmen!«

»Na, wenn das mal gut geht«, sagte Isana skeptisch. »Das ist doch eine sehr merkwürdige Idee, die ihr beide da ausgeheckt habt.«

»Keine merkwürdige, sondern eine großartige Idee«, widersprach ihr Furlar. »Und in aller Bescheidenheit«, er strich sich mit der freien Hand über den Bauch, »wir beide sind schon etwas ganz Besonderes. Dein Vater ist mit Abstand der beste Schmied im ganzen Umkreis, und mir sagt man nach, dass ich im Töpfern auch nicht wesentlich schlechter bin.«

Abdurezak schwieg lange, nachdem ihm Arri erzählt hatte, was ihr widerfahren war. Sein Gesicht wirkte wie in Stein gemeißelt, und selbst, als er sich vorbeugte, um ein paar Holzscheite ins Feuer nachzuschieben, zeigte er keinerlei Regung. Arri machte das wahnsinnig. Sie hatte Abdurezak angefleht, sie anzuhören, nachdem man sie zurückgebracht hatte. Erst hatte er sich beharrlich geweigert. Und jetzt, nach quälend langen Stunden und Tagen, und nachdem er ihre Schilderung angehört hatte, ohne sie mit einer Frage zu unterbrechen oder auch nur eine einzige ihrer Schilderungen zu kommentieren, wirkte er lediglich geistesabwesend und in sich gekehrt.

»Du weißt, dass ich dich einmal sehr geschätzt habe«, sagte er schließlich.

Arri hatte das Gefühl, man stoße ihr ein glühendes Messer ins

Herz und drehe es darin um. Dass ich dich einmal sehr geschätzt habe! Das war schlimmer, als wenn er sie der Lüge bezichtigt hätte. Es war ein einziger Satz, aber er fasste alles zusammen, die Vergangenheit, die Gegenwart und auch die Zukunft.

Früher einmal geschätzt.

Jetzt also nicht mehr.

»Ich habe mir lange überlegt, ob ich dir die Gelegenheit geben soll, mir deine Sicht der Dinge zu schildern«, sagte er leise. »Nicht alles, was Taru und Rar behauptet haben, hat mich überzeugt. Aber was du jetzt erzählst?« Er schüttelte den Kopf. »Nor soll noch leben? Unter dem Dach des Langhauses in dem aufgegebenen Dorf, gar nicht weit entfernt von hier? Und Amar soll nur so etwas wie sein Handlanger sein?«

»Das habe ich nicht gesagt«, widersprach Arri mit Tränen in den Augen. »Amar ist der Hohepriester …«

»Und Nor sieht aus wie ein Wurm?« Abdurezak kniff die Augen zusammen, und plötzlich sahen sie aus wie die einer uralten Schildkröte. »Er hat nichts Menschenähnliches mehr an sich? Und doch hört Amar auf seine Befehle?«

»Nein. Oder ja.« Arri rang weniger um Worte als vielmehr um Fassung. Sie wusste, wie viel davon abhing, dass sie Abdurezak überzeugen konnte. »Schick ein paar Männer in das verlassene Dorf. Sie können dort selbst nachsehen …«

Abdurezak schnitt ihr mit einer raschen Handbewegung das Wort ab. »Du weißt selbst, dass das unnötig ist. Es waren ja schon ein paar von uns am Langhaus. Die Jäger. Soll ich dir ihre Namen nennen? Oder willst du mit ihnen in meinem Beisein sprechen?«

Beschämt senkte Arri den Blick. Das Feuer griff gierig nach der neuen Nahrung, die ihm der Älteste angeboten hatte, und einzelne Funken sprangen aus den knisternden Flammen hoch, als wäre ein Freudenfest zu feiern.

Doch das Gegenteil war der Fall.

»Ich frage dich noch einmal«, sagte Abdurezak. »Soll ich Franwar und die anderen holen? Möchtest du sie in meinem Beisein befragen?«

Arri schüttelte den Kopf. »Nein«, hauchte sie.

»Und warum nicht?«, fragte Abdurezak leise.

Arri blickte wieder hoch. Sie sah das Feuer, sie sah den Ältesten – und vor allem sah sie jetzt wieder Dragosz' Gesicht so deutlich vor sich, als hätte sie ihn gerade erst in den Armen gehalten. Während der Ereignisse in dem Dorf hatte sie kaum Zeit gehabt, an ihn zu denken. Das war jetzt anders. In den Nächten, wenn sie sich in den Schlaf weinte, gab es nur noch sein Gesicht. Allerdings war es kein friedlicher Anblick. Das Bild des sterbenden Dragosz, der mit Schaum auf den Lippen ihren Namen gerufen hatte, während sich seine Hand in die ihre verkrallt hatte – sie bekam es einfach nicht aus dem Kopf.

»Warum soll ich sie nicht holen, Arianrhod?«, hakte Abdurezak beharrlich nach.

»Weil ... weil sie Nor nicht gesehen haben«, flüsterte Arri. »Weil ich die Einzige war, die man auf den Dachboden gelassen hat.«

»Du widersprichst dir selbst«, sagte Abdurezak kalt. »Oder hast du mir nicht auch gesagt, dass man Larkar unter dem Dach gefangen hielt?«

»Doch«, bestätigte Arri. »Das habe ich gesagt. Aber Larkar ist nicht hier. Er kann meine Geschichte nicht bestätigen.«

Abdurezak nickte, als hätte er diese Antwort erwartet. »Wie praktisch für dich, nicht wahr? Niemand hat etwas gesehen, und der einzige Zeuge ist einer von Ragoks Männern, der plötzlich aufgetaucht und genauso plötzlich wieder verschwunden ist. Was ja auch kein Wunder ist. Denn Ragok und seine Leute sind gar nicht in der Gegend. Oder glaubst du nicht, dass sie irgendein anderer sonst noch gesehen hätte?«

»Ja ... aber ...« Arri beugte sich so weit nach vorn, wie es ihre Fesseln zuließen. »Taru und Rar können doch bestätigen, dass Larkar dort war.«

Abdurezak starrte sie schweigend an, und in seinem Blick veränderte sich etwas. Jede Spur von Anteilnahme verschwand daraus und machte etwas Platz, das Arri noch nie an ihm gesehen hatte: einer Mischung aus Enttäuschung und kalter Entschlossenheit.

»Warum tust du das nur?« Der alte Mann stieß einen tiefen Seufzer aus und schüttelte dann den Kopf. »Taru und Rar haben mir versichert, dass sie Larkar nicht gesehen haben. Genauso wie sie bekräftigt haben, dass sie dich nicht haben entführen wollen, sondern deine Flucht nur im letzten Augenblick vereiteln wollten.«

So ist das also, dachte Arri entsetzt. Ich verliere alles. Jetzt habe ich auch noch den letzten Rest des Vertrauens von Abdurezak verloren.

Als sich Abdurezak mit den steifen Bewegungen eines uralten Mannes erhob, glaubte sie, das Gespräch sei beendet. Aber da hatte sie sich getäuscht. Der Älteste hatte noch etwas für sie, das schlimmer war als alles andere.

»Dragosz ist inzwischen zu seiner letzten Reise aufgebrochen«, sagte er steif. »Wir haben seinen Abschied aus unserer Welt so begangen, wie es sich gehört. Das ganze Dorf hat sich versammelt, als wir ihn und seine Seele freigaben.«

»Das ganze Dorf ...« Arri bekam keine Luft mehr. »Aber warum ... ich ...«

»Weshalb du nicht dabei warst?« Abdurezak starrte über sie hinweg in Richtung des Seeufers. »Du bist nichts, Arri. Keine Heilerin mehr. Kein Mitglied unserer Gemeinschaft. Und schon gar nicht bist du noch Dragosz' Frau!«

Arri öffnete den Mund, um etwas zu sagen. Aber sie brachte nur einen wimmernden Laut hervor.

»Bevor wir Dragosz auf die letzte Reise schickten, haben wir ihn offiziell von dir entbunden«, fuhr Abdurezak gnadenlos fort. »Und jetzt ist er zu Surkija unterwegs. Zu seiner Frau.«

Mit ein paar schnellen Schritten war Isana an dem glimmenden Schmiedefeuer vorbei, das ihr Vater für eine einfache kleine Reparaturarbeit entfacht hatte: Dies war das Einzige, was Kenan noch zu tun blieb, solange er nicht endlich neues Erz oder eingeschmolzene Metallbrocken zur Weiterverarbeitung auftreiben konnte. Aber das war Isana im Augenblick ganz gleich. Sie balancierte den Wasserkrug am letzten Hindernis vorbei und knallte ihn mit einem harten Ruck auf das raue hölzerne Bord. Ein paar Wassertropfen schwappten über und benetzten ihre Hand.

Goldplättchen, dachte sie, und Krüge mit goldener Verzierung. Was für ein Schwachsinn.

Es waren ganz andere Dinge, die ihr jetzt wichtig schienen. Aber merkwürdigerweise verschwammen sowohl die Ereignisse um Arri wie auch jene um Lexz in ihrem Kopf zu einem undurchschaubaren Brei, und sie konnte an nichts anderes denken als an das Wasser, das sie gerade aus dem Fluss geschöpft hatte. Eigentlich war es auch kein Wunder – schließlich war der Kampf um das tägliche Wasser für sie alle einmal das gewesen, was ihren ganzen Alltag bestimmt hatte.

Sie empfand es nach den harten Zeiten äußerster Trockenheit nach wie vor als etwas Unglaubliches, dass sie hier jederzeit das beste Wasser aus dem Fluss schöpfen konnte, der den See speiste – aber genauso unerträglich schien es ihr, dass sie nach wie vor kaum genug zu essen hatten, um alle Mäuler satt zu bekommen. Die Felder der alten See-Siedler wurden gerade erst wieder urbar gemacht, und das Wenige, das sie wild wachsend auf ihnen vorgefunden hatten, war längst verzehrt.

Die Frage blieb, warum die See-Siedler so dumm gewesen waren, das erstaunlich fruchtbare Land um den See herum aufzugeben – und damit auch ihre Heimat. Es gab viele Vermutungen, aber in Wirklichkeit wusste es wohl niemand. Spuren von Kämpfen hatten sie in der alten, halb zerfallenen Siedlung am Westufer jedenfalls nicht gefunden, allenfalls ein paar alte Steinwaffen, denen aber nicht anzusehen war, wie lange sie schon im Uferschlick lagen.

Isana wusste vielleicht ein wenig mehr als alle anderen, vielleicht aber auch nicht. Jedenfalls beschloss sie, das Rätsel für den Augenblick ein Rätsel sein zu lassen und sich lieber um den Fisch zu kümmern, den sie dem schielenden Fischerjungen heute Morgen hatte abschwatzen können.

Sie konnte von Glück sagen, dass ihr nicht alle Fischer den kleinen Streit wegen der Hunde so übel nahmen wie die Männer, deren Reuse zerfetzt worden war. Es gab da einen kleinen Fischerjungen, der sich nichts aus Reusen machte, sondern die Fische lieber mit einer gefährlichen Knochenharpune abstach. Er brachte zwar meist kein Wort heraus, wenn sie ihn ansprach, hatte aber ganz offensichtlich eine Schwäche für sie – vorsichtig ausgedrückt. So war es ihr ein Leichtes gewesen, ihm ein fettes Rotauge abzuschwatzen. Und mit dem würde sie jetzt ein ganz besonderes Süppchen kochen, das selbst die widerspenstige Arri nicht verweigern konnte.

Der Muschelvorhang klapperte, und Rar trat aus der Schmiedehütte hervor, die von den alten Seesiedlern halb in eine Höhle eingelassen worden war. Isana hatte nie verstanden, warum die Siedler die Schmiede am Rande der Hügelkette betrieben hatten, und damit am Fluss und nicht am See. Das wäre in ihren Augen schon allein wegen der kürzeren Wege wesentlich praktischer gewesen. Im Augenblick war es ihr aber ganz recht, dass ihr Vater die Schmiede an ihrem alten Standort übernommen hatte, da sie dadurch Taru und seinen Freunden nicht dauernd über den Weg lief.

Na ja, so ganz stimmte das leider auch nicht. Ausgerechnet Rar, der größte Dummkopf von allen, lebte ja hier mit ihr und ihrem Vater zusammen. Und ganz wie es seine Natur war, sah er jetzt blinzelnd zu ihr hinüber und schlug die Hand vor den Mund, um ein Gähnen zu verbergen, das um diese Tageszeit alles andere als angemessen war. Isana verzog missbilligend die Mundwinkel. Ihr Vater hatte den kräftigen Jungen wohl wegen seiner beeindruckenden Muskeln zu sich genommen, um ihn als Schmiedegehilfen – und vielleicht sogar als Bronzegießer – auszubilden. Doch Rar verhielt sich so, als begriffe er gar nicht, was das bedeutete. Der Schmied war einer der angesehensten Männer der Gemeinschaft, und wer es geschickt anstellte, würde auch als Gehilfe niemals Hunger leiden müssen.

»Och«, machte Rar, als er das in einem besonderen Sud eingeweichte Rotauge sah, neben dem Isana den Wasserkrug abgestellt hatte. »Ein fetter Fisch! Der kommt mir gerade recht. Ich habe harte Zeiten hinter mir und schon viel zu lange nichts Vernünftiges mehr gegessen.«

»Ich auch nicht«, gab Isana heftig zurück. »Dafür hab ich ein paar Kinder und Alte behandeln müssen, die sich noch immer wegen des kräftigen Bauchgrimmens krümmen.«

Rar winkte ab und trat näher. »Alles Kleinigkeiten. Oder hast du schon vergessen, welche Abenteuer ich und Taru wegen deiner Arianrhod erlebt haben?«

»Es ist nicht meine Arianrhod«, widersprach Isana. »Und deine Märchen kenne ich nur zu gut. Du redest ja schon seit Tagen von nichts anderem.«

»Ach was«, winkte Rar. »Ich hab dir ja noch nicht einmal die Hälfte erzählt. Dieser Krieger aus Goseg, der sich mir in der Weg stellen wollte …«

»Nur *ein* Krieger?«, fragte Isana scheinheilig. »War es nicht ein ganzer Tross?«

Rar blinzelte überrascht. »Ja, natürlich. Es waren vier, fünf – eben ganz viele. Aber der eine ist mir in den Weg getreten …«

»Der war bestimmt riesengroß«, sagte Isana scheinbar beeindruckt. »Und er musste sich bücken, um auf dich herunterzusehen.«

Rar seufzte. »Mädchen. Von nichts eine Ahnung, aber immer ein dummes Sprüchlein auf den Lippen.« Er spannte seine Armmuskeln an. »Siehst du das? Natürlich bin ich der Größte und Stärkste. Wenn dir mal jemand dumm kommt, dann freust du dich bestimmt, wenn ich dir beispringe!«

Isana klimperte mit den Augen. »Ja. Weil uns Mädchen ja gar nichts einfällt, um Männer zu verwirren.«

Rar starrte sie an, und Isana konnte ihm ansehen, wie er um eine Antwort rang. Schließlich schüttelte er jedoch den Kopf, und als sei das Thema damit auf angemessene Weise erledigt, sagte er: »Machst du mir den Fisch fertig? Ich habe Hunger!«

»Den hatte der kleine Prytio auch«, antwortete Isana böse. »Jetzt ist er tot.«

»Dann kann er mir wenigstens nichts mehr wegessen«, stellte Rar fest. Als ihn Isana wegen der vorlauten Bemerkung anfahren wollte, winkte er jedoch ab. »Schlimm, schlimm, dass diese verfluchte Drude so viele von uns vergiftet hat. Aber ich sag es ja immer wieder: Man muss sehr vorsichtig mit allem sein, was man isst. Auch wenn man ein kleiner Junge ist und Prytio heißt.« Er leckte sich auf eine Art über die Lippen, die Isana einfach widerlich fand. »Außerdem habe ich jetzt wirklich Hunger.«

Er machte einen Schritt nach vorn und streckte die Hand nach dem Holzgefäß aus, in den der blaugrün schimmernde Fisch eingelegt war – aber Isana war schneller. Flink wie eine Katze fischte sie sich das glitschige Rotauge aus dem Sud und tat zwei, drei Schritte zurück, bevor sie mit ihrem Fang stehen blieb und den Kopf schräg legte. »Du gehst jetzt besser und tust das, was dir mein Vater aufgetragen hat!«

Rar wirkte erst verblüfft, dann verärgert – und schließlich verzog sich sein Mund zu einem breiten Grinsen. »Wenn ich es mir recht überlege, hast du mir gar nichts zu sagen. Und nur, damit du es weißt: Kenan hat mir aufgetragen, dich im Auge zu behalten, während er nicht da ist.«

»Dann pass nur auf, dass ich dir nicht eines deiner hübschen blauen Äuglein auskratze, Schmiedejunge«, fauchte Isana. »Und jetzt lass mich allein. Ich habe zu tun.«

Rar verzog das Gesicht. »Du willst dir doch nur in aller Ruhe den Fisch einverleiben. Dabei steht er dir bestimmt nicht zu. Ein ganzer Fisch, nur für dich allein? Das geht doch nicht!«

»Und ob das geht!« Isana ging zum Schmiedefeuer hinüber und stellte die Schale mit dem Fisch neben dem bauchigen Tongefäß ab, in dem sie bereits eine ganz besondere Kräutermischung nach eigenem Rezept vorgekocht hatte. »Vergiss nicht, mit wem du sprichst«, sagte sie über die Schulter hinweg. »Ich bin jetzt die Heilerin!«

»Und ich werde einmal der berühmteste Schmied im ganzen Land sein«, prahlte Rar. »Wie wäre es da mit uns beiden? Ein Schmied und eine Heilerin – das passt doch gut zusammen. Was hältst du davon, wenn ich dich zur Frau nehme?«

»*Du* willst mich zur Frau nehmen, du Habenichts?« Isana schüttelte den Kopf. »Schlag dir das gleich mal wieder aus dem Kopf. Aus dir wird niemals ein Schmied – du kannst doch schon froh sein, wenn du das Schmiedefeuer entfachen und den Blasebalg bedienen darfst!«

»Und ob ich ein Schmied werde«, begehrte der Junge auf. »Ich weiß doch, wie man Waffen und Werkzeuge fertigt: Man schlägt einfach die Form in einen Stein, bedeckt sie dann ausreichend mit Sand und gießt das flüssige Metall hinein!«

Isana verdrehte die Augen. »Und welche Legierung wählst du? Wie viel Zinn, wie viel Kupfer brauchst du dafür? Was ist zu beachten, wenn die Schlacke auf dem Kupfer schwimmt, wann kann man sie abstechen und was hat die Kupfersorte damit zu tun?«

»Die Kupfersorte, nun …« Rar rang ganz offensichtlich nach Worten. »Du sprichst doch jetzt von dem, was man tut, nachdem man Erz zerkleinert und ausgewaschen hat. Ich weiß natürlich, dass man dann Schaf- oder Kuhdung nimmt und damit die Kupferklumpen formt.

Und dass man das dann auf Reisig und Holz röstet, so wie wir es schon einmal in der Aufschüttung vorn bei den anderen Hütten gemacht haben. Und dann … dann geht es eben irgendwie weiter. Aber zum Schluss gießt man die Bronze in die Form. Das ist doch schon alles!«

»Du bist ein Kindskopf.« Isana seufzte. »Die Arbeit eines Schmieds ist schwierig und bedarf sehr viel eigenen Wissens, und noch viel mehr Erfahrung. Allein die Erstellung einer Form ist schon eine Kunst für sich. Und das würdest du nie hinbekommen. Du kannst doch höchstens Steine zertrümmern, aber niemals wie mein Vater die Form eines Messers oder gar die einer Schwertklinge in eine Form schlagen. Dazu muss man ein wahrer Künstler sein!«

»Und ob ich das kann!«, prahlte Rar. »Vielleicht noch nicht gleich, und auch nicht morgen – aber spätestens im nächsten Sommer, wenn wir erst mal wieder genug Erz haben, um mit der Arbeit richtig beginnen zu können. Und du wirst sehen: Dann werde ich ganz schnell ein richtiger Schmied und nehme dich zur Frau!«

»Du willst meine Tochter zur Frau nehmen, Sohn eines Wichtigtuers?«, donnerte eine Stimme, und dann bog auch schon Isanas Vater um die Ecke.

Isana hätte nicht sagen können, wer mehr zusammenzuckte: sie oder der kraftstrotzende Junge.

Isanas Vater war eine beeindruckende Gestalt, und als er vor Rar stehen blieb und auf eine ganz ähnliche Art den Kopf schräg legte, wie das auch seine Tochter tat, da wirkte es bei ihm so bedrohlich wie bei einem gereizten Bären. Kenan hatte seinen langen Bart in Strähnchen geflochten, eine Auszeichnung, die nur Stammesfürsten und Schmieden zustand, in seinem Fall aber noch mehr als das bedeutete: eine passende Ergänzung zu der Weste aus gegerbtem Hirschleder und dem Fellgurt, den er sich schräg über den Wanst gespannt hatte, und in dem als einzige Waffe der kleinere seiner beiden Schmiedehämmer steckte.

»Mein Vater war … gar kein … Wichtigtuer …«, stotterte Rar, und in diesem Augenblick tat er Isana fast leid. Es war nicht leicht, gegen ihren Vater anzukommen, oder besser gesagt: Es war so gut wie unmöglich.

»Vater«, sagte sie so gefasst sie konnte, trat ihm einen Schritt entgegen und zauberte ein Lächeln auf ihre Züge. »Du bist schon zurück? Ich dachte, du wolltest mit den Leuten aus Goseg reden? Warst du denn nicht in dem verlassenen Dorf, in dem sie ihre Handelsstation aufgeschlagen haben?«

»Doch, da war ich. Aber ich habe nicht viel Zeit in diesem verfluchten Tal verbracht, das die Krieger aus Goseg plötzlich für sich beanspruchen.« Der Blick ihres Vaters wanderte, wie Isana voller Erschrecken feststellte, an ihr vorbei zu dem ersterbenden Feuer hin – und damit auch zum Rotauge, »und wenn du meinst, dass sie bereit waren, mir Kupfer und Zinn auszuhändigen, so muss ich dich enttäuschen. Das haben sie nicht getan – weil Amar, der neue Hohepriester von Goseg, sich weigert, mit unsereins Handel zu treiben!«

Der Blick Kenans schweifte kurz über die beiden Gefäße, die verbotenerweise unmittelbar neben dem Schmiedefeuer standen, und er vermerkte diesen Ungehorsam durchaus, wie Isana sogleich auffiel, sagte aber nichts dazu – vorläufig nicht. Das konnte nur bedeuten, dass er sich noch mehr über Amar ärgerte, als es ihm ohnehin schon anzusehen war.

»Wir müssen uns einen anderen Handelsplatz suchen, wenn Amar weiter stur bleibt«, polterte Kenan. »Mich hat er jedenfalls gleich wieder weggeschickt. Und das auf eine so überhebliche Art, dass ich ihm am liebsten seinen edlen Hohepriesterhals auf links gedreht hätte.« Er trat einen Schritt näher und schlug Rar mit seiner Pranke so kräftig auf die Schulter, dass der kräftige Junge aufstöhnend in die Knie ging. »Du hast das Schmiedefeuer fast ausgehen lassen. Hast du vergessen, was ich dir gesagt habe?«

»Nein, natürlich nicht«, brachte Rar kleinlaut hervor. »Niemals! Ich hol gleich Holz. Welches brauchst du jetzt …?«

»Lass gut sein«, unterbrach ihn Kenan. »Ich habe ja nichts zum Einschmelzen. Du wirst gleich die alte Form für die Jagdmesser säubern und das Feuer ersticken. Vorausgesetzt natürlich, meine Tochter möchte die Glut nicht noch benutzen, um mir eine herzhafte Mahlzeit zuzubereiten.«

Isanas Herz machte einen schmerzhaften kleinen Hüpfer. Sonst war es ihr streng verboten, dem Schmiedefeuer auch nur nahe zu kommen: kochen musste sie auf der dafür eigens eingerichteten Kochstelle bei der leer stehenden Nachbarhütte. Erst zum Winter hin wollte ihr Vater auch im Haus eine Koch- und Feuerstelle einrichten.

»Ich brauche jetzt einfach etwas zu essen«, brummte er, als habe er ihre Gedanken erraten. »Und dann werde ich mit dem Ältestenrat beratschlagen, wie wir an Erz kommen. Es gibt schließlich auch noch andere Handelsplätze als dieses verfluchte Goseg!«

»Ja, Vater, natürlich«, beeilte sich Isana zu sagen. Sie starrte zu dem Fisch hinab, und er blickte aus seinen roten toten Augen zu ihr hoch, als wolle er sagen: »Siehst du, ich hab dir doch gleich gesagt, dass das nicht gut gehen kann!«

»Wie ich sehe, hast du schon eine Suppe vorbereitet.« Kenan verpasste Rar einen zweiten Schubser, der den Jungen wegstolpern ließ, und kam nun mit seinen zwar tapsigen, aber kraftvollen Bärenbewegungen auf Isana zu. »Dann gib sie mir mal. Oder halt sie eben noch übers Feuer. Ich brauch auf den Schreck mit dem Erz ganz schnell was in den Magen.«

Rar machte, dass er wegkam – und Isana sah von ihm zu ihrem Vater, hin und her. Ihre Gedanken überschlugen sich. Die Suppe war nicht für den Vater bestimmt gewesen, und sie war auch noch gar nicht fertig. Alles lief so schrecklich schief wie die ganzen Tage schon, am liebsten wäre sie einfach schreiend davongelaufen.

Aber das ging nicht. Sie bückte sich, hob die Schale mit der Suppe auf und überlegte gerade, wie sie sie am besten wärmen konnte, als ihr Vater die Frage stellte, die sie die ganze Zeit über schon gefürchtet hatte: »Für wen wolltest du eigentlich den Fisch zubereiten? Für mich, das kann ja nicht sein, denn ich mag Rotaugen direkt über dem Feuer gebraten – und das weißt du auch ganz genau.«

Noch klang seine Stimme nicht unbedingt unfreundlich, aber es schwang so etwas wie eine unausgesprochene Drohung darin mit – die sich jederzeit bewahrheiten würde, wenn er die falsche Antwort bekam.

»Nun, eigentlich … ich wollte ihn wohl eher für mich selbst machen …«

Kenan schüttelte den breiten Schädel. »Kind, Kind. Du weißt doch, dass ich immer merke, wenn du mich belügst. Tu mir das nicht an.«

Seine Stimme hatte plötzlich den Klang von zwei groben Steinen, die man aneinanderreibt. »Du wolltest doch nicht etwa eine Suppe für die Drude kochen?«

Isana schluckte krampfhaft. Gab es hier einen Ausweg? Konnte sie ihrem Vater irgendeine andere Geschichte auftischen, die er ihr glauben würde?

Das vermochte sie natürlich nicht. »Ich … der Ältestenrat … Abdurezak selbst …« Sie straffte sich. »Ich muss ihr etwas zu essen bringen! Ich bin die Heilerin, und ich muss sehen, dass sie bei Kräften bleibt – für den Prozess!«

Ihr Vater sah sie nur an – und rührte sich nicht. Doch in seinen Augen veränderte sich etwas. Jede Spur von Zuneigung und Verständnis schwand und machte etwas anderem Platz, das Isana gar nicht mit Worten benennen wollte.

»Sag mir, dass dies nicht wahr ist«, knurrte er. »Du hast dir von dieser Fremden den Platz als Heilerin streitig machen lassen, der eigentlich dir zugestanden hätte, du bist ihr hinterhergelaufen wie … eine Dumme, du hast ihr immer und überall geholfen, wo du nur konntest – UND DU HÄLTST TATSÄCHLICH JETZT IMMER NOCH ZU IHR!«

Den letzten Satz hatte er so laut gebrüllt, dass Isana nach hinten getorkelt wäre, hätte sie nicht mit einer solchen Reaktion gerechnet. So schrumpfte sie nur in sich zusammen und schlug den Blick zu Boden.

»Die Herren von Goseg«, fuhr ihr Vater leiser, aber kein bisschen weniger drohend, fort, »sind die eine Sache. Meine eigene Tochter aber, das ist etwas ganz anderes. Wie kannst du mich nur so hintergehen?«

»Aber Abdurezak …«

»Abdurezak hat dir bestimmt nicht aufgetragen, der Drude eine Fischsuppe zu kochen, wie sie in diesen harten Zeiten kaum jemandem zusteht. Er hat dir gewiss nur aufgetragen, ihr ein trockenes Fladenbrot zu reichen.« Wieder legte er den Kopf schief. »Sag, wenn es anders war.«

Isana schüttelte den Kopf. »Nein«, hauchte sie. »Es war genauso, wie du sagst, Vater. Aber … die Drude hat all die Tage nichts gegessen. Sie muss doch bei Kräften bleiben. Und ich bin nun einmal die Heilerin …«

Kenan wischte ihren Einwand mit seiner mächtigen Pranke beiseite. »Du redest Unsinn, Kind, und du weißt es auch.«

Isana wartete auf den nächsten Ausbruch – doch es folgte keiner mehr. Stattdessen schüttelte ihr Vater nur noch einmal den Kopf. »Du wirst diesen Unsinn jetzt lassen. Wärme die Suppe, und ich werde sie essen – bereite mir den rotäugigen Fisch dann aber so zu, wie ich es mag. Und bring der Drude das älteste und härteste Fladenbrot, das du finden kannst – oder von mir aus auch Kuhdung.«

Isana beeilte sich zu nicken. Sie drehte sich um, sah den Stein zu ihren Füßen – und fasste einen Entschluss.

Ungeschickt stolperte sie über den Stein und kippte die Suppe ins Feuer. Die Flammen spritzten auf, es stank erbärmlich, und ihr Vater stieß einen zornigen Laut aus – aber Isanas Lippen umspielte ein trotziges Lächeln.

14

Arri stieß einen leisen Seufzer aus, der in ihren eigenen Ohren wie der einer alten Frau klang, die voller Wehmut auf ein langes Leben zurückblickt. Vielleicht lag es daran, dass sie sich ganz ähnlich fühlte, wenn sie an die Zeit mit Dragosz dachte …

Alles gönnte ihm Arri, den Aufstieg in die ewige Halle der Mächtigen, die nur ganz wenigen Helden vorbehalten war, und einen ruhmvollen Platz unter seinen Vorvätern. Aber es gab auch etwas, das sie ihm missgönnte: dort wieder mit Surkija zusammenzutreffen und sie für die Ewigkeit als Frau zu nehmen.

Das durfte nicht sein! Ihr stand es zu, mit Dragosz die Ewigkeit zu verleben, niemandem sonst!

Als sie ein Geräusch vor der Hütte hörte, in die Taru und Rar sie vor nun schon drei Tagen in einem lächerlichen Triumphzug geschleppt hatten, schreckte sie auf. Sie wusste nicht, was da draußen vor sich ging. Die großen Blätter vor dem Eingang der Hütte raschelten schon seit einer ganzen Weile im auffrischenden Wind und gaukelten Bewegungen vor, die es dort gar nicht gab.

So auch diesmal. Arri erwartete nicht ernsthaft, dort Taru auftauchen zu sehen – jedenfalls nicht, solange Amar nicht mit dem Ältestenrat gesprochen hatte, um festzulegen, wann und wo man ihr nun endlich den Prozess machte.

Sie atmete tief durch und versuchte, sich zu beruhigen. Sie hatte so viel Zeit gehabt, über alles Mögliche nachzudenken, dass sich ihre Gedanken schon wiederholten: wie die endlosen Tage im Winter, wenn draußen der Schneesturm ums Haus peitscht. Und mit ihnen kehrten auch die schrecklichen Gefühle immer wieder zurück, die ihr erst richtig klar machten, wie einsam sie jetzt war. Da wäre es ihr schon lieber gewesen, irgendjemand wäre gekommen, am besten natürlich Isana. Bislang hatte sie Kenans Tochter jeden Tag besucht, um ihr etwas zu essen zu bringen und zu versuchen, sie mit ein paar lockeren Worten aufzuheitern.

Es war zwar traurig, aber wahr: Das zierliche Mädchen war die Einzige, die ihr weiter so unbefangen begegnete, als wäre nichts geschehen – ganz im Gegensatz zu ihren anderen sogenannten Freunden, die johlend verfolgt hatten, wie Taru und Rar sie hierher geschleppt hatten. Arri nahm es ihnen noch nicht einmal übel, das Räubermärchen geglaubt zu haben, das die beiden über ihre angebliche Flucht verbreitet hatten. Aber dass sie wirklich glaubten, sie habe das ganze Dorf am Tag des Festes vergiften wollen, war ungeheuerlich.

Ungeheuerlich, und doch auch wieder nicht wichtig. Wenn nur endlich Isana käme! Oder irgendein anderer, der sie aus ihren düsteren Gedanken riss!

Aber nichts dergleichen geschah. Mittlerweile hätte sie es schon begrüßt, wenn sich bloß Taru oder Amar hier hätten sehen lassen. Ja, selbst wenn es Nor irgendwie geschafft hätte, sich aus seinem Korbstuhl zu erheben und herzukommen, hätte sie das als eine willkommene Ablenkung von ihren düsteren Gedanken empfunden.

So aber musste sie immer wieder an das Gespräch mit ihm zurückdenken. Alles, jeden einzelnen Satz, hatte sie in ihren Gedanken bestimmt tausendmal wiederholt. Diese Geschichte mit der Krankheit, mit der Heimat, der sie alle gemeinsam entstammten, heimlich – das kam ihr wie ein einziger Albtraum vor. Immer wieder versuchte sie sich in Erinnerung zu rufen, was ihr die Mutter aus ihrer Heimat erzählt hatte. Und das versuchte sie in Übereinstimmung damit zu bringen, was sie von Goseg wusste – und dem, was sie bei den Rakern erlebt hatte.

Stimmte es wirklich, dass sie eigentlich alle nur ein einziges Volk waren? Und dass sie die Himmelsscheibe brauchten, um die Gefahr einer schrecklichen Krankheit zu bannen?

»Frag deine Mutter, Kind«, hatte Nor gesagt. »Vertrau dich ihrem Rat an. Sie wird dich leiten!«

Sie spürte ja, dass er damit recht gehabt hatte. Sie versuchte sich auf die Stimme ihrer Mutter zu konzentrieren, irgendwie einen Zugang zu ihr zu finden. Aber es wollte ihr einfach nicht gelingen.

Die einzige Abwechslung waren die Schritte vor der Hütte, das Gemurmel, mitunter auch ein ferner Ruf. Aber inzwischen wurden die Geräusche eines lebendigen Treibens vor der Hütte durch das leise, erst zögerliche, und dann doch immer heftigere Prasseln des Regens abgelöst, der sich schon seit Längerem angekündigt hatte. Jetzt würden die Menschen ihre Sachen zusammenraffen und Schutz in ihren Behausungen suchen. Und sie war wieder allein und auf sich gestellt. Fürchterlich. Wenn sie sich wenigstens frei in der Hütte hätte bewegen können!

Aber das war nicht möglich. Überall auf dem Boden hatten sich bereits nach dem letzten Regen grünlich schimmernde Pfützen gebildet, und an den wenigen Stellen, an denen das Wasser bereits versickert war, roch es modrig. Auf den Eckpfosten, die die Männer hier vor zwei Sommern in den feuchten Untergrund getrieben hatten, hatte sich Schimmel gebildet, und durch die vielen kleineren und größeren Schadstellen im Schilfdach tropfte es unentwegt: ein beständiger Sprühregen, dem zu entgehen unmöglich war.

Nicht, dass Arri darauf Wert gelegt hätte. So gut wie es mit den nun schon seit Tagen gefesselten Händen nur ging, zog sie die Knie an den Körper und umschlang sie mit den Armen. Und jetzt endlich fühlte sie sich ihrer Mutter ganz nah.

Als Kind hatte sie unzählige Male so in der Hütte ihrer Mutter gehockt und – wie jetzt auch – die Knie mit den Armen umschlungen. Manchmal hatte ihr Lea dann aus einer fernen, vergangenen Welt erzählt: von dem Reichtum und dem Prunk der Stadt, in der sie geboren worden war, von den geheimnisvollen Schmieden im Tempelbezirk, in denen ein Material verwendet wurde, das viel härter als Bronze war, von dem Handel, den man mit unvorstellbar weit entfernten Ländern getrieben hatte, in denen es keinen Winter gab, dafür aber blühende Gärten und Felder, so weit das Auge reichte. Danach hatte sie ihr dann meist etwas zu essen bereitet, Fisch, Fladenbrot, Pilze oder an guten Tagen sogar ein Wildragout. Und sie hatten zusammen gegessen, bis sie müde geworden war und sich auf ihrer Strohmatte zusammengerollt hatte, während Lea die notwendigen Verrichtungen getätigt hatte, um ihre Hütte und die Kochstelle wieder in Ordnung zu bringen.

Die Ahnen. Es gab nichts Wichtigeres, das hatte ihre Mutter ihr immer wieder klarzumachen versucht. Arri hatte das selbstverständlich auch geglaubt, und tief in ihrem Herzen war sie noch immer überzeugt, dass es nicht Wichtigeres gab als ihre Vorfahren – allen voran natürlich ihre Mutter …

Aber sie vermisste das Leben in dem reichen Land, von dem Lea andauernd gesprochen hatte, gar nicht, sie hatte keine Sehnsucht nach Steinhäusern und einem sagenhaften Reichtum, der durch den Handel mit weit entfernten Kulturen zustande kam. Sie vermisste einfach nur ihr altes Leben unter den Fischern, Bauern und Jägern am Fluss, den gleichförmigen Ablauf der Tage, die kleinen und größeren Herausforderungen, denen sie sich stellen musste – und sogar die alltäglichen Verrichtungen, für die sie seit Kindesbeinen zuständig gewesen war.

Wenn sie doch nur wieder dahin zurück könnte! Sie hatte gar nicht gewusst, wie glücklich sie damals gewesen waren, sie alle zusammen. Mochte ihre Mutter auch noch so oft geklagt haben, weil ihre eigene Heimat untergegangen war, so hatten sie doch ein geradezu unverschämtes Glück gehabt, was Arri aber erst jetzt ganz begriff. Als Heilerin war ihre Mutter von den Flussleuten mit offenen Armen aufgenommen worden, und schnell hatte sie eine bevorzugte Stellung in ihrer Mitte eingenommen. Es hatte ihnen an nichts gefehlt, sogar im Winter hatten sie meistens genug zu essen gehabt, und außer den gelegentlichen Streitigkeiten der Männer untereinander oder einem

Jagdunfall war wenig geschehen, was die abgeschiedene Ruhe am Fluss gestört hatte.

Doch all dies war nun Vergangenheit, ausgelöscht durch den schrecklichen Streit mit dem Schamanen ihres Heimatdorfes, der letztlich sogar den Tod ihrer Mutter verschuldet hatte – und auch daran Schuld trug, dass sie hier gelandet war. Wie oft sie diesen alten Mann schon verflucht hatte!

Und wie unwichtig er doch letztlich war. Sie konnte sich kaum noch an seinen Namen, geschweige denn an sein Gesicht erinnern. Gewiss war er schon längst tot. Wenn es nach ihr ginge, sollte er irgendwo vermodern, ohne einen angemessenen Abschied, und damit ohne die Aussicht, den gefährlichen Weg ins Totenreich zu überstehen.

Ganz anders als Dragosz. Sie wünschte sich nichts sehnlicher, als dass er seinen angemessenen Platz unter den Stammvätern fand.

Aber die böse Schwester dieses Wunsches war der Gedanke an Surkija, die im Reich der Toten bereits auf ihren Gemahl wartete. Arri bekam die Vorstellung einfach nicht aus dem Kopf, dass es Dragosz ganz recht wäre, sich wieder mit seiner ersten Frau vereinen zu können. Dann würde es nicht mehr so lange dauern, bis er sie ganz vergessen hatte …

»Dragosz«, murmelte sie. »Wo bist du? Kannst du mich hören?«

Es war nur ein sinnloses, verstörtes Gebrabbel, das wusste sie selber. Trotzdem konnte sie nicht verhindern, dass sie immer wieder solche Sätze vor sich hinmurmelte.

»Bleibe mein Mann«, flehte sie. »Bleib bei mir, Liebster! Verlass mich nicht!«

Die letzten Tage waren fürchterlich gewesen. Zakaans vom Alter gebeugter und von ausufernder Selbstgeißlung geschundener Rücken schien in Flammen zu stehen, und seine Knochen fühlten sich so morsch wie die verrotteten Äste einer Pappel an. Es waren aber weniger die körperlichen Strapazen, die ihm zusetzten, und auch nicht die Folge des freiwilligen Fastens, das er sich auferlegt hatte, als vielmehr die Sorge um Lexz und die anderen.

Sie hätten schon längst zurück sein müssen.

Und das war nicht das Einzige, was ihn quälte. Beinahe schlimmer war noch, dass es ihm nach der Begegnung mit der Todessyre nicht mehr gelungen war, irgendeinen Zugang zu der Welt jenseits der greifbaren Wirklichkeit zu finden. Selten zuvor war der Kontakt zu den Vorvätern so lange und so vollständig gerissen. Dafür schien es ihm aber, als zöge mit den dunklen Regenwolken am Horizont auch noch etwas anderes auf, das ihnen weitaus gefährlicher werden konnte als das heftigste Unwetter. Etwas, das mit den Geheimnissen der Stammväter zu tun hatte, mit ihrer Lebensweise und mit ihrer Art, ihre Hinterlassenschaft für ihre Nachfahren zu regeln. Und etwas, das mit dem Unmut der Ahnen zu tun hatte, die nun sahen, wie sich ihr Volk selbst aufrieb, wie es nicht einmal in größter Not in der Lage war, zusammenzuhalten und alles zu tun, was nötig war, um ihr Erbe zu bewahren.

So wurde es Zeit, dass er etwas unternahm. Und zwar auf die einzige Weise, die ihm jetzt noch möglich war: indem er nämlich den Steinkreis endgültig zu einem magischen Ring schließen ließ und ein Erweckungsritual durchführte. Vielleicht gelang es ihm mit einer geeigneten Beschwörung ja sogar, sich mit dem Geist seines Bruders Abdurezak zu verbinden und sich mit ihm über das auszutauschen, was sie tun konnten, um die Katastrophe einer kriegerischen Auseinandersetzung zwischen den beiden verfeindeten Gruppen zu verhindern.

Er wünschte sich nichts mehr als das. Wenn er Abdurezak wenigstens spüren, seine Anwesenheit wahrnehmen könnte – immerhin konnte er doch gar nicht weit entfernt sein. Aber noch nicht einmal das war ihm im Augenblick vergönnt. Und das war seltsam. Selbst während der Wanderung hatte er sich Abdurezak oft so nahe gefühlt, als bräuchte er bloß die Hand auszustrecken, um ihn zu berühren.

Doch jetzt schien die geheimnisvolle Verbindung zwischen ihnen wie abgerissen zu sein. Was hatte das zu bedeuten? Hoffentlich war mit Abdurezak nichts geschehen.

Er seufzte. Dass alles viel langsamer voranging, als er erwartet hatte, machte es nicht gerade einfacher. Und da der Steinkreis noch seiner Vollendung harrte, blieb ihm nichts anderes übrig, als sich in

Geduld zu üben und darauf zu hoffen, dass wenigstens Lexz und die anderen wieder auftauchten.

Als er Schritte hörte, die auf ihn zuzuhalten schienen, schrak er aus seiner Versenkung auf. Konnte es sein, dass …

Nein. Er beugte sich ein Stück vor, um besser hören zu können, und ein scharfer Schmerz durchjagte seinen Rücken. Es war nur eine kleine Dummheit, allerdings eine von viel zu vielen in der letzten Zeit.

Natürlich war das nicht Lexz. Die Schritte klangen noch leichter als die von Ragoks Sohn, es waren womöglich die eines Kindes. Und damit wusste der Schamane auch, wer es denn war, der da zu ihm kam. Und warum.

Es gab nur noch einen überlebenden Jungen in ihrer Mitte, der klein genug war, um so leicht wie eine Feder auszuschreiten. Und es konnte auch nur einen Grund geben, warum er den Weg vom Lager zu ihm nach oben auf sich genommen hatte.

Wie zur Antwort auf diesen Gedanken knurrte Zakaans Magen, und er tat das auf eine ganz eigene Weise. Es klang wie ein fernes Donnergrollen, das näher kam, um dann plötzlich zu verstummen. Das Knurren der Ahnen nannten es die Schamanen, wenn sie mit Hilfe getrockneter Rauschpilze fasteten und ihr Magen daraufhin absonderliche Laute von sich gab.

Der blasse Junge mit den strubbligen Haaren, der ihm im Auftrag der Frauen frisches Wasser bringen sollte, hatte offensichtlich noch nie etwas vom Knurren der Ahnen gehört. Er blieb am Rand des mit Reisig sorgfältig frei geharkten Bereichs stehen und sah sich unsicher um. Vor Zakaan stand der Behälter mit dem Fleisch der Göttin, wie man die geheime Pilzmischung nannte, mit deren Hilfe Schamanen schon seit jeher die Fesseln ihres Geistes hinter sich lassen konnten, wann immer das nötig war. Der Junge schien sie für die Quelle der Geräusche zu halten. Doch dann blieb sein Blick am größten der gedrungenen Steine hängen, die der Schamane mit seinen Helfern in aller Eile zu einem bislang unvollständigen Kreis angeordnet hatte. Und er zuckte merklich zurück.

Zakaan lächelte sanft. »Keine Sorge. Dahinter kann sich kein wildes Tier verbergen, dazu ist der Stein viel zu klein. Das Knurren, das war ich, Bakan.«

Der Junge blinzelte und blickte dann wieder mit der Mischung aus Neugier und Scheu zu ihm herüber, wie sie bei Fünfjährigen ganz üblich ist. Zakaan wäre froh gewesen, hätte er noch andere Kinder in seinem Alter mit zu sich nach oben nehmen können, ganz so wie es in den alten Zeiten gang und gäbe gewesen war. Aber das war leider nicht möglich. Die wenigen kleinen Jungen und Mädchen, die zu Beginn der Dürre das Licht der Welt erblickt hatten, hatten die Strapazen der großen Wanderung nicht überlebt – und wenn sie hier nicht endlich einmal zur Ruhe kamen, würde auch Bakan ihnen spätestens im nächsten Winter ins dunkle Reich des Vergessens folgen.

Aber nicht, wenn ich es irgendwie verhindern kann, dachte Zakaan. Und nicht, nachdem wir jetzt trotz aller Widrigkeiten so weit gekommen sind. Das Sterben muss ein Ende haben!

»Du hast geknurrt?« Der Junge umklammerte den mit Wasser gefüllten Tonkrug so fest, als fürchte er, der Schamane könnte ihn ihm entreißen. »Aber …«

Zakaan brauchte eine Weile, um in die Wirklichkeit zurückzufinden. Dann strich er sich mit beiden Händen über den eingefallenen Bauch. »Dort unten haben wir Menschen eine zweite Stimme«, sagte er bedächtig. »Sie spricht zu uns, wenn wir Hunger haben. Das kennst du doch gewiss?«

Bakan beeilte sich zu nicken. Natürlich wusste er nur allzu gut, was der Hunger mit ihnen anstellen konnte. Das wusste jeder von ihnen. »Ja. Aber bei mir und den anderen klingt es …«, er legte den Kopf schief und dachte angestrengt nach, »anders.«

»Ja«, Zakaan nickte ernsthaft, »es klingt darum anders, weil sie eine andere Stimme haben. Meine Stimme nennt man das Knurren der Ahnen.«

Bakan zuckte ein bisschen zusammen. Er stellte den Tonkrug am Boden ab und trat einen Schritt zurück. Seine Augenlider flackerten jetzt regelrecht. Zakaan rief sich in Gedanken zur Ordnung. Er erinnerte sich daran, wie vor einer Ewigkeit Lexz – und viele, viele Sommer zuvor auch Dragosz – inmitten einer Kindergruppe in den Steinkreis getreten war, um ihm und seinem Bruder Wasser zu bringen. Das immer gleiche Ritual des Wasserbringens, das sich so lange wiederholt hatte, wie es Wasser im Dorf gegeben hatte. Und natürlich hatte er damals auch nicht in einem so armseligen und unvollständigen Steinkreis mit ein paar hastig zusammengesuchten Steinen gesessen, von denen der größte nicht einmal die Schulterhöhe des Jungen erreichte. Er hatte sich vielmehr in einem uralten, besonders beeindruckenden Ort der Begegnung zwischen Schamanen und Ahnen aufgehalten: Das Ritual hatte inmitten mannshoher, verwitterter Steine stattgefunden, die seit Ewigkeiten unverrückbar an der gleichen Stelle standen und dort auch noch in Jahrtausenden so stehen würden, wenn es den Göttern gefiel.

Lexz hatte seinerzeit geradezu vor Angst gezittert, und Dragosz hatte viele Sommer zuvor vor lauter Aufgeregtheit kaum ein Wort hervorgebracht. Obwohl sie doch beide als Abkömmlinge der Herrscherfamilie eine besondere Stellung unter den Gleichaltrigen eingenommen hatten, hatten auch sie die Schamanen bis dahin nur bei den großen Zeremonien zu Gesicht bekommen, und wie alle Raker hatten sie großen Respekt vor ihnen. Aber Kinder empfanden mehr als nur Respekt vor den weisen Männern, von deren Entscheidungen oft Wohl und Wehe der ganzen Gemeinschaft abhing: Es war schon fast so etwas wie Ehrfurcht. Und diese Ehrfurcht war so kostbar, dass man sie auf keinen Fall durch eine unbedachte Handlung oder ein vorschnelles Wort zerstören durfte.

»Komm her.« Zakaan machte eine einladende Handbewegung zu dem Jungen hin, dem Letzten seiner Generation, der noch die alten Traditionen würde weitergeben können. »Dann erzähle ich dir ein bisschen von dem, was es mit den Ahnen auf sich hat. Und warum es so wichtig ist, darauf zu hören, wenn sie mit uns sprechen.«

Der Junge trat wieder einen Schritt vor, aber dann zögerte er: »Die Ahnen sprechen«, er strich sich über seinen eigenen mageren Bauch, der von seinem zerschlissenen Gewand nur unvollständig verdeckt wurde, »darüber?«

Zakaan lachte, gleichzeitig aber erschrak er über den Klang seiner eigenen Stimme. Er hatte sein eigenes Lachen schon viel zu lange nicht mehr gehört, es klang in seinen Ohren fremd und rau.

Doch dann begriff er auch schon, dass er sich getäuscht hatte. Es war nicht allein sein Lachen, das er hörte: es war auch ein Krächzen, und als er den Kopf erschrocken nach oben riss, sah er einen Schwarm

Krähen, der über den Baumwipfeln auftauchte. Zakaan hätte bei diesem Anblick gar nicht verwirrter sein können. Es gab doch keinerlei Grund, warum er Krähen fürchten sollte, außerdem gab es erst recht keinen Grund, sie hier nicht zu vermuten, wo Wälder und Wiesen auch für sie voller Nahrung waren.

Und doch: Irgendetwas schien ihm hier … falsch zu sein. Sein Blick blieb wie gebannt an dem Schwarm hängen, wie der eines Jägers, der den geeigneten Augenblick abwartet, um seinen Pfeil abzuschießen. Das hatte er natürlich nicht vor, und er hätte es auch gar nicht gekonnt. Bis auf den von seinen Ahnen vermachten Faustkeil aus wertvollem Jaspachat trug er nämlich keine Waffe bei sich – und auch die hatte lediglich eine zeremonielle Bedeutung.

Es waren weit mehr als zehn Tiere, die sich mit kräftigen Flügelschlägen in Richtung Norden entfernten. Es dauerte eine Weile, bis Zakaan begriff, was ihn an diesem Anblick störte. Tief im Land der aufgehenden Sonne, wo sie ihre Wanderung begonnen hatten, hatte es Nebelkrähen gegeben, grauschwarze Tiere, die mit ihren hellen Bäuchen und der grauen Zeichnung auf dem Rücken wie Krieger aussahen, die sich die Felle verschiedenfarbiger Schafe übergeworfen hatten. Hier dagegen, im Land der untergehenden Sonne, in der uralten Heimat seines Volkes, waren die Krähen für gewöhnlich vollkommen schwarz, weswegen die meisten Völker sie auch Rabenkrähen nannten.

Der Schwarm, der jetzt gerade abdrehte und in einem langgestreckten Bogen auf das Lager unter ihnen zuzuhalten schien, bestand sowohl aus Nebel- als auch aus Rabenkrähen.

»Ein Zeichen der Götter«, murmelte Zakaan ergriffen. »Alles wird sich wieder vereinen, was zusammengehört.«

Er stand so schnell von seinem Fuchsfell auf, wie es ihm seine vom langen Sitzen schmerzenden Knochen gestatteten, und stand dann etwas unsicher und schwankend in seinen zerschlissenen Fellschuhen da, ein alter Mann, der so dürr war, dass sich seine Rippen unter dem schlichten, an mehreren Stellen eingerissenen Gewand abzeichneten. Auch seine Finger waren kaum dicker als die dürren Zweige von Haselbüschen. Vor seinen Augen tanzten helle Punkte, und die Welt verschwamm erst in diffuser Dunkelheit; das war eine Folge des

Pilzgenusses, wie ihm durchaus klar war, verstärkt durch die Schwäche, die auch die ziemlich regelmäßigen Mahlzeiten der letzten Zeit nicht hatten ausgleichen können. Irgendwann würde er sich dagegen nicht mehr wehren können, dann mochte er ganz einfach in sich zusammensacken und nie wieder aufstehen. Aber noch war seine Zeit nicht gekommen. Seine Umgebung kehrte nicht vollständig zurück, sondern zerrissen und zerfasert; rechts wesentlich heller als links, und oben merkwürdig verzerrt, dafür unten von einer fast brutalen Deutlichkeit.

In diesen unteren Bereich tauchte gerade der Krähenschwarm ein, als er am Hügel entlang der abfallenden Baumkronen vorbeistrich.

»Soll ich dir helfen«, hörte er die dünne, unsichere Stimme des Jungen, und er begriff, dass er stärker schwankte, als es ihm selbst aufgefallen war. Mit mühsamen, zittrigen Bewegungen setzte er einen Fuß vor den anderen und zwang sich zu einer gleichmäßigen Schrittfolge, bis er die große Ulme endlich erreichte, die er sich schon vorher zum Ziel auserkoren hatte. Er streckte die rechte Hand vor und stützte sich an ihrem rissigen Stamm ab. Jeder Baum konnte Kraft an denjenigen abgeben, der es verstand, seine ureigenste Energie zu erfühlen.

Zakaan war dazu imstande. Er legte auch noch die linke Hand auf den Stamm, und augenblicklich hatte er das Gefühl, als durchströme ihn durch die Rinde hindurch jene uralte, stets verlässliche Kraft, die ihn sein ganzes Leben über getragen hatte, wenn es darauf ankam: Die Kraft, die in allem Natürlichen steckte und sich jedem anbot, der offen für sie war.

Er atmete tief ein und aus, und versuchte dann mit der linken Hand nach dem Eichenstock zu greifen, den er an die Ulme gelehnt hatte: Aber Bakan war schneller. Zakaan hatte gar nicht bemerkt, dass der Junge leichtfüßig herangelaufen war. Doch jetzt spürte er, wie ihm der Kleine wie selbstverständlich den Stock in die Hand drückte und so lange wartete, bis sich seine gichtigen Finger darum schlossen, bevor er rasch wieder einen Schritt zurücktrat. Zakaan löste seinen Blick einen Herzschlag lang von dem Vogelschwarm und schenkte dem Jungen ein dankbares Lächeln – was aber eher wie eine Grimasse wirkte, denn Bakan huschte rasch ein paar weitere Schritte zurück, und trat dann mit den unruhigen Bewegungen eines aufgeregten Kindes von einem Fuß auf den anderen.

Zakaan nahm das nur am Rande wahr. Seine Aufmerksamkeit war auf den kleinen Teil des Lagers gerichtet, den er von seinem jetzigen Standort aus einsehen konnte. Nicht, dass dort viel zu sehen gewesen wäre: Die einfachen Unterkünfte, die Ragok in den letzten Tagen hatte errichten lassen, bestanden nur aus ein paar Stämmen, die ohne großen Aufwand aneinandergelegt und mit ihren restlichen Stricken und dem dünnen Gezweig notdürftig verzurrt worden waren, bevor die Männer und Frauen sie mit Ästen, Tannenzweigen und großen Blättern mehr schlecht als recht abgedichtet hatten. Von hier oben aus war nicht viel mehr als die Ansammlung ungleichmäßiger grüner Dächer zu erkennen, die sich kaum von ihrer ebenfalls grünen Umgebung abhoben, und Rauch, der irgendwo aus weiterer Entfernung über das Lager strich. Im Augenblick hielten sich dort unten sicherlich nur wenige Menschen auf, die meisten würden die nähere und weitere Umgebung nach etwas Essbarem absuchen, würden Beeren, Pilze, Nüsse und Brennholz sammeln oder auf der Jagd nach den wenigen Tieren sein, die sie durch ihre Anwesenheit hier noch nicht aufgescheucht hatten.

Den Krähen konnte das gleich sein. Aber irgendetwas an dem Lager schien sie doch anzulocken, denn sie hielten so zielsicher darauf zu wie eine Horde Jäger auf eine Bärenhöhle. Und nicht nur das: Kurz vor dem Lager teilte sich der Krähenschwarm. Die grau-schwarzen Nebelkrähen flogen tief und dicht über den Dächern der einfachen Hütten hinweg, während die tiefschwarzen Rabenkrähen abdrehten, um in einer steilen Kurve aufzusteigen und in eine tief hängende Wolke einzutauchen.

»Das ist unmöglich«, murmelte der Schamane. Er hatte fast schon vergessen, dass ihn ein fünfjähriger dürrer Knabe mit großen Augen anstarrte, er wusste kaum noch, wo er war, und schon gar nicht spürte er seine entzündeten Gelenke, die ihn heute Morgen mal wieder besonders gequält hatten. »Das ist kein Zeichen der Stammväter. Das sind die Götter selbst, die zu uns sprechen.«

Er stieß sich von dem Baumstamm ab und stürmte so schnell los, als wäre er selbst noch ein Junge. Sein rechter Fuß verhakte sich in einer Wurzel, und hätte er sich nicht auf den Stock stützen können, wäre er unweigerlich gestürzt. Er spürte die gleiche Art von Erregung in sich wie damals, als sie den Entschluss zur großen Wanderung getroffen hatten. Auch damals hatten ihm die Götter ein Zeichen gesandt, und auch damals war es ein Vogelschwarm gewesen. Doch anders als jetzt waren es keine Krähen gewesen, sondern verschiedene Vögel, die nach Westen zogen und dabei zu einem teilweise halsbrecherischen Flug über ihre Häuser und Felder hinweggesaust waren, so, als wollten sie sie auffordern, es ihnen gleichzutun.

»Wir müssen zu Ragok«, stieß Zakaan hervor, als er den Steinkreis erreichte. Sein Blick fiel auf das fast erloschene Feuer inmitten des notdürftig eingerichteten Heiligtums, und dann auf die Schale daneben, in der sich die ganz besondere Pilzmischung befand. Mit ihrer Hilfe hatte er die Götter angerufen, und sie hatten ihm ein Zeichen gesandt. Jetzt musste er handeln.

»Du willst zu unserem Herrscher?«, fragte der Junge schüchtern. »Aber ich glaube, er ist gar nicht da. Er und die anderen Männer wollten jagen gehen. Oder vielleicht wollten sie auch nach Lexz und den anderen suchen. Die sind ja immer noch nicht zurück. Weißt du vielleicht, wo sie sein könnten?«

Zakaan schloss einen Herzschlag lang die Augen. Er hätte es niemals zugegeben – und schon gar nicht vor dem Jungen –, aber Bakans Frage traf ihn wie der schnell geführte Streich eines Bronzeschwerts. Es war nicht ungewöhnlich, dass ein Kundschaftertrupp für ein paar Tage verschwunden blieb, bis er wieder ins Lager zurückkehrte. Doch diesmal war es anders. Schon kurz nachdem Lexz, Torgon und die anderen aufgebrochen waren, hatte Zakaan ein ungutes Gefühl gehabt. Es war ihm, als hätte eine dunkle, dämonische Macht ein unsichtbares Netz über die Gruppe geworfen, in dem sie sich mit jedem weiteren Schritt tiefer verfingen, gleichgültig, welche Richtung sie einschlugen. Die Wälder hier waren fruchtbar und reich an Leben, von ausreichend Regen bewässert und von einer nicht zu heißen Sonne verwöhnt. Überall blühte und gedieh es, so als hätte es hier niemals zu heiße Tage gegeben, und als würde hier alles seit Ewigkeiten einen trägen, zufriedenen Gang gehen. Doch das täuschte. Unter der Oberfläche verbarg sich etwas ganz und gar anderes, etwas, für das er keine

Worte hatte – vielleicht, weil es so fremd war, dass bisher noch niemand in seinem Volk darauf gestoßen war.

Bis auf Lexz und seine Gefährten. Sie hatten etwas entdeckt, dessen war er sich sicher – oder besser gesagt: Sie waren von etwas entdeckt worden, das sie sich ebenso einverleiben wollte, wie es eine Eidechse mit ein paar leichtsinnigen Insekten tun würde.

»Bist du eingeschlafen?«, fragte Bakan vorsichtig.

Zakaan riss die Augen wieder auf. Sie brannten, als wären sie von dem unbarmherzig grellen Sonnenlicht der letzten Zeit vollkommen ausgetrocknet worden. Und dann spürte er mit brutaler Deutlichkeit die Erschöpfung, die durch den Genuss der Pilze nur oberflächlich in den Hintergrund gedrängt worden war.

»Nein …«, stammelte er mit rauer, belegter Stimme. »Ich bin nicht eingeschlafen. Ich habe nur über deine Frage nachgedacht.«

»Wo Lexz ist?«

»Ja.« Zakaan nickte bedächtig, und obwohl die Bewegung nur langsam und fast unmerklich erfolgte, hatte er beinahe das Gefühl, sein Kopf kippe ihm vom Hals. Vielleicht waren es doch ein paar Pilzstücke zu viel gewesen, zumindest für seinen augenblicklichen Zustand. »Ich weiß nicht, wo Lexz ist«, fuhr er fort. »Aber er kommt wieder. Schon bald.«

Das war gelogen. Er hätte natürlich nicht mit Sicherheit sagen können, was mit Lexz geschehen war – das hätte niemand gekonnt, denn niemand vermochte wirklich zu wissen, was mit einem verschwundenen Menschen geschehen sein mochte –, aber er war sich dennoch vollkommen sicher, dass die Kundschafter diesmal nicht so einfach und ohne Weiteres den Weg zurück ins Lager finden würden. Irgendetwas war geschehen, das sie offenbar daran hinderte. Und wenn er das beklemmende Gefühl richtig deutete, das ihn jedes Mal erfasste, wenn seine Gedanken zu Lexz und den anderen abschweiften, dann musste es etwas wahrhaft Schreckliches sein.

Ob sie auf Dragosz gestoßen waren, und ob es damit zwischen Menschen, die einander eigentlich beistehen sollten statt sich bis aufs Blut zu bekämpfen, zu einem Kampf gekommen war? Nein. Zakaan schüttelte den Kopf. Er wusste, dass die Auseinandersetzung mit Dragosz und den Abtrünnigen kurz bevorstand, und er hoffte nichts mehr, als dass sie einigermaßen glimpflich verliefe. Aber das, was mit Ekarna, Torgon, Larkar, Sedak und nicht zuletzt Lexz geschehen war, hatte doch nichts mit Dragosz zu tun. Vielleicht sogar eher etwas mit einer Gefahr, die auch Dragosz und die Abtrünnigen umschloss und sich ganz allmählich und fast unmerklich um alle legte, die Urutark zu nahe gekommen waren.

War das gelobte Land der Stammväter vielleicht nichts weiter als eine riesige Todesfalle? Dieser Gedanke schnürte ihm beinahe die Luft ab.

»Wann kommt Lexz wieder?«, fragte der Junge beharrlich. »Er hat doch versprochen, mir einen Bogen zu bauen. Ich wünschte, er wäre schon hier!«

»Ja.« Zakaan nickte. »Das wäre gut.« Er zögerte, als er ein fernes Krächzen hörte. Über Urutark ballte sich so etwas wie eine dunkle Wolke zusammen – oder eher etwas wie eine riesige Faust, die jeden Augenblick zuschlagen und alles zerschmettern konnte, was ihr in den Weg kam. Aber darum konnte er sich jetzt nicht kümmern.

»Wenn die anderen nicht im Lager sind«, sagte er hastig, »dann sind wir jetzt vielleicht die beiden einzigen Männer, die zur Verfügung stehen, um den Frauen Schutz zu bieten.«

Der Junge zuckte zusammen, dann aber nickte er eifrig und lief ein paar Schritte zurück, um einen kräftigen Ast aufzunehmen, der fast größer war als er selbst – und ihn darum im Ernstfall wohl eher behindert hätte, als dass er zu irgendetwas gut gewesen wäre.

»Ich werde die Frauen beschützten«, stieß er mit der Zuversicht hervor, die wohl niemand anders hätte verstehen können als ein anderer Fünfjähriger. Gegen seinen Willen musste Zakaan lächeln. »Lass uns erst einmal nachschauen, was geschehen ist, bevor wir uns mit Geschrei auf unsere Feinde stürzen!«

Er stützte sich schwer auf seinen Stock und drehte sich zu dem Pfad um, den sie in den letzten Tagen in das hüfthohe Gras des Hangs getrampelt hatten, der nur von wenigen Bäumen bewachsen war. »Die Krähen der Götter«, murmelte er, schon wieder selbstvergessen und drauf und dran, sich in sich selbst zu verlieren. »Sie haben uns ein Zeichen gegeben.«

»Was für ein Zeichen?«, fragte der Junge besorgt, während er seinen zu groß geratenen Schlagstock wie ein erbeutetes Tier hinter sich herzog.

»Hast du es denn nicht gesehen?« Der Schamane warf einen kurzen Seitenblick auf den Jungen, der neben ihm stehen geblieben war und mit der Ernsthaftigkeit eines Kriegers ins Lager hinabblickte. »Es waren Krähen aus dem Osten und Krähen aus dem Westen. Sie hatten sich vereint. So wie wir uns mit unseren Ahnen vereinen sollen.« Er ballte die Hand zur Faust und öffnete sie so ruckhaft wieder, dass ein scharfer Schmerz bis in seinen Oberarm schoss. »Und dann haben sie sich wieder getrennt.«

Der Junge runzelte die Stirn, als er angestrengt nachdachte. »Die Ahnen haben hier gelebt«, stellte er fest. »Und hier ist Westen?«

Der Schamane nickte.

»Und wir haben ganz weit entfernt dort gelebt …«, der Junge deutete in die Richtung, in der Morgen für Morgen die Sonne aufging, »und das ist Osten?«

Wieder nickte der Schamane.

»Dann sind wir in das Land der Urväter gekommen«, fuhr der Kleine fort, »und haben uns wieder vereint. Und dann …«, er schüttelte besorgt den Kopf, »haben wir uns wieder getrennt, so wie es die Krähen auch getan haben.«

»Ja«, presste Zakaan hervor. »Und das ist ein Zeichen.«

»Aber doch kein gutes Zeichen, oder?«

»Nein«, murmelte der Schamane, »das ist kein gutes Zeichen. Aber was es genau bedeutet, das weiß ich noch nicht. Hilfst du mir, es herauszubekommen?«

Bakan nickte eifrig. »Natürlich. Falls ich dir dabei überhaupt helfen kann.«

Ja, falls, dachte Zakaan.

Er kniff die Augen zusammen und suchte den Himmel ab. Doch so sehr er sich auch bemühte: Von den Krähen konnte er keine Spur mehr entdecken. Dafür spürte er, wie jemand an seinem Gewand zog, und als er hinabblickte, sah er in die großen Kinderaugen Bakans.

»Aber was ich nicht verstehe«, begann der Kleine. »Warum sind die Krähen zu unserem Dorf geflogen?«

Unser Dorf. Es klang sehr vertraut und hallte in seinem Kopf wie der Ruf einer fernen und glücklichen Vergangenheit wider. Das, was Ragok in aller Eile hatte errichten lassen, hatte kaum etwas mit dem gemein, was man gewöhnlich als Dorf bezeichnete. Und doch war es für Bakan schon viel mehr: Schutz und Heimat.

»Die Götter wollten uns damit etwas sagen, mein Junge«, antwortete er. »Und so etwas tun sie nur ganz, ganz selten.«

Ehrfürchtig nickte der Kleine. »Und was wollten sie uns sagen? Ich meine: Warum sind die Krähen zu unserem Dorf geflogen, und warum hat sich der Schwarm kurz davor geteilt?«

Der Schamane zuckte mit den Schultern. Es war eine sehr gute Frage, die der Junge da stellte – eigentlich die einzig wichtige Frage, die man sich überhaupt stellen musste, wenn einem die Götter ein Zeichen sandten. Dabei war sie doch viel schwerer zu beantworten, als sich das diejenigen vorstellten mochten, die sich erwartungsvoll um einen Schamanen scharten und wie selbstverständlich darauf hofften, dass er ihnen den Willen der Götter mit verständlichen und zuversichtlichen Worten deutete.

»Die schwarzen Vögel der Abendsonne sind dorthin abgebogen«, sagte er nach einer ganzen Weile, und wies mit dem Finger über die Baumwipfel. »Von meinem Steinkreis aus gesehen müsste ziemlich genau dort Urutark liegen – das Land unserer Urväter, das sie verlassen mussten, als die große Kälte kam.« So erzählt man es sich zumindest seit Generationen, hätte er noch hinzufügen können. Und ich hoffe wirklich, dass das auch stimmt – aber ich weiß es nicht. Die alten Überlieferungen lassen sich auf vielfältige Weise erklären, und vielleicht haben weder mein Bruder noch ich sie richtig zu deuten verstanden.

Natürlich behielt er diesen Gedanken für sich, so wie er ihn auch schon die unzähligen Male zuvor für sich behalten hatte, wenn er mit großer Überzeugung all jenes wiedergegeben hatte, was die Schamanen über unzählige Generationen hinweg überliefert hatten.

»Was sind das für welche?«, fragte Bakan, »die schwarzen Vögel der Abendsonne?«

»Nun …«, Zakaan deutete mit seinem Stock in den trügerisch ruhigen Himmel hinauf, »bevor das Eis kam und die großen Rentierherden durch die schneebedeckte Landschaft zogen, waren die Länder der aufgehenden und der untergehenden Sonne vereint. Dann aber beschlossen die Götter, das Land und die Völker zu trennen. Unser Volk war aus dem Westen aufgebrochen, um neue Jagdgründe zu suchen, und über ihnen zogen Schwärme von Krähen dahin, so heißt es. All diese Krähen hatten die gleiche Farbe: Sie waren schwarz.«

»Aber Krähen sind doch nicht vollkommen schwarz«, wandte Bakan ein. »Sie sind eher grau. Und schwarz. Und manchmal auch ein bisschen weiß, am Hals.«

»Ja.« Zakaan ließ den Stock wieder sinken und begann loszuhumpeln. »Manchmal sind sie auch ein bisschen weiß. Das kommt durch den Schnee – sagt man. Die Götter haben sie deswegen heller gemacht.«

»Und als der ewige Schnee fort war, haben sie sie wieder dunkler gemacht«, folgerte Bakan.

Der Schamane nickte knapp. »Möglicherweise. Dabei haben sie allerdings die Krähen, die hier geblieben sind, gleich dunkler gelassen. Und als Schnee und Eis dann wieder wichen und die Rentierherden weiterzogen und das Rotwild zurückkehrte – da gab es plötzlich sowohl die grau-schwarzen Krähen des Ostens als auch die nachtschwarzen Krähen des Westens. Irgendwann, noch bevor die große Wärme kam, sind sie sich dann wieder begegnet. Und für uns war das das Zeichen, dass wir in das Land unserer Vorväter zurückkehren konnten.«

»Weil es dort jetzt kälter ist als bei uns zu Hause«, Bakans kleine Hand stahl sich in Zakaans freie Hand, »und wir damit der großen, schlimmen Hitze entgehen können, die alles verbrennt.«

Die große, schlimme Hitze, dachte der Schamane. Ja, der Junge hatte recht. Es war eine große, schlimme Hitze, die Dragosz dazu gebracht hatte, den weiten Weg in den Westen auf sich zu nehmen und dort nach dem Land ihrer Ahnen zu suchen. Schlimm war aber nicht nur die Hitze gewesen, sondern auch, dass Dragosz zurückgekehrt war, um seinem Bruder die Frau wegzunehmen, und schon bald darauf auch einen Großteil seines Volkes. Es wäre so viel vernünftiger und besser gewesen, wenn sie alle gemeinsam unter Ragoks Führung nach Urutark aufgebrochen wären!

Warum nur hatte Dragosz diesen Wahnsinn begangen und sein eigenes Volk in der Zeit der größten Not gespalten? Er war doch so ein netter Junge gewesen – gar nicht mal so verschieden von dem kleinen Bakan jetzt.

Als wollte Bakan seine Gedanken Lügen strafen, zerrte er plötzlich so heftig an seiner Hand, dass Zakaan fast ins Stolpern geraten wäre. »Nicht ganz so schnell«, knurrte der Schamane missmutig.

»Entschuldige«, flüsterte Bakan, während er in lächerlich kleine Trippelschritte verfiel, um Zakaan nicht zu ungestüm mit sich zu ziehen. »Ich dachte nur, wir sollten nicht so langsam sein.«

»Und warum nicht?«

»Die Krähen machen mir Angst«, hauchte Bakan. »Es sind böse Vögel!«

Zakaan nickte. Ja. Der Junge hatte es also auch gespürt: Das waren keine gewöhnlichen Krähen. Irgendetwas war an ihnen gewesen, das sie beide gestreift hatte: wie der Schatten einer dunklen Wolke; etwas Böses und Finsteres, fast so wie das Versprechen, dass ihnen eine schreckliche Prüfung bevorstand. Und die, dachte der Schamane, während ihm ein eiskalter Schauer den Rücken herunterrann, hat etwas mit Urutark zu tun.

Und damit, dass der Kundschaftertrupp spurlos verschwunden war.

»Ja, ich glaube, du hast recht«, antwortete Zakaan. »Wir sollten keine Zeit mehr verlieren.«

Der Kleine nickte eifrig. »Dann sollten wir uns jetzt aber wirklich beeilen! Wir müssen ins Dorf, um die Frauen zu beschützen!«

15 Lexz' Herz schlug so schnell und heftig, dass er das Gefühl hatte, es müsse sich sogleich überschlagen. Dieser Wald war schrecklich, eine finstere grüne Höhle mit wuchernden Schlingpflanzen, stachligen Ranken, ineinander verwachsenen Zweigen und einem ständigen Gesumme und Gebrumme unzähliger Insekten, die sich auf sie stürzten, um von ihrem Blut zu saugen, bis ihre Haut nach und nach mit Pusteln und eitrigen Wunden übersät war.

»Drei verfluchte Tage!«, keuchte Ekarna. »Drei verfluchte Tage irren wir schon durch diesen Dschungel – und das ohne vernünftige Rast … und ohne richtige Nachtruhe … da mache ich nicht mehr mit … ich hock mich irgendwo hin und lass mich von dem Grünzeug einspinnen … das ist doch besser, als hier weiter ziellos rumzustolpern!«

Lexz streckte die Hand nach seiner Weggefährtin aus. Er schämte sich für den Gedanken: Aber es wäre ihm wirklich lieber gewesen, es wäre Isana, die er mit einer zärtlichen Geste hätte berühren können. Wie sehr er sie vermisste!

Dabei konnte er sich doch glücklich schätzen, dass er wenigstens seine Gefährten so schnell wiedergefunden hatte. Und er konnte sich auch wirklich nicht über sie beklagen, schließlich hatten sie ihn bei der Verfolgung der Höhlenmenschen sofort unterstützt. Nicht dass es viel genutzt hätte. Die Verfolgung von Isana und ihren Entführern aufzunehmen, war angesichts der Schneise, die sie in den Wald geschlagen hatten, eine Kleinigkeit gewesen. Aber als sie dann in ein steiniges, hügeliges Gelände geraten waren, hatten sie verwirrende und widersprüchliche Spuren vorgefunden – und sich schließlich vollständig verlaufen.

Die ganze Zeit über hatte Ekarna seine Launen schon ertragen – und sein ständiges Gerede über Isana. Es war also kein Wunder, dass sie jetzt versuchte, sich seinem Zugriff zu entziehen. Aber er erwischte ihre Schulter und zog sie wegen ihrer Gegenwehr unsanfter an sich heran, als er es eigentlich vorgehabt hatte. Ekarna machte einen kleinen Stolperschritt auf ihn zu, versuchte sich in der gleichen Bewegung wieder von ihm zu lösen und verharrte dann keuchend. »Lass das. Erzähl mir jetzt nicht schon wieder etwas von Isana. Und auch nicht von Larkar und Sedak. Ich kann es einfach nicht mehr hören. Die sind doch längst tot, allesamt. Und das werden wir auch bald sein – wenn wir hier nicht endlich rauskommen.«

Lexz schüttelte den Kopf. Er hatte gar nicht vorgehabt, einmal mehr die Sprache auf Isana bringen, und dass sie sie unbedingt finden und aus den Klauen der Höhlenmenschen befreien mussten. Er hatte vielmehr irgendetwas Tröstliches sagen wollen. Oder vielleicht auch nur etwas Dummes. So groß war der Unterschied nicht, wenn man am Rande seiner Kraft stand und nicht mehr ein noch aus wusste.

Torgon war schon wieder mitten in einen seiner nicht enden wollenden Kämpfe mit dem Unterholz verstrickt, das seinen wuchtigen Hammerschlägen scheinbar nichts entgegenzusetzen hatte. Doch kaum setzte der Dicke einen Fuß in das soeben von ihm zusammengedroschene Grün, da wickelte sich bereits eine Ranke um seinen Fuß, da schnellte ein Zweig auf ihn zu, da waren plötzlich Dornen, wo sich eben scheinbar noch eine Lücke in dem Dickicht befunden hatte.

»Weg mit euch!«, schrie Torgon. »Aus dem Weg!« Er schwang den Hammer wie ein wütender Gott, und was er traf, wurde zerschmettert oder zerstob in faserige Einzelteile. Schritt für Schritt kämpfte er sich weiter, unaufhaltsam auf die lichte Stelle zuhaltend, die sie schon seit einem halben Tag narrte: Immer wenn sie ihr näher zu kommen schienen, war sie plötzlich nicht mehr da, wo sie sie kurz zuvor gesehen hatten, sondern ein Stück weiter hinten, verborgen von immergrünem Geranke und Gewuchere.

»Schnell«, stieß Ekarna hervor, die Lexz' Blick gefolgt war. »Die Schneise schließt sich schon wieder! Wir müssen Torgon hinterher!«

Sie stieß sich ab und versetzte Lexz dabei einen fast spielerischen Schubser, der ihn niemals ihn Bedrängnis gebracht hätte, wäre er nicht vollkommen übermüdet und am Rande seiner Kräfte gewesen. Doch so kämpfte er mit wild rudernden Armen darum, nicht das Gleichgewicht zu verlieren und in das verlockend weiche Grün unter sich zu stürzen.

»Verdammt«, rief er Ekarna hinterher, »was soll das?«

Er bekam jedoch keine Antwort, natürlich nicht.

»Na dann …«, murmelte er und wollte einen Ausweichschritt machen, um dann gleich Ekarna nachzusetzen und ihr klarzumachen, dass sie gefälligst etwas vorsichtiger sein sollte.

Aber das ging so gründlich schief, wie es nur schief gehen konnte. Er hatte lediglich für die Dauer von vielleicht zehn Atemzügen hier gestanden, und eigentlich hätte in dieser Zeit gar nichts passieren sollen. Doch das genaue Gegenteil war der Fall. Gierigen Raubtieren gleich hatten sich zwei grüne Triebe um seine Knöchel geschlängelt, und jetzt setzten sie alles daran, ihn zurückzuhalten.

»Ups«, machte er, als sich sein Oberkörper erst nach hinten bog und dann zur Seite, während seine Füße wie mit Kupfernägeln festgenagelt am Boden verharrten. »Das ist jetzt doch …«

Lächerlich, hatte er sagen wollen. Aber das war es nicht, ganz im Gegenteil. Er spannte sich an, riss den rechten Fuß hoch, bis die Ranke riss … bis nur ein Teil von ihr riss, wie er sich erschrocken korrigieren musste, während sich ein anderer grüner Strang mit zäher Hartnäckigkeit und unglaublicher Geschwindigkeit weiter um seinen Knöchel wickelte.

»He, lass los!« Er versuchte es mit einem Hüpfer, und tatsächlich schnellten schon wieder grüne Pflanzenfasern davon. Er hangelte nach einem Ast, bekam ihn zu fassen und zog sich so weit wie möglich daran nach vorn. Ein Schweißtropfen lief in sein Auge, und dann noch einer, und für kurze Zeit war er fast blind.

Er blinzelte die Schweißtropfen weg, und als er wieder klar sehen konnte, hätte er beinahe aufgeschrien. Er umklammerte den Ast mit beiden Händen, und dieser war auch fest genug, um ihn zu halten – aber das auf eine Art und Weise, die er selbst nun wirklich nicht im Sinn gehabt hatte.

Aus dem Ast heraus spross ihm nämlich etwas entgegen, das eine schreckliche Ähnlichkeit mit den Bodenranken hatte, die seine Knöchel umschlangen. Während sich das ekelhafte Grünzeug von seinen Füßen aus beharrlich weiter nach oben arbeitete und nun auch seine Waden einzuspinnen begann, wucherte aus dem Ast vor seinem Gesicht das gleiche Rankengewächs heraus, erreichte seine Handgelenke und strich so sanft wie eine Frauenhand darüber. Dann begriff er, dass er den Ast loslassen musste, so sehr er diesen Halt auch brauchte, um nicht doch noch umzukippen. Doch als er seine Finger schließlich lösen wollte, erlebte er die nächste böse Überraschung: Dünne grüne Fäden hatten sich wie ein Spinnennetz darüber gelegt, viele dünne grüne Fäden, und es wurden immer mehr – und das schneller als er überhaupt begreifen konnte, wie ihm geschah.

»Torgon!«, brüllte er voller Panik. »Torgon! Sofort! Hilf mir!«

Er versuchte den Griff des grünen Gespinstes zu sprengen, und als er sich anstrengte und seine mächtigen Muskeln anspannte, erbebte der Ast.

»Verdammt!«, hörte er Torgon brüllen. »Halt aus! Ich komme!«

Lexz glaubte Torgons wütendes Schnauben zu hören, und dann nahm er deutlich wahr, wie der Dicke herantobte, alles mit seinem Hammer beiseite schlug, was ihm entgegenwucherte, und auch Ekarnas Aufschrei mischte sich unüberhörbar in das verrückte Lied der Befreiung, zu der seine beiden Freunde angesetzt hatten.

Lexz' Hand durchzuckte ein scharfer, stechender Schmerz, er riss und zerrte mit aller Kraft und Beharrlichkeit weiter. Dann kam sie frei und schnellte so heftig zurück, dass er von dem Schwung zur Seite gerissen wurde. Gleichzeitig mit seiner Hand kam auch sein rechter Fuß frei, dafür bekam er plötzlich Schlagseite und rutschte nach links ab, unaufhaltbar, ausschließlich gehalten von gierigen grünen Ranken und Trieben, Schlingpflanzen, die sich seiner zu bemächtigen versuchten und ihn ohne Zweifel auch ersticken würden, wenn er sich ihrer nicht vorher endgültig entledigen konnte.

Im Augenblick war daran aber noch nicht einmal im Entferntesten zu denken. Seine linke Seite wurde beharrlich und mit erschreckender Kraft nach unten gezogen, während er wie ein kleines Kind mit dem rechten Bein herumstrampelte und mit der rechten Hand irgendwo Halt zu finden suchte, wo ihn nicht gleich wieder grünes Gespinst einfangen wollte.

Er rutschte ein weiteres Stück ab, spürte, wie er nach unten gezogen wurde, und voller Panik starrte er nach oben, darauf gefasst, hier jeden Augenblick einen hammerschwingenden Fettwanst auftauchen zu sehen …

Und tatsächlich sah er auch jemanden. Es war jedoch nicht Torgons rundes Gesicht, obwohl auch dieses Gesicht dort rund war … oder besser gesagt: aufgedunsen, wie er auf einen erschrockenen zweiten Blick hin feststellte.

Über ihm hing ein Mann – kaum noch als solcher erkenntlich zwar, denn er war in so feine und grobe grüne Fäden eingesponnen, dass er eher wie eine zu groß geratene Larve aussah und nicht wie ein Mensch. In den Händen hielt er einen Bogen, ein Pfeil war auf die Sehne gelegt, und dieser Pfeil zielte auf ihn.

Es war ein so unglaublicher Anblick, dass Lexz fast vergaß, wo er war und in welch auswegloser Lage er sich befand. Der Mann über ihm schaukelte leicht hin und her … oder vielleicht war es auch eher ein *Es*, das leicht hin und her schaukelte, denn es konnte kaum ein Zweifel daran bestehen, dass der Bogenschütze tot war, und dies nicht erst seit gestern. Er hatte blauschwarze Lippen, zumindest vermutete das Lexz, ganz sicher war er sich da nicht; denn das, was Lippen hätten sein können, bewegte sich …

Maden?

Lexz' Blick war vor Schreck erstarrt. Ganz tief in seinem Inneren wisperte eine Stimme, dass er im Begriff sei, den Verstand zu verlieren. Er wäre nicht der Erste, der tagelang übermüdet, erschöpft und fast verhungert durch eine feindliche Umgebung stolperte und plötzlich Dinge zu sehen glaubte, die einem wahnhaften Pilztraum entsprungen zu sein schienen.

Der Bogenschütze nickte, aber es war nicht nur sein Kopf, der sich da in Bewegung gesetzt hatte, sondern sein ganzer Körper … und irgendetwas an dieser Bewegung wirkte schrecklich falsch. Der Oberkörper dehnte sich aus und zog sich dann wieder zusammen – doch nicht auf die Art, wie ein Mensch atmete, sondern eher so, wie sich eine Raupe vorwärtsbewegt.

Lexz wäre zusammengezuckt, wenn er es denn gekonnt hätte. Aber das war unmöglich, dafür hatte ihn das grüne Gespinst viel zu fest eingebunden. Und das war auch nicht das Einzige, was einen Schrei auf seine Lippen zwang, der laut und schauerlich durch den grauenvollen Wald hallte.

Der Bogenschütze spannte die Sehne des Bogens, und der Pfeil schwankte kurz, bevor er genau in sein Gesicht zielte.

»Torgon!«, schrie Lexz mit bereits überkippender Stimme. »Hilf mir!«

Als Zakaan die letzte Biegung, die von einem Findling versperrt wurde, hinter sich ließ, wurde ihm bewusst, was hier nicht stimmte: Es war viel zu ruhig. Auch wenn die meisten Menschen in den Wäldern der Umgebung auf Nahrungssuche unterwegs sein mochten, so herrschte hier unten doch niemals vollständige Stille. In der Mitte des Lagers, dort, wo bis spät in der Nacht ein Feuer prasselte, hockten für gewöhnlich einige der Frauen und verrichteten die Arbeiten, die notwendig waren, um die kleine Gemeinschaft am Leben zu erhalten: Sie nahmen Wild aus, zerkleinerten Brennholz, bereiteten Mahlzeiten vor oder flickten löchriges Schuhwerk und zerschlissene Gewänder.

Jetzt aber schallte vom Feuerplatz kein einziger Laut zu ihm herüber. Das war ungewöhnlich. Der Feuerplatz war der Lebensmittelpunkt ihrer Gemeinschaft, und dies selbst dann, wenn gar kein Feuer entzündet …

Kein Feuer entzündet? Jetzt begriff er den Fehler in seiner Überlegung, und zwar noch bevor er sich den nächsten mühsamen Schritt abgerungen hatte. Von oben hatte er gesehen, wie Rauch durch das Lager gewabert war. Dann aber musste dort auch jemand sein …

Bakan riss sich von seiner Hand los und stürmte weiter. »Mama!«, rief er. »Mama! Wo bist du?«

Der Schamane stieß einen resignierten Seufzer aus. Selbst wenn er gewollt hätte, er hätte doch niemals mit dem Jungen mithalten können. Das Alter hatte viele Vorzüge, brachte einen stetigen Zustrom von Wissen mit sich, verschaffte einem zunehmenden Respekt von Seiten der Jüngeren – aber es hatte ebenso seine ausgesprochenen Nachteile. Sich im Alter auch nur einigermaßen angemessen zu bewegen, wurde manchmal zur Qual, und eine größere Strecke zurückzulegen geriet zu einer Herausforderung, die leicht in einer Katastrophe enden konnte. Während er sich weiter vorwärts quälte, fragte er sich ernsthaft, wie er diese große Wanderung überhaupt hatte überstehen können. Er war doch nicht erst über Nacht gealtert!

»Hier.« Der Junge tauchte wieder auf, und das *hier* galt gar nicht ihm, sondern jemand anderem, einer Frau mit verschwitzten dunklen Haaren, die hinter ihm um die Ecke kam.

Das war aber nicht Bakans Mutter, sondern eine seiner Tanten, die Granartara hieß. Aber so genau kam es auch gar nicht darauf an. Bei ihnen war ohnehin fast jeder mit jedem verwandt. Er hoffte nur, dass er nicht auch mit dieser Granartara verwandt war …

»Zakaan!«, rief die Frau schon von weitem. Sie wischte sich die Hände an ihrem Gewand ab – was allerdings wenig Sinn hatte, denn ihr Rock war schon seit längerer Zeit nicht mehr mit Wasser in Berührung gekommen, und starrte ebenso vor Schmutz wie ihr Gesicht. Das musste nicht sein, jedenfalls jetzt nicht mehr, da sie in der

Nähe einer Quelle kampierten, aus der ohne Unterlass frisches Wasser hervorsprudelte.

»Zakaan!«, rief die Frau noch einmal, als sie näher gekommen war.

Der Schamane verzog das Gesicht. Es war ja nicht so, dass er Granartara nur einfach nicht mochte – das wäre viel zu harmlos ausgedrückt gewesen. Er konnte sie überhaupt nicht leiden. Granartara war eine vorlaute Person, die zu allem einen Kommentar wusste – Hauptsache, er passte nicht. Und dann kam da noch diese mangelnde Körperpflege dazu, die sie bis in den Himmel stinken ließ. Ekelhaft!

»Was willst du, Granartara?«, fragte er schroff.

»Gar nichts, Schamane.« Granartara blieb stehen, legte den Kopf schief und betrachtete Zakaan, als sähe sie ihn zum ersten Mal. »Hast du deinen Pilzrausch noch nicht ausgeschlafen, alter Mann?«

Hatte er gerade noch gedacht, zu den Vorteilen des Alters gehöre es, dass man ihm mit Respekt begegnete? Das bezog sich auf jeden anderen, aber nicht auf Bakans Tante, wie er zum wiederholten Male feststellen musste.

Zakaan schüttelte angewidert den Kopf, als Granartara mit ein paar Schritten auf ihn zutrat und die Hand ausstreckte, als wollte sie ihn packen und mit sich ziehen. Hilfe hätte er schon gebrauchen können – aber zulassen, dass ihn diese ekelhafte, vor Schmutz starrende Frau anfasste? Niemals!

»Ich komme schon allein zurecht, Weib«, sagte er. Er konzentrierte sich auf seine morschen Knochen und seine steifen Gelenke, und ließ so viel göttliche Energie in sie hineinfließen, wie er es ihm Augenblick nur vermochte. Sehr viel war es nicht. Aber immerhin reichte es, damit er einigermaßen würdevoll an Granartara vorbeischreiten konnte.

»Schnell!«, flüsterte Bakan, der erst auf ihn zugelaufen war und nun herumtrippelte, als müsse er sich ein dringendes Geschäft verkneifen. »Du musst ganz schnell kommen!« Seine Stimme kippte vor lauter Erregung fast über. »Da ist … da ist … da ist …«

Zakaan hätte ihm bestimmt zugelächelt, wenn nicht sein rechtes Knie versucht hätte, sich durch die dünne Haut darüber zu bohren, und ihn ein so scharfer Schmerz durchzuckte, dass er beinahe vor Granartara in die Knie gegangen war, oder, schlimmer noch: sich auf sie hätte stützen müssen. Nur das nicht! Er zwang sich weiter und biss die Zähne so fest zusammen, dass ihr Knirschen in seinen Ohren dröhnte.

»Was ist, Bakan?«, fragte er etwas schärfer, als nötig gewesen wäre.

Der Junge sah nun aber wirklich so aus, als würde er sich ins Gewand machen, und sein Gesicht wirkte plötzlich ganz schmal und spitz. »Es ist so … es ist so schrecklich.«

»Ja.« Zakaan wollte fragen, was denn so schrecklich sei. Doch bevor er ein Wort herausbekam, wurde es dunkel vor seinen Augen, und dann, nur einen Wimpernschlag später, durchflutete ihn ein so helles Licht, dass er ein ersticktes Keuchen ausstieß. Es hätte ein Schwächeanfall sein können, aber Zakaan wusste, dass dies nicht der Fall war. Das grelle Licht verblasste und machte wieder der gewohnten Umgebung Platz – und das Erste, in das er nun blickte, war das verdreckte Gesicht von Bakans Tante.

»Ist dir nicht gut?«, fragte sie. Was eigentlich besorgt hätte klingen sollen, machte bei ihr nur einen hämischen Eindruck.

»Doch, es geht mir gut«, brachte Zakaan hervor. »Und jetzt weg mit dir! Hast du nichts zu tun?«

Granartara starrte ihn verblüfft an, dann fuhr sie sich mit dem Zeigefinger in eine schwarze Zahnhöhle, bohrte darin herum und gab ein paar schmatzende Geräusche von sich. Und wenn Zakaan nicht mit ganz anderen Gedanken beschäftigt gewesen wäre, wäre ihm jetzt wahrscheinlich schlecht geworden.

Dieses Licht … diese Vision … das passierte nur ganz selten, und auch nur dann, wenn etwas wirklich Schlimmes geschehen war. Ob die Krähen …?

Der Gedanke zerstob, als er noch ein paar Schritte weitergemacht hatte und endgültig an der Hütte vorbei war, die ihm den Blick auf den Feuerplatz versperrt hatte. Sein rechter Fuß, den er gerade auf dem flach getrampelten Gras hatte absetzen wollen, verharrte in der Schwebe, sein Unterkiefer fiel herunter …

Der Feuerplatz war nicht so leer, wie er vermutet hatte, ganz im Gegenteil. Hier waren mehr als zwei Handvoll Menschen, allen voran Ragok, der vor den verkohlten Holzstücken stand, die – ungewöhnlich genug – noch nicht beiseite geräumt waren. Der Herrscher der

Raker hatte die rechte Hand in seinem langen Bart vergraben, seine Finger spielten mit den Strähnchen, die so kunstvoll geflochten waren, dass man meinen konnte, er hätte sonst nichts zu tun. Zakaan erinnerte sich daran, dass er ihn zum letzten Mal so entgeistert hatte dastehen sehen, als er von Dragosz' Verrat erfahren hatte.

Und er verstand auch, warum.

Vor ihm lag im Gras ein Mann mit dem Gesicht im Dreck, aus seinem Rücken ragte ein Pfeil. Neben dem Mann kniete eine Frau, die Tränen in den Augen hatte.

Der Schamane begriff gar nicht, was hier vorging. Wer war der Verletzte? Und warum hatte man ihn mit einem Pfeil niedergestreckt?

»Ach, Zakaan.« Ragok der Bezwinger erwachte aus seiner Erstarrung. »Gut, dass du da bist.«

Zakaans Kniescheibe machte einen kleinen Hüpfer, als er es wagte einen weiteren Schritt vorwärts zu machen, und diesmal hatte er das Gefühl, sie habe sich endgültig durch seine Haut gebohrt. Es blieb ihm nichts anderes übrig, als stehen zu bleiben – und so wenig zu schwanken und so wenig von den Schmerzen auf seinem Gesicht zu offenbaren, wie es ihm nur möglich war.

»Was ist hier geschehen?«, fragte er mit rauer Stimme.

Ragok starrte ihn an, ließ dann die Hand sinken und wandte sich an die Frau.

»Ist er …«

Die Frau nickte. »Ja«, flüsterte sie so leise, dass Zakaan ihre Stimme kaum verständlicher als das Zwitschern eines Sperlings vorkam, »er ist …«

Das letzte Wort verstand Zakaan zwar nicht, aber als er den Schatten sah, der über Ragoks Gesicht wanderte, da wusste er auch so, was sie gesagt hatte: tot.

»Er muss schon längere Zeit tot sein«, fuhr die Frau etwas lauter fort, dann schluchzte sie auf, »sie haben ihn einfach erschossen!«

Der Bezwinger nickte. »Ja. Aber wer? Wer hat ihn denn mit einem Pfeil niedergestreckt? Und wann? Und wie kommt er hierher?«

Die Frau antwortete etwas, das Zakaan wieder nicht verstand.

Mühsam humpelte er los, jeder einzelne Schritt war eine Qual. Bevor er den Feuerplatz erreichte, war Granartara schon an ihm vorbei. Sie eilte auf den Toten zu, schob die neben ihm kniende Frau beiseite und packte den Toten grob an den Schultern, um ihn dann mit einer schwungvollen Bewegung auf die Seite zu ziehen.

Zakaan glaubte seinen Augen nicht zu trauen, als er in das fahle Gesicht des Toten blickte. Es war kaum zu erkennen, so sehr wurde es von grünen Ranken umsponnen. Und doch wusste er sofort, wer es gewesen war: Sedak, einer der Männer, die Lexz begleitet hatten, um Urutark auszukundschaften.

Der Anblick traf Zakaan wie ein Faustschlag. Jeder Mann war wichtig, und Sedak war ein guter Mann gewesen, ein geduldiger Jäger und ein hervorragender Handwerker, der selbst mit dem einfachsten Steinwerkzeug noch wahre Wunder hatte vollbringen können. Zakaan würde um ihn trauern, wenn er die Zeit dafür fand.

Doch im Augenblick interessierte ihn nur eines: Wo waren Lexz und die anderen?

»Mein Sohn«, sagte Ragok, als hätte Zakaan diese Frage laut ausgesprochen, »ist nicht aufgetaucht. Auch keiner der anderen. Kannst du mir etwas dazu sagen, Schamane?«

Zakaan schluckte hart. Er hätte sogar recht viel dazu sagen können, doch er fürchtete, nicht die richtigen Worte zu finden. Ragok der Bezwinger klang ruhig und besonnen, und wie er so dastand und ihm fast versonnen entgegensah, hatte er etwas von einem tapsigen Bären. Doch Zakaan wusste, wie sehr dieser Eindruck trog. Der Gebieter über einen Haufen Verlorener, die schon mehr als einmal nur knapp dem völligen Untergang entgangen waren, hatte lediglich gelernt, sich zu beherrschen, wenn es darauf ankam. In seinem Inneren brodelte es jedoch, wie der Schamane spürte – und er konnte es ihm nicht einmal verdenken.

»Ich weißt nicht, wo dein Sohn ist«, antwortete Zakaan mit fester Stimme. »Aber ich spüre, dass er noch lebt.«

Ragoks Blick verfinsterte sich, und jetzt war er ganz die *alte Geierkralle*, wie ihn Granartara und ein paar andere Holzköpfe hinter seinem Rücken nannten. »Bist du dir da sicher?«

Der Schamane lauschte in sich hinein, bevor er zu einer Antwort ansetzte. Er wusste nicht, ob es an der entsetzlichen Situation lag, die er hier vorgefunden hatte, oder daran, dass Ragok kurz davor schien, aus der Haut zu fahren: Aber er hatte das Gefühl, dass die Verbindung zu Lexz viel schwächer war als noch heute Morgen.

»Alter Freund, schläfst du mit offenen Augen?«, fragte Ragok. Seine Stimme klang überhaupt nicht drohend, sondern eher besorgt – und das war schlimmer, als wenn er ihn angebrüllt hätte.

Ich weiß nicht, was mit deinem Sohn geschehen ist, hätte ihm Zakaan am liebsten entgegengeschleudert, aber ich fürchte, er ist in Gefahr. In großer Gefahr.

Statt ihm aber diesen Unsinn entgegenzubrüllen, der vielleicht ehrlich, aber vollkommen fehl am Platz gewesen wäre, nickte Zakaan nur knapp. »Dein Sohn lebt«, versicherte er, und es überraschte ihn selbst, wie kraftvoll und überzeugend seine Stimme klang, »und wir sollten alles tun, dass das auch so bleibt.«

In Ragoks Blick veränderte sich etwas. Er richtete sich gleichzeitig nach innen und in die Ferne. »Wenn Dragosz …«, begann er.

Zakaan schüttelte den Kopf. »Nein. Ich glaube nicht, dass ihm Dragosz gefährlich geworden ist. Und auch kein anderer der Abtrünnigen.« Zumindest noch nicht, fügte er in Gedanken hinzu.

»Eher ist es dieser Wald hier«, Zakaan deutete in die Richtung, in der die Krähen verschwunden waren, »dort.«

»Der Wald?« Ragoks Gesicht verzog sich, als hätte er auf etwas Saures gebissen. »Wie soll denn ein Wald jemandem gefährlich werden können?«

Zakaan legte den Kopf schief. Er musste Zeit gewinnen. Warum er das mit dem Wald gesagt hatte … dafür musste es einen Grund geben. Aber er hatte ihn selbst noch nicht in sich aufgespürt. Es war so wie immer, wenn er das Gefühl hatte, die Ahnen sprächen aus ihm – diejenigen von ihnen, die aus dem Reich der Schatten über das Schicksal der Lebenden wachten, um sicherzugehen, dass ihre Linie nicht ausstarb.

»Ich habe dich etwas gefragt, alter Freund«, flüsterte Ragok. Seine Augen verengten sich, und plötzlich sah er seinem Vater so ähnlich, dass es Zakaan ganz weh ums Herz wurde. Nicht Ragok war sein alter Freund, sondern dessen Vater war es gewesen. Aber dessen Gebeine waren mit Sicherheit schon längst in der Schlucht vermodert, in die er bei einer waghalsigen Jagd damals gestürzt war.

»Kein Wald und kein wildes Tier schießt mit Pfeil und Bogen«, Ragoks Stimme wurde eine Spur schärfer, »also was willst du mir sagen, Schamane?«

Unglücklich verschränkte Zakaan die Arme vor der Brust. Er spürte, dass er gleich anfangen würde zu schwanken; das wäre jetzt aber gar nicht gut. Er musste es zu Ende bringen. »Die Zeichen der Götter sind verwirrend. Du solltest mir etwas Zeit geben, damit ich sie deuten kann.«

Ragok schüttelte den Kopf. »Nein, Schamane. Gerade Zeit kann ich dir diesmal nicht geben. Wenn du sagst, dass es der Wald ist, der Lexz und den anderen gefährlich wird – dann sollten wir dort nachsehen.«

Zakaan nickte. Die Entscheidung kam nicht ganz unerwartet. Dafür trafen ihn die nächsten Worte vollkommen unvorbereitet.

»Wir werden einen Trupp zusammenstellen, der nach ihnen sucht«, fuhr Ragok fort. »Und ich werde ihn anführen.« Er zögerte kurz, dann nickte er. »Und du wirst uns begleiten, Schamane.«

»Frag deine Mutter, Kind«, hatte Nor gesagt. »Vertrau dich ihrem Rat an. Sie wird dich leiten!«

Und plötzlich hatte Arri das Bild des Zauberschwerts vor Augen, das sie von ihrer Mutter Lea geerbt hatte. Es war eine außergewöhnliche Waffe, gerettet aus einem untergegangenen Land. Das Material, aus dem es in einer Schmiede mitten in der Tempelanlage ihrer Ahnen geschmiedet worden war, war härter als Kupfer und Bronze, viel härter. Wenn seine Klinge auch nur mit mittlerer Kraft auf eine Bronzeklinge traf, splitterte diese weg, wenn nicht beim ersten Mal, dann doch spätestens beim zweiten oder dritten Schlag. Das Schwert hatte Arri schon mehr als einmal das Leben gerettet, weil sie sich damit einen Vorteil hatte verschaffen können, der über Tod und Leben entschied …

Und es war noch viel mehr als das. Lea hatte es ihr in einer sternklaren Nacht erklärt, bei dem einzigen Mal, als sie mehr als nur ein paar dürre Worte über das Land verloren hatte, in dem sie selbst noch geboren worden war.

Außer dem Schwert hatte Lea noch anderes aus ihrer alten Heimat retten können, Kleinodien, geheimnisvolle Substanzen, die zu heilen oder zu verderben verstanden: und das Wissen um die Himmelsscheibe. Eine uralte Weisheit lag in ihr verborgen, das Wissen um den Verlauf der Jahreszeiten, der in engem Zusammenhang mit dem immerwährenden Reisen des aufstrebenden Sonnengottes und der gütigen Mondgöttin stand, dem Sinnbild für den Herrscher und die Heilerin, wie es auch die Raker kannten.

Die Himmelsscheibe war der Anker ihrer alten Kultur gewesen: Doch sie besaß sie nicht mehr. Nor hatte es nicht glauben wollen, und doch war es die Wahrheit.

Alles, was sie besaß, war das Zauberschwert. Auf seinem Knauf hatte man ein wunderschönes Abbild der Himmelsscheibe eingelassen.

»Es vermittelt eine Ahnung davon, welche Geheimnisse die Himmelsscheibe birgt«, hatte ihr Lea einst gesagt. »Aber mehr auch nicht.«

Arri hatte sich oft genug den kleinen, zierlichen Schwertknauf angesehen, um zu wissen, dass ihre Mutter recht gehabt hatte. Es war beeindruckend und rührte ihre Seele, aber es würde keine Hilfe dabei sein, Urutark zu finden, die Urheimat sowohl der Raker als auch der Menschen, die in und um Goseg lebten.

Und trotzdem war das Schwert einmalig, eine unfassbare Arbeit, weit von dem entfernt, was der Schmied der Flussleute zustande gebracht hätte – der nebenbei fast bei einer Explosion umgekommen war, als er versucht hatte, mit Leas Hilfe das geheime Material herzustellen, aus dem das Schwert gefertigt worden war.

Ob Dragosz sie nur deshalb aufgenommen hatte? Ob er nur Liebe geheuchelt hatte, um an ihr altes Wissen zu kommen?

Der Gedanke war plötzlich da, ohne dass sie sich dagegen wehren konnte. Sie hing in ihren Fesseln, halb bewusstlos vor Erschöpfung und ohne zu wissen, wie es mit ihr weitergehen werde: Ob Amar sie mit nach Goseg nähme, oder ob man sie gleich hier richtete. Die Geräusche um sie herum waren zu einem dumpfen Mischmasch herabgesunken, und ob es hell war oder dunkel, dies nahm sie in der fensterlosen Hütte ohnehin kaum wahr.

Noch nie zuvor in ihrem Leben hatte sie sich so schwach gefühlt wie in dieser sich scheinbar endlos dehnenden Zeitspanne. Und noch nie zuvor hatte sie an Dragosz' Liebe gezweifelt. Warum dann ausgerechnet jetzt? Warum dieser schreckliche Verdacht, dass er sie nur hatte ausnutzen wollen?

Vielleicht, weil es so nahe lag. Dragosz und ihre Mutter – sie waren vielleicht kein Paar im eigentlichen Sinne gewesen, aber sie hatten sich doch auf eine geheimnisvolle Weise gefunden, lange bevor Arri selbst mit Dragosz zusammengekommen war. Und das lag schon sehr lange zurück. Als Dragosz das erste Mal in den Westen gezogen war, um Urutark zu suchen, da hatte er statt seiner Urheimat Lea gefunden. Was auch immer die beiden miteinander verbunden hatte, es muss tief gegangen sein – und da war mehr als nur Zuneigung im Spiel gewesen.

Vielleicht das Wissen, dass sie ein gemeinsames Geheimnis verband.

Und inzwischen wusste Arri, dass es damals wohl schon eine andere Frau in Dragosz' Leben gegeben hatte: Surkija, die Heilerin. Sie war zu diesem Zeitpunkt noch Ragok versprochen gewesen, aber Dragosz hatte sie wohl schon damals geliebt.

Bislang hatte sie zwar jeden Gedanken daran vermieden, aber hier, in der Abgeschiedenheit der Hütte, in der Isolation, ganz auf sich allein gestellt, konnte sie sich dessen nicht mehr erwehren. Ihr Leben war an einem Tiefpunkt angekommen, und wenn nicht noch ein Wunder geschah, dann würde man ihr den Schauprozess machen und sie töten.

Und wenn es nach Taru ging, würde Kyrill dies gewiss auch nicht lange überleben.

Jetzt, am Rande ihrer Kraft und in der Gewissheit, dass nur noch ein Wunder sie retten konnte: Jetzt war der Augenblick gekommen, sich die Fragen zu stellen, die doch so offensichtlich waren. War Dragosz nur ein Mann gewesen, der mit den Frauen gespielt hatte, um in Wahrheit seine Macht zu mehren, seinen Bruder auszuschalten und die alleinige Herrschaft über sein Volk zu erlangen – um schließlich sogar gegen Goseg zu ziehen und die Vormachtstellung im ganzen Land zu übernehmen?

Es gab keine Antwort auf diese Frage, jedenfalls keine, die von außen erfolgen konnte. Es gab nur das, was sie in sich spürte.

Hatte ihr Abdurezak wirklich den Mann nehmen können, indem er den ewigen Bund zwischen ihr und Dragosz aufgelöst hatte? In dem Augenblick, da er es ihr gesagt hatte, hatte sie es zumindest geglaubt. Doch dieser Glaube begann sich schon zu verflüchtigen, je mehr sie sich innerlich wieder Dragosz zuwandte.

Nein, sie war ganz sicher: Dragosz hatte sie genauso aufrichtig geliebt wie sie ihn. Die Dunkelheit, die sie umschloss und in ihr Herz Einzug gehalten hatte, löste sich nicht auf. Aber sie wurde durch das Gefühl der ruhigen Gewissheit ergänzt, dass Abdurezak und die anderen nicht darüber bestimmen konnten, was nach ihrem Tod geschah. Sie würde Dragosz wieder begegnen, da war sie sich sicher, und es würde eine Begegnung in Liebe sein.

Arris Blick war in weite Ferne gerichtet, und als sie sich an das Lächeln erinnerte, dass ihr Dragosz einmal geschenkt hatte, nachdem sie sich leidenschaftlich geliebt hatten, wich für ein paar Augenblicke der Druck aus ihrem Kopf. Ja, Dragosz war ihr Mann, er war es gewesen, und er würde es immer bleiben, wenn es nach ihr ging. Ihre Seelen würden für immer verbunden bleiben – und genauso vereint, wie es ihre Körper in den Zeiten der Hingabe gewesen waren.

Und das waren sie wirklich gewesen, immer wieder, und mit einer Heftigkeit, die sie noch jetzt erschaudern ließ. Seinen Körper zu spüren, seine Kraft, seine Zärtlichkeit; die Hände, die sie auf eine Art ertastet und erkundet hatten, die sie hatte erschauern lassen …

Den schönsten, den kostbarsten Augenblick hatte sie tief in ihrem Herzen vergraben. Den Augenblick in der Höhle, nachdem sie ihren kostbarsten Schatz dort versteckt hatten, ihr Zauberschwert. Es war ein zeitloser Augenblick gewesen, ein Augenblick voller Hingabe und Selbstvergessenheit, in dem alle Strapazen unwichtig wurden, die hinter ihnen lagen, und alle Mühsal, die sie erwartete, bis Urutark tatsächlich zu ihrer Heimat geworden war.

Sie erinnerte sich an jede noch so winzige Einzelheit, und diese Erinnerung war das Einzige, was ihr von Dragosz geblieben war. Zugleich war es etwas, das nur ihr allein gehörte, und das ihr kein anderer nehmen konnte …

Sein Gesicht, wie es sich ihr zuwandte, wie er sie küsste, wie sie sich mit ihm über den rauen Sand wälzte, wie sich der Blick in seinen Augen in Ektase veränderte, wie sich seine Hände um ihre Hüften schlangen, seine Finger fordernd ihren Körper erkundeten …

Sie stieß einen erstickten Laut aus, fast so wie früher, wenn sich zuerst ihre Finger gefunden hatten und ihre Berührungen sich dann vom Zärtlichen ins Leidenschaftliche steigerten; wie als Antwort darauf, dass er sie einmal mehr fast grob an sich herangezogen hatte, ohne dass sie ihm hätte Widerstand leisten können … oder wollen.

Ein erstickter Laut. Laut der Leidenschaft. Laut der Trauer und des Verlustes, Laut des Wissens, dass sie all das unwiederbringlich verloren hatte. Und doch war Dragosz' Gesicht jetzt mehr als nur ein Schemen, es war so nah und voller Leben, dass sie sich nicht gewundert hätte, wenn er sich tatsächlich vorgebeugt und sie gleichzeitig zärtlich und fordernd auf die Lippen geküsst hätte.

»Arri!«

Dragosz' Stimme vermischte sich mit einer jüngeren, helleren Stimme, und sie zuckte so stark zusammen, dass sie sich fast in ihren Fesseln verheddert hätte.

Der Pfeil schnellte ab. Zumindest glaubte das Lexz – und sein Körper spannte sich in Erwartung des Aufschlags an, mit dem ihn der Pfeil erwischen würde, um sich in seinen Hals zu bohren, oder schlimmer noch: in eines seiner Augen. Und dann hörte er das Sirren und spürte einen harten Aufschlag. Und er kippte nach unten, rutschte durch, wurde von dem Rankengewächs wieder aufgefangen – und irgendetwas prallte mit so brutaler Wucht auf ihn, dass ihm die Luft aus den Lungen gepresst wurde. Bunte Sternchen tanzten vor seinen Augen, doch als sie verblassten, herrschte um ihn herum ein fürchterliches Gekribbel und Gewusel, das keinen Anfang und kein Ende zu haben schien …

Lexz schrie auf. Das war ein Albtraum. Er lag in seiner Hütte in seinem Heimatdorf und träumte irgendeinen Unsinn von einer Himmelsscheibe aus Bronze und Gold, die von fleischfressenden Pflanzen verschleppt worden war, und dann träumte er von Leichen, die in den

Bäumen hingen und auf Wanderer schossen – bevor sie den Halt verloren und sich mit ihrem ganzen Gewicht auf ihr Opfer warfen …

»Lexz!«, brüllte eine wohlbekannte Stimme. »Raus hier! Komm zu dir!«

Die Sätze ergaben keinen Sinn. Er wollte ja nichts weiter, als sich herumdrehen und die Hand beiseite stoßen, die an ihm zerrte, um noch ein bisschen zu schlafen. Die letzten Tage waren so anstrengend gewesen. Der Bogenschütze …

Der Bogenschütze! Lexz war plötzlich wieder hellwach, riss die Augen auf – und bereute es schon im selben Augenblick.

Was auch immer er für einen Albtraum gehalten hatte: Es war Wirklichkeit geworden. Auf ihm lag tatsächlich jemand – oder vielleicht auch ein Etwas – und er starrte in das, was vielleicht einmal ein Gesicht gewesen war, vielleicht aber auch etwas ganz anderes.

Dieser verdammte Bogenschütze hatte nicht auf ihn geschossen – er war auf ihn gefallen und dabei aufgeplatzt, und jetzt lief irgendetwas über ihm aus, etwas Zähes und Stinkendes, dem er genau so wenig entkommen konnte wie dem Kribbeln und Schlängeln auf ihm. Lexz wischte wie von Sinnen mit beiden Händen alles weg, was er erreichen konnte, und versuchte dann die Gestalt von sich herunterzuschieben, die seltsam verrenkt über ihm lag. Der Tote rührte sich, wenn auch auf ganz andere Weise, als Lexz das erwartet hätte – von innen heraus, und nicht wie ein zusammenhängender Körper. Lexz griff voller Panik in irgendetwas Weiches, der Bogenschütze rutschte halb von ihm herunter, und gleichzeitig brach etwas in ihm auf, so als begänne er in seine Bestandteile zu zerfallen. Lexz hatte die verrückte Vorstellung, dass der Mann nur noch aus der leeren Hülle bestand, die von der vermoderten Kleidung zusammengehalten wurde. Ein würgendes Geräusch entrang sich seiner Kehle, als bittere Galle nach oben drängte.

»Verdammt, jetzt komm endlich!« Es war Torgon, der ihn anbrüllte und an ihm herumzerrte. Lexz spürte, wie etwas riss, und dann trat Torgon zurück, sein Hammer sauste auf Lexz zu und zerschmetterte direkt neben ihm etwas Grünliches, das mit einem platschenden Geräusch zerplatzte, und eine Mischung aus Pflanzensaft und Blut spritzte hervor.

Lexz wurde schwarz vor Augen, er bekam kaum noch Luft – aber dann rutschte der Bogenschütze endgültig von ihm herunter, und das Nächste, was er sah, war Torgons rundes Gesicht, das verschwitzt und vor Anstrengung gerötet schien, und so besorgt wirkte, als habe er befürchtet, Lexz sterbend vorzufinden.

So fürchterlich Torgon auch aussah, als er da auf ihn herabstarrte, erschien er Lexz dennoch wie eine Erlösung. »Endlich«, keuchte er. »Wo warst du bloß so lange? Ich hätte das keinen Augenblick länger ausgehalten.«

Torgon warf einen Blick zu der Stelle hinüber, auf der die Leiche des Bogenschützens aufgeplatzt war. Er schluckte hart – und sein Gesicht nahm mit einem Mal eine bläuliche Färbung an. »Nur weg hier«, stieß er hervor. Er zerrte jetzt so heftig an Lexz herum, als wolle er ihn auseinanderreißen.

»Wir haben es geschafft«, stieß er hervor, während er ihn endlich richtig zu packen bekam und mit brutaler Kraft hochzog. »Wir sind raus aus dem Wald!«

Lexz hätte beinahe laut aufgelacht. Sie waren doch noch mitten im Wald, in dem schlimmsten Teil sogar, dort, wo alles so schnell wucherte, als wollte es sie für ihre Flehgesänge verhöhnen, mit denen sie in letzter Zeit so häufig üppig wucherndes Grün herbeigesehnt hatten.

» Gleich haben wir die Lichtung erreicht«, fuhr Torgon fort. »Jetzt sieh bloß zu, dass du bei Bewusstsein bleibst. Es sind bloß noch ein paar Schritte, dann sind wir bei Ekarna. Sie ist schon dort.«

»Und das … dieser … der Bogenschütze da?«, würgte Lexz hervor.

Torgon warf einen gehetzten Blick nach hinten. »Armer Kerl. Den haben sich schon die Würmer vorgenommen.«

Dies wusste keiner besser als Lexz, aber das meinte er auch nicht. »Wie kommt der hierher? Und was … war mit ihm?«

»Ist doch gleich«, stieß Torgon gehetzt hervor. »Alles ganz gleich.« Als er aber merkte, dass Lexz keine Ruhe geben würde, plapperte er während des Laufens etwas vor sich hin, das so ähnlich klang wie: »Der ist eben irgendwie hier reingeraten und hatte nicht das Glück, rechtzeitig aus diesem fürchterlichen Wald wieder herauszufinden. Vorher haben ihn schon die Ranken erwischt.«

»Aber der wollte doch auf irgendjemanden schießen! Aber auf was, frage ich dich? Auf wen hat der Kerl mit seinem Pfeil angelegt?« Lexz torkelte neben Torgon weiter, knickte ein, bekam den Arm des Dicken zu packen und riss sich an ihm wieder empor, ohne dass Torgon deshalb auch nur ein Stück langsamer wurde.

»Keine Ahnung, auf wen er angelegt haben mag«, schnappte Torgon. »Das muss uns auch nicht kümmern!«

»Eine Ranke wollte er bestimmt nicht erschießen.« Lexz schaffte es endlich, mit Torgon Schritt zu halten. »Und bestimmt auch keine Made und keinen Wurm – oder was auch immer da rumgekrabbelt ist. Der hat doch im Hinterhalt gelegen! Der wollte bestimmt jemanden aus dem Hinterhalt niederschießen.«

»Ist mir vollkommen egal. Ich will an den Kerl nicht mehr denken. Und schon gar nicht, was mit ihm passiert ist.« Torgon beschleunigte abermals seine Schritte, jetzt lag Wut sowohl in seinen Bewegungen als auch in seiner Stimme. »Wir haben die Lichtung gefunden, verstehst du! Und nur darauf kommt es an. Endlich raus! Endlich eine Ruhepause! Endlich in Ruhe Wasser trinken, die Augen schließen! Alles andere zählt nicht.«

Lexz hatte dem Ausbruch nichts entgegenzusetzen, schließlich hatte er Mühe genug, mit Torgon Schritt zu halten. Ein Gefühl von Unwirklichkeit hatte ihn ergriffen. Er war auf dem Weg aus dem fürchterlichen Wald heraus, zerriss gerade die letzten grünen Bande, die ihn hier für immer hatten festhalten wollen, und er atmete die Luft, die nach feuchter Erde und Verwesung roch. Er war doch weit entfernt – irgendwo in der Vergangenheit, in der er ein festes Dach über dem Kopf und meist so viel zu essen gehabt hatte, dass längere Zeiten des Hungers auf die Wochen nach der Sonnenwende beschränkt waren, wenn die eingelagerten Lebensmitteln auszugehen begannen.

Das war in einer Zeit gewesen, als er und Isana sich als Kinder das erste Mal gefunden hatten, noch ganz scheu und vom Zauber des Unwirklichen umhüllt.

»Wir müssen schnellstens weiter, damit wir Isana endlich suchen können«, stammelte er. »Aber wo ist Ekarna?«

»Sie ist gleich vor uns«, beschied ihm Torgon ungeduldig, »und sie war es auch, die die Lichtung gefunden hat. Da gibt es keine Rankengewächse. Oder jedenfalls nicht viele. Und wenn nicht noch irgendetwas dazwischenkommt, können wir endlich wieder in Ruhe schlafen!«

Die Aussicht auf Schlaf war tatsächlich verlockend, und am liebsten hätte Lexz seiner Müdigkeit auf der Stelle nachgegeben. Aber das hätte er niemals gewagt. Seine Schritte wurden sicherer, als ihm nichts mehr zwischen die Füße kam, das mit gierigen Rankenfingern nach ihm griff, und dann durchbrachen sie auch den letzten, von Torgons Hammerschlägen beiseite gefegten, grünen Vorhang, der ihnen vielleicht noch hätte gefährlich werden können, und stolperten auf etwas hinaus, was nur eine sehr entfernte Ähnlichkeit mit dem hatte, was Lexz für gewöhnlich als Lichtung bezeichnet hätte.

In Wirklichkeit war es eher der schmale Streifen eines Moors, der sich vor ihnen auftat, und der in weiterer Entfernung in etwas Graues, Nebelverhangenes überging, das eine Hügelkette –, aber auch schon wieder dichter Wald mit hochgewachsenen Bäumen und ineinander wuchernden Ranken – hätte sein können. Lexz musste sich eingestehen, dass sie sich endgültig verirrt hatten. Sie hatten in den letzten Tagen weder eine Spur von Larkar und Sedak gefunden, noch irgendeinen anderen Menschen zu Gesicht bekommen – von dem widerlichen Bogenschützen einmal abgesehen. Dabei hatte Lexz durchaus das Gefühl, dass sie ganz in der Nähe Urutarks waren.

Nein, das stimmte nicht. Es war schon mehr als ein Gefühl. Er glaubte die Anwesenheit von Menschen zu spüren, und die eines Wasserlaufes oder eines Sees. Vielleicht hatte Dragosz seine neue Siedlung dort gegründet. Aber vielleicht redete er sich das auch nur ein.

Sein Blick schweifte zu den teils üppig wuchernden, teils verdorrt wirkenden Büschen hinüber, die der schlüpfrig feuchten Erde Schatten spendete. Dazwischen aber war purer Sumpf, der allenfalls von kleinen Grasinseln und Steinansammlungen unterbrochen wurde – es gab jedoch keine grünen Ranken, die ihnen entgegenwucherten und sie umschlingen und mit sich in die feuchte Erde ziehen wollten, wie Lexz erleichtert feststellte.

Auf den zweiten Blick erkannte er allerdings, dass nicht der geringste Anlass zum Aufatmen bestand. Ganz im Gegenteil. Ekarna war nicht allein. Sie hatte gerade einen Mann an den Schultern gepackt – einen Krieger oder zumindest einen Jäger, in schmutziger Kleidung, von der kaum allerdings etwas zu erkennen war, weil sie mit einer Schlammschicht bedeckt war – und zog ihn an sich heran.

Lexz durchfuhr ein jäher Schreck. Was tat dieser Mann hier? Hörte der Wahnsinn denn überhaupt nicht mehr auf?

Torgon blieb gleich neben ihm stehen, riss seinen Hammer drohend empor und stieß ein Knurren aus. Wie er so dastand, sah er aus, als hätte er es allein mit einer ganzen Horde aufnehmen können. »Als hätte Dragosz einen magischen Schutzkreis um Urutark errichtet«, stieß er hervor. »Ein Drudenwald. Und Dämonen. Und nun das hier. Ekarna sollte das nicht tun.«

»Allerdings. Was soll das?«

Lexz wusste nicht, was Ekarna von diesem Mann wollte, den sie da in den Armen hielt. Aber als sie keine Anstalten machte, sich von ihm zu lösen, sondern ihn ganz im Gegensatz noch näher an sich heranzog, hielt es ihn nicht länger.

»Nicht«, brüllte er und stürmte auf seine Weggefährtin und den Fremden zu. »Wie kannst du nur allein …«

Als er bis auf drei Schritte herangekommen war, brach er ab, blieb stehen und griff nach seiner Waffe. »Ekarna! Was ist mit dem Kerl los?«

Der Boden gab unter seinen Füßen ein Stück nach und er sank weit genug ein, um zu begreifen, dass er zu leichtsinnig gewesen war. Mit einem schnellen Seitwärtsschritt wich er auf eine Stelle aus, die durch eine Ansammlung verschieden großer Steine ein Stück vertrauenerweckender aussah als die, an der er gerade beinahe eingesunken wäre. Zumindest sackte der Boden hier nicht gleich unter ihm weg. Ekarna stand unmittelbar vor ihm, aber sie deckte den Mann weitgehend ab, den sie halb hochgezogen hatte – bevor sie ihn jetzt wieder losließ, er nach hinten fiel, mit einem platschend seufzenden Geräusch aufschlug und augenblicklich ein Stück weit im Morast versank.

»Tot«, sagte sie. Sie drehte sich zu Lexz um und schüttelte müde den Kopf. »Der liegt hier einfach tot herum!«

Lexz atmete tief ein und aus. Es machte ihn wahnsinnig, dass Ekarna so unbekümmert einen Toten packte und wie einen Liebhaber an sich heranzog. Was sollte das? Und warum lag hier wie selbstverständlich eine Leiche herum?

»Ist das einer von uns?« Torgon folgte Lexz nicht, und das war auch ganz gut: Denn so schwer, wie er war, wäre er noch viel schneller eingesackt. »Ob das einer von uns ist, habe ich gefragt!«, polterte er, und seine Stimme hatte nichts mehr von der üblichen Leichtigkeit, mit der er die Worte so oft wie leichtfedrige Pfeile abschoss.

»Von uns?« Vorsichtig trat Ekarna etwas näher an die Leiche heran, darauf bedacht, keine bräunliche, glucksende Stelle unter ihre Füße zu bekommen, in der sie plötzlich einsinken konnte. »Was meinst du damit: von uns?«, fragte sie, während sie dorthin blickte, wo der rosarote Kopf des Toten gerade im Sumpf versank: die schlammverschmierten Haare, die Ohren und die Kinnspitze. Das ganze Gesicht verschwand so weit, dass ihm etwas von der braunen brackigen Brühe in den Mund lief.

Der Unterkiefer des Toten sackte noch ein Stück tiefer, und immer mehr braunes Wasser lief ihm in den Mund. Doch seine gebrochenen Augen blieben davon unberührt, und als sein Gesicht zur Seite sackte, sah es plötzlich aus, als grinse er triumphierend.

»Ich meine: ein Raker«, sagte Torgon gerade. Dann fiel sein Blick auf die Moorleiche, stieß einen erschrockenen Laut aus und machte zwei, drei rasche Hüpfer, die ihn noch weiter in Richtung Wald zurückbrachten. »Verdammter Sumpf! Fast wäre ich auch eingesunken. Und was ist mit dem Kerl da?«

Als Ekarna nicht sofort antwortete, riss er seinen Hammer hoch, und Lexz begriff, dass der Dicke nicht nur vollkommen erschöpft war, sondern auch nahe daran, die Beherrschung zu verlieren. In einem solchen Zustand hatte ihn Lexz noch nie gesehen.

»Kannst du mir jetzt vielleicht mal sagen, ob das einer von Dragosz' Leuten ist«, polterte Torgon und schwang seinen Hammer, als suche er nur nach einem Opfer, dessen Schädel er damit zerschmettern konnte. »Also einer von diesen verfluchten Abtrünnigen … und damit jemand, den wir kennen, weil wir zufällig ein halben Leben mit ihm verbracht haben?«

Ekarna schüttelte den Kopf. »Nein. Ich kenne ihn nicht. Aber der Kerl sieht seltsam aus.«

»Und er glotzt auch so komisch«, sagte Lexz und verfluchte sich selbst, weil seine Stimme dabei wie Espenlaub zitterte. »Seht ihr das denn nicht? Sein Kopf ist gerade so tief eingesunken, dass er uns weiter anglotzen kann!«

Ekarna runzelte die Stirn. »Ja, merkwürdig.« Zu Lexz' Entsetzen trat sie noch einen Schritt näher an den Kerl heran. »Seine Augen sind seltsam glasig. Und mal abgesehen davon, dass er im Schlamm lag und deswegen über und über mit Schlamm besudelt ist, außerdem ist er so ... rosig.« Sie stieß einen kehligen Laut aus, bei dem Lexz erneut zusammenzuckte. »Der sieht eigentlich richtig lebendig aus. Dabei liegt er bestimmt schon ziemlich lange hier. Seine Kleidung ist schon vermodert.« Sie hob die Hände an die Nase und roch daran. »Und sie stinkt. Aber nicht nach Verwesung.« Sie schüttelte den Kopf. »Ich versteh das nicht. Irgendwas stimmt nicht mit dem Kerl.«

»Irgendwas stimmt nicht mit dem Kerl?«, wiederholte Torgon ungeduldig. »Ja, so kann man es wohl auch nennen. Der ist tot. Das ist das, was mit ihn nicht stimmt!«

Ekarna schüttelte den Kopf. »*Das* meine ich ja nicht.« Sie beugte sich vor, und Lexz beobachtete angeekelt, wie sie seinen Arm ergriff und hochhob. »Als wäre er gerade umgekippt. Dabei ist kein Zeichen einer Verletzung zu erkennen. Ich möchte mal wissen, an was er wohl gestorben ist.«

»Ich eigentlich nicht«, sagte Torgon. »Und jetzt lasst diesen Unsinn und kommt. Wir halten uns einfach auf dem schmalen Stück zwischen Sumpf und Waldrand und marschieren weiter. Irgendwann müssen wir ja wieder in eine normale Gegend kommen.«

»Ja, gleich«, beschied ihm Ekarna. »Ich will nur noch ...«

»Du willst dir einen Toten zum Mann nehmen, weil er eine so schöne rosarote Haut hat«, unterbrach Torgon sie mit einer für ihn ganz und gar typischen Bemerkung. Aber auch diesmal fehlte jede Leichtigkeit in seiner Stimme, eher klang sie hart und unbeherrscht. »Vergiss den lebenden Toten und komm endlich!«

Ekarna gehorchte jedoch nicht, sondern beugte sich wieder ein

Stück zu dem Toten hinab. Es sah tatsächlich so aus, als betrachte sie einen Liebhaber, fand Lexz.

»Fast, als schliefe er nur«, murmelte sie. »Als wäre er mit einem Schlafzauber verzaubert worden.«

»So wie wir, meinst du«, zeterte Torgon. »Und ich kann dir auch verraten, wie dieser Schlafzauber aussieht: Der Kerl ist tagelang durch die Schlingpflanzen geirrt, genauso wie wir, und so wie wir konnte er sich auch nicht zum Schlafen betten, weil er sonst von ihnen eingesponnen worden wäre. Und dann ist er hier einfach umgekippt.«

Ekarna warf einen Blick über die Schulter zurück zu Torgon. »Und deswegen sieht er so frisch aus wie ein kleines Kind?«

»Nein«, gab der Dicke ungehalten zurück. »Er sieht so frisch aus, weil da etwas ganz und gar nicht stimmt. Und das erkläre ich dir auch gerne, wenn wir hier endlich weg sind – und ein paar Mützen Schlaf genommen haben.«

»Aber ich …«

»Nichts mehr, keinen Einwand, du vorlautes Weib!«, polterte Torgon. »Wir brauchen eine Rast. Sonst schlafen wir irgendwann im Gehen ein. Also kommt endlich, beide, bevor ich euch hole und mit meinem Hammer vor mir hertreibe.«

Er streckte den Fuß vor, balancierte auf ganz eigentümliche Weise und sprang dann ein Stück weiter. Dann wiederholte er das ganze Manöver, immer darauf bedacht, dem eigentlichen Sumpf nicht zu nahe zu kommen, sich aber von den Ranken des Waldrandes weit genug fern zu halten, die sich wie die gierigen Klauen eines Ungeheuers nach ihm hangelten.

Seine Fortbewegung hatte etwas von einem Frosch, fand Lexz, von einem großen, dicken Frosch, der zu fett war, um seinen Artgenossen auf der Jagd nach Fliegen und Mücken an ein morastiges Seeufer zu folgen.

Torgon musste seinen Blick bemerkt haben, denn er hielt mitten in der Bewegung an, den rechten Fuß vorgestreckt, und wandte den Kopf in seine Richtung. »Ist irgendwas?«

Lexz schüttelte den Kopf. Vorsichtig verlagerte er das Gewicht und machte einen halben Schritt zur Seite, um nicht Gefahr zu laufen, langsam aber unaufhaltsam in dem Morast zu versinken, der schon wieder gierig unter ihm zu blubbern begonnen hatte.

»Doch, da ist etwas«, Torgon machte den nächsten seltsam anmutenden Hüpfer, und es hätte nur noch gefehlt, dass er zu quaken begonnen hätte, so lächerlich sah das aus. »Ihr seid ja schon richtig gelähmt durch das, was hier nicht stimmt. Und das ist gar nicht gut.«

»Gelähmt«, Ekarna drehte sich nun vollends sie zu ihm um. »Was meinst du damit?«

»Ich meine damit, dass hier ganz und gar nichts stimmt.« Auch Torgon war jetzt stehengeblieben, er wirkte fast hilflos. »Es könnte doch sein, dass du da auf einen Dämon gestoßen bist. Und dass es nicht der einzige seiner Art ist.«

»Ein Dämon?«, fragte Ekarna unsicher. »Meinst du wirklich …«

»Ich meine, dass hier manches nicht stimmt«, antwortete Torgon unglücklich. »Auch im Wald gab es Tote. Oder zumindest einen. Aber der war in einem ziemlich merkwürdigen Zustand, und außerdem war er noch mit Pfeil und Bogen bewaffnet. Aber dann hat er nicht geschossen, sondern hat Lexz angesprungen. Ich konnte Lexz gerade noch da rausziehen!«

Das entsprach zwar nicht ganz dem, was Lexz in Erinnerung hatte – aber wenn er ehrlich war, klang es beinahe noch zu harmlos. Ob es nun ein Dämon gewesen war, der auf ihm gelandet war, und ob das ein willentlicher Angriff oder nur ein dummer Zufall gewesen sein mochte: Das Gefühl, unter diesem kribbelnden und krabbelnden Etwas begraben zu werden, war schlimmer als alles andere, was er je zuvor erlebt hatte.

Mal abgesehen davon, auf eine Sumpfleiche herabzublicken, die wie lebendig aussah und ihn angrinste.

»Also pass bloß auf, Ekarna«, fuhr Torgon in besorgtem Ton fort. »Der Kerl, den du für tot hältst, kann jederzeit wieder lebendig werden!«

Ja, das war genau der Satz, den Lexz jetzt gebraucht hatte. »Der ist nicht lebendig«, sagte er – nein, eigentlich stieß er es in dem kläglichen Tonfall eines Kindes aus, dem man zum ersten Mal einen toten Fisch in die Hand drückte und das man dann anwies, ihn nun auszunehmen. »Der ist mausetot. Und um ganz sicher zu gehen, könnten wir ihn ja mit einem Schwert durchbohren.«

Unwillkürlich fuhr Ekarnas Hand zu ihrer Waffe, zog sie aber nicht. »Du glaubst doch wirklich nicht, dass dies hier ein Dämon ist, oder? Und dass der dann so einfach wie tot hier rumliegt?«

»Doch, genau das glaube ich.« Torgon starrte zu ihr hinüber, ohne sich zu rühren, und irgendetwas lag in seinem Blick, das Lexz gar nicht gefiel. »Ein Dämon, genau das ist er. Ich habe schon von so etwas gehört. Von Leichen, die seit einer Ewigkeit im Moor liegen und doch nicht wirklich tot sind. Die dann plötzlich wieder die Augen aufreißen – und die Kehlen der Menschen zerfetzen, die ihnen zu nahe kommen.«

Ekarna machte nun doch zwei, drei schnelle Schritte rückwärts, und in der gleichen Bewegung zog sie ihre Waffe.

Doch es war die falsche Entscheidung. Der Tote dachte gar nicht daran, aufzuspringen und über sie herzufallen, und wenn etwas Dämonisches an ihm war, dann allenfalls das, dass er sie erschreckt hatte und sie dadurch dazu brachte, sich in einer Umgebung kopflos zu verhalten, die eher ihre besondere Umsicht verlangt hätte. Also kam es, wie es kommen musste: Ekarna gab einen erschrockenen Laut von sich, als sie mit dem rechten Fuß einzusinken begann und es ihr trotz aller sichtbaren Anstrengung nicht gelang, ihn sofort wieder herauszuziehen.

»Schnell zu mir«, rief Torgon besorgt. »Aber Vorsicht: Der Sumpf ist tückisch. Ein falscher Schritt, und du wirst von ihm verschlungen!«

Bevor Torgon seinen Satz beendet hatte, schrie Ekarna bereits auf, und Lexz glaubte schon, sie sei inzwischen so tief eingesunken, dass er ihr zur Hilfe eilen musste – aber dann gelang es ihr doch, sich mit einem entschlossenen Sprung von der trügerischen Stelle zu lösen. »Wenn das Dämonen sind«, keuchte sie, während sich der Morast von ihren Schuhen löste und sie auf den Waldrand zulief, »dann sollten wir sehen, dass wir ganz schnell von hier wegkommen. Da liegt nämlich noch einer!«

Lexz schüttelte ungläubig den Kopf. »Wo liegt einer?«

Ekarna machte sich nicht einmal die Mühe, den Kopf in seine Richtung zu drehen, als sie hervorstieß: »Da, wo ich beinahe eingesunken wäre. Und wo jetzt Bodennebel aufzieht – der hier gleich alles verdecken wird, sodass man bald gar nicht mehr sieht, wo man hintritt. Und dann kommen wir hier auch nicht mehr raus!«

Lexz starrt ihr fassungslos hinterher. Er hättte lieber zusehen sollen, dass er von hier wegkam und Ekarna folgte. Aber es war mehr als nur Neugier, die ihn in die entgegengesetzte Richtung zog, es war der unbedingte Wunsch herauszubekommen, was hier eigentlich geschah. Der Nebel … ja, der Nebel kroch tatsächlich heran, von allen Seiten, und er war vor allem da besonders dicht, wo ihn eine reiche Feuchtigkeit von unten speiste. All das passte zusammen, es passte auch zu den Ranken, die sich wild verhalten hatten, und zu dem Toten mit der rosigen Gesichtsfarbe …

Lexz stürzte los, dorthin, wo sie angeblich gerade einen zweiten Dämon entdeckt hatte. Es war nicht die erste feuchte Fläche dieser Art, die ihnen in letzter Zeit zu schaffen machte: Moor- und Sumpfgebiete zogen sich oft unüberschaubar weit ins Land hinein, und sie zu umgehen war mitunter schwierig, manchmal sogar unmöglich. Entsprechend hatte er allmählich einen Blick für gefährliche Stellen entwickelt. Aber hier war alles anders. Graubraune Pflanzen, gewöhnlicher Erdboden, spärliche Grasinseln, Moos, Sumpfdotterblumen und andere Pflanzen, die Lexz allenfalls von Ferne bekannt vorkamen, all das verschmolz zu einer Fläche, die vor seinen Augen verschwamm, und dies umso mehr, je dichter der Bodennebel wurde, der aus den feuchten Löchern emporwallte und nach seinen Füßen griff …

Der Gedanke an die Gefahr, die ihm damit drohte, zerstob jedoch, als er etwas sah, das zur Hälfte aus den grauen Nebelschwaden herausragte. Es hätte ein Ast sein können, oder auch ein Arm. In jedem Fall blitzte es dort, wo die Hand gewesen wäre, metallisch auf …

Es war eine Waffe. Vielleicht aus Kupfer, vielleicht auch aus Bronze, so genau ließ sich das in den Nebelschwaden nicht erkennen.

»Komm jetzt und beeil dich!«, rief ihm Ekarna vom Waldrand aus zu. »Du muss da weg!« Ihre Stimme kippte fast über. »Da ist etwas! Da im Nebel!«

Lexz fuhr herum, und sein wertvolles Schwert, das als eines der letzten seiner Art in der Schmiede in ihrer Heimat gefertigt worden war, sprang wie von selbst in seine Hand.

Ja, da war tatsächlich etwas.

Die Toten erhoben sich. Zuerst glaubte er das jedenfalls, und er musste an die Kapuzenmänner denken, mit denen sie vor ein paar Tagen aneinandergeraten waren. Doch dann erkannte er, dass er sich doch täuschte – es war nichts weiter als substanzloser Nebel, der heranwallte.

Obwohl, stand da hinten nicht jemand? Er kniff die Augen zusammen und starrte in die Richtung, und im nächsten Moment war er schon ganz sicher, dort eine dunkle Gestalt stehen zu sehen. Sie strahlte etwas Düsteres und Unheimliches aus. Er packte seine Waffe fester, ließ den Blick einmal in die Runde schweifen. Auch weiter hinten, schon fast an der Grenze seines Sichtbereichs, stand jemand, das war ganz klar zu sehen. Doch als er versuchte, Einzelheiten zu erkennen, zerstob die Gestalt plötzlich ... und auch die andere, die er zuerst entdeckt hatte, war nicht mehr da, als er in ihre Richtung starrte.

Das war unheimlich und höchst beunruhigend. Er sollte wirklich machen, dass er von hier wegkam. Die Gestalten, der Nebel, der unsichere Untergrund ... wenn er nicht aufpasste, konnte schon sein nächster Schritt der letzte sein.

Und obwohl das so war – oder vielleicht auch gerade, weil das so war – musste er noch zu der zweiten Leiche hinübergehen, die Ekarna entdeckt hatte. Er musste wissen, ob sie auch so unnatürlich aussah.

Mit aller Vorsicht setzte er also einen Fuß vor den anderen. Der Boden unter ihm war im besten Fall trügerisch, und wenn er nicht gut aufpasste, würde er im Morast versinken. Dabei musste er darauf achten, dass er die Richtung beibehielt, denn die grauen Schwaden erschwerten die Orientierung und ließen alles so unwirklich erscheinen, dass er schon Mühe hatte, nicht einfach herumzufahren und schreiend aus dem Sumpf zu laufen.

Dann hatte er die zweite Leiche erreicht. Der Nebel hatte die Stelle noch nicht vollständig zugedeckt, und trotzdem war nicht viel mehr als die Hand des Toten zu sehen. Die Finger hatten sich um das kurze, breite Schwert verkrampft und der Handrücken war mit etwas umwickelt, dessen Beschaffenheit inmitten der grauen Schwaden jedoch nicht zu erkennen war. Vielleicht war es ein Verband, vielleicht auch ein Lederschutz. Lexz hatte so etwas noch nie zuvor gesehen. Schon aus diesem Grund konnte er sich nicht vorstellen, dass dies einer der Raker war, die sich Dragosz angeschlossen hatten.

Seine Gefühle waren vollkommen durcheinander geraten. Die Panik fiel ebenso von ihm ab wie im Herbst die Blätter von einem Baum, und machte etwas anderem Platz, einer Art Verwirrung, die es ihm erschwerte, einen klaren Gedanken zu fassen.

Wenn das doch einer von Dragosz' Männern war: Dann war es eigentlich ein Feind von ihm gewesen. Aber es wäre auch jemand, den er von Kindesbeinen an kannte. Im Zweifelsfall wäre es dann doch eher ein Verbündeter, zumindest wenn irgendjemand von außen angriffe. Oder war das falsch gedacht? War ein solcher Gedanke Verrat an seinem Bruder?

»Verdammt, was treibst du da?«, herrschte ihn Torgon aus sicherer Entfernung an. »Komm endlich! Der Nebel wird immer dichter!«

Statt Torgons Aufforderung zu folgen, trat er jedoch noch näher an den Toten heran und ging in die Hocke. Der Mann war fast vollständig im Sumpf versunken, sodass man nichts mehr von seinem Gesicht erkennen konnte, und wurde nun von dem grauen Band des Bodennebels wie von einem Leichentuch bedeckt. Lexz schien es plötzlich ungeheuer wichtig zu sein herauszufinden, wer dieser Mann gewesen war. Die ganze Zeit über musste er dabei an seinen Bruder denken.

Merkwürdig. Bislang waren immer nur Wut und Rachdurst in ihm hochgestiegen, wenn er sich an Nakur erinnert hatte. Jetzt aber waren es Tränen und Trauer.

»Bruder«, murmelte er. »Warum hast du mich verlassen?«

Nakur hatte so fröhliche Augen gehabt. Er war ein lustiger Kerl gewesen, immer zu Scherzen aufgelegt. So unbekümmert und voller Lebendigkeit.

Und nun war er tot.

So wie der Mann, der hier zu seinen Füßen lag und noch im Tod seine Waffe umklammert hielt. Und hatte ihm das etwas genützt? Hatte es überhaupt irgendeinen Sinn, eine Waffe zu erheben, um seine Feinde damit zu erschlagen?

»Jetzt komm endlich!« Torgons Stimme kippte vor lauter Ungeduld fast über. »Der Sumpf ist gefährlich. Und der Nebel wird dich gleich ganz einhüllen!«

Lexz nickte. Ja. Der Sumpf war tatsächlich gefährlich. Und der Tote zu seinen Füßen war keineswegs sein Bruder, er hatte wahrscheinlich noch nicht einmal Ähnlichkeit mit ihm. Es war ein fremder Mann aus einem fremden Volk.

Oder ein Dämon.

»Du hast dich verlaufen?«, fragte jemand.

Lexz fuhr so heftig zusammen, dass ihm fast die Waffe aus der Hand gefallen wäre. Dann fuhr er in der Hocke herum und starrte in die Richtung, in der Ekarna die erste Leiche entdeckt hatte.

Ja. Da stand sie. Schemengleich, in den feuchtkalten Schwaden kaum wahrnehmbar.

»Isana?«, murmelte er. »Aber warum …«

Dann jedoch erkannte er seinen Irrtum. Er war so sicher gewesen, Isana sei auf wundersame Weise ihren Entführern entkommen und zu ihm zurückgekehrt, um ihn mit sich zu nehmen. Aber das stimmte nicht. Das Mädchen, das dort stand, wo Ekarna den Toten entdeckt und an sich herangezogen hatte, fast ganz im Nebeldunst verborgen, wirkte so seltsam licht und durchscheinend, als sei es gar nicht von dieser Welt. Sie hatte leicht schräg stehende Augen, in denen eine bange Frage zu lesen war, und ihr Mund war leicht geöffnet, so wie bei jemandem, der gerade etwas Schreckliches gesehen hatte.

Lexz hatte das Gefühl, jeden Halt zu verlieren. Hatte er diese Kleine nicht schon einmal gesehen, am Leichenpfuhl, nach dem ersten Angriff der Höhlenmenschen? Aber wenn das stimmte: Was tat sie dann hier?

»Wer bist du?«, fragte er.

Das Mädchen antwortete nicht. Seine Füße und Beine waren vollständig vom Nebel verdeckt, um seinen Oberkörper zogen jetzt immer dichtere Schwaden, nur ihr Gesicht war so klar zu erkennen, als wäre es auf geheimnisvolle Weise gegen den Nebel gefeit.

»Isana?«, fragte er mit klopfendem Herzen und war doch eigentlich ganz sicher, dass sie es nicht war. »Bist du es?«

Das Mädchen hob die Hände. Es sah aus, als flute das Licht ungehindert durch ihre Handflächen hindurch, von ihren Fingern schien ein schwacher Schein auszugehen.

Nein. Das war ganz sicher nicht Isana.

»Wer bist du?«, wiederholte er schaudernd. »Und was willst du von mir?«

Das Mädchen murmelte etwas, und Lexz wäre fast einen Schritt zurückgewichen, als er die Worte zu verstehen glaubte: »Der Schamane schickt mich.«

Zakaan … Lexz runzelte die Stirn. Es gab so Vieles in der Welt der Schatten, das er im Gegensatz zu dem Schamanen nicht verstand. Und vieles hatte mit dem Tod zu tun, und auch mit der Trauer um seinen Bruder. Aber auch mit dem Verlust, den er gerade erst erlitten hatte, als man ihm Isana nahm, kaum dass er sie gefunden hatte.

»Du bist dabei, dich selbst zu verlieren«, sagte das seltsame Wesen, das ihm in der Gestalt eines Mädchens erschienen war.

Sein Körper verkrampfte sich im stummen Schmerz. Das Gefühl, dieses zarte Wesen doch zu kennen, verstärkte sich. Obwohl er es jetzt erst zum zweiten Mal sah, war es ihm auf eine merkwürdige Art vertraut. Und vielleicht stimmte das ja auch. Vielleicht hatte es etwas mit den Gesängen zu tun, dem eintönigen Trommeln, den Rauchschwaden und den vergorenen Getränken, die sie zu sich genommen hatten. Vielleicht war sie ihm in einer Vision erschienen, angelockt vom Schamanen, und vielleicht hatte das etwas mit dem Tod seines Bruders zu tun …

Ja, jetzt war er sich sicher. Wie man die ersten Strahlen der Frühlingssonne erkennt, wenn sie den Winter vertreibt, und sich wieder an ihre Wärme erinnern kann, erkannte er nun auch das Mädchen wieder: auf eine mehr körperliche als geistige Weise. Sie kannten sich schon seit Ewigkeiten, vielleicht aus düsteren Träumen, gewiss aber aus der Zeit, als sein Bruder gestorben war …

Oder auch tatsächlich aus den uralten Geschichten über zierliche mädchenhafte Wesen, die einem Krieger vor dem Kampf erschienen, um ihn auf seinen bevorstehenden Tod vorzubereiten …

»Wer sich verläuft, kommt nicht ans Ziel«, sagte das Mädchen plötzlich laut. »Und so wie es aussieht hast du dich gerade verlaufen.«

Seine Stimme klang wie die eines Menschen – und doch auch wieder nicht; sie war ein wenig tiefer und gleichzeitig schriller – vollkommen unmöglich, dass sie zu einem menschlichen Wesen gehörte.

»Ja.« Sein Herz schlug hart und schnell. »Ich habe mich verlaufen. Und wenn ich ehrlich bin, weiß ich nicht, wo ich jetzt hin muss. Kannst du mir helfen?«

»Helfen?« Die Todessyre schüttelte den Kopf. »Niemand kann dir helfen, wenn du es nicht selbst kannst.«

Lexz nickte. Das Gleiche hatte ihm der Schamane auch immer wieder gesagt. Aber er hatte ebenso erwähnt, dass einem die Stammväter Halt und Richtung geben konnten, und dass man es nur lernen musste, auf ihre Stimme zu hören.

»Du weißt alles, was du wissen musst«, sagte die Todessyre. »Aber wenn du die falsche Liebe wählst, wirst du sterben. Und mit dir deine Gefährten – und alles, wofür du und die deinen gekämpft haben.«

Lexz hätte gar keine Frage mehr stellen können, selbst wenn er es gewollt hätte. Das Mädchen wandte sich ab und war schon kurz darauf so vollständig verschwunden, als hätte es der Nebel aufgesogen …

16

Es war nicht Dragosz' Stimme, und auch nicht die Tarus, sondern eine helle junge Frauenstimme, und sie klang so unpassend fröhlich, dass Arri fast aufgestöhnt hätte.

»Du solltest etwas essen«, sagte die Stimme vom Eingang herüber.

Arri zuckte zusammen. Es schien endlos zu dauern, bis sie aus ihren düsteren Gedanken in die Wirklichkeit zurückfand. Tatsächlich dauerte es aber wohl nur so lange, wie man braucht, um eine Schale auf einem Bord abzusetzen. Sie rutschte ein Stück zur Seite und in eine andere Haltung, als seien ihre Gedanken an Dragosz etwas Verbotenes, bei dem sie sich nicht überraschen lassen durfte. Erst dann sah sie zu der schmalen Öffnung hinüber, durch die man die Hütte betreten konnte.

Es war Isana, natürlich, platschnass vom Regen, aber offensichtlich nicht gewillt, sich durch das Unwetter davon abhalten zu lassen, ihr etwas zu essen zu bringen. Arri atmete erleichtert auf.

»Du hast schon seit Tagen nichts mehr gegessen«, stellte Isana fest, während sie leichtfüßig, aber mit jeder Bewegung Wassertropfen versprühend, in die Hütte huschte. »So kann es wirklich nicht weitergehen!«

Arri nickte erschöpft. Sie wussten beide, dass Arri jede Nahrung verweigert hatte, seitdem man sie hier mit Schimpf und Schande abgeladen hatte. Nach allem, was sie erlebt hatte, war es ihr unmöglich gewesen, auch nur einen einzigen Bissen herunterzubekommen. Schon bei dem Gedanken an den faden Hirsebrei, den man ihr mehrfach hatte aufzwingen wollen, verkrampfte sich alles in ihr.

Das hinderte Isana allerdings nicht daran, neben einem mit Wasser gefüllten Holzbecher auch eine Tonschüssel in die Hütte zu tragen. Arri glaubte schon, den leicht säuerlichen Geruch des immer gleichen Breis wahrzunehmen, den man ihr Tag für Tag anbot, doch dann stieg ihr der durchdringende Duft von Fischsuppe aus der dampfenden Schüssel in die Nase. Rotauge, dachte Arri ohne es zu wollen, da müssen Rotauge und Zander drin sein. Verfeinert mit ein paar Kräutern und lange genug im Sud gekocht, dass die Fischstücke ganz zart werden.

Sie schluckte hart und trocken. Es war noch gar nicht lange her, da hätte sie fast alles für eine solche Delikatesse gegeben. Seit dem Tod ihrer Mutter war der Hunger ihr ständiger Begleiter gewesen, und das hatte sich auch nicht gebessert, als Dragosz sie mit zu seinem Volk genommen hatte. Erst nachdem sie hier an den See gezogen waren, hatte sich ihre Lage etwas geändert – aber sich richtig satt essen zu können, das war nach wie vor ein ungeheuerlicher Luxus.

»Nun komm schon.« Isana stellte Becher und Schüssel zu Arris Füßen ab, trat einen Schritt zurück und schüttelte sich dann wie einer der beiden Dorfhunde, wenn sie sich nach einem heftigen Regenguss in Arris Hütte drängten. »Ich habe die Suppe den langen Weg von der Schmiedehütte bis hierhin getragen.« Von ihrem tanzenden schwarzen Haar flogen unzählige Wassertropfen auf, von denen etliche in der Suppe landeten oder in Arris Gesicht platschten. »Und das mitten durch den heftigsten Regen, den man sich nur vorstellen kann.« Ihr Kopf machte eine letzte kreisende Bewegung, als bewege sie ihn zu einem wilden Trommelrhythmus, dann hielt sie abrupt an, legte den

Kopf schief und starrte mit entschlossenem Blick auf Arri hinab. »Also greif endlich zu. Oder willst du, dass sich die Ratten über diese wunderbare Suppe hermachen? Ich will ja nicht prahlen, aber ich glaube, damit ist mir ein echtes Meisterwerk gelungen.«

Wie zur Antwort knurrte Arris Magen so laut, dass es wohl noch auf der anderen Seite des Sees zu hören gewesen wäre, hätte nicht das harte Prasseln der Regentropfen alle anderen Geräusche übertönt. »Ich habe gar keinen Hunger«, behauptete sie dennoch. »Außerdem werde ich euch bestimmt kein Essen wegnehmen.« Sie deutete auf die lästige Fußfessel aus Kupfer, die Isanas Vater angebracht hatte und deren Gegenstück er so sorgfältig an dem roh behauenen Mittelpfosten der Hütte befestigt hatte, als solle sie hier bis zum Ende aller Zeiten festgehalten werden. »Wie hättet ihr bei der großen Wanderung jemanden genannt, der seinen Teil für die Gemeinschaft nicht beigetragen hat? Einen Schmarotzer?«

Isana strich sich eine feuchte Haarsträhne aus dem Gesicht und ließ sich dann mit einem kleinen Seufzer auf der trockensten Stelle nieder, die der Boden der Hütte zu bieten hatte – was bedeutete, dass er nur feucht und nicht richtig nass war. Der Tochter des Schmieds schien das zu genügen, und dies sollte Arri eigentlich nicht wundern; die früh gestorbene Schwester ihrer Mutter war, wie man sich im Dorf erzählte, genau so gewesen. Mit ihrer zierlichen Gestalt, dem fast pechschwarzen Haar und den wachen Augen, die ruhelos umherirrten, galt sie als Ebenbild der Schwester ihrer verstorbenen Mutter, und genauso wie man es dieser nachsagte zeichnete auch Isana ein scharfer Verstand, Ehrlichkeit und hohe Genügsamkeit aus.

Bislang war es für Arri eine Nebensächlichkeit gewesen, doch jetzt schien das alles anders zu sein. Jedes Mal, wenn Arri Isana sah, überkam sie nicht gerade eine Mischung aus Zuneigung und Stolz, sondern etwas ganz, ganz anderes. Sie musste Bitterkeit herunterschlucken, die sie regelmäßig spürte, da sie in Isana das jüngere Abbild von Dragosz' erster Frau Surkija zu erkennen glaubte. Bitterkeit? Nein, das war noch mehr. Es war schon schlimm genug für sie, dass Taru ein Abbild seines Vaters war. Aber eine richtige Qual war es erst, dass Isana so aussah wie die Frau, die Dragosz einst so sehr geliebt hatte –

und die jetzt im Reich der toten Helden seine Gemahlin für die Ewigkeit werden sollte!

Es war ganz fürchterlich, am schlimmsten war aber, dass sie sich das noch nicht einmal anmerken lassen durfte. Aus ihrer Abneigung gegen Taru brauchte Arri keinen Hehl zu machen, aber dass sie jedes Mal ein regelrechter Hass überkam, wenn Isana ihr zulächelte, war geradezu unerträglich. Wenn es irgendwie möglich gewesen wäre, wäre sie Kenans Tochter aus dem Weg gegangen.

Aber das war es nicht. Und das nicht nur, weil sie gefesselt war und Isana sie mindestens einmal am Tag aufsuchte. Nein, es war schon deswegen unmöglich, weil Isana ihre einzige aufrichtige Freundin war.

Was für ein hinterhältiges Spiel, das die Götter da mit ihr trieben! Es kam Arri so vor, als wollten sie sie immer und immer wieder in Versuchung führen, als setzten sie alles daran, dass ihre Gefühle endgültig überbordeten und sie nicht mehr ein noch aus wusste. Irgendwann würde sie dann tatsächlich etwas Schreckliches tun, und aus ihrer Unschuld würde eine fürchterliche Schuld werden, die dann alles rechtfertigte, was man ihr antat.

Sie atmete tief aus, und es klang fast wie das Geräusch, mit dem ein Krieger sein Schwert zieht und sich seinem Gegner zuwendet, um ihn mit ein paar heftigen Hieben in Stücke zu spalten.

»Ist dir nicht gut?«, fragte Isana. Ihre Stimme klang ganz harmlos. Arri hätte jedoch schwören können, dass Heimtücke in ihr mitschwang.

Und das nur, weil Isana der verstorbenen Surkija so sehr glich! Weil die beiden Frauen in Arris aufgewühlten Gefühlen in Augenblicken wie diesen geradezu verschmolzen, und weil Arri ganz tief in ihrem Herzen glaubte, es sei nicht die Tochter des Schmieds, die ihr gegenübersaß, sondern sie hätte sich auf dämonische Weise in Surkija verwandelt!

Und das hätte ja auch einen Sinn ergeben. Arri und Surkija waren Rivalinnen, und das, obwohl die Heilerin seit mehr als zwei Sonnenwenden gestorben war! Und selbst nach Dragosz' Tod noch. Oder vielleicht auch gerade deswegen.

Arri hatte niemals in Erfahrung bringen können, wie Surkija gestorben war. Alle Raker – vor allem Dragosz – hatten ein Geheimnis darum gemacht, als sei ihr Tod mit ganz schrecklichen Umständen verbunden. Vielleicht war sie einer abscheulichen Bluttat zum Opfer gefallen? Aber wer war dann ihr Mörder?

»Du musst wirklich etwas essen!«, forderte Isana sie auf. »Deine Hände fangen vor lauter Schwäche ja schon an zu zittern.«

Vor lauter Schwäche? Arri hätte beinahe laut aufgelacht. Nicht vor Schwäche, sondern vor Mordlust. Weil sie sie am liebsten um den Hals von jemanden gelegt hätte, den sie für all das Leid hätte verantwortlich machen können, das ihr widerfahren war.

Dabei hätte sie gar nicht sagen können, wer außer Dragosz' Mördern eigentlich den Tod verdient hatte. Isana gewiss nicht, und schon gar nicht Surkija.

Die war ja schließlich schon tot.

Außerdem hatte sie ihr gar nichts getan. Ganz im Gegenteil. Wenn man es nüchtern betrachtete, dann hatte ihr Arri sogar den Mann weggenommen, und nicht umgekehrt. Wenn sich das jetzt nach Dragosz' Tod wieder umdrehte, dann mochte es sogar ausgleichende Gerechtigkeit sein.

Das änderte allerdings nichts an Arris Bitterkeit.

Schlimmer noch: Surkija hatte ihr niemals den geringsten Anlass gegeben, sie abzulehnen – oder gar zu hassen. Sie war ebenso eine Heilerin gewesen wie Arri, und alle erzählten sich auch nur das Beste über sie. Wenn sie sich unter günstigeren Umständen kennengelernt hätten, wären sie wahrscheinlich sehr gut miteinander ausgekommen, vielleicht sogar gute Freundinnen geworden.

Als ob das irgendetwas besser machen konnte.

Isana legte den Kopf schief. »Hat es dir jetzt endgültig die Sprache verschlagen?«

Wenn Arri ehrlich gewesen wäre, hätte sie nur sagen können: »Ja, das hat es. Und zwar an dem Tag, an dem Dragosz in meinen Armen gestorben ist.«

Stattdessen raffte sie sich dazu auf, den Kopf zu schütteln. »Nein. Ich bin nur … etwas müde.«

»Und hungrig?«

Wieder schüttelte Arri den Kopf. Das ist nicht Surkija, hämmerte es dabei in ihren Gedanken, das ist Isana.

Es half. Arri zwang sich dazu, Isana als das zu betrachten, was sie wirklich war: die Tochter des Schmieds und die Nichte der Heilerin Surkija – nicht aber ihr Ebenbild.

Trotzdem war es keineswegs einfach. Die Ähnlichkeit zwischen Isana und Surkija wurde durch Isanas aufwendig gefertigte Kleidung noch unterstrichen, die der von Arri und Surkija bis in die Einzelheiten glich: Es war die traditionelle Kleidung der Heilerinnen, eine aus leichtem Stoff gewebte Bluse, die mit den ineinander verwobenen Schlangensymbolen verziert war, und ein dunkler Wickelrock, den ihre Trägerin gekürzt und umgenäht hatte, nachdem er an mehreren Stellen eingerissen war. Das Auffälligste an ihr war aber der Ring aus Feuerstein, den Isana wie auch Arri um den Hals trugen, nur dass der ihre ein Stück kleiner war. Jetzt nahm sie ihn in die Hand und drehte ihn – das war eine Angewohnheit, die ihr Gelegenheit gab, in Ruhe nachzudenken – was oft auch besser war, denn manchmal sprudelten aus dem zarten Mädchen so grobe oder unbedachte Worte heraus, dass es deswegen schon mehr als einmal fast zu Handgreiflichkeiten zwischen ihr und Taru gekommen wäre.

»Ich mache mir langsam wirklich Sorgen.« Isana sah auf und seufzte leise. »So kann es doch nicht weitergehen!«

Arri versuchte ihre düsteren Gedanken weiter zurückzudrängen und sich ganz auf das Mädchen zu konzentrieren, das ihr da gegenübersaß. »Was weißt du nicht?«, fragte sie zwar leise, aber immerhin so freundlich, wie sie es im Augenblick vermochte.

»Du willst doch nur nichts essen, weil du glaubst, dass sie dich gleich holen, um dich zu ersäufen!« Isana schüttelte entschieden den Kopf, und wieder stoben unzählige winzige Wassertropfen von ihrem Haar auf. »Aber das lasse ich nicht zu!«

»Das ist zwar lieb von dir«, antwortete Arri leise. »Aber ich glaube kaum, dass du das verhindern kannst.«

»Und ob!« Der Ring ins Isanas Fingern drehte sich immer schneller. »Und wenn ich diesem aufgeblasenen Taru die Augen auskratzen muss!«

Ja, natürlich. Isana und Taru hatten sich noch nie leiden können. Und ihr Verhältnis hatte sich in den letzten Tagen mit Sicherheit nicht verbessert.

»Taru hält mich für eine Giftmischerin«, sagte Arri ruhig. »Und außerdem glaubt er, ich hätte ihm den Vater genommen. Da ist es doch nur ganz verständlich, dass er sich an mir rächen will!«

»Wie kannst du so etwas auch nur sagen!« Isanas Augen blitzten empört auf. »Schließlich ist es Taru, der sich die Hände schmutzig gemacht hat, und nicht du! Wie konnte er sich zusammen mit diesem Tölpel Rar nur dazu hinreißen lassen, dich zu entführen?«

»Weil er glaubt, ich hätte Dragosz umgebracht«, antwortete Arri leise.

»Nein«, Isanas Augen blitzten, »weil er ein brutaler Kerl ist und ein Hornochse dazu. Du bist doch unschuldig!«

»Ja. Aber das weiß Taru doch nicht.« Arri beugte sich so weit vor, dass sie fast das Gleichgewicht verloren und nach vorn gekippt wäre. »Glaubst du etwa, mir geht es anders als diesem Großmaul? Was meinst du, was ich mit dem mache, der mir das angetan hat? Glaubst du vielleicht, ich würde Dragosz' Mörder so einfach davonkommen lassen?« Sie ließ sich wieder zurücksinken. »Ich werde alle, die daran beteiligt sind, umbringen«, schwor sie. Und es erschrak sie fast selbst, wie leblos ihre Stimme klang – so, als sei jedes Gefühl in ihr erstorben.

»Nun übertreib mal nicht so«, sagte Isana. »Vielleicht ist ja überhaupt niemand daran schuld. Vielleicht war es auch nur ein Unfall.«

»Ein Unfall.« Jetzt begann das Leben in Arri zurückzukehren, wenn auch nur in Form schmerzhafter Wellen der Empörung. »Du bist ja nicht ganz bei Trost! Irgendjemand muss den Opfertrank vergiftet haben. Ich könnte mir vorstellen, dass es Pilze waren, vielleicht ein Raukopf oder eine Lorchel. Das würde auch erklären, warum nicht alle von dem Gift gleich schwer betroffen waren. Die Sommerlorchel wird von vielen Menschen vertragen, während sich andere in Krämpfen winden …«

»Oder sterben.« Isana nickte. »Das hast du mir schon ein paar Mal gesagt. Du solltest aufhören, so viel über etwas nachzudenken, das sich doch nicht mehr ungeschehen machen lässt.«

»Ich lasse mir doch meine Gedanken nicht nehmen«, widersprach Arri heftig. »Schließlich will ich wissen, wer mir – wer uns! – das angetan hat. Ist dir denn am Tag des Festes wirklich gar nichts aufgefallen?«

»Die Götter stehen mir bei: Nein!« Vor lauter Erregung hüpfte Isana auf dem Boden herum. »Das habe ich dir auch schon öfter erzählt, als mich Mücken in der letzten Nacht gebissen haben. Also lass es endlich gut sein.«

»Ich kann es aber nicht gut sein lassen«, murmelte Arri grimmig. »Ich werde die Schuldigen finden und töten. Oder besser gesagt: zu Tode quälen. Vielleicht mit siedendem Öl übergießen. Und ihnen dann bei lebendigem Leib die Haut abziehen. Steinigen oder unter Wasser drücken ist doch viel zu schade für sie …«

Isana sah jetzt ein wenig erschrocken aus. »Ja, ich weiß schon, was du meinst«, sagte sie hastig. »Aber ich fürchte, Taru wird dir dazu kaum die Gelegenheit geben – selbst dann nicht, wenn du ihm einen Schuldigen auf dem Bronzeschwert präsentierst. Er wird dich töten, noch bevor der neue Hohepriester von Goseg auch nur auf die Idee kommt, einen Prozesstermin anzusetzen!«

»Das bliebe noch abzuwarten«, antwortete Arri. »Außerdem ist da auch noch Abdurezak.«

»Na, ich weiß nicht«, sagte Isana düster. »Taru ist jung und kräftig. Und Abdurezak … nun ja, doch schon ziemlich alt. Irgendwie habe ich das Gefühl, es gab ihn schon immer.«

»Ja … also, in deinem Alter …«

»Du bist doch kaum älter als ich!«, fiel ihr Isana ins Wort. »Gerade mal zwei Sonnenwenden!«

»Ja, zwei Sonnenwenden.« Arri erschauerte, als ihr bewusst wurde, welch wilden Verlauf ihr Leben genommen hatte. In Isanas Alter hatte sie noch glücklich und behütet in ihrem Heimatdorf gelebt. Inzwischen aber hatte man ihre Mutter erschlagen, ihren Mann vergiftet und ihr den Sohn weggenommen. »Ich vertraue Abdurezak«, sagte sie und hoffte, dass Isana das leichte Zittern in ihrer Stimme nicht auffiel. »Er wird Taru in seine Grenzen verweisen, wenn das nötig ist.«

»Und ob das nötig sein wird«, schimpfte Isana auf, »Taru hat schon einmal versucht, dich umzubringen. Das wird er auch wieder tun!«

»Du meinst, weil er öffentlich gedroht hat, mich unter zu Wasser drücken, bis ich ersticke, falls Amar mir nicht ganz schnell den Prozess macht?« Arri schüttelte den Kopf. »Nein. Das kann ich ihm nicht verübeln. Ganz im Gegenteil: Ich verstehe ihn sogar. An seiner Stelle würde ich vielleicht genauso toben.«

»Das ist doch verrückt«, entfuhr es Isana. »Wie können denn er und all die anderen Schwachköpfe nur glauben, dass du *das* dem Dorf hättest antun können? Seitdem du bei unserem Volk bist, hast du nur Gutes getan! Haben sie etwa vergessen, dass du immer für sie da warst, ihre Wunden versorgt und die Kranken geheilt hast?«

»Was hat denn das eine mit dem anderen zu tun?«, fragte Arri heftig.

»Vielleicht mehr, als du meinst.« Isana zerrte an ihrer Halskette, als wolle sie sie abreißen. »Dies ist das Symbol der Heiler. Meine Tante hat es getragen – und du und ich auch. Heiler tötet man nicht, so verlangen es die alten Regeln.«

»Und du meinst tatsächlich, deshalb wäre ich noch am Leben?«

Isana zuckte mit den Achseln. »Könnte doch sein, oder? Sonst hätten sie dich doch sicherlich schon geholt und so lange in den See getaucht, bis dir die Augen aus dem Kopf quellen und nur noch ein paar letzte Luftblasen aufsteigen – so haben sich das jedenfalls Taru und ein paar andere Hitzköpfe immer wieder ausgemalt.«

»Vielleicht hast du ja recht und das ist tatsächlich der Grund, warum sie mich bislang verschont haben«, gab Arri zu. »Und trotzdem: Ich wäre froh, sie hätten mich schon längst zum See gebracht. Dann wär ich jetzt wenigstens bei Dragosz.«

»So etwas darfst du nicht einmal denken!« Isana ließ ihre Kette mit einem Ruck los. »Schließlich hast du doch einen Sohn!«

»Ja. Ich habe einen Sohn. Oder vielleicht doch nicht?« Arri zerrte ärgerlich an ihren Fesseln. »Siehst du ihn hier vielleicht irgendwo? Darf ich ihn denn stillen? Weiß ich überhaupt, ob er noch am Leben ist!«

»Natürlich ist er am Leben!« In Isanas Augen blitzte blanker Zorn auf. »Ich habe ihn noch heute Morgen gesehen!«

»Das hätte ich auch gerne«, sagte Arri bitter.

»Ja, natürlich.« Isana schüttelte wild den Kopf. »Aber glaube bloß nicht, dass sie dich noch einmal zu ihm lassen!«

Isana hatte das schnell und unbedacht hervorgestoßen, doch ihre Worte trafen Arri wie Axthiebe. Als man ihr das Bündel Leben nach der Geburt in den Arm gelegt hatte, waren alle vorangegangen Schmerzen und Entbehrungen vergessen gewesen. Ein Traum vollkommener Glückseligkeit, neben dem alles andere zur Bedeutungslosigkeit versank, das war der Augenblick gewesen, als Dragosz zu ihr in die Hütte gestürmt war, die er während der Geburt nicht hatte betreten dürfen.

»Es ist ein Junge«, hatte er dann begeistert ausgestoßen. »Es ist ein Junge, Arri! Kyrill wird einst meine Nachfolge antreten!«

Erst da hatte sie erfahren, welchen Namen Dragosz und die Ältesten für den Fall gewählt hatten, dass sie einen gesunden Jungen zur Welt brächte. Aber das war ihr gleich. Frauen gebaren Kinder, Männer bestimmten über ihr Schicksal, so war es bei den Rakern Brauch.

Für sie zählte dagegen in diesem wunderbaren Augenblick nur, dass die Geburt gelungen war. Gesund, kräftig und voller Lebensmut, das war Kyrill, und das hatte sie schon gewusst, als der kleine Kerl sie zum ersten Mal angesehen hatte und sich mit wildem Strampeln das hatte holen wollen, was sie ihm von da an in verschwenderischem Maße hatte zukommen lassen: Zuwendung.

»Mach dir keine Sorgen«, sagte Isana, die Arris Erstarrung wohl richtig deutete, »Abdurezak wird den kleinen Mann mit Sicherheit wie seinen Augapfel hüten. Schließlich ist er der künftige Herrscher der Raker!«

Gerade platschte ein besonders dicker Tropfen von der schadhaften Stelle im Dach auf Arris Wange und rann langsam wie eine salzige Träne ihre Wange und ihren Hals hinab. »Ja, natürlich«, sagte sie voller Gram. »Ein Säugling macht sich ganz besonders gut als Herrscher. Noch dazu einer, dessen Mutter eine Drude ist, die das halbe Dorf vergiftet hat.«

»Na, das wäre mir aber aufgefallen, wenn du eine Drude wärst, die doch nichts anderes im Sinn hat, als Menschen zu verderben …« Isana schüttelte den Kopf. »Nein, es ist etwas ganz anderes, das mir Sorgen macht.«

»Du machst dir Sorgen? Aber warum denn?« Arri verlagerte das

Gewicht, soweit es die verfluchte Fußfessel zuließ. »Du bist doch jetzt die Heilerin …«

»Darauf lege ich keinen Wert!«, unterbrach sie Isana ungeduldig. »Ich habe noch so viel zu lernen! Ich kann dich doch gar nicht ersetzen!«

»Aber du bist die Tochter deiner Mutter«, erinnerte sie Arri. »Und die Schwester deiner Mutter war eine große Heilerin, die dich von klein an in ihre Geheimnisse eingeweiht hat.«

»Ja«, murmelte Isana fast unhörbar. »Das war sie. Und das hat sie getan.« Sie schüttelte sich, wieder ganz das Kind, das nicht erwachsen werden wollte. »Aber das ist nicht das, was ich meine. Du weißt, was ich von Taru halte.«

»Ja«, antwortete Arri. »Nämlich nichts.«

Isana sah hoch, und Arri entdeckte die tiefe Traurigkeit in ihren Augen. »Nein, ich halte sogar eine ganze Menge von ihm. Taru ist stark, ein wahrer Krieger. Aber er ist auch noch ein richtiger Kindskopf. Das ist gefährlich.«

»Das klingt …«

»Etwas merkwürdig aus meinem Mund, weil auch ich dir noch wie ein Kind vorkomme?« Isana schüttelte den Kopf. »Nein, das bin ich nicht mehr. Und selbst wenn, dann würde das keine Rolle spielen. Taru ist ganz anders als ich. Er kennt keine Grenzen. Er glaubt schon jetzt, alles erreichen zu können. Schlimmer noch: Er will Dragosz' Nachfolge antreten, und das sofort – koste es, was es wolle.«

Arri sah sie an, und sie begriff nicht – aber auch nur, weil sie es nicht begreifen wollte. In Wirklichkeit kroch ihr ein Grauen den Rücken hinauf, das nicht ganz unerwartet kam. Wenn sie ehrlich war, musste sie zugeben, dass sie es tief in ihrem Herzen schon immer gewusst hatte. Taru betrachtete sich seit Kindesbeinen als Dragosz' Nachfolger, und er hatte mehr als nur einmal auf ziemlich hässliche Weise seiner Hoffnung Ausdruck gegeben, dass – auch wenn Arri eine Tochter gebar – sein Erbrecht damit dennoch erhalten bliebe.

»Dem jüngsten Bruder steht die Herrschaft über die Raker zu«, fuhr Isana fort, und plötzlich lag eine Härte in ihrer Stimme, wie Arri sie noch nie zuvor an ihr vernommen hatte. »Jedem Bruder, auf den das zutrifft. Auch dem Sohn einer Heilerin, die als Giftmischerin verurteilt wird.«

Arri starrte sie wortlos an. »Ich weiß, was du meinst«, begann sie schließlich. »Taru will sichergehen, dass ihm niemand Dragosz' Nachfolge streitig machen kann.«

»Ja, ich meine, dass er seinem verhassten Halbbruder etwas antun wird, nur damit dieser ihm später nicht seine Pläne durchkreuzen kann!« Isana nickte grimmig. »So etwas soll früher auch schon mal vorgekommen sein, wenn man den alten Geschichten glaubt, die Abdurezak am Feuer der Alten erzählt. Und er hasst dich aus tiefstem Herzen, Arri. Was meinst du wohl, welche Gefühle er deinem Sohn entgegenbringt?«

Arri schüttelte den Kopf. »Du kannst mir glauben, dass ich schon mehr als einmal darüber nachgedacht habe. Aber so ohne Weiteres wird das Taru nicht möglich sein. Das würden ihm Abdurezak und der Ältestenrat niemals durchgehen lassen.«

»Ihm vielleicht nicht«, gab Isana zu. »Aber was ist, wenn Kyrill einen Unfall hat? Wenn ihn jemand fallen lässt, vielleicht sogar direkt ins Wasser, vielleicht auch auf harten Boden? Oder wenn ihm jemand wie dieser Idiot Rar – ganz aus Versehen – so lange etwas auf seinen Kopf fallen lässt, bis er tot ist?«

Arri öffnete den Mund, um Isanas Einwand als pure Phantasie abzuweisen, aber dann schloss sie ihn wieder. Das Schlimme war ja, dass dieses zarte Mädchen mit den zornig blitzenden Augen vollkommen recht hatte. Sie hatte ja selbst von den alten Geschichten gehört, die der Schamane in der langen Tradition der Raker an sein Volk weitergab, manchmal an einem lauen Sommerabend, aber meist, wenn sie sich in der Kälte des Winters um die wenigen Feuer scharten, die ihnen dann Wärme spendeten.

Es waren Geschichten, die das Leben um die Erbfolge gesponnen hatte, Geschichten von starken Kriegern, die Brüder waren und sich doch hassten, weil sie einander die Rolle des alleinigen Herrschers nicht zubilligten. Geschichten wie die von Dragosz, einem Herrscher also, der unerwartet früh von den Göttern abgerufen worden war, und einem mehr oder weniger offenen Kampf, der daraufhin unter seinen männlichen Nachkommen entbrannt war.

»Das Erbrecht ...«, begann Arri.

»Ist eindeutig, ich weiß«, Isana nickte heftig. »Aber denk an den Streit zwischen Ragok und Dragosz, der unser Volk entzweit hat ...«

»Und in deren Mittelpunkt Surkija stand«, erinnerte sie Arri.

Isana wischte den Einwand mit einer ärgerlichen Handbewegung beiseite. »Du glaubst, es ginge dabei hauptsächlich um Liebe? Du meinst, weil Dragosz seinem Bruder die zugesprochene Frau wegnahm ...«

»Die zufällig die Schwester deiner Mutter war ...«

»Die zufällig die Frau war, die mich wie ihr eigenes Kind aufgezogen hat, ja!« Isana ballte die Faust und erhob sie, als wolle sie am liebsten zuschlagen. »Es ging um Macht, Arri! Öffne doch die Augen! Es geht immer um Macht, wenn Männer streiten ... und niemals wirklich um uns!«

Isana war so erregt, dass jeder Widerspruch zwecklos gewesen wäre. Man hätte meinen können, sie hätte gerade eine enttäuschte Liebe hinter sich oder sonst irgendetwas erlebt, das sie gegen die Männerwelt aufbrachte. Wenn das so wäre, hätte Arri eigentlich davon erfahren müssen. Aber sie konnte sich nicht daran erinnern, dass sich Isana in letzter Zeit auf irgendeinen Mann eingelassen hätte, ganz im Gegenteil. Als hübsche Tochter des Schmieds war sie eine gute Partie, und dementsprechend umschwärmt. Aber bislang war immer sie es gewesen, die die Männer vor den Kopf gestoßen hatte, und nicht umgekehrt.

Bei Arri sah das ganz anders aus. Sie hatte sich so sehr auf Dragosz eingelassen, wie man das als Frau nur tun konnte. Und deswegen wusste sie auch, dass es den Männern tatsächlich um Macht ging, aber nicht nur. Sie hatte in Dragosz' Herz geblickt, und darin Klugheit entdeckt, den Wunsch, sein Volk in eine bessere Zukunft zu führen ... und Liebe.

Ganz ohne Zweifel Liebe.

Und wenn sie überhaupt noch irgendetwas durchhalten ließ, wenn sie ihr Schicksal überhaupt noch irgendwie ertrug, dann war es Dragosz' Liebe, die ihr die Kraft gab, alles zu ertragen – solange sie noch die Chance hatte, ihren Sohn irgendwann einmal wieder in die Arme zu schließen.

»Beruhige dich, Isana«, sagte sie leise. »Selbst, wenn du recht hättest … Was soll ich denn tun? Ich selbst bin gefesselt und nicht mal mehr in der Lage, über mein eigenes Schicksal zu bestimmen. Und Dragosz ist nicht mehr da. Wer soll unser Kind denn schützen?«

Isana ließ die Faust wieder sinken und öffnete sie zur flachen Hand: Es war die Geste, mit der die Raker gewöhnlich einen Streit begannen. »Ich.«

»Du?« Arri hätte beinahe laut aufgelacht. »Wie willst du das anstellen?«

»Ich bin jetzt die Heilerin«, erinnerte sie Isana mit hörbarem Stolz in der Stimme. »Und auch eine Heilerin hat Macht. Ich werde Mittel und Wege finden, um Kyrill zu schützen.«

»Ja, du bist jetzt die Heilerin.« Arri schloss die Augen. Es fühlte sich merkwürdig an, dass ihr Isana nachgefolgt war – vor allem so schnell. Noch gar nicht lange war es her, da hatte es durchaus nicht festgestanden, wer Surkijas Nachfolgerin werden sollte: ihre Nichte Isana oder sie selbst, die neue Gefährtin an Dragosz' Seite. Der Rat der Ältesten hatte es sich nicht leicht gemacht, und wenn noch jemand anderes infrage gekommen wäre als die beiden auf den ersten Blick so ungleichen jungen Frauen, dann hätte er sich gewiss nicht für Arri entschieden.

Schließlich hatte Abdurezak eine Zeremonie anberaumt, einen jungen Speerreiher töten lassen und aus seinen Eingeweiden den Willen der Ahnen gedeutet. Das Ergebnis hatte die Entscheidung gebracht, und kurz darauf war Arri zur Heilerin geweiht worden. Isana hatte das nach einer ersten kurzen Enttäuschung sogar begrüßt: Ihr war die Verantwortung als Heilerin dann doch noch zu groß erschienen.

Hoffentlich kommt sie jetzt damit zurecht, dachte Arri. Aber etwas anderes machte ihr viel mehr Sorgen: »Du willst Taru … doch wohl nichts antun?«, fragte sie.

»Wenn es sein muss.« Erneut blitzten Isanas Augen kampflustig auf. »Aber auch wirklich nur, wenn es sein muss. Mir fällt schon noch etwas Besseres ein!«

Die Vögel zwitscherten so laut, dass Zakaan am liebsten eine Schleuder zur Hand gehabt hätte, um die widerlichen Piepmätze einen nach dem anderen abzuschießen. Obwohl in dieser Jahreszeit kaum noch einer von ihnen brüten konnte, machten sie ein Gezeter, als ginge es darum, gierige Nesträuber zu vertreiben. Normalerweise störte den Schamanen so etwas nicht, aber jetzt reizte es ihn doch bis zur Weißglut.

Dies war allerdings beileibe nicht das Einzige, was ihn störte. Sondern die Schmerzen, die ihm das Laufen bereitete, der Grund für ihren überhasteten Aufbruch, und nicht zuletzt seine Gefährten – wenn man sie denn so nennen wollte.

Es war kein großer Trupp, der mit Ragok losgezogen war, eher ein Haufen Verlorener. Da die meisten kampferfahrenen Männer bei der Jagd gewesen waren, blieben ihm nur eine Handvoll Leute, die er auf seine unnachahmliche Art herumkommandieren konnte. Und es passte zu Ragok: statt auf die anderen zu warten, hatte er den sofortigen Aufbruch befohlen. Und dann war er auch noch vor lauter Ungeduld so schnell vorangestürmt, dass Zakaan irgendwann zurückgeblieben war und sie sich vollständig aus den Augen verloren hatten.

So ein Holzkopf.

Zakaan wäre noch halbwegs mit seinem Schicksal versöhnt gewesen, wäre er denn wenigstens wirklich allein geblieben. Nach langer Zeit spürte er endlich wieder eine innere Verbindung zu Abdurezak, und das so deutlich wie schon seit Ewigkeiten nicht mehr. Wie sehr er seinen Bruder vermisste! Die große Wanderung war für ihn nicht zuletzt auch deshalb so schrecklich gewesen, weil damit der ständige Austausch mit Abdurezak abgerissen war. Die Aussicht darauf, dass sich dies kurz vor seinem Lebensende noch einmal ändern konnte, spornte ihn an.

Aber sie machte ihn auch ungeduldig.

Und dann waren da diese Trottel, mit denen er gezwungen war, fürs Erste zusammenzubleiben. Der alte Partuk, der ständig blinzelte, als hätte er zu lange ins Feuer gestarrt und davon einen Schaden zurückbehalten, wäre ihm unter anderen Bedingungen vielleicht sogar ein willkommener Begleiter gewesen. Aber nicht jetzt, wo schon eine Kleinigkeit reichte, ihn aus der Fassung zu bringen.

Viel schlimmer waren aber die zwei Frauen, die Ragok ihm gegen seinen heftigen Widerstand als Begleiterinnen aufgezwungen hatte. Sie waren sich so spinnefeind, dass sie sich früher oder später die Augen auskratzen würden. Alles wäre jedoch nur halb so schlimm gewesen, wenn außer dem Klimperauge Partuk und der jungen Byrta nicht auch noch ausgerechnet Granartara mit zu denen gehört hätte, für die er jetzt Verantwortung trug.

»Wasser!«, rief Granartara und stürzte auf den Bach zu, der in einer Senke vor ihnen plätscherte. »Wasser ist immer gut!«

Zakaan seufzte. Es war verständlich, dass Granartara auf den Anblick des Baches mit einer so großen Begeisterung reagierte, schließlich hatten sie alle lange genug mit ausgedörrten Kehlen durch die Hitze marschieren müssen. Aber immerhin lag die letzte Quelle, an der Granartara ihren Durst gestillt hatte, gerade mal ein paar hundert Schritte hinter ihnen.

»Wasser ist wirklich gut«, bemerkte Byrta übellaunig, kaum dass Granartara außer Hörweite war. »Darin kann man lästige Katzen ersäufen. Oder störende Kläffer. Oder vorlaute Weiber.«

Zakaan blieb abrupt stehen und bedauerte das schon im gleichen Augenblick wieder, denn zur Belohnung für die unbedachte Bewegung jagte ein scharfer Schmerz durch seinen Rücken.

»Bitte lass dieses vorlaute Gerede«, wies er Byrta zurecht. »Granartara ist … nun ja … sie folgt ihrer ganz eigenen Bestimmung.«

Byrta wirkte nicht sehr zerknirscht. »Dann sollten wir sie doch ruhig ihrer ganz eigenen Bestimmung folgen lassen«, schlug sie vor. »Schicken wir sie baden. Und gehen allein weiter.«

Der Schamane nickte. Er hätte den Vorschlag gar nicht mal schlecht gefunden. Allerdings hätte er Byrta und Partuk am liebsten gleich hinterhergeschickt. Was sollte er mit solchen Schwerenötern? Sie würden ihm wohl kaum zu etwas nütze sein und ihn höchstens auf seiner ganz eigenen Suche nach Abdurezak behindern.

»Ich bin dafür, erst einmal stramm durchzumarschieren, bevor wir eine Pause machen«, sagte Partuk. »Immer schön der Nase nach.«

»Ja, das ist ein wirklich guter Plan«, spottete der Schamane. Er wusste, dass er nicht so reden sollte. Doch es gab Tage, da schien seine ganze Gelassenheit wie weggeblasen. Und heute war so ein Tag.

»Das ist doch gar kein richtiger Plan, oder?«, folgerte Byrta scharfsinnig. »Immerhin sollen wir Lexz suchen. Da müssen wir doch auch wissen, wo er in den Wald eingedrungen ist.«

»Ja, wir suchen Lexz, Urutark und als Dreingabe auch noch eine Himmelsscheibe«, brummte Partuk. »Und ganz nebenbei sind wir sogar auf der Suche nach Ragok und den anderen, die einfach auf und davon sind, ohne auf uns zu warten. Das scheint mir doch alles etwas viel zu sein. Ich finde, da ist es immer noch das Beste, einfach in Richtung Urutark weiterzulaufen – auf dem Weg dorthin werden wir schon auf die anderen stoßen.«

Byrta biss sich auf die Unterlippe. »Ja, schon. Aber wissen wir denn wirklich, wo Urubakatak liegt?«

Die letzte Frage galt Zakaan, der jedoch beschloss, sie zu überhören. Was hätte er auch sagen sollen? Dass die taube Nuss noch nicht einmal Urutark richtig aussprechen konnte, oder dass er mehr daran interessiert war, seinen Bruder wiederzufinden, als an irgendetwas anderem?

»Weißt du das denn nicht, Schamane?«, setzte Byrta fast ängstlich nach.

»Wo Urubakatak liegt?« Zakaan schüttelte den Kopf. »Diesen Ort gibt es nicht. Aber vielleicht meinst du ja Urutark. Und das liegt von hier aus gesehen hinter der Hügelkette, die dort vor uns aufragt. Das glaube ich zumindest.«

»Glauben heißt nicht wissen«, stellte Partuk überflüssigerweise fest.

»Nein, das heißt es nicht«, antwortete Zakaan ärgerlich. »Ich habe vieles von den Göttern erfahren. Und dabei auch viel Widersprüchliches.«

»Was heißt das denn?«, fragte Byrta ängstlich. »Bedeutet es, wir werden nie nach Urubakatak kommen?«

»Dorthin bestimmt nicht«, murrte Partuk, aber Zakaan winkte ab und wandte sich gezielt an das Mädchen. »Es gibt eine Prophezeiung. Und nach der müssen wir eine junge Frau finden, ungefähr so alt wie du bist. Sie heißt Arianrhod. Und sie ist die Hüterin der Himmelsscheibe.«

»Aber das wissen wir doch alles schon«, sagte Byrta verwirrt. »Das hast du uns doch immer wieder gesagt!«

Der Schamane nickte. Ja, das hatte er. »Aber was du vielleicht noch nicht weißt ist, dass sie …«, er suchte nach Worten, »dass sie sich uns entzieht.«

»Du meinst, wir finden sie nicht«, brummte Partuk.

»Ja. So ähnlich«, antwortete Zakaan knapp.

»Dann ist sie wohl so etwas wie ein Geist«, meinte Partuk. »Je näher wir ihr kommen, je mehr wir versuchen, ihrer habhaft zu werden – und damit der Himmelsscheibe, auf der die richtige Lage Urutarks vermerkt ist – umso flüchtiger wird sie.« Er hob die Arme. »Sie hebt sich wie ein Vogel von dannen. Und wir müssen sie einfangen. Sonst werden wir die Heimat unserer Stammväter vielleicht niemals finden!«

Byrtas Mund klappte auf. »Da oben fliegt ein Vogel«, sie deutete aufgeregt zu der Stelle im Himmel. »Eine Krähe. Vielleicht hat sie sich ja eine Krähe verwandelt, um sich uns zu entziehen.«

Der Schamane riss den Kopf so vorschnell nach oben, dass ein beißender Schmerz durch sein Genick fuhr.

Tatsächlich. Da flog ein schwarzer Vogel, er verschwand gerade hinter einer Baumkrone.

»Das ist eine Amsel, du dummes Ding«, herrschte er Byrta an.

Das Mädchen zuckte zusammen, als hätte er sie geschlagen, Tränen schossen in ihre Augen. Kein Wunder. Normalerweise herrschte Zakaan niemanden an, das überließ er lieber Ragok. Der hatte nämlich eine ausgesprochene Begabung dafür, alle und jeden mit ein paar abfälligen Bemerkungen zu beschimpfen.

»Aber ich … ich dachte … weil Krähen doch …«, stammelte Byrta. »Und weil du … du hast doch selbst gesagt, du hättest einen Schwarm Krähen gesehen, und das wäre ein Zeichen gewesen, weil sich der Schwarm geteilt hat … und weil das Nebelkrähen und ganz schwarze Krähen gewesen wären, wie wir sie aus unserer Heimat gar nicht kennen!«

»Ja, das habe ich gesagt«, bestätigte Zakaan zerknirscht. »Krähen. Nicht Amseln. Und außerdem ändert dies nichts daran, dass wir auf Arianrhod angewiesen sind. Also haltet die Augen offen, ob ihr sie nicht irgendwo seht.«

Schnaubend wandte er sich ab. Arianrhod. Ja. Er hatte das vorher noch gar nicht so klar gesehen, erst, als er es Byrta erklärt hatte. Aber es traf zu. Und er ahnte, wie er sie finden konnte.

Über Abdurezak. Sein Bruder würde mehr über Arianrhod wissen, da war er sich plötzlich ganz sicher. Und genau so sicher war er sich auch, dass er seinem Bruder bereits ganz nahe war – und nur seinem Instinkt folgen musste, um ihn zu finden.

Vorausgesetzt, man störte ihn nicht andauernd dabei.

Aber das war ein Wunsch, der sich im Augenblick leider als unerfüllbar erwies. Ausgerechnet die grässliche Granartara stapfte schon wieder vom Bach hoch. Schlimmer konnte es gar nicht kommen.

»Das Wasser schmeckt hier überhaupt nicht«, schimpfte sie. »Vollkommen bitter. Ekelhaft. Da war ja selbst das Brackwasser aus dem stinkenden Wasserloch in den Dunkelbergen noch genießbarer.«

Wortlos holte Zakaan seinen abgegriffenen Lederbeutel hervor und kramte ein getrocknetes Kräuterblättchen heraus. Mit einem Seufzer schob er es sich zwischen die Zähne und begann darauf herumzukauen.

»Was ist das?«, fragte Granartara, dann schnaufte sie aber auch schon heran. »Was kaust du da, alter Mann?«

»Etwas, das mir hilft, bestimmte Dinge besser zu ertragen«, seufzte Zakaan.

Granartara legte den Kopf schief. »Bestimmte Dinge? Was meinst du damit?«

»Etwas, das du noch gar nicht kennen kannst«, antwortete der Schamane, »die Mühsal des Alters.«

Granartara wirkte misstrauisch, war Zakaan ihr nicht einmal verdenken konnte. Er kannte das eine oder andere Mittelchen, mit denen sich Schmerzen dämpfen und Wehwehchen unterdrücken ließen. So wirkungsvoll auch die eine oder andere besondere Mischung aus Kräutern, Beeren und Wurzeln sein mochte, eines war ihnen doch allen gemein: ihre Wirkung ließ recht bald schon wieder nach. Und danach wurde es meist noch schlimmer.

Genauso, wie es immer schlimmer wurde, wenn man sich erst einmal auf ein Gespräch mit dieser ungepflegten Person einließ. Während es Zakaan über all die vielen Jahre geschafft hatte, sein volles

Gebiss zu bewahren, hatte Granartara gerade noch drei schwarze Stummelzähne, und die zeigte sie ihm jetzt, als sie den Mund öffnete und sich mit der viel zu langen Zunge über die Lippen fuhr.

»Kräuterplättchen sind bestimmt sehr schmackhaft«, behauptete sie fordernd. »Krieg ich auch eines?«

Der Schamane zögerte. Nein, eigentlich tat er nur so, als zögere er. In Wirklichkeit hatte er bereits entschieden, was zu tun war, um das vorlaute Weib mundtot zu machen.

»Ich weiß nicht«, log er.

Die Vögel zwitscherten noch lauter, aber der Wind ließ nach, und als er nach oben sah, hatte der Schamane das Gefühl, als sei die dunkle Wolke über ihnen eingefroren. Was geschah denn hier?

»Ach«, machte Granartara und schmollte wie ein Kätzchen – nur, dass sie dabei eher Ähnlichkeit mit einem ruppigen Dachsweibchen hatte. »Gib mir doch eins! Ich hab solchen Hunger.«

»Ja«, sagte Byrta. »Gib ihr nur eins. Während sie darauf rumkaut, kann sie wenigstens nicht reden.«

»Da wär ich mir nicht so sicher«, bemerkte Partuk. »Granartara kann immer quasseln. Sie tut es sogar im Schlaf.«

Granartara trat einen Schritt näher an den alten Mann heran und versetzte ihm das, was sie für einen freundschaftlichen Schubser halten mochte. Keuchend stieß Partuk die Luft aus, dann ging er in die Knie, und während seine Augen schneller flackerten als die Flügel einer Libelle, fuhr seine Hand an den Gürtel, in dem seine zwar altmodische aber sehr sorgfältig gearbeitete Steinaxt steckte. Zakaan schüttelte fast unmerklich den Kopf, und der Alte nahm die Hand wieder von der Waffe und richtete sich so würdevoll auf, wie das in dieser demütigenden Lage überhaupt möglich war.

Manchmal war es doch gut, wenn man der gleichen Generation angehörte. Dann verstand man sich auch ohne Worte.

»Also gut.« Der Schamane kramte in seinem Lederbeutel herum und reichte Granartara ein ganz besonderes Kräuterplättchen. »Dann nimm das hier. Aber …«, er entzog es der Schmuddelhand wieder, die es ihm schon entreißen wollte, »aber nur, wenn du es auch wirklich willst. Es ist nämlich ziemlich stark, musst du wissen. Eigentlich mehr was für Männer.«

»Dann her damit«, fauchte Granartara, »was ein Mann verträgt, das vertrag ich schon lange.«

Zakaan hatte mit dieser Antwort gerechnet. »Also gut, dann sei es«, gab er nach. »Aber es könnte sein, dass dir davon schlecht wird. Und schwindlig. Und noch so einiges andere.«

Er hatte noch nicht einmal ein schlechtes Gewissen, als er sich das Kräuterblättchen aus der Hand reißen ließ. Granartara würde schon sehen, was sie von ihrer vorlauten Art hatte.

17 »Weg da!«, zischte Isana. »Macht, dass ihr fortkommt!«

Als Arri sich in ihren Fesseln strecken wollte, biss sie etwas in den Fuß, nicht nach Art der Flöhe, sondern heftiger, und als sie hinabblickte, sah sie gerade noch etwas hinweghuschen, das für das übliche Ungeziefer viel zu groß schien und auch zu viele Beinchen hatte, um etwas sein zu können, das sie hier in den letzten Tagen gesehen hatte.

»Pass nur auf«, sagte Isana. »Deine Bronzefessel hat dein Fußgelenk schon blutig gerieben. Du solltest nicht so sehr an der Kette zerren.«

»Das war nicht die Fessel«, antwortete Arri.

»Beim nächsten Mal bringe ich einen Kräuterwickel mit – damit sich dein Fußgelenk nicht noch entzündet«, beharrte Isana.

»Blödsinn. Ich brauche keine Kräuter.« Arris Hand krallte sich in ihrem Rock fest. »Ich muss hier raus. Irgendwie. Dann schnapp ich mir Kyrill und verschwinde.«

»Hm«, machte Isana. Sie musterte noch immer Arris Fußfessel, dann verfolgte ihr Blick den Weg des Seils, mit dem der Bronzering am Mittelpfahl der Hütte festgemacht war. »Der Schmied hätte besser daran getan, dich an einen Stein anzuschmieden«, murmelte sie. »Mit dem Seil werde ich doch spielend fertig.«

»Isana!«, sagte Arri streng. »So etwas will ich gar nicht hören! Ganz abgesehen davon, dass du mit einem Steinmesser eine Ewigkeit brauchen würdest, um das Seil durchzuschneiden: Weißt du eigentlich, was sie mit dir machen, wenn sie entdecken, dass du mir bei der Flucht helfen willst?«

»Ja«, sagte Isana trotzig. »Dann ersäufen sie uns beide wie junge Hunde, die man nicht gebrauchen kann.«

»Ja, genau das werden sie tun«, sagte Arri beschwörend. »Also vergiss das bitte ganz schnell wieder, ja?« Als Isana daraufhin nur eine ärgerliche Handbewegung machte, fuhr Arri rasch fort: »Die Hütte ist von allen Seiten einsehbar. Ob vom Pfahldorf oder vom Ufer – ich kann gar nicht entkommen, ohne dass man mich sieht. Dann hat man mich im Nu wieder eingefangen!«

»Aber nicht in der Nacht«, beharrte Isana. »Und deswegen werde ich nach Einbruch der Dunkelheit wiederkommen.«

»Das wirst du ganz gewiss nicht tun«, widersprach Arri. »Nachts schläft mindestens einer der Männer in der Hütte. Und ein paar andere halten draußen Wache – schließlich treiben sich in den Wäldern Barbaren herum, und die Anwesenheit von Gosegs Kriegern hat den Ältestenrat zusätzlich nervös gemacht.«

»Dann muss ich eben sehr leise und sehr vorsichtig sein«, erklärte Isana leichthin. »Vielleicht kann ich das Seil ja schon tagsüber durchschneiden. Da«, sie deutete auf den Pfahl, »wenn man es dort im Schatten des Pfahls durchtrennt, bis es nur noch an einem Faden hängt, dann sieht das doch niemand.« Ein Lächeln huschte über ihr Gesicht. »Ich weiß jetzt auch, was ich machen werde. Ich besorge dir ein Messer, und dann kannst du das tun, was du doch eigentlich willst: deine Flucht selbst in die Hände nehmen. Du hast ja genug Zeit, um an dem Seil zu sägen ...« Isana blinzelte, dann sprang sie plötzlich auf und fuchtelte mit beiden Händen herum. »Haut hab, ihr blöden Viecher«, zischte sie. »Und lasst euch hier nicht mehr blicken.«

Wie zur Antwort raschelte es irgendwo hinter dem Mittelpfosten, doch bevor Arri erkennen konnte, um was es sich handelte, war es auch schon vorbei. »Ratten?«, fragte sie.

Isana zuckte mit den Schultern. »Ich hoffe. Hier in Ufernähe gibt es nicht nur Ratten und Eidechsen, sondern auch Laufspinnen. Du weißt schon, das sind diese ekligen, deren Biss tödlich sein kann.«

Nein, Arri wusste das nicht, aber trotzdem rann ihr ein kalter Schauer über den Rücken. »Giftige Spinnen?« Sie musste an das denken, was sie eben gebissen hatte – und dann weggehuscht war. »Wie giftig sind die denn?«

»Ziemlich giftig«, antwortete Isana. »Am besten, man zertritt sie, sobald man sie sieht.«

»Das ist …«

»Ekelhaft?« Isana drehte sich wieder zu ihr um und nickte eifrig. »Ja. Die kleinen Mistviecher leben in Ufernähe, da muss man besonders vorsichtig sein. Es heißt, dass sie des Nachts übers Wasser laufen können. Beim Bootsbau hat man letztens ein ganzes Nest von ihnen gefunden. Darin hat es gezappelt und gezuckt, es war ein fürchterlicher Anblick – sagen sie.«

»Komisch.« Arri verschluckte sich fast. »Ich habe noch nie etwas von solchen Spinnennestern gehört.«

»Ich schon«, behauptete Isana. »Aber mach dir keine Sorgen. Dich wird heute Nacht keine Spinne beißen und keine Ratte anknabbern. Ich hole dich schon noch rechtzeitig raus.« Sie trat einen Schritt vor, ihr rechter Fuß streifte die Schale mit der Fischsuppe – und ein paar Tropfen der kostbaren Flüssigkeit schwappten über den Rand.

»Ich weiß nicht, ob das dann nicht zu spät ist …«, begann Arri und versuchte in ihren Körper hineinzulauschen, um zu erkunden, ob da ein Brennen und Pochen in ihrem Fuß war, das sich anders anfühlte als der ständig vorhandene Schmerz an der wund gescheuerten Stelle.

»Das wird schon«, unterbrach sie Isana rasch. »Und wenn dich vorher wirklich noch eine Spinne beißen sollte: Meine Mutter hat mich in all dem unterrichtet, was eine gute Heilerin ausmacht. Dazu gehörte auch das Versorgen von Spinnenwunden.« Sie nahm den Unterarm hoch und berührte ihn mit den Lippen. »Man muss die Wunde aussaugen, sofort. Siehst du?« Sie tat so, als sauge sie an ihrem Arm. »Soll ich dir zeigen, wie man das am besten macht?«

»Nein, das sollst du nicht!«, entfuhr es Arri. »Und das ergibt doch ohnehin alles keinen Sinn. Ich werde nicht fliehen!«

Trotzig schürzte Isana die Lippen. »Du traust mir nicht, oder? Du glaubst nicht, dass ich dich hier rausbringe? Dabei ist es doch ganz einfach: Du schneidest den Strick tagsüber durch und schleichst dich nachts raus, wenn alle schlafen.«

»Und Kyrill?«

»Wie? Und Kyrill?«, fragte Isana verwirrt.

»Ja«, sagte Arri leise. »Was ist mit meinem Sohn? Hast du ihn dann bei dir?«

»Nun, das … das ist jetzt … darüber muss ich noch mal nachdenken«, stotterte Isana. »Mir fällt schon noch was ein.«

»Wie du dich noch mehr in Gefahr bringen kannst, sicher.« Arri machte eine entschlossene Handbewegung mit den gefesselten Händen; es sah wie ein Axthieb aus. »Ich werde auf eine andere Gelegenheit warten. Vielleicht bringen sie mich ja noch einmal vor den Ältestenrat. Dann nutze ich meine Chance.«

Wenn ich bis dahin nicht an einem Spinnenbiss gestorben bin, dachte sie. Aber das sprach sie jetzt lieber nicht aus. Sie glaubte ohnehin nicht, dass es eine Giftspinne gewesen war, die sie gebissen hatte. Und selbst, wenn … vielleicht wäre es nicht das Schlimmste, wenn man sie hier morgens tot fand.

Oder auch scheintot.

Vielleicht, dachte sie, kann ich ja so tun, als wäre ich einem Spinnenbiss erlegen. Vielleicht komme ich hier auf diese Weise raus.

»Na, ich weiß nicht«, widersprach Isana.

»Aber ich.« Arri zögerte kurz, bevor sie weitersprach. Die Sache mit dem Spinnenbiss war eine Idee – aber vielleicht ging es auch anders. »Ich muss es irgendwie schaffen, dass mich der Ältestenrat in Kyrills Beisein anhört«, überlegte sie. »Und dann muss ich nur dafür sorgen, dass sie mir die Fesseln abnehmen. Aber da fällt mir schon etwas ein.«

»Und dann?«, fragte Isana verwirrt. »Was willst du dann tun? Abdurezak die Nase brechen und Kaarg ins Wasser stoßen?«

Arri nickte grimmig. »Oder mit Giftspinnen bewerfen!«

»Die du hier vorher fängst und unter deinem Gewand versteckst?« Isana sah Arri an, als zweifle sie an ihrem Verstand. »Ist das etwa dein Plan?«

Arri lauschte in sich hinein. Die Stelle am Fuß brannte so, wie eine offene Wunde brennen sollte, die seit Tagen unversorgt geblieben war. Aber war da nicht auch ein leichtes … Kribbeln zu spüren, so ähnlich wie das, was entstand, wenn man mit dem nackten Fuß versehentlich in eine Ameisenstraße trat?

»Aber gleichgültig, ob du Abdurezak mit Spinnen bewirfst oder ihm die Nase blutig haust«, sagte Isana. »An den anderen kommst du niemals vorbei!«

»Das kommt darauf an«, widersprach Arri. »Es muss alles nur ganz schnell gehen.«

»Ja, aber dann auch so schnell, dass selbst Taru nicht mehr reagieren kann.« Isana schüttelte den Kopf. »Du vergisst, dass er Dragosz' Sohn ist. Dragosz hat ihm alles beigebracht, was ein Krieger wissen muss, um im Kampf zu bestehen. Und Taru war ein gelehriger Schüler.«

»Allerdings mit zwei tauben Ohren«, murmelte Arri. »Denn von all dem anderen, was einen großen Krieger ausmacht – seiner Ehre und seinem Anstand – hat er nie etwas wissen wollen.«

»Umso schlimmer«, erklärte Isana. »Denn das macht ihn nur noch gefährlicher.« Entschieden schüttelte sie den Kopf. »Nein, Arri. Mach dir nichts vor. Taru wird dich nicht so einfach entkommen lassen.«

»Na und?« Arri schnaubte. »Du vergisst, dass ich ihm schon einmal entkommen bin.«

»Ja, mit mehr Glück als Verstand. Du solltest Taru wirklich nicht unterschätzen.«.

»Das werde ich nicht«, antwortete Arri. »Aber er wird *mich* unterschätzen. Und das ist mein Vorteil.« Sie zuckte mit den Schultern. »Dragosz hat mir den einen oder anderen Kniff beigebracht.«

»Den einen oder anderen Kniff?«, fragte Isana misstrauisch. »Was soll das heißen? Ein Krieger darf einer Frau doch gar nicht das Kämpfen beibringen!«

»Aber ein Mann seiner Frau ...«

»Immer der Nase nach«, hatte Partuk gesagt, und eigentlich war es genau das, was Zakaan auch getan hatte. Ragok mochte zwar viel schneller sein, aber darauf kam es nicht an. Wer im Kreis lief, konnte seine Schritte so sehr beschleunigen wie er wollte, und er würde doch nie zum Ziel kommen. Wer sich dagegen auf seinen Instinkt verließ und niemals wirklich vom Weg abwich, für den spielten Entfernungen letztlich nur eine zweitrangige Rolle.

Es wurde Zeit, dass sie ankamen. Zakaans Rücken brannte nicht nur, mittlerweile schien er geradezu in Flammen zu stehen. Das wäre fürchterlich gewesen, wenn die Schmerzen in seinen Beinen nicht noch viel schlimmer gewesen wären. Doch so glich sich das Ganze wieder aus – fand Zakaan.

Aber das musste er auch so finden, denn schließlich war er der Schamane. Ein Schamane, der sich nicht selbst helfen konnte, konnte von der Gemeinschaft schwerlich Respekt erwarten; im schlimmsten Fall wurde er mit Schimpf und Schande weggejagt.

Aber auch das wäre ihm jetzt herzlich gleichgültig gewesen. Abdurezak war ganz in der Nähe! Das wog alles auf.

»Haascht du noch ein Plätschen?«, fragte Granartara. Sie schwankte, als hätte sie in allerkürzster Zeit einen ganzen Sack vergorener Äpfel in sich hineingestopft, und jetzt reckte sie Zakaan den Zeigefinger entgegen. »Nur ein einziges Plätschen?«

»Nein«, antwortete Zakaan kurz angebunden. »Ich habe dir sogar mein letztes Kräuterblättchen gegeben. Jetzt ist keines mehr da.«

»Och«, machte Granartara. »Isch will doch nur einsch. Ein einziges Plätschen!«

»Oh, nein«, presste Byrta hervor. »Gleich such ich mir einen schönen Stein, und schlage diesem dummen Mammut den Schädel ein.«

»Na, hör mal.« Granartara wandte sich zu Byrta um, stolperte und fiel der Länge nach hin. Byrta blickte verächtlich auf sie herunter und stieg über sie hinweg, als wäre sie nicht eine Weggefährtin, sondern ein Unrathaufen.

Wobei, fand Zakaan, der Unterschied in diesem Fall gar nicht so groß war.

»Der Weg steigt an«, stellte Partuk fest. »Vor uns liegen die Berge. Ob das richtig ist?«

Der Schamane blieb stehen und sah erst nach vorn, dorthin, wo sich eine Hügelkette immer höher schwang, und dann wieder hinab, auf den matschigen Wildpfad, auf dem Granartara vor ihm im Dreck lag. Sie sah fürchterlich aus. Der Genuss der Kräuterplättchen hatte dazu geführt, dass sie sich überhaupt nicht mehr zurechtfinden konnte, und als sie jetzt zu ihm aufsah, hatte sie mit der Frau, die sie alle so sehr tyrannisiert hatte, nur noch wenig gemein. Eher sah sie wie ein kleines Kind aus, das noch nicht richtig laufen konnte. So hilflos wirkte sie, dass sie dem Schamanen fast leidtat, und das sollte schon etwas heißen.

»Steh auf«, sagte er sanft. »Wenn du hier liegen bleibst, wirst du dir den Tod holen.«

Granartara schüttelte jedoch störrisch den Kopf. »Wenn isch keine Plätschen mehr kriege, will isch lieber liegen bleiben.«

»Das ist keine gute Idee«, antwortete der Schamane. »Ein Unwetter zieht auf. Und nicht gerade eins von der harmlosen Sorte …«

»Woher willscht du denn das wischen, hä?« Granartara stützte sich auf die Ellbogen auf und schielte zu ihm nach oben. »Ein bischen Regen ist doch erfrischend!«

»Ja, gute Idee«, meinte Byrta abfällig. »Ruh dich hier aus und lass dich vom Regen erfrischen, während wir Urubakatak suchen, Dragosz besiegen, uns die Himmelsscheibe holen und siegreich sind, und …«

Sie hatte den Faden verloren. Das war auch ganz gut so, fand der Schamane. Er hätte gar nicht mehr sagen können, wer ihm mehr auf die Nerven ging: Byrta, die noch nicht mal Urutark aussprechen konnte, oder Granartara mit ihrem beständigen *Kriege ich noch ein Plätschen.*

»Ein Unwetter ist kein Regen«, Partuk trat an Granartara heran, beugte sich hinunter und versuchte die Widerstrebende hochzuziehen, soweit ihm das mit seinen morschen alten Kriegerknochen überhaupt möglich war. »Und jetzt komm!« Er zerrte an Granartaras Arm. »Wir bleiben zusammen. Nicht, dass du am Ende noch von einem wilden Tier gefressen wirst.«

Zakaan nickte Partuk dankbar zu – und Partuk bedankte sich seinerseits bei ihm, indem er ihn mit einem heftig flackernden Blick bedachte. Was für eine Truppe!

Der Schamane wandte sich ab und marschierte los, um sich um die anderen zu kümmern. Abdurezak, flüsterte er dabei in Gedanken, wo bist du nur?

Ein scharfer Windzug antwortete ihm, und als der Schamane nach oben blickte, sah er genau das, was er die ganze Zeit über schon befürchtet hatte: eine Ansammlung dicker, dräuender Wolken, die nicht nur in eine Richtung zogen, sondern vom zunehmenden Wind in verschiedene Himmelsgegenden abgedrängt wurden.

Das sah gar nicht gut aus.

Wenn er Abdurezak noch treffen wollte, bevor das Unwetter ihn und die anderen von diesem Pfad blies, dann musste er sich beeilen.

Lexz starrte ungläubig auf die stinkende, blubbernde Grube, die sich vor ihnen auftat. Er hätte gar nicht mehr sagen können, wie sie hier hingekommen waren. In letzter Zeit waren sie einem Pfad gefolgt, der von größeren Tieren in den Boden getrampelt worden war, aber zum Teil recht frischen Spuren zufolge auch von Menschen benutzt wurde. Und nun standen sie hier vollkommen erschöpft, hungrig und durstig – und starrten durch hohes Gras und Zweige auf eine stinkende Modergrube.

Das durfte doch nicht wahr sein.

Die Hochstimmung, die sie erfasst hatte, nachdem sie den nebligen Sumpf endlich verlassen hatten, hatte nicht allzu lange angehalten. Ein Gewitter hatte sie vor sich hergetrieben, Blitz und Donner hatten sich so schnell abgewechselt, dass sie kaum noch zu unterscheiden gewesen waren, und dann war unmittelbar neben ihnen krachend ein Blitz eingeschlagen und hatte einen Baum gespalten, der neben ihnen funkensprühend zu Boden gekracht war, um dann augenblicklich in Flammen aufzugehen.

Auf Ekarnas Kopf waren grellrote Funken übergesprungen, doch bevor sie ihr hatten gefährlich werden können, war Torgon schon herangekommen und hatte sie ausgeklopft – aber immerhin nicht mit der Hand, mit der er den Griff seines Hammers umklammert hielt, sondern mit der anderen. Danach war um sie herum ein Chaos aus Blitz, Donner und brennenden Bäumen ausgebrochen, und sie waren nur noch blindlings davongestürmt.

Es blieb ihnen keine Zeit, auf irgendetwas anderes zu achten als darauf, dass sie nicht von herabkrachenden Ästen oder lichterloh in Flammen stehendem Gezweig getroffen wurden – und dann löste sich das Gewitter ganz plötzlich auf wie ein Spuk, und sie fanden sich in einem üppig wuchernden Wald wieder, durch den Torgon – wann immer das nötig war – mit immer kraftloser werdenden Hammerschlägen eine Schneise zu treiben versuchte.

Und dann dies hier.

Unmittelbar vor ihnen.

Die Grube.

»Nein«, sagte Lexz. Er schüttelte den Kopf, dies aber nur noch benommen, müde und dabei maßlos enttäuscht, gar nicht mehr wütend, wie es eigentlich eher seiner Art entsprochen hätte. »Das kann nicht sein. Wir sind nicht im Kreis gelaufen. Unmöglich. Vollkommen un... mög... lich!«

Ekarna berührte ihn am Arm, und Lexz zuckte auf eine ganz übertrieben wirkende Art zusammen. »Das sieht hier alles fast so aus wie an der Stelle, an der wir von diesen unheimlichen Gestalten in den Kapuzenmänteln überfallen worden sind. Ihr wisst doch, was das bedeutet.«

»Unsinn«, entfuhr es Torgon, und in seiner Stimme schwang Verzweiflung mit. »Du musst dich täuschen.«

»Ich wünschte, es wäre so«, flüsterte Ekarna. »Aber es kann doch kein Zweifel daran bestehen, wo wir herausgekommen sind. Dies da vorn ist die Grube, an der wir schon einmal waren.«

Sie sagte es so leise, dass der Sinn ihrer Worte erst langsam in Lexz' übermüdeten Verstand einsickerte. Aber er weigerte sich einfach, es anzuerkennen. »Ganz ruhig. Es kann ja sein, dass es hier so ähnlich aussieht. Vielleicht gibt es sogar mehrere solcher Gruben in diesem Wald.«

»Ja«, brummte Torgon. »Natürlich. Das muss es sein!«

Lexz nickte heftig. »Wir haben die Keulen schwingenden Barbaren in Richtung Hügelkette verfolgt«, versuchte er sich zu erinnern. »Und dann ... als wir meinten, sie seien in Richtung Wald unterwegs ...«

»Was falsch war«, unterbrach ihn Torgon.

»Ja«, Lexz nickte grimmig, »was ein großer Fehler gewesen ist. Und das nicht nur, weil wir deswegen Isana verloren haben. Sondern auch, weil wir dadurch in diesen verfluchten Schlingpflanzenwald geraten sind. Wir haben zwar eine ganze Ewigkeit dort festgesessen und nicht rausgefunden, aber bestimmt auch keine größere Strecke dabei zurückgelegt. Und danach kam das Moor – oder der Sumpf, oder was auch immer es gewesen sein mag.« Er schüttelte den Kopf. »Wir können nicht im Kreis gelaufen sein. Unmöglich.«

»Ob unmöglich oder nicht«, Ekarna atmete tief aus und schob ein paar Zweige zur Seite, um einen besseren Blick auf die grausige Grube vor ihnen zu haben, »ja, ich bin mir sicher … seht ihr das nicht? Diese zusammengetrampelte Fläche vor dem Leichenpfuhl … da, der Baum, an dem du dich abgestützt hast, Torgon.« Sie ließ die Zweige wieder zurückschnellen und nickte bekräftigend. »Ja. Hier waren wir schon mal!«

»Also sind wir tagelang im Kreis herumgeirrt?« Lexz hätte Ekarna am liebsten an ihrem Armen gepackt und geschüttelt. »Das kann doch nicht dein Ernst sein! Wir hätten es doch merken müssen! Der Sonnenstand, der Mond – all das hat uns doch die Richtung gewiesen.«

»Nichts hat uns die Richtung gewiesen«, widersprach Torgon müde. »Wir wussten doch bloß, dass wir in Bewegung bleiben müssen. Und über uns war die meiste Zeit ein dichtes Blätterdach …«

»So ein Unfug!«, schimpfte Lexz. »Wir wandern seit zwei Sonnenwenden durch endlose Landschaften, haben Gebirge überquert, sind Seen und Flüssen ausgewichen und haben uns durch dichte Wälder gequält. Aber dabei sind wir doch niemals im Kreis gelaufen! Und das soll uns ausgerechnet jetzt passiert sein?«

»Nein«, brummelte Torgon. »Das *soll* uns nicht passiert sein. Das ist uns passiert. Und jetzt …«

»Aber du hast doch gerade noch selbst gesagt …!«

»Ich habe den Baum wiedererkannt, an den ich mich gelehnt habe«, unterbrach ihn Torgon.

»Oh«, machte Lexz. »Aber kann es nicht sein …«

»Es *ist* so!« Ekarna fuhr sich mit einer verzweifelten Geste durch die Haare. »Es ist die gleiche Stelle, von der aus wir aufgebrochen sind, vor ich weiß nicht wie viel Tagen!«

»Nein«, beharrte Lexz. »Das kann nicht stimmen. Ich habe noch nie in meinem Leben die Orientierung verloren. Warum sollte mir das ausgerechnet jetzt passieren?«

»Vielleicht, weil irgendetwas unsere Sinne verwirrt hat.« Ekarna streckte den Kopf vor, und nun war sie wieder ganz die Raubkatze, die Witterung aufgenommen hatte. »Aber wir sind ganz sicher wieder hier. Ich kann es doch riechen!«

»Es riecht nicht, es stinkt«, murrte Lexz. »Und das auf eine so üble Weise, dass ich hier bloß noch weg will.«

»Nein, dass meine ich nicht.« Ekarna streckte den Kopf noch weiter vor. »Es stinkt hier genauso erbärmlich wie damals.« Als Lexz sie nur verständnislos anstarrte, fügte sie hinzu: »Kurz bevor mich die Dämonen angegriffen haben.«

»Dämonen?« Lexz' Spott blieb ihm im Hals stecken, als er an die Kerle dachte, die Ekarna angegriffen hatten. Ja. Vielleicht hatte sie doch recht. Vielleicht waren es wirklich Dämonen gewesen. Und trotzdem …

Er drehte sich um und starrte in die Richtung, aus der sie gekommen waren. Die Vegetation hinter ihnen schien unversehrt, aber dort, wo das Gewitter getobt hatte, sah es anders aus: An einzelnen Stellen brannte es immer noch ziemlich heftig. Lexz sah eine Feuersäule, die fast senkrecht aufstieg, aber auch dichten Rauch und Qualm, der verwirbelt wurde und dann bis zu ihnen hinüberzog. »Ich rieche es auch«, bestätigte er. »Es ist das Feuer!«

»Nein.« Ekarna stemmte die eine Hand auf ihre Steinaxt, die andere auf den Griff ihres Bronzeschwerts. »Das kann nicht sein. Was ich hier spüre, ist … die Anwesenheit von jemandem. Oder auch …«, sie zuckte unglücklich mit den Schultern, »von *etwas*.«

»Von Dämonen?«, fragte Lexz.

Das Wort, das nun auch noch einmal von ihm ausgesprochen wurde, ließ sich nicht mehr zurücknehmen. Lexz sah Ekarna auf eine Weise an, dass sie um eine Antwort rang.

»Wenn du mir verrätst, wo die Kerle sind«, sagte Torgon, »dann lass ich sie meinen Hammer schmecken.«

Ekarna ließ den Blick über das dichte Unterholz streifen. Dann zuckte sie mit den Schultern. »Ich weiß es nicht. Aber es ist jemand ganz in der Nähe. Da bin ich mir sicher.«

»Dann halten wir also die Augen auf«, sagte Lexz, obwohl seine Augenlider so schwer waren, dass er sie kaum noch heben konnte. »So sind wir wenigstens …«

Er verstummte. Ja, Ekarna hatte recht, da war tatsächlich irgendetwas. Bei ihm war es nicht der Geruch, der diese Gewissheit auslöste, sondern etwas, das er hörte: ein leises Scharren, fast wie Metall auf Metall, oder auch wie Feuerstein, der auf einem harten Holz gerieben wurde, oder auch irgendetwas, das nur entfernt ähnlich klang.

Vielleicht war es ja bloß ein Tier.

Aber er wusste, dass dies nicht zutraf.

Er zog sein Schwert und ging mit den selbstverständlichen Schritten los, die ihn auch fast wie von selbst bis hierhin getragen hatten. Torgon rief ihm irgendetwas hinterher, das er weder verstand noch verstehen wollte. Er war in heller Aufruhr. Die Müdigkeit war aber nicht wie weggeblasen, das konnte sie auch gar nicht sein, dazu war seine Erschöpfung viel zu groß, und seine Bewegungen waren sicherlich weit weniger elegant, als sie es sonst waren. Das machte alles keinen Unterschied.

Er hatte die Todessyre gesehen, kurz bevor sie den Sumpf verlassen hatte. Er hatte den Blick ihrer Augen nicht vergessen, einen Blick, der ihn ganz tief berührt hatte. Es hieß, wenn einen eine Todessyre berührte, war man auch des Todes. Vielleicht war mit dieser Berührung ja nichts anders als ihr Blick gemeint. Vielleicht hatte sie auch nichts weiter getan, als die anderen Männer anzublicken, die da tot im Sumpf gelegen hatten.

Mit jedem Schritt, den er sich von seinen Gefährten entfernte, kam er dem Geheimnis näher. Er packte sein Schwert fester. Wenn es der Tod war, der ihn erwartete, dann wollte er ihm wenigstens nicht kampflos entgegentreten.

Das Unwetter machte einen merkwürdigen Eindruck. Es zog auf, wie Unwetter nun einmal aufziehen: mit dichten Regenwolken, die von heftigen Windstößen vor sich hergetrieben wurden. Der Himmel wurde zunehmend schwärzer, wobei sich auch Grautöne heineinmischten, als sich Wolkenberge ineinanderschoben, und über allem thronte eine strahlende Sonne, die es durchaus schaffte, den einen oder anderen hellen Strahl durch die verwirbelte Wolkendecke zu senden.

Man hätte es auch als Kampf der Götter deuten können, als Aufbegehren der Herren von Sturm und Düsternis gegen die Übermacht der Sonne, die mit ihrer Kraft in letzter Zeit mehr Verheerungen angerichtet hatte, als Leben zu spenden. Man konnte es aber auch als das Werk von Dämonen betrachten, die in dieser Gegend hausten und nun alles daransetzten, um die Ankömmlinge davon abzuhalten, Urutark auf kürzestem Weg zu erreichen.

Zakaan hielt von all diesen Deutungen nichts. Hier waren andere Kräfte am Werke, das spürte er ganz deutlich. Aber um sie benennen zu können, hätte er das eine oder andere Ritual durchführen müssen.

Und das in Ruhe. Mit der geeigneten Unterstützung. Und nicht inmitten von Menschen, die sich schlimmer verhielten als brünstige Hirsche, die sich mit ihren Geweihen ineinander verhakt hatten.

»Isch kann nischt mehr«, schimpfte Granartara. »Wenn isch nischt gleisch ein Plätschen kriege …«

»Du bekommst gleich was aufs Näschen, du altes Mammut«, unterbrach sie Byrta, und Partuk sagte unter heftigem Augenflackern: »Still jetzt, du Schnorchel. Siehst du denn nicht, dass der Schamane denkt!«

Zakaan sog tief die Luft ein und behielt sie so lange wie möglich in sich, bevor er sie wieder ausblies. Aha. Der Schamane *dachte*. Man sah es ihm auch an. Und was dachte der Schamane?

Dass irgendetwas mit diesem Unwetter nicht stimmte. Es ballte sich über ihren Köpfen zusammen – und dann zog es sich wieder ein Stück zurück, von Winden weggedrängt, die es hier nicht zu dulden schienen.

»Sehr, sehr merkwürdig«, sagte er.

»Was?«, fragte Partuk, »was ist merkwürdig?«

Wenn der Kerl nicht dieses lästige Augenzucken hätte, wäre er eigentlich gar nicht so übel, dachte Zakaan. »Ich finde das Wetter merkwürdig«, sagte er so würdevoll, wie das all die verschiedenen Wehwehchen zuließen, die sich ohne *Plätschen* kaum in den Griff bekommen ließen und ihn mit ihren Schmerzen gewiss in den Wahnsinn getrieben hätten, wenn er nicht fertiggebracht hätte, Geist und Körper weitgehend zu entkoppeln.

»Seht ihr die Wolken.« Er wollte nach oben deuten, aber ein scharfer Schulterschmerz hinderte ihn daran, die Bewegung zu vollenden. Es wurde Zeit, dass all dies endete. Und wenn es auch bedeutete, dass er loslassen musste von diesem Leben, um den Übertritt in das zu wagen, was einen nach dem Tod erwartete.

»Ja. Jajajaja. Isch sehe die Wolken«, Granartaras Stimme hatte ohne jeden Zweifel etwas Weinerliches, »aber ich sehe keine …«

»Wehe, du sprichst das Wort aus«, drohte Byrta. »Dann stopfe ich dir nämlich ein Plätschen in dein Mündchen …«

»Unwetter toben sich aus«, sagte Zakaan. »Oder sie ziehen vorbei. Aber sie verharren nicht über einem, als überlegten sie, ob sie nun mit ihrem Verheerungswerk loslegen sollen oder nicht.«

Partuk nickte. »Ich verstehe, was du meinst, Schamane. In meinem ganzen Leben habe ich so etwas noch nicht gesehen.«

»Ich auch nicht«, bemerkte Byrta.

Partuk und Zakaan wechselten einen schnellen Blick. Byrta hatte ja auch gerade erst angefangen zu leben. Was konnte sie da schon für Erfahrungen haben?

»Oder doch.« Byrta kratzte sich auf eine umständliche und nicht gerade schön anzusehende Art am Kopf, die sie sich nur von Granartara abgesehen haben konnte. »Damals. Vor langer, langer Zeit. Als wir noch in unserem Dorf wohnten. Alle zusammen. Und dann … kurz bevor Dragosz aufbrach. Und Surkija …«

»Ja.« Zakaan nickte. »Surkija. Aber davon sprechen wir jetzt nicht.«

»Weil wir nämlich nie von ihr sprechen«, ergänzte Partuk. »Weil die Umstände von Surkijas Tod …«

»… nie mit etwas anderem zu tun haben«, beendete der Schamane das gemeinschaftliche Werk dieses Satzes, der fast aus dem Ruder gelaufen wäre.

»Was?« Byrtas Hand fror auf ihrem Kopf ein, was sie nun endgültig wie eine Nachahmung von Granartara aussehen ließ. Wenn sie erstmal ihre Zähne bis auf drei grauschwarze Stummel verloren hatte, dachte der Schamane, und dafür die Bissigkeit ihrer Bemerkungen vervollkommnete, dann würde sie in nicht allzu ferner Zukunft ein Ebenbild der Frau sein, die sie jetzt zu recht so sehr verabscheute. Merkwürdig. Warum sah sie das nicht selbst?

»Was?«, wiederhole Byrta, »was ist mit Surkijas Tod?«

»Nichts«, antworteten Partuk und Zakaan wie aus einem Mund.

Byrta schüttelte den Kopf, nahm aber wenigstens die Hand herunter. »Ich verschweigt mir doch nichts?«

»Niemals«, antwortete Partuk. Und Zakaan ergänzte: »Es geht gar nicht um Frauen. Es geht ums Wetter. Und das verhält sich so merkwürdig, dass wir uns schnellstens irgendwo einen Unterschlupf suchen sollten.«

»Am besten eine Höhle«, ergänzte Partuk. »Vorausgesetzt, es lebt kein Bär darin.«

Ein fernes Donnergrollen antwortete ihm darauf, und in der Ferne zerriss ein Blitz den Himmel. Das war doch die verkehrte Reihenfolge! Aber bevor Zakaan den Gedanken weiterverfolgen konnte, folgte Donnerschlag auf Donnerschlag, und die Blitze zuckten und schossen gezackt und in wirren Bahnen vom Himmel.

Zakaan lief los. Besser gesagt: Er versuchte, schnellstmöglichst einen Fuß vor den anderen zu setzten. Aber obwohl sein Gebiss noch vollständig und er ja auch in der Lage gewesen war, bei der großen Wanderung mit den anderen mitzuhalten, geriet sein vor Alter gebeugter Körper jetzt sehr schnell an seine Grenzen.

Er strauchelte, bekam einen Ast zu fassen und hielt sich daran fest. »Lauft!«, rief er. »Das Gewitter wird gleich hier sein.«

Wieder folgte ein Donnerschlag, und zwar so nah, dass Vögel aufstoben und es ganz in der Nähe zischte, als wäre ein Feuer entzündet worden. Der Schamane klammerte sich noch fester an den Ast, den er zu fassen bekommen hatte, und stemmte die Füße so gut es ging in den Waldboden. Es war so feucht hier, dass er nicht befürchten musste, ein Feuer könne um sich greifen und sie gefährden. Aber nicht das war es, was ihm Angst machte. Sondern dass ihn so unerwartet ein Gefühl von Angst, ja fast von Panik erfasste, dass er fast in sich zusammengesackt wäre.

Plötzlich hatte er wieder das Bild von Sedak vor Augen, dieses armen Kerls, der mit einem Pfeilschuss in den Rücken niedergestreckt worden war. Es waren nicht nur Naturgewalten oder wilde Tiere, die ihnen hier gefährlich werden konnte: Irgendjemand schlich hier auch herum und machte Jagd auf sie.

In diesem Augenblick spürte er eine Bewegung am Arm. Er machte einen regelrechten Hüpfer, strauchelte, kam wieder hoch und tastete nach dem Feuersteinkeil, der in seinem Gürtel stak. Alles ging so schnell, wie es in seinem Alter nur gehen konnte, und noch bevor er das Messer gezogen hatte, das ihm Ragok mit auf den Weg gegeben hatte, hätte man ihn schon dreimal erschlagen können.

Aber er hatte Glück. Es war kein Angreifer, jedenfalls nicht einer von einer feindlichen Sippe, sondern eine Verbündete.

Granartara.

»Wir brauchen einen Unterschlupfsch«, nuschelte sie.

Der Schamane starrte sie nur an. So viel von seiner Verwirrung und Abneigung musste in seinem Blick erkennbar gewesen sein, dass Granartara zurücktaumelte und wild mit den Armen um sich schlug. »Was ist denn mit dir losch? Bischt du irre geworden?«

Ja, in gewisser Weise traf das zu. Zakaan bekam endlich das Messer aus seinem Gürtel frei, starrte die kostbare Waffe an, als wäre sie etwas Widerliches, und steckte sie dann wieder weg. Mit derselben Bewegung wandte er sich von Granartara ab und blickte in die Richtung, aus der er die Gefahr kommen spürte.

Es hatte aber nichts mit ihm zu tun, sondern mit jemandem, der ihm nahestand. Abdurezak? War er etwa in Gefahr? Tobte vielleicht das Unwetter unmittelbar über seinem Kopf?

Möglich. Aber das war es nicht, was ihn so aufschreckte. Die Angst bezog sich auf jemand anderen. Und dann wusste er auch, um wen es ging: es war Lexz.

Der Junge war in Gefahr. Er und seine Gefährten mussten irgendetwas getan haben, was sie nicht hätten tun dürfen. Und …

18

Am Ende war es nicht Lexz allein, der mit gezogener Waffe an der Grube stand. Seine Gefährten waren ihm wie selbstverständlich gefolgt. Ekarna hielt ihre Steinaxt zwar in der Hand, aber nicht schlagbereit. Vielmehr deutete sie damit in das Blubbern, das stärker geworden war. Es schien, als spüre dort unten irgendetwas die Unruhe.

Der Anblick der Grube verschlug Lexz den Atem, und der bestialische Gestank trug das Seinige dazu bei, um seine Sinne zu verwirren. Da musste sich irgendetwas befinden, das sich nicht in Worte fassen ließ. Es war abstoßend, ja sogar ekelhaft, ganz gewiss, eine nach Fäulnis und Verwesung stinkende Ausdünstung, die kaum erträglich war und für sich genommen schon ausgereicht hätte, um ihn auf der Stelle herumfahren und weglaufen zu lassen. Aber da war auch noch etwas anderes, etwas, das seine Seele berührte, so als strichen gierige Finger über sein Innerstes und suchten eine Schwachstelle, um in ihn einzudringen und ihn wie ein gieriger Blutegel auszusaugen.

Eine ganze Weile standen er und seine Gefährten einfach nur da, jeder in sich versunken und unfähig, ein vernünftiges Wort hervorzubringen. Wie zu erwarten, war es dann Torgon, der das Schweigen brach.

»Das, was wir hier vor uns sehen, ist nicht das, wonach es aussieht«, begann er. »Es muss noch irgendetwas ganz anderes sein. Etwas, das vielleicht schon seit einer Ewigkeit existiert, vielleicht aber auch nicht. Und die Männer, die uns überfallen haben – diese entstellten Kerle in den Umhängen, und später die Barbaren mit ihren Keulen – nun, die müssten eigentlich wissen, was das hier sein könnte. Vielleicht sollen sie auf diese Grube aufpassen. Oder sie mit Toten füttern. Mit denjenigen, die so leichtsinnig sind, in die Nähe zu kommen, und die sie zuvor überfallen haben. Vielleicht …«

Ekarna hob die Hand, bevor er weitersprechen konnte. »Hör auf mit dem Geschwafel«, flüsterte das schlanke, großgewachsene Mädchen. »Seht ihr es denn nicht?«

»Doch«, antwortete Torgon angewidert. »Ich sehe es. Ich rieche es auch …« Er legte die Hand auf den Mund und ließ sie dann wieder sinken. »Eine Leichengrube. Aber was für eine. So etwas dürfte es eigentlich gar nicht geben. Es ist fürchterlich. Und nicht nur das. Es ist … einfach nur widerlich und abstoßend.«

Das war eine durchaus ungewöhnliche Bemerkung für Torgon, und noch ungewöhnlicher wirkte der Tonfall, in dem er sie machte. Er klang düster, fast unheilvoll, so wie Zakaan vielleicht sprechen würde, wenn er die Toten angerufen hatte, um ihren Beistand zu erflehen … und von ihnen abgewiesen worden war.

»Widerlich.« Ekarna nickte. »Abstoßend. Ja. Stimmt. Aber was ist das alles … wozu … Wer tut so etwas?«

»Dämonen«, sagte Torgon, während sein Gesicht dabei so schnell die restliche Farbe verlor, dass es schon fast komisch aussah. »Das ist doch nicht von Menschenhand geschaffen. Das müssen Dämonen gewesen sein!«

»Dämonen?« Ekarna klang zweifelnd. »Hier, in der Nähe von Urutark? Wie passt das zusammen? Das Land unserer Ahnen und diese … diese Kreaturen?«

»Vielleicht passt das alles viel besser zusammen, als wir glauben«, stieß Lexz hervor.

Ekarna warf ihm einen schrägen Blick zu, machte aber nicht einmal den Ansatz, darauf zu antworten. Sie standen nur wieder eine ganze Weile stumm nebeneinander da und starrten in die Leichengrube. Der Anblick war unbeschreiblich, und je mehr Lexz sich zusammenzureißen und sich auf den Anblick vor sich zu konzentrieren versuchte, umso weniger wollte ihm das gelingen. Es war so … so, als entzöge sich das, was dort in der Grube vor sich ging, seinem Blick, obwohl er es doch unmittelbar vor Augen hatte.

»Dieses … grünlich-gelbliche-graue Zeug …«, Torgon musste schlucken, bevor er fortfahren konnte. »Bist du sicher, dass hier alles tot ist? Es bewegt sich doch …«, er deutete mit dem Zeigefinger auf eine Blase, die sich erst bildete, dann überdehnte und schließlich mit einem hässlichen Geräusch platzte. Lexz war sich nicht sicher: Aber er glaubte es wimmeln und wuseln zu sehen, glaubte, etwas Schwarzes über den blubbernden See huschen zu sehen, winzig klein und doch von einer Boshaftigkeit getrieben, die er fast körperlich zu spüren glaubte.

»Da … da …« Torgons Zeigefinger fuhr von links nach rechts, »überall Bewegung. Nichts ist hier in Ruhe!«

Das letzte Wort hatte er so leise hervorgestoßen, dass es kaum verständlich war. Und trotzdem kam es Lexz wie ein Schrei vor.

Vielleicht, weil etwas in ihm darauf antwortete. Er hatte Ähnliches schon einmal gesehen, da war er sich ganz sicher. Aber er wusste nicht mehr, wann und wo.

»Ich glaube, das reicht mir«, bekannte Ekarna. »Lasst uns lieber gehen.«

Lexz hätte nichts lieber getan, als ihrem Vorschlag zu folgen. Doch stattdessen ergriff er den Arm des Mädchens. »Wir werden nirgendwo hingehen«, sagte er so düster, dass er über den Klang seiner eigenen Stimme erschrak, »solange wir nicht wissen, um was es sich hier handelt.« Als sie nicht gleich antwortete, fuhr er fort: »Es kann doch kein Zufall sein, dass wir im Kreis gegangen sind, durch diesen Schlingpflanzenwald und über den Sumpf mit den Toten, die wie lebend aussahen. Irgendetwas hat uns wieder hierher zurückgeführt!«

Bei jeder anderen Gelegenheit hätte Ekarna seine Hand abgeschüttelt oder ihn mit einer ärgerlichen Bemerkung bedacht. Aber nicht jetzt.

Langsam nickte sie. »Leider klingt das wirklich nicht nach einem Zufall«, gestand sie und strich sich eine Haarsträhne aus dem Gesicht. »Aber wir dürfen uns jetzt nicht verrückt machen. Zakaan sagt, dass die wahre Kraft aus der Mitte kommt. Dort, wo der Atem einfließt, den uns die Götter schicken.«

Torgon wollte eine ungeduldige Bemerkung machen, aber Lexz bedachte ihn mit einem so finsteren Blick, dass der Dicke die fleischigen Lippen so fest aufeinanderpresste, bis sie blutleer und bleich waren.

»Ich weiß, was Zakaan sagt«, antwortete Lexz, und fast hätte er noch hinzugefügt: »Ich weiß es deshalb, weil Zakaan in meinem Kopf ist – und mich andauernd maßregelt.«

Ekarna legte ihre rechte Hand auf Lexz' linke, mit der er noch immer ihren Oberarm umklammerte. »Ja. Wir alle wissen, was uns unser Schamane immer wieder predigt. Uns, auf denen die Hoffnung unseres Volkes ruht, wenn man ihm glauben will.« Dann seufzte sie leise, und Lexz glaubte zu erkennen, wie eine Träne ihre Wange herunterrann. Aber das war unmöglich. Jeder wusste, dass die Raubkatze niemals weinte und in ihrem ganzen Leben noch keine Träne vergossen hatte.

»Ohne Zakaan wäre unser Volk schon längst gescheitert«, fuhr Ekarna fast unhörbar fort, und dann etwas lauter: »Wir wären verbrannt. Oder verdurstet. Oder verhungert.«

»Und du meinst …«, begann Lexz. »Wenn wir wie Zakaan …?«

»Ja«, Ekarna nickte kaum merklich. »Wir müssen das hier so betrachten, wie es der Schamane tun würde.«

»Und wozu soll das gut sein?«, wandte Torgon ein. Er schwang seinen Bronzehammer hoch und ließ ihn durch die Luft zischen. »Wir brauchen doch keinen Schamanen, um hier zurecht zu kommen.«

Ärgerlich schüttelte Ekarna den Kopf, und gleichzeitig krampften sich ihre Finger um Lexz' Hand. »Du vergisst, wo du bist. Dies hier ist kein Ort für Prahlereien. Es ist ein böser Ort.«

»Ja, ein böser Ort …« Torgon ließ den Hammer wieder sinken und kratzte sich am Kopf, als feile er an einer geistreichen Erwiderung. Aber ein Blick in Ekarnas katzengrüne Augen brachte ihn dazu, sich von ihr abzuwenden und so zu tun, als starre er konzentriert in die Grube. »Ja, ich fürchte, du hast recht. Bislang war ich mir nicht einmal sicher, ob es so etwas wie böse Orte wirklich gibt.« Er atmete tief aus, was einen Laut hervorbrachte, der von einem glucksenden Geräusch in der Grube auf unheimliche Weise verschluckt wurde. »Oder Dämonen.«

»Torgon, was soll das?«, fragte Ekarna ungehalten. »Du weißt doch ganz genau, dass es böse Orte gibt, Orte, die voller Verderben sind. Erinnerst du dich nicht an die Quelle, wo wir die verendeten Tierkadaver gefunden haben? Weißt du nicht mehr, dass wir die böse Ausstrahlung dieses Ortes alle spüren konnten – und wie es denen gegangen ist, die dann trotz aller Warnungen von dem Wasser getrunken haben?«

»Ja«, Torgon nickte. »In der Nacht sind die Geister zu ihnen gekommen und haben sie übel zugerichtet.« Er zuckte mit den Achseln. »Geister oder Raubtiere. Ich weiß es nicht.«

»Zakaan hat gesagt, dass es Dämonen waren! Kannst du denn nicht wenigstens einmal …«

Torgon unterbrach sie mit einer raschen Handbewegung. »Ja. Ich kann einsehen, dass es so etwas wie Dämonen und böse Orte gibt. Nämlich jetzt.«

Ekarna runzelte die Stirn. »Meinst du das ernst?«

Torgon wirkte so unsicher wie ein Kind – wie ein viel zu großes und auch viel zu dickes Kind. Aber dann nickte er. »Ja, ich meine es ernst. Umso wichtiger ist, dass wir jetzt von hier verschwinden. Wir müssen endlich zu Ragok zurück und ihn und die anderen warnen. Nicht nur vor dieser Grube … auch vor denen, die uns überfallen haben. Oder habt ihr schon vergessen, in welcher Gefahr sie schweben? Sie können jederzeit überfallen werden!«

»Ja, das stimmt … leider«, gab Lexz zu und spürte selbst, dass sein

Stimme fast überkippte. »Ich habe bestimmt nicht vergessen, was uns passiert ist.« Ganz kurz tauchte das Bild des Mannes auf, dessen Hals er mit seinem Schwert durchbohrt hatte, und er glaubte wieder all das Blut zu sehen, das hervorgespritzt war. »Aber wir können noch nicht zu Ragok. Vielleicht ist Isana ja hier irgendwo in der Nähe. Oder Larkar und Sedak. Ohne sie gehe ich nicht zurück!«

Torgon öffnete den Mund, vielleicht, um ihm recht zu geben, vielleicht aber auch, um ihm zu widersprechen – doch da machte Ekarna einen so entsetzten Schritt zurück, dass sie fast gestolpert wäre. »Jetzt weiß ich, was das hier ist!«, keuchte sie.

Torgon und Lexz fuhren gleichzeitig zu ihr herum. »Was denn?«, fragte Lexz rasch. »Was ist das hier? Eine Dämonengrube?«

Ekarna schüttelte den Kopf. »Nein. Oder vielleicht doch. Aber das … das weiß ich nicht.«

Ihre Augen waren weit aufgerissen, und irgendetwas flackerte in ihrem Blick, das Lexz gar nicht gefiel.

»Nun sag schon«, drängte Lexz. »Was ist es?«

Ekarna verschluckte sich vor lauter Aufregung fast, dann rang sie sich etwas ab, das wohl ein Lächeln sein sollte, aber eher wie eine erschrockene Grimasse wirkte. »Es ist eine Auswurfgrube!«

»Eine … was?«, fragte Torgon verwirrt.

»Eine Auswurfgrube.« Ekarna drückte noch einmal Lexz' Hand, und zwar deutlich fester als zuvor, dann machte sie sich von ihm frei, trat einen Schritt zur Seite, und damit näher an Torgon heran. »Unsere Ahnen hatten viele Namen dafür. Darunter waren auch geheime. Einer davon war Phleddererschrein.«

»Phleddererschrein?« Torgon schüttelte sorgenvoll den Kopf. »Das habe ich noch nie von Zakaan gehört. Was soll das sein?«

»Du kannst es auch nicht von unserem Schamanen gehört haben«, antwortete Ekarna. »Es ist ein Ausdruck, den die Heilerinnen benutzen. Er bedeutet so viel wie Leichensumpf. Oder Kadavertümpel. Oder auch Todesgrube.«

Torgon nickte. »Ja. Das ergibt Sinn. Jetzt verstehe ich auch, was du mit Auswurfgrube meinst.«

Lexz musste sich beherrschen, um nicht einen Schritt zurückzutreten, als Ekarna fortfuhr: »Es ist ein geheimer Ort. Früher gab es

Ähnliches auch bei unserem Volk. Bevor Surkija von uns gegangen ist, hat sie mir und ihrer Nichte erzählt, dass es am Ende jeder Siedlung eine Grube gab, in die man Kadaver warf.«

»Ich verstehe nicht«, sagte Torgon verständnislos. »Warum soll man etwas zu essen wegschmeißen?«

»Zu essen?« Ekarna schüttelte so heftig den Kopf, dass ihre Haare flogen. »Du kannst doch nicht im Ernst ausgerechnet jetzt von Essen sprechen! Was ist bloß mit dir los, Torgon?«

Sie bückte sich, und Lexz glaubte seinen Augen nicht zu trauen, als er zusehen musste, wie sie mit beiden Händen in der klebrigen Schlammschicht am Boden grub, bis sie einige kleine Steinchen gefunden hatte.

»Was soll das?«, fragte er angewidert.

Die Raubkatze warf ihm einen ganz merkwürdigen Blick zu. »Es gibt Dinge«, sie wandte sich wieder an Torgon, »die kann man beim besten Willen nicht zu sich nehmen. Das solltest du auch wissen.«

Torgon nickte ernsthaft. »Vielleicht sogar besser als jeder andere«, bestätigte er. »Schließlich habe ich nicht nur ständig meine Geschmacksgrenzen erweitert. Sondern auch sehr sorgfältig darauf geachtet, dass ich nichts zu mir nehme, was mir schaden könnte.«

»Ja«, murmelte Ekarna. »Das kann ich mir vorstellen.«

Sie nahm die rechte Hand hoch und holte aus. Lexz war bei ihr, packte ihre Hand und zog sie herunter. »Nicht«, sagte er.

Ekarna stieß einen Laut aus, der fast wie ein Fauchen klang, und versuchte von ihm wegzutauchen, aber Lexz hielt sie mit einem eisernen Griff fest.

»Lass das«, verlangte er in barschem Ton.

»Ich will das doch nur da reinschmeißen«, protestierte sie.

»Eben.« Angewidert verzog Lexz das Gesicht. »Und wozu soll das gut sein?«

»Ich will wissen, was dann passiert«, sagte Ekarna ärgerlich. »Wenn ich recht habe, müsste nämlich etwas …«

»Ganz Schreckliches geschehen?«, fragte Lexz und nickte grimmig. »Ja, das kann ich mir vorstellen. Reicht es dir noch nicht, dass wir das erste Mal, als wir hier waren, mit irgendetwas Ekelhaftem besprenkelt worden sind? Willst du das noch einmal riskieren?«

Lexz behielt Ekarna ganz genau im Auge, als sie antwortete.

»Ich … weiß es nicht«, gab Ekarna zu. Mit einem Mal wirkte sie unsicher, und das kam selten genug vor. »Aber ich muss doch unbedingt wissen, ob ich … ob ich wirklich recht habe. Denn wenn das der Fall ist – wenn es hier mehrere dieser Gruben gibt, dann ist hier vielleicht noch etwas ganz anderes im Gange, als wir bislang geglaubt haben!«

»Etwas, das uns in die Irre führen soll – uns entstellte Dämonen auf den Hals hetzt, und Höhlenmenschen, und tote Bogenschützen«, antwortete Lexz grimmig. »Ganz zu schweigen von den lebenden Toten im Sumpf. Und von Larkar und Sedak, die kurz vorher verschwunden sind.«

»Augenblick, da war doch was!«, stieß Torgon hervor.

Lexz ließ Ekarna los und wandte sich in die Richtung, in die der Dicke blickte. Er rechnete mit allem: das Mädchen wiederzusehen, das ihm schon zweimal wie eine Traumerscheinung erschienen war, oder von Männern mit Dämonenfratzen oder wild wuchernden Bärten angegriffen zu werden, oder auch sehen zu müssen, wie sich die Erde vor ihnen auftat, um sie alle miteinander zu verschlingen.

»Ja, ich seh es auch!« Ekarna hangelte nach Lexz' Hand und zog ihn ein Stück mit sich nach vorn. »Was passiert denn da bloß?«

Diese Frage hätte Lexz nicht beantworten können. Aber er zwang sich dazu, genauer hinzusehen.

Vor seinen Füßen entstand eine durchgehend matschige Suppe, und darin ein Durcheinander und Wuseln, anders als vorhin und doch nicht weniger eklig, ein ständiges An- und Abschwellen von irgendetwas unter der Oberfläche, das nach oben drängte. Lexz hielt die Luft an. Aber er hatte jetzt nicht mehr das Bedürfnis zurückzuweichen. Im gleichen Maße, wie die trübe Brühe aufkochte, und in eben dem Maße, wie er festere Stücke inmitten des Brodelns entdeckte, wuchs auch seine Entschlossenheit herauszubekommen, was bei allen bösen Geistern dies hier sein mochte.

Ekarna wandte sich zu ihm, machte eine ungeduldige Handbewegung, die ihre Axt unangenehm nah an seinem Gesicht vorbeipfeifen ließ, und deutete dann wieder nach vorn. »Ich habe es doch gewusst«, flüsterte sie tonlos.

»Was …«, Lexz machte leichtsinnigerweise noch einen Schritt nach vorn und spürte, wie die Rindsledersohle seines Schuhs im Matsch versank, und wie er dann weiter einzusinken drohte, falls er hier einfach stehen blieb, »was hast du gewusst …?«

Er brach ab, als er es sah.

Es war die Spitze eines Speers. Nicht irgendeines Speers, wie ihm bewusst wurde, während gleichzeitig das Grauen seinen Rücken hinaufkroch. Es war ein Speer, an dessen Herstellung er selbst mitgeholfen hatte. Er trug keine Spitze aus Bronze und Kupfer, sondern war traditionell gefertigt, mit einer sorgfältig behauenen Feuersteinspitze, schärfer als manches Schwert und durchaus dazu geeignet, nicht nur einen Menschen aufzuhalten, sondern auch einen Bären zu durchbohren, wenn er geschickt eingesetzt wurde.

»Das ist Larkars Speer«, flüsterte Ekarna so leise, dass Lexz ihre Worte nicht verstanden hätte, hätte er ohnehin nicht gewusst, was sie hatte sagen wollen.

»Ja«, bestätigte Lexz. »Das könnte sein.«

»Aber das ist noch nicht alles.« Ekarnas Stimme klang plötzlich schrill. »Es ist nicht nur sein Speer.«

Lexz verstand zunächst nicht, was sie meinte. Die längst vergessen geglaubten Pusteln in seinem Gesicht juckten plötzlich so stark, dass er dem Impuls nicht wiederstehen konnte und sich mit der freien linken Hand ins Gesicht fuhr.

Er führte die Bewegung nicht zu Ende. Alles geschah so schnell, dass er zunächst gar nicht begriff, was eigentlich los war.

Larkar war seit Kindertagen ein vertrauter Gefährte gewesen und inzwischen zu einem ruhigen, verlässlichen Krieger gereift, dem Lexz mindestens einmal das Leben verdankte. Seinen Kampfnamen Speerträger verdankte er vor allem der Tatsache, dass er seinen Speer nur dann losließ, wenn es unbedingt sein musste.

Und Lexz hatte panische Angst davor, dass er das auch jetzt nicht getan hatte.

Gleich neben Larkars Speer erkannte Lexz sein Gesicht, das ein winziges Stück weit hochgedrückt wurde, gerade weit genug, um es von der grauenvollen Umgebung abzuheben. Ein schrecklich entstelltes Gesicht mit leeren Augenhöhlen.

Ekarna stöhnte auf und Torgon taumelte einen Schritt zurück. Nur Lexz blieb wie erstarrt stehen.

Es war Larkars Speer. Aber es war doch nicht sein Gesicht, wie er im ersten Schrecken geglaubt hatte. Dieser Mann hier hatte einen Bart getragen, und das letzte Mal, als Lexz ihn gesehen hatte, hatte er eine Keule geschwungen, die er auf Lexz' Schädel hatte niedersausen lassen wollen.

Es war der Kerl, den Lexz auf bestialische Art abgeschlachtet hatte, um sich und Isana zu retten.

»Alles kommt nur auf den richtigen Zeitpunkt an, Isana«, sagte Arri eindringlich. »Das ist das, was mir Dragosz als erste Regel für jede Art von Auseinandersetzung eingebläut hat. Wenn du es schaffst, andere zu überrumpeln, wenn du deine Kraft zur Explosion bringen kannst, bevor der Gegner damit rechnet – dann ist Wurgar, der Kriegsgott, mit dir!«

»Das mag ja sein«, sagte Isana. »Aber dazu musst du hier erst mal rauskommen!«

»Das ist wahr. Allerdings …« Arri richtete sich mit einem Ruck so weit auf, wie ihr das in ihren Fesseln möglich war. »Was war das?«

Verwirrt schüttelte Isana den Kopf. »Was meinst du?«

»Da war doch etwas«, beharrte Arri. »Der Donnerschlag von dem Gewitter, das gerade über uns aufzieht. Und danach hat jemand meinen Namen gerufen!«

Isana schüttelte noch einmal, jetzt aber viel entschiedener, den Kopf. »Nein. Ganz sicher nicht. Den fernen Donnerschlag habe ich auch gehört. Aber danach kam nichts mehr.«

Arri blinzelte verständnislos. Isana mochte recht haben, aber trotzdem …

Lexz war in Gefahr. Und er war ganz in der Nähe. Der Schamane schien sich da ganz sicher zu sein.

Zakaan stolperte los. Seine Bewegungen waren nach wie vor viel zu schwerfällig, seine Knochen begehrten gegen die zusätzliche Belastung auf. Seine Füße traten viel zu ungeschickt, um den schnelleren Trab mitzumachen, in den er sich fallen lassen wollte. Er machte einen großen Schritt über eine ausladende Wurzel hinweg, duckte sich unter einem Ast hinweg und wackelte so unsicher in einen Strauch, dass er hängenblieb. Mit dem nächsten, zwar unsicheren, aber viel zu heftigen Schritt walzte er eine Farngruppe platt.

Verdammt! Er bewegte sich ja wie ein alter Greis, der versuchte, mit einem jungen Krieger mitzuhalten.

Aber was hatte er auch erwartet? Schließlich war er ja nichts anderes als ein klappriger Greis, der sich einfach nicht eingestehen wollte, dass seine Zeit längst abgelaufen war.

Keuchend blieb er stehen, seine Hand fuhr wie von selbst zu seinem Lederbeutel. Eine Zornesfalte trat auf seiner Stirn hervor, als er begriff, dass das doch umsonst war. Der Beutel war längst leer, weil diese stinkende Ausgeburt von einer Frau nach immer mehr Kräuterplätschen verlangt hatte. Es war nicht zum Aushalten!

»Zakaan!«, hörte er einen Ruf hinter sich – und er war viel zu nah. Was hatte er erwartet? Mit seinem Herumgestolpere Granartara und die anderen abhängen zu können?

»Zakaan!«, kreischte Granartara. »Wo willscht du hin! Lass misch nischt alleine!«

Zakaans Brust entrang sich ein tiefes Grollen. Es klang vielleicht nicht gerade nach einem Berglöwen, allerdings auch nicht nach einem Miezekätzchen.

»Also gut«, murmelte er. »Ihr habt es nicht anders gewollt.«

Er betrachtete den Lederbeutel. Wann hatte er ihn bekommen? Als ihm sein Vater die Hand auf die Schulter gelegt und stolz gesagt hatte: »Jetzt bist du ein Mann, mein Sohn. Nimm dein Schicksal von nun an selbst in die Hand. Zum Nutzen der Gemeinschaft.«

»Zum Nutzen der Gemeinschaft«, hatte er stolz wiederholt, und so dumm und naiv, wie er damals gewesen war, hatte er geglaubt, alles andere würde sich schon von selbst weisen.

»Nichts«, murmelte er. »Nichts passiert von selbst. Bis auf den Untergang. Aber den werde ich aufhalten – solange ich lebe!«

Nun ja – es mochte sein, dass sein Leben nur Tage oder vielleicht auch nur noch Stunden währte. Aber darauf kam es jetzt nicht an. Sondern allein darauf, dass er in der ihm noch verbleibenden Zeit das Richtige tat.

Schwerfällig drehte er sich um. »Ich habe hier einen Lederbeutel für dich, Granartara!«, rief er. »Ich werfe ihn in deine Richtung! Nimm ihn dir und werde mit ihm glücklich! Ich habe anderes zu tun.«

Er holte aus – soweit er konnte – und blieb dann in verrenkter Haltung stehen, bis er Granartara um die Ecke biegen und auf ihn zuschnaufen sah. Dicht hinter ihr war Byrta, und ihre Augen blitzen genauso unverschämt und gierig wie die der zwanzig Jahre älteren Frau. Nur Partuk tauchte nicht auf. Warum sollte er auch? Er war viel zu erfahren, um sich auf irgendwelche dummen Spielchen einzulassen.

»Für euch!« Zakaan visierte sein Ziel an, holte tief Luft – und ließ den Beutel dann fliegen.

Er hatte gut gezielt. Der Beutel flog weit über den Pfad hinweg, sauste durch die Zweige einer Tanne und über eine Buschgruppe hinweg – und platschte irgendwo weit dahinter ins Gestrüpp. Ob er da hängen blieb oder auf die Erde fiel, konnte der Schamane nicht erkennen. Aber darauf kam es auch nicht an.

»Danke, Vater«, sagte er.

Granartara und Byrta stürmten gleichzeitig los und liefen ineinander, verkeilten sich, keiften sich an. Zakaan jedoch hatte keine Augen dafür. Er griff in den Gürtel, dorthin, wo das letzte ganz besondere Plätschen in einer eigens dafür ins Leder geritzten Kerbe eingelassen war. Seine Finger waren fast zu steif, um es schnell hervorzuziehen, aber sein Wille ließ keine weitere Verzögerung zu.

Er riss es hervor, bohrte mit dem Finger ein Loch in das bereits muffige, dünn geschabte Eichhörnchenleder und legte den Kopf in den Nacken. Mit ungestümen Bewegungen schüttete er sich das Pulver in den Rachen, das er während der ganzen langen Wanderung genau für diesen einen Augenblick in dem Leder verborgen gehalten hatte.

Die Mischung war staubtrocken und schmeckte etwas ranzig, und er hatte alle Mühe, sie schnell herunterzuwürgen. Aber kaum spürte er, wie das Pulver in seinen Hals eher herunterrieselte als -glitt, da meinte er auch schon seine Wirkung zu spüren …

Das Gewitter, das bislang nicht mehr als ein fernes Grummeln gewesen war, kam allmählich näher. Und ehe es sich Arri versah, riss ihr ein wirklich harter Donnerschlag die Worte aus dem Mund. Was auch immer an Gefühlen und Gedanken in ihr gewesen sein mochte, verdampfte nun mit der Energie, die der Blitz irgendwo in der Nähe an einem Baum ausließ. Isana zuckte bei dem Einschlag so heftig, als wäre sie geschlagen worden, aber Arri sackte nur noch ein Stück weiter in sich zusammen.

Das Erschrecken war nur in ihr. Und es fand auf eine merkwürdige Art statt: Es kehrte ihre Gefühle scheinbar um und ließ, was sie eben noch gefangen gehalten hatte, fast lächerlich erscheinen.

Dragosz war tot, und er würde wieder mit Surkija zusammenkommen, irgendwo, aber das war so weit von ihr entfernt, dass es nichts mehr mit dem zu tun hatte, was sie jetzt tun musste. Ihre Bestimmung war eine ganze andere. Sie war Mutter – und musste ihr Kind beschützen. Kyrill würde heranwachsen, er würde ein Krieger werden, vielleicht sogar ein Herrscher. Was dann mit ihr geschah, war unwichtig. Der immerwährende Kreislauf des Lebens.

»Wenn ich hier rauskomme«, sagte Arri düster, »dann habe ich nur noch eine Aufgabe: Kyrill zu beschützen. Und gleichgültig, welcher Mann sich zwischen mich und meinen Sohn stellen will: Er wird sterben. Auf die eine oder andere Art!«

So war das also, wenn man jung war. Zakaans Füße flogen geradezu über den Waldboden, und jede Unebenheit, jede Wurzel war nur noch ein lästiges Hindernis, das er mühelos überspringen konnte. Auch sahen seine Augen besser, genauso wie seine Ohren besser hörten und sein Geruchssinn gesteigert schien.

Der Wind trug Brandgeruch an ihn heran. Das Gewitter war heftig, und bevor es weiterzog, hatte es sich über einem Teil des Waldes, der zuvor vom Regen satt getränkt worden war, schon kräftig ausgetobt. Trotzdem waren einige Bäume in Flammen aufgegangen, und wenn noch der richtige Wind dazukam, konnte es durchaus zu einer Feuersbrunst kommen, die auf den ganzen Wald übergriff.

Sämtliche Sinne Zakaans waren erweitert, auch diejenigen, über die gewöhnliche Menschen gar nicht oder nur sehr eingeschränkt verfügten. Früher mochten diese Sinne bei ihm besser entwickelt gewesen sein, aber damals hatte er kaum etwas mit dem anfangen können, was er über sie erfahren hatte.

Das war jetzt anders. Seine Schritte waren zwar nicht mehr ganz mit der Leichtigkeit gesegnet wie in seiner Jugend, aber seine Empfindungen waren viel schärfer.

Abdurezak. Er war hier. Ganz in der Nähe.

Lexz. Auch er war nicht weit von ihm entfernt.

Selbst Arianrhod vermeinte er zu erahnen, wenn auch nur ganz schwach. Richtig einordnen konnte er das nicht. Zweige brachen unter seinen Füßen, Blätter wirbelten auf, und er lief in die Richtung, in die es ihn zog.

Er kannte Arianrhod allein aus Dragosz' Erzählungen, und das beunruhigte ihn. Irgendetwas stimmte da nicht. Wenn Dragosz in der Nähe war, dann sollte er ihn doch spüren. Wenn er stattdessen die Frau wahrnahm, die Dragosz nach Surkijas Tod zu seiner Gefährtin erwählt hatte – dann war da etwas ganz und gar nicht richtig.

Zurück zu Ragoks Lager. Etwas anderes konnte es jetzt nicht geben, das war ihnen allen klar.

Ekarna hatte recht gehabt. Sie mussten Ragok und all die anderen warnen – in der Hoffnung, dass es noch nicht zu spät war. Es war gar nicht auszudenken, was passieren würde, wenn ein paar Frauen auf der Suche nach Beeren und Waldfrüchten plötzlich einer Horde keulenschwingender Barbaren gegenüberstand.

Daran dachte Lexz, während er weiterstolperte. Aber sein Gefühl sprach eine andere Sprache. Er dachte an Isana, daran, wie er sie geküsst, wie sie sich an ihn geschmiegt hatte, und wie sie sich auf eine Art und Weise ineinander verloren hatten, die er so noch nicht kennengelernt hatte. Er vermisste sie unendlich und hatte große Angst um sie. Er wagte sich gar nicht vorzustellen, was die Barbaren mit ihr vorhaben mochten.

Wenn er doch bloß seinem Herzen hätte folgen können, um weiter nach Isana zu suchen! Aber nach einem kurzen, heftigen Streit hatten ihm die beiden anderen klargemacht, dass sie ihm nicht noch einmal einen Alleingang verzeihen würden.

»Ich hoffe nur, dass wir uns nicht wieder verlaufen«, hatte Ekarna gesagt, bevor sie losgelaufen waren.

Ihre Sorge war berechtigt. Der Himmel über ihnen verdüsterte sich zusehends, und wenn sich Lexz nicht vollkommen täuschte, dann erwartete sie ein weiteres fürchterliches Unwetter. Vielleicht war das auch ganz gut, um die kleineren und größeren Brandherde endgültig zu ersticken, von denen jederzeit ein Flächenbrand auf den Wald übergreifen konnte.

Es nieselte, und gleichzeitig stieg ihm Brandgeruch in die Nase. Sie liefen in das Gebiet hinein, in dem das erste Unwetter gewütet hatte. Etwas von seiner alten Wut stieg wieder in Lexz hoch, aber diesmal war es anders. Dragosz spielte kaum noch eine Rolle für ihn. Er wollte einfach raus aus dem Wald und zurück zu seinem Vater, und er war sogar bereit, freiwillig alles über sich ergehen zu lassen, was der alten Geierkralle an Beschimpfungen einfallen mochte …

Hauptsache, er gestattete ihm anschließend, die Suche nach Isana wieder aufzunehmen …

Isana machte den Mund ein paarmal auf und zu. Es sah aus, als schnappe sie nach Luft. Erst als ihr Blick nach unten fiel, auf die Rinnsale, die beharrlich auf sie zugekrochen kamen und nun ihre Füße benetzten, presste sie die Lippen wieder aufeinander. Missmutig starrte sie auf den Erdboden und zog die Knie an den Körper. Das Prasseln des Regens hatte noch einmal zugenommen, der Boden der Hütte verwandelte sich langsam in etwas, das unangenehme Ähnlichkeit mit einem Schlammbad hatte. Unten an den Wänden begannen sich matschige Pfützen zu bilden, aus denen wie aus kleinen Bächen Wasser ins Innere nachströmte – als wäre das noch nötig gewesen, um die Hütte endgültig unbewohnbar zu machen.

Mit einem Ruck sah Isana wieder auf. »Ich … ich habe dich noch nie so reden hören. Woher hast du das bloß alles?«

»Von Dragosz.« Arri schüttelte den Kopf, wie um ihre eigenen Worte Lügen zu strafen. »Nein, nicht nur von Dragosz. Auch Lea hat mir schon einiges beigebracht. Vor allem aber, dass es für eine Frau klug ist zu verbergen, wenn man etwas vom Kämpfen versteht. Das könnte jetzt mein Vorteil sein.«

»Aber wenn du so viel vom Kämpfen verstehst«, sagte Isana, »dann verstehe ich nicht, warum du dich in dem Tal nicht gewehrt hast, als du Franwar und den anderen Jägern gegenübergestanden hast.« Als Arri sie aber nur verständnislos anstarrte, sagte sie: »Sie prahlen doch jeden Abend am Feuer davon, dass am Ende sie es waren, die deine Flucht verhindert haben – und nicht Taru.«

»Ich bin aber nicht geflohen«, widersprach Arri. »Taru und Rar haben mich entführt.«

»Das weiß ich doch«, antwortete Isana ungewöhnlich sanft. »Aber trotzdem: Warum hast du dich nicht gegen sie gewehrt? Sie behaupten, du wärest mit einer mannshohen Stange bewaffnet gewesen!«

Arri nickte. Ja. Sie erinnerte sich an die merkwürdige (allerdings nicht gerade mannshohe) Stange, und noch mehr an die missgestaltete Kreatur, der sie sie abgenommen hatte. Aber das war nicht das, was Isana wissen wollte.

»Was meinst du denn, hätte ich tun sollen?«, fragte sie. »Franwar mit der Stange den Schädel einschlagen und Ergh die Augen eindrücken? Oder hätte ich vielleicht Setar den Kehlkopf zerschmettern und versuchen sollen, Quoal mit einem Tritt in die Weichteile auszuschalten?« Sie schüttelte den Kopf. »Mal ganz abgesehen davon, dass sie kräftige, kampferprobte Männer sind, so sind sie doch nicht meine Feinde. Aber wenn ich wirklich versucht hätte, mich gegen sie zur Wehr zu setzen, dann hätte ich das auf eine ziemlich üble Art tun müssen. Und wozu? Damit dann vielleicht zwei von ihnen am Boden lägen und die anderen beiden mich zusammenschlügen – bis Taru und Rar herangekommen wären, von Amars Kriegern ganz zu schweigen?«

Isana starrte sie verblüfft an. »So habe ich das noch gar nicht gesehen.«

»Aber ich«, sagte Arri. »Dragosz hat mir auch klargemacht, dass man sich sehr genau überlegen muss, wann man gegen wen kämpft. Blindwütige Gewalt hat noch nie weitergeholfen.«

»Aber du willst doch jetzt auch Gewalt anwenden!«, wandte Isana ein.

Arri nickte grimmig. »Wenn es sein muss, ja. Aber doch auf keinen Fall blindwütig. Und schon gar nicht habe ich vor, jemanden aus dem Dorf vorsätzlich zu verletzen.«

Isana blickte sie noch eine Weile stumm an, dann straffte sie sich. »Wenn du so viel vorhast, musst du auch bei Kräften sein. Du solltest also etwas essen!«

Arri schüttelte nun ganz entschieden den Kopf. »Nein. Ich muss nichts essen. Aber du musst etwas tun: mir so viel wie möglich von meinem Sohn erzählen.«

»Ja … nun …«

»Wie geht es ihm denn?«

Ein greller Blitz zerriss die Nacht und überschüttete sie sogar hier im Inneren der Hütte mit so viel Licht, dass für einen winzigen Augenblick alles taghell erleuchtet war. Isana und Arri zuckten beide zusammen, als sogleich ein fürchterlicher Donnerschlag folgte.

»Das wird aber heftig …«, begann Isana, doch Arri unterbrach sie ungeduldig: »Wie geht es Kyrill?«

»Das weißt du doch.« Isana wippte unruhig hin und her. »Du fragst mich immer das Gleiche, und ich antworte dir auch immer das Gleiche. Dass ihn die dicke Frau des Stangenfischers stillt, dass sich Abdurezak persönlich um sein Wohlergehen kümmert, dass er das ganze Pfahldorf zusammenbrüllt, wenn er nicht ganz schnell bekommt, was er haben will. Dass er lauter rülpsen kann als der dicke Woratz … Soll ich noch weitererzählen?«

»Nein«, sagte Arri kalt. »Zumindest nicht davon, dass ihn eine andere Frau stillt.«

Eben noch hatte die pure Kampfeslust sie ausgefüllt, und jetzt hatte es Isana mit einer eher beiläufigen Bemerkung geschafft, ihre ganze Energie wie mit einem Faustschlag in sich zusammenbrechen zu lassen. Es tat weh, all das, was geschehen war. Und es war so fürchterlich zu wissen, dass Kyrill die dicke Frau des Stangenfischers als Mutter betrachten würde, wenn sich nicht bald etwas änderte. Am schlimmsten aber schien ihr, dass ihre Milch bereits versiegt war. Selbst wenn sie gewollt hätte, sie hätte ihren Sohn gar nicht mehr stillen können, selbst wenn man ihn ihr in diesem Augenblick an die Brust gelegt hätte.

Aber das musste sie Isana jetzt nicht auch noch erklären.

»Na gut, dann erzähl ich dir eben nichts mehr«, schmollte diese. Sie stieß mit dem großen Zeh gegen die Suppenschale, und erneut schwappte etwas von ihrem Inhalt über. »Isst du das wirklich nicht mehr?« Nachdem Arri den Kopf geschüttelt hatte, beugte sie sich vor und nahm die Schüssel in die Hand. »Ich habe heute Morgen nichts abbekommen. Eigentlich gestern Abend auch nicht, sieht man von ein paar mickrigen Beeren ab. Meinst du, ich könnte …?«

Wieder nickte Arri, und Isana zögerte nicht mehr länger: Sie setzte die Schale an den Mund, kippte sie erst ein wenig und begann sie dann laut schlürfend zu leeren, ganz so, wie es die Raker taten, wenn sie unter sich waren. Obwohl das im Augenblick vollkommen nebensächlich war, musste Arri unwillkürlich daran denken, was ihre Mutter gesagt hätte, hätte jemand in ihrer Gegenwart so unappetitlich Suppe geschlürft. Der Gebrauch von Löffeln war bei den Rakern gänzlich unbekannt, was aber nicht hieß, das sie sich nicht anders zu helfen wussten … einfach widerlich, dass hätte Lea dazu gesagt.

Dünne Brühe lief Isanas Mundwinkel herunter. Dies war etwas, das auch bei ihrem Volk nicht gern gesehen wurde: Schließlich war ihnen jede Art von Verschwendung zuwider. Dann setzte sie die Schale ab, wischte sich mit dem Handrücken über den Mund und rülpste laut – und Arri wurde einmal mehr bewusst, warum man ihr Volk *die Barbaren aus dem Land der aufgehenden Sonne* nannte.

»Das war gut«, sagte sie schließlich und schnalzte mit der Zunge. »Bin gespannt, wann ich wohl wieder so etwas Köstliches bekommen werde.«

»Ihr habt in den letzten Tagen wohl nicht viel gefangen, oder?«, fragte Arri lauernd. »Das bedeutet dann sicher, dass die Männer auf der Jagd sind, oder?«

»Auf der Jagd? Das hättest du wohl gern, was?« Isana wischte sich erneut mit dem Handrücken über die Lippen. »Denn je weniger Männer im Dorf sind, umso eher kannst du fliehen, nicht wahr?«

Arri nickte widerwillig. »Der Gedanke liegt doch nahe.«

»Da muss ich dich leider enttäuschen: Franwars Jagdgruppe war die vorerst letzte, die auf Geheiß des Ältestenrates die Wälder unsicher gemacht hat.« Isana rülpste erneut, steckte sich dann den Finger ins Ohr und ließ ihn so heftig vibrieren, als wolle sie sich mit aller Gewalt den Gehörgang erweitern. »Allerlei Volk treibt sich in den Wäldern herum. Du wirst es nicht glauben, aber die Jäger behaupten allen Ernstes, sie hätten mit Keulen bewaffnete Barbaren gesehen, die in Felle gekleidet waren statt Wickelröcke zu tragen. Ganz zu schweigen von den Kriegern aus Goseg, von denen eigentlich niemand weiß, warum sie hier sind. Deswegen müssen unsere Männer vorerst im Dorf bleiben.« Sie riss sich den Finger wieder aus dem Ohr, starrte ihn angeekelt an und wischte ihn dann an ihrem Rock ab. »Außerdem musst du dir doch gar keine Gedanken mehr machen, ob wir im nächsten Winter verhungern oder nicht.«

Arri zuckte zusammen. »Was soll das heißen?«, fragte sie scharf.

»Oh, entschuldige.« Über Isanas Gesicht lief ein Schatten ehrlicher Bestürzung. »So war das nicht gemeint. Ich wollte damit nicht sagen, dass du dann ohnehin schon tot sein wirst. Gewiss wird dir vorher die Flucht gelingen.«

»Du glaubst doch selbst nicht daran«, fuhr Arri das Mädchen an. »Warum sagst du dann so was?«

»Na, ich weiß ja nun mal wirklich nicht, ob dir die Flucht zusammen mit Kyrill gelingen wird«, antwortete Isana unglücklich. »Aber selbst, wenn du es nicht schaffen solltest: Ich vermute nicht, dass sie dich noch umbringen werden. Wirklich nicht. Sie haben irgendwas anderes mit dir vor.«

»Ja, natürlich. Sie wollen mich in Goseg auf Blumen betten, oder mich zu ihrer Hohepriesterin weihen …« Arri brach ab, als ein weiterer Wassertropfen ihre Wange traf, und dann noch einer und noch einer, bis ein beständiges Trommeln und Platschen daraus wurde. Sie riss den Kopf so hastig nach oben, dass es in ihrem immer noch angegriffenen Genick knackte, und starrte hinauf. Die Hütte war mit Schilf gedeckt, diese Arbeit wahrscheinlich aber schnell und schlampig ausgeführt worden. Dragosz hatte die Hütten in aller Eile errichten lassen, als sie den von seinen ursprünglichen Siedlern verlassenen See entdeckt hatten. Damals waren sie froh gewesen, wenigstens ein Dach über dem Kopf zu haben, bevor sie mit dem Bau des Pfahldorfs beginnen konnten.

Das rächte sich jetzt.

»Du solltest dir vielleicht eine andere Stelle suchen«, bemerkte Isana scharfsinnig. »Wenn du da sitzen bleibst, wirst du noch ganz nass.«

»Ob ich nun nass oder trocken bin, wenn sie mich unter Wasser drücken oder in Goseg auf dem Scheiterhaufen verbrennen – das bleibt sich doch nun wirklich gleich«, gab Arri trotzig zurück.

»Fängst du schon wieder damit an?« Isana wirkte genervt. »Denk doch lieber an deinen Sohn. Wenn du erst mal an einer Lungenentzündung verreckt bist, wirst du auch nicht mehr mit ihm fliehen können!«

Arri warf Isana einen finsteren Blick zu, rückte dann aber doch gehorsam ein Stück zur Seite. Nicht, dass es etwas genutzt hätte. Das Problem waren nicht die wenigen Tropfen, die ihr ins Gesicht fielen, sondern die vielen kleineren und größeren Rinnsale, die sich bereits zuvor schon durch die zahlreichen Schadstellen hindurch ihren Weg in die Hütte gebahnt hatten und diese gewiss mit in den See reißen mochten, wenn das so weiterging.

»Erstaunlich, dass du auch mal auf mich hörst«, kommentierte Isana. »Dann kann ich mich ja wieder den wirklich wichtigen Dingen des Lebens widmen.« Sie nahm die Schale erneut hoch, deren Inhalt sie gerade lautstark in sich hineingeschlürft hatte. »Das kann man doch nicht verderben lassen.« Sie fuhr mit dem Zeigefinger in die Schale und steckte ihn sich anschließend in den Mund, um ihn genüsslich abzulecken.

»Wie gut«, sagte sie. »Könnte eine Spur schärfer sein. Vielleicht noch etwas Blutkraut dran.«

»Blutkraut?«, fragte Arri irritiert. »Was hat Blutkraut mit Kyrill zu tun?«

Isana sah kurz auf. »Meine Mutter hat ihn auch kleiner Wiesenknopf genannt. Aber ich finde, Blutkraut klingt besser. Vor allem blutiger.«

Sie nahm die Schale hoch und leckte sie aus. »Hier wächst kaum Blutkraut. Ist zu feucht. Aber dort, wo wir herkommen … da gibt es das.« Sie lächelte, doch es war kein Lächeln der Freude, es lag etwas anderes darin, ein Schatten der Bosheit, den Arri noch nie zuvor an ihr bemerkt hatte. »Wenn man zu viel Blutkraut ins Essen mischt, dann löst das die fürchterlichsten Blähungen aus, die man sich vorstellen kann. Vielleicht wäre das ja eine Idee: Die Männer rennen davon, weil sie ihre Notdurft verrichten müssen, und du kannst fliehen …«

Sie kam nicht mehr dazu zu erzählen, wie sie sich dies in der Praxis vorstellte, denn nun raschelte es erneut am Eingang, als ob das Schilf ein Stück zur Seite gezogen wurde. Neben ein wenig Licht fiel vor allem Regen in die Hütte. Sollte das etwa Taru sein?

Isana riss die Schale hoch, als wollte sie sie im nächsten Augenblick als Wurfgeschoss verwenden. Ihr Kopf fuhr zum Eingang zurück, und ihre angespannte Haltung verriet, dass sie gerade dasselbe dachte wie Arri.

Dass sie nun doch gekommen waren, um sie zu holen.

»Was ist?«, fragte Isana. »Wer ist da?«

Aus zusammengekniffenen Augen erkannte Arri, dass sie sich getäuscht hatte: Es war eine dürre, altersgebeugte Gestalt, die wie selbstvergessen im Regen stehen geblieben war, aber kein junger Mann, der auf sie zueilte und sie an den Haaren mit sich hinausziehen wollte.

Vor Erleichterung tat ihr Herz einen schmerzhaften Sprung. Sie hatte schon geglaubt, mit ihrem Leben abgeschlossen zu haben, aber so ganz stimmte das eben doch nicht. Sie wollte weder an einem Spinnenbiss sterben noch unter Wasser gedrückt werden.

»Abdurezak?«, fragte sie.

Ein tiefes Seufzen antwortete ihr, und dann trat die Gestalt vollends in die Hütte. »Was für ein Wetter«, schimpfte sie. »Es ist, als hätte der Himmel alle Schleusen geöffnet, um uns zu ersäufen.«

Nein, nicht Abdurezak, sondern Kaarg, der Schwätzer, dachte Arri ernüchtert. Was wollte bloß der alte Idiot bei diesem Wetter hier?

Kaarg blieb schon nach zwei Schritten wieder stehen, sodass Arri sein Gesicht kaum zu sehen bekam – aber es genügte auch so, um zu erkennen, dass es so nass war, als hätte man ihn gerade kopfüber in einen Brunnen getaucht.

»Isana!«, rief er empört. »Was lässt du mich alten Mann durch den Regen laufen und nach dir suchen? Weißt du denn nicht, dass man sich in meinem Alter den Tod dabei holen kann …« Er brach ab, trat einen Schritt näher, wobei er eine feuchte Spur hinter sich herzog, und starrte dann ärgerlich auf Isana hinab. »Wie ich sehe, machst du es den Hunden gleich und leckst das aus, was dir andere übrig lassen! Wenn das deine Mutter noch erlebt hätte… Schäm dich!«

»Äh … ja.« Rasch stellte Isana die Schale ab. »Ich wollte ja nur …«

»Auch wenn du eigentlich noch viel zu jung dafür bist: Du bist jetzt die Heilerin und trägst damit eine große Verantwortung für die Gemeinschaft«, schimpfte der Schwätzer. »Und zu deinen Aufgaben gehört es nicht, Schalen auszulecken – wie ein hungriges Kätzchen. Und schon gar nicht darfst du hinter meinem Rücken mit dieser falschen Schlange von Giftmischerin verkehren!«

Isana sprang rasch auf und nickte eifrig. »Natürlich nicht, das wollte ich ja auch gar nicht. Ich bin ja schon weg.«

»Ja, das will ich auch hoffen.« Kaarg hob den Ärmel seines Gewands und wischte sich damit übers Gesicht, wodurch es zwar nicht trockener wurde, doch immerhin verteilte er die Feuchtigkeit auf diese Weise gleichmäßig. »Kümmere dich um deine Kräuter und Heilverbände. Es könnte sein, dass du bald jede Menge zu tun bekommst.«

Arri schüttelte einen Tropfen weg, der ihr über die Stirn ins Auge rinnen wollte. »Jede Menge zu tun?«, fragte sie spöttisch. »Aber warum denn? Wollen euch die Krieger aus Goseg etwa ein paar Benimmregeln beibringen, weil ihr mich nicht angemessen behandelt?«

Der alte Mann blinzelte erst und schüttelte gleich darauf den Kopf. »Hüte deine Zunge, du vorlaute Drude. Und wenn uns irgendjemand etwas beibringt«, er griff nach dem Zipfel seines Gewandes und versuchte die Nässe herauszuquetschen, »dann bestimmt nicht Amars Krieger. Die sind nicht zum Kämpfen gekommen, sondern marschieren nur ein bisschen vor unserer Nase auf und ab, um uns zu zeigen, dass sie ihre Interessen notfalls auch mit Gewalt durchsetzen könnten.« Er winkte ab, als Arri an dieser Stelle etwas einwenden wollte. »Aber das hört ohnehin bald auf. Die Macht Gosegs ist auf die warme Jahreszeit beschränkt. Mit jeder Handbreit Schnee, der auf das Land fällt, nimmt ihr Einfluss ab. Wenn die Wege erst einmal unpassierbar sind, haben wir vor Amar und seinen Kriegern Ruhe.«

Das mochte ja zutreffen. Aber warum erzählte ihr Kaarg davon?

»Vielleicht gibt es ja noch ganz andere, die noch ein eigenes Interesse an unserem See haben«, brummte Kaarg missmutig. »Und wenn das so ist, dann sag deinen Freunden, dass sie sich eine kräftige

Abfuhr holen werden, wenn sie uns angreifen wollen. Sag das, wenn du noch die Gelegenheit dazu hast!«

»Was denn für Freunde?«, fragte Arri verständnislos.

»Na die, für die du deinen Mann geopfert hast – von den anderen mal ganz zu schweigen.« Missmutig blickte Kaarg auf den beständig größer werdenden Wasserfleck, in dem er stand. »Was für ein Wetter. Immerhin verschafft uns das eine kleine Verschnaufpause.« Statt seine Worte zu erläutern, ruckte sein Kopf wieder hoch. »Du wirst für das büßen, was du getan hast. Aber nie wieder wirst du deine Heilkünste ausüben dürfen – wenn man das denn überhaupt so nennen kann, an dem du dich da versucht hast.«

Arri öffnete den Mund und schloss ihn dann gleich wieder. Was hätte sie zu diesen lächerlichen Anschuldigungen schon sagen sollen?

»Arri hat uns all die Zeit gut versorgt«, begehrte Isana, die entgegen ihrer Ankündigung noch keine Anstalten gemacht hatte, die Hütte zu verlassen, an Stelle ihrer Freundin auf. »Sie hat auch dich geheilt, als du im letzten Herbst mit heftigem Bauchgrimmen darnieder gelegen hast.«

»Bauchgrimmen?« Mit einer ärgerlichen Bewegung seines Armes löste der Alte einen kleinen Sprühregen aus. Daraufhin duckte sie sich wie eine Katze, die einen Schlag erwartet. »Hatten nicht vor drei Tagen noch viele von uns Bauchgrimmen? Lag das nicht daran, dass uns die Drude zuvor vergiftet hat?« Er wandte sich wieder an Arri. »Gesteh es doch: Auch im Herbst wolltest du mich schon aus dem Weg schaffen. Du hast mir irgendwas eingeträufelt, daraufhin wand ich mich in Krämpfen. Nur hast du die Rechnung ohne meine robuste Natur gemacht. Ich habe nämlich überlebt!« Er streckte seinen dürren Zeigefinger aus und stocherte vor ihr in der Luft herum. »Und sei es auch nur, um jetzt dafür zu sorgen, dass du deiner Strafe nicht entgehst.«

Erneut zerriss ein Blitz das Halbdunkel, nutzte jede kleine Lücke im Schilfdach, um gleißendes Licht hindurchzuschicken, und kurz darauf folgte ein Donnerschlag, der die Wände der Hütte zum zweiten Mal in kurzer Zeit zum Erzittern brachte.

Arri und Isana zuckten zusammen, der Alte aber riss seinen zahnlosen Mund auf und starrte nach oben, als wollte er denjenigen suchen, der den Blitz auf sie hinabgeschickt hatte. »Das ist schon ein bisschen unheimlich«, murmelte er so leise, dass er im aufkommenden Wind kaum zu verstehen war. »Fast so etwas wie ein Zeichen.«

Fast so etwas wie ein Zeichen? Arri hätte beinahe laut aufgelacht. Die Natur war zwar voller Wunder, doch es hieß, dass sich die Götter ihrer nur bedienten, um die Menschen zu strafen oder zu belohnen. Dem zweiten Blitz folgte kein weiterer mehr – jedenfalls noch nicht –, dafür aber raschelten die Schilfwände im Wind, als strichen dort die Geister der Toten umher, die vor drei Tagen unter qualvollen Schmerzen gestorben waren. Und als ihr Blick zum Eingang wanderte, glaubte sie zu sehen, wie dort jemand inmitten einer Nebel- und Dreckwolke Einlass begehrte.

Die Landschaft vor ihm veränderte sich. Es war zwar noch immer waldig hier, aber die Bäume standen nicht mehr so dicht und der Boden stieg stetig an. Mehrfach musste Zakaan großen Steinen ausweichen, die so aussahen, als hätten Riesen sie mit ihrer vollen Kraft in den Boden gerammt.

Ganz allmählich wurde der Schamane langsamer, und zunächst fiel ihm selbst dies noch nicht einmal wirklich auf. Doch dann schmerzten seine Beine spürbar, und seine Füße verloren die Trittsicherheit, die sie kurzfristig gewonnen hatten. Jeder Schritt verlangte nun wieder seine volle Aufmerksamkeit, und sein Atem fing an, rasselnd und schwer zu gehen, ganz so, wie es seinem Alter und seinem Gesundheitszustand eigentlich angemessen war. Als ihm sein Vater einst das Geheimnis des Lebenspulvers verraten hatte, da hatte er ihm seine Risiken keinesfalls verschwiegen.

»All die Kraft, die die Götter dir zu geben bereit sind, steckt in diesem Pulver«, hatte er gesagt. »Doch wenn seine Kraft verbraucht ist, dann ist auch deine Kraft an ihrem Ende. Du kannst dich davon wieder erholen, wenn du dich schonst. Aber du wirst nach der Einnahme des Pulvers nie wieder derselbe sein.«

Das war das Vermächtnis seines Vaters gewesen. Zakaan hatte seinen Rat befolgt und das Pulver in Abständen zwar immer wieder neu zubereitet, aber nie mehr benutzt. Bis auf den heutigen Tag.

Vielleicht die Hälfte hatte er nun auf einmal in sich hineingeschüttet und die Kraft, die er dadurch gewonnen hatte, mit einem kleinen Zwischenspurt verschwendet, der ihn vielleicht *irgendwo* hingebracht hatte, aber nicht dorthin, wo sich Abdurezak oder Lexz befanden. Ob das eine kluge Entscheidung gewesen war, wagte er inzwischen fast zu bezweifeln. Am Ende hatte er nicht mehr gewonnen, als sich mit Hilfe des Pulvers der lästigen Anwesenheit von Granartara und Byrta zu entledigen. Und wenn das nun tatsächlich alles sein sollte, dann wäre es ohne Zweifel zu wenig.

Er kam an einer Stelle vorbei, an der ein Blitz eingeschlagen hatte: mitten in die Krone eines großen Baumes, die nun gespalten war und weit über seinem eigenem Kopf so auseinanderklaffte wie ein Schädel, den jemand mit einer Axt gespalten hatte.

Er taumelte auf den Baum zu und hielt keuchend an. Seine Gedanken glichen einem trägen Fluss, der gleichmäßig, nicht übermäßig schnell vor sich hin floss. Aber er spürte, dass sie ihn zu seinem Ziel trügen, wenn er sie nur ließ.

Es wäre ein fataler Fehler, wenn er seine restliche Kraft damit verschwendete, seinen Bruder und Lexz zu suchen. Es wäre überhaupt ein Fehler, gleich beide finden zu wollen. Er musste sich auf einen von ihnen konzentrieren.

Die Entscheidung fiel ihm leicht. Zwar stand ihm sein Bruder näher als jeder andere Mensch auf der Welt, aber auch er hatte gleich ihm schon längst seine natürliche Lebensspanne überschritten.

»Lexz«, murmelte er. »Du bist jung. Du bist die Hoffnung deines Volkes. Wo bist du? Warum lässt du dir nicht helfen?«

Seufzend ließ er sich auf den Boden fallen und lehnte sich an die vom Blitzschlag gespaltene Ulme. Mit dem geborstenen Stamm im Rücken fühlte er sich fast beschützt. Der Baum war zwar tödlich getroffen, aber er wankte nicht, er hatte noch immer Kraft, und er würde wohl auch dann noch hier stehen, wenn Zakaan selbst schon längst tot war. Etwas Tröstliches lag darin, und etwas, das der Schamane gut in sich aufnehmen konnte: die ruhige Kraft des Lebensflusses.

Abdurezak und Lexz befanden sich beide in seiner Nähe, und beide brauchten seine Hilfe. Aber nun war es so gekommen, wie es hatte kommen müssen: Er hatte nicht mehr die Kraft aufgebracht, die letzten Schritte bis zu ihnen zurücklegen. Er musste einen anderen Weg finden, um ihnen Kraft zu spenden.

Das Rauschen des Windes antwortete ihm, unterbrochen von den vielfältigen Geräuschen kleinerer und größerer Tiere, und dann und wann von einem Donnerschlag ganz in der Ferne.

Der Schamane nahm all diese Geräusche in sich auf und verband sie mit seinem Atem.

»Ganz ruhig«, murmelte er. »Ganz ruhig, Lexz.«

19 Riesige, gespenstische Wolkenbänke türmten sich auf, als wollten sie sich jeden Augenblick auf sie herabsenken und sie ersticken. Weit entfernt rissen zuckende Blitze das Firmament auseinander, gefolgt von Donnerschlägen, die trotz dieser großen Entfernung in ihren Ohren widerhallten.

»Es wird Zeit, dass wir zum Lager kommen«, sagte Ekarna. »Das gefällt mir alles ganz und gar nicht.«

Da wagte ihr Lexz nicht zu widersprechen. Er selbst hatte die Orientierung vollkommen verloren. Die Sonne war hinter den dichten Wolken verschwunden, und so verschwamm ihre Umgebung immer mehr vor seinen Augen. Ein merkwürdig diffuses Licht herrschte, das nichts richtig ausleuchtete und aus Ästen Arme zu machen schien, die nach ihnen greifen wollten – und aus dem Dornengestrüpp Raubtiere, die darauf lauerten, über sie herzufallen.

»Bist du sicher, dass wir hier noch richtig sind?«, fragte Torgon nach einer ganzen Weile.

Er wirkte zurzeit erstaunlich ruhig und in sich gekehrt. Aber eigentlich war das auch kein Wunder. Die Ereignisse an diesem Phleddererschrein, wie ihn Ekarna genannt hatte, hatten sie alle drei nachhaltig verwirrt.

Es war ein recht breiter und ausgetretener Pfad, auf den sie schließlich trafen. Dass er leicht anstieg, beunruhigte Lexz nicht besonders, denn schließlich waren sie auf der ersten Strecke des Weges ein gutes Stück hinabgestiegen, bis sie den Wald erreicht hatten. Trotzdem konnte er sich nicht des Gefühls erwehren, dass sie wieder einmal falsch waren.

Aus diesem Gefühl wurde Gewissheit, als er erst eine Bewegung vor sich wahrnahm und dann jemanden etwas sagen hörte, das so klang wie: »Der ischt mit den ganzen Plätschen einfach abgehauen.«

Torgon blieb stehen und zog seinen Bronzehammer, während Ekarna den Kopf schüttelte und zischend Luft ausstieß.

»Das kann ich nicht fassen«, sagte sie, während sie losstürmte.

Sicherlich war es kein Zufall, dass sie dabei darauf verzichtete, eine Waffe zu ziehen. Lexz dagegen packte das Schwert und setzte ihr nach.

»Granartara!«, rief Ekarna vor ihm her, und dann erkannte auch Lexz die mit Abstand hässlichste und widerlichste Frau, die mit ihnen auf die große Wanderung gegangen war. Ein Stück hinter ihr machte sie noch zwei weitere Gestalten aus, die ihm in dem milchigen Licht nur halb vertraut vorkamen. Er hatte aber keinen Zweifel daran, dass sie ebenfalls zu ihren eigenen Leuten gehörten.

»Ekarna!«, stieß Granartara hervor. »Na, dasch ist aber eine Freude! Wir suchen eusch schon die ganze Zeit!«

Als Lexz neben der Raubkatze ankam, schenkte sie ihm ein Grinsen, das ihre drei Stummelzähne besonders deutlich zur Geltung brachte. »Habt ihr den Halunken irgendwo gesehen?« Ihr Blick fiel auf das Schwert in Lexz' Händen. »Aber steck erst mal das Ding da weg, mein Junge. Dasch brauchst du doch nischt!«

»Was ist denn mit dir passiert?«, fragte Ekarna erschüttert. »Hast du zu viele Pilze genascht?«

»Wenn es das nur wäre«, schimpfte Byrta, während sie zusammen mit Partuk herankam.

Prustend stieß Lexz die Luft aus, bevor er Granartaras Aufforderung folgte und sein Schwert wegsteckte. Das war ja eine tolle Truppe, auf die sie hier gestoßen waren!

»Das blöde Mammut hat Zakaans gesamten Vorrat an Kräuterplättchen aufgelutscht«, empörte sich Byrta. »Und die sind ihr wohl nicht bekommen.«

Ekarna nickte flüchtig. »Nun gut, da helfen Schlaf und ein Schwung frischen Wassers ins Gesicht. Aber was viel wichtiger ist: Wie weit ist es bis zum Lager?«

»Ja.« Granartara breitete die Arme aus, als wolle sie Ekarna umarmen, worauf sich diese mit einer schnellen Bewegung in Sicherheit brachte. »Dasch wüschten wir auch gerne. Wir haben uns verlaufen.«

»Na wunderbar«, sagte Torgon, während er heranschlenderte. »Und wo ist der Schamane, an dessen Kräuterplättchen du dich vergriffen hast?«

Granartara drehte sich so schnell um, dass sie schwankend stehen blieb und so heftig atmete, als hätte sie beinahe das Gleichgewicht verloren.

»Da lang!«, stieß sie hervor, während sie mit dem Zeigefinger in Richtung des ansteigenden Pfads zeigte. »Da hat er sich in die Büsche geschlagen: mit all seinen Kräuterplättschen!«

»He!« Kaarg wandte sich um und starrte wie sie auch zum Eingang hinüber. »Wer ist da?«

Eine Wolke stob auf und nahm ihnen die Sicht. Die ganze Hütte knackte und knarzte, als wolle sie jeden Augenblick zusammenbrechen, und dann folgten Blitz und Donnerschlag so schnell aufeinander, dass diesmal wirklich die Erde erbebte. Arri spürte einen heftigen Schlag, der in dem ohrenbetäubenden Knall aufging, der sofort darauf folgte, und wie von den Hufen eines ausgewachsenen Auerochsens getroffen wurde sie zurückgeschleudert und gegen die Hüttenwand geschleudert. Alle möglichen Kleinteile regneten auf sie herab, als die Wand unter Krachen und Bersten nachgab und ein weiterer Blitz ihre Umgebung in ein gleißendes Licht tauchte, bevor er in den See fuhr und zischend und brodelnd im Wasser verkochte.

Arri hatte das Gefühl, keine Luft mehr zu bekommen. Mit aller Kraft riss sie den Kopf hoch, sie wollte nur raus aus der Nebelwolke, die sie zu ersticken drohte. Der See wurde vom Sturm ebenso aufgepeitscht wie ein Urmeer durch einen Orkan, und von den Dächern der Häuser im Pfahldorf, den Stegen und der gesamten Ufergegend wurde alles weggerissen, was nicht richtig befestigt oder unachtsam liegen gelassen worden war. Arri hatte gewiss schon zahlreiche Unwetter erlebt, aber dieses war unvergleichlich.

Der Sturm wütete wie ein entfesseltes Untier. Nicht nur Wasser und Sandkörner, sondern auch Erdkrumen, Pflanzenteile und Schilfverkleidungen wirbelten durch die Luft, gefolgt von Brettern, Pfosten und sonstigen Holzteilen, die wie mit einem gewaltigen Hammer von der Urgewalt zerschlagen worden waren. Irgendetwas streifte Arris Wange, dann fühlte sie sich herumgewirbelt. Ein heftiger Ruck ging durch ihr Fußgelenk, und ehe sie wusste, wie ihr geschah, wurde sie wie von der Hand eines Riesen getroffen und davongeschleudert ... Aber da war niemand, niemand außer den Sturmgeistern, die offenbar gekommen waren, um sie zu zerschmettern.

Arri wurde so hart getroffen, dass sie noch nicht einmal einen Schrei ausstoßen konnte. Ehe sie begriff, wie es dazu kommen konnte, wurde sie auch schon von einer weiteren Bö getroffen und so ungestüm zur Seite geschleudert, dass sie sich wie vom Fußtritt eines Riesen getroffen fühlte. Das also war es: die Rache der Götter für das schreckliche Verbrechen, das das Opferfest des Heiligen Wassers zur Katastrophe hatte werden lassen. Jetzt wurde sie dafür bestraft, und zwar ganz zu recht: Schließlich war sie für die rituelle Zubereitung des Wassers zuständig gewesen!

Weitere harte Schläge trafen sie, der Atem wurde Arri von den Lippen gerissen. Irgendetwas traf sie am Rücken und warf sie zu Boden. Sie schrie auf oder versuchte es zumindest, aber es gelang ihr nicht ganz. Stattdessen fühlte sie sich hochgehoben, gepackt, von den Sturmgeistern herumgewirbelt, und ehe sie noch richtig begriff, wie ihr geschah, wurde sie nach oben gerissen und davongeschleudert, als wäre sie nicht schwerer als eine lächerliche Spielzeugpuppe aus Stroh und Bast. Ein gewaltiger Schlag traf sie, und dann landete sie mit dem Rücken auf durchweichtem Ufersand. Die Luft wurde ihr aus den Lungen geprellt, bunte Flecken tanzten vor ihren Augen ...

Sie musste wohl das Bewusstsein verloren haben, denn als sie wieder zu sich kam, sah sie jemanden neben sich liegen, eine verkrümmte, zerschmetterte Gestalt, die wie tot dalag. Arri blieb fast das Herz stehen. Isana ...

Sie versuchte die Hand nach dem Mädchen auszustrecken, aber es wollte ihr nicht gelingen. Sie war einfach zu schwach, und als sie die Augen zusammenkniff, um besser sehen zu können, erreichte sie nur das Gegenteil: so schummerig wurde ihr da, dass die Umwelt in grauschwarzer Finsternis zu versinken drohte.

Sie musste sich zusammenreißen, und wenn schon nicht um ihrer selbst willen, so doch wenigstens, um Isana zu helfen. Das Mädchen hatte immer zu ihr gehalten, hatte zu ihr gestanden und geholfen, Missverständnisse zwischen ihr und den anderen auszuräumen. Sie hatte Arri zugehört, wenn ihr Herz voller Kummer gewesen war, sie hatte sie als Heilerin unterstützt, wann immer das möglich war, und sie war auch die Einzige, die jetzt noch wirklich und wahrhaftig zu ihr hielt.

Isana durfte nicht tot sein! So grausam konnten die Götter nicht sein, ihr nach ihrem Mann auch die einzige Freundin zu nehmen, die sie unter den Rakern noch hatte …

Und das war nicht das Einzige, was sie entsetzte. Sie hörte Schreie, das Gebrüll eines Mannes, und sie hatte den flüchtigen Eindruck von mehreren Gestalten, die auf sie zuhetzten. Kamen sie jetzt, um das zu vollenden, was der Sturm begonnen hatte? Wollten sie sie totschlagen, ihr jeden Knochen im Leib brechen, bevor man sie in den See warf, der vom Sturm aufgewühlt war?

Arri versuchte die Hand nach Isana auszustrecken, aber ihre Finger krallten sich nicht in Stoff oder Fleisch, sondern nur in den feuchten, aufgerissenen Ufersand. Fassungslos starrte sie dorthin, wo sie eben noch das Mädchen gesehen hatte.

Aber da war niemand mehr.

Sie begriff es nicht. Und sie hatte auch keine Zeit, einen weiteren Gedanken darauf zu verschwenden. Der Sturm tobte immer noch, wenn auch vielleicht nicht mehr mit der vernichtenden Gewalt, mit der er sie hier hinausgeschleudert hatte. Erneut hörte sie das Geschrei der Männer und Frauen, die auf sie zueilten, um sie für das büßen zu lassen, was sie ihnen angetan hatte. Das Geräusch schwoll zu einem scharfen Wimmern an, das mit dem Wind verschmolz. Schließlich begriff sie, dass sie hier nicht bleiben konnte.

Mühsam und unendlich langsam setzte sie sich also auf die Knie, dann wartete sie für die Dauer von zwei, drei gequälten Atemzügen, bevor sie vom Ufer wegkrauchte. Ihre Seite schmerzte, als wären ein oder zwei Rippen geprellt – wenn nicht noch etwas Schlimmeres – und vor ihren Augen flirrte nicht nur allerlei Unrat durch die Luft, sondern auch bunte Punkte, die davon kündeten, dass sie dem endgültigen Zusammenbruch näher war, als es ihr lieb sein konnte.

Jetzt rächte es sich, dass sie in den letzten Tagen nichts gegessen hatte. Sie brauchte all ihre Kraft, um sich endgültig hochzustemmen und loszulaufen. Obwohl es mehr ein Torkeln als ein Laufen war, begriff sie doch sofort, was hier nicht stimmte: Ihre Füße waren nicht mehr zusammengebunden. Irgendetwas musste das Seil zerfetzt haben, als sie herumgewirbelt worden war.

Sie war auf der Flucht.

Zakaan befand sich am Rande seiner Kraft. Er war so schnell gegangen, wie ihm das möglich gewesen war, und war jetzt am Fuß dreier halb verfallener Hütten angekommen, die wie Vogelnester in dem Felsen vor ihm klebten. Nun wusste er nicht, wie es weitergehen sollte. Er hatte geglaubt, seinem Bruder mit jedem Schritt näher zu kommen. Aber offensichtlich hatte er sich getäuscht. Weder von seinem Bruder noch von Lexz oder sonst jemanden war eine Spur zu sehen.

Schlimmer noch: Die Hütten sahen aus, als hätte hier schon seit Ewigkeiten niemand mehr seinen Fuß hineingesetzt. Der Lehm war an vielen Stellen von dem brüchig wirkenden Weidengeflecht abgeplatzt und gab den Blick auf die Dämmung aus dicht gepresstem Gras frei, das sich zwischen dem Geflecht befand. Zwei der drei Hütten hatten keine Tür mehr, und die noch verbliebene Tür in der am weitesten von ihm entfernten Hütte war derart mit Löchern übersät, als hätte sie jemand als Zielscheibe genutzt. In dem Reetdach der gleichen Hütte steckte offenbar ein abgebrochener Pfeil, wenn er das aus der Entfernung richtig erkannte.

Doch dies war nicht das einzige Problem, das er hatte. Das Wetter änderte sich mit einer erschreckenden Geschwindigkeit, und zwar auf eine Weise, die ihm geradezu widernatürlich schien.

Er lehnte sich mit einer erschöpften Bewegung an einen verkrüppelten Baum und starrte zu den Wolken empor. Sie waren dick und schwer, Nebelbänken gleich, die sich an Herbsttagen von Flüssen, Tümpeln und Mooren vorschoben, bis sie alles überlagerten und mit ihrem feuchten Mantel erstickten. Bei den Wolken sah es ganz ähnlich aus. Helle, fast weiße Bänke wuchsen der lichteren Wolkendecke von unten entgegen. Die Schicht über ihnen riss immer wieder auf, sodass für kurze Zeit an wenigen Stellen türkisblauer freier Himmel durchschimmerte. Alles war zwar in dräuender Bewegung, und doch schien es auch fest ineinandergefügt.

Zakaan stieß einen Seufzer aus. Manchmal war es gar nicht gut, wenn man zu viel wusste. Als junger Mann hatten er und sein älterer Bruder so manche kleinere Wanderung begleitet, und auf diesen Reisen war es ihnen vergönnt gewesen, einige der größten Schamanen und Medizinmänner versprengter Stämme und größerer Völker kennenzulernen. Sie hatten Dinge gesehen, die wahrscheinlich noch kein Raker vor ihnen zu Gesicht bekommen hatte, und hatten von Geheimnissen gehört, die mit Sicherheit nicht für ihre Ohren bestimmt gewesen waren. Mit einigen Menschen hatten sie sich kaum verständigen können, so fremd war ihre Sprache gewesen, während andere zwar eine in ihren Ohren merkwürdige Aussprache gehabt, sonst aber gut verständlich gesprochen hatten.

Und nun das. Die Wolken … die mächtigsten von ihnen sahen aus wie feste Schneegebilde, weshalb man sie auch Schneewolken nannte, während die lichten Dunstwolken genannt wurden. Doch das, was sich aus ihrer Mitte heraus immer weiter vorschob, das hatten die weisen Männer Steinwolken genannt.

Die Steinwolken mochten ja harmlos aussehen. Aber das waren sie keineswegs. »Steinwolken stehen für das, was fest gefügt ist und doch auseinanderbricht«, murmelte er. »Steinwolken sind immer …«

»Ein gefährliches Zeichen.«

Zakaan stieß einen spitzen Schrei aus und drückte sich so weit von dem Baum weg, dass er sich umdrehen konnte. Von dem Hang hinter ihm führte ein Pfad hinab, und auf diesem schritt ihm Abdurezak entgegen.

Er sah schlecht aus, erschöpft und noch dünner, als ihn Zakaan in Erinnerung hatte. Seine Schultern wirkten wie von einer schweren Last niedergedrückt. Aber seine Lippen umspielte ein feines Lächeln, und in seinen Augen blitzte eine unbändige Lebenslust und Freude auf.

»Bruder!«

Zakaan wollte schon losstürmen, aber seine Gedanken eilten den Füßen voraus, er geriet ins Stolpern und brauchte ein paar Schritte, bis er sich wieder einigermaßen gefangen hatte.

»Bruder!«, stieß er noch einmal hervor, »endlich!«

Arris geprellte Lungen brannten, als müsse sie Feuer einatmen, und ihre Waden waren so verkrampft, dass sie es kaum schaffte, einen Fuß vor den anderen zu setzen. Das Schlimmste aber war das Zittern ihrer Hände, das besonders heftig wurde, wenn sie Halt suchend nach einem Felsvorsprung griff. Wie gefährlich das war, erfasste sie aber erst, als sie den schmalsten und gefährlichsten Teil der Kletterstrecke erreichte, den Übergang von einer Felsseite auf die andere, einen spitz zulaufenden Überhang, der wie eine Nase aus dem zerklüfteten Gipfel hervorstach.

Vorsichtig setzte sie ihren nackten Fuß auf einen schmalen Grat, dessen Spitze sich in ihre Sohle eingrub. Doch sie bemerkte es kaum. Ihre Fingerspitzen glitten auf der Suche nach einem Halt über vollgesogenes Moos, und ihre Handflächen schrappten über rissiges Gestein, bevor sie sich an einer Felsnase immerhin so weit festklammern konnte, dass sie nicht gleich weiterrutschte, über den Rand des bröckligen Pfads hinaus. Sie stieß einen zitternden Laut aus, der sich mit dem wütenden Gekläff der beiden Hunde, die sich auf ihre Fährte gesetzt hatten, zu etwas Ungutem vermischte. Tief in ihrem Inneren begriff sie, dass sie jetzt nahe daran war, in Panik zu geraten.

Was tat sie hier eigentlich – außer, sich in ihrem ohnehin schon angeschlagenen Zustand in Lebensgefahr zu bringen?

Das Hundegebell wurde lauter, aggressiver und vermischte sich mit dem unbeherrschten Geschrei ihrer Verfolger, die die Hunde unbarmherzig vorantrieben, damit sie die gefährliche Giftmischerin aufspürten, für die sie ihre ehemaligen Freunde jetzt hielten. Arri begriff, dass sie einen ganz und gar unnötigen Fehler gemacht hatte. Sie hatte es für eine besonders gute Idee gehalten, nicht den direkten Weg zum Steinbruch zu wählen, auf dem schmalen Pfad entlang, der vom Ufer her über eine Wiese bis zu einem Geröllfeld führte und in den Hügeln endete. Er war ihr als zu gefährlich erschienen, weil ihre

Füße so deutliche Abdrücke im Schlamm und auch im Gras hinterlassen hätten, dass selbst ein zweijähriges Kind ihrer Spur hätte folgen können. Den Hügel hinauf, über Stock und Stein, dabei nicht auf vollgesogenes Moos treten, sondern immer auf der Suche nach festem, steinigem Untergrund bleiben, das war ihr wie ein guter Einfall vorgekommen.

Dabei hatte sie auf diese Weise nur kostbare Zeit verloren. Viel besser wäre es gewesen, sofort und ohne Rücksicht auf irgendwelche Spuren zur Höhle zu laufen und das Schwert ihrer Mutter zu holen, das sie dort versteckt hatte, um dann so schnell wie möglich in die Abenddämmerung hinauszulaufen und zu sehen, dass sie möglichst viel Strecke zwischen sich und die Männer und Frauen brachte, die sie für das Unglück verantwortlich machten, das über sie gekommen war.

Das konnte sie jetzt vergessen. Jede einzelne Bewegung kostete sie eine Kraft, die sie nicht mehr hatte, und brachte sie zudem noch kaum voran. Dies alles hatte sie sich viel leichter vorgestellt. Trotz der dichten, fast schwarzen Wolkendecke war es über ihr noch so hell, dass sie ihre Umgebung erkennen konnte, und trotzdem wusste sie nicht genau, wo sie war und wie sie von hier aus zur Höhle kommen sollte. Sie wusste nur, dass sich der Eingang irgendwo unter ihr in der Wand befand, verborgen hinter Gebüsch, ein tiefes finsteres Loch, das scheinbar endlos in den Berg hineinführte. Wie hatte sie sie damals nur finden können? War es nicht so gewesen, als hätte eine unbekannte Kraft sie gezogen und keine Ruhe gegeben, bis sie endlich hochgeklettert war und einen Busch beiseite gedrückt hatte …

Ja, genau so war es gewesen. Bei der Erinnerung daran überkam sie ein ganz merkwürdiges Gefühl, und es schien ihr, als lächele ihre Mutter ihr wie in den alten Zeiten am Fluss zu. »Siehst du, Kind«, schien sie zu sagen. »Du musst nur zu dir selbst finden. Alles, was du brauchst, ist in dir – immer und an jedem Ort.«

Damals war ihr das wie dummes Gerede vorgekommen, heute war sie sich dessen jedoch nicht mehr so sicher. Lea hatte ihr den Gebrauch von Wünschelruten beigebracht, wie ihr jetzt wieder einfiel, und nach endlosen, vergeblichen Versuchen hatte sie gespürt, wie die Weidenzweige zwischen ihren Fingern zu vibrieren begonnen hatten, als besäßen sie ein Eigenleben. Und kurz darauf hatte sie eine Wasserquelle gefunden.

Ihre Mutter hatte sie gelobt und dann gesagt: »Es kann sein, dass dir das eines Tages noch das Leben rettet.«

»Wenn ich mit Weidenzweigen spiele?«

»Nein«, hatte ihre Mutter geantwortet. »Wenn du Durst hast und kein Wasser findest.«

»Wie sollte ich kein Wasser finden? Wir wohnen doch am Fluss! Da kann ich so viel Wasser schöpfen, wie ich will!«

So merkwürdig war ihre Mutter gewesen: Sie hatte ihr etwas vollkommen Nutzloses beigebracht. Zumindest hatte Arri das geglaubt, bis die Dürre gekommen war, jene endlos harten Tage, die mit sengenden Sonnenstrahlen die Pflanzen und Bäume hatten verdorren lassen. In der allergrößten Not hatte Arri dann doch den Trick mit den Wünschelruten versucht, sie hatte die Raker zu einem verborgenen unterirdischen Lauf führen können, der ihnen, mit reinem Quellwasser gespeist, für Wochen das Überleben gesichert hatte.

Wäre ihr das nicht gelungen, der Rat der Ältesten hätte sie wahrscheinlich niemals zur Heilerin geweiht. Wie sie sie jetzt wohl nannten? Ihre Verderberin?

»Du musst nicht auf das hören, was andere über dich sagen«, hätte ihre Mutter ihr jetzt zugeraunt. »Hör nur auf das, was in dir ist.«

Das wäre auch so ein Rat gewesen, den sie mit der ungeduldigen Handbewegung eines leichtfertigen Kindes beiseite gewischt hätte. Ganz anders als jetzt. Was sie jetzt nämlich spürte, war weniger ein Ziehen, das sich von den Wünschelruten ausgehend über Hände und Arme auf ihren Oberkörper ausbreitete, sondern es befand sich von Anfang in ihrem Körper und füllte ihn fast vollständig aus.

»Einer Wünschelrute wohnt kein Zauber inne«, hätte ihre Mutter jetzt gesagt, »der Zauber wohnt in dir selbst.«

»Ja, Mutter«, flüsterte sie. »Der Zauber wohnt in mir selbst.«

Merkwürdigerweise wanderten ihre Gedanken dabei zu Nor. Das erste Mal war sie ihm nicht in Goseg begegnet, sondern in der Hütte ihrer Mutter. Er war ihr schon damals uralt vorgekommen, und sie hatte nicht begriffen, warum ein so greiser und wichtiger Mann wie der Hohepriester von Goseg den weiten Weg in das Fischerdorf unternommen hatte, nur um mit ihrer Mutter zu sprechen.

Mittlerweile aber begriff sie es. Nor schien von einem Ehrgeiz getrieben, der ihrer Mutter fremd gewesen war. Sonst aber waren sich die beiden in vielen Punkten ähnlicher, als sie es damals auch nur ansatzweise begriffen hatte. Auf jeden Fall verstanden sie weit mehr von den Geheimnissen der Natur und den Menschen als die meisten anderen, Abdurezak vielleicht ausgenommen. Damals hatte Nor einen Anlass gesucht, um sich mit Lea auszutauschen, und er hatte das fordernd und unter dem Deckmantel des machthungrigen Hohepriesters getan.

Vielleicht hatte er aber vor allem von ihrer Mutter lernen wollen, von dem, was dieser Teil ihres gemeinsamen Volkes für Wunder geschaffen hatte. Vielleicht war das auch der Grund gewesen, warum Nor ihr geraten hatte, auf ihre Mutter zu hören.

Als sie ihm zusammen mit ihrer Mutter vor einer halben Ewigkeit begegnet war, da hatte sie vor diesem uralten Hohepriester Angst gehabt. Vielleicht hatte sie sich auch ein bisschen vor ihm geekelt, vor diesem haarlosen, hässlichen Mann. Vor allem aber hatte sie die Aura der Macht gespürt, die ihn wie einen Mantel umgab. Und nun begriff sie, dass da noch weit mehr war – nicht nur das unbarmherzige Machtstreben, sondern etwas Tieferes.

Nor hatte gar nicht geleugnet, dass er mit dem Heilmittel ihrer gemeinsamen Vorfahren sein eigenes Leben retten wollte. Aber dahinter hatte sie noch mehr gespürt: den tiefen Wunsch zu verhindern, dass eine verheerende Katastrophe ihren Lauf nahm, die Menschen entstellte und schließlich tötete.

Ihre Augen füllten sich mit Tränen. Sie hatte ja schon geglaubt, sie hätte sich in den letzten Nächten leergeweint, und dass statt der Trauer eine Kälte Einzug in ihr Herz gehalten hatte. Aber das stimmte doch nicht. Sie hatte sogar noch gar nicht richtig begonnen, um Dragosz zu trauern: Sie hatte ja noch nicht einmal wirklich begriffen, dass er nun tot war und sie niemals wieder in die Arme schließen würde.

Und als ob das noch nicht schlimm genug gewesen wäre, so bekam sie auch das schreckliche letzte Bild von Isana nicht aus dem Kopf, als sie leblos und zerschmettert neben ihr am Strand gelegen hatte. Wenn die Götter ihr Unglück vollkommen machen wollten, dann hatten sie es fast erreicht, indem sie ihr auch die einzige Freundin nahmen, die sie je gehabt hatte.

»Aber dich, Kyrill«, flüsterte sie voller Verzweiflung, »dich werde ich wieder in die Arme schließen. Ich werde dich beschützen und dir alles beibringen, was mir meine Mutter schon beigebracht hat.«

Sie verlor den Gedanken aber sofort, als das Hundegebell hinter ihr plötzlich anders klang, von einem merkwürdigen Echo verfremdet nämlich heller und leiser zu ihr herüberwehte. Sie konnte das gar nicht begreifen. Es klang fast so, als sei ihre Verfolgermeute drauf und dran, in eines der kleinen Nebentäler abzubiegen, statt den Pfad auf den Gipfel weiterzuverfolgen. Wie konnte das sein?

Sie drehte sich um und starrte zurück. Noch war der Tag dem Drängen der zehrenden Dunkelheit nicht gewichen, aber die dichte, aus mehreren Schichten bestehende Wolkendecke ließ nur vereinzelt Lichtstrahlen der untergehenden Sonne durch, die wie suchende Lichtfinger über die karge Hügellandschaft glitten. Arri konnte sich nicht daran erinnern, zuvor schon einmal ein solch verwirrendes Lichtspiel gesehen zu haben. Der gras- und moosbewachsene Boden, die Sträucher, die wenigen Bäume mit ihrem kargen Blätterwerk, und dann die tiefer gelegenen Wiesen, all das lag im tiefen Schatten des zugezogenen Himmels. Nur dort, wo vereinzelt das Licht durch die Wolkendecke brach, war alles so hell erleuchtet und so klar zu erkennen, dass es fast schon etwas Übernatürliches zu haben schien.

»Mutter?«, fragte sie leise. »Was willst du mir zeigen?«

Zwei, drei Lichtstrahlen flackerten auf und verschwanden dann wieder. Arri kniff die Augen zusammen, als sich das gleiche Schauspiel noch einmal wiederholte. Sie versuchte ihre Verfolger auszumachen, irgendeine Spur von ihnen zu entdecken. Eine beständig lauter werdende Stimme in ihrem Hinterkopf wisperte ihr dabei zu, dass sie sich vorsätzlich in Gefahr brachte, wenn sie hier so deutlich sichtbar stehen blieb: Denn wenn sie von hier oben aus die Hügellandschaft unter sich so gut im Blick hatte, wenn sie von hier aus gelegentlich sogar ein Stück der vom Wind gekräuselten Wasseroberfläche des weit entfernten Sees wie von Geisterhand beleuchtet aufblitzen sah, dann konnte man doch genauso gut von unten aus auch sie sehen.

Die Stimme hatte zwar recht, aber ihre Warnung war trotzdem überflüssig. Es war keine Menschenseele zu sehen. Was sie hörte – oder besser gesagt: was sie nicht hörte – verwirrte sie umso mehr. Die Kommandorufe waren ganz verstummt, und auch das Hundegebell wurde immer leiser. Das schien ihr mehr als merkwürdig. Fährtensucher mochten sich irren, Hunde aber niemals.

Nein. Entschieden schüttelte sie den Kopf, und nasse Haarsträhnen strichen ihr wie liebkosende Finger über die Stirn. Da musste sie erneut an ihre Mutter denken, aber diesmal an die beruhigende Geste, mit der sie ihr so oft über den Kopf gestrichen hatte. »Ich habe dafür gesorgt, dass die zotteligen Dorfköter eine alte Spur von dir aufgenommen haben«, hätte Lea dabei vielleicht gesagt und leise gelacht.

Und Arri hätte nicht gewusst, ob ihre Mutter das ernst meinte, oder ob es nur einer ihrer unmöglichen Scherze war, mit denen sie sie so oft zur Weißglut gereizt hatte. Damals hatte sie diese Art einfach nur gehasst, mittlerweile vermisste sie sie aber.

»Mutter«, flüsterte sie fast anklagend und starrte nun nach oben, zu der dichten Wolkendecke empor, dem Schutzwall der Regengöttin vor dem fordernden Sonnengott, wie die Raker glaubten. Sie hielt das für Unsinn. Dort, weit über den Wolken, waren die Sterne, die denjenigen zu leiten verstanden, der ihre Geheimnisse kannte. Und irgendwo dort oben gab es auch Lea, die über sie wachte, da war sie sich ganz sicher.

Der Gedanke hätte ihr eigentlich Trost spenden sollen. Aber das Gegenteil war der Fall. Plötzlich begriff sie nämlich, wie allein sie war.

Lea war tot. Dragosz war tot. Und ihren Sohn würde sie nie wieder in die Arme schließen dürfen, wenn es nach Kaarg und den anderen ging.

»Verdammt!«, schrie sie nach oben hinauf. »Ich lasse das aber nicht zu! Ich werde mein Schwert holen, und ich werde meinen Sohn befreien! Und ich werde auf niemanden Rücksicht nehmen, der mich daran hindern will!«

Jäh wandte sie sich ab und machte sich an den Abstieg. Ihr Herz schlug hart und heftig, und die Seite, die sie sich beim Aufprall aufs Ufer geprellt hatte, schmerzte bei jeder kleinsten Anstrengung. Ihre Entschlossenheit geriet dadurch aber nicht ins Wanken, ganz im Gegensatz zu ihrem Körper, der ihr nicht gehorchen wollte und somit die eigentlich nicht besonders schwierige Kletterpartie zu einem unkalkulierbaren Risiko werden ließ. Obwohl sie sich auf eine lächerliche Weise dafür schämte, konnte sie doch nicht verhindern, dass ihr eine Träne aus dem Augenwinkel lief.

Dragosz hatte ihr Stärke gegeben – ohne ihn war alles so viel schwerer. Der ersten folgte eine zweite Träne, dann musste sie blinzeln und stehenbleiben, um sich die vielen Tränen aus den Augenwinkeln zu wischen.

Es würde nie wieder jemand da sein, der ihr Schutz gab: Jetzt aber musste sie selbst für Kyrill da sein und ihm Schutz bieten. Sie wusste nicht, ob sie das schaffen würde. Sie fühlte sich so schwach und erbärmlich, kaum in der Lage, sich auch nur auf den nächsten Schritt zu konzentrieren. Sie versuchte, alles wegzudrängen, was an Zweifeln und Ängsten in ihr hochstieg. Aber es wollte ihr einfach nicht gelingen. Gegen ihren Willen musste sie an die verhangene Vollmondnacht denken, in der sie zum ersten Mal allein aus dem Dorf und zum Steinkreis hatte schleichen wollen, und in der ihre Knie mindestens genauso wacklig gewesen waren wie jetzt. Plötzlich hatte sie Schritte hinter sich gehört, und ihr Herzschlag hatte fast ausgesetzt, als ein Schatten auf sie zugekommen war …

Es war Lea gewesen, natürlich. Ihre Mutter hatte sie mit scharfen Worten zurückgerufen, und das nicht nur dieses eine Mal, sondern immer wieder, wenn es Arri in den Nächten zum Steinkreis gezogen hatte, zu diesem Ort purer Magie, der sie von Kindesbeinen an gefesselt hatte.

Jedes Mal war es niederschmetternd gewesen. Aber nicht nur das. Trotz all ihrer Empörung, trotz ihres Wunsches, den Steinkreis allein zu untersuchen, um ihm seine Geheimnisse zu entreißen, hatte sie sich dort auch ein Stück … behütet gefühlt. Lea war immer da gewesen, sie hatte stets ein wachsames Auge auf sie gehabt, gleichgültig was passiert war.

Sie hätte gern geglaubt, dass dies auch heute noch so war. Aber sie war ja kein kleines dummes Kind mehr, sie war eine Heilerin, die für gewöhnlich sehr gut zwischen Wunschdenken und harter Wirklichkeit unterscheiden konnte.

Und das, was sie jetzt erlebte, war nichts als die Wirklichkeit. Grausame, niederschmetternde Wirklichkeit.

Der Wind wisperte, die Stimme in ihrem Kopf, die wie die ihrer Mutter klang, nahm das unruhige Auf- und Abschwellen auf und verwandelte es in Worte. »Du bist vor ein paar Tagen dort oben gewesen«, glaubte Arri zu hören. »Du hast Kräuter gesammelt. Dunkle Kräuter, die Kraft spenden. Helle Kräuter, die die Heilung anregen. Und du hast nach dem Runzelkraut gesucht, das ich dir in einer Vollmondnacht gezeigt habe. Jenes, das man nur selten findet, und dann auch nur dort, wo sich ein reicher Nährboden für Schlingpflanzen befindet …«

Das Runzelkraut. Arri nickte. Noch wenige Tage vor seinem Tod hatte Dragosz von ihr verlangt, dass sie dieses ungewöhnliche Kraut suchen sollte. Er war dabei ungewohnt ernst und eindringlich gewesen, und als sie seine Bitte mit dem Hinweis auf das bevorstehende Fest mit einer fröhlichen Bemerkung hatte ablehnen wollen, hatte er sie am Arm gepackt und ihr tief in die Augen gesehen:

»Dieses Kraut ist wichtig, Arri. Sehr wichtig sogar!«

»Sogar so wichtig, dass wir deswegen unser kleines Fest verschieben müssen«, hatte sie lächelnd geantwortet.

Dragosz hatte nicht gelächelt. Er hatte darauf bestanden, dass sie sofort in die Hügel ging, um Runzelkraut zu suchen. Und sie hatte ihm gehorcht.

Ein gutes Stück weiter gab es einen berüchtigten Schlingpflanzenwald, in den man zwar hineinkam, wie es hieß, aber niemals mehr wieder heraus. Mitten in dem Wald sollte es auch jede Menge Runzelkraut geben. Es von dort zu holen war wegen der aggressiven Schlingpflanzen aber lebensgefährlich. Also hatte sie es in den Hügeln versucht, wo es einige wenige Mulden gab, aus denen Schlingpflanzen über den feuchten Boden wucherten.

»Ich habe die Hunde jetzt auf deine alte Spur gehetzt …« Leas Stimme wurde immer leiser, bis sie fast unhörbar war.

Doch es war Unsinn. Ihre Entkräftung gaukelte ihr vor, die Stimme ihrer Mutter zu hören, und sie log, die Hunde würden eine alte Spur von ihr verfolgen. Das aber war vollkommen ausgeschlossen. Sie kannte die Dorfhunde, oft genug hatte sie gemeinsam mit ihnen herumgetollt oder ihnen heimlich etwas zu fressen gegeben, Aas oder Fischabfälle. Es war völlig unmöglich, dass diese hellwachen Mischlinge nicht eine frische Fährte von einer, die ein paar Tage alt war, unterscheiden konnten.

»Du hast die Hunde nicht auf meine alte Spur gehetzt, Mutter«, sagte sie leise. »Irgendetwas muss sie aufgeschreckt haben. Sie verfolgen jemanden. Vielleicht diese Keulen schwingenden Barbaren, von denen die Jäger berichtet haben. Vielleicht aber auch Krieger aus Goseg. Vielleicht steht ja ein Angriff bevor.« Sie zögerte kurz, bevor sie weitersprach: »Und vielleicht kann ich mir das sogar zunutze machen.«

Das leise Raunen des Windes antwortete ihr, ein klagender, anhaltender Laut, in den sich alles und nichts hineindeuten ließ. Auch die Stimme ihrer Mutter raunte: »Wen willst du töten? Deine Verfolger – oder dich selbst?«

»Ich will niemanden töten«, antwortete Arri finster. »Ich will nur mein Kind wieder haben. Das ist alles.«

»Indem du dich mit Barbaren verbündest? Nein, mein Kind. Es muss einen anderen Weg geben.«

Arri schüttelte erneut den Kopf. »Nein, Mutter«, sagte sie mit fester Stimme. »Diesmal helfen keine klugen Sprüche. Diesmal muss ich mir selbst helfen.«

20

»Isch glaub es nischt«, murmelte Granartara. »Schau dir diese beiden alten Wischtigtuer an! Da hocken sie, als könnte sie kein Heilkräuterschen trüben!«

Auch wenn Granartara recht hatte, ging Lexz ihr dümmliches Gequatsche doch zunehmend auf die Nerven. Er fragte sich, was seinen Vater dazu gebracht haben mochte, dem Schamanen ausgerechnet dieses hässliche alte Weib mitzugeben, das wohl erst dann Ruhe gab, wenn man ihm den Schädel einschlug.

»Hallo, Schamane!«, rief Granartara und watschelte so schnell los, dass sie sich schon nach den ersten Schritten einen Vorsprung erarbeitet hatte. »Hast du noch ein Plätschen für mich?«

Zakaan drehte sich zu ihr um. Erst da begriff Lexz, was Granartara mit den beiden alten Wischtigtuern gemeint hatte.

Zakaan – und Abdurezak!

Die beiden hockten so selbstverständlich nebeneinander, als läge ihre letzte Begegnung nicht zwei Sommer zurück, sondern höchstens zwei Tage. Nach all dem, was Lexz zusammen mit seinen Gefährten erlebt hatte, tat es besonders gut, den Schamanen wiederzusehen – und nicht nur seine Stimme im eigenen Hinterkopf herumspuken zu hören. Aber das allein war es nicht.

»Ich fasse es nicht!« Ekarna sprach seine Gedanken aus. »Abdurezak! Dass er noch lebt!«

»Und dass wir ihn ausgerechnet hier finden«, ergänzte Torgon. »Wenn überhaupt, dann hätte ich ihn doch eher in der Hütte der Ältesten erwartet.«

»Ja«, bestätigte Ekarna. »Ich hoffe, es ist nichts Schlimmes passiert, das ihn so weit rausgelockt hat.«

»Aber verstehst du denn nicht?« Torgon blieb stehen und packte Ekarna an den Schultern. Es hätte wohl nicht viel gefehlt, und er hätte sie grob geschüttelt. »Wo Abdurezak ist, da kann auch Dragosz nicht weit sein! Und all die anderen, die wir schon seit zwei Sommern nicht mehr gesehen haben!«

»Ja«, Ekarna nickte mit so schnellen Kopfbewegungen, dass ihr Haar flog. »Aber das ist doch kein Grund, mich so hart anzupacken!«

»Was? Ja. Entschuldige!« Torgon ließ sie wieder los und wandte sich nun an Lexz. »Was sagst du dazu? Dragosz! Wie lange haben wir gewartet?« Dann wandte er sich wieder ab und starrte in die entgegengesetzte Richtung. »Einer von uns müsste gleich los und Ragok die Neuigkeit mitteilen.«

Ekarna legte ihm die Hand auf den Arm. »Nun beruhige dich mal. Ragok wird es schon noch früh genug erfahren. Lass uns erst mal in Erfahrung bringen, wie es Abdurezak und den anderen in der langen Zeit ergangen ist, die wir sie nicht gesehen haben.«

Während sie das sagte, stiefelte Granartara mit wackligen Schritten an ihnen vorbei. Lexz war nicht bereit, ihr den Vortritt zu lassen, und eilte ihr nun auf dem unebenen, felsigen Boden hinterher. Er konnte es noch gar nicht fassen. Zakaan hockte in größter Selbstverständlichkeit neben seinem Bruder Abdurezak! Als Lexz die Bedeutung dieses Zusammentreffens hier am Ende der Welt bewusst wurde, spürte er plötzlich, wie ihm ganz flau wurde. Also hatten sie es geschafft – sie hatten tatsächlich die verloren gegangene Hälfte ihres Volkes wiedergefunden!

Die beiden Brüder hatten es sich unterhalb der einzigen Hütte, die noch eine Tür besaß, auf einem Moosbett bequem gemacht. Das Lächeln, das Zakaans Gesicht auf eine Art verzauberte, wie Lexz es schon seit langer Zeit nicht mehr bei ihm gesehen hatte, erlosch schlagartig, als er sich zu ihnen umwandte und auf das ungewaschene, stinkende Weib starrte, das mit hochrotem Kopf und empörtem Blick auf ihn zuwatschelte.

»Granartara, wie oft soll ich dir sagen, dass ich keine Plättchen mehr …« Er brach jedoch ab und starrte Lexz an, dann Ekarna und zum Schluss verharrte sein Blick auf Torgon. »Den Göttern sei Dank«, er lächelte wieder, wenn nun auch auf eine ganz andere Art. »Ihr seid am Leben! Und ihr habt uns gefunden!«

»Ich sage es ja immer«, ergänzte Abdurezak fröhlich. »Man braucht niemanden zu suchen. Alle wichtigen Leute kommen ohnehin zu einem.«

»Dasch is nett, dasch du dasch sagst«, bemerkte Granartara fröhlich. »Du bist wenigstens nischt so ein Griesgram wie dein Bruder.« Sie legte den Kopf schief. »Hascht du vielleicht ein Plätschen für mich?«

Abdurezak schüttelte den Kopf. »Aber nein. So etwas habe ich nicht. Doch – tretet ruhig alle näher. Mein Bruder und ich, wir sind gerade dabei, uns auszutauschen. Dabei sind wir auf ein paar Sachen gestoßen, die alles über den Haufen werfen, was wir übereinander zu wissen glaubten.«

»Auch, was Dragosz betrifft?«, fragte Lexz düster und blieb so abrupt stehen, dass es nach Abdurezaks freundlicher Einladung schon fast einer Beleidigung gleichkam.

Ein dunkler Schatten verdüsterte Abdurezaks Gesicht. »Dragosz ist tot«, sagte er. »Er wurde vergiftet – wie auch viele andere gute

Männer und Frauen. Aber das ist nicht das Einzige, was geschehen ist. Ein schreckliches Unwetter hat es gegeben, das das halbe Dorf verwüstete.«

Lexz schnappte nach Luft. Immer wieder hatte er sich ausgemalt, was passieren würde, wenn sie auf Dragosz' Leute stießen. Aber niemals war er davon ausgegangen, dass Dragosz dann nicht mehr am Leben sein würde. Es war einfach unvorstellbar!

»Dragosz ist nicht der erste Tote gewesen«, ergänzte Zakaan ernst, »und er wird auch nicht der Letzte sein.«

»Das sind keine guten Neuigkeiten«, befand Torgon, während er mit Ekarna näher kam, um sich schließlich so großspurig neben Lexz aufzubauen, als wäre er es, der hier das Sagen hatte. »Aber wenn Dragosz tot ist, dann ist doch jetzt Ragok sein Nachfolger!«

»Du hast es ja mächtig eilig, die Nachfolge zu vergeben«, stellte Abdurezak fest. Jede Fröhlichkeit war aus einem Gesicht gewichen. »Aber es gibt auch noch andere, die Anspruch auf Dragosz' Nachfolge erheben.«

»Lass mich raten.« Torgon stieß sich in einer übertriebenen Art an Lexz vorbei und schlenderte auf die beiden alten Männer zu. »Heißt einer von ihnen vielleicht Taru?«

Abdurezak nickte. »Selbstverständlich. Aber auch er ist nicht der Einzige. Da ist noch Arianrhods Sohn Kyrill.«

»Arianrhod? Kyrill?« Torgon schüttelte den breiten Kopf. »Habe ich nie gehört. Sie können nicht zu unserem Volk gehören.«

»Nun, Arri ist ...«

Arri? Lexz zuckte zusammen, als er den Namen hörte. Hatte Abdurezak wirklich gerade Arri gesagt? Meinte er damit etwa jene Arri, von der Dragosz ihm vor einer Ewigkeit erzählt hatte?

Ekarna gab ihm einen Knuff in die Seite, als Lexz' Gedanken in die gefährliche Richtung der Wachträume und verborgenen Sehnsüchte davontrudelten, die Arris Namen für ihn zu etwas ganz Besonderem hatten werden lassen.

»Schläfst du immer mit offenen Augen und offenem Mund?«, fragte Ekarna spöttisch.

»Was?« Lexz zuckte zusammen. »Natürlich nicht. Ich hab nur gerade an etwas denken müssen.«

Ekarna nickte und griff nach seiner Hand. »Bestimmt an Isana. Hab ich recht?«

»Ja. Oder nein.« Lexz schüttelte verwirrt den Kopf, ließ es aber zu, dass ihn Ekarna mit sich zog.

Torgon hatte sich inzwischen bereits zu den beiden alten Männer ins Gras gesetzt, und Byrta und Partuk waren gerade dabei, seinem Beispiel zu folgen – wobei sie es sich allerdings ein gutes Stück von den anderen bequem gemacht hatten, ganz so, wie es sich gehörte, wenn die Ältesten im Gespräch waren. Nur Granartara fand keine Ruhe. Sie lief mit leicht eckigen Bewegungen auf und ab. Lexz fragte sich, ob sich nicht endlich jemand aufraffen konnte, sie mit deutlichen Worten zum Sitzen aufzufordern, damit sie mit ihrer Art nicht noch alle wahnsinnig machte.

Als Zakaan bemerkte, dass Ekarna und Lexz Hand in Hand auf sie zuhielten, machte er eine einladende Handbewegung. »Setzt euch doch zu uns …«

Lexz erfuhr niemals, was er noch hatte sagen wollen. Ein Pfeil sauste an ihn ihm vorbei und traf Granartara: Er schlug in ihren Nacken ein, durchbohrte ihren Hals, zerschmetterte ihren Kehlkopf und trat an der anderen Seite wieder aus.

»Hast du gehört, Mutter?«, schrie Arri in den Himmel hinein. »Diesmal werde ich mir selbst helfen!«

Ein heftiger Windstoß antwortete ihr, riss sie fast von den Füßen. Bevor sie überhaupt begriff, was geschah, fuhr die Bö wie ein wütender Dämon in die dichten, grauschwarzen Wolken und peitschte sie auseinander. Und plötzlich waren es nicht nur einzelne Lichtstrahlen, die durch den verhangenen Himmel brachen, sondern dort bot sich eine große Fläche, strahlend hell und sengend, und die fürchterliche Kraft der Sonne, die während des Unwetters ausgesetzt hatte, schlug nun wieder mit umso verheerender Wut zu.

Geblendet schloss Arri die Augen und riss sie wieder auf, als ein weiterer Windstoß ihre Haare durcheinanderwirbelte. Sie stolperte in die Richtung, in der sie festen Untergrund vermutete, und kämpfte mit wild rudernden Armen um ihr Gleichgewicht. So durfte es nicht enden!

Aber so sehr sie auch dagegen ankämpfte, sie wurde doch immer weiter zurückgetrieben, in die Wand hinein, von der aus sie sich an den Abstieg gemacht hatte. Sie musste sich festhalten, sich umdrehen, irgendwo anklammern ... Aber der Untergrund war so schlüpfrig, das Moos so durchweicht vom Unwetter, die wenigen Grashalme und Steingewächse so nass und glitschig, dass sie wegrutschte. Sie kippte zur Seite ab, als eine Bö sie traf, und für einen schrecklichen Augenblick glaubte sie zu stürzen ... Sie sprang jedoch zurück, kam hart auf, knickte ein, und wie in einem Kampf auf Leben und Tod, bei dem man die Orientierung verliert und sich nicht anders zu helfen weiß, als mit einer unerwarteten Bewegung zu reagieren, riskierte sie einen ungezielten Ausweichschritt ... und schwebte scheinbar über dem Nichts.

Sie schrie auf und warf sich so weit zurück, wie sie nur konnte. Wenn jetzt nicht mehr hinter ihr war als ein steil abfallender Abhang, war sie gewiss gleich tot. Aber sie hatte Glück, bekam irgendetwas zu fassen und klammerte sich mit purer Verzweiflung daran fest ... drohte weiter abzurutschen ... schwebte nach wie vor über dem Abgrund, strampelte mit den Beinen und sprang ab, in die Richtung, in der der dunkle Schatten eines Felsens Rettung versprach.

Hart kam sie auf, und aus ihrem Schreckenslaut wurde ein schmerzerfülltes Keuchen, mit dem die Luft aus ihren geschundenen Lungen entwich, während sie mit der Seite gegen einen moosbedeckten Felsvorsprung prallte. Ihre Finger krallten sich hinein und fanden genug Halt, um sich an dem Überhang ein Stück weit nach oben zu ziehen ... dann kam sie aber nicht mehr weiter.

Es verlangte ihr mehr Kraft ab, sich weiterzuziehen, als sie aufbringen konnte. Aber sie durfte jetzt nicht nachlassen. Hatte ihre Mutter vielleicht jemals aufgegeben, wenn es um sie, ihre einzige Tochter, gegangen war? Nein! Wie konnte sie dann auch nur im Entferntesten auf den Gedanken kommen, ihren Sohn im Stich zu lassen.

»Chakara!«, schrie sie, ein Laut, der so tief aus ihrer Seele hervorkam, dass ihr ganzer Körper erbebte. Und plötzlich war es für ihre zitternden Arme überhaupt kein Problem mehr, die Kraft aufzuwenden, um den letzten glitschigen Überhang zu überwinden und sich vollends nach oben zu ziehen.

Ein zittriger Laut entrang sich ihr, als sie auf nacktem Felsen aufkam, aber kein Kampfschrei mehr, sondern ganz im Gegenteil ein Laut tiefster Erschöpfung. Sie wartete erst einmal eine ganze Weile zitternd und keuchend, unfähig mehr zu tun, als in die Hocke zu gehen und sich mit den Händen auf dem Boden abzustützen, der unter ihrem Gewicht zu schwanken schien.

»Danke«, keuchte sie. »Danke, Lea, danke.« Sie tastete über ihre Brust, aber soweit sie feststellen konnte, hatte sie sich wenigstens keine zusätzliche Prellung zugezogen. »Musstet du mir so deutlich zeigen, dass du mit mir unzufrieden bist?«

Ihre Mutter antwortete nicht, natürlich nicht. Wie sollte sie auch? Arri wusste sehr gut, dass es ein verrückter Gedanke – und dass es ihre Mutter gewesen war, die sie hier hochgetrieben hatte. Wie hätte sie das auch anstellen sollen? Sollte sie ihr aus dem Totenreich etwa Sturmdämonen auf den Hals hetzen?

So aberwitzig das auch klang – ganz tief in Arri gab es einen Teil, der genau davon überzeugt war. Lea hatte schon zu ihren Lebzeiten Dinge fertiggebracht, die allen anderen unmöglich erschienen waren. Wie konnte sie also daran glauben, sie werde nach ihrem Tod Ruhe geben?

»Hoffen wir, dass du weißt, warum du das getan hast«, murmelte Arri, unfähig sich aus ihrem düsteren Gedanken zu lösen. »Dann sag mir aber wenigstens, was du von mir willst.«

Auch diesmal antwortete ihre Mutter nicht. Dafür geschah aber etwas anderes: Die Wolkendecke zog sich wieder zu, düsterer, schwerer und dichter als zuvor, zumindest kam es Arri so vor. Und gleichzeitig beruhigte sich der Wind, wurde zu einem zarten Hauch, der nun fast zärtlich über ihr Gesicht strich.

Es war ein so deutliches Zeichen, dass Arris Augen erneut feucht wurden. Sie verstand das alles nicht mehr. Was taten die Götter nur mit ihr? Warum erlegten sie ihr eine Prüfung nach der anderen auf?

Taumelnd kam Arri hoch und atmete tief durch. Die Luft war frisch und feucht, und es tat ihren geprellten Lungen gut, sie einzuatmen. Als sie sich wieder einigermaßen beruhigt hatte, fiel ihr Blick auf die Stelle, auf der sie eben noch gestanden hatte. Sie befand sich ein gutes Stück unter ihr, und zwar so weit entfernt, dass sie eigentlich hätte Flügel haben müssen, um hier nach oben zu kommen. Sie musste unverschämtes Glück gehabt haben, dass sie nicht abgestürzt war – oder jemand hatte hier schützend seine Hand über sie gehalten.

Diesmal erfüllte Arris Herz ein tiefes Gefühl von Dankbarkeit, während sie an Lea dachte.

Und das war nicht das Einzige, das ihr mehr als seltsam erschien. Während über ihr kein Lichtstrahl mehr durch die nun wieder geschlossene Wolkendecke drang, war sie ein gutes Stück entfernt endgültig aufgerissen. Nachdem Arri einen einigermaßen sicheren Stand gefunden hatte, begriff sie, dass sie nicht nur ein deutliches Stück höher stand als zuvor, sondern auch freie Sicht auf den See hatte. Als wollten ihr die Götter das ganze Ausmaß der Zerstörung zeigen, das sie angerichtet hatte, lag jetzt nur noch das Ufer und der halbe See im strahlenden Sonnenschein.

Die Götter … oder ihre Mutter?

»Lea«, murmelte Arri. »Warum tust du das?«

Obwohl das Ufer ein gutes Stück von ihr entfernt lag, war es doch so klar und deutlich zu erkennen, dass man fast meinen konnte, man könne es mit ein paar Schritten erreichen. Arri kniff die Augen zusammen, um Einzelheiten ausmachen zu können. Von ihrem jetzigen Standort aus hatte sie einen recht guten Überblick über den Bereich am Ufer, in dem Dragosz seinerzeit ihre erste vorläufige Siedlung hatte anlegen lassen, während das Pfahldorf von der gezackten Steinkette fast vollständig abgeschirmt wurde. Mehr war aber auch gar nicht nötig, um sie erkennen zu lassen, dass der Sturm ganze Arbeit geleistet hatte.

Etliche Hütten waren eingedrückt worden und wirkten nun windschief, von anderen schien nur das Dach weggerissen worden zu sein. Und auch die wenigen Dächer der weitaus festeren Holzhäuser auf den Stegen, die sie von hier aus im Blick hatte, hatten offensichtlich Schaden genommen. Die Hütte aber, in der sie gefangen gehalten worden war, war so vollständig verschwunden, als hätte es sie überhaupt nur in ihrer Einbildung gegeben.

Das traf sie wie ein Faustschlag. Sie hatte doch das Gefühl, an der Katastrophe Schuld zu sein, die über das Dorf gekommen war. Und dabei hatte sie seit ihrer Flucht kaum einen Gedanken an die Verheerungen verschwendet, die der Sturm angerichtet haben mochte. Ob es Tote gegeben hatte? Ob Isana dazu gehörte – und ob sie inzwischen ihren Verletzungen erlegen war? Aber die brennendste Frage von allen war: Was war mit Kyrill geschehen? Hatte ihn die dicke Frau des Stangenfischers in Sicherheit bringen können, die sich nach Isanas Worten in den letzten Tagen um ihn gekümmert und ihn sogar gestillt hatte? Und war sie jetzt immer noch bei ihm?

Sie lauschte in sich hinein. Nach Dragosz' Tod klaffte eine schlimme Lücke in ihrem Herzen. Aber das war auch alles. Kein neues Entsetzen, nicht diese schreckliche Gewissheit, dass ihrem und Dragosz' Sohn etwas Schreckliches passiert sein mochte, er vielleicht sogar tot war.

Trotzdem hatte sie Angst um ihren Sohn. Allmählich wurde es Zeit, dass sie ihn zu sich holte.

Sie riss den Blick von der fernen Siedlung los und starrte nach oben. Die Wolkendecke war gerade noch fest geschlossen gewesen, jetzt aber riss sie an einigen Stellen wieder auf und hatte auch ihre Farbe gewechselt. In das Schwarzgrau mischte sich ein blutroter Ton; zumindest bildete sich Arri das ein.

»Ist es das, was du mir zeigen wolltest, Mutter?«, fragte sie bitter. »Aber warum? Warum quälst du mich so?«

Ihren Worten folgte … nichts. Der Himmel blieb so, wie er war – genauso wie ihre Einsamkeit, die sie hier, auf dem höchsten Gipfel der Umgebung und im Angesicht der Verwüstung, die das Unwetter hinterlassen hatte, bitterer spürte als je zuvor.

Sie schüttelte den Kopf. »Nein!«, rief sie zum Himmel empor. »Ich werde Kyrill beschützen! Er wird nicht sterben!«

Wieder geschah … nichts. Der Himmel öffnete seine Schleusen nicht, um Fluten über sie zu ergießen, es kam auch kein neuer Wind auf, der sie umtoste und umzuwerfen versuchte, noch nicht einmal das unnatürlich wirkende Licht änderte sich.

»Was ist, Mutter?«, fragte Arri hart. »Hat es dir die Sprache verschlagen?«

Sie wusste nicht, was sie erwartet hatte. Bislang hätte noch alles Zufall sein können, aber als der Sturm gekommen war, um sie hier nach oben zu treiben, und der Himmel dann auch noch ausgerechnet über der Siedlung am See aufgerissen war – das war kein Zufall mehr, dessen war sie sich sicher. Je länger sie dastand und mit weit aufgerissen Augen und erhobener Faust nach oben blickte, umso unbehaglicher wurde ihr zumute.

Sie hatte geglaubt, sich in einem stummen Gespräch mit ihrer Mutter zu befinden, wie schon so oft zuvor. Aber dies hier war … etwas anderes. Sie hätte es nicht genau benennen können, und schon gar nicht hätte sie die richtigen Worte gefunden, wenn sie es jemand anderem hätte erzählen wollen.

»Mutter?«, fragte sie unsicher. »Lea?«

Auch diesmal gab es keine Antwort, und enttäuscht senkte sie den Blick. Vielleicht war es tatsächlich ihre Mutter gewesen, die ihr ein Zeichen hatte geben wollen – vielleicht aber auch jemand ganz anderes. Arri war in dem Glauben, dem die Flussleute angehangen hatten, nicht so fest verwurzelt. Und schon gar nicht hatte sie alles in ihr Innerstes getragen, was sich die Raker an Ritualen und Glaubenssätzen zu eigen gemacht hatten. Aber natürlich wusste sie genauso gut wie alle anderen, dass es mehr gab, als man mit bloßem Auge sehen oder mit menschlichem Ohr hören konnte. Es gab allerlei Naturgeister und Dämonen, also Wesen, die quälen und verderben konnten, wenn es nicht gelang, ihren Einfluss zu begrenzen. Und es gab noch andere, mächtigere: jene Götter, die ihre Macht über die Naturgewalten hatten und die Menschen je nach Laune straften oder belohnten.

Wer war sie denn, sich mit ihnen anzulegen?

»Überlege genau, was du tust«, hätte Lea jetzt gesagt.

Vielleicht. Vielleicht auch nicht. Vielleicht hätte sie eher gesagt: »Wenn du Gewalt anwendest, um Kyrill zu holen, bringst du nicht nur dich in Gefahr – sondern auch deinen Sohn. Du musst einen anderen Weg finden, um ihn zu befreien!«

»Nein«, murmelte Arri. »Keinen anderen Weg. Sondern meinen Weg!«

Endlich musste sie diese törichten Gedanken an ihre Mutter aus dem Kopf bekommen und ihr Schicksal selbst in die Hand nehmen. Und das hieß, dass sie hier verschwinden sollte. Wenn sie erst in der

Höhle war, konnte sie weitersehen – entweder dort eine Weile bleiben, oder sich schon morgen einen anderen Unterschlupf suchen.

»Überstürze nichts«, hätte Lea hinzugefügt. »Setze die Kraft deines Erbes weise ein – und nicht zerstörerisch.«

»Da entlang«, sagte Orakar und deutete ins Tal hinab, in Richtung einer besonders auffälligen Felsformation, die wie ein großer Vogelkopf aussah, schwarz und bedrohlich. »Wir müssen da lang!«

Die anderen Männer nickten. Sie packten ihre Waffen fester und machten sich auf den Abstieg in das steinerne Tal, in dem die Götterstatuen standen. Sie alle wussten, was sie zu tun hatten.

Dragosz war tot. Arianrhod befand sich auf der Flucht. Alles geschah so, wie die Götter es vorausgesagt hatten.

»Bringen wir das zu Ende, was vor langer Zeit begonnen hat«, sagte Orakar. »Töten wir die, die zwischen uns und der Macht stehen. Holen wir uns die Himmelsscheibe!«

Zustimmendes Gemurmel antwortete ihm, und als Orakar in die Gesichter seiner Männer blickte, entdeckte er zwar auch Müdigkeit und Erschöpfung in ihren Minen, vor allem aber Kampfeswillen und Zuversicht.

Sie würden siegen. Die Götter waren mit ihnen.

»Für Goseg!«, rief Orakar.

»Für Goseg!«, riefen auch die anderen im Chor

Als Arri etwas Metallisches aufblitzen sah, wusste sie, dass sie zu lange getrödelt hatte. Sie hatte geglaubt, ihre Verfolger abgehängt zu haben, aber das genaue Gegenteil war der Fall. Es traf zwar zu: Sie waren abgebogen, in ein Seitental hinein, statt sie auf direktem Weg zu verfolgen. Aber nur, weil sie eine Abkürzung nach oben kannten, die von der anderen Seite aus hinaufführte!

Der Gedanke schoss Arri mit der Geschwindigkeit eines Pfeils durch den Kopf, und nicht viel länger brauchte sie, um sich zu ducken und hinter einem Felsen Deckung zu suchen, der nur leider kaum breiter war als sie selbst. Ich habe keine Waffe, durchzuckte es sie, ich brauche aber mein Schwert. Sofort.

Das metallische Blitzen war am nördlichen Hang zu sehen gewesen, ganz kurz nur und auf die übliche Weise, mit der eine achtlos hochgenommene und in eine Sonnenspiegelung geratene Waffe schnell wieder heruntergerissen wurde. Das bewies zweierlei: Derjenige, der dort unterwegs war, hielt keinen Knüppel in der Hand und auch keine Steinaxt, sondern eine Waffe aus Bronze oder Kupfer. Das machte die Sache doppelt gefährlich.

Arri rutschte ein Stück tiefer, soweit es ihre augenblickliche Deckung nur zuließ, und spähte ins Tal hinab. Sie wurde mit einem grandiosen Ausblick auf das steinerne Wunder unter sich belohnt, das sie diesmal allerdings weniger vor Ehrfurcht erschauern ließ. Unter glücklicheren Umständen hätte es ihr aber auch eher einen kalten Schauer über den Rücken gejagt. Wie überdimensionale Finger stachen Steinmonolithen in den Himmel empor, manche nur halb aus dem Steinbruch herausgehauen und merkwürdig unfertig aussehend, andere wie Findlinge ohne jegliche Spur einer Bearbeitung, während eine Vielzahl der größten unter ihnen teilweise oder vollständig behauen waren. Einige waren auf der Oberseite mit Moos und Flechten bewachsen, die meisten aber grauschwarze Ungetüme, die aussahen, als hätten die Götter sie dort als Mahnung an die Menschen in den Untergrund gerammt, sich nur nicht zu wichtig zu nehmen.

Wie lange diese steinernen Zeugen einer längst vergangenen Menschheitsepoche hier schon standen und mit sturer Beharrlichkeit selbst den heftigsten Unwettern trotzten, war gar nicht abzuschätzen. Aber es schien, als atme über dem ganzen Tal der Odem der Ewigkeit und mache ihn erst zu einem mystisch zeitlosen Ort, geradezu geschaffen für uralte Rituale – und für die Begegnung mit den Ahnen. Arri hatte diesen Zauber schon das erste Mal gespürt, als sie mit Dragosz hergekommen war. Und auch jetzt fühlte sie, wie etwas Uraltes Besitz von ihrer Seele ergriff und sie einlud, mit auf eine magische Reise ins Nirgendwo zu kommen …

Ein heftiger Windstoß ließ sie torkeln, dann klammerte sie sich fest und starrte in den dunklen, teilweise aufgerissenen Himmel. Wo waren jetzt die Ahnen? Wo war ihre Mutter? Wer stand ihr bei?

Bitte, helft mir, flehte sie.

Die Wolken rissen nicht auf, kein geheimes Zeichen erschien am

Himmel und auch die Stimme ihrer Mutter war nicht zu hören. Dafür ließ der Wind merklich nach. Statt so grob an ihr zu zerren, als wolle er sie im nächsten Augenblick herunterreißen, wurde er sanfter und umstrich sie so zärtlich, dass sie das Gefühl hatte, von liebkosenden Händen gestreichelt zu werden.

»Dragosz?«, flüsterte sie.

Sie wusste, dass ihr Mann noch nicht im Totenreich angekommen sein konnte, dazu war die Reise über den Frykr viel zu lang und beschwerlich. Aber konnte es nicht trotzdem sein ...?

Es konnte nicht sein. So, wie sie dastand und zum Himmel starrte, gab sie ein gutes Ziel ab – Dragosz hätte ihr das niemals durchgehen lassen.

Und zwar zu Recht, wie sie begriff, als sie aus den Augenwinkeln heraus erneut eine Bewegung gewahrte, und diesmal war es mehr als nur ein kurzes Aufblitzten. Noch bevor sie sich ganz umgedreht hatte, wurde ihr klar, dass sich jemand aus seiner Deckung erhoben hatte und zu ihr hinübersah. Arri hätte beinahe laut aufgelacht, als sie den verwaschenen Schatten eines Mannes erkannte, der einen Bogen hochriss und mit geübter Bewegung einen Pfeil auf die Sehne legte.

Ein Bogenschütze? Die Vorstellung war doch lächerlich. Gewiss, viele der Dorfbewohner kannten sich mit Pfeil und Bogen bestens aus – aber warum sollten sie auf sie schießen, wenn sie sie doch eingekesselt hatten und davon ausgehen mussten, dass sie sie ohnehin noch vor Einbruch der Nacht einfangen konnten: wie ein Lamm, das sich zu weit von der Herde entfernt hatte. Schließlich wollten sie ihr doch den Prozess machen, ob mit oder ohne Gosegs Hilfe ...

Sie kam nicht mehr dazu, den Gedanken zu Ende zu denken. Der Pfeil wurde von der Sehne gelassen und schnellte auf sie zu, und so schnell ihre Ausweichbewegung auch kam, so kam sie doch zu spät. Ihr Kopf war noch nicht einmal ein kleines Stück zurückgezuckt, als der Pfeil auch schon da war – und durch ihr Haar hindurchfegte, um irgendwo hinter ihr auf einem Felsen aufzuprallen und klappernd über nackten Stein zu fallen.

Arri stieß einen enttäuschten Schrei hervor, ging in die Hocke und streckte die Hände aus, bis sie einen Überhang zu fassen bekam, an dem sie sich entlanghangeln konnte. Jeder bewusste Gedanke schien wie hinweggefegt, sie wollte nur noch weg von hier. Mit hastigen Bewegungen zog sie sich weiter, immer sorgfältig darauf bedacht, kein so leichtes Ziel zu bieten.

Dem ersten Pfeil folgte kein zweiter, was auch nicht weiter verwunderlich war: wenn sie niemanden sah, würden auch ihre Gegner sie nicht mehr im Blickfeld haben. Die Frage war nur: Wie kam sie jetzt zur Höhle? Sie wusste weder ganz genau, wo sie lag, noch, wie sie zu erreichen war – und sich gefahrlos umsehen, das ging nun schon gar nicht mehr.

Bevor sie eine Entscheidung treffen konnte, hörte sie etwas, das sie vorhin vermisst hatte: Hundegebell. Jetzt hallte es dumpf und drohend von den Wänden wider, noch nicht so nah, dass sie jeden Augenblick eine gierig sabbernde Hundeschnauze über sich würde auftauchen sehen, und mit Sicherheit auch nicht aus der gleichen Richtung, in der der Bogenschütze nach wie vor auf ein freies Schussfeld lauerte…

Das war gar nicht gut. Das Gesicht des Bogenschützen hatte sie nicht erkennen können, dazu war es zu sehr von dem Halbschatten der Anhöhe über ihm verborgen gewesen, und auch kaum etwas von seiner Kleidung. Und trotzdem: Jetzt war sie sich sicher, dass er aus dem Dorf stammte.

Wieder bellte ein Hund, dann ein zweiter; Laute, die so ursprünglich von der Lust am Stellen, Fassen und Töten sprachen, dass ihr Körper fast wie von selbst darauf reagierte. Sie musste hier verschwinden, einen Ausweg finden – und ihre Füße schoben sich vorwärts, ihre Finger suchten Halt, ihre Augen hielten nach einem halbwegs passablen Abstieg Ausschau.

Nur nicht ins Schussfeld des Bogenschützens geraten, hämmerte es in ihren Gedanken. Nicht einfach irgendwo hinklettern, sondern immer nur in Richtung der Höhle – wo auch immer sich dieses verdammte Loch verbergen mochte.

In der Höhle lag ihre Waffe, dorthin würden ihr die Hunde nicht folgen können – sie schob sich immer weiter, mit kleinen, viel zu langsamen Bewegungen und der ständigen Furcht, irgendwo anders konnte auch noch ein weiterer Bogenschütze Stellung beziehen, um sie abzuschießen. Oder jemand mochte über ihr auftauchen, um ihr einen Stein auf den Kopf zu werfen.

Irgendetwas polterte. Sie riss den Kopf nach oben, darauf gefasst, ihre schlimmsten Befürchtungen könnten sich nun bewahrheiten. Stattdessen sah sie einen großen schwarzen Vogel davonflattern. Ihr wurde schwindlig und sie musste sich festklammern.

Es war nicht der erste große schwarze Vogel, den sie gewahrte. Sie erinnerte sich noch gut an den Raben, der am Morgen nach Dragosz' Tod in den blutroten Morgenhimmel hineingeflogen war. Auch jetzt wieder so ein Unglücksvogel! Wenn es auch, wie sie auf den zweiten Blick erkannte, eher eine Krähe als ein Rabe war.

Löß und Steinchen rieselten von der Stelle herab, von der aus sich der Vogel erhoben hatte. Nun gewann er unter wildem Geschnatter schnell an Höhe, ging in eine Kurve … und kehrte wieder zurück. Im ersten Augenblick glaubte Arri noch, der Vogel wolle sie angreifen, dann bemerkte sie ein Nest, das geschickt getarnt und selbst von ihrem Standort aus kaum sichtbar in einer Felsspalte hing. Und sie sah, wie die Krähe auf Raubvogelart darauf zuschoss.

Im Nest gab es eine zappelnde, aufgeplusterte Bewegung. Die Krähe wischte darüber hinweg, hackte mit dem Schnabel hinein und flog erneut eine Kurve, um ihren Angriff abzuschließen und das Nest endgültig auszuräubern, ganz so, wie es ihre Art war.

Sie kam aber nicht weit. Ein Pfeil jagte heran, vielleicht für sie bestimmt, vielleicht auch nur ein Probeschuss, der nun zufällig eine Richtung genommen hatte, wie sie für den Vogel verhängnisvoll war … und er durchbohrte den schwarzen Vogel. Die Krähe stieß einen schrillen, krächzenden Laut aus, machte ein paar kräftige Flügelschläge, die sie noch einmal Höhe gewinnen ließen – und stürzte dann wie ein Stein in die Tiefe, ganz genau auf sie zu.

Arri hielt den Atem an und versuchte sich so klein wie nur möglich zu machen, die Augen angsterstarrt nach oben gerichtet. Es war ein verrückter Anblick: der große schwarze Vogel, durchbohrt von einem Pfeil, abgeschossen knapp über ihrem Kopf … aber er würde an ihr vorbeifallen, mehr als eine Armeslänge entfernt, wenn nicht …

… wenn nicht genau das geschah, was jetzt geschah.

Die Krähe war noch nicht tot. Sie zappelte, nicht so wie ein Vogel, sondern eher wie ein Schaf, das man zum Scheren niederrang; dann breiteten sich ihre Schwingen wieder aus, kraftlos jetzt, aber doch weit genug, dass der Wind unter sie fahren konnte, um den sterbenden Vogel gegen die Wand zu drücken, und zwar genau auf sie zu.

Das schwarze Federvieh schoss auf sie zu. Arri sah in die tückischen schwarzen Knopfaugen des sterbenden Tieres, sie las das Versprechen, sie mitzunehmen in den Tod, und mehr noch, sie glaubte so etwas wie ein Erkennen in ihnen zu lesen. Und tief in ihr antwortete etwas darauf und ließ sie mit raubtierhaftem Instinkt reagieren. Ihre rechte Faust zuckte zu einem Schlag hervor, wie ihn Dragosz oft, sie selbst aber noch nie ausgeführt hatte. Und in das letzte schauerliche Krächzen der Krähe mischte sich ein tiefer gutturaler Laut.

Sie erwischte die Krähe so wuchtig am Hals, dass der Vogel einen grotesken Hüpfer machte. Er flatterte auf, gewann wieder an Höhe, und einen schrecklichen Augenblick lang sah es so aus, als würde er sich nun auf die gleiche Art auf Arri stürzen wollen, in der er auch schon das fremde Nest attackiert hatte. Arri machte eine rasche Abwehrbewegung und traf den Pfeilschaft: Die Krähe rotierte einmal um ihre Achse und tauchte dann unter ihr weg, prallte gegen einen Felsen, wurde wieder davongeschleudert …

Und Arri wäre ihr um ein Haar gefolgt. Ihr letzter wilder Abwehrschlag hatte sie ein Stück nach vorn stolpern lassen, auf den Rand des Felssims zu, auf dem sie Schutz gesucht hatte. Und nur mit einer entschlossenen, rückwärts rudernden Bewegung konnte sie ihr Gleichgewicht wahren und sich irgendwo so festklammern, um sich wieder an die Wand zu ziehen.

Sie wartete keuchend ab. Dieser widerliche Vogel! Sie verstand überhaupt nicht, was gerade geschehen war. Raben und Krähen wurden seit alters her die unterschiedlichsten Dinge nachgesagt, und nur die wenigsten waren freundlich. Sie galten als Unheilverkünder, standen in dem Ruf, Menschen verwirren zu können und Unglück über Felder und Pflanzungen zu bringen – aber so etwas wie eben?

»Was ist hier … nur los?«, murmelte sie. Was mochte sie getan haben, dass ihr die Götter einen Unglücksvogel schickten und ihn von einem Bogenschützen abschießen ließen, nur damit sie in die Tiefe stürzte?

Es war ein ganz und gar unsinniger Gedanke, und sie wusste dies auch, aber sie konnte sich nicht von ihm lösen. Sie wusste nicht, welche Götter es waren, die sie herausgefordert hatte, und warum sie so zornig auf sie waren: Aber sie wusste, dass sie sie vernichten wollten.

Wie zur Antwort auf diesen Gedanken erscholl erneut Hundegebell über ihr, rau, hungrig und angeheizt. In ihrer Phantasie sah sie Männer und Frauen den Weg bis zum Gipfel entlanghasten, mit entschlossenen Gesichtern und zusammengekniffenen Mündern, zu nichts anderem entschlossen, als sie für ihre Untaten mit dem Tod zu bestrafen, ob sie sie dafür nun einen Berg hinabstürzen, totprügeln oder mit einem Pfeil abschießen mussten.

Gehetzt wie ein Reh, das keinen Ausweg mehr wusste, sah sie sich um. Die Stelle, an der sie jetzt mehr hockte als stand, hätte ungünstiger nicht sein können; von hier aus kam sie nicht weg, konnte nicht mehr schnell in irgendeine Richtung fliehen. Während ihr Blick über die kargen Sträucher und schroffen Felsen glitt, ging ihr die Verwüstung gar nicht aus dem Sinn, die sie eben noch im Dorf gesehen hatte. Die zerschlagenen Hütten am Ufer, die zerstörten Stege, der weggewirbelte Hausrat – all dies war schrecklich. Wenn man glaubte, die Fremde sei all für dies verantwortlich, die Drude, die schon drei Tage zuvor so viel Unheil über Urutark gebracht hatte – dann war es wirklich kein Wunder, wenn man sie jetzt zu Tode hetzen wollte.

Wie dem auch sei. Sie musste jedenfalls weiter, möglichst an eine andere Stelle, von der aus sie besser wegkam; zur Not auch erst einmal irgendwo anders hin, und nicht gleich in die Höhle. Vorsichtig schob sie sich weiter, einen winzigen Schritt nach dem anderen, und so eng an die Wand gedrückt, dass sie hören konnte, wie Stoff riss und etwas in ihren Rücken einschnitt. Nur noch ein kleines Stück bis zum nächsten Vorsprung, dahinter war sie dann wenigstens vor dem Bogenschützen in Sicherheit – vorerst jedenfalls.

Sie stieß sich ab, fuhr mit glitschigen Händen über nackten Fels, fand dort Halt, wo sie gar keinen vermutet hatte, rutschte dann aber gleich wieder an der Stelle ab, die ihr fälschlicherweise sicher erschienen war, und bekam mit dem rechten Fuß ausreichend Gegendruck, um sich abzustoßen …

Ein Pfeil pfiff auf sie zu und knallte in eine winzige Felslücke vor ihr. Um ein Haar wäre sie zurückgeprallt und hätte damit endgültig den Halt verloren. Ihre Hand rutschte über Moos, bekam den Pfeilschaft zu fassen und umklammerte ihn in schierer Verzweiflung. Der Pfeil zitterte und knirschte, bewegte sich ein winziges Stück zur Seite … aber nicht nach unten.

Arri fasste nun auch noch mit der anderen Hand zu, und bevor sie eigentlich wusste, was sie da tat, umklammerte sie mit aller Kraft den Pfeilschaft, während ihre Füße wegrutschten. Es knirschte in der Wand, der Pfeil gab nach, und sie glaubte schon zu spüren, wie sie fiel – und kam doch wieder zur Ruhe, da der Pfeil immer noch nicht aus dem Felsspalt herausrutschte, so fest war er hineingeschossen worden. Sie konnte gar nicht fassen, wie ihr geschah. Zitternd und bebend hing sie über dem Abgrund, und es war nichts weiter als jener Pfeil, der sie hatte töten sollen, der ihr jetzt einen trügerischen Halt gab und den schon sicher geglaubten Absturz zumindest hinauszögerte.

Die Haare flatterten ihr ins Gesicht, und sie musste sie wegpusten, bevor sie überhaupt wieder etwas sehen konnte. Der – oder die – Bogenschützen hatten offenbar ein freies Schussfeld auf sie, und was auch immer sie jetzt tat, es konnte ja doch nur ihren Tod zur Folge haben. Sie verrenkte sich fast den Hals, um den Kopf weit genug in Richtung des Schützens verdrehen zu können.

Auch wenn sie es geschafft hätte, es hätte ihr wohl kaum etwas genützt: denn dann hätte sich höchstens wehrlos mit ansehen müssen, wie der Bogenschütze einen neuen Pfeil auf die Sehne legte, um auf sie zu zielen …

Ein paar kleine Steinchen lösten sich neben dem Pfeilschaft aus der Wand, als es ihr bei diesem ungeheuerlichen Gedanken die Luft abschnürte und sie sich so unruhig bewegte, wie man es sonst nur in einer schweißtreibenden, durchwachten Nacht tat, in der einen alte Erinnerungen oder die Angst vor einer ungewissen Zukunft quälten. Lockeres Erdreich und Moos polterten den Steinchen hinterher, als hätte sie nur auf diese Gelegenheit gewartet, und luden sie damit ein, es ihr gleichzutun. Vor lauter Schreck hätte sie den Pfeil beinahe losgelassen und wäre dem losen Geröll gefolgt. Ihr Herz begann auf eine schrecklich ungesunde Weise noch härter und lauter zu schlagen als auf dem Weg von Urutark bis hier herauf. Als sie sich so weit wie möglich zurücklehnte, zitterten nicht mehr nur ihre Hände, sondern ihr ganz Körper. Sollte es also auf diese Weise enden?

Und wenn schon. Ob nun der Pfeil aus der Wand brach oder ein neuer Pfeil sie traf, es war einerlei. Sie war erschöpft, und das Zittern in ihren Armen verriet ihr, dass sie sich ohnehin nicht mehr lange würde festhalten können. Was geschah aber nun, wenn sie sich der Erschöpfung ergab, die ihren geschwächten Körper von Anfang an hatte in die Knie zwingen wollen? Wenn sie sich jetzt als Zielscheibe für den oder die Bogenschützen weiter so lange anklammerte, wie es nur möglich war: bis sie entweder abgeschossen wurde oder einfach hinabstürzte, weil der Pfeil ja doch irgendwie aus der Wandritze rutschen musste …

Die Vorstellung war verlockend. Sie war müde und erschöpft, und wenn sie ehrlich zu sich selbst war, war sie auch ohne Aussicht, ihren Verfolgern auf Dauer zu entkommen. Doch dann sah sie wieder Taru vor sich, wie er sich ihr zornig entgegenreckte, wie sich seine Muskeln spannten, wie sich die Zornesfalte auf seiner Stirn bildete. Und sie sah, wie er in einer Hand ein schreiendes Bündel hielt, Kyrill! Um ihn zu zerschmettern …

Nein, nein, und nochmal nein! Solange sie auch nur die geringste Chance hatte zu verhindern, dass eine solch schreckliche Szene Wirklichkeit wurde, musste sie sie nutzen. Sie würde Kyrill niemals im Stich lassen!

21

»Da!«, stammelte Isana. »Da! Was ist das?«

Taru fuhr herum. Seit Tagen schon spürte er eine Erregung, die er einfach nicht in den Griff bekam. Und jetzt sprang sie ihn wie ein Raubtier an, das sich heimlich angeschlichen und nur auf die richtige Gelegenheit für einen Angriff gewartet hatte.

»Die Krähe!«, rief sie. »Da – siehst du sie nicht? An dem Felsen! Sie stürzt ab!«

Tarus Blick wollte zum Himmel fahren, aber Isanas aufgeregt hervorgestoßene Worte ließen ihn im letzten Augenblick zu der schroffen Felsformation blicken, auf die die Tochter des Schmieds mit einer aufgeregten Geste deutete. Er zuckte zusammen, als er die Krähe sah: Es war ein Felsen in Form eines Vogelkopfes, der viel dunkler, sogar fast schwarz war, während die umgebenden Felsen die unterschiedlichsten Grautöne aufwiesen. Die Augen dieser Krähe entsprachen wohl nicht mehr als zwei Mulden in dem, was wie ein gedrungener Vogelkopf aussah. Aber sie schienen Taru auf eine Weise kalt und durchdringend zu mustern, die ihn erschaudern ließ.

Von wegen Krähe …, hatte er schon sagen, da lenkte etwas über dem steinernen Vogelkopf seine Aufmerksamkeit auf sich.

Isana hatte recht gehabt. Da war eine leibhaftige Krähe, und sie verhielt sich zweifellos seltsam, flatterte nach oben, verschwand hinter einem Vorsprung, kaum dass Taru auch nur eine entfernte Ahnung von ihr hatte erfassen können. Aber das war nicht das einzig Seltsame an ihr: Der Vogelkörper schien durch einen Pfeil durchbohrt zu sein, der an einem Ende schräg über den Flügeln eingetreten sein musste und auf der anderen Seite über dem Bauch wieder austrat.

Taru griff nach seiner Waffe und spannte sich an. Er hörte ein polterndes Geräusch, das wohl entstand, als der sterbende Vogel auf einem Felsvorsprung aufschlug, dann klatschte etwas, und danach kehrte eine so unnatürliche Stille ein, dass ihm der eigene Herzschlag wie der hämmernde Rhythmus des Schmiedehammers vorkam, mit dem Isanas Vater einst jenes Schwert in die richtige Form gehämmert hatte, das er jetzt in den Händen hielt.

In höchster Anspannung glitt sein Blick über die zerklüfteten, spärlich bewachsenen Felswände vor ihnen. Sie waren auf eine Art unübersichtlich, die ihm überhaupt nicht gefiel. Aus zusammengekniffen Augen starrte er nach oben, sog jede Einzelheit in sich auf, die Lage der Sträucher, die sich in den Stein krallten, die Vorsprünge, die einem Angreifer Deckung bieten konnten, die ganze zerklüftete Formation, die nur ein sehr geübter Kletterer bewältigen konnte. Dabei achtete er auf jede noch so kleine Bewegung, auf das leichte Flattern im Gebüsch und das unruhige Hin- und Herwiegen der spärlichen

Grasbüschel. Vor allem hielt er nach einem metallischen Aufblitzen Ausschau, nach dem Kopf, dem Arm oder der Hand des Bogenschützen, der die Krähe abgeschossen hatte.

Aber da war nichts, überhaupt nichts.

Das hätte ihn eigentlich beruhigen sollen. Aber das Gegenteil war der Fall. Der Vogel konnte mit seiner schweren Verletzung nicht weit gekommen sein, der Bogenschütze musste sich also noch ganz in der Nähe befinden.

»Hast du schon wieder etwas entdeckt?«, fragte Taru scharf. »Vielleicht einen Bogenschützen, der gerade auf uns anlegt?«

»Ich … ich habe …« Isana beschattete die Augen mit der Hand und starrte gleich ihm in die Felswand. Es blieb eine Frage, ob sie ihm überhaupt sagen würde, wenn sie etwas Verdächtiges bemerkte.

»Hier muss es mindestens einen Bogenschützen geben«, zischte Taru, ohne die rauen zerklüfteten Felsvorsprünge auch nur für einen Lidschlag aus den Augen zu lassen. »Und ich wüsste nur zu gerne, wo er steckt. Ich habe nämlich keine Lust, das erst festzustellen, wenn er mich mit einem Pfeil durchbohrt hat: wie den Vogel.«

»Ich auch nicht«, antwortete Isana rasch.

»Und gern wüsste ich auch, warum er für eine Krähe einen Pfeil verschwendet«, fuhr Taru fort.

Darauf antwortete Isana nicht, aber das war ja auch nicht nötig. Taru steckte seine Waffe wieder weg. Sie würde ihm nichts nützen, wenn aus dem Hinterhalt jemand einen Pfeil auf ihn abfeuerte. Da half es nur, wenn sie sich ganz schnell eine Deckung suchten, die auch ein ganzer Pfeilhagel nicht durchdringen konnte.

»Komm mit«, befahl er barsch und lief los, ohne die Felsen aus den Augen zu lassen, von denen der tödlich getroffene Vogel hinabgestürzt war. »Hier können wir nicht bleiben!«

Arri stieß einen zischenden Laut aus und setzte den Fuß auf dem schmalen Grad ab, der sich vor ihr auftat. Alles in ihr loderte vor Aufregung, ihre ganze Seele schien zu vibrieren, und ihr Atem ging so stoßweise wie bei einem Reh, das von einem Rudel Wölfe in eine ausweglose Lage gehetzt wurde.

Sie war so erschöpft, dass sie sich kaum noch traute, den Fuß ein

Stück weiterzuschieben. Dabei waren ihre Gedanken in heller Aufruhr. Jederzeit konnte ihr wieder ein Pfeil um die Ohren fliegen, oder sie selbst – ebenso wie die Krähe – aufspießen und mit sich in die Tiefe reißen. Dringend brauchte sie eine Atempause, und dazu irgendetwas, hinter dem sie in Deckung gehen konnte, ohne gleich wieder den nächsten Angriff fürchten zu müssen.

Aber das war leichter gesagt als getan. Sie rutschte ein kleines Stück nach vorn, ergriff einen kräftigen kleinen Busch, der dort wuchs und starrte in die Talöffnung hinab, die sich unter ihr auftat. Das, was sie da sah, verschlug ihr den Atem.

Sie hatte geglaubt, schwindelfrei zu sein, aber so ganz schien das nicht zu stimmen. Als sie sich jetzt noch ein Stück weiter vorbeugte, hatte sie nämlich das Gefühl, ihre Beine würden so weich wie Rinderfett werden, das in einem Topf schmolz. Zum Ausgleich dafür machte ihr Magen einen kleinen Hüpfer nach oben, zumindest kam es ihr so vor.

Ganz vorsichtig schob sie sich wieder ein Stück zurück, und jetzt krallte sich ihre Hand so fest in das harte Holz des Stammes, dass ihre Finger geradezu schmerzten. Sie merkte es aber kaum. Ihr Blick fraß sich in den Vogelkopf, der unter ihr aufragte.

Vielleicht lag es daran, dass man gerade vor ihren Augen eine Krähe abgeschossen hatte, und ihre Phantasie jetzt überreizt war. Aber dieser schwarze große Kopf da unter ihr sah in ihren Augen wie der einer riesigen Krähe aus. Ihr kam es gerade so vor, als wäre ein riesiger Vogel durch einen bösen Zauber zu Stein erstarrt und müsse seitdem hier im Tal der Steine ausharren und über den unvollständigen Steinkreis Wache halten, der zwar so großartig begonnen, aber nie beendet worden war.

Eine Bewegung irgendwo hinter dem großen steinernen Vogelkopf schreckte sie auf. Sie drückte sich weit in die Deckung des Busches, der vor beharrlicher Kraft nur so strotzte, und starrte ungläubig auf das Mädchen hinab, das gerade am Rande ihres Sichtfelds auftauchte.

Es war Isana!

Arri stieß einen überraschten Laut aus. Isana – hier? Aber wie konnte das sein? Redete sie sich das vielleicht nur ein, war das nicht vielleicht doch jemand anders?

Rasch sah Arri zu der Wiese hinüber, die zum Dorf führte. Zu ihrer Erleichterung war da niemand zu sehen. Als sie wieder in die Richtung blickte, in der das Mädchen stand, bemerkte sie, wie es sich zur Seite drehte und irgendetwas zu jemandem sagte, der sich nicht in ihrem Blickfeld befand.

Also war sie hier doch nicht allein. Aber darauf kam es Arri im Augenblick auch nicht an, für sie zählte nur das warme Gefühl, das sie durchströmte, als sie jetzt von hier aus in Isanas Gesicht starrte.

Ja, die Haltung, das Gesicht – es konnte kein Zweifel daran bestehen, dass dies die junge Heilerin war. Auch auf die Entfernung hin glaubte Arri zu erkennen, dass ihre Haare nass und wirr an ihr herunterhingen und ihr Gesicht einige Blessuren aufwies, vom miserablen Zustand ihrer Kleidung ganz zu schweigen. Trotzdem verspürte Arri ein Gefühl großer Erleichterung. Sie hatte schon Angst gehabt, Isana wäre in dem schlimmen Unwetter, dem sie selbst ihre Flucht verdankte, schwer verletzt worden. So wie es jetzt aber aussah, war sie zwar nicht ganz ungeschoren davongekommen, wenn sie die ganze Strecke vom Dorf bis hierhin geschafft hatte, musste es ihr jedoch einigermaßen gut gehen.

Neben aller Erleichterung verspürte Arri auch ein Gefühl von Rührung. Dass Isana hier war, konnte nur bedeuten, dass sie auf der Suche nach ihr war. Aber auf der anderen Seite – damit vernachlässigte sie doch ihre Pflichten als Heilerin! Gerade jetzt, nach dem Unwetter, wurde man sie gewiss dringend im Dorf brauchen. Arri konnte nicht zulassen, dass sie nur wegen ihr all den Menschen nicht beistand, die jetzt ihre Hilfe brauchten. Und außerdem musste sie sie vor dem feigen Bogenschützen warnen, der unerkannt und aus einer sicheren Deckung heraus seine Pfeile verschoss.

Vorsichtig beugte sie sich ein Stück vor, und diesmal hüpfte ihr zumindest nicht ihr Magen entgegen, als sie hinabstarrte.

Isana!, wollte sie schon rufen, hier bin ich!

Statt Isanas Namen brachte sie allerdings nicht mehr als ein ersticktes Keuchen heraus. Denn jetzt, da sie die Stelle etwas besser einsehen konnte, an der die junge Heilerin stand, sah sie auch, dass sie nicht allein war.

Taru war an ihrer Seite, und er starrte nach oben, wenn auch im

Augenblick nicht in ihre Richtung, sondern eher dorthin, wo sich nach wie vor der Bogenschütze versteckt halten musste.

Blitzschnell zog sich Arri wieder in den Schutz des Gebüsches zurück. Sie war so durcheinander, dass sie den Stamm des Busches losließ und um ein Haar das Gleichgewicht verloren hätte.

Taru an Isanas Seite? Was hatte das zu bedeuten? Die beiden waren doch erbitterte Feinde!

Wo *ein* Bogenschütze war, konnten auch noch andere sein. Wo *ein* Pfeil tötete, konnten auch noch andere töten.

Granartara drehte sich einmal um ihre eigene Achse. Der Laut, der sich ihrer zerstörten Kehle entrang, hatte nichts mehr mit denen zu tun, die immer und immer wieder nach den Kräuterplättchen verlangt hatten. Sie streckte die Hand vor und ballte sie zu Faust. Als ihr Blick den von Lexz traf, war in ihm nichts weiter als eine unendliche Qual.

Ohne Ekarna loszulassen, sprang er vor. Doch er kam zu spät. Granartara stürzte vor ihm wie ein Stein zu Boden, der über einen Abhang hinweggekollert war und nun in eine Schlucht fiel. Ekarna riss sich mit einem Aufschrei von ihm los und bückte sich zu der hässlichen alten Frau hinab, die zuckend und wimmernd am Boden lag und vielleicht gar nicht begriff, dass es nur noch wenige Augenblicke dauern konnte, bis sie ihr Leben ausgehaucht hatte.

Lexz fuhr herum, das Schwert war plötzlich wie von selbst in seiner Hand, genauso wie der Hammer in der Torgons, als Ragoks Vertrauter aufsprang und neben Lexz Stellung bezog. Sie starrten beide in die Richtung, aus der der Pfeil abgeschossen worden sein musste, in diese bizarre Felsformation, die sich ein Stück unterhalb von ihnen befand, und die hinter Steinen, Bäumen und Büschen mehr Möglichkeiten bot, sich zu verstecken, als ihnen lieb sein konnte.

»Siehst du jemanden?«, zischte Torgon, und als Lexz mit einem Kopfschütteln verneinte, hörte er, wie Ekarna zu ihnen hochzischte: »Wir sind hier ohne Deckung. Das gefällt mir ganz und gar nicht.«

»Richtig«, bestätigte Torgon. »Wir sollten hier weg. Aber sofort.«

Doch statt seinen Worten Taten folgen zu lassen, blieb Torgon wie angenagelt stehen. Lexz konnte es ihm nicht verdenken. Irgendetwas geschah hier gerade, was er nicht richtig einordnen konnte – und es hatte auch nicht unbedingt etwas mit Bogenschützen zu tun, die es auf sie abgesehen hatten.

Es war das, was über ihnen passierte. Wind kam auf, und selbst, wenn das eigentlich unmöglich war, so hatte Lexz doch das Gefühl, dass er aus allen Richtungen zugleich auf sie einhämmerte. Dagegen war der Himmel über ihnen zu einem unwirklich wirkenden Blauschwarz erstarrt, scheinbar vollkommen still, als wäre er aus Bronze gegossen.

So friedlich dieser Anblick auch wirkte, am Horizont, an der schmalen Linie zwischen den Baumwipfeln und dem Himmel brach er so rasch auf, dass Lexz den Blick jetzt gar nicht von ihm wenden konnte. Wo gerade noch eine verschwommene Linie aus unterschiedlichen Grün- und Grautönen gewesen war, die die Grenze zwischen Wald und Himmel markiert hatte, türmten sich jetzt gewaltige, pechschwarze Wolken buchstäblich himmelhoch und dabei so bedrohlich auf, als löse sich gerade eine Insel aus Schwärze von ihrem angestammten Platz und drifte langsam auf sie zu. Es zuckten zwar keine Blitze hervor und es gab auch kein Wetterleuchten. Der Horizont war weiterhin nur voller bedrohlich wirkender Wolken – aber nur für einen ganz kurzen Augenblick.

Dann zerriss der flackernde Widerschein eines Blitzes doch irgendwo vor ihnen den Himmel, und kurz darauf erklang ein dumpfes Grollen. Gleichzeitig fauchte ein eisiger Windstoß heran, der jetzt nur noch eine Richtung und ein Ziel zu haben schien: sie zu vernichten.

Ausgerechnet der alte Schamane war es, der die Lage als Erster richtig einschätze. Mit einer torkelnden Bewegung kam er hoch und brüllte schon im Umdrehen: »Ins Haus!«

Dabei riss er seinen Bruder hoch, der viel langsamer als Zakaan war und vielleicht auch gar nicht verstand, was er von ihm wollte. Lexz dagegen wusste es sofort. Er drehte sich um, riss Ekarna auf die Füße, die unsicher wirkte und nicht zu begreifen schien, was sie tun sollte, und rannte hinter Torgon her, der noch ein wenig schneller als er selbst gewesen war.

Der heranziehende Sturm verschlang jedes andere Geräusch, und doch glaubte Lexz zu hören, wie da etwas knallte und polterte. Er hoffte nur, dass es nicht das Haus war, auf das sie gerade zuliefen. Wenn es nämlich zum Spielball der Naturgewalten und vom Sturm auseinandergerissen wurde, dann waren sie ganz verloren.

Alles Mögliche machte sich selbstständig, wurde von den Böen hochgewirbelt und sauste an ihnen vorbei. Lexz achtete gar nicht darauf. Er sah, wie ausgerechnet Zakaan die Tür der baufälligen Hütte als Erster erreichte, sie aufriss und seinen Bruder unter dem tiefgezogenen Reetdach hindurchstieß. Kurz darauf folgte Torgon. Als er sich bückte und zu ihm zurückblickte, schien er ihm etwas zuzurufen. Aber die Worte wurden ihm aus dem Mund gerissen und kamen nur noch als unverständliche Fetzen bei Lexz an.

Torgon winkte Lexz noch einmal zu und zog Ekarna an sich vorbei, die nun auch das Haus erreicht hatte.

Lexz nickte und blieb, nur wenige Schritte von dem Haus entfernt, stehen, um sich noch einmal umzusehen. Er musste unbedingt wissen, wer die Bogenschützen waren. Aber die Hoffnung, nun jemanden hervorstürmen zu sehen, der jetzt – wie sie auch – sein Heil darin suchen musste, irgendwo unterzuschlüpfen, zerstob, als er das Ausmaß der Katastrophe sah, die dort auf sie zurollte. Es war eine massive schwarze Wand, die ihnen gefolgt sein musste und eine Welle der Zerstörung vor sich hertrieb.

Er war versucht, hier noch eine Weile auszuharren und sich das unglaubliche Schauspiel anzusehen, das sich da vor seinen Augen abspielte. Aber die Sturmausläufer schienen nur darauf gewartet zu haben, dass jemand so leichtfertig war, sich ihnen entgegenzustellen. Die Böen sprangen ihn augenblicklich an; zwar nicht so schlimm, dass er gleich bei ihrem ersten Ansturm sein Gleichgewicht verloren hätte, aber doch stark genug, um ihn ein Stück zurücktorkeln zu lassen.

Er machte auf dem Absatz kehrt und stürmte in die Hütte.

Die großen behauenen Steine im Tal hatten einen Vorteil: Sie schirmten vollständig vor neugieren Blicken ab, und auch ein ganzer Pfeilregen würde keine Chance haben, sie zu durchdringen. Taru hatte einen Platz am Anfang des Tales im Schutz zweier Monolithen gewählt, der ihnen einerseits zu fast allen Seiten Schutz versprach und es ihm andererseits dennoch ermöglichte, mit ein paar Schritten zur Seite und einem schnellen Blick in die Runde die Umgebung im Auge zu behalten, wenn es darauf ankam.

Der Abschuss der Krähe verwirrte ihn umso mehr, als er ihn nicht einordnen konnte – ihn einfach nicht begriff. Wer, bei allen Göttern, ging denn hier auf Krähenjagd? Und das, nachdem gerade erst ein verheerendes Unwetter über die Region gezogen war?

Ihm wären noch eine ganze Reihe anderer Fragen eingefallen, auf die alle er keine Antwort wusste. Aber dadurch durfte er sich nicht von seiner Suche nach Arianrhod abhalten lassen. Wenn er sich wie ein kleiner Junge benahm, der vor der kleinsten Schwierigkeit kniff, würde er weder sich selbst noch seinem Vater Ehre machen. Nein, er würde dies hier jetzt durchziehen und nichts unversucht lassen, um die im Unwetter entflohene Drude ihrer gerechten Strafe zuzuführen.

»Und was tun wir jetzt?«, fragte Isana ängstlich.

Taru drehte sich zu ihr um und musterte sie nachdenklich. Isana sah furchtbar aus. Ihr Haar war zerzaust, ihre linke Wange so gerötet, als sei sie geschlagen worden, und obwohl sie auch beim Sprechen den Mund nicht richtig öffnete, glaubte er gesehen zu haben, dass ihr ein Eckzahn fehlte. Ihre Kleidung passte dazu, sie war dreckig, zerrissen und triefte nur so vor Nässe.

Und außerdem lieferte sie ihm ein Schauspiel nach dem anderen. Das alles lief so ab: Ich spiele ein liebes kleines Mädchen, das dir nur helfen will – in Wirklichkeit aber warte ich nur darauf, bis ich dir ein Messer in den Rücken stoßen kann.

»Was genau hast du gesehen?«, fragte er barsch.

»Ein Aufblitzen«, antwortete Isana nach einem fast unmerklichen Zögern. »Und dann war da irgendjemand …«

»Irgendjemand?«

»Ja.« Isana fuhr sich mit der Hand durch die nassen wirren Haare. In diesem Augenblick hatte sie etwas an sich, das Taru an die alten Mythen der Todessyren denken ließ. Das war merkwürdig, und wieder lag darin etwas, das ihn verwirrte. Tief in seinem Innersten wusste er, dass es etwas mit der Krähe zu tun hatte, und der Art, wie sie zu Tode gekommen war.

Und vielleicht auch damit, dass der Tod in diesem Tal so greifbar war! Er glaubte ja geradezu, Leichengeruch wahrzunehmen.

»Ich kann es dir auch nicht genau sagen.«

Taru starrte sie überrascht an. »Was genau kannst du nicht sagen?«

»Nun«, antwortete Isana, »du hast mich doch gefragt, was ich gesehen habe.« Ja, das hatte er. Aber dann hatte er an den Tod denken müssen – und plötzlich stieg die pure, nackte Todesangst in ihm auf. »Und genau das kann ich dir nicht sagen. Es war kaum mehr als ein undeutlicher Schemen, der genausogut alles hätte sein können.«

»Natürlich.« Taru glaubte ihr kein Wort. Eigentlich hätte er sie jetzt unter Druck setzen müssen. Aber das konnte er nicht. Der Gedanke an die Todessyre und die Empfindungen, die er auslöste, ließ sich nicht so einfach abschütteln. Es hatte etwas Bedrückendes.

Mit einer trotzigen Bewegung trat Taru aus dem Schutz des Monolithen hervor. Wenn jetzt ein Pfeil auf ihn zurasen sollte – bitte sehr. Ansonsten war wohl alles nur Blödsinn, was er gerade gedacht hatte.

Es war tatsächlich Blödsinn, denn es geschah gar nichts, und er sah auch niemanden. Trotzdem ließ er den Blick noch einmal in aller Ruhe über die Felswände auf beiden Seiten schweifen. Er suchte gründlich nach irgendetwas Verdächtigem – zumindest so gründlich, wie ihm das von hier unten aus möglich war.

»Nichts«, murrte er jedoch nach einer Weile. »Kein Bogenschütze, keine Arianrhod.«

»Sollten wir die Suche nicht lieber abbrechen?«, fragte Isana. »Ich meine, jetzt, da wir wissen, dass hier Bogenschützen unterwegs sind …«

»Wir brechen überhaupt nichts ab«, fuhr Taru sie an. »Im Gegenteil, wir setzen die Suche fort.« Er zögerte kurz, bevor er weitersprach. »Aber wir brauchen dringend irgendetwas, was uns weiterhilft.«

»Ja«, pflichtete ihm Isana bei. »Aber leider wäre ich dir bei der Suche nach Arri jetzt eher eine Last als eine Hilfe. Warum lässt du mich nicht einfach gehen?«

Taru schüttelte den Kopf. »Das werde ich nicht. Du bleibst erst mal bei mir.«

»Aber warum?«, jammerte sie. »Ich finde es ja freundlich von dir, dass du mir hochgeholfen hast, nachdem mich der Sturm aufs Ufer geworfen hatte. Aber jetzt muss ich wirklich zurück. Ich bin doch die Heilerin. Ich muss so schnell wie möglich ins Dorf, um den Verletzten zu helfen!«

»War es denn tatsächlich der Sturm, der dich niedergeworfen hat?«, fragte Taru bissig. »War es nicht Arianrhod ... auf ihrer Flucht?«

Als sie nicht gleich antwortete, warf er einen Blick in die Richtung, aus der die Krähe hinabgestürzt war. Ein kleiner Busch erregte seine Aufmerksamkeit, weil sich dessen Zweige so bewegten, als hielte sich jemand daran fest. Er trat einen Schritt vor und beschattete die Augen mit der Hand.

Ja, das zähe Gezweig machte eine viel stärkere Bewegung, als es dem Wind eigentlich entsprach. Taru spürte, wie ihn das Jagdfieber packte. Da oben war etwas, ganz sicher. Wenn er Pech hatte, war es allerdings ein Bogenschütze, der gerade einen Pfeil auf seinen Bogen legte, um dann mit einer schnellen Bewegung vorzutreten und auf ihn anzulegen. Wenn er aber Glück hatte, war das Arianrhod, die dort Schutz vor ihm gesucht hatte, weil sie ihn schon von weitem auf das Tal hatte zukommen sehen.

»Der Busch ist mir vorhin auch schon aufgefallen«, sagte Isana, der sein Blick nicht verborgen geblieben war. »Von dort kam der Vogel, der hinabgestürzt ist. Dort oben sind auch noch andere Krähen.«

Krähen, die einen Busch in eine solche Bewegung versetzten? Taru konnte das nicht glauben. Doch sein Misstrauen zerstob, als er von dem Felsrand über dem Gebüsch eine Krähe aufsteigen sah, ein großes, tiefschwarzes Exemplar, das sich mit einem wütend klingenden Krächzen in die Lüfte erhob und sich dann augenblicklich wie ein Raubvogel emporschraubte.

»Die Menschen im Dorf brauchen mich«, sagte Isana hartnäckig, ohne das Auftauchen der Krähe zu kommentieren. »Denk doch an die Verletzten! Wir können sie nicht im Stich lassen. Ich muss so schnell wie möglich zurück.«

Geistesabwesend nickteTaru. »Selbstverständlich. Du sagst es. So schnell wie möglich. Also sieh zu, dass wir die Drude finden – dann kannst du sofort zurück!«

Diese unverschämte Tochter des Schmieds schnappte nach Luft, wie Taru aus den Augenwinkeln feststellte. Dabei tat er aber so, als blicke er der Krähe hinterher, die jetzt abdrehte und auf die andere Seite des Tales zuhielt.

Isana würde schon noch begreifen, warum er sie sich geschnappt hatte, als sie vor ihm im Dreck des Uferschlicks gelegen hatte. Sie an den Haaren zu packen und sich mit ihr zusammen an die Verfolgung von Arianrhod zu machen, war eins gewesen. Während der Wind wie mit unsichtbaren Reißzähnen über sie hergefallen war, hatte Isana irgendetwas von dem Steinbruch gebrabbelt, zu dem Arianrhod vielleicht geflohen war. Wahrscheinlich hatte sie damit gerechnet, dass er sich für den Hinweis bedanken und sie freilassen würde.

Er war doch nicht blöd. Isana mochte glauben, dass sie als Heilerin unter dem besonderen Schutz der Gemeinschaft stand, und Taru wusste nur zu gut, dass ihr Vater Kenan jeden, der es wagte, seiner geliebten Tochter ein Haar zu krümmen, seinen Schmiedehammer spüren ließe. Doch es gab ein sehr einfaches und wirkungsvolles Mittel, wenn ihm die kleine Heilerin dumm kam: Er konnte ihr die Kehle durchschneiden und ihren Körper in die ekelhafte Leichengrube werfen, die er bei seinen Streifzügen zusammen mit Rar in den Wäldern entdeckt hatte.

Fast erschrak er vor seinen eigenen Gedanken. Aber auch nur fast. Vielleicht lag es an der Todessyre, dass jetzt so düstere Gefühle in ihm hochstiegen, ohne dass er sie zurückhalten konnte. Bilder voller Gewalt, Leidenschaft und Tod. Aber vielleicht waren sie auch nur das Zeichen dafür, dass er nun endlich das Gesetz des Handelns an sich riss.

Er erinnerte sich noch sehr genau daran, wie es gewesen war, als er und Rar das erste Mal an der Leichengrube gestanden hatten. Ihnen beiden war schlecht geworden, und Taru hatte sich zu seinem eigenen Entsetzen sogar erbrochen. Seinen Lebtag lang würde er diese riesige Suppe aus abgerissenen und halb verwesten Körperteilen nicht vergessen, die so aussah, als wäre sie von einem abgrundtief bösen Riesen angerührt worden. Taru hatte inzwischen mehr als nur einen – allerdings unsicheren – Verdacht, was es mit dieser Grube auf sich hatte. Und genau zu diesem vermuteten Zweck wollte er sie auch verwenden: um Leichen darin verschwinden zu lassen.

Noch hatte er nicht entschieden, ob er Arri lebendigen Leibes in den Leichenpfuhl stoßen würde, oder ob es doch besser war, sie vorher zu töten. Sie am Arm zu packen, das Entsetzen auf ihrem Gesicht zu sehen, wenn sie begriff, was er vorhatte: Darauf freute er sich schon. Auf der anderen Seite war er sich aber nicht sicher, ob es dieser Irren nicht gelingen konnte, durch die abscheuliche Leichensuppe zu waten, um sie auf der anderen Seite unbeschadet wieder zu verlassen.

Die Vorstellung, sie auf diese Weise entkommen zu lassen und zu sehen, wie sie sich irgendetwas Ekelhaftes aus dem Gesicht wischte und ihn triumphierend anstarrte, um sich dann umzudrehen und im Wald zu verschwinden, das war sein ganz persönlicher Albtraum. Nein, dazu durfte er es auf keinen Fall kommen lassen. Er würde sie töten, sobald er ihrer wieder habhaft wurde.

Schluss mit der falschen Rücksichtnahme vergangener Tage! Er war der Herrscher der Raker, und wer sich ihm nicht beugte, den würde er in seine Schranken verweisen – oder aber töten. Die Leichengrube konnte ihm dabei noch so manchen guten Dienst leisten. Vielleicht sollte er sie gleich Arianrhod-Grube nennen, denn die Drude würde die Erste sein, die er dort hinwerfen wollte. Sie wieder einzufangen, um sie ins Dorf zurückzubringen und vielleicht der Gerichtsbarkeit Gosegs überlassen zu müssen – das wäre keine gute Idee. Er musste dafür sorgen, dass sie unwiederbringlich verschwand.

Sobald er sie gefunden hatte.

Er fühlte, wie ihn bei diesem Gedanken eine neue Kraft durchströmte. Isana schien das zu merken, denn sie rückte so weit von ihm ab, wie es im Schutz der Monolithen nur möglich war. Schließlich ging sie ein paar Mannslängen von ihm entfernt in die Hocke, tat so, als überprüfe sie eine Spur, und warf dann wieder einen prüfenden Blick auf die Felsformation zu ihrer Linken.

Taru ließ das zu. Sie konnte ihm ja ohnehin nicht entkommen. Außerdem mochte es ja tatsächlich so sein, dass sie einen Hinweis auf Arianrhods Verbleib fand. Sie glaubte doch schließlich auch, er ließe sie frei, sobald er die Drude wieder eingefangen hatte.

Umso größer würde ihr Entsetzen sein, wenn sie begriff, was er vorhatte.

Tarus Blick wanderte zu den gewaltigen Monolithen, die sich vor ihnen erhoben. Manche dieser riesigen steinernen Überbleibsel einer untergegangen Kultur wiesen nur grobe Bearbeitungsspuren auf, während andere so glatt und makellos wirkten wie die Oberfläche des Sees an einem vollständig windstillen Tag. Ihnen allen gemein war aber, dass ihnen einst ein anderes Schicksal vorbestimmt gewesen war, als hier einen unvollständigen Steinkreis zu bilden. Bei ihrem Anblick konnte er Dragosz' und Arianrhods Wunsch schon beinahe verstehen, den Steinkreis nun zu ergänzen – um mit ihm auch ein Gegengewicht zu Goseg zu bilden.

Vielleicht sollte er die Idee ja aufgreifen. Es würde ihm ein diebisches Vergnügen bereiten, die Unverschämtheiten des Hohepriesters von Goseg mit gleicher Münze zurückzuzahlen.

Die Begegnung mit diesem aufgeblasenen, dümmlichen Großmaul steckte ihm nach wie vor in den Knochen. Was bildete sich der Kerl eigentlich ein? Glaubte er denn wirklich, er könne ihn mit seinem vorlauten Getue und den paar Kriegern beeindrucken? Damit würde er aber nicht durchkommen. Kaarg hatte vollkommen recht: Goseg war nichts weiter als eine Schönwetter-Macht. Und es war nicht nur der Winter, der schon vor der Tür stand, der den Machtanspruch Amars schon sehr bald unter einer dicken Schneeschicht ersticken würde, es waren auch die Unwetter, die gerade jetzt mit verheerender Wut über das Land hinwegzogen.

Eigentlich ist es doch viel besser, dachte Taru, das schlimme Wetter zu nutzen, und das am besten gleich hier und jetzt.

Das war ihm umso wichtiger, als noch ein ganz anderer Stachel in seinem Fleisch steckte, eine Demütigung, die ihn vor ohnmächtiger Wut hatte aufstöhnen lassen, als er das erste Mal davon gehört hatte. Er wusste, dass jeder Herrscher Verbündete brauchte, zumindest aber einen Vertrauten, der auch ohne viele Fragen das tat, was man von ihm verlangte. Bislang hatte er Rar für diesen Vertrauten gehalten. Vielleicht war der aber doch nicht mehr als nur ein dreckiger Verräter.

Als Taru an den Schmiedejungen dachte, verzerrte sich sein Gesicht voller Wut. Dieser Bauertölpel hätte jetzt eigentlich an seiner Seite stehen sollen. Aber nein, was tat er stattdessen? Er ließ sich von dem Schmied dazu zwingen, Abdurezak auf der Suche nach irgendwelchen Heilkräutern zu begleiten. Kurz vor dem Sturm waren die beiden aufgebrochen, und wenn es nach Taru ging, brauchten sie auch nicht mehr wiederzukommen. Auf Abdurezak, diesen alten Sturkopf, konnte er ohnehin verzichten, und Rar hatte sich in letzter Zeit so dämlich angestellt, dass es vielleicht besser war, wenn er ihm gar nicht mehr unter die Augen trat.

»Ich glaube, ich habe etwas gefunden«, sagte Isana schüchtern.

Ein fernes Donnergrollen unterstrich ihre Worte und ließ sie fast drohend wirken.

Taru fuhr zusammen und warf einen schnellen Blick zu der Stelle, von der Isana sich gerade erhob. Er zuckte ein zweites Mal zusammen, als er vor ihr im Sand eine Spur zu sehen glaubte.

Und wieder ertönte ein fernes Donnergrollen. Es hielt viel länger an, als es eigentlich sollte.

Taru starrte nach oben, in den wolkenverhangenen Himmel. Was er da sah, gefiel ihm überhaupt nicht. Wie viele seines Volkes besaß er die instinktive und lebenswichtige Gabe, die Veränderungen des Wetters recht zuverlässig einschätzen zu können. Aber dieses sonst so vertraute Vermögen ließ ihn jetzt im Stich. Der Wind war abgeflaut und die grauschwarzen Wolken wirkten auf eine vollkommen widernatürliche Weise wie erstarrt. Möglich, dass sich das Unwetter nur wie eine Horde feindlicher Krieger zurückzog, um dann kurz darauf wieder mit verheerender Wut über sie herzufallen. Genauso möglich schien es aber auch, dass sie das Schlimmste schon hinter sich hatten und das Donnergrollen nichts weiter als ein Rückzugsgefecht war, mit dem das Gewitter weiterzog.

»Ich bin sicher, dass Arri hierher kommen wollte«, sagte Isana. »Und dies hier könnte eine Spur von ihr sein.«

»Das will ich hoffen – für dich«, sagte Taru.

Fast widerstrebend riss er sich von dem Anblick des ungewöhnlichen Himmelsbildes los. Mit wenigen Schritten war er bei Isana und ging in die Hocke, um die Spuren im Sand zu prüfen, auf die sie ihn aufmerksam gemacht hatte.

»Das hier soll eine Spur von Arri sein?«, fragte er gefährlich leise, während er mit den Fingern über die Unebenheiten in dem feuchten Sand fuhr und zu ihr aufsah. »Das kann nicht sein. Hier ist jemand langgegangen, der wesentlich schwerer als deine Druden-Freundin ist!«

»Schwerer?«, fragte Isana besorgt. »Aber wer könnte das gewesen sein?«

Taru nahm eine Handvoll Sand auf, wog ihn in der Hand und erhob sich dann mit einem Ruck. »Ich habe einen Verdacht«, sagte er wütend. »Einen ganz bestimmten Verdacht sogar! Und eigentlich müsstest du diese Spuren auch erkennen!«

»Die Spuren erkennen?« Isana verstand offensichtlich überhaupt nichts. »Warum sollte ich sie erkennen?«

Taru tippte ihr mit der freien Hand kräftig gegen die Stirn. »Wer ist groß und stark und geht mit tapsigen Schritten, so wie ein Bär?«

»Mein Vater?«, fragte Isana angstvoll.

Taru schüttelte den Kopf. »Nein. Deinen Vater meine ich nun wirklich nicht. Ich meine jemanden, der jünger ist. Und das hier...«, Taru deutete auf eine zweite Spur, die ein Stück weiter entfernt und schon fast zugeweht war, »das waren die Schritte von jemandem, der zwar mühsam geht, aber so leicht wie eine Feder ist.«

Isana schien noch immer nicht zu verstehen. »Wer ist ...?«

Taru verpasste ihr eine zweite, diesmal deutlich heftigere Kopfnuss. »Rar!«, brüllte er, während Isana die Tränen in die Augen schossen. »Rar und Abdurezak!«

»Rar und Abdurezak?«, wimmerte Isana. »Aber warum sollten die beiden ...« Sie brach ab und schlug sich die Hand vor den Mund, und das gerade noch rechtzeitig, denn Taru wollte ihr gerade einen weiteren Schlag verpassen.

»Ja«, beeilte sie sich zu sagen. »Ich habe davon gehört. Abdurezak und Rar sind gemeinsam unterwegs. Sie suchen ... irgendwas. Oder wollen jemanden treffen. Ich hab das nicht ganz verstanden.«

»Sie suchen Heilkräuter«, sagte Taru böse. »Das ist ja auch *ganz* wichtig.«

»Heilkräuter?«, fragte Isana ungläubig. »Aber warum weiß ich dann nichts davon? Ich bin doch die Heilerin!«

»Ja«, antwortete Taru ungehalten. »Du bist die Heilerin, und ich bin Dragosz' rechtmäßiger Nachfolger. Aber seltsamerweise scheint das niemand so richtig zu begreifen.« Er deutete in die Richtung der

Monolithen. »Da sind sie langgegangen. Kannst du mir sagen, was das soll? Welche Heilkräuter findet man dort hinten?«

»Ich weiß es nicht«, sagte Isana verzweifelt. »Wirklich nicht.«

»Und warum hast du mich hierhin geführt?«, fragte Taru.

»Aber das weißt du doch«, antwortete Isana verwirrt. »Du wolltest wissen, wo sich Arianrhod versteckt haben könnte. Und dies hier war ihr Lieblingsort. Ihrer und der von Dragosz auch.«

»Und warum sollte sie hierhin fliehen?«, fragte Taru in der Hoffnung, sie bei einer offensichtlichen Lüge zu ertappen.

Hastig deutete Isana auf die Felswände. »Arri kennt die Höhlen dort oben, sie hat sich mal versprochen und gesagt, das wäre ihr ganz geheimer Rückzugsort«, plapperte sie so schnell drauflos, dass sich ihre Stimme überschlug. »Wie ich sie kenne, will sie sich hier verstecken und dann später wieder in unser zerstörtes Dorf zurückschleichen, um Kyrill zu holen.«

Kyrill. Ja. Das war auch noch jemand, der seinen Platz in der Leichengrube finden sollte. Und zwar ganz schnell.

»Bist du sicher, dass du mich nicht auf eine falsche Fährte lockst, damit deine Druden-Freundin entkommen kann?«, fragte Taru lauernd.

Isana wich ein kleines Stück zurück, als verstünde sie nun endlich, dass es unklug war, ihn weiter hinzuhalten. Gut so. Sie musste gründlich begreifen, dass sie in der Gemeinschaft zwar einen Platz als Heilerin finden konnte – aber auch nur dann, wenn sie sich endgültig seinem Herrschaftsanspruch beugte, verdammt!

Er ballte die Hand so fest zur Faust, dass sich die Sandkörner in seine Haut bissen. Der Schmerz sollte ihn zur Räson bringen, aber er tat es nicht. Vielleicht musste er ihr seine Vorstellungen etwas drastischer klar machen. Mit einer schnellen Bewegung wog er den verbliebenen Sand in der Hand, als wolle er ihn ihr jeden Augenblick ins Gesicht werfen. »Ich will jetzt endlich wissen, wo Arianrhod ist!«, herrschte er sie an.

»Ich tu ja mein Bestes.« Isana versuchte noch weiter zurückzuweichen und stieß dabei mit der Schulter gegen einen Felsblock, der den Eingang des steinernen Tals wie ein stummer Wächter bewachte. »Ich kann doch nichts dafür, dass hier alles so riesig ist! Wo genau

Arri sein könnte, weiß ich auch nicht. Aber wenn du willst, helfe ich dir weiter auf der Suche!«

»Aber eigentlich willst du sie lieber vor mir warnen, nicht wahr?«, fragte Taru ärgerlich. »Du würdest mir am liebsten ein Messer ins Herz stoßen. Oder mich vergiften – das liegt euresgleichen ja im Blut, nicht wahr?«

Die junge Heilerin drückte sich noch näher an den steinernen Wächter – einen von vielen, denn hinter ihr im Tal standen mehrere dieser Kolosse zwischen Geröll und dürren Bäumchen, die in der herangewehten Erde verzweifelt zu wurzeln versuchten.

»Was ist?«, polterte Taru. »Hat es dir jetzt die Sprache verschlagen? Willst du vielleicht leugnen, dass du mich am liebsten umbringen würdest?«

»Nein. Niemals. So etwas würde ich nie tun!«

»Du meinst: im Gegensatz zu Arianrhod?« Als er den Namen aussprach, stieg in Taru eine Woge bitteren Hasses hoch. Arianrhod. Diese falsche Schlange, die doch von Anfang an nichts anderes vorgehabt hatte, als Tod und Verderben über sein Volk zu bringen. Wie hatte sein Vater nur auf sie hereinfallen können?

»Arri ... ich meine: Arianrhod ... sie stammt von einem fremden Volk ab«, stammelte das Mädchen. »Ganz im Gegensatz zu mir. Ich gehöre doch zu euch!«

»Zu uns?« Taru spuckte die Worte fast aus. Er fühlte, wie sein Herz vor gerechter Empörung raste. »Zu wem gehörst du wirklich, Isana: zu der Drude, die sich bei uns ans wärmende Feuer geschlichen hat – aber nur, um es bei der ersten Gelegenheit zu ersticken? Oder zu dem Volk der Raker, das unendliche Strapazen auf sich genommen hat, um endlich Urutark zu finden?«

»Ich bin durch und durch Rakerin«, stammelte das Mädchen weiter. »Ich bin Isana, die Tochter von Kenan, dem Schmied.«

»Ja, du bist von wahrhaft ehrenvoller Abstammung. Schließlich ist dein Vater der beste Schmied im weiten Umkreis.« Tarus Blick blieb wie schon zuvor an den fertig gestellten Steinkolossen hängen, die so sorgfältig gefertigt worden waren, dass der sturmgepeitschte Regen der letzten Stunden von ihrer glatten Oberfläche einfach abgeperlt war. Er schüttelte den Kopf, verstand es einfach nicht. »Ich hoffe nur, du willst deinem Vater auch Ehre machen«, fuhr Taru fort. »Denn sonst könnte es leider sein, dass dir ein kleines Unglück widerfährt!«

22

In der Hütte, die an dem Berg klebte, als hätten ihre Erbauer sie von Anfang an so weit wie möglich vor den entfesselten Naturgewalten schützen wollen, herrschte drangvolle Enge. Der Sturm hatte heftigen Regen mit sich gebracht, der sich jetzt mit brutaler Heftigkeit entlud. Sicherlich war das Reetdach über ihnen früher einmal dicht gewesen. Doch mittlerweile wies es so viele schadhafte Stellen auf, dass der reine Zufall es bestimmte, wer in ihrer nicht ganz kleinen Gruppe zuerst mehr Spritzwasser abbekam als ein anderer.

Nass würden sie ohnehin werden.

Lexz stand an der Tür, spannte seine Muskeln an, und suchte nach einem möglichst festen Stand, um sie so gut es ging zuzudrücken. Das war alles andere als einfach. Die schweren Eichenholzbretter des Türblatts zitterten und bebten in seinen Händen wie die Flanken eines wilden Tieres, das sich nicht beruhigen lassen wollte. Aber es blieb ihm gar nichts anderes übrig, als hier mit aller Kraft gegen den Sturm anzukämpfen, wollte er nicht riskieren, dass die Böen ins Haus hineinfuhren, um das Dach anzuheben, zu zerfetzen und mit wilder Gewalt die ganze Hütte zu zertrümmern. Entsprechend verzweifelt hielt sich Lexz in den Ritzen der Tür fest. Er hätte Hilfe gebrauchen können, aber von selbst kam niemand auf die Idee, ihn zu unterstützen: Und hätte er sich umgedreht, um über das Tosen hinweg nach seinen Gefährten zu rufen, so hätte er die zunehmend lauter stöhnende und ächzende Tür kurz loslassen müssen.

Das aber wagte er nicht.

Der Wind wechselte immer häufiger seine Richtung, und mehr als einmal wurde ihm die Tür von den heftigen Böen fast aus den Händen geschlagen. Jedes Mal, wenn sie ein Stück zurückprallte und er um sein Gleichgewicht kämpfen musste, sprang ihm der Regen mit brutaler Macht ins Gesicht und fuhr wie mit Peitschenhieben über seine Kleidung, bis sie vollkommen durchnässt war.

Und dann ließ das Tosen plötzlich ein wenig nach. Doch noch immer zerrte der Sturm an der Tür und den Wänden der Hütte, doch jetzt glich es eher einem Tasten, so als suche er sämtliche Schwachstellen zu erkunden, bevor er erneut mit voller Kraft zuschlug. Lexz traute dieser vermeintlichen Ruhepause nicht, denn von unten, vom Tal her, schallte das Heulen und Toben der Urgewalten nach wie vor zu ihnen hinauf. Doch er nutzte die Gelegenheit, um die Tür ein winziges Stück aufzuziehen und nach draußen zu spähen.

Die Heftigkeit des Unwetters hätte ihn eigentlich warnen müssen, aber als er durch den Türspalt ins Tal hinabsah, war er dennoch geschockt. Vorhin, als er neben Torgon gestanden und auf den schwarzen Horizont gestarrt hatte, hatte ihm dieser Anblick Unbehagen eingeflößt, vielleicht sogar Angst. Jetzt erfüllte er ihn mit noch einem anderen Gefühl, für das er im ersten Augenblick nicht einmal ein Wort fand.

Zu einem Gutteil war es die Furcht vor den entfesselten Naturgewalten, die sich aus allen Richtungen zugleich zu nähern schienen. Der Sturm beschränkte sich längst nicht mehr auf den kleinen Ausschnitt hinter ihnen, sondern schien die ganze Welt verschlingen zu wollen. Nur rings um die Hütten war ein zusehends kleiner werdender Teil der Welt noch vorhanden, und dahinter tobte eine von Wetterleuchten und grellen verästelten Blitzen zerrissene Schwärze, die viel mehr war als bloß die Abwesenheit von Licht. Es schien, als hätte das Unwetter einen Belagerungsring um sie gebildet, hinter dem etwas vielleicht Körperloses, aber trotzdem unvorstellbar Starkes und Fremdartiges herankroch.

Ekarna tippte ihm auf die Schulter, Lexz machte einen erschrockenen Satz zur Seite und ließ die Tür los. Das Grollen des Donners schien für kurze Zeit noch lauter zu werden, fast so, als wollte er ihnen eine Warnung zurufen oder sie verhöhnen. Der Wind schmetterte die Tür mit einem dumpfen Krachen wieder zu und verkeilte sie dabei so fest in dem Rahmen, dass sie dort eingeklemmt hängen blieb.

Die Frage war nur, wann der Sturm sie wieder anspringen und neuerlich aus der Halterung reißen würde.

»Los jetzt mit dir!«, schrie ihm Ekarna ins Ohr, um das Heulen des

Windes und das Donnergrollen zu übertönen. »Wir können hier doch nicht bleiben! Wir müssen fort!«

Lexz erriet ihre Worte mehr, als dass er sie wirklich verstand. Ein Teil von ihm wollte auch nichts mehr, als sich zusammen mit den anderen weiter in den vermeintlich schützenden Bereich des Hauses zurückzuziehen; es war der gleiche Teil, der ihm immer lauter und eindringlicher zu erklären versuchte, dass alles andere reiner Wahnsinn wäre. Trotzdem schüttelte er zur Antwort nur den Kopf und drehte gleichzeitig das Gesicht zur Seite, um dem Regen zu entgehen, der genau über ihm ungehindert durch ein kopfgroßes Loch im Dach hineinprasselte und wie mit Nadeln in seine Haut stach.

Ekarna drückte sich an ihn, und ihr Gesicht kam ihm dabei so nahe, dass es aussah, als wolle sie ihn küssen. Lexz spürte, dass ihr Haar in nassen, glänzenden Strähnen an ihrer Stirn und ihren Wangen klebte, und dass sie so schnell atmete, als könne sie in der von aufgewirbeltem Unrat und Grasteilchen erfüllten Luft nicht mehr richtig atmen.

Lexz erging es kaum besser. Aber es war erst die Sorge um Ekarna, die ihn zur Besinnung brachte. Er musste sie und die anderen unbedingt hier rausbringen! Als er sich umdrehte und zu den anderen hinüberblickte, die sich auf die andere Seite des Hauses geflüchtet hatten, hätte er beinahe das Gleichgewicht verloren. Und jetzt erst erkannte er, dass Abdurezak mehr im Sinn gehabt haben musste, als ihrer aller Leben den lächerlichen Wänden aus Weidengeflecht anzuvertrauen.

Die Rückseite des Hauses war unverkleidet, sodass er auf den nackten Fels starrte. Aber das war noch nicht alles. Der Tür gegenüber tat sich in der Felswand eine rettende Öffnung auf.

Ekarna verkrallte sich in Lexz und zog ihn noch näher an sich heran. »Wir müssen da runter!«, brüllte sie ihm ins Ohr. »Die Hütte fliegt uns gleich um die Ohren!«

Lexz glaubte ihr das sofort. Der Wind pfiff inzwischen wieder durch jede Ritze, die er finden konnte. Das Weidengeflecht der Wände ächzte unter dem Druck, der darauf lastete, und das Gras, das zur Dämmung zwischen das Geflecht gedrückt worden war, flog erst an einigen wenigen Stellen und dann in ganzen Büscheln davon.

Grasstücke, Holzsplitter, zerfetzte Pflanzenteile und abgerissenes Schilfrohr, all das pfiff Lexz und den anderen um die Ohren, einiges davon schrammte ihm auch über die Hände und das Gesicht.

Ekarna ließ nicht locker. Es gab wohl keinen Menschen, der ihn so gut kannte wie die Raubkatze, und natürlich ahnte sie auch jetzt, was in ihm vorging. Mit mehr als nur sanfter Gewalt drehte sie ihn herum, was schon allein deswegen klug war, weil ihm all die kleinen Teile dann wenigstens nicht mehr ins Gesicht flogen und dabei ganz nebenbei auch sein Augenlicht gefährdeten.

Er kam nicht umhin zu sehen, was sich da vor ihnen auftat: Der unbehauene und erschreckend schmale Eingang zu einer Höhle, oder vielmehr in einem schlauchförmigen Gang, der irgendwo in der unermesslichen Weite des Berges endete.

»Da rein jetzt«, fauchte ihm Ekarna ins Ohr. »Und dass du mir nicht abhaust, so wie das letzte Mal, als wir in einer Höhle Unterschlupf suchen wollten!«

Sie gab ihm einen kleinen aber kräftigen Schubs, der ihn vorwärtstaumeln ließ. Der Gang vor ihm war schwarz und dunkel und schien das wenige Licht, das durch das zunehmend undichte Dach der Hütte drang, vollständig zu verschlucken. Alles sträubte sich in Lexz, sich dieser steinernen Dunkelheit anzuvertrauen. Er hatte eine instinktive Abneigung gegen alles Dunkle und Schwarze, und mied Höhlen und Stollen, wo es nur ging.

Doch bevor er dem Zerren von Ekarna nachgeben konnte oder musste, flammte etwas auf. Abdurezak hatte eine Fackel entzündet, wie er sofort erkannte. Vielleicht hatten die früheren Bewohner der Hütte sie lediglich liegen lassen, vielleicht diente der Gang aber auch zu irgendetwas anderem – und seine Benutzer hatten hier vorausschauender Weise Fackeln platzieren lassen.

»Los jetzt«, übertönte die brüchige, und trotzdem erstaunlich kraftvolle Stimme des Schamanen das Tosen des Sturms und das Knarren und Stöhnen der Hütte, die kurz vor dem endgültigen Zusammenbruch zu stehen schien. »Der Gang führt quer durch den Berg in die Schmiede. Dort sind wir in Sicherheit!«

Fernes Hundegebell schreckte Taru auf, und einmal mehr starrte er nach oben in die Felsen, die von ihrem augenblicklichen Standort aus wie scharfkantige Klippen in den Himmel stachen. Die Steinwände, die sie umschlossen, schienen mehr Leben zu beherbergen, als er anfangs geglaubt hatte. Er sah Eidechsen, die sich im letzten Sonnenlicht zu wärmen versuchten, Libellen, die auf Insektenjagd waren, sowie Mäuse und anderes Kleingetier, das die schmalen Absätze wie selbstverständlich entlanghuschte.

Aber keine Menschen. Und auch kein Aufblitzen von Waffen oder irgendetwas anderes, das verräterisch gewesen wäre. Das änderte aber nichts daran, dass er ein Kribbeln in seinem Bauch spürte, das ihn jedes Mal überkam, wenn er auf der Jagd war und spürte, dass er die richtige Fährte verfolgte.

Das Gekläff der Hunde verebbte allmählich wieder und wurde zu nicht mehr als einem fernen verhallten Geräusch, das in all den anderen kleinen Lauten beinahe unterging, die von dem reichen Leben hier in dem Tal des unfertigen Steinkreises kündeten. Es hatte beinahe nach den Dorfhunden geklungen, was nicht ganz unwahrscheinlich war. Er war nicht der Einzige, der Arianrhod hasste. Gewiss hatten sich auch noch andere auf den Weg gemacht, um sie zu suchen. Taru konnte sich gut vorstellen, dass sie sie auch für das Unwetter verantwortlich machten, das über das Dorf hinweggezogen war und fürchterliche Verwüstungen angerichtet hatte.

Ihm konnte das nur recht sein. Auf der anderen Seite wollte er Arianrhod auf jeden Fall vor den anderen finden. Weil er sie sofort töten musste, bevor sie seinen Plänen doch noch in die Quere kommen konnte.

Sie und ihren Balg. Aber eins nach dem anderen.

»Komm jetzt«, herrschte er Isana an. »Weiter! Trödle hier nicht so rum!«

Die Schmiedtochter nickte hastig und beeilte sich, ihm zu folgen.

Taru machte einen so ungestümen Schritt, dass Wasser aus der Pfütze hochspritzte, in die er versehentlich getreten war. Isana wich weiter zur Seite aus, als nötig gewesen wäre, um den Spritzern zu entgehen, und er ahnte schon, dass sie ihm seine Gedanken angesehen hatte. Aber – wenn schon. Sollte sie nicht endlich spuren, würde er eben auch sie töten müssen.

Mit einer herrischen Geste deutete er auf das behauene Urgestein vor ihnen. »Welches Geheimnis birgt dieses Tal?«

»Von einem Geheimnis weiß ich nichts.« Isana stolperte, taumelte aber gehorsam weiter, als ihr Taru einen bösen Blick zuwarf.

»Das kann ich dir nicht glauben«, sagte er ungeduldig. »Schließlich liegt die Schmiede unmittelbar am Rande des Tals. Du bist doch bestimmt schon oft hier gewesen!«

»Ja, das ist schon wahr.« Isana fand wieder in ihren alten Schritt zurück, aber ihren Bewegungen fehlte die gewohnte Leichtigkeit. »Ich weiß aber nur, dass dies hier uralter Steinbruch ist. Und gleichzeitig war es wohl auch die Werkstatt, in der man Monolithen vervollkommnet und in Gestalt gebracht hat, um an Ort und Stelle einen Steinbruch mit ihnen zu errichten.«

»Monolithen nennt man mannshohe, behauene Steine, wie sie auch im Steinkreis am Rande unserer alten Siedlung standen«, polterte Taru, während er eine besonders große Pfütze umging. »Aber das hier ist doch etwas ganz anderes. Dies hier kann doch nur von Riesen für Riesen gemacht worden sein ...«, er warf erneut einen misstrauischen Seitenblick auf das Mädchen, »oder siehst du das etwa anders?«

Isana hob die Schultern und stieß einen zittrigen Seufzer aus. »Nein, natürlich nicht ...«

»Riesen, ja.« Voller Unbehagen starrte Taru in eine andere Gegend des Tales hinüber, auf die sie gerade zuhielten, und sah auf die Spitze eines Monolithen, wie ihn Isana nannte, der trotzig und unbeirrt nach oben stach. Er erinnerte Taru an einen Faustkeil, an die spitz geschliffene Form, wie sie selbst heute noch häufig als Messer verwendet wurden – nur dass dieses Messer hier so groß war, dass nicht einmal eine Handvoll kräftiger Männer es hätte bewegen können.

»Das da ...«, Taru deutete auf das riesige grauschwarze Messer, »da hinten. Siehst du das?«

Isana nickte schnell.

»Mehr als drei Mann hoch – und so sauber bearbeitet, dass kein

Grat und kein Vorsprung zu sehen ist.« Taru blieb plötzlich stehen. »Soll das etwa der Faustkeil eines Riesen sein?«

Isanas Blick flackerte, dann blieb auch sie stehen und starrte in den gewaltigen Steinbruch hinein, der mit seinen hohen Wänden beeindruckende, atemberaubende Steinmonumente umschloss. Unmittelbar vor ihnen erhob sich ein Monolith, der ein wenig schief stand, als wäre er hastig dort abgesetzt worden. Seine Oberfläche war grauschwarz und schien so sauber gehauen, dass kein Riss und kein Vorsprung zu erkennen waren. Wenn man aber genauer hinsah, erkannte man doch winzige Spuren der Witterung, die dem Stein in der Ewigkeit zugesetzt hatte, die er hier schon stehen mochte.

Isana fuhr mit der Hand über die Oberfläche. Sie fühlte sich kühl und glatt an. Aber nicht das war es, was sie die Hand erschrocken wieder zurückziehen ließ. Es war das leise Kribbeln in der Handfläche, das sie gespürt hatte, als wohne dem kalten Stein eine geheimnisvolle Magie inne, die sich schon durch eine leichte Berührung übertrug.

»Ich meine nicht den Stein, an dem du dir noch den Kopf einschlägst, wenn du hier so weiter herumhampelst«, blaffte Taru, »sondern den riesigen Keil am Ende des Tals.« Er zögerte kurz, bevor er dann aber weitersprach. »Ob es wirklich Riesen gibt, die einen solch gigantischen Keil mit der Hand umfassen können?«

»Riesen?« Isana wirkte unsicher. »Oder vielleicht doch eher … Götter?«

»Götter.« Taru warf ihr einen ärgerlichen Blick zu. »Welche Götter denn? Unsere – oder die des Volkes, das hier früher gelebt hat?«

Isana wand sich mit Unbehagen. Offensichtlich wusste sie nicht, was sie sagen sollte. Das ließ Tarus Misstrauen wieder erwachen. Was verschwieg ihm das Mädchen wohl?

»Also?«, setzte er nach. »Was weißt du über diese Götter, die die Steine hier hingesetzt haben sollen?«

»Ich weiß nicht«, antwortete sie ängstlich. »Es heißt, früher wohnte auf jedem Berg ein Gott …«

»Wieso früher?«

»Nun …«, Isanas Stimme zitterte ganz leicht, »ich bin kein Schamane. Aber jeder von uns … ich meine, wir haben doch alle die Geschichten über die alten Götter gehört. Und dass sie irgendwann der neuen Ordnung gewichen sind, als die Kälte wich …«

»Du meinst, als unsere Ahnen noch riesige Zottelkreaturen mit geschwungen Hörnern jagten, die auf Beinen durch Schnee und Eis stapften, die so dick wie Baumstämme waren.«

»Ja«, antwortete Isana. »Die Jäger hatten viele Namen für sie. Säulenbeine. Zottelhauer. Mammuts.«

»Mammuts?« Taru machte eine abfällige Handbewegung. »Ja, so hat man sie wohl auch genannt. Aber was haben die mit deinen Monolithen hier zu tun?«

»Vielleicht mehr, als wir glauben.« Isana fuhr, als er schon ärgerlich werden wollte, rasch fort. »Bestimmt hast du doch auch die alten Jäger davon sprechen hören, bevor wir aufbrachen. Sie wollten nicht nach Westen, sondern nach Osten. Um dort Mammuts zu jagen, so wie unsere Vorfahren. Angeblich soll es in der Gegend noch welche geben.«

Taru hätte beinahe laut aufgelacht. »Das sind doch nur dumme Jägergeschichten. Dass noch ein paar der alten Zottelhauer leben sollen, glaubt doch nicht mal mehr ein alter Schwätzer wie Kaarg. Nein, die Dickhäuter haben ein viel zu dickes Fell, um in der Wärme überleben zu können. Sie sind längst ausgestorben.«

»Vielleicht auch nicht«, widersprach Isana.

»Gewäsch«, sagte Taru abfällig.

Isana zuckte mit den Schultern. »Mammute, der Schnee, das Eis … und die alten Götter.«

Taru ahnte allmählich, was sie meinte … Es war der lange Atem der Ahnen, der ihm hier im Tal entgegenwehte, und der Geschichten mit sich trug, die längst vergessen sein mochten, und die doch dem ganzen Tal – und jedem einzelnen Stein und Felsen – anhafteten. Er hatte es schon gespürt, als sie sich dem Steinbruch genähert hatten, und Isana hatte ihm jetzt die Worte dafür gegeben.

Aber das hätte er niemals zugegeben. »Pass auf, was du sagst, Druden-Freundin«, herrschte er sie dagegen an. »Du kannst mich mit deinem dummen Gerede von den Zottelhauern und den alten Göttern nicht verwirren. Das hat doch nichts mit den Riesensteinen hier zu tun!«

»Ja, kann sein«, gab Isana kleinlaut zu. »Vielleicht hat das wirklich alles nichts miteinander zu tun. Aber ich will dir ja nur helfen!«

»*Du* willst mir helfen?«, polterte Taru. »Ausgerechnet du? Du würdest mich doch am liebsten mit einem dieser Riesensteine zerschmettern, wenn du könntest!«

Isana senkte den Blick und sah auf eine Art zu Boden, die schon fast als demutsvoll bezeichnet werden konnte. Gut so. Aber nicht genug, um Tarus Zorn zu besänftigen. Er lauerte darauf, dass sie irgendetwas sagte, das er gegen sie verwenden konnte.

Aber dafür war sie zu klug und verharrte schweigend in der Haltung, die man jemandem zeigte, dessen Befehle man ohne jegliches Zögern zu befolgen hatte. Ja, dachte Taru, langsam begreift sie wohl, dass ich Dragosz' Nachfolger bin.

Abfällig verzog er die Lippen. »Jetzt ist es vielleicht mal an der Zeit, dass du mir verrätst, warum du dich überhaupt mit der Drude eingelassen hast!«

»Das musste ich doch«, antwortete Isana. Und bevor Taru ihr die passende Antwort darauf geben konnte, fügte sie leise hinzu: »Es hat mir ebenso wenig gefallen wie allen anderen, dass dein Vater sie sich zur Frau genommen hat. Aber so war ich doch gezwungen, ihr Respekt zu zollen!«

»Was dir wohl auch nicht sonderlich schwer gefallen ist.« Erbittert schüttelte Taru den Kopf. »Ich bin maßlos enttäuscht, Isana – von dir enttäuscht. Es stimmt schon, du bist eine echte Rakerin von bester Abstammung. Und da gibst du dich damit zufrieden, so einer wie Arianrhod zu helfen? Warum hattest du nicht den Ehrgeiz, deiner Bestimmung zu folgen und Heilerin zu werden?«

»Aber das bin ich doch jetzt«, widersprach das Mädchen. »Ich bin ja jetzt die Heilerin!«

»Ja – jetzt.« Bitterkeit und Schmerz machten es Taru fast unmöglich weiterzusprechen. »Jetzt, da es zu spät ist.«

»Zu spät?«, fragte Isana wie benommen. »Zu spät wofür?«

»Ja, versteht du das denn nicht!«, schrie Taru. Er bückte sich, um wie vorhin schon eine Handvoll Sand aufzunehmen. Gedankenverloren wog er den Sand in der Hand, dann drehte er sich ein Stück zur Seite und schleuderte ihn so kraftvoll davon, dass die Sandkörner wie Regentropfen davonspritzten. Isana versuchte auszuweichen, aber sie konnte nicht verhindern, dass etliche der Sandkörner ihre linke Wange schmerzhaft trafen.

»Bitte!«, stieß sie hervor. Tränen schossen ihr in die Augen. »Bitte: Lass das sein! Ich bin doch nicht deine Feindin!«

»Da habe ich aber anderes gehört«, sagte Taru grob. »Und ich habe es auch anders von dir erfahren: Oder hast du die ständigen Anfeindungen und Sticheleien schon vergessen? Aber keine Sorge: Ich werde dir nichts tun – jedenfalls nicht, wenn du mich zu Arianrhod führst und mithilfst, dass sie ihrer gerechten Strafe zugeführt wird.«

Isana strich über die schmerzende, sich rasch rötende Wange. »Aber … ich weiß doch wirklich nicht, wo sie ist!«

»Das ist gelogen!«, herrschte sie Taru an. »Du weißt viel mehr, als du zugibst!«

»Nein, das stimmt nicht! Ich weiß gar nichts!«

Für diese freche Antwort hätte ihr Taru am liebsten ins Gesicht geschlagen. Dabei trug Isana eigentlich weniger Schuld an alledem, als diese verdammte Arianrhod! Sie musste Isana verhext haben, anders war es einfach nicht zu erklären, dass ausgerechnet die Nichte Surkijas dieser falschen Schlange hinterherlief wie ein Küken ihrer Mutter. Und dass sie das selbst dann noch getan hatte, nachdem Arianrhod bereits das halbe Dorf vergiftet hatte – das war einfach unfassbar!

»Hör endlich auf mit deinem falschen Spiel!«, zischte er. »Wenn du zu der Drude hältst, bist du des Todes – genauso wie sie selbst!«

Isana wirkte jetzt weniger erschrocken, als er erwartet hatte. »Ich halte nicht zu ihr. Warum sollte ich auch? Sie hat mich auf ihrer Flucht niedergeschlagen …«, sie deutete mit der Hand auf ihre verletzte Gesichtshälfte, »und das, obwohl ich ihr auf Geheiß der Ältesten etwas zu essen gebracht hatte. Nein«, entschieden schüttelte sie den Kopf, »für mich gibt es nicht den geringsten Grund, diese falsche Hündin zu schonen.«

Taru zögerte. Isana wirkte durchaus aufrichtig, und trotzdem … sowohl seine Erfahrung mit ihr als auch sein Instinkt warnten ihn. Irgendetwas stimmte mit diesem Mädchen nicht. »Du musst ehrlich zu mir sein«, sagte er gepresst. »Verstehst du das? Denn wenn du das nicht bist …«

Er ließ den Satz unbeendet und klopfte stattdessen auf die Schleuder, die in seinem Waffengurt steckte – und mit der er auch noch auf zehn Schritte einen Vogel vom Baum schießen konnte, wenn das nötig war.

Isana beeilte sich zu nicken, und von dem dünnen Blutfaden, der nach wie vor aus ihrem Mundwinkel rann, spritzten dabei rote Tropfen auf. »Ja, natürlich. Das werde ich.«

»Dann sag mir, ob Arianrhod wirklich hierher geflohen ist«, verlangte Taru. »Oder ob das nur ein Trick war und sie in Wirklichkeit die Richtung gewechselt hat, kaum dass ihre Verfolger sie aus den Augen verloren haben.«

Ganz kurz blitzte so etwas wie Trotz in Isanas Augen auf, doch dann schluckte sie krampfhaft und nickte. »Ich kann es ja auch nur vermuten.« Sie wischte sich über den Mund und starrte auf den Handrücken, auf den sie Blut verschmiert hatte. »Aber … ich weiß …«

Sie stockte und wischte dann den Handrücken an ihrem Rock ab.

Taru hätte sofort nachgehakt, hätte er in diesem Augenblick nicht am Rande einer schlammigen Pfütze eine Spur im feuchten Untergrund entdeckt. Alarmiert ging er in die Hocke und fuhr ihren Rand mit dem Finger nach.

Ja. Das war einmal mehr eine Spur von Rar. Wenn er weitersuchen würde, fände er mit Sicherheit auch die leichteren Abdrücke von Abdurezak.

Die beiden waren also auch hier entlang gegangen. Blieb die Frage, wo sie jetzt steckten. Er hatte keine Lust, ihnen zu begegnen, bevor er mit Arianrhod abgerechnet hatte.

»Was weißt du?«, fragte er leise, nachdem er sich wieder aufgerichtet hatte.

»Ich weiß, dass Dragosz … dein Vater und Arri … dein Vater und Arianrhod … dass sie öfter hier waren«, sprudelte Isana hervor. »Sie … sie wollten doch ein neues Heiligtum errichten … und vielleicht wollte Arri ja wirklich …«

»Dann werden wir uns hier ein bisschen umschauen.« Taru machte einen Schritt auf Isana zu, packte sie am Handgelenk und zog sie so grob mit sich, dass sie fast gestolpert wäre. »Arianrhod hat meinem

Vater eingeredet, er müsse ein Heiligtum bauen, größer und gewaltiger als Goseg.« Taru verstärkte seinen Griff und zerrte sie unbarmherzig weiter. »Ich habe dieses Gerede einfach über mich ergehen lassen. Auch das über den Steinbruch, aus dem sie das Material für ihr neues Heiligtum holen wollten. Alles nur dummes Druden-Geschwätz. Trotzdem hätte ich mir das hier doch schon längst angesehen – aber wir haben ja Tag und Nacht an dem Pfahldorf gearbeitet, damit es bis zum Fest fertig wird. Danach wollte mich mein Vater hierher mitnehmen ...« Taru stockte mitten im Schritt, ließ Isanas Handgelenk los und sah zu den zerklüfteten Hängen hinüber, aus denen man gewaltige Gesteinsbrocken herausgebrochen hatte. Er wollte nach Arianrhod Ausschau halten – aber das war nicht möglich. Seine Augen schwammen plötzlich in einer Feuchtigkeit, die dort nicht hingehörte. »Ich wäre froh, mein Vater wäre jetzt auch hier.«

Der letzte Satz war ihm entschlüpft, bevor er ihn zurückhalten konnte. »Jetzt weiß ich auch, was er mit dem unglaublichen Fund gemeint hat, den er hier gemacht hat«, fuhr er rasch und viel zu laut fort, »und warum er mir nichts davon erzählen wollte. Ich hätte mir ohnehin nicht vorstellen können, wie gewaltig das hier alles ist.«

»Ja, das ist es«, pflichtete ihm Isana bei, während sie einen halben Schritt beiseitetrat und ihr Handgelenk massierte. »Es ist ein Ort, an dem alles geschehen kann. Jeder Anfang und jedes Ende.«

Taru seufzte leise und wandte sich ab, um nach oben zu starren, in die zerklüftete Felswand, die sich vor ihnen auftat. Er blinzelte, bis sich sein Blick einigermaßen geklärt hatte. Die Feuchtigkeit in Gegenwart des Mädchens aus den Augen zu wischen, wäre ihm wie eine unverzeihliche Schwäche erschienen. Und trotzdem ... irgendwie kam er mit den Gefühlen nicht zurecht, die jetzt – so kräftig wie ein aufflackerndes Feuer – in ihm aufstiegen.

Zu diesem Zeitpunkt wäre er gern allein gewesen. Die letzten Tage waren ihm so hart erschienen, und zwar in jeder Beziehung. Der Tod seines Vaters, die Totenzeremonie für alle Opfer Arianrhods, das letzte Abschiednehmen von seinem Vater, nachdem er sein Totenboot auf die letzte Reise geschickt hatte, und dann dieses unglückliche Zusammentreffen mit Amar in dem verlassenen Dorf, bei dem er ohne Zweifel an Boden verloren hatte – und dann kam auch noch das verheerende Unwetter dazu, das sie so vollkommen unvorbereitet getroffen hatte … Es war ihm in dieser ganzen Zeit nicht möglich gewesen, auch nur einen einzigen klaren Gedanken zu fassen.

Vielleicht war das auch ganz gut so. Denn dadurch war er gezwungen, schneller zu handeln als die anderen, die ihm sein Erbe streitig machen wollten. Denn jetzt brach eine neue Zeit an.

Seine Zeit.

Isana und Taru. Das war kein Traumpaar, das war viel eher eine Verbindung wie Feuer und Eis. Arri hatte nicht die geringste Ahnung, warum die beiden hier gemeinsam unterwegs waren. Aber sie fürchtete das Schlimmste: Isana hatte Taru schon immer mit bösen Bemerkungen geärgert, und Taru hatte ihr das nicht nur genauso zurückgezahlt, sondern wäre ihr schon des Öfteren am liebsten an die Gurgel gegangen. Das hatte nicht viel ausgemacht, solange Dragosz noch am Leben gewesen war, denn er hatte seinen Sohn mit einem Blick oder notfalls auch mit einem scharfen Wort zur Vernunft bringen können.

Doch jetzt, da sie vorsichtig in Richtung ihrer Höhle weiterkletterte, die sie inzwischen entdeckt zu haben glaubte, begann sich Arri große Sorgen um Isana zu machen. Taru war vollkommen unberechenbar. In ihm hatten Großzügigkeit und Leichtigkeit schon immer gegen eine düstere Seite gekämpft, die ihn dazu antrieb, schreckliche Dinge zu tun. Diesmal ging es jedoch nicht um ein paar Streiche oder einen kleinen Rachefeldzug, diesmal ging es um Tod und Leben.

Was geschah denn nun, wenn Taru Isana zwingen wollte, ihm auf der Suche nach seiner jungen Stiefmutter zu helfen? Was, wenn seine unbeherrschte Seite wieder einmal die Oberhand gewann und er Isana Gewalt antat, nur um sie, die verhasste Drude, zu treffen?

Diese Vorstellung ließ Arri alles andere vergessen und trieb sie dazu an, sich einfach nur auf die nächsten Schritte zu konzentrieren. Ohne Gewalt würde es diesmal nicht gehen, das spürte sie ganz deutlich. Sie musste unbedingt ihr Schwert holen. Nur mit seiner Hilfe konnte sie sich Taru entgegenstellen und Isana aus seinen Fängen befreien.

Statt sich also weiter in den Schutz der Felsnase zurückzuziehen, beugte sie sich nun erneut ein wenig vor. Dragosz und sie waren damals ein gutes Stück nach oben geklettert, bevor sie auf die Höhle gestoßen waren, die hinter allerlei Gestrüpp verborgen lag. Aber jetzt, da sie zum ersten Mal wie ein Vogel hinabblickte, erkannte sie, wie hoch sie sich eigentlich gewagt hatte.

So wurde sie mit einem grandiosen Ausblick auf das steinerne Wunder unter sich belohnt, der ihr wahrscheinlich unter glücklicheren Umständen aus ganz anderen Gründen als jetzt einen kalten Schauer über den Rücken gejagt hätte. Wie übergroße Finger stachen Steinmonolithen in den Himmel empor, manche nur zur Hälfte aus dem Steinbruch herausgehauen und merkwürdig unfertig aussehend, andere wie Findlinge ohne jegliche Spur einer Bearbeitung, während eine Vielzahl der größten unter ihnen teilweise oder vollständig behauen waren. Einige waren mit Moos und Flechten bewachsen, die meisten glichen aber grauschwarzen Ungetümen, die so aussahen, als hätten sie die Götter als Mahnung an die Menschen in den Untergrund gerammt, um sich nur nicht allzu wichtig zu nehmen.

Arri hatte keine Ahnung, wie lange diese steinernen Zeugen einer vergangenen Menschheitsepoche hier schon standen und mit sturer Beharrlichkeit selbst den heftigsten Unwettern trotzten. Aber sie konnte sich durchaus vorstellen, dass sie sich hier immer noch dem Himmel entgegenrecken würden, wenn sie, Dragosz und die Raker selbst schon längst zu Staub verfallen und vergessen waren.

Der beeindruckendste Stein war jedoch derjenige, der wie der Kopf einer riesigen Krähe aussah. Von hier oben aus wirkte er täuschend echt, so als habe sich in dem Tal unter ihr ein riesiger schwarzer Vogel niedergelassen, der nun mit seinen großen schwarzen Augen alles unter Beobachtung hielt, was in seiner näheren Umgebung geschah. Als würde die schwarze Krähe in einem Nest hocken, so lag ihr massiger Körper dabei hinter weiteren Steinen verborgen, die ihn vom Boden aus gesehen nach fast allen Richtungen abschirmten.

Dass ihr Herz einen Satz tat, lag jedoch nicht an dem steinernen Vogelkopf, sondern daran, dass sie nun wieder ganz genau wusste, wo sie war: genau oberhalb ihrer Höhle.

Von hier aus erschien ihr der Eingang allerdings ganz anders, als wenn man von unten kam. Die Dornen des Gestrüpps wirkten spitzer und gefährlicher, das davon halb verdeckte schwarze Loch dahinter aber abweisend und feindlich. Selbst, wenn jemand von unten hier hinaufkletterte, wäre es fraglich, ob er sich die Kleidung an den Dornen zerreißen wollte, nur um in dieses dunkle Loch zu krabbeln, in dem alles Mögliche lauern konnte: Schlangen, Bären oder Höhlenlöwen.

Arri schreckte das jedoch nicht. Als sie das erste Mal hier gewesen war, hatte sie Dragosz an ihrer Seite gehabt, und er hatte ihre Bedenken, in die Höhle zu klettern, nur mit einem breiten Grinsen beiseitegeschoben. In Dragosz' Gegenwart hatte sie sich immer sicher gefühlt, und außerdem hatte sie an diesem Tag das Schwert bei sich getragen, das zwar sorgfältig in ein altes Fell eingeschlagen war, ihr bei dem geringsten Anzeichen einer Gefahr aber sogleich in die Hand gesprungen wäre.

Jetzt war sie allein und unbewaffnet. Doch in ihrem Herzen gab es keinen Platz für die Angst und Beklemmung, die angesichts einer dunklen Höhle eigentlich angebracht gewesen wäre. Ihr Herz war von Trauer und Zorn erfüllt.

In der Höhle lag ihr Schwert, die Waffe, die ihr beistehen würde, um erst Isana zu befreien und anschließend ihren Sohn aus dem Dorf zu holen. Mit der Höhle war die Erinnerung an Dragosz verbunden, an seine Entschlossenheit und Kraft, die nun in ihr selbst weiterlebte. Aber auch an seine Zärtlichkeit und Liebe. Und genau in dieser Höhle würde sie zusammen mit Kyrill den geeigneten Platz finden, um zu Kräften zu kommen und ein bisschen Zeit verstreichen zu lassen, bevor sie irgendwo anders einen Neubeginn wagen konnte.

Isana hatte recht. Taru wollte Dragosz' Nachfolge antreten. Und dabei stand ihm vor allem sein kleiner Halbbruder im Weg: der Sohn seiner verhassten Stiefmutter.

»Kyrill, ich werde dich holen«, flüsterte sie. »Erst befreie ich Isana und dann hole ich dich da raus und bringe dich an einen sicheren Ort.«

Orakar hob die Hand und bedeutete den anderen mit einer raschen Bewegung, hinter den nächsten Felsen auf der wild zerklüfteten Hügelseite in Deckung zu gehen. Er glaubte, nein, er war sich ganz sicher, etwas gehört zu haben – etwas, das wie ein Fluch klang, den man ausstoßen mochte, wenn man bei einer Kletterpartie ausrutschte und den Halt zu verlieren drohte.

Mit einer raschen Bewegung holte er das kleine Kupferrohr hervor, das ihm der Hohepriester mitgegeben hatte, und setzte es ans Auge. Er hatte das Sehrohr bislang selten benutzt, aber gerade jetzt, bei dem unruhigen Licht der untergehenden Sonne, das an einzelnen Stellen durch die dicke Wolkendecke brach, war es vielleicht tatsächlich einmal zu gebrauchen.

»Was ist?«, flüsterte Gorak. »Kannst du durch dieses seltsame Rohr wirklich mehr erkennen, als wenn du einfach die Augen mit der Hand überschattest?«

Orakar zuckte mit den Achseln. »Ich weiß es nicht. Die Hohepriester benutzen das Sehrohr schon seit Generationen, um in der Nacht die Sterne zu beobachten.«

»Ja, ich weiß«, Gorak schob sich ein Stück näher an Orakar heran und stützte den Ellbogen auf dem Felsvorsprung auf, der ihnen Deckung gewährte. »Aber dies hier ist keine Saat- oder Ernte-Zeremonie, und wir haben auch keine sternenklare Nacht …«

»Psst«, machte Orakar, rutschte ein Stück vor und blieb mit dem Ärmel seines Umhangs hängen, wodurch sein Arm ein Stück nach unten gerissen wurde und das Sehrohr über eine Blüte wischte. »Verflucht … da war doch gerade etwas.«

Gorak hatte die Augen beschattet und blickte in das Tal hinunter, in dem die großen Monolithen standen, als wären sie erst vor kurzem dort abgestellt worden. Der wieder aufgefrischte Wind fuhr in das spärliche Gestrüpp und hielt die kleinen Bäume in einer unruhigen Bewegung – möglich, dass sich da auch noch etwas anderes befand. »Hast du jemanden gesehen?«, fragte er.

»Ich bin mir nicht sicher … bei den großen Pfützen war schon irgendwas. Aber da versperrt mir ein Stein den Blick.« Gorak wollte aufspringen, um sich davon zu überzeugen, aber Orakar hielt ihn am Arm fest. »Nicht. Wir müssen vorsichtig sein …« Er warf einen Blick zurück, auf die Männer, die sie begleiteten – kampferprobte Leute, die sie für die gefährliche Mission, die ihnen bevorstand, angeworben hatten.

Allesamt waren es Männer, die an derselben Krankheit litten, jener, die Nor auch schon beinahe in die Knie gezwungen hatte. Orakar wusste nicht mehr über dieses Leiden und seine entstellenden Folgen, als unbedingt nötig schien. Aber immerhin war er in das Geheimnis der Himmelsscheibe eingeweiht. Sie mussten sie finden, koste es, was es wolle. Nur mit ihr war Heilung möglich: für Nor und die Männer in den schwarzen Kapuzenmänteln, und auch für die unzähligen anderen, die im Gebiet um den See herum gelebt hatten und nacheinander alle von der Krankheit befallen worden waren.

»Mir machen die Barbaren Sorgen«, gestand Gorak. »Zuerst war es nur eine Handvoll von ihnen, die hier aufgetaucht ist. Mittlerweile sind es aber viel mehr.«

»Ja, wir müssen sie unbedingt im Auge behalten«, pflichtete ihm Orakar bei. Er hätte auch noch mehr dazu sagen können. Aber das wollte er jetzt nicht.

»Ich verstehe das nicht«, setzte Gorak nach. »Als ich vor kurzer Zeit in Goseg war, habe ich jemanden durch den hinteren Ausgang, also durch die Palisaden, weghuschen sehen. Er hatte einen Umhang übergeworfen. Aber ich habe ganz deutlich erkennen können, dass er zu den Barbaren gehört hat. Er hatte einen langen, ungepflegten Bart, der gewiss noch kein Rasiermesser gesehen hatte. Und unter dem Mantel trug er keine solche Kleidung, wie wir sie tragen, sondern er war in Fell gekleidet.«

Orakar seufzte und setzte das Sehrohr wieder an. »Ja, es wird Zeit, dass wir das zu Ende bringen. Es ist nicht gut, wenn die Mächtigen von Goseg zerstritten sind …« Er unterbrach sich selbst und hob die Hand. »Sag den Männern Bescheid«, zischte er. »Es geht los. Nor ist endlich aufgetaucht! Unglaublich … er hat den Weg bis hierhin tatsächlich geschafft!«

»Also gut, Leute«, Gorak drehte sich zu den anderen um. »Ab jetzt dürft ihr niemanden – aber ganz gewiss überhaupt niemanden mehr – bis zur Schmiede durchkommen lassen!«

23 Sowohl das Donnergrollen als auch das Heulen des Sturmes waren im Inneren des Stollens zu einem wehklagenden Laut geworden, der schmerzhaft in ihren Ohren nachhallte. Die abgestandene, muffig riechende Luft, die ihnen entgegenschlug, wurde kräftig durcheinandergewirbelt, was es aber leider auch nicht besser machte. Der scharfe Luftzug zerrte an ihrer Haaren und ihrer Kleidung, mit seinem Jammerton aber auch an ihren Nerven. Als die zusammenbrechende Hütte in ihrem Rücken schon nach erschreckend kurzer Zeit von den entfesselten Naturgewalten zerfetzt wurde, blies ihnen eine Sturmbö Splitter und eine erstickende Staubwolke in den Stollen hinterher. Lexz taumelte, als er von mehreren heftigen Windstößen getroffen wurde, und wäre fast zu Boden gegangen.

Danach wurde es etwas erträglicher.

Wunderbar, dachte Lexz, wenn wir hier gleich irgendwo rauskommen, wo wir nicht sofort wieder umgeweht werden.

Es sah aber nicht danach aus, als ließe sie der Stollen so schnell wieder frei. Die Vorstellung, weiter in die steinerne Unterwelt hinabzusteigen, die sie wie störende Fremdkörper vollständig verschlucken wollte, trieb ihm den Schweiß auf die Stirn. Er hasste dunkle Höhlen, und noch viel unheimlicher waren ihm enge und stickige Gänge und Stollen, die ihm das Gefühl gaben, in einer Gruft unterhalb eines großen Steinkreises lebendig begraben zu sein.

»Weiter jetzt«, trieb ihn Ekarna an, als er eher langsamer als schneller wurde und sie mal wieder beinahe vor ihm selbst merkte, was mit ihm los war. »Wir müssen an den anderen dranbleiben. Sonst wird es gleich stockfinster.«

Damit hatte sie leider recht. Er versuchte das Schwindelgefühl zu verscheuchen, das ihn schon beim Betreten des Stollens überfallen hatte, und war bemüht, aus seinem unsicheren Torkeln etwas zu machen, was entfernte Ähnlichkeit mit einem energischen Vorwärtsgehen hatte. Das spärliche und völlig ungenügende Fackellicht zeichnete huschende Schatten auf die rauen, unbehauenen Wände, die teilweise so eng zusammenliefen, dass sie sich regelrecht hindurchquetschen mussten, um dann wieder auf doppelte, manchmal dreifache Mannesbreite auseinanderzuweichen. Lexz hatte keine Ahnung, was dies hier sein sollte. Es sah weniger wie der Eingang zu der Höhle aus, als vielmehr wie ein Bergwerksstollen. Aber er verstand viel zu wenig davon, um das wirklich beurteilen zu können.

Erst nach einer Weile begriff er, dass sich die einzige Fackel, die es hier gegeben hatte, in Abdurezaks Händen befand. So alt und gebrechlich der Älteste auch wirkte, so kräftig schritten er und sein nicht minder alter Bruder jetzt aus. Vielleicht kam es Lexz aber auch nur so vor, weil sie und die anderen bereits einen ganz schönen Vorsprung hatten und er sich mehr Zeit ließ, als gut war – und damit nicht nur sich, sondern auch die Raubkatze ausbremste, die ohne ihn gewiss schon längst zu den anderen aufgeschlossen hätte.

Sein Wunsch, diese unerträgliche Enge möglichst bald hinter sich lassen zu können, erfüllte sich leider nicht, ganz im Gegenteil. Es schien endlos so weiterzugehen, mal ein bisschen nach oben, dann wieder abwärts, mal mit einem leichten Knick nach rechts, öfter aber mit einem kräftigen Ruck in die entgegengesetzte Richtung. Ab und zu wand sich der Gang sogar wie eine Schlange, die sich durch einen Steingarten hindurchschlängeln musste. Immer wieder kamen sie an Abzweigungen vorbei, die in ganz andere Richtungen führten, und dann wieder passierten sie recht dünne, glatt gescheuerte Tunnel, die aussahen, als hätten sich riesige Würmer durch sie hindurchgeschlängelt.

Mit der Zeit ergriff ein unwirkliches Gefühl von ihm Besitz, das nicht schwächer werden wollte, sondern ganz im Gegenteil mit jedem Schritt noch an Stärke zunahm. Auf sich allein gestellt, hätte sich Lexz hoffnungslos verirrt, aber auch so hatte er das Gefühl für die Richtung bald vollständig verloren. So stolperten sie scheinbar endlos weiter, und er konzentrierte sich nur noch auf den Augenblick und die plötzlich gar nicht mehr so einfache Herausforderung, einen Fuß vor den anderen zu setzen, um auf dem schlüpfrigen Boden nicht das Gleichgewicht zu verlieren.

Die Luft wurde immer schlechter und stickiger – und das Atmen zunehmend zur Qual. Längst schon war der Sturm hinter ihnen erst zu einem fernen Säuseln verklungen, um dann schließlich ganz zu verstummen. Das bedeutete allerdings nicht, dass er auf der anderen Seite des Berges nicht auf sie lauern konnte, um dann dort an der

Schmiede, von der Zakaan gesprochen hatte, mit vernichtender Wucht über sie herzufallen.

Lexz empfand es als zunehmend bedrückend, immer tiefer in den Berg eindringen zu müssen. Es kam ihm so vor, als drängten sie mit jedem Schritt weiter in einen Bereich vor, in dem Menschen eigentlich nichts zu suchen hatten. Er glaubte das Alter des Gesteins spüren zu können, das sie umschloss, als wollte es sie niemals wieder freigeben. Was waren Menschen denn schon – im Vergleich zu einem Berg, den es seit Anbeginn der Zeiten gab und den es auch noch geben würde, wenn ihre Gebeine schon längst vermodert waren?

Früher hatten die Menschen geglaubt, in jedem Berg wohne ein Gott sowie Heerscharen von Dämonen, die die unterschiedlichste Gestalt annehmen konnten: die von kleinen und großen Tieren, die tief verborgen im Dunkeln lebten und sich von dem Schmerz und Leid der Menschen in ihrer Umgebung nährten, aber auch von fröhlichen, unterstützenden Geistern.

Während er hier entlanglief, konnte er es verstehen, wie es zu diesem Glauben gekommen war. In den alten Zeiten hatten die Menschen in Höhlen gelebt, die sie sich mit großen und kleinen Tieren hatten teilen müssen. Wie hätte man da glauben können, dass dies alles ohne Bedeutung sei? Wie hätten ihre Ahnen etwas anderes glauben sollen, als dass alles miteinander zusammenhinge, auf geheimnisvolle Art, und dass es letztlich immer nur der Berg mit seinen schützenden Höhlen war, der ihnen Schutz vor den Unbilden der Witterung gewährte?

Zur Zeit der Stammväter war die Welt an Schnee und Eis fast zugrunde gegangen, und vor auch schon langer Zeit dann wieder neu erblüht – und die Menschen hatten den Glauben an die Allmacht des Berges verloren, als sie sich in festen Häusern inmitten blühender Felder hatten niederlassen können. Sie hatten sich anderen Göttern zugewandt, die mehr mit dem zu tun hatten, was ihren Alltag jetzt bestimmte. Mittlerweile wurden sie absurderweise von Wärme und Trockenheit bedroht, und jetzt kamen auch noch solche Stürme und Unwetter eines unglaublichen Ausmaßes hinzu. Vielleicht war es ja an der Zeit, sich auf die Kraft des Berges zurückzubesinnen.

Aber ist es nicht so, dass sich immer und immer alles wiederholt –

so wie die Pflanzen in der kalten Jahreszeit verblühen und verwelken, um sich dann mit den Sonnenstrahlen des nächsten Frühjahrs wieder zu voller Pracht zu entfalten?

Es war Zakaans Stimme, die Lexz in seinen Gedanken hörte, und dies war mehr als seltsam – schließlich lief der Schamane nur ein kleines Stück vor ihm den gleichen Gang entlang wie er selbst.

Lexz' Gedanken verwirrten sich zunehmend, je mehr Abzweigungen der Gang machte. Er glaubte zu spüren, wie manches von all den Ereignissen, die im Laufe unzähliger Generationen an diesem Gang vorübergezogen waren, an seinem Gestein haften geblieben war. Ja, er war sich ganz sicher: Das Gestein um ihn herum hatte die Gefühle und Gedanken all der unzähligen Generationen, die hier in seiner Umgebung gelebt hatten, aufgesogen und gespeichert. Wie ungebetene Gäste waren Wünsche, Hoffnungen und Träume hier eingezogen, genauso aber auch Wut, Schmerz und Enttäuschung. All dies bildete ein Gemisch, in das er nun wie in ein Gewässer eintauchte, das ihn ganz vereinnahmen wollte, um ihn mit auf seinen Grund zu ziehen.

Erst, als Ekarna Lexz' Hand ergriff und ihn ohne ein Wort der Erklärung mit sich zog, fiel ihm auf, dass er im Begriff gewesen war, hinter den anderen zurückzubleiben. Es wurde allmählich noch zur schlechten Angewohnheit, dass sie ihn so behandelte, als ob er nicht allein zurechtkäme, fand Lexz. Mit einer eher müden als ärgerlichen Bewegung machte er sich also frei und gab sich Mühe, zu der Gruppe vor ihnen aufzuschließen.

Es gelang ihm aber nicht ganz. Ekarnas schlanker, hochgewachsener Körper verschwamm zu einem undeutlich breiigen Schemen, als die anderen mitsamt der Fackel einem Knick folgten und es damit fast gänzlich dunkel um sie herum wurde. Als sie plötzlich stehenblieb, wäre er um ein Haar in sie hineingerannt; aber vielleicht lag das auch nur an seiner gestörten Wahrnehmung und daran, dass er zu zweifeln begann, ob sie wohl jemals wieder aus diesen Stollen herauskämen.

»Das«, sagte Ekarna unbehaglich, während sie sich zu ihm umdrehte, »gefällt mir nicht.«

»Was denn?«, fragte Lexz. »Diese in Stein erstarrte Ewigkeit um uns herum?«

Ekarna strich ihm sanft über die Wange, eine vertraute und lang vermisste Geste aus einer Zeit, als sie noch mehr füreinander gewesen waren als nur Weggefährten. Er hatte es schon fast vergessen. »Du träumst schon wieder. Das hast du früher auch immer getan. Wenn wir am Fluss saßen …«

Lexz nickte, denn sie hatte ja recht. Aber er unterbrach sie, weil jetzt kaum der richtige Zeitpunkt dafür war. »Was gefällt dir nicht?«

»Irgendetwas kommt hinter uns her«, flüsterte Ekarna. »Und es holt auf.«

»Aber was?«

Ekarna setzte gerade zur Antwort an, als sie beide ein polterndes Geräusch vor sich hörten, und eilige, aber nicht ganz sichere Schritte, die auf sie zuhielten.

Es war der Schamane.

»Kommt schnell!«, rief Zakaan mit seiner brüchigen Altmännerstimme, und dann sah Lexz, wie das Flackerlicht der Fackel wieder auf sie zuhielt. Was sollte das? Hatte der Schamane etwa kehrtgemacht, um sie im Licht der Fackel hier herauszuführen?

»Der Ausgang liegt hinter dem nächsten Knick«, sagte Zakaan ungeduldig. »Ihr müsst euch aber beeilen!«

Damit drehte er sich schon wieder herum und schlurfte auf eine Art davon, die Lexz gar nicht gefiel. Offenbar befand sich der Schamane am Rande seiner Kräfte.

Bevor Lexz einen weiteren Gedanken daran verschwenden konnte, zuckte Ekarna zusammen. Ihre Hand gab seine Wange frei, zog die Streitaxt und spannte sich so fest um ihren Schaft, dass Lexz das Knacken ihrer Gelenke hören konnte. Der Laut vermischte sich jedoch noch mit etwas anderem, nämlich mit einem Geräusch, als husche etwas Winziges über den Felsboden, und das gleich mehrfach und so bedrohlich, dass ihm der Atem stockte. Der flackernde Widerschein der sich nun wieder entfernenden Fackel riss für einen winzigen Augenblick die Dunkelheit auf, als wollte er ihnen die Gelegenheit geben zu sehen, ob da wirklich etwas hinter ihnen folgte, oder ob sie sich nur einer Täuschung hingaben. Bevor aber wieder alles hinter einem düsteren Schleier versank, sah Lexz den nackten grauschwarzen Felsen der Stollenwände und dann die Pfützen auf dem

Boden, in denen sich das Licht der Fackel blutrot widerspiegelte – sonst nichts.

Als er zu seiner Weggefährtin herumfuhr, glaubte er eine Mischung aus Angst und Anspannung auf ihrem Gesicht zu erkennen.

»Hinter uns ist … irgendwas«, flüsterte Ekarna.

Lexz nickte hastig. Auch wenn er bislang nichts gesehen hatte, so hörte er es doch. Es war ein leises, auf sie zuhaltendes Huschen und Drängeln, das in den scheinbar unendlichen Windungen des Ganges hinter ihnen ertönte.

Wie auf ein geheimes Kommando hin drehten sie sich um und begannen dann zu laufen. Doch was auch immer da hinter ihnen her sein mochte, es war schneller als sie und würde sie einholen, noch ehe sie den Ausgang erreichten, der sich bereits durch einen schwachen Lichtschein ankündigte.

»Das ist es!«, schrie Ekarna, während sie stehen blieb, Lexz bei den Schultern packte und mit einer kraftvollen Bewegung dazu brachte sich umzudrehen.

Lexz' Herz machte einen schmerzhaften Sprung, als er etwas auf sich zuhuschen sah, etwas Kleines, Reptilienähnliches, mit einem nackten Schwanz und glitzernden schwarzen Augen. Ein Grottenmolch, eines dieser kleinen Wesen, die sich in tiefen Mulden, Höhlen oder auch Grotten zu Hause fühlten und sich für gewöhnlich überhaupt nur außerhalb ihrer sicheren Behausungen sehen ließen, wenn sie auf der Jagd nach Insekten waren oder sich auf einem Stein im hellen Sonnenlicht niederließen, um jeden einzelnen Sonnenstrahl einzufangen.

Der eine Molch wäre überhaupt nicht ungewöhnlich gewesen. Aber er war nur der erste einer kleinen Gruppe von vielleicht zehn, fünfzehn aufgeregten Reptilien, und dieser Vorhut folgten noch unzählige weitere Grottenmolche. Raschelnd und zischelnd hielten die dunklen Molche auf sie zu, und soweit es das spärliche Licht zuließ, sah er, dass es am Boden von ihnen nur so wimmelte.

Dann waren die ersten dieser Wesen herangekommen. Die kleinen krallenbewehrten Füße machten klackende Geräusche, die in ihrer Summe wie das harte Prasseln von sturmgepeitschten Regentropfen auf nacktem Felsen klangen. Dazu kam ein Zischeln und Rumoren und das klatschende Geräusch, mit dem sie gegeneinander oder gegen die Stollenwand schlugen.

Dämonen, schoss es Lexz durch den Kopf, kleine Dämonen mit spitzen Krallen.

Er packte Ekarna, drückte sie gegen die Wand und schirmte sie soweit es ging mit seinem Körper ab. Irgendetwas musste die dunklen kleinen Reptilien in Panik versetzt haben; vielleicht war es der Sturm, der in ihre Höhlen und Behausungen gefahren war, vielleicht auch etwas ganz anderes, von dem er nicht die geringste Vorstellung hatte. Einzelne Grottenmolche klatschten gegen seine Beine, doch er ließ es geschehen, genauso wie das Wuseln über seine Füße und den stetig zunehmenden Druck, mit dem ihn die übereinanderstürzende Flut der kleinen Reptilien mit den schwarzen Knopfaugen fast schmerzhaft nah an Ekarna herandrückte.

Die Grottenmolche wollten sie jedoch nicht angreifen. In dem Durcheinander waren zwei regungslose Menschen für sie kein anderes Hindernis als ein Felsvorsprung, der ihr Fortkommen erschwerte, den anzugreifen aber vollkommen sinnlos gewesen wäre.

»Was … ist das«, hauchte ihm Ekarna angstvoll ins Ohr. »Wo kommen diese kleinen Mistviecher plötzlich her?«

»Der Sturm …«

Ekarna zitterte plötzlich. Er spürte jede noch so zarte Regung ihres Körpers. Wie hatte er nur so dumm sein können? Er hatte doch gewusst, mit welcher Panik sie auf alles Huschende und Wimmelnde reagierte, seitdem sie von Ratten einmal fast totgebissen worden war.

»Sie sind gleich wieder weg«, presste er hervor.

Dabei war er sich dessen gar nicht so sicher. Die Molche stürzten über- und untereinander, verletzten sich in ihrer Panik gegenseitig, waren so vollkommen außer Rand und Band wie eine durchgehende Bisonherde. In dem engen Stollen fehlte ihnen lediglich der Platz, in alle Richtungen auseinanderzuspritzen, was sie sonst sicherlich getan hätten. So aber erhöhte sich der Druck auf Lexz und Ekarna. Einzelne Exemplare wurden so hochkatapultiert, dass sie sogar in seinen Rücken platschten, die Mehrzahl aber prallte gegen seine Beine und hätte ihn sicher umgeworfen, wenn die Wand nicht gewesen wäre. So aber fühlte er sich kräftig durchgeschüttelt.

Und Ekarna bebte und zitterte mittlerweile so heftig, dass er sie mit beiden Armen umschlang, um sie zu beruhigen. Er konnte sie so gut verstehen. Er selbst wurde in der Dunkelheit auch schon fast wahnsinnig, sie aber hatte allen Grund, auf diese schreckliche Flut mit Abscheu zu reagieren.

Es schien endlos zu dauern. Sie standen eng aneinandergekauert da. Ekarna schnappte krampfhaft nach Luft, und auch Lexz fiel das Atmen inzwischen so schwer, dass er sich verzweifelt fragte, wie lange sie das noch aushalten sollten. Er hatte schon einiges Verrückte in seinem Leben erlebt, aber diese Grottenmolchflut war fast mehr, als er ertragen konnte.

Dann, zuerst kaum merklich, plötzlich aber ganz rasch, ebbte die Flut ab. Ein paar Nachzügler jagten im Zickzackkurs heran, erschöpft oder verletzt oder aus irgendeinem anderen Grund nicht in der Lage, mit der Rotte mitzuhalten. Lexz spürte, wie die Anspannung von ihm wich.

»Du kannst mich jetzt wieder loslassen«, sagte Ekarna schließlich, und obwohl sie noch immer am ganzen Körper zitterte, gehorchte Lexz sofort.

Sein Fuß kam auf einem halbtoten Grottenmolch auf, der ein langes, schreckliches Geräusch von sich gab. Und er rutschte ein Stück auf ihm weiter, bevor es ihm endlich gelang, von dem sterbenden Tier wegzukommen. Übelkeit stieg in galligen Schüben in ihm auf, und er musste sich an der Wand festhalten, um nicht umzukippen.

Soweit er es in dem Halbdunkel erkennen konnte, war der Boden mit toten oder sterbenden Molchen übersät. Er verstand das nicht. Gewiss, in manchen Höhlen lebten Dutzende von Tieren. Das hier aber mussten Hunderte, wenn nicht gar Tausende gewesen sein. Woher kamen sie, und wo wollten sie hin?

Ekarna griff nach seiner Hand. »Komm jetzt«, sagte sie. »Wir müssen weiter.«

Als er nicht gleich darauf reagierte, fügte sie hinzu: »Siehst du nicht das Licht, wo die anderen langgegangen sind? Das ist nicht die Fackel. Da geht es raus!«

Der Abstieg ins Tal erfolgte schneller, als Arri erwartet hatte. Aber eigentlich war das auch kein Wunder. Sie war mit Dragosz ja schon mehrfach von der Höhle ins Tal zurückgeklettert, und mittlerweile kannte sie jeden Strauch und jede Unebenheit gut genug, um mit sicherem Tritt auf die richtigen Stellen zu treten und sich dabei mit den Händen an den dafür geeignetsten Stellen festzuhalten.

Immerhin war sie jetzt bewaffnet.

Ihr erster Gedanke, nachdem sie das kostbare Schwert ihrer Mutter in der Höhle gefunden hatte, hatte Isana gegolten. Ihre erste Empfindung war jedoch Furcht gewesen.

Sie hatte Angst, zu spät zu kommen. Sie hatte Taru ja selbst erlebt. Ohne Dragosz' starke Hand im Rücken benahm sich Taru noch viel unvorhersehbarer, als sie sich das zuvor jemals hatte vorstellen können. Er hatte sich für die dunkle Seite in sich selbst entschieden, und Arri fürchtete nun, dass er auf dem besten Weg war, alle Hemmungen zu verlieren und sich nur noch mit Mord und Totschlag durchzusetzen. Arris Phantasie überschlug sich dabei geradezu, ihr die schrecklichsten Bilder vorzugaukeln: Taru, wie er Isana an den Schultern packte, durchschüttelte, wieder von sich stieß, ihr ein paar kräftige Ohrfeigen verpasste, bis ihr Kopf nur noch so hin und her flog.

»Sag mir endlich, wo Arri ist!«, würde er brüllen. »Sag es mir, bevor ich mich vergesse und dich gleich hier und jetzt totschlage!«

Arri sprang von dem letzten Absatz hinab und kam federnd auf dem Boden auf. Dann warf sie einen schnellen, sichernden Blick in die Runde. Die Monolithen kamen ihr zu diesem Zeitpunkt wie riesige Krieger vor, die gleich ihre Waffen ziehen und sich auf sie stürzen wollten.

Was für ein Gedanke! Sie war als Heilerin zu den Rakern gekommen, und jetzt dachte und empfand sie wie eine Kriegerin. Während sie vorwärtsstürzte, in die Richtung, in der Taru und Isana verschwunden waren, musste sie merkwürdigerweise an Nors Besuch in der Hütte ihrer Mutter im Fischerdorf denken. Sie erinnerte sich an das dumpfe Klock Klock seines Stockes, als er sich nach einer heftigen Auseinandersetzung mit Lea auf und davon gemacht hatte.

Vielleicht erinnerte sich Arri gerade jetzt daran, weil ihre Mutter sie kurz darauf in das Geheimnis des Schwertes eingewiesen hatte, das sie gerade schlagbereit in der Hand hielt.

»Dieses Schwert birgt weitaus mehr Antworten, als du dir vorstellen kannst, Arianrhod«, hatte sie gesagt. »Du wirst aber einen langen Weg gehen müssen, um seine wahre Macht zu begreifen.«

»Ja, Mutter«, flüsterte Arri und sprang leichtfüßig über einen Stein hinweg und eilte weiter. »Ich habe lange gebraucht, um zu begreifen, wie du deine Worte gemeint hast. Vielleicht zu lange. Aber jetzt weiß ich, dass ich kämpfen muss.«

Sie erinnerte sich noch gut daran, dass ihre Mutter es niemandem gestattet hatte, dieses Schwert zu berühren, auch ihr nicht. Arri hatte es dann aber doch ein einziges Mal getan, vor vielen Sommern. Damals war sie noch so klein gewesen, dass sie nicht nur auf den wackligen Stuhl, sondern auch auf seine Lehne hatte hinaufklettern müssen, um das Schwert überhaupt zu erreichen. Lea war hereingekommen, bevor ihre Finger das sonderbar gefärbte Metall hatten berühren können. Wütend und aufgebracht war sie gewesen.

Arri selbst hatte es zwar gar nicht gesehen und hatte auch niemals gewagt, ihre Mutter danach zu fragen. Doch sie wusste von den anderen aus dem Dorf, dass Lea einmal zwei Männer getötet hatte, als diese versuchten, ihr das Schwert zu stehlen.

Und dann hatte ihre Mutter es ihr eines Tages doch gestattet, das Zauberschwert zu berühren.

»Fass es an«, hatte sie nach dem Besuch Nors in ihrer Hütte gesagt und ihre Worte mit einem Nicken bekräftigt. »Aber sei vorsichtig. Es ist sehr scharf.«

Taru spürte eine Erregung in sich, die weit über das hinausging, was er je zuvor auf einer Jagd empfunden hatte. Vielleicht lag es daran, dass er diesmal ein ganz besonderes Wild jagte.

Eine Drude.

»Eine neue Zeit beginnt, Isana«, sagte er zum wiederholten Mal. »Meine Zeit.«

Isana schien noch mehr zu schrumpfen.

»Mein Vater hat uns nach Urutark geführt. Und ich werde hier jetzt eine neue Dynastie begründen. Und auch ich werde es sein, der bestimmt, was mit diesen Riesensteinen hier geschieht.« Er machte eine großzügige Handbewegung, die das ganze Tal umschloss. »Wenn diesen Steinen hier ein alter Zauber innewohnt, dann werde ich ihn zu nutzen wissen. Und jetzt komm mit – sehen wir zu, dass wir endlich eine Spur von Arianrhod finden.«

Ohne auf eine Antwort zu warten ging er auf den Pfad zu, der aus dem Tal hinaus und über einen steinernen Weg in Richtung der Felsen führte, von denen die mit einem Pfeil durchbohrte Krähe abgestürzt war. Es musste schon mit bösen Geistern zugehen, wenn er dort oben nicht eine Spur von Arri fand.

Während er seine Schritte beschleunigte, tat er so, als achte er nur auf ihre Umgebung und nicht auf das, was Isana tat. Doch das genaue Gegenteil war der Fall. Er spürte ihr Zögern und ihren Widerstand. Gerade, als er ungeduldig werden wollte, hörte er, wie sie ihr verschmutztes Gewand ordnete, und dann schickte sie sich an, ihm in einem leichten Stolperschritt zu folgen, ganz so, als sei ihre Aufmerksamkeit durch etwas anderes abgelenkt.

Jetzt hielt sie nach Arianrhod Ausschau, da war er sich ganz sicher. Die Frage war nur: Würde sie die Drude auch zu warnen versuchen, wenn sie sie sah? Oder würde sie ihre Pflicht tun und sie ihrem neuen Herrscher melden?

»Nicht ganz so langsam«, rief Taru, während er einer Mulde auswich, in der das fast schwarz glänzende Regenwasser stand, »ich will mir diese Giftmischerin noch vor Anbruch der Dunkelheit schnappen.«

»Ja, natürlich.« Isana beschleunigte ihren Schritt, doch dadurch kamen sie kaum schneller voran. Der Regen hatte den Boden aufgeweicht, wo auch immer er ihn hatte aufweichen können; im Ufersand war das Wasser schnell wieder versickert. Hier aber verhielt es sich anders. Der Untergrund bestand aus Gestein, das nur spärlich mit Erde bedeckt und von der Witterung an vielen Stellen ausgewaschen war. Mulden hatten sich gebildet, die das Wasser, das sie einmal aufgenommen hatten, nicht mehr so einfach wieder hergaben.

Taru machte einen langen Satz, um über eine Pfütze zu springen, kam schräg mit dem Fuß auf und rutschte ein Stück zurück, bis ihm nichts anderes übrig blieb, als mit dem Fuß ins Wasser einzutauchen, wollte er nicht den Halt verlieren. Er sank bis weit über den Knöchel ein, bekam gerade so noch ein dürres Bäumchen zu fassen – und rutschte dann doch weiter, als das Bäumchen nachgab und sich ihm entgegenneigte: wie ein altes Weib, das den Halt verlor und in den Matsch zu fallen drohte.

Er drehte sich einmal um die eigene Achse, spannte sich an ... und als sein Blick dabei über die Felswand glitt, sah er dort etwas metallisch aufblitzen ...

Dann stürzte er in den Matsch.

Lexz reichte es, es reichte ihm jetzt endgültig und für alle Zeiten. Er wollte einfach seine Ruhe haben und die Gelegenheit, zu sich zu finden – mit oder ohne Atemübungen, mit oder ohne die schlauen Sprüche des Schamanen. Kenans Schmiede wäre dafür der richtige Ort. Sie war groß, ordentlich aufgeräumt und mit all den Werkzeugen und kleinen Teilchen aus Metall doch genau auf die Art unübersichtlich, die das Ganze gemütlich machte.

Kenans alte Schmiede. Das war jene Schmiede gewesen, die am Rande ihres Heimatdorfes gestanden hatte, im Schatten dreier mächtiger Bäume, die sie mit ihrem dichten Blätterdach zuverlässig vor Wind und Wetter geschützt hatten, was wegen der zwei außen liegenden Öfen nicht ganz unwichtig gewesen war. Ohne auch nur einmal darüber nachzudenken war Lexz davon ausgegangen, dass die neue Schmiede nicht sehr viel anders aussehen werde.

Da hatte er sich aber kräftig getäuscht. Groß war die neue Schmiede schon, aber ganz anders gebaut als alle anderen Häuser, die Lexz kannte. Die alte Schmiede hatte aus einem einzigen riesigen Raum bestanden, ganz so, wie das für Langhäuser üblich war. Dies hier aber war eher ein unmittelbar an den Felsen gebautes Breithaus, und es besaß zwar einem großen Raum – den, in den er gerade getreten war –, darüber hinaus aber auch ein verzweigtes System von Ein- und Ausgängen, die in den Berg hineinführten. Einige von ihnen öffneten sich in behauene und teilweise wohnlich eingerichtete Höhlen, andere endeten schon nach ein paar Schritten, ohne dass sich ihr Sinn erkennen ließ.

Während die anderen von dem Wasser genommen hatten, das sie

hier in zwei randvoll gefüllten Tonkrügen vorgefunden hatten und Torgon schon wieder etwas schmatzend in sich hineinschlang, über dessen Zusammensetzung Lexz besser nicht nachdachte, hatte er sich in der Hütte des Schmieds etwas genauer umgesehen. Nicht, dass es ihm weitergeholfen hätte.

Die Inneneinrichtung der Hütte entsprach ganz dem Geschmack Kenans. Es gab eine Unzahl von Ablagen und Borden, die der Schmied offensichtlich häufig zu benutzen pflegte. Fertig geschmiedete Waffen mit und ohne Griffe, Rasiermesser, Werkzeuge, Armreifen, Verschlussnadeln, Halsketten und alles andere, was sich komplett oder teilweise aus Bronze oder Kupfer fertigen ließ oder zu seiner Herstellung diente. Einige schöne Schmuckstücke lagen sauber sortiert neben aufgereihten Krügen, die im Licht so golden glänzten, als hätte Kenan sie wirklich und wahrhaftig in ein Goldbad getaucht.

Lexz hatte solche prachtvollen Krüge noch nie zuvor gesehen, und es hätten ihm dazu auch durchaus ein paar Fragen auf der Zunge gelegen, wenn es nicht doch wesentlich Wichtigeres gegeben hätte.

Das Allerwichtigste war die Gestalt, die in gekrümmter Haltung auf einem Korbstuhl in einer Ecke des Raumes eher hing als saß, sodass sie von dem ohnehin nicht allzu üppigen Licht kaum beleuchtet wurde. Das, was Lexz hier zu sehen bekam, reichte ihm allerdings schon.

Es war ein uralter Mann, zumindest so viel ließ sich mit einiger Sicherheit sagen. Sein Gesicht war vollkommen haarlos und dabei so hässlich, dass Lexz erneut eine Welle der Übelkeit spürte, die gegen seine Kehle drückte.

Neben ihm stand Zakaan, der Schamane. Obwohl er so wacklig und erschöpft aussah, als wäre er gerade aus der Erde ausgebuddelt und auf eine geheimnisvolle Weise wieder zum Leben erweckt worden, wirkte er im Vergleich zu dem verkrümmten Etwas in dem Korbstahl geradezu wie das blühende Leben.

Damit aber nicht genug: Es hockten ein Stück vom ihm entfernt Abdurezak, Torgon und Ekarna auf dem Boden, und gleich neben ihnen Rar, der größte Dummkopf von allen, wie sich Lexz nur zu gut erinnerte. Partuk und Byrta waren nicht zu sehen, und auch von dem

Schmied selbst fehlte jede Spur, wie sich Lexz gleich nach seinem Eintritt in den Raum mit einem schnellen Blick überzeugt hatte.

Dass Rar statt Kenan hier war, fand er bedauerlich. Der einfältige Muskelprotz hatte schon in ihrem Heimatdorf Kenans Schmiedejunge werden wollen, und so, wie es aussah, hatte er es inzwischen also auch geschafft. Lexz wunderte sich, dass seine Hände keine Brandblasen aufwiesen und auch nicht von Schmiedehämmern platt geklopft waren. Dafür sahen sie so aus, als hätte er mit ihnen die eine oder andere Leiche ausgewühlt, so dreckig und voller kleiner modriger Erdteile waren sie.

Rar konnte Lexz ungefähr so gut leiden wie ein Sperber einen Habicht, also gar nicht – was durchaus auf Gegenseitigkeit beruhte. Jetzt hatte er ein dümmlich triumphierendes Grinsen aufgesetzt, das ihm Lexz am liebsten mit ein paar kräftigen Faustschlägen aus dem Gesicht getrieben hätte.

»Nor?«, fragte Zakaan ungewöhnlich sanft. »Hohepriester?« Er beugte sich zu dem Wesen in dem Korbstuhl hinab. »Lexz ist vielleicht unser Mann. Wie ich gerade gehört habe, ist er der Heilerin des Dorfes schon einmal in den Wäldern begegnet. Vielleicht kann er uns helfen, sie zu finden. Und dann wird sie uns gewiss bei der Erstellung des Heilungstrunks behilflich sein!«

Lexz fuhr zu Nor und dem Schamanen herum. »Isana«, keuchte er. »Als ich sie das letzte Mal gesehen habe, ist sie gerade von wilden Kerlen in stinkenden Pelzen verschleppt worden!«

Ekarna zuckte zusammen, als er die Heilerin erwähnte – wahrscheinlich, weil er ihr mit seinem Gerede über Isana ein wenig zu häufig auf die Nerven gegangen war. Aber auf Nor, den hässlichen und wie tot wirkenden Hohepriester, hatte das eine ganz andere Wirkung.

Auf eine eigene Art schien jetzt Leben in ihn einzufließen. Es zuckte und bebte in seinem schlangenähnlichen Körper, und dann richtete er sich in eine halbwegs sitzende Position auf.

»Amar!«, keuchte er. »Das war Amar!«

»Amar?« Lexz verstand ihn nicht. »Wer war Amar und was sollte der mit Isana zu tun haben?

Nor schüttelte auf eine zitternde, abstoßend wirkende Art den Kopf. »Menschen sind undankbar«, brabbelte er. »Manche mehr und manche weniger, aber tief in sich sind sie es alle. Sie lassen sich gern helfen, aber dann vergessen sie einen sehr schnell. Am schlimmsten sind aber die, die einen hintergehen und einem den Tod wünschen, auch wenn man vorher alles für sie getan hatte.«

»Ja«, sagte Lexz ungeduldig. »Aber was hat das mit Isana zu tun?«

Nor verzog sein hässliches Wurmgesicht zu einer Grimasse, die alles ausdrücken konnte: Abscheu, Häme, Wut. »Es hat mit den Menschen zu tun, die mir den Tod wünschen!«, zischte er.

Lexz schüttelte den Kopf. »Aber doch nicht Isana! Sie wünscht dir ganz gewiss nicht den Tod!«

»Ich meine doch nicht deine kleine Heilerin, du Holzkopf. Da gibt es ganz andere. Mehrere!« Nor spuckte das Wort geradezu aus. Nach einer kleinen Pause, in der er rasselnd Atem geholt hatte, fuhr er fort: »Amar ist der Schlimmste von allen. Er tut mir gegenüber so, als vertrete er mich in meinem Amt als Hohepriester nur. Dabei hat er dieses Amt schon fast gänzlich an sich gerissen.« Nor gab einen schnaufenden Laut von sich und sog dann erneut mit einem schrecklichen Geräusch die Luft ein. »Der falsche Hund glaubt doch tatsächlich, ich wüsste nicht, was er vorhat. Dabei treibt er schon seit zwei Sonnenwenden sein falsches Spiel mit mir!«

»Aber trotzdem ...«, begann Lexz.

»Willst du wissen, woher ich weiß, dass Amar deine Kleine verschleppt hat?« Nors Stimme war zwar kaum zu verstehen, zitterte aber vor Zorn. »Das kann ich dir sagen: weil er sich ganz seltsame Verbündete gesucht hat. Menschen, die gar nicht weit entfernt von hier in Höhlen leben, so wie unsere Vorfahren. Die noch von der Jagd leben, und nicht vom Ackerbau.«

Lexz brauchte einen Augenblick, um das zu verdauen. »Das heißt also, dass diese primitiven, Keulen schwingenden Kerle zu Amar gehören? Aber wozu soll das gut sein? Warum überfallen sie uns dann und warum entführen sie Isana?«

Nor wischte die Fragen mit einer raschen Bewegung seiner Krallenhand beiseite. »Bring mir Amar, und ich werde ihn in deinem Beisein all dies fragen – und noch vieles mehr.«

Die Antwort stellte Lexz nicht im Geringsten zufrieden. »Ich muss Isana sofort suchen!«

Nor nickte auf eine eckige, unaussprechlich hässliche Art. »Das kannst du und sollst du sogar tun. Bring sie mir – sie als Erste. Damit sie mir helfen kann!«

Bevor Lexz etwas dazu sagen konnte, richtete sich Abdurezak auf der anderen Seite des Raumes mit einer hastig und fast bedrohlich wirkenden Bewegung auf.

»Ich habe von Kenan gehört, dass sie gleich nach dem Unwetter verschwunden ist«, sagte der Älteste besorgt. »Er ist mit ein paar Leuten und den Hunden unterwegs und sucht sie gerade. Aber vielleicht hast du ja eine Idee, wo sie sein könnte, Lexz – immerhin scheinst du sie näher zu kennen!«

Lexz fühlte, wie ihn ein schaurig-heißer Schreck durchfuhr. Ganz abgesehen davon, dass es nicht lange gedauert hatte, bis Abdurezak von der Geschichte mit Isana gehört hatte – wahrscheinlich von Ekarna, die neben ihm saß und jetzt, als er sie ansah, ausdrücklich in eine andere Richtung blickte–, war es doch wunderbar zu hören, dass Isana ihren Entführern offensichtlich unbeschadet entkommen war.

»Und wie ist sie Amars Männern entkommen?«, fragte er Abdurezak ungeduldig.

»Als ich sie das letzte Mal gesehen habe, ging es ihr ganz gut«, antwortete Abdurezak unglücklich. »Seit dem Sturm wird sie aber eben vermisst.«

»Aber wieso denn …?«

»Wüsste ich das Wieso, wüsste ich wahrscheinlich auch, wo sie ist«, brummte Abdurezak. Ihm schien das Thema unangenehm zu sein. »Aber was ich schon mehr als seltsam finde, ist, dass ich so gar nichts von einer Entführung durch irgendwelche Höhlenmenschen weiß. Sie hat uns nicht das Geringste davon erzählt!«

Lexz starrte ihn fassungslos an. Er wusste nicht einmal, was er in diesem Augenblick dachte. Wahrscheinlich gar nichts. »Dann wird sie mir eine Menge zu erklären haben, wenn ich sie wiedersehe«, sagte er schließlich wütend.

»Ja, und nicht nur dir«, brabbelte Nor. »Mir ebenso. Aber erst einmal muss sie mir helfen. Das Runzelkraut, das dieser Schmiedejunge an der alten Grabstelle gefunden hat, reicht alleine nicht, um mich zu heilen.«

»An welcher Grabstelle und welches Kraut?«, fragte Lexz verwirrt.

Der brodelnde Zorn, der dem alten Mann für einen Augenblick etwas von der Wildheit und Kraft zurückgegeben hatte, die vor unendlich vielen Sommern vielleicht einmal tatsächlich in ihm gewesen waren, schien inzwischen erloschen und etwas anderem Platz gemacht zu haben.

»Das Grab des Stammesfürsten aus den alten eisigen Tagen«, murmelte er fast unverständlich. »Das Grab des Mannes, der vor unzähligen Generationen die furchtbare Krankheit aufhalten musste … die Toten in den Leichengruben zu entsorgen, war keine Lösung … aber er fand ein Kraut, das ihnen half, die Krankheit auszumerzen … das hat man ihm ins Grab beigelegt …« Lexz glaubte schon, dies sei alles, was der uralte Mann von sich gab. Doch dann richtete er sich in seinem Sessel noch einmal ein Stück weit auf und sagte erstaunlich kraftvoll: »Später, viel später siedelten hier andere. Sie fanden das Krähengrab inmitten des unvollendeten Steinkreises, den ihre Vorfahren nicht mehr fertigstellen konnten. Und irgendwann haben sie dann das alte und das neue Geheimwissen in einer Scheibe verewigt und sie an der gleichen Stelle aufbewahrt. In dem Steingrab des mächtigsten Stammesfürsten unserer Vorfahren …«

Ein sabbernder Faden lief aus dem Mundwinkel des alten Mannes, dann sackte er regelrecht in sich zusammen. Sein nacktes Gesicht erschlaffte, ebenso wie seine Schultern, und seiner Brust entrang sich ein merkwürdig wimmernder Laut. Dabei rutschte etwas aus seinen verunstalteten, knorrigen Händen, das unter den Falten seines Gewands bislang verborgen gewesen war: eine Bronzescheibe, auf der es ganz ähnlich golden glänzte wie auf den Krügen, die Lexz zuvor bemerkt hatte.

Mit einer erstaunlich schnellen Bewegung fischte Zakaan die Scheibe aus der Luft, bevor sie auf dem Boden aufschlagen konnte, und riss sie so hastig an sich, dass er ins Torkeln geriet und nach hinten stolperte. Wenn kein massives Bord hinter ihm gestanden hätte, wäre er wohl zu Boden gegangen. So übernahmen das die Gegenstände für ihn, die durch Zakaans Aufprall herunterfielen. Die meisten bestanden aus massiver Bronze, aber es waren auch zwei goldene

Krüge mit dabei, die zu Boden fielen und in tausend Stücke zerbarsten.

»Bei Wurgar!«, polterte Rar. »Kannst du nicht aufpassen? Wenn das Kenan und Furlar, der Töpfer, sehen, machen sie mich einen Kopf kürzer! Und dann …«

Zakaan runzelte die Stirn und musterte Rar mit einem nicht einmal unfreundlichen, aber doch so durchdringenden Blick, dass der Schmiedejunge den Rest des Satzes vergaß, den er gerade hatte hervorsprudeln wollen, und stattdessen den Mund so weit aufsperrte, dass er als Nistplatz für einen Spatz hätte dienen können.

»Du hast da eine wahre Meisterleistung vollbracht, in dem du das Runzelkraut unter den Schlingenpflanzen gefunden und ausgegraben hast, die das Grab zugewuchert hatten«, sagte Zakaan bedächtig. »Deswegen werde ich dir deine unklugen Worte verzeihen. Aber beim nächsten Mal sei etwas vorsichtiger in deiner Wortwahl, wenn du mit einem Schamanen sprichst, ja?«

Mit den Füßen schob er ein paar Scherben zusammen und wäre um ein Haar wieder ins Taumeln geraten.

Lexz hatte dafür keinen Blick. Er trat einen paar Schritte vor, auf den Schamanen zu, und streckte die Hand aus. »Das ist …«, begann er und brach dann wieder ab, um verwirrt den Kopf zu schütteln. »Ist das nicht …?«

»Das ist … ist das nicht …?« Der Schamane schüttelte ungeduldig den Kopf. »Bist du irgendwo mit dem Kopf gegen etwas gerannt oder hast du deinen Verstand im Stollen gelassen? Drück dich gefälligst klar aus, wenn du etwas von mir willst!«

Lexz ahnte, dass der Schamane sehr genau wusste, was er von ihm wollte. Das ging seinem Bruder wohl nicht anders.

»Es stimmt«, sagte Abdurezak anstelle des Schamanen. »Dies ist die Himmelsscheibe.«

»Die Himmelsscheibe«, wiederholte Lexz ungläubig.

Für die Dauer vieler schwerer Herzschläge stand er einfach da und starrte das phantastische Gebilde an, das der Schamane in den Händen hielt. Er schien erfüllt von einem Gefühl zwischen Ehrfurcht und Staunen, aber es mochte auch ein wenig Furcht dabei gewesen sein. Das war fast unheimlich: Er wusste, dass diese Scheibe aus Bronze und Gold über ihrer aller Schicksal bestimmte, und er hatte geglaubt, dass es noch sehr lange dauern würde und sehr schwierig wäre, sie zu finden.

Und jetzt hielt der Schamane sie dort so selbstverständlich in den Händen, als sei sie nur ein beliebiger Gegenstand. Das verunsicherte ihn. »Kann das wirklich die Himmelsscheibe sein, die wir alle so verzweifelt gesucht haben?«, wollte er wissen.

»Ja, sie ist es wirklich«, bestätigte Abdurezak mit hörbarem Stolz in der Stimme. »Das ist die Scheibe, auf der die Lage Urutarks vermerkt ist. Und da du es gewiss gleich wissen willst: Nach der Sternkonstellation, die man bei ihrer Fertigung zugrunde gelegt hat, ist dies hier wirklich Urutark, das Land unserer Vorfahren!«

Sternkonstellation – das war ein Ausdruck, der Lexz nicht unbedingt etwas sagte. Doch etwas ganz anderes ließ ihn zornig werden. »Wie konnte denn die Himmelsscheibe ausgerechnet in die Schmiede kommen?«, fragte er böse.

»Ach, das war keine große Sache«, antwortete Abdurezak leichthin. »Ich habe sie Kenan vor einiger Zeit zum Ausbessern überlassen. Aber da ahnte ich noch nicht, wie sich alles einmal zusammenfügen würde.«

»Einen Augenblick«, sagte Torgon, während er sich an Abdurezak wandte, der neben ihm saß. »Du hast die Himmelsscheibe tatsächlich dem Schmied zum Ausbessern gegeben?« Als Abdurezak nickte, legte er ihm die Hand auf die Schulter, sah ihm tief in die Augen und fragte ganz eindringlich: »Aber wie bist du selbst an die Himmelsscheibe gekommen, bei allen Göttern?«

In Abdurezaks Gesicht arbeitete es, Lexz und Torgon wechselten einen schnellen Blick. Irgendetwas stimmte hier nicht.

»Du hast diese geheimnisvolle Bronzescheibe doch nicht etwa die ganze Zeit schon in deinem Besitz gehabt?« Torgons Gesicht verfärbte sich allmählich rot, was ganz und gar kein gutes Zeichen war. Gewiss würde er gleich die Beherrschung verlieren und etwas sehr Dummes tun.

Und wenn er es nicht tat, dann würde Lexz es tun. Und jetzt wurde er wirklich ärgerlich.

»Die Himmelsscheibe befand sich natürlich immer in Urutark«, sagte Abdurezak mit wachsendem Unbehagen in der Stimme. »Ich dachte, das sei jedem klar!«

Torgon starrte ihn an, als zweifle er an seinem Verstand, und jetzt war es Ekarna, die sich vorbeugte und ihre Hand auf die andere Schulter des Ältesten legte. »Das war uns klar, Abdurezak«, sagte sie ganz eindringlich. »Aber uns ist weder klar gewesen, wo Urutark liegt – noch wo wir die Himmelsscheibe dort finden können!«

»Schluss jetzt mit dem Gerede«, krächzte die Stimme aus dem Korbstuhl hervor.

Lexz zuckte zusammen, und sowohl Torgon als auch Ekarna ließen Abdurezak los und wandten sich zu dem Hohepriester um, der ihr Gespräch wohl aufmerksamer verfolgt hatte, als ihnen das bewusst gewesen war.

»Ich werde jetzt nicht sterben. Nicht in diesem Augenblick«, presste Nor hervor. Seine Stimme klang so rau wie kräftig aneinander reibende Mahlsteine. »Ich brauche das Kraut und die Zutaten aus der Hütte der Heilerin, damit sie mir das Heilmittel damit erstellen kann. Und dann werde ich mit eurer Hilfe meine Feinde zerschmettern – und euch dafür ein Leben in Frieden und Wohlstand ermöglichen!«

»Ja, aber …«

Der Blick aus den eigentümlichen Augen Nors suchte ihn, und das wimpernlose Gesicht mit der Landschaft aus Falten, Runzeln und zahllosen, tief eingegrabenen Narben zuckte in seine Richtung herum.

»Du bist Ragoks Sohn«, stellte er fest. »Hat dir dein Vater nicht beigebracht, wann es dir gestattet ist zu sprechen, und wann nicht?«

Und ob ihm sein Vater das beigebracht hatte. Ragok war ein harter Mann mit harten Regeln, die er unnachgiebig durchzusetzen versuchte. Aber Lexz hatte in letzter Zeit zu viel Schreckliches erlebt, um sich so einfach abkanzeln zu lassen.

»Mein Vater hat mir vor allem beigebracht, dass wir die Stammväter anzuerkennen haben«, sagte Lexz ungehalten. »Und ich habe genug erfahren, um zu wissen, dass dies da …«, er deutete auf die glitzernde Scheibe in Zakaans Händen, »dass die Scheibe das Vermächtnis unserer Stammväter ist.«

Nor gab ein zischelndes Geräusch von sich, und Lexz begriff mit einiger Verspätung, dass dies ein verächtliches Lachen hatte sein sollen. »Die Scheibe ist aus Bronze gefertigt, mein Junge. Bronze, mit Gold belegt. Unsere Stammväter kannten kein Metall. Alles, was sie besaßen, bestand aus Holz oder Stein.«

Rar kicherte auf eine lächerliche und vollkommen dümmliche Art. Lexz starrte ihn mit all der Wut an, die in diesem Augenblick gerade in ihm aufzusteigen begann.

»Was Männer tun und was sie nicht tun, das ist entscheidend«, fuhr Nor fort. »Nicht irgendwelche Scheiben …«, ein harter Husten schüttelte ihn in diesem Augenblick, und er riss die Hand nach oben und hielt sie sich vor den Mund, »… auch«, keuchte er weiter, »… auch wenn ihr Wissen dabei helfen wird, die Felder zur rechten Zeit zu bestellen und die Ernte einzuholen, bevor sie von Unwettern oder vom Frost zerstört werden kann.«

Zakaan, der die glitzernde und blitzende Bronzescheibe noch immer umklammert hielt, hatte während des ganzen Gesprächs weiterhin hartnäckig versucht, die goldenen Tonscherben mit den Füßen zusammenzukehren. Jetzt hielt er darin inne und drehte sich zu den anderen um.

»Der Schlüssel zu allem sind die Krähen«, brach es aus ihm hervor. »Sie sind das Symbol sowohl für die Zerrissenheit unseres Volkes als auch für das, was wirklich wichtig ist.« Als ihn die anderen aber nur verblüfft anstarrten, nickte er bekräftigend. »Ja, die Krähen. Sie haben immer all unsere Wege verfolgt. Aber sie haben uns auch den Weg gewiesen.«

Lexz war nahe daran, dies als Altmännergeschwafel abzutun, doch da nahm schon Abdurezak den Faden auf. »Mein Bruder und ich hatten an der Hütte auf der anderen Seite des Berges etwas Zeit, uns auszutauschen. Und dabei haben wir auch begriffen, was es mit den Krähen auf sich hat.« Er lächelte entschuldigend. »Das könnt ihr jetzt natürlich nicht wissen. Aber in dem Tal unter uns gibt es einen bislang unvollendeten Steinkreis. Und ziemlich genau in seiner Mitte hockt eine riesige steinerne Krähe.«

»Ich habe das alles schon in einer Vision gesehen«, ergänzte Zakaan aufgeregt. »Am Fuße dieser steinernen Krähe haben unsere

Stammväter eine Grabkammer eingerichtet und dort inmitten von Eis und Schnee Uaert beigesetzt, den mächtigsten Stammesfürsten seiner Zeit.«

Eine Vision? Lexz starrte den Schamanen ungläubig an. Eine Vision, in der Zakaan nicht nur gesehen haben wollte, wie man jemanden beisetzte – sondern dabei auch noch seinen Namen und seinen Rang erfahren hatte?

»Damals wie heute hat hier eine schreckliche Krankheit gewütet, die die Menschen erst entstellt und sie dann Stück für Stück umbringt«, nahm nun wieder Abdurezak den Faden auf. »Damals wie heute haben sich die Menschen zunächst nicht anders zu helfen gewusst, als die Toten in Leichengruben zu werfen – in einen Phleddererschrein, wie man es seit alters her nennt.«

Ja, Lexz erinnerte sich noch sehr gut daran, wie er vor diesem Phleddererschrein gestanden hatte, und als er in die bleichen Gesichter seiner beiden Weggefährten blickte, sah er, dass in ihnen gerade die gleiche fürchterliche Erinnerung an Dinge hochstieg, für die es besser keine Worte gegeben hätte.

»Eine Auswurfgrube«, murmelte er. »Ein Leichensumpf. Oder ein Kadavertümpel. Oder auch eine Todesgrube.«

»Was?«, fragte Abdurezak irritiert.

Lexz winkte ab. »Wir sind auf diese Grube gestoßen. Grauenvoll.«

»Ja, das ist sie wohl«, bestätigte Abdurezak. »Aber immerhin fand Uaert ein Heilmittel, das dem unnötigen und qualvollen Sterben ein Ende bereitete. Und dieses Heilmittel hat man seinem Grab beigelegt, wo der Samen nach der Zeit der großen Kälte auch wieder aufging und zu blühen und sich zu vermehren begann.«

»Runzelkraut«, vermutete Lexz.

Die beiden alten Männer nickten auf genau die gleiche Weise. Sie konnten wahrhaftig nicht verbergen, dass sie Brüder waren.

»Runzelkraut wächst ausschließlich im Schatten von Schlingpflanzen«, erklärte der Schamane. »Und solche Orte sind selten. Wir können von Glück sagen, dass Rar an der Grabstelle unter der steinernen Krähe etwas von dem Kraut gefunden hat.«

»Ach, wenn es nur darum geht«, sagte Ekarna plötzlich, und Torgon ergänzte: »Wir kennen da eine schöne Stelle voller Schlingpflanzen. Wir können sie Rar gern beschreiben. Dort kann er sich dann nach Herzenslust austoben.«

Der Schmiedejunge starrte die beiden misstrauisch an, und Lexz konnte sehen, dass er angestrengt nachdachte. Aber wie zu erwarten gewesen war, kam der Muskelprotz zu keinem Ergebnis und sagte deshalb lieber gar nichts. Er würde schon noch seine Überraschung erleben, sollte ihn Abdurezak wirklich zu dem Schlingpflanzenwald schicken.

»Vor einiger Zeit hat ein Teil unserer Vorfahren wieder am See gesiedelt«, sagte Zakaan. »Und bevor sie von der Krankheit vertrieben wurden, haben sie ihr neues geheimes Wissen über den Zyklus der Sterne und des Lebens der Himmelsscheibe anvertraut. Irgendeiner von ihnen muss sie dann am Krähengrab in Sicherheit gebracht haben – bevor er gestorben ist, ohne zu begreifen, dass das Heilmittel für die fürchterliche Krankheit die ganze Zeit über neben der Himmelsscheibe gesprossen ist.«

»Dragosz und ich haben uns das Grab vor ein paar Tagen einmal näher angesehen«, nahm Abdurezak den Faden wieder auf. »Und zu unserer großen Überraschung sind wir dort auch auf die Himmelsscheibe gestoßen. Wir haben sie dann Kenan anvertraut. Er sollte sie aufarbeiten, und danach wollte sie Dragosz seiner Frau Arianrhod überreichen. Aber das ist ja dann leider nicht mehr möglich gewesen.«

Lexz starrte ihn an. Er war nicht nur verwirrt, er war vollkommen durcheinander.

Nor, der inzwischen in sich zusammengesackt war, als wenn er tot wäre, hatte das Gespräch vielleicht verfolgt, vielleicht hatte er es in seinem Dämmerschlaf aber auch nicht mitbekommen. Jetzt allerdings kam wieder Leben in ihn. Er legte den Kopf so auf die Seite, dass von vorne etwas Licht auf ihn fiel. Er sah aus, als sei er bereits vor langer Zeit gestorben: bleich und hohlwangig und vollkommen haarlos. Seine Gesichtszüge wirkten dennoch auf ganz eigentümliche Art entspannt, wie bei Zakaan, wenn er sich vollkommen in seiner Mitte fühlte. Das Auffälligste aber waren seine Augen: Sie blieben hart, kalt wie Glas und fast ohne Leben.

»Nun ist aber endgültig Schluss mit dem Gerede«, befahl er barsch. »Geht jetzt und holt mir die Heilerin. Und beeilt euch! Ich möchte nicht tot sein, bevor ihr wiederkommt!«

24 Die Wolken ballten sich wie eine große Faust über ihr zusammen, aber Arri fühlte sich von ihnen weniger bedroht als vielmehr beschützt. Ihr ganzen Denken und Fühlen war auf das ausgerichtet, was vor ihr lag. Und das gleich in doppelter Hinsicht. Zum einen verschmolz ihr Instinkt mit ihrer Umgebung, mit jeder kleinen Unebenheit, mit jeder Pfütze, jedem Stein, jedem Grashalm und jedem noch so kleinem Busch. Zum anderen sah sie Isanas Gesicht vor sich: fröhlich, lachend, ihr zugewandt. Aber auch zerschlagen, gedemütigt und voller Schmerz.

Ich befreie dich, Isana, schwor sie sich. Halte aus!

Und doch – Arri hasste Taru nicht, sie verabscheute ihn nicht einmal. Eher brannte der heiße Wunsch in ihr, diesen brutalen Kerl endlich in die Schranken zu verweisen. Ihr war klar, dass die nächste Begegnung mit ihm nicht ohne Kampf abgehen würde. Taru würde zwar in jedem Fall ihr Schwert zu schmecken bekommen, aber es wäre besser für ihn, wenn er sich rechtzeitig ergab, bevor sie ihn gleich an Ort und Stelle erschlug.

Was sie ja immer noch tun konnte. Vielleicht wäre dies sogar besser. Auch wenn er Dragosz' Sohn und allein deshalb für sie unantastbar gewesen war. Bislang. Aber damit war es jetzt vorbei: Bei aller äußerlichen Ähnlichkeit war Taru alles andere als das Abbild seines Vaters. Die dunkle Seite in ihm hatte inzwischen viel zu viel Macht über ihn gewonnen. Wenn er sich nicht ganz von der Boshaftigkeit und der Brutalität abwandte, die ihn innerlich zu zerfressen drohten, war es doch besser, er wäre tot und die Geier fraßen ihm das Fleisch von den Knochen.

Arri erschrak ein wenig über diesen Gedanken, aber auch wirklich nur ein wenig. Inzwischen war so viel geschehen, dass sie sich auch vorstellen konnte, einen Mann zu töten, der in seinen besten Augenblicken wie eine jüngere Ausgabe von Dragosz aussah.

Sie griff das Schwert fester und beschleunigte ihre Schritte. Vielleicht war es das, was ihre Mutter gemeint haben mochte, als sie gesagt hatte, sie werde das Geheimnis des Schwertes eines Tages noch am eigenen Leib spüren. Es war nicht nur die geheime neue Legierung, aus der es geschmiedet worden war, und die härter als Kupfer und Bronze sein sollte, viel härter. Das Schwert war in einer Schmiede angefertigt worden, die inmitten der inzwischen in Sturmfluten untergegangen Tempelanlage ihrer Ahnen gelegen hatte.

Dies vor allem war es, was dem Schwert innewohnte: diese ihm ganz eigene, unbändige Kraft, die eine Waffe erfüllen konnte – und die nun ebenso von ihr ausstrahlte wie die Wärme von einem Stein, den die Hochsommersonne gewärmt hatte.

Ein Teil dieser Kraft ging sogar auf sie über, fing an, sie zu durchdringen. Und mit ihr kam eine Klarheit und Entschlossenheit über sie, wie sie sie schon lange vermisst hatte.

Dazu durfte sie aber keinen Augenblick in ihrer Wachsamkeit nachlassen. Und das fiel in diesem Tal, in dem sie den Atem der Götter wie einen Hauch spürte, der alles erfüllte, gar nicht so leicht. Die Monolithen, die bislang ein Symbol der Unvergänglichkeit und des Versuchs für sie gewesen waren, den Göttern ein kleines Stück näherzukommen und sich ihres Beistands zu versichern, wurden jetzt gleichzeitig zu Verbündeten und Feinden für sie: zu Verbündeten, weil sich Arri in ihrem Schutz ziemlich frei bewegen konnte, zu Feinden aber, weil sie umgekehrt auch denjenigen Sichtschutz versprachen, die sie vielleicht bemerkt hatten und sich gerade an sie anschleichen wollten.

Arri verscheuchte den Gedanken und konzentrierte sich auf die Spuren von Taru und Isana. Es war ihr ein Leichtes, den deutlich sichtbaren Abdrücken in dem feuchten Untergrund zu folgen. So wie es aussah, steuerten die beiden die andere Seite des weitläufigen Tales an. Arri erinnerte sich nur zu gut an den weitläufigen Talausläufer, der sich dort anschloss, und an die in dieser Gegend wachsenden seltenen Kräuter, die ihre Neugierde geweckt und sie immer wieder angelockt hatten. Dieses unübersichtliche Feuchtgebiet war kein Sumpf oder Moor, sondern ein von kleineren und größeren Bächen durchzogenes Stück voller Baumgruppen, Buschwerk und Morast. Und darüber lag die Schmiede.

War etwa das ihr Ziel? Die Schmiede? Arri konnte sich das eigentlich nicht vorstellen. Denn es hätte doch bedeutet, dass Taru das Risiko einging, plötzlich Kenan gegenüberzustehen. Sie konnte sich nur zu lebhaft vorstellen, was der Schmied mit Dragosz' Sohn tun würde, wenn er sah, was dieser seiner Tochter angetan hatte.

Vielleicht war es dann doch so, dass sie zu sehr mit ihren Gedanken beschäftigt war und ihrer Umgebung zu wenig Aufmerksamkeit widmete. Jedenfalls erahnte sie plötzlich eine Bewegung in ihrem Rücken. Sie fuhr herum, darauf gefasst, augenblicklich von einem Pfeil getroffen zu werden oder mehreren Gegnern gegenüberzustehen.

Doch sie hatte sich getäuscht. Es war ein einzelner Mann, der aus dem Schatten eines Monolithen heraustrat und mit grimmigem Gesicht auf sie zuhielt. Die untergehende Sonne tauchte ihn in ein so rotes Licht, dass es aussah, als sei er in Blut getaucht. In direkter Linie hinter ihm lag die steinerne Krähe, und auch sie schimmerte rot. Der Blick ihrer schwarzen Augen schien Arri voll kalter Verachtung zu mustern, als wollte ihr dieser Blick klar machen, dass sie versagen würde, wenn sie nicht endlich anfing vorsichtiger zu werden.

So, wie es aussah, bestand zumindest jetzt jedoch kein Grund zur Vorsicht. Sie entspannte sich ein wenig, als sie den Mann erkannte und sah, dass er allein war.

»Larkar!«, rief sie ihm entgegen. »Wo kommst du her?«

Der Speer verzog das Gesicht und schüttelte den Kopf. »Frag mich nicht.« Er schritt so schnell aus, dass er das verletzte Bein stärker als je zuvor hinter sich herziehen musste. Sein Gesicht war hohlwangig und bleich, doch da lag ein Funkeln in seinen Augen, das sie beunruhigte. »Ich konnte fliehen – und auch das nur, weil man Nor ganz plötzlich wegbrachte und die Krieger in ihrer Aufmerksamkeit nachgelassen hatten.«

Nor. Fliehen. Ja. Arri schämte sich zwar, aber sie hatte ganz vergessen, dass sie Larkar gefesselt auf dem Dachboden des Langhauses zurückgelassen hatte, als sie sich das letzte Mal gesehen hatten.

»Nachdem ich begriffen hatte, dass ich weder Sedak noch Lexz oder die anderen finden würde«, sagte Larkar, »wollte ich wieder zurück in unser Lager, um wenigstens Ragok zu warnen. Aber das Unwetter hat mich erwischt und gezwungen, einen kleinen Umweg zu machen. Und dabei habe ich mich wohl verlaufen.«

Arri nickte. »So was kommt vor. Vor allem hier im Tal der Götter. Und was willst du jetzt tun?«

Larkar blieb stehen und musterte aus zugekniffenen Augen das Schwert, das Arri drohend in der Hand hielt. Sofort senkte sie seine Spitze. Aber das änderte nichts daran, dass Larkar die Waffe weiter und mit wachsendem Misstrauen betrachtete.

»Wo hast du bloß diese Waffe her?«, fragte er misstrauisch. »Das ist doch kein Bronzeschwert, oder?«

Arri schüttelte den Kopf. »Nein. Das ist es nicht. Es stammt aus der untergegangen Heimat meiner Mutter und ist das einzige seiner Art. Und es stimmt, das ist nicht Bronze, sondern ein härteres Metall. Wie man es aber nennt, weiß ich nicht.«

Larkars Blick wanderte die ungewöhnlich schimmernde Klinge des Schwertes entlang und blieb an dem Knauf hängen. In seinen Augen stand mehr als nur eine Frage, als er das Abbild der Himmelsscheibe entdeckte, das dort eingelassen war. Es war schon fast Ehrfurcht.

»Wer bist du, Arri?«, flüsterte er, »dass dir deine Mutter so ein ungewöhnliches und wertvolles Schwert vermachen konnte?«

Die Wolkendecke war aufgebrochen, und der Abendhimmel blutrot. Lexz zog die Schultern fröstelnd zusammen und versuchte dem eisigen Wind zu entgehen, der vom See her über das Tal strich und sich heulend an den Flanken der Hügel brach. Es wollte ihm allerdings nicht gelingen.

Mittlerweile hatten sie die Talsohle erreicht, und eigentlich hätte es hier unten wärmer sein müssen als oben bei der Töpferwerkstatt, die sie passiert hatten, bevor sie an verlassenen Hütten vorbei immer weiter hinabgestiegen waren. Aber Lexz hatte ganz im Gegenteil das Gefühl, als wäre es von Anfang an immer nur kälter geworden. Vielleicht lag das daran, dass nach der Begegnung mit Nor eine Art innerer Kälte in ihn eingezogen war. Das Gespräch hatte ihn mehr aufgewühlt, als er sich das zunächst hatte eingestehen wollen. Die Vergangenheit, die Gegenwart und die Zukunft, das alles vermischte sich in seiner Empfindung zu einem ungenießbaren Gemisch ohne Ziel und Halt.

Hätte er nicht eigentlich erleichtert sein müssen, dass sie nun endlich das Land ihrer Stammväter entdeckt hatten? Hätte er sich nicht darauf freuen können, nach zwei Sommern lang vermisste Freunde und Verwandte wiederzusehen? Hätte ihn die Aussicht darauf, nach all der harten, entbehrungsreichen Zeit wieder sesshaft werden zu können, nicht anspornen müssen, nun auch noch die letzten Hindernisse zu beseitigen?

Eigentlich ja. Aber es ging ihm alles zu schnell, und es war ihm alles zu viel. Es würde noch eine ganze Weile dauern, bis er wirklich begriff, was hier in diesem Tal seit den Zeiten der Stammväter alles geschehen war, und was das für jeden Einzelnen von ihnen bedeutete: für Torgon und Ekarna, für seinen Vater und den Schamanen, für sich selbst und all diejenigen, die die große Wanderung überlebt hatten.

Aber eigentlich hatte er zurzeit keine Aufmerksamkeit dafür. Es war der Gedanke an Isana, der ihn fast wahnsinnig machte. Ihr Bild ließ ihn nicht los – und ihre Küsse und Umarmungen erst recht nicht. Er erinnerte sich, wie er in ihren Augen versunken war, wie sich ihre Lippen gefunden hatten und ihre Körper auf eine besondere Art verschmolzen waren. Dabei war eigentlich nicht mehr zwischen ihnen gewesen als eine flüchtige Begegnung an einem kleinen Wasserlauf, dessen unbekümmertes Plätschern sich ebenso in seine Erinnerung eingegraben hatte wie jede Regung ihres Körpers, wie das leicht spöttische und doch liebevolle Aufblitzen in ihren Augen und ihre Finger, die seine Gesicht erkundet hatten, bevor sie tiefer gewandert waren. Sie hatten viel zu wenig Zeit füreinander gehabt und sich kaum aufeinander einlassen können. Und doch es war ganz anders gewesen als mit allen anderen Mädchen zuvor, tiefer, bewegender und so aufwühlend, dass sein Herz selbst jetzt noch schmerzhaft zu pochen anfing, wenn er auch nur an seine Liebste dachte.

Aber nicht nur das wühlte ihn auf, während seine Gedanken um Isana kreisten. Er wusste nicht, ob die Barbaren sie aus eigenem Antrieb entführt haben mochten, oder auf Geheiß dieses Amars, des falschen Hundes, wie Nor ihn genannt hatte. Und schon gar nicht wusste er, wie ihr die Flucht gelungen war – und warum sie Abdurezak und den anderen im Dorf nichts von diesem schrecklichen Erlebnis erzählt hatte.

Irgendetwas stimmte da nicht.

»Denkst du schon wieder an Isana?«, fragte Ekarna.

Ihre Stimme schien dabei einen bitteren Klang anzunehmen. Lexz versuchte das auf die Kälte und die Erschöpfung zu schieben. Er verstand ohnehin nicht ganz, woher Ekarna die Kraft nahm, äußerlich so ruhig – beinahe schon heiter – zu bleiben, da sie doch wusste, dass es im Augenblick um nichts anderes ging, als Isana zu finden.

In den letzten Tagen waren sich Ekarna und er auf eine unausgesprochene Art viel näher gekommen als jemals zuvor. Spätestens in dem Stollen, als sie eng aneinandergepresst die Flut der Grottenmulche über sich ergehen lassen mussten, hatte er gespürt, wie es wirklich um sie stand. Inzwischen glaubte er tief in seinem Herzen zu wissen, dass Ekarna gerne mehr als nur seine Weggefährtin gewesen wäre.

»Ja«, gestand er nach einer ganzen Weile, während er einen Fuß vor den anderen setzte, ohne wirklich zu bemerken, wo sie waren. »Natürlich denke ich an sie. Nor braucht sie doch.«

»Nicht nur Nor«, wandte der Schamane ein, der es auf den letzten Schritten irgendwie geschafft hatte, zu ihnen aufzuschließen.

Lexz warf ihm einen besorgten Seitenblick zu. Abdurezak war oben in der Schmiede bei Nor geblieben, aber der Schamane hatte ja unbedingt mitkommen müssen. Lexz wusste nicht, ob das wirklich eine gute Idee war. Er hätte sich bei nächster Gelegenheit gerne einmal in aller Ruhe mit dem Schamanen besprochen, aber den alten Mann, der offensichtlich am Rande seiner Kräfte war, auf diesen Erkundungsgang mitzunehmen, das war einfach nicht richtig.

»Wir alle brauchen sie«, fuhr der Schamane mit seiner heiseren, brüchigen Stimme fort. »Und die Mittel, die sie in ihrer Hütte hat.«

»Wenn es die Hütte noch gibt«, wandte Torgon ein. »So, wie ich das verstanden habe, hat der Sturm das Dorf geradezu auseinandergenommen.«

»Selbst wenn das so wäre«, beharrte der Schamane, »hätten wir gar keine andere Möglichkeit, als Isana schnell aufzutreiben. Das Runzelkraut ist mit Sicherheit die wichtigste Zutat zu dem Heilmittel. In dem Grab lagen aber noch die vertrockneten Blüten von zwei weiteren Heilpflanzen. Ich habe sie mir angesehen und weiß daher ziemlich genau, um was … um was es sich handelt … und Isana weiß sicherlich, wo man die Pflanzen findet …« Er brach keuchend ab und schwankte zur Seite.

Ekarna machte einen Satz auf ihn zu und umklammerte ihn, bevor er stürzen konnte. »Zakaan!«, rief sie. »Was ist mit dir?«

Der Schamane wollte sie von sich wegstoßen und versuchen, wieder von selbst auf die Beine zu kommen. Aber Ekarna ließ nicht locker – und das war auch richtig so, fand Lexz. Dass der Schamane vollkommen am Ende seiner Kräfte war und es sich selbst nur nicht eingestehen wollte, war offensichtlich. Er selbst war nahe daran, Ekarna zur Hilfe zu kommen, ließ es dann aber.

Die Raubkatze würde die Situation nicht nur allein meistern, es wäre vielleicht auch gar nicht klug gewesen, schon wieder ihre Nähe zu suchen – und sei es nur, um den widerspenstigen und wild vor sich hinbrummelnden Schamanen gemeinsam zu zähmen. Seine Gefühle für Isana mussten ein Stachel in ihrer Seele sein. Wäre er vorher wegen seiner Sorge um sie nicht so blind gewesen, hätte er merken können, dass die Raubkatze eifersüchtig war.

Bis zu seinem Zusammentreffen mit Isana hatte er aber wirklich nicht gewusst, dass Ekarna so viel für ihn empfand. Während er auf einen Felsabsatz trat und auf eine Biegung hinunterblickte, hinter der eine locker bewaldete Landschaft begann, die von mehreren kleinen Bächen durchschnitten wurde, fragte er sich, was wohl geschehen wäre, hätte er schon früher eine Ahnung von ihren Gefühlen gehabt. Gewiss, sie waren ein, zwei Mal miteinander im Heu gewesen, und sie hatten dabei gut aufgepasst, dass es genau zu der Zeit geschah, in der Ekarna nicht empfänglich war – aber viel Gefühl war dabei nicht im Spiel gewesen.

So hatte er geglaubt.

Dabei war es Ekarna, die ihm nach Larkar ohne jeden Zweifel am nächsten stand. Nur seltsam, dass er das immer für vollkommen selbstverständlich hingenommen hatte. Er empfand eine tiefe Zuneigung zu der Raubkatze, und außer Larkar gab es keinen anderen Menschen, dem er so sehr vertraute wie ihr.

»Nun lass endlich ab!«, schimpfte Zakaan hinter ihm, und er begriff, dass er und Ekarna immer noch ihren merkwürdigen Kampf aufführten, bei dem keiner nachgeben wollte. Wenn er dem zusah, bezweifelte Lexz, dass der Schamane jemals einfach so an Altersschwäche sterben würde. Mit seiner Hartnäckigkeit trotzte er dem Tod – und rang ihm dabei Jahr für Jahr ab.

Das war wahrscheinlich die einzige wirkliche Gemeinsamkeit zwischen ihm und Nor. Sonst aber waren die beiden so verschieden, wie es ein Hohepriester und ein Schamane nur sein konnten. Nor war ein Machtmensch, wie selbst in seinem erbärmlichen Zustand oben in der Schmiedehütte zu spüren gewesen war. Zakaan dagegen war es niemals um Macht gegangen, ihn hatte immer nur die Sorge um sein Volk angetrieben.

»Pass auf«, sagte Ekarna. »Wenn ich dich jetzt loslasse …«

Sie kam nicht mehr dazu zu sagen, was geschehen würde, wenn sie den Schamanen losließ. Ein hässliches Zischen ertönte hinter Lexz … und dann ein noch hässlicherer Aufprall.

Lexz drehte sich herum. Ungläubig starrte er auf die Raubkatze, die rückwärts taumelte, genau auf ihn zu. In ihrem Hals steckte ein Pfeil.

Lexz war so erstarrt, dass er die Arme fast zu spät hochriss, um Ekarna aufzufangen. Die Raubkatze prallte gegen ihn und hätte ihn fast von den Füßen gerissen. Lexz spürte die vertraute Wärme ihres Körpers, und dann spürte er, wie sie sich noch einmal aufbäumte.

»Lexz«, stammelte sie. Dann trübte sich ihr Blick, und sie war gestorben.

Es war ein merkwürdiger Anblick, einen in Felle gekleideten Barbaren zu sehen, wie er einen schlanken Bogen aus Eschenholz aufnahm, und zu beobachten, wie er in aller Ruhe einen Pfeil auf die Sehne legte und ihn abschoss. Orakar gab seinen Leuten das Zeichen, dass sie noch ein Stück näher heranklettern sollten.

Der Barbar ließ den Pfeil davonschnellen, der zischend irgendwo unter ihnen verschwand. Er brummte kurz und zufrieden auf, legte den Bogen beiseite und beugte sich ein Stück vor, gewiss, um zu sehen, ob und wie er getroffen hatte.

Als er dann ein Geräusch hinter sich hörte, zuckte er zusammen, griff nach der Streitaxt und wollte herumfahren. Da war Gorak schon herangekommen und spaltete ihm mit einem einzigen Hieb seines Bronzeschwerts den Schädel.

»Verdammter Mist!«, fluchte Taru.

Er stemmte sich hoch und wischte sich mit den Händen so gut es ging den Matsch von den Armen. Gleichzeitig ruckte sein Kopf in die Richtung hinüber, in der er es metallisch hatte aufblitzen sehen. Die untergehende Sonne blendete ihn und erschwerte es ihm, mehr zu erkennen als einen Bach, der sein Wasser glucksend und blubbernd über die Steine schießen ließ, die in seinem Bett lagen.

»Ich mag Bäche«, sagte Isana hinter ihm.

Taru hob die Hand, um ihr zu bedeuten, dass sie gefälligst Ruhe bewahren solle. Er sah nichts und niemanden. Dabei hatte er das unangenehme Gefühl, dass ihn jemand beobachtete. Es wurde langsam Zeit, dass er sich eine Deckung suchte …

Da, ein Stück weiter links, dort in der dicht stehenden Baumgruppe. Da wäre er zumindest vor einem feigen Angriff aus dem Hinterhalt sicher und konnte seinerseits die Umgebung im Auge behalten, ohne gegen die Sonne blicken zu müssen.

»Wirklich«, sagte Isana. »Ich finde Bäche so romantisch.«

Taru zählte innerlich ganz langsam bis drei. Wenn die aufmüpfige Tochter des Schmieds jetzt nicht endlich die Klappe hielt, würde er ihr gleich hier und jetzt die Kehle durchschneiden.

»Allein das Geräusch des sprudelnden Wassers«, sagte Isana begeistert. »Das bringt mich richtig in Wallung.«

»Also gut«, sagte Taru und drehte sich um. »Du hast es nicht anders gewollt …«

Mitten im Satz brach er jedoch ab und starrte ungläubig auf die drei Männer, die ein Stück hinter ihr Aufstellung genommen hatten. Allen voran Amar, der mit verschränkten Armen und einem breiten Grinsen auf den Lippen dastand – das allerdings erfror, als sich Isana zu ihm umdrehte und der Hohepriester sah, in welchem Zustand sich die Tochter des Schmieds befand.

Taru registrierte dies ebenso schnell wie die Tatsache, dass die zwei hinter Amar stehenden Krieger ihre Waffen zogen und ihn so grimmig anstarrten, als wollten sie ihn schon allein durch diese Haltung daran hindern, irgendeine Dummheit zu begehen.

»Amar!«, krächzte Taru. »Wie schön, dich hier wiederzusehen!«

»Ich finde das leider gar nicht so schön«, antwortete Amar gereizt. »Warst du das?«

Er deutete auf Isana, und es war klar, was er meinte: ihren im wahrsten Sinne des Wortes angeschlagenen Zustand, angefangen von der verdreckten und eingerissenen Kleidung, bis hin zu den Kratzern auf ihrem Gesicht und den wirr herabhängenden Haaren.

»Ach, weißt du, eigentlich hat mir Taru gar nichts getan«, antwortete Isana, bevor Taru auch nur den Mund öffnen konnte. »Außer mich ein bisschen rumzuschubsen, mir zu drohen, mich zu töten und mir Sand ins Gesicht zu werfen.«

Amars Gesichtsausdruck verfinsterte sich zunehmend, während er Taru mit einem abschätzenden und durch und durch kalten Blick bedachte. »Und ich hatte gehofft, du würdest doch noch Vernunft annehmen. Aber wie ich sehe, bist du ganz und gar auf Streit aus.«

»Ich?«, Taru schüttelte heftig den Kopf, »auf Streit? Aber nein. Ich bin nur auf der Suche nach der entflohenen Drude.«

»Meinst du die Drude, die du nicht aus den Augen lassen wolltest?«, fragte Amar scharf. »Für deren sichere Unterbringung in eurem Dorf du mit deinem Leben garantiert hast?«

Vor ihnen waren Stimmen zu hören, und wie es klang, war es nicht gerade ein Gespräch unter Freunden, das dort geführt wurde. Larkar legte Arri einen Finger auf die Lippen, um ihr zu bedeuten, dass sie still sein solle. Als ob es dieser Aufforderung bedurft hätte. Schließlich war sie hier nicht zum Beerensammeln unterwegs.

Larkar brachte seinen Mund ganz nah an Arris Ohr. »Das ist eine ganze Gruppe. Wir müssen vorsichtig sein. Lass uns lieber verschwinden.«

Arri schob ihn ein Stück zurück und schüttelte trotzig den Kopf. Sie hatte ohne jeden Zweifel Tarus Stimme erkannt – und das Wort *Streit* gehört. Das klang gar nicht gut. Sicherlich war Isana noch bei ihm, und wie sie Taru einschätzte, war sie in großer Gefahr. Dieser kleine Möchtegern-Herrscher schien inzwischen leider vollkommen unberechenbar zu sein, wenn ihn die Wut übermannte. In diesem Zustand schreckte er auch vor Gewalttaten nicht zurück, wie Arri ja am eigenen Leib hatte erfahren müssen.

Allmählich wurde es Zeit, dass sie ihm Grenzen setzte.

»Wir sehen uns das mal näher an«, flüsterte sie.

Larkar sah sie an, als habe sie den Verstand verloren. Vielleicht hatte sie das ja auch. Aber wenn, dann auf ganz andere Weise, als es der Speer vermuten mochte. Sie war nämlich nicht länger bereit, sich herumschubsen zu lassen und auf irgendjemanden Rücksicht zu nehmen, schon gar nicht auf einen Idioten wie Taru.

»Tu das lieber nicht«, flüsterte Larkar.

»Was soll ich lieber nicht tun?«, zischte Arri. »Soll ich Isana etwa diesem Schläger überlassen? Soll ich nicht wenigstens versuchen, sie zu befreien, bevor er sie verprügelt – oder ihr noch Schlimmeres antut?«

»Doch, natürlich sollst du ihr helfen«, widersprach ihr Larkar rasch. »Aber einfach so loszustürmen, ohne zu wissen, auf was man da stößt – oder aber jemanden zu befreien, das sind zwei ganz unterschiedliche Dinge.«

Arri spürte ein seltsames Gefühl von Enttäuschung. Sie und Larkar kannten sich doch kaum. Und da erwartete sie allen Ernstes, dass er sein Leben riskierte, nur um ihr zu helfen? Das war doch lächerlich. Aber andererseits gab es auch eine Art von Vertrautheit zwischen ihnen, wie sie zwischen eigentlich Fremden entstehen konnte, wenn sie in einer besonderen Lage aufeinander trafen. Doch das allein war es nicht: Larkar erschien ihr bereits so vertraut wie ein alter Freund – nämlich wie ein Freund, auf den man sich in einer Notlage verlassen konnte.

Aber vielleicht hatte sie sich da ja auch nur etwas eingeredet.

»Wenn du nicht mitkommen willst …«, begann sie ärgerlich und um eine Spur zu laut.

»Darum geht es doch nicht«, unterbrach sie Larkar. Er straffte sich. »Ich habe mindestens zwei Männerstimmen gehört, und das bedeutet, dass außer Taru noch jemand anders dabei sein muss. Vielleicht ist es ja wirklich eine ganze Gruppe. Wir müssen vorsichtig sein.«

Arri spürte einen tiefen Stich in der Magengegend. Wenn er nicht mitkommen wollte, war das die eine Sache. Aber dass er deswegen irgendwelche Geschichten erfand, begeisterte sie gar nicht. »Ich bin sicher, dass dort vor uns nur Isana und Taru sind, sonst niemand. Aber mach, was du willst. Du kannst ja hier auf mich warten, oder auch einfach verschwinden.«

Larkar schüttelte den Kopf und öffnete die Hände, die er bisher zu verkrampften Fäusten geschlossen hatte. »Ich werde mitkommen, wenn du es willst.«

Arri zögerte. »Bist du sicher?«

Larkar nickte. »Natürlich bin ich das. Und jetzt genug der Worte. Lass uns endlich gehen!«

Arri nahm die Aufforderung sofort an. Sie versetzte Larkar einen freundschaftlichen Schubser, drehte sich um und schlich in die Richtung der Abendsonne, die mit ihrem blendend roten Licht die Bäume, die da vor ihr standen, wie dunkle Krieger wirken ließ, die sich ihr drohend zuwandten. Eigentlich sollte ich Angst haben, dachte sie, aber die hatte sie nicht. Sie hatte längst den Punkt überschritten, wo es noch ein Zurück gab.

Larkar war mit ein paar humpelnden Schritten, die dennoch kraftvoll wirkten, neben ihr. »Denk an das, was ich dir gesagt habe«, raunte er ihr zu. »Da vorn sind mehrere Männer. Da willst du doch nicht so einfach dazwischengehen, oder?«

Eigentlich wollte sie das doch. Trotzdem schüttelte sie den Kopf. »Nein«, flüsterte sie. »Ich will nur Isana befreien und mir Tarus Kopf holen.«

Lexz stand verkrampft da, die Schultern wie unter einer unsichtbaren steinernen Last nach vorn gebeugt und mit zu Fäusten geballten Händen. Alles in ihm war in Aufruhr. Der Wind, der vom Tal heraufwehte, schien mit jedem Atemzug kälter zu werden, und er musste sich richtig zusammenreißen, um nicht zu zittern und vor Kälte mit den Zähnen zu klappern.

»Es ist fürchterlich«, sagte Torgon und legte ihm die Hand auf die Schultern.

»Fürchterlich?« Lexz fuhr zu Torgon herum. Das war wohl kaum das richtige Wort. Ekarna hatte ihn geliebt, das hatte er spätestens in dem Augenblick begriffen, als er die Sterbende in den Armen gehalten hatte.

Und irgendetwas in ihm hatte sie auch geliebt. Vielleicht nicht ganz so, wie ein Mann eine Frau liebt. Aber auf so tief und aufrichtig, dass es ihm einfach unbegreiflich erschien, dass sie jetzt von ihm gegangen war.

»Es ist nicht fürchterlich«, stieß Lexz hervor und wischte Torgons Hand beiseite. »Es ist ungerecht. Sie war doch voller Leben!« Die eisige Kälte schien bis ganz tief in seine Knochen einzudringen, bis in den letzten Winkel seiner Seele. »Und jetzt lass mich in Ruhe«, murmelte er kraftlos.

Torgon sah so ernst und erschüttert aus, wie Lexz ihn noch nie zuvor gesehen hatte. Aber er schüttelte den Kopf. »Ich fürchte, das wird nicht gehen.« Er deutete zurück, in die raue Reihe der Felsen, die sich in der Unendlichkeit der Abenddämmerung hinter ihnen verloren. Schreie schallten von dort herüber, das Geräusch harter Schläge, das Klirren von Metall auf Metall. »Da wird gestritten. Ich vermute, es sind Nors Leute, die gegen Amars Männer kämpfen. Und wir stehen hier … ohne Deckung.«

»Ja, ohne Deckung. So wie Ekarna.«

Er warf einen Blick auf sie. Sie lag ein wenig gekrümmt da, beinah so, als hätte sie sich nur zum Schlafen hingelegt. »Ich kann dich hier nicht liegen lassen«, flüsterte er heiser.

Er bückte sich und nahm sie auf. Sie war noch warm, und würde nicht der Pfeil in ihrer Kehle stecken und wäre nicht das Blut über ihre Brust gelaufen, man hätte tatsächlich meinen können, dass sie nur in einen tiefen, festen Erschöpfungsschlaf gefallen war.

Ohne ein Wort, ohne sich umzudrehen, und ohne auch nur einen Gedanken an seine Gefährten zu verschwenden, lief er mit Ekarna in den Armen los.

Ein eisiger Wind kam auf, zumindest schien es Taru so. Vielleicht war es aber auch nur Amars Anwesenheit, die ihn frösteln ließ, und die Art, wie dieser dastand, sprach und so tat, als sei er der Nabel der Welt und Taru nicht mehr wert als der Dreck unter seinen Fingernägeln.

Zu seinem Entsetzen trat Amar auf Isana zu, packte ihr Kinn und hob es so weit an, dass er ihr in die Augen sehen konnte. »Was machen wir nur mit diesem kleinen Kerl da, der meint, er könne ein großer Herrscher werden?«

Die Art, wie Amar diese niederschmetternden Worte aussprach, wie er Isana dabei ansah und wie sie seinen Blick erwiderte, das war von einer Vertrautheit, die der Lage überhaupt nicht angemessen schien. Mehr noch aber störte Taru der Tonfall, mit dem dieser aufgeblasene Wichtigtuer über ihn sprach.

»Hohepriester!«, sagte er scharf, »vielleicht hast du es ja schon vergessen, aber ich bin der Nachfolger meines Vaters Dragosz. Und als solcher verlange ich auch behandelt zu werden!«

Er fand, dass er das sehr gut gesagt hatte. Amar grinste jedoch nur breit, und dabei hielt er noch immer Isanas Kinn fest, während sie weiterhin zu ihm hochsah. Irgendetwas lief hier ganz und gar falsch, fand Taru. Er wünschte sich weit weg – oder zumindest sollte Rar an seiner Seite sein.

»Er möchte als Sohn behandelt werden«, stellte Amar fest, ohne mit diesem dämlichen Grinsen aufzuhören.

»Ja«, hauchte Isana. »Und das ist er ja auch. Ein kleines vorlautes Söhnchen.«

Sie löste sich aus Amars Griff und drehte sich zu Taru um. »Da hast du dir ja wohl die Falsche ausgesucht«, sagte sie auf eine sanfte Art, die genau das Gegenteil ausdrückte. »Wie konntest du nur glauben, dass ich mir das gefallen lasse?«

»Dir was gefallen lässt? Du hast doch …« Taru brach ab, als er merkte, dass er sich zu verhaspeln begann.

»Was hat Isana?«, fragte Amar. Sein übertriebenes Grinsen erlosch, doch was jetzt an dessen Stelle trat, wollte Taru erst recht nicht gefallen: Es war eine Mischung aus Hochmut und kalter Entschlossenheit. Taru versuchte seinem Blick standzuhalten, und das wäre ihm wohl auch gelungen, wenn da nicht etwas in Amars Augen gefunkelt hätte, das ihn zu Tode erschreckte.

»Willst du deiner groben Behandlung vielleicht noch eine Beleidigung folgen lassen?«, fragte Amar so leise, dass seine Worte im Raunen des Windes fast untergingen.

»Warum sollte ich?«, gab Taru zurück. »Ich merke doch, dass ihr euch gut kennt.« Er versuchte, seiner Stimme einen spöttischen Klang zu verleihen, aber das misslang ebenso kläglich wie sein Versuch, sich ein spöttisches Grinsen abzuringen.

»Oh, er hat gemerkt, dass wir uns kennen!« In einer gespielten Geste der Verzweiflung schlug Isana die Hand vor den Mund. »Das ist aber gar nicht gut.«

»Nein, das ist es wirklich nicht«, pflichtete ihr Amar auf jene immer noch fast unheimlich wirkende Weise bei. »Schließlich muss das ja nicht jeder wissen.«

Isana nahm die Hand herunter und nickte. Ihre Miene verdüsterte sich dabei ganz nach Kenans Weise. Dabei hatte sie rein äußerlich keinerlei Ähnlichkeit mit ihrem Vater. Aber diese wütende Art nachdenklich auszusehen, glich Kenan doch, wenn er sich mal wieder wegen irgendeiner Kleinigkeit ungehalten zeigte. Taru verstand diese Wandlung nicht. Eben war die Tochter des Schmieds noch ein ängstliches kleines Mädchen gewesen, das alles getan hätte, um ihn nicht zu erzürnen. Aber jetzt wirkte sie eher wie die Frau eines Herrschers, die sich überlegte, was sie mit dem Bauernjungen tun sollte, der ihr gegenüber frech geworden war.

Was, bei allen Göttern, geschah hier nur?

»Wir müssen uns überlegen, was wir mit ihm tun«, sagte Isana gepresst. Das Funkeln in ihren Augen gefiel Taru immer weniger.

»Was willst du denn, was sollen wir denn tun?«, fragte Amar ruhig.

Isana fuhr sich mit einer schnellen Bewegung über den Hals, als wolle sie sich die Kehle durchschneiden. »Weg mit ihm«, sagte sie leise. »Alles andere wäre viel zu gefährlich.«

Taru starrte sie fassungslos an. *Das ist doch nur ein schlechter Scherz,* dachte er. Aber als er das harte Glitzern in Isanas Augen sah, und dann bemerkte, wie Amar hinter sie trat und sie auf eine fast zärtliche, auf alle Fälle aber sehr vertraute Art umfasste, da spürte er eine hilflose Wut in sich hochsteigen.

»Ihr seid …«, keuchte er.

»Ein Paar?«, schlug Amar vor. Er nickte, ohne Taru auch nur für die Dauer eines Lidschlags aus den Augen zu lassen. »Ja, so könnte man es vielleicht nennen.«

»Irgendjemand muss doch die Verantwortung für das Land hier übernehmen«, sagte Isana. Ihre Hand kroch zu der Amars hoch, die auf ihrer Schulter lag, und umfasste sie. »Und wer verstünde das besser als wir?«

Es war vollkommen irrsinnig, mit der toten Ekarna in den Armen voranzustürmen. Aber Lexz konnte nicht anders. Die Tränen liefen ihm übers Gesicht, und er konnte sie sich nicht wegwischen. Die Kälte wich nicht aus ihm, obwohl er viel schneller lief als gut war, und immer wieder ins Stolpern geriet.

Weglaufen ist keine Lösung, hätte der Schamane gesagt. Aber der war ja selbst dem Tod näher als dem Leben. All seine Sprüche waren vollkommen wertlos und würden ihm kein bisschen weiterhelfen.

Ekarna war tot, Isana war verschwunden. Dragosz war tot – und sein Vater immer noch nicht verständigt. Zakaan und Torgon waren hinter ihm geblieben, vielleicht, weil sie nicht Schritt halten konnten, vielleicht aber auch, weil sie in die Kämpfe in den Hügeln verwickelt worden waren, deren Widerhall noch immer bis zu ihm drang.

Das Hämmern seines Herzens trieb ihn weiter auf den Bach zu, den er schon von oben aus gesehen hatte. An seinem Ufer würde er Ekarna auf ein weiches Lager betten und ihr die letzte Ehre erweisen. Lexz wusste, dass sie als Frau nicht das gleiche Recht wie die gefallenen Krieger hatte, das Totenreich der toten Helden zu betreten. Und während er taumelnd und wie außer sich den Pfad hinablief, fragte er sich, warum das eigentlich so sein musste.

Es war ungerecht. Ekarna war zwar eine Frau, aber sie hatte ganz das Leben eines Kriegers gelebt. Also sollte es ihr auch zustehen, dem Todesfluss auf die gleiche Weise anvertraut zu werden. Er würde dafür sorgen, dass sich dem niemand widersetzte – und wenn er Zakaan und Abdurezak mit gezückter Waffe dazu zwingen musste, die Zeremonie zu vollziehen.

Taru war erschüttert. Er hatte alles vollkommen falsch eingeschätzt. Nie im Leben wäre er darauf gekommen, dass ausgerechnet Amar und Isana gemeinsame Sache machen könnten!

»Merkwürdig, dass du jetzt so still geworden bist«, sagte Isana in einem Ton zu ihm, den er gar nicht von ihr kannte. »Eben hast du noch das große Wort geführt. Und jetzt? Jetzt kommt gar nichts mehr aus deinem Mund!«

»Da wusste ich ja auch nicht … das, was ich jetzt weiß«, antwortete Taru steif.

Er musste Zeit gewinnen. Ein bitterer Geschmack breitete sich tief in seiner Kehle aus, während er verzweifelt darüber nachdachte, wie er Amar und seine zwei Krieger überwältigen konnte. Sein Schwert steckte im Gürtel, die zwei schwarz gekleideten Krieger Gosegs hielten ihre Waffen dagegen bereits in den Händen. Und Amar war so wachsam wie eine Schlange, die nur darauf wartete, dass ihr Opfer eine falsche Bewegung machte, um dann zuzuschnappen.

Irgendwie musste es ihm gelingen, ihn und die beiden Krieger abzulenken.

»Wir sollten ihn erst mal nach Goseg bringen«, sagte Amar – als spräche er über einen dummen Bauerntölpel und nicht über ihn, Dragosz' Sohn!

»Nach Goseg?« Isana fuhr zu ihm herum. »Aber wozu?«

»Um ihm den Prozess zu machen«, antwortete Amar ruhig. »Schließlich regiert Goseg mit harter Hand, aber ohne Mord und Totschlag.«

»Ach ja?«, fragte Isana. »Und warum musste ich dann das Wasser vergiften?«

»Das weißt du besser als ich.« Amars Haltung verriet eine gewisse Anspannung. »Oder wer von uns beiden wollte Heilerin werden?«

»Und wer von uns beiden wollte seinen Einfluss auf den See der tausend Fische ausdehnen?«, fragte Isana gereizt.

Scharf sog Taru die Luft ein. »Das kann doch nicht wahr sein! Arianrhod hat das Wasser vergiftet!«

»Ja – das habe ich gut gemacht, nicht wahr?« Isana fuhr zu ihm herum. Ein kalter Luftzug griff unter ihre Haare und wirbelte sie wie ein böser Luftgeist hoch. »Ihr alle habt es geglaubt! Dabei seid ihr nicht einmal auf die Idee gekommen, dass schließlich ich es war, die die meisten Zutaten zusammengestellt hat. Dabei war auch eine ganz besondere. Eine, die ich eigens dafür aus dem Leichenpfuhl geschöpft habe!«

Sprachlos starrte Taru sie an. Er hatte nicht nur vermutet, er hatte zu *wissen* gemeint, dass nur Arianrhod die Mörderin seines Vaters sein konnte. Und jetzt sollte das nicht mehr wahr sein? Das schien ihm einfach unvorstellbar.

»Du lügst doch«, brach es aus ihm hervor. »Vielleicht hast du Arianrhod ja geholfen. Aber sie ist die Mörderin meines Vaters!«

Isana lachte verächtlich auf. »Du überschätzt die taube Nuss. Arri hat doch keine Phantasie. Zusammen wären sie und Dragosz der Untergang für uns Raker gewesen. Nein, man muss viel weiter denken, wenn man ein Volk groß und stark machen will!«

»Das kann doch nicht wahr sein«, beharrte er weiter, während seine Hand wie von selbst zu seinem Schwert wanderte. »Ich weiß, dass Arianrhod meinen Vater umbringen wollte, von Anfang an!«

Während Taru das sagte, klammerte sich seine Hand um den kalten Griff des Bronzeschwertes, das Isanas Vater mit größter Sorgfalt zu einer tückischen Waffe geschmiedet hatte. Es wäre nicht mehr als die gerechte Strafe, wenn Kenans Tochter nun durch die vielfach gehärtete Klinge sterben würde.

»Ja, du hast dir immer eingeredet, dass Arri Dragosz nach dem Leben trachtete«, stieß Isana hervor. Ihre Augen blitzten triumphierend auf. »Aber in Wahrheit war allein ich es, die deinen Vater unter einem Vorwand in den Wald gelockt hat. Dein Vater war kein treuer Mann, Taru. Er war nur allzu gern bereit, sich auf ein kleines Techtelmechtel mit mir einzulassen. Und als er mich dann hinterging – ja, da habe ich einen Stein genommen und ihn einfach niedergeschlagen. Weil er es nicht erwartet hatte, fiel es so leicht.«

Taru schüttelte den Kopf. »Nein!« Doch er hatte schon immer vermutet, dass sein Vater nicht wirklich treu hatte sein können. Aber das war jetzt vollkommen nebensächlich. »Mein Vater wurde doch vergiftet. Nicht erschlagen!«

»Ja, das ist wahr.« Das triumphierende Glitzern schoss noch immer aus Isanas Augen, aber es lag auch plötzlich so etwas wie ein Bedauern darin. »Ich hatte nicht fest genug zugeschlagen. Er ist wieder zu sich gekommen und hat sich wie ein Hund zu Arianrhod aufs Lager geschlichen. Und danach hat er mich bedroht und gesagt, er wolle mich töten, sollte ich noch einmal die Hand gegen ihn erheben. Das konnte ich mir nun wirklich nicht gefallen lassen!«

Taru starrte sie verständnislos an.

»Hätte ich nur fester mit dem Stein zugeschlagen!«, entfuhr es Isana. »Ich hatte schon damals alle Spuren so gelegt, dass jede einzelne von ihnen auf Arri als Täterin verwiesen hätte. Dann wäre ich beide losgeworden – Dragosz und Arri!«

»Dragosz und Arri«, sagte Amar nachdenklich. »Ein gefährliches Paar – mit Ideen, die Goseg durchaus hätten gefährlich werden können. Aber ohne Dragosz sind die Raker wie ein Haufen Rebhühner, der sich schnell aufscheuchen lässt!«

Taru umklammerte den Schwertgriff so fest, dass seine Finger knackten. Seine Umgebung flackerte in einem tiefroten Licht, und mit ihr Isana, Amar und die Krieger, und auch die dichte Buschgruppe hinter ihnen, deren dunkle Stellen wie Raubtiere aussahen, die sich zum Sprung anspannten. »Ich verstehe nicht …«

»Du verstehst es wirklich nicht, nicht wahr?« Isana schüttelte den Kopf, und es lag so viel Wut in dieser Bewegung, dass Taru zurückgezuckt wäre, wenn jetzt nicht etwas ganz anderes in ihm aufgestiegen wäre: eine unglaubliche Empörung. »Dragosz hatte dafür gesorgt, dass man mich bei der Wahl der Heilerin einfach überging. Meinst du denn im Ernst, dafür hätte ich Surkija umgebracht?«

»Surkija?« In Taru brach etwas zusammen, Stück für Stück, wie eine treibende, von einer Sturmbö hochgedrückte Eisscholle, die an einem Felsen zerschellt. »Surkija?«

Das konnte noch weniger wahr sein. Er erinnerte sich nur zu gut daran, dass es viele Gerüchte um den Tod der Heilerin gegeben hatte, wegen der Dragosz den Streit mit seinem Bruder angefangen hatte. Aber niemals wäre er auf die Idee gekommen, dass Isana etwas mit dem Tod von Surkija zu tun haben könnte, die sich ihrer wie eine Mutter angenommen hatte. Was war das nur für ein Abgrund in ihr, welche dunklen Mächte hatten von Isana bloß Besitz ergriffen, um sie so zu verderben und ein großes Unheil über die Menschen in ihrer Umgebung bringen zu lassen?

»Surkija hatte nun wirklich den Tod verdient«, sagte Isana verächtlich. »Findest du nicht?« Sie wartete aber keine Antwort ab, sondern schüttelte nur so wild den Kopf, dass ihre Haare hin und her flogen. In diesem Augenblick sah sie fast wie ein böser Geist aus. »Schließlich war sie doch der Grund, warum unser Volk auseinanderbrach. Und außerdem«, dabei kicherte sie böse, »stand sie mir im Weg. Schließlich wollte *ich* die Heilerin werden. Und mich an Dragosz rächen.«

Amar sah zur Seite, als hätte er ein Geräusch gehört, und auch die beiden Krieger hinter ihm wechselten einen schnellen Blick. Irgendetwas musste sie alarmiert haben. Als ein Vogel aus dem Gebüsch aufflatterte, entspannten sie sich wieder.

Amar trat näher an Isana heran und legte ihr die Hand auf den Arm. »Lass es gut sein.« Sein Gesichtsausdruck hatte sich auf eine Weise verändert, die Taru nicht deuten konnte. Was ihm aber überhaupt nicht gefiel, war, dass auch der Hohepriester den Knauf seines Schwertes umfasste. »Bringen wir es hinter uns.«

»Nein«, sagte Isana, »ich lasse es nicht gut sein! Weil es nämlich nicht gut ist. Und weil es nie gut war!«

Amar schüttelte ganz leicht den Kopf. »Das ist weder die richtige Zeit noch der richtige Ort, um darüber zu sprechen.«

»Das ist sogar die einzige richtige Zeit und der einzige richtige Ort, um darüber zu sprechen«, widersprach Kenans Tochter. »Schließlich soll Taru doch das Wissen um das Versagen seines Vaters mit in den Tod nehmen.«

In den Tod nehmen. Taru erstarrte. Er wusste längst, dass er hier nicht mehr lebend wegkam, wenn es nach Amar und Isana ging. Aber es war gar nicht gut, dass Isana dies nun auch ausgesprochen hatte. Amar musste spätestens jetzt begreifen, dass ihn Taru angreifen würde, statt sich einfach niedermetzeln zu lassen.

»Immer musste ich alles so machen, wie es die anderen wollten!« Isana fuhr sich mit beiden Händen durch ihre Haare. »Ich wollte auch mal etwas tun, das ich will.« Ihre Stimme wurde leiser. »Ich habe Dragosz geliebt. Ich wollte nichts weiter als Surkijas Stelle an seiner Seite einzunehmen.«

Taru spürte, wie ihm ein Schweißtropfen über die Stirn ins Auge lief. Er versuchte ihn wegzublinzeln. Gleichzeitig wollte er sein Gewicht ein Stück weit auf den rechten Fuß verlagern.

»Du wirst ihre Stellung als Heilerin in eurer Gemeinschaft einnehmen«, sagte Amar. Auch seine Körperhaltung veränderte sich. Die beiden Männer hinter ihm spannten sich erneut an.

Isana schien ihn gar nicht verstanden zu haben. »Arri hat mein Leben zerstört«, murmelte sie. »Ich habe alles verloren: den Mann, den ich liebte. Die Möglichkeit, irgendwann einmal Heilerin zu werden. Die Stellung in der Gemeinschaft, die ich verdiente.« Sie stieß einen tiefen Seufzer aus und starrte nach oben. »Es wird eine schöne Nacht. Die Wolken werden sich verziehen, die Seelen der Toten werden leuchten wie die Sterne.« Ihr Kopf wandte sich wieder herunter. »Dragosz war mein Mann, Taru! Nicht der Mann von Surkija. Und schon gar nicht der von dieser unerträglich einfältigen Arri!«

Die letzten schräg einfallenden Strahlen der Sonne blendeten Arri so stark, dass sie sich kaum orientieren konnte. Nicht, dass es wirklich darauf ankam. Larkar hatte darauf geachtet, dass sie nicht einfach losgestürmt waren, und das war wohl auch gut so gewesen. Offenbar war es tatsächlich Isanas Stimme, die sie gehört hatte. Und während sie sich im Schutz von dichten Büschen und ausladenden Bäumen vorsichtig anschlichen, bekamen sie Gesprächsfetzen mit, die zu hören Arri mit einem kalten Grausen erfüllte.

Larkar blieb ebenso wenig wie ihr verborgen, was dort gesprochen wurde. Die Art, auf die er sich bewegte, die Art, wie er sie mit flüchtigen Seitenblicken musterte: all dies veränderte sich grundlegend mit jeder weiteren Ungeheuerlichkeit, die Amar oder Isana von sich gaben. Seine Bewegungen waren plötzlich eckig und seine Gesichtszüge von einer Grimmigkeit, die sie erschreckt hätte, wäre sie nicht selbst vollkommen erschüttert gewesen.

Sie stolperte vor sich hin, unfähig, viel mehr wahrzunehmen, als dass sich die Dunkelheit wie ein schwarzes Tuch über das Tal zu senken begann, das schon sehr bald die rötlichen Ausläufer der Abendsonne ersticken würde. Sie riss sich das Gewand ein, in das man sie nach ihrer angeblichen Flucht gesteckt hatte, sie holte sich einen blutigen Kratzer auf der Wange, als sie sich mit dem Kopf viel zu eng an dornigen Zweigen vorbeidrückte, statt das Gezweig mit der Klinge ihres Schwertes beiseitezudrücken.

Nach wenigen weiteren Schritten griff sich Larkar einen abgebrochenen Ast und ließ ihn durch die Luft zischen. Es klang wie ein Peitschenhieb. Arri zuckte nicht einmal zusammen, sie warf ihm nur einen besorgten Seitenblick zu. Der Ast wirkte massiv, er würde nicht gleich beim ersten Schlag zerbrechen. Trotzdem war er im Vergleich zu ihrem Schwert eine ganz erbärmliche Waffe.

Der kurze Blick hatte sie abgelenkt. Sie knallte mit dem Kopf gegen einen tief hängenden Ast und taumelte zurück. Um ein Haar hätte sie ihr Schwert fallen gelassen.

Sofort war Larkar bei ihr und drückte ihre Schwerthand ein wenig hinunter, damit ihm die Klinge nicht gefährlich werden konnte. Dann packte er Arri kurzentschlossen bei der Hand und zog sie wie ein kleines Kind mit sich durch das dunkle Gebüsch. War ihnen Gezweig im Weg, so drückte er es mit seiner notdürftigen Waffe ein Stück zur Seite, bei größeren Ästen dagegen dirigierte er Arri so sanft wie möglich vorbei.

Sie merkte es kaum – und konnte nicht glauben, was sie da hörte. Isana sprach keineswegs wie sie selbst, sondern so, als sei sie nicht ganz bei Verstand. Wie eine Verzweifelte klammerte sich Arri an die Hoffnung, dass ihre angeblich beste Freundin Amar nur etwas vorspielte, um ihr eigenes Leben zu retten. Aber irgendwo tief in ihrem Herzen wusste sie, dass dies nicht der Fall war. Es war Isanas Tonfall, ihre ganz andere Art zu reden, dieser Wahnsinn, der bei jedem einzelnen ihrer Worte wie eine abgerissene Vogelfeder im Wind mitzitterte.

Schließlich kamen sie an einem dichten Dornengebüsch heraus. Larkar drückte sie ein Stück nach unten und bedeutete ihr mit einer Handbewegung, dass sie sich still verhalten solle.

Kurz und dankbar nickte Arri ihm zu. Das Schwert in ihrer Hand zitterte leicht, als sie in die Hocke ging und durch die Zweige starrte.

Sie hatte einen freien Blick auf zwei Paar Füße, die in Gamaschen aus gewickelten Lederriemen steckten und unter fast schwarzen Wickelgewändern hervorlugten. Ebenso sah sie die Spitzen von zwei Bronzeschwertern, die die zwei Krieger Gosegs offenbar schlagbereit in den Händen hielten. Als sie den Oberkörper gerade so weit nach vorn beugte, dass sich ihr Gewand nicht in den Dornen verfing, hörte sie Isana gerade sagen: »Dragosz war mein Mann, Taru! Nicht der Mann von Surkija. Und schon gar nicht der von dieser unerträglich einfältigen Arri!«

Taru und Amar ließen sich nicht aus den Augen. Es war ein stummes Duell, bei dem Isanas wirre Worte zu einem bedeutungslosen Säuseln wurden.

»Wir sollten verhandeln«, sagte Taru. Als Amar nicht gleich darauf reagierte, fügte er hinzu: »Ganz so, wie du es wolltest, als wir uns in dem verlassenen Dorf trafen.«

Amar schüttelte den Kopf. »Nein, das hast du missverstanden. Ich habe nie mit dir verhandeln wollen!«

Taru starrte ihn an. »Aber du hast doch gesagt …«

»Gesagt?«, schnitt ihm der Hohepriester das Wort ab. Seine Augen glitzerten. »Meine Männer töten gerade Nors Leibgarde. Und dann ist Nor selbst dran. Es ist jetzt kein Zeitpunkt zum Reden, eher ist es der richtige Zeitpunkt zum Handeln!«

In die beiden Krieger hinter ihm kam Bewegung. Ehe Taru das richtig begriff, sprang Amar schon vor.

Sie rissen gleichzeitig ihre Schwerter hervor.

Isana stieß einen schrillen Schrei aus und stürzte sich vorwärts. Taru sah, dass sie einen Stein aufgenommen hatte – wie schon einmal zuvor, als sie seinen Vater hatte umbringen wollen. Durch diese Beobachtung war er nur einen winzigen Augenblick abgelenkt, nicht länger als ein kraftvoll geworfener Speer braucht, um in den Körper seines Opfers einzuschlagen.

Aber das reichte. Amar war schon bei ihm, seine Klinge zuckte vor und bohrte sich in Tarus Bauchhöhle. Taru spürte zuerst mehr Verwunderung als Schmerz, dann schoss eine brennende Woge in seiner Kehle hoch, und er spürte, wie er den Halt verlor und nach hinten wegkippte.

Mit vernichtender Wucht schlug er auf dem harten Uferboden auf. Die Luft wurde ihm mit solcher Gewalt aus den Lungen getrieben, dass sich sein Schrei in ein pfeifendes Keuchen verwandelte, und für einen kurzen, aber grässlichen Augenblick schien die Welt in einer einzigen Woge aus reinem, gleißenden Schmerz zu explodieren.

Blanker Zorn stieg in Arri auf. Und dann kam das Entsetzen, das wie Ungeziefer ihren Rücken emporkroch und sich in ihrer Seele einnistete.

»Isana«, flüsterte sie. »Wie konntest du nur?«

Niemals wäre sie darauf gekommen, dass es ausgerechnet Isana war, die sie und alle anderen die ganze Zeit über in die Irre geführt hatte. Nie hätte sie auch nur im Entferntesten daran gedacht, dass ihre *Freundin* derart von Hass zerfressen war, und offenbar ganz genauso von dem brennenden Verlangen, ihr erst Dragosz und dann ihre Stellung als Heilerin wegzunehmen.

Es blieb ihr keine Zeit, das gerade Gehörte zu verdauen.

Larkar sprang auf und stürzte nach vorn. Der Dornenbusch schien ihn zwar festhalten zu wollen, aber er rannte einfach durch ihn hindurch und nahm blutige Striemen in Kauf. Arri war nur einen Schritt hinter ihm.

Der Himmel war nicht mehr nur blutrot. Dunkle Wolken hatten sich zusammengeballt, die sich beharrlich auf das Tal zuschoben. Es war die Dunkelheit, die sich jetzt ankündigte, und die schwarze Nacht, die ihre Vorboten schickte. Nachdem es für die Jahreszeit fast unnatürlich lange hell geblieben war, würde es jetzt sehr schnell dunkel werden.

Es wurde allmählich Zeit, dass Lexz einen geeigneten Platz fand, um von Ekarna Abschied zu nehmen. Die Kälte, diese schreckliche Kälte: Sie fraß ihn von innen auf, und das, obwohl er gleichzeitig schwitzte und ihm immer wieder Schweißtropfen in die Augen rannen.

Sie vermischten sich mit seinen Tränen. Lexz konnte sich nicht daran erinnern, wann er das letzte Mal geweint hatte. Es spielte auch keine Rolle. Überhaupt nichts spielte mehr eine Rolle.

Es war das Entsetzen über Ekarnas Tod, das ihn vorantrieb und alle Vorsicht und alle anderen Gedanken wegwischte. Wer auch immer es war, der da über ihm in den Hügeln kämpfte und wessen Schreie auch immer dort zu hören waren – alles war so unwichtig geworden.

Es spielte einfach keine Rolle mehr!

Ekarnas Körper war zwar noch immer warm, doch ihre Arme schlackerten wild herum, und auch ihre Beine kamen nicht zur Ruhe. Es fiel wesentlich schwerer, eine Tote zu tragen als eine Lebende. Seine Arme wurden lahm und seine Füße fanden kaum noch sicheren

Halt auf dem steinigen Untergrund, während er weiter und weiter und weiter lief – bis in die Unendlichkeit hinein.

Die Unendlichkeit war allerdings endlicher, als er sich das vorgestellt hatte.

Er brach durch Gebüsch, stolperte auf einen Bach zu … und befand sich plötzlich mitten in einem Kampf.

Larkar mochte schnell sein, und auch ein guter Kämpfer. Aber sein lächerlicher Ast hielt noch nicht einmal dem ersten Schlag des Kriegers stand, mit dem er sich hatte anlegen wollen. Der Mann drehte sich zu ihm herum und begegnete seinem von oben ausgeführten Hieb mit einem so kraftvollen Gegenschlag, als hätte er mit dem Angriff aus dem Hinterhalt gerechnet. Wie eine schwere Axt fuhr sein Bronzeschwert in das Holz. Der Ast prallte zurück und Splitter flogen durch die Luft – es hätte wohl nicht viel gefehlt, und Larkars lächerliche Waffe wäre in zwei Teile zerfetzt worden.

Wäre Arri nicht dicht hinter ihm gewesen, Larkar hätte wohl kaum den zweiten Hieb mit dem Bronzeschwert überstanden. So sprang sie dazwischen und riss Leas Zauberschwert nach oben.

Die bronzene Klinge des Kriegers prallte in dem Augenblick auf Arris Schwert, als diese gerade hatte auf ihn zuspringen wollen. Ein scharfer Schmerz zuckte durch ihr Handgelenk und prellte ihr das Schwert fast aus der Hand.

Achte immer auf deine Waffe, hatte Dragosz ihr eingehämmert. *Lass nie zu, dass man sie dir aus der Hand schlägt.*

Der Rat war zwar gut, aber ihr eigener *Überraschungs*angriff so lächerlich, dass es dem schwarzen Krieger aus Goseg ein Leichtes war, sie zurückzutreiben. Mit ein paar kräftigen Hieben prügelte er sie durch den Dornenbusch.

Arri bekam das Schwert nicht schnell genug hoch und konnte es auch nicht rechtzeitig drehen, um mit ihrer Waffe richtig ausholen und den Vorteil des härteren Materials – aus dem ihre Klinge gefertigt war – ausspielen zu können. Larkar war nicht mehr an ihrer Seite, dafür stürmte der zweite langmähnige Krieger von der anderen Seite mit einem Aufschrei heran, schlug ein paar stachelbewehrte Zweige zur Seite und sprang auf sie zu …

Lexz war hoffnungslos verwirrt. Er begriff gar nicht, in welches schreckliche Schauspiel er da mit der toten Ekarna auf den Armen geplatzt war.

Unmittelbar am Bach, mit dem Kopf halb im Wasser, lag Dragosz' Sohn Taru. Der Junge wimmerte leise, seine Brust war eine einzige klaffende Wunde, und so bedurfte es keiner besonderen Erfahrung, um zu erkennen, dass er nicht mehr lange zu leben hatte. Das war entsetzlich. Und trotzdem war es nicht einmal das, was Lexz so sehr erschreckte, dass er mitten im Schritt stehen blieb und das Gefühl hatte, eine unsichtbare Hand aus Eis griffe nach seinem Herzen und drücke es erbarmungslos zusammen.

Es war Isana, die mit einem Messer in der Hand neben Taru hockte. Nicht weit von ihr entfernt stand ein prächtig gekleideter Mann, und Lexz brauchte nicht lange zu überlegen, um zu begreifen, dass dies Amar sein musste, Nors Rivale um die Macht in Goseg.

Isana wandte sich zu ihm um. Sie war nah, und sie war genauso schön, wie er sie in Erinnerung hatte. Aber irgendetwas an ihrem Gesichtsausdruck erschreckte ihn mehr als ihr offensichtlich mitgenommener Zustand. Ihre Kleidung hing in Fetzen, das Gesicht war zerkratzt, zerschrammt und zerschlagen, doch in ihren Augen lag ein Glanz, der mehr zu einem kalten Triumph passte als zu einer Frau, die ihren Liebsten unerwartet wiedersieht.

»Lexz«, sagte sie überrascht. »Warte. Ich muss dies hier nur noch zu Ende bringen.«

Sie setzte die Klinge an Tarus Kehle an und zog sie mit einer einzigen kraftvollen Bewegung durch, so wie man ein Tier schächtet. Taru stieß einen schrecklich erstickten Laut aus, seine rechte Hand kam noch einmal hoch und wollte Isanas Handgelenk packen, vielleicht, um ihr in einem tödlichen Reflex das Messer zu entwinden und sie im Todeskampf noch niederzustechen.

Isana streifte seine Hand jedoch mühelos ab, erhob sich und trat einen Schritt zur Seite. Tarus Hand fiel zurück, dann bäumte er sich ein letztes Mal auf und erbrach Blut.

Lexz stöhnte entsetzt auf. Seine Arme zitterten so, dass er Ekarna kaum noch festhalten konnte, während sein Herz immer rascher hämmerte. Er bemerkte aus den Augenwinkeln, wie Amar sein Schwert zog und die Krieger herumfuhren und hinter ihm wegstürmten, einem Angreifer entgegen, den Lexz von seinem Standort aus nicht sehen konnte.

Lexz schwankte. Ekarna drohte ihm aus den Armen zu gleiten, und er musste in die Hocke gehen und sie ablegen, damit sie ihm nicht aus den Händen rutschte. Dabei war er nicht einmal in der Lage, auf die Gefahr zu antworten, die ihm durch das heftig einsetzende Kampfgeschehen zu seiner Linken drohte. Ebenso wenig war es ihm möglich, seinen Blick von Taru zu lösen. Dessen Augen waren leer, aber er glaubte dennoch einen wortlosen Vorwurf in seinen erloschenen Pupillen zu lesen.

»Warum hast das getan?«, fragte Lexz fassungslos.

Isana starrte erst auf das Messer mit der blutroten Klinge in ihrer Hand, und dann auf den Toten zu ihren Füßen. »Das war ich nicht«, sagte sie leise und auf eine entrückte Art. »Oder jedenfalls nicht *ganz*. Ich habe nur vollendet, was der Hohepriester begann.«

Wenn du verlierst, dann tue etwas, das deinen Gegner verwirrt.

Auch das war ein guter Rat von Dragosz. Und sie beherzigte ihn. Statt sich umzudrehen und ihr Heil in der Flucht zu suchen, sprang sie mitten hinein in die Lücke zwischen den beiden langhaarigen Kriegern.

Dort war das Dornengebüsch am dichtesten. Ob dies Glück oder Pech sein mochte, war eine Frage der Einstellung.

Ihr Schwert fuhr in die Hecke, als wäre diese ein gefährlicher Angreifer, den es mit ein paar Hieben zu erledigen galt. Die Klinge schnitt mit einer Leichtigkeit durch die dornenbewehrten Zweige, die sie zuvor für vollkommen unmöglich gehalten hatte. Im Gegenzug rissen Dornen ihre Wange auf und zerfetzten ihre Kleidung. Abgeschnittene Zweige und gekappte Buschstücke flogen ihr um die Ohren, und irgendetwas Spitzes und Stachliges verfing sich in ihren Haaren. Sie hielt sich nicht damit auf, sondern stürmte lieber durchs Gesträuch hindurch und auf Amar zu, der ihr den Rücken zukehrte – und geriet in eine vollkommen unübersichtliche Umgebung, die es ihr unmöglich machte einzuschätzen, was hier gerade geschah.

Isana kniete am Bach, am Boden vor ihr lag Taru. Neben ihr stand ein schmaler junger Mann, der eine lederne Schwertscheide auf dem Rücken trug, aus der der verzierte Griff eines Bronzeschwerts herauslugte. Er konnte sich vor Erschöpfung kaum noch auf den Beinen halten, sein Gesicht war kreidebleich. Zu seinen Füßen lag eine groß gewachsene Frau in verkrümmter Haltung, die wie tot aussah.

Das alles war nicht mehr als ein flüchtiger Eindruck. Einer der Krieger Gosegs war genauso schnell wie sie. Er hatte sich blitzschnell umgedreht und kam zur gleichen Zeit an fast der gleichen Stelle heraus wie sie.

Seine langen Haare flogen im Luftzug und von seinen Lippen drang ein Kampfschrei, als er auf sie eindrang. Arri duckte sich unter seinem Schlag hinweg. Sie holte aus. Diesmal hatte sie einen festen Stand und genug Platz, um Leas Schwert den Schwung zu geben, den es brauchte, um seine volle Kraft zu entfalten.

Das Schwert und sie bildeten eine Einheit. Die Klinge traf auf das ebenfalls kraftvoll geschlagene Bronzeschwert und zerfetzte es in zwei Teile. Der abgerissene Teil der Klinge sauste gefährlich nah an ihrem Kopf vorbei. Arri aber hatte nur Augen für den Mann in der schwarzen Kleidung Gosegs, der überrascht zurücktaumelte und dabei auf den Stumpf seiner Waffe starrte, als begriffe er auch nicht im Entferntesten, was geschehen war.

Arri ließ ihm allerdings keine Zeit, zur Besinnung zu kommen. Sie setzte nach, und als sie schließlich zustach, hatte sie das Bild ihrer Mutter vor Augen. Das kalte Metall von Leas Klinge fraß sich in die Brust des Mannes und spießte ihn regelrecht auf.

Sie riss das Schwert zurück, wirbelte herum und empfing den zweiten Angreifer mit einer Kombination aus zwei schnellen Schlägen. Auch diesmal hielt das Bronzeschwert dem wesentlich härteren Metall ihrer eigenen Klinge nicht stand und splitterte auf die gleiche gefährliche Weise weg wie die erste. Der Mann war jedoch vom Schicksal seines Kampfgefährten vorgewarnt, sprang rechtzeitig zurück und ein Stück zur Seite, bevor ihn Arri aufspießen konnte.

Doch dabei hatte der Krieger die Rechnung ohne Larkar gemacht. Der Speer hatte sich einen Stein von der Größe eines Kinderkopfes gegriffen und stürzte sich jetzt von hinten auf sein Opfer. Er riss den Stein gerade mit verzerrtem Gesicht nach oben, als der Krieger zu ihm herumfuhr. Das zerschlagene Schwert zuckte vor. Obwohl die Klinge unmittelbar vor dem Griff abgeschlagen worden war, blieb sie mit ihrem gezackten, zerfetzten Ende doch immer noch eine gefährliche Waffe.

Das abgebrochene Bronzeschwert erwischte Larkar am Oberarm und ritzte ihn bis zur Schulter auf. Und doch kam die Abwehrbewegung zu spät. Der Stein schlug gegen die Stirn des Langhaarigen und zerschmetterte ihm den Schädel.

Arri konnte für diesen Erfolg nicht mehr als einen flüchtigen Blick erübrigen. Amar stürzte ihr gerade entgegen, und er tat es auf eine fast unheimliche Weise, nämlich wie ein Gott, der unter die Menschen gekommen war, um sie für ihren Hochmut zu bestrafen. Der Umhang, den er trug, wehte wie die Flügel eines herabstürzenden Raubvogels, und der Blick seiner dunklen Augen fixierte Arri, als sei sie ein hilfloses Opfer.

Arri wollte ihn so empfangen wie seine Krieger. Doch Amar war kein Dummkopf. Statt mit seiner Klinge den Schlag zu parieren, mit dem ihn Arri empfing, tauchte er zur Seite weg und hieb seinerseits mit einer fast spielerisch wirkenden Bewegung nach ihrer Brust. Arri versuchte zwar noch auszuweichen, doch ihre Bewegung kam zu spät und war auch nicht kraftvoll genug. Das Schwert des Hohepriesters traf ihre Schulter. Arri hörte, wie Stoff riss, und spürte, wie die Klinge bis auf den Knochen in ihren Oberarm eindrang und ihn am anderen Ende wieder verließ.

Sie spürte, dass eine heiße Welle kam und sie durchflutete, aber sie fühlte keinen Schmerz. Doch der würde gewiss gleich kommen. Wenn sie überhaupt noch so lange durchhielt …

Wenn du verlierst, dann tu etwas, das deinen Gegner verwirrt.

Sie sprang auf Amar zu und kam ihm dabei so nah, dass sie ihr Schwert gar nicht schnell genug hochbekommen konnte, dafür aber ihre um das Schwert gefalteten Hände. Mit aller Kraft ließ sie sie auf Amars Handgelenk niedersausen.

Der Hohepriester tauchte unter ihr weg, um dem Schlag einen Teil seiner Kraft zu nehmen, und Arri schlug mit Leas Zauberschwert von oben auf seine Klinge. Es gab ein hartes, metallisches Geräusch, und dann brach die Klinge ab und polterte auf den Boden. Arri starrte nach unten, ihr wurde schwarz vor Augen. Als sich ihr Blick wieder klärte, bemerkte sie, wie Blut mit zäher Beharrlichkeit von ihrer klaffenden Schulterwunde hinabtropfte und sich zu ihren Füßen allmählich ein roter See bildete.

»Was ist das für eine Waffe, die du da trägst?«, keuchte Amar, als er zu ihr aufsah.

Sie las jedoch keine Angst in seinen Augen, sondern etwas anderes, das sie nicht deuten konnte. Amar warf den Griff seines zerstörten Bronzeschwertes weg, als wollte er ihr zeigen, dass von ihm keine Bedrohung mehr ausging.

»Wir haben Stangen aus diesem Material.« Amar umklammerte sein Handgelenk, als wäre es verletzt, dann richtete er sich vorsichtig auf. »Es heißt, sie stammen aus einem untergegangenen Land. Wir beide wissen, welches Land damit gemeint ist. Eines, das die gleichen Stammväter hat, wie wir, Arianrhod. Aber wenn wir auch solche Schwerter hätten …« Er schüttelte den Kopf. »Was kann ich dir für diese Waffe bieten?«

»Nichts«, keuchte sie. »Ich will gar nichts.«

Amar sah sie grimmig an, doch dann stahl sich ein böses Lächeln auf seine Lippen. »Und wie wäre es mit dem Leben deines Sohnes?«

Lexz' Kopf fuhr herum, als der Kampflärm zu ihnen zurückkehrte. Er begriff nicht ganz, was da gerade geschehen sein mochte, und schon gar nicht, was Isana gesagt hatte. Und erst recht nicht begriff er, was er gerade sah – oder *wen*.

Larkar, den Mann, den man den *Speer* nannte.

Es war eine Reihe endloser Augenblicke gewesen, in denen Lexz an dem Leichenpfuhl gestanden und in diese fürchterliche Brühe gestarrt hatte, in die die Bewohner dieser Region in ihrer Hilflosigkeit die Opfer der entstellenden Krankheit geworfen hatten. Endlose Augenblicke, in denen er innerlich von Larkar Abschied genommen hatte. Er hatte seine Waffe dort treiben sehen, den gefürchteten Speer, den er nur zu gut kannte.

Larkar trennte sich jedoch nie von der Waffe, der er seinen Beinamen verdankte. Also war Lexz davon ausgegangen, dass sein Freund aus jenen fernen unbekümmerten Kindheitstagen tot sein musste.

Aber das war er nicht.

Larkar war hier, nur wenige Schritte von ihm entfernt. Er sah allerdings fürchterlich aus. Seine Kleidung war zerfetzt, sein Gesicht in den Tagen, die sie sich nicht gesehen hatte, noch schmaler geworden, und er starrte vor Dreck. In seinen Händen hielt er einen großen, blutverschmierten Steinbrocken, mit dem er wohl gerade den Mann niedergeschlagen hatte, der dort mit blutüberströmtem Gesicht vor ihm lag: einen der Krieger Amars.

Womit auch klar war, auf wessen Seite sich Larkar geschlagen hatte. Auf die gleiche, auf der auch Lexz stand.

Als seine Hand mit einiger Verspätung zu dem Schwert auf seinem Rücken fuhr, sah er, dass sich nicht weit von ihm entfernt gerade Amar erhob. Der Hohepriester hielt sein Handgelenk umklammert, als sei es verletzt, und starrte auf die Frau, die da vor ihm mit schlagbereit erhobenem Schwert stand.

»Arri«, keuchte Larkar. »Vorsicht!«

Arri? Lexz war vollkommen verwirrt. Arri, die Tochter Leas, von der Dragosz ihm erzählt hatte – das sollte die Kriegerin mit diesem außergewöhnlichen Schwert sein? Aber wie …?

Larkar drehte sich zu ihm um, als merke er, dass Lexz in seine Richtung starrte. Sein Blick fuhr erst zu Ekarna, und in sein Gesicht trat ein Ausdruck des Entsetzens, da er begriff, dass die Raubkatze tot war. Lexz sah den Schmerz in seinen Augen, und als er sein Erschrecken erkannte, erschrak auch er wieder, als begriffe er jetzt erst wirklich, dass Ekarna tot war.

Dann begegneten sich ihre Blicke, und die Schatten der Dunkelheit griffen so schlagartig und plötzlich nach Larkar, als hätten die Götter entschieden, den dunklen Schleier der Barmherzigkeit über das schreckliche Geschehen zu senken. Was eben noch halbwegs deutlich zu erkennen gewesen war, begann nun ganz schnell in tiefer Finsternis zu versinken.

Als habe Amar nur darauf gewartet, sprang er plötzlich vor. Lexz nahm ihn nur noch als dunklen Schatten wahr, der nichts anderes wollte, als sich die Kriegerin zu holen, die ihm nach dem Leben trachtete. Die Hand des Hohepriesters fuhr haarscharf an der Schneide ihres Schwerts vorbei, erwischte ihr Handgelenk und umklammerte es mit aller Kraft. Arri schrie auf und prallte zurück. Ihre Klinge zuckte hoch, um sich in Amars Leib zu bohren. Doch der Hohepriester versuchte gar nicht, sie zu Boden zu reißen – womit sie wohl gerechnet hatte –, sondern wich mit einer blitzschnellen Bewegung zurück, um ihrem Gegenangriff zu entgehen. Sein Kopf schwang sich wie eine Axt auf den Kopf der jungen Frau zu.

Arri versuchte auszuweichen. Doch ihre Reaktion kam zu spät. Amars Kopf krachte mit voller Wucht gegen ihre Stirn. Arris Haare flatterten auf, als ihr Kopf zurückflog und sie nach hinten kippte. Lexz glaubte im letzten Licht des zu Ende gehenden Tages zu erkennen, wie sie ihn aus entsetzten Augen weiter anstarrte, die sich dann aber augenblicklich trübten. Sie torkelte noch zwei, drei Schritte weit nach hinten, bevor sie ein ersticktes Keuchen ausstieß und zu Boden ging.

Lexz' Hand riss sein Schwert hervor und stürzte nach vorn. Er kam jedoch zu spät. In Amars Hand blitzte plötzlich etwas auf, und er drehte sich zu ihm, mehr ein Schatten als ein Mann, mehr ein Dämon als ein Krieger.

»Nein!«, schrie Larkar und sprang vor.

Das blitzende Etwas schoss aus Amars Hand nach vorn. Ein Messer. Es zielte auf Lexz, und er begriff sogleich, dass seine Ausweichbewegung zu spät kommen würde.

Das Messer beschrieb einen blitzenden Bogen, bevor es sich mit einem hässlichen Geräusch in Larkars Brust bohrte.

Arri hatte noch versucht, nach hinten auszuweichen, dabei war sie zwar schnell genug gewesen, um Amars Angriff die allergrößte Wucht zu nehmen, aber doch nicht so schnell, um nicht zurückgeschleudert zu werden und zu Boden zu gehen. Der Treffer, den er ihr verpasst hatte, war so heftig, dass sie fast das Bewusstsein verlor.

Aber auch nur fast.

Sie stemmte sich hoch und griff nach ihrem Schwert – und sah dann, wie sich Amar von ihr abwandte, ein Messer aus seinem Gürtel riss und es wegschleuderte. Sie sah die hell glitzernde Bahn der Klinge, die das letzte bisschen Licht des sterbenden Tages aufzufangen schien, und dann musste sie zusehen, wie Larkar ihr in den Weg sprang …

Das Geräusch, mit dem sich die Bronze in Larkars Leib fraß, klang wie das Zerreißen von Stoff, nur um ein Vielfaches schlimmer. Der Speer bäumte sich auf, griff nach dem Messer und riss es sich aus der Wunde – und brach dann so plötzlich zusammen, als hätte man ihm die Beine unter dem Körper weggeschlagen.

Arri kam mit einer unsicheren, aber schnellen Bewegung auf die Beine. Sie war wie von Sinnen. Amar hatte Larkar niedergestochen, sinnlos, grausam und dazu noch vollkommen unnötig.

Das Schwert in ihrer Hand war nun mehr als nur eine Waffe, es war der verlängerte Arm ihres unbändigen Zorns. Bevor sie eine bewusste Entscheidung treffen konnte, schnellte ihr Waffenarm vor.

Im allerletzten Augenblick fuhr Amar noch herum. In der Dunkelheit war nur das Weiß seiner weit aufgerissenen Augen zu erkennen. Seine Unterarme kamen in einer verzweifelten Abwehrbewegung hoch. Gleichzeitig versuchte er nach hinten wegzuspringen …

Die Klinge fuhr in ihn hinein und schlitzte den Hohepriester auf.

»Arianrhod«, keuchte er. »Warum das? Wir beide hätten doch …«

Dann brach er zusammen.

EPILOG

Tief atmete Arri die warme Luft ein, die von den blühenden Feldern her über den See heranwehte und unendlich süß nach Leben duftete. Ihr Blick war auf den dunklen Einbaum gerichtet, der scheinbar ziellos im Wasser trieb. Wobei ziellos gewiss nicht ganz passte, wenn Torgon und Kyrill gemeinsam unterwegs waren. Die beiden hatten sich wahrscheinlich ein Abenteuer vorgenommen, von dem sie Arri aus guten Gründen vorher nichts erzählt hatten.

Mindestens drei Interessen hatten die beiden gemeinsam: Essen, Abenteuer erleben und Schabernack treiben.

Die Frage war, was sie diesmal wieder vorhatten. Arianrhod schwante gar nichts Gutes. Torgon und Kyrill hatten heute Morgen sehr geheimnisvoll getan und so albern gekichert, dass sie nur die Augen hatte verdrehen können. Eine vernünftige Antwort war aus den beiden Kindern ohnehin nicht herauszubekommen gewesen. Wobei Torgon der Hammer eindeutig das größere Kind war.

Besser, sie wusste gar nicht so genau, was sich Torgon wieder ausgedacht und Kyrill mit freudig aufgeregtem Lachen quittiert hatte. Obwohl … am Ende würde wieder sie es ausbaden müssen, wenn sie irgendjemandem einen Streich spielten. Aber ändern konnte sie daran dann sowieso nichts mehr.

Immerhin – alles war besser, als sich um die Kranken kümmern zu müssen, wie in der ersten Zeit nach Dragosz' Tod. Bevor sie mithilfe des Runzelkrautes, das sie aus dem Schlingpflanzenwald geholt hatten, sowie einiger anderer Zutaten ein wirkungsvolles Heilmittel zusammengebraut hatten, waren die Ersten von ihnen bereits durch die tückische Krankheit entstellt gewesen – und Zakaan wirkte durch seinen nimmermüden Einsatz nur noch wie ein Schatten seiner selbst. Aber schließlich war es doch der Schamane gewesen, der auf die richtige Rezeptur gekommen war, und sie hatte das Ganze dann zu einem wirkungsvollen Heiltrank zusammengebraut.

Mittlerweile war die Leichengrube im Wald mit Kalk erstickt, und die Krankheit, die so schreckliche Entstellungen bei ihren Opfern hervorgerufen hatte, aus ihrem Alltag verbannt. Auch die Männer

Nors, die Lexz bei ihrer ersten Begegnung für Dämonen gehalten hatte, waren mit dem Trank geheilt worden.

Was sie sehr gefreut hatte, war, dass nach einer Zeit großer Schwäche auch der Schamane durch ihre Hilfe wieder zu Kräften gekommen war. »Ich sehe doch gar nicht ein, jetzt einfach so zu sterben«, hatte er gesagt. »Schließlich muss ich auf euch alle noch ein Weilchen aufpassen.«

Nun, das mit dem Aufpassen mochte ja ganz gut gelingen, was sie, Lexz und die anderen Erwachsenen anging. Nur, wenn er mit seinen immer klug gewählten Ratschlägen auch auf Torgon und Kyrill einzuwirken versuchte, so biss er auf Granit. Die machten nur das, was sie wollten – dies dann aber meist auf eine Art, dass man ihnen letztlich nicht böse sein konnte.

Arri seufzte, riss den Blick vom Einbaum los und nahm die Abzweigung zu dem Steg, der zur Hütte der Ältesten führte. Nach dem Wideraufbau war das Pfahldorf noch größer und schöner geworden, als sie und Dragosz sich das jemals hatten vorstellen können. Es waren im Prinzip drei auf Pfählen errichtete Inseln, aus denen das Dorf nun bestand, und dazwischen einige wenige Plattformen für den neuen überdachten Backofen, die Hütte der Ältesten, die Anlegestellen, Furlars Töpferstelle und einige andere Handwerksbereiche. Der Zugang bestand aus einem breiten Steg, der sich in eine Vielzahl schmaler Stege verzweigte.

Seitdem Ragoks Leute hier angekommen waren, barst das Pfahldorf geradezu vor Leben. Das Hämmern und Sägen der Handwerker erfüllte die Luft genauso wie das Plätschern der Wellen an den Stegen und Booten. Zum Glück war inzwischen auch das Geschrei kleiner Kinder dazugekommen, ein Zeichen, dass das Leben wieder in geordneten Bahnen verlief und die Frauen ihren Nachwuchs gesund zur Welt brachten.

Als sie weiterging, verspürte Arri ein Kribbeln in der Magengegend, das ihr nur zu gut bekannt war. Sie freute sich unendlich darauf, Lexz wiederzusehen. Er war zusammen mit seinem Vater in Goseg gewesen, um mit Nor neue Handelsbedingungen auszuhandeln – und nun fieberte sie schon seit Tagen seiner Rückkehr entgegen.

Die Holzplanken knirschten unter ihren Füßen, als sie ihre Schritte beschleunigte. Sie war jedoch tief in Gedanken und bemerkte beinahe zu spät, dass ihr jemand entgegenkam.

Es war ausgerechnet Kenan, der Schmied und … Isanas Vater. Er wirkte alt geworden. Sein Bart war grau, das Haupthaar weiß und licht. Noch immer war sein Gang der eines großen starken Bären. Aber seine Schultern hingen ein Stück herab, und seine Haltung war fast so gebeugt wie die Abdurezaks, wenn der Älteste es überhaupt noch schaffte, seine Hütte zu verlassen.

Arri nickte Kenan hastig zu und wollte sich schon an ihm vorbeidrücken. Einen Augenblick lang sah es so aus, als ob der Schmied stehen bleiben und sie am Arm packen wollte, um sie aufzuhalten. Doch dann sagte er nur: »In Goseg ist alles gut gelaufen.« Und ging weiter.

Es klang hilflos, und Arri konnte ihn nur zu gut verstehen. Mit übertriebener Hast lief sie weiter, nur schnell weg von dem Schmied. Der Anblick des großen und einst so stolzen Mannes beschwor hässliche Erinnerungen in ihr herauf, und ihre Vorfreude auf Lexz drohte sich bereits in etwas anderes, Hässliches zu verwandeln.

Isana. Auch nach drei Sonnenwenden hatte sie sie noch nicht vergessen. Wie sollte sie auch! Ihr irrer Blick, die hasserfüllten Worte, die sie ausgestoßen hatte – und dass sie dann nach dem Kampf am Bach plötzlich verschwunden war, als hätte die Dunkelheit sie verschluckt. Ihnen allen war es so vorgekommen, als sei sie in diesem Augenblick mehr ein Dämon als ein Mensch gewesen.

Ihnen allen – das bedeutete, wie sie sich selbst schaudernd eingestehen musste, doch letztlich nur: Lexz und ihr selbst. Alle anderen waren tot. Amar und seine Krieger, ebenso wie Larkar, der Speer, der sein eigenes Leben geopfert hatte, um seinen Freund Lexz zu retten. Es war alles so unwirklich gewesen, und trotzdem hatten sich einzelne Szenen des Kampfes genauso in ihr Gedächtnis eingegraben wie die Tränen, die Lexz' Wangen hinabgelaufen waren, als er den Kopf seines sterbenden Freundes in seinem Schoß gehalten hatte.

Als ein Lachen an ihr Ohr drang, schaffte es Arri endlich, sich von diesen düsteren Gedanken zu lösen. Sie atmete tief durch und beschleunigte abermals ihre Schritte.

Als sie um die nächste Ecke kam, erwartete sie ein ganz und gar ungewöhnliches Bild. Lexz und Zakaan hockten einträchtig nebeneinander auf der kleinen, tiefer angelegten Anlegestelle vor der Hütte der Ältesten und ließen die Füße im Wasser baumeln. Arri blieb stehen und atmete die frische Luft tief ein. Es tat so gut, Lexz zuzusehen. Zwei Sonnenwenden hatte sie sich noch mit aller Kraft dagegen gewehrt, bis sie dann endlich hatte zulassen können, dass er Einzug hielt – in ihr Herz. Doch jetzt, da sie ihn so sitzen sah, das Gesicht gelöst und entspannt und mit einem leichten Lächeln auf den Lippen, spürte sie, wie sie von etwas durchströmt wurde, das bislang nur Dragosz vorbehalten gewesen war.

Tiefe Liebe.

Die beiden ungleichen Männer wirkten so sehr in ein Gespräch vertieft, dass sie gar nicht bemerkten, wie sich Arri auf Zehenspitzen anschlich.

»Ich hätte nie gedacht, dass die Sache mit den vergoldeten Krügen gelingen könnte«, sagte Lexz gerade vergnügt. »Aber dadurch, dass wir sie jetzt so gut haben tauschen können, haben wir nun plötzlich mehr Kupferbarren und Erzklumpen als Kenan bis zu seinem Lebensende verarbeiten kann.«

»Nun, das hängt auch davon ab, wie sich Rar anstellt«, antwortete der Schamane mit seiner knarrenden Altmännerstimme. »Ich war ja erst dagegen, dass du ihm erlaubt hast, seine Ausbildung bei dem Schmied fortzusetzen. Aber inzwischen macht er sich recht gut, das muss man ihm lassen.«

»Ja, Rar ist ein wichtiges Mitglied unserer Gemeinschaft geworden«, pflichtete ihm Lexz bei. »Und ganz im Ernst: Wer sonst würde es schon mit dem Griesgram Kenan aushalten?«

Ein dunkler Schatten lief über das von Furchen durchzogene Gesicht des Schamanen. »Ja, da hast du wohl recht. Kenan wird wohl niemals verwinden können, was seine Tochter getan hat.«

»Das ist ja auch kein Wunder … he!« Lexz richtete sich auf und winkte begeistert, als Torgon den Einbaum mit ein paar kräftigen Ruderschlägen in seine Richtung dirigierte. »He, Kyrill! Bist du wieder auf großer Fahrt?«

Er und Kyrill verstanden sich prächtig, wahrscheinlich nicht zuletzt deshalb, weil Arri manchmal gar nicht hätte sagen können, wer von den beiden der größere Kindskopf war.

Aber Kyrill hatte nur Augen für Arri. Das war ja auch kein Wunder. Gerade stand sie mit vorgestreckten Händen in einer etwas lächerlichen Pose hinter Lexz.

Kyrill gluckste, wie das nur Dreijährige können. »Da ist deine Mama!«, rief Torgon und winkte Arri zu.

Arri blieb mitten im Schritt stehen. Es war ja schön, dass sie es fast geschafft hätte, sich ganz nah an Lexz anzuschleichen, um ihm von hinten die Hände über die Augen legen und ihn ein bisschen erschrecken zu können. Aber musste dann ausgerechnet wieder einmal Torgon seinem Ruf alle Ehre machen, dass er nicht nur mit seinem Hammer grob dazwischenfahren konnte, wenn es nötig war, sondern auch sonst kein Fettnäpfchen ausließ?

»Arri!« Lexz riss die Füße aus dem Wasser, dass es nur so spritzte, sprang auf und drehte sich zu ihr um. »Endlich!«

Ohne ihr auch nur im Geringsten die Möglichkeit zu geben, ihn zu begrüßen, packte er sie und zog sie an sich heran. Sie hatte ihm schon unzählige Male gesagt, dass er sie nicht so fest drücken sollte, aber das hinderte ihn keineswegs daran, sie so an sich zu pressen, dass sie das Gefühl hatte, gleich müsse in ihrem Rücken etwas brechen.

»Da ist ja meine tapfere Kriegerin«, sagte er, nachdem er sie endlich wieder losgelassen hatte.

»Mama, Mama!«, krähte Kyrill aufgeregt dazwischen. »Wir haben hier was ganz Tolles gefunden!«

»Ich bin aber keine Kriegerin, ich bin Heilerin«, wies Arri den vor Freude und Übermut strahlenden Lexz zurecht. Erst dann wandte sie sich ihrem Sohn zu, der vor Torgon im Einbaum mal halb stand und mal halb saß – je nachdem, wie heftig die Welle war, die das Boot gerade bewegte.

Fast traf sie der Schlag, als sie sah, was Kyrill mit seinen beiden kleinen Händchen gerade hochzustemmen versuchte: die Himmelsscheibe. Das helle Sonnenlicht brach sich auf den goldenen Sternen, die auf der Bronzescheibe angebracht waren.

»Was macht denn der Kleine mit der Scheibe?«, fragte Zakaan stirnrunzelnd.

»Ich dachte, wir können sie vielleicht eintauschen«, sagte Torgon. »Nor wollte sie doch immer haben!«

Das ist ein Scherz, dachte Arri. Das kann gar nichts anderes als ein Scherz gewesen sein!

Laut sagte sie jedoch: »Gib die Scheibe sofort her, Kyrill ... Nein!« Sie fuchtelte mit den Händen, als Kyrill mit der Scheibe aufzustehen versuchte, und die schwere Scheibe einen kleinen Hüpfer in Richtung Bordwand machte. »Leg sie lieber ganz schnell wieder ins Boot zurück!«

Kyrill erstarrte mitten in der Bewegung und sah aus großen Kinderaugen zu ihr hoch. Jungen. Genauso stur wie Männer, aber noch ein Stück einfältiger.

»Ganz langsam«, fauchte Arri. »Leg jetzt die Scheibe ganz, ganz langsam ins Boot zurück!«

Irgendetwas musste in ihrer Stimme gewesen sein, das Kyrill dazu bewegte, widerspruchslos zu gehorchen. Der Einbaum geriet dabei allerdings so sehr ins Schwanken, dass Arri kaum zusehen konnte.

»Reg dich nicht auf, Arianrhod«, versuchte sie der Schamane zu beruhigen. »Die Himmelsscheibe selbst ist ja nicht der Grund, warum unsere Felder wieder reichlich Ernte tragen. Sie gibt uns zwar die richtigen Zeiten für Aussaat und Ernte an – aber am Ende ist es doch unserer Hände Arbeit, die uns unseren Wohlstand beschert!«

»Genau«, sagte Torgon. »Und deswegen können wir sie auch Nor überlassen. Er würde uns eine ganze Rinderherde für diese alte Bronzescheibe geben!«

Entschlossen schüttelte Arri den Kopf. »Nein. Niemals. Die Himmelsscheibe bleibt in unserem Besitz. Und wenn sie uns jemand wegnehmen will, dann wird er mein Schwert kennenlernen!«

ENDE

SEI UNSER
HELD!
PIPER FANTASY
Gleich mitmachen und die magische
Welt der Piper Fantasy erleben! Neugierig?
Dann auf zu www.piper-fantasy.de!
Piper-Fantasy.de
PIPER